KB246480

역주 황매천 시집 속집

譯註 黃梅泉 詩集 續集

김영봉 역주

보고사

추천사

　　梅泉 黃玹하면 松南 李炳基 선생님이 떠오르고, 李炳基 선생님을 생각하면 梅泉이 떠오를 정도로 梅泉과 松南은 不可分의 關係에 있다. 이 두 분의 관계는 松南 선생님이 《黃梅泉詩研究》로 梅泉詩에 대해 최초로 博士學位를 받으면서 본격화되었으며, 그 후로도 松南 선생님은 梅泉文學을 연구하여 《梅泉詩研究》와 《梅泉黃玹散文研究》 외에도 梅泉詩에 대한 여러 편의 논문을 발표했었다. 그러던 중 2007년 2월에는 다시 방대한 분량의 梅泉詩를 上·中·下 三卷으로 나누어 《譯註梅泉黃玹詩集》이라는 제목으로 飜譯書를 냈다. 이 번역서는 松南 선생님의 지도로 漢詩 공부를 했던 金榮鵬 선생과의 합작이다.

　　2008년 松南 선생님이 타계하시면서 梅泉詩에 대한 관심도 멀어지는가 했더니, 松南 선생님의 뒤를 이어 이번에는 金榮鵬 선생이 단독으로 《梅泉續集》을 번역하여 출간을 한다고 한다. 참으로 반가운 일이 아닐 수 없다. 松南 선생님과 같은 학과에서 오랫동안 함께 古典文學을 가르치고 연구해 온 나로서는 松南 선생님이 다시 살아오신 듯한 반가움을 금할 수 없다.

　　全北大學校 敎育大學院에 漢文敎育學科를 신설하여 처음 전공 주임을 맡았던 나로서는 이 전공에서 이렇게 탁월한 인재가 배출된 것에 대한 감회가 남다를 수밖에 없다. 아울러 그가 좀 더 일찍 학문의 길로 들어섰더라면 큰 학자가 될 수 있었을 것을 생각하면 아쉬움을 금할 수 없다. 金榮鵬 선생은 지금 全北大學校 語文敎育學科에서 博士過程을 이수하고 있다.

그의 학문에 대한 열정이 앞으로 어떻게 결실을 맺을지 더 지켜볼 일이다.

　黃梅泉은 1910년 庚戌國恥를 맞이하여 絕命詩를 쓰고 자결한 愛國詩人이다. 歷史를 전공하여 고등학교에서 國史를 가르쳐온 金榮鵬 선생이 文學 공부를 하면서 梅泉詩를 번역했으니 歷史意識과 文學的 感覺이 잘 調和를 이루었을 것으로 본다. 이 번역시집을 통해서 梅泉의 思想과 精神이 많은 독자들에게 전해짐으로써 梅泉의 숭고한 얼이 오늘 이 시대에 다시 살아나기를 기대한다.

2010년 4월 22일 康奉根

매천속집번역시집서 梅泉續集飜譯詩集序

시란 함축성 있는 글이고, 상징적인 문장으로 써지기 때문에 어렵기만 하다. 국문으로 된 시도 그렇거니와 오늘날 잘 쓰지 않는 한시漢詩의 번역은 더욱 그렇다. 조선 후기의 제일 지식인이었던 매천선생의 시문詩文에는 고금古今의 경적經籍과 역사서歷史書 등을 인용한 많은 고사故事들이 나온다.

그렇기에 일찍이 원광대 박금규朴金奎 교수는 《역주황매천시선》의 서문에서 "원문이 지니고 있는 작자의 기발한 시상詩想과 원대한 포부, 섬세한 정감을 어떻게 포착하며 또 어찌 번역으로 재현하리오? 더구나 매천 같은 위대한 사상가의 시에서랴?"라고 표현한 바 있다. 시를 번역함에 있어 난삽한 전고典故와 용사用事를 이해해야만 하고, 당시의 시대 상황과 작자의 심중을 헤아리지 못하면 번역이 잘못되어질 수 있다는 이야기이다.

워낙 둔박鈍朴하고 비재非才한 역자譯者이기에 매천선생의 시를 번역한다는 것 자체가 외람되고 버거울 뿐이었다. 오역이 있다면 독자 여러분의 질정을 바라며, 훗날 이 번역서가 누군가에 의해 수정 보완이 되고 더해져 더 좋은 국문시로 번역될 수 있기를 바라는 마음 간절하다. 또한 이 책이 매천 사상을 연구하는 데 일익이 되었으면 좋겠다.

그동안 역자가 번역하여 《역주매천황현시집》의 서문을 쓰셨던 이병기李柄基 교수님께서 2008년 10월에 타계하셨다. 살아계셨더라면 '이 책의 서문도 써 주셨을 텐데'라는 생각에 슬퍼지고, 베풀어 주셨던 사랑이 그리워진다. 타계하시기 전에 교수님께서는 77세를 맞이하여 전주 '모악산'을 주제로, 77개의 시문을 계획하고 쓰셨다. 하지만 이 《모악산》 책이 상재되기 직전에 지병이 악화되어 돌아가셨고, 제9시문집 《모악산》은 유고집遺稿集으로 출판되었다. 나에게는 아버님과도 같은 스승님이었기에 《모악산》을 편집하면서 그 빈자리가 더욱 크게만 느껴지곤 했었다. 이제 다시 1년이 지나 2009년 11월에 고향인 김제시 체육공원에 '송남이병기시비松南李柄基詩碑' 건립과 더불어 삼가 이병기 교수님 영전에 이 번역서를 올려드릴 수 있게 되어 마음속으로나마 위안이 된다.

이 책의 추천사를 써 주신 전북대학교全北大學校 국어교육과國語敎育科의 강봉근康奉根 교수님께서는 한창훈韓昌勳 교수님과 함께 나의 대학원大學院 석사논문碩士論文을 지도해 주셨고, 또한 박사학위博士學位 진학도 안내해 주셨다. 이 자리를 빌려 두 분 교수님께 거듭 감사드리며, 아울러 이 책을 출판해주신 보고사 김흥국 사장님과 김경남 선생님에게도 고마움을 전한다.

2010년 4월 6일 한식일에 역자 김영붕

목 차 目次

무인고戊寅稿(1878년, 24세) · 199

기묘고己卯稿(1879년, 25세) · 242

기해고己亥稿(1899년, 45세) · 347

경자고庚子稿(1900년, 46세) · 352

신축고辛丑稿(1901년, 47세) · 355

《매천속집》 시詩를 역주譯註하며

1. 매천梅泉 황현黃玹(1855~1910) 시詩 역주 경과

1910년 8월 29일 경술국치로 나라가 망하게 되자, 나라를 잃은 설움에 선생은 절명시絶命詩 4수 1편을 쓰고 순절殉節하셨다. 자신에게는 치욕스럽고, 위정자爲政者들에게는 망국亡國의 책임을 물으며, 일제에 대한 조선 선비의 마지막 자존심을 세웠던 것이다.

그리고 선생이 타계하신 후 1911년에 창강滄江 김택영金澤榮(1850~1927)에 의해 상해 한묵림서국에서 상해본 《매천집梅泉集》이 발간되었다. 그 후로 뜻있는 사람들에 의해 몇 차례 선생의 시문 간행을 거쳐 1978년과 1979년에 문집 《황현전집》과 《매천집》이 각각 정리되어 출판되었다. 그리고 1984년에는 전주대학교 호남학연구소에서 《매천야록》을 제외한 선생이 남긴 한문漢文을 최종 수합하고 종합하여 《매천전집梅泉全集》 5권을 발간하였다.

하지만 매천선생 사후死後 100년이 되도록 선생이 남긴 산문과 운문이 제대로 번역되지 않았다. 고매한 인격의 소유자로서 하늘을 우러러 부끄럼없이 살다간 선생에 대한 후학後學의 태도는 결코 아니라고 생각되었다. 그런 사명감을 가지고 역자는 이병기李柄基 교수님과 함께 《매천집》에 있는 매천시梅泉詩를 번역하여 2007년 2월, 《역주매천황현시집譯註梅泉黃玹詩集》(상·중·하 3권)을 출간하였다.

그 후 2008년에 이르러 이병기 교수님께서 병석에 누워계신 것을 기점으로 역자는 매천선생이 남긴, 번역되지 않았던 운문을 혼자서 틈틈이 번역을 해오게 되었다. 그 결과 이번에 《매천전집》 권3에 있는 《매천속집梅泉續集》 시들을 번역, 출간할 수 있게 되었다. 그렇게 하고도 《매천전집》 권1에 있는 《매천후집梅泉後集》의 시들이 남는다. 하지만 이 시들도 거의 번역이 되어져 있기에 금년 여름에 다시 후집 시를 번역 출판할 예정이며, 이로서 매천 선생의 운문은 번역이 끝나게 된다.

2. 《매천속집》 소개

이 책은 창강滄江 김택영金澤榮에 의해 1913년 상해에서 간행되었다. 권말卷末에 있는 창강의 발문跋文에 따르면, 1911년 원집 《매천집梅泉集》이 간행된 직후 매천의 장자 암현嵒顯의 청에 따라 산문만을 선발하여 2권으로 했다. 권두에 장경이蔣慶頤의 '계축癸丑 중하中夏 매천속집梅泉續集'의 제자題字가 있으며, 다음에 서문序文이 있는데 '계축癸丑 4월망四月望 황개기黃開基 서序'라고 되어 있어 원집에 빠진 글을 2년 후에 추가한 것이다. 그 다음에 강화학파인 이건창의 아우인 이건방李建芳, 이건승李建昇의 제문祭文이 있다. 제1권은 서書(20수), 서序(2수), 기記(4수), 발跋(1수)로 구성되었으며, 제2권은 제문祭文(1수), 행장行狀(3수), 묘문墓文(3수), 전傳(2수), 잡문雜文(7수 : 격檄1, 소疏1, 상량문上梁文5) 등으로 이루어져 있다.

위의 내용은 1913년에 간행되었고, 1979년 발행한 《매천집梅泉集》에 있는 산문 《매천속집》의 내용을 소개한 것이다. 이와는 별도로 《매천속집》의 운문은 그 자매편으로 1884년 전주대 호남학연구소에서 발행했던, 《매천전집》 권3에 있는 《매천속집》의 시들이다. 내용으로 보면 《매천전집》 권3의 77쪽에서 300쪽까지에 있는 시들이다.

3. 매천시梅泉詩의 평가와 가치, 삶의 교훈

창강 김택영은 〈성균생원황현전成均生員黃玹傳〉에서, 매천시의 우수성과 가치에 대해서 다음과 같이 평가하였다. "황현의 문장은 맑고 뛰어나고 서리犀利하며, 그의 시는 더욱 우뚝 솟아 우리나라의 명가名家가 되었다. … 황현시는 조선조 500년에 있어서 몇 손가락 안에 꼽힌다. 그 십절도시十節圖詩는 더욱 더 아름다우니, 피맺힌 충성심에서 흘러나온 것이기에 기교를 부리지 않아도 자연히 잘 된 것이다. 비단 옷 위에 양가죽 옷을 더한 것과 같으므로 비록 어린 아이라도 그 아름다움을 알 것이다. 황현은 뛰어난 문장에 높은 절개를 더하니, 그 빛이 백세에 드리울 것을 어찌 의심하겠는가!(玹所爲文章, 淸警犀利而於詩尤屹爲名家. … 玹之詩, 在本朝五百年, 指不幾屈, 而其所十節圖詩, 尤爲美焉, 豈忠義血性之所流出, 不求工而自工者歟. 加羔裘於錦衣之上, 雖孩提之童, 無不知其美也. 以玹之文章, 而加之以姱節, 其光垂百世, 奚疑焉.)(최승효, 《문묵췌편文墨萃編(上卷)》 33쪽.)"라고 하였고,

또 창강은 《매천집梅泉集》 발간 2년 후에 나온 속집의 발문에서는, "매천 시는 늦게 대성大成했는데, 대략 초정楚亭 박제가와 같다고 할 수 있으나 웅건雄健함은 그에 지남이 있다.(詩盖晚而大成, 大略如朴楚亭, 而其健殆過之.)(金澤榮, 《梅泉集》〈跋文〉, 607쪽.)"라고 평가하였다.

그리고 역시 창강이 쓴 《소호당집韶濩堂集》에서는, "황매천의 시는 문보다 몇 배 더 좋으며, 소위 참된 별재가 있다. 득의의 작품으로는 〈오봉석벽五峰石壁〉, 〈탁애琢磑〉, 〈효효병십절구嘐嘐屛十絕句〉 등과 같은 여러 작품들이 있고, 기경하고 청웅해 누가 그의 적수가 되겠는가?(黃梅泉之詩, 長於文數倍, 眞所謂別才也, 其得意之作, 如五峰石壁琢磑嘐嘐屛十絕句等諸作, 其奇警淸雄, 誰將與之敵乎.)(金澤榮, 《合刊韶濩堂集》 卷8 〈雜言9〉)"라고 써서 매천시의 우수성을 또다시 입증하였다.

호산壺山 박문호朴文鎬는 《매천집》에 있는 〈매천황공묘표梅泉黃公墓表〉에

서, "매천은 구류백가에 정통하지 않은 것이 없어, 역사歷史·병형兵刑·전곡錢穀의 글에 능하였고, 더욱 명·청인明淸人의 문집에 밝았다.(九流百氏靡不通貫, 長於歷史兵刑錢穀之書, 尤熟明淸人文集)"라고 기록하였다. 창강 김택영이 매천의 친제親弟 황계방黃季方에게 준 서신에서, "매천시문을 우리나라에서 교정할 수 있는 사람은 박호산 한 사람 뿐(東土中, 加校梅集者, 惟壺山一人而已)"이라고 하였고, 또 다른 편지에서 박호산은 "오늘날 문장을 말한다면 추금·매천의 시와 영재·호산의 글(以近日言之, 秋琴梅泉之詩, 寧齋壺山之文)"이라고 표현했던 인물이었다.

매사每史 박창현朴暢鉉은 《매천집》에 있는 〈평어評語〉에서, "시는 이치와 기력과 성향聲響 세 가지를 갖춘 뒤에 바야흐로 명가名家가 된다. 이제 매천 선생의 시를 보니 그 이치의 정밀함이 봄 누에가 고치를 만든 것 같고, 기력의 굳셈이 장사壯士가 집을 쳐부수듯 하고, 소리의 밝음은 애절한 비파 소리가 집을 울리는 것 같으니, 시가 이와 같이 높은 경지에 이르면 가히 천고千古에 전할 만한데, 하물며 겸하여 높고 높은 큰 절개가 있었음에랴.(詩具理致氣力聲響三者, 然後方爲名家. 今觀梅泉先生之詩, 其理致之工, 如春蠶之作繭, 氣力之勁, 如壯士之斫營, 聲響之亮, 如哀筑之鳴堂, 詩之於此, 可以千古, 而況兼有巍巍之大節者乎.)(《梅泉集》〈評語〉, 27쪽.)"라고 평하였다.

매천의 지음知音 유당酉堂 윤종균尹鍾均은 〈매천선생찬梅泉先生贊〉에서, "약관으로 서울 나들이 하니, 문장文章은 진晉나라 문장가 육사룡陸士龍 보다 웅장했고/ 세상 어지러워 집으로 돌아오니, 기미는 당나라 사공도司空圖와 같다.(弱冠入洛, 文詞雄於士龍, 叔世還山, 氣味同於表聖.)"(《梅泉集》〈매천선생찬梅泉先生贊〉, 496쪽.)라 하였다.

순천부사와 남원관찰사를 지낸 겸산兼山 백낙륜白樂倫은 〈억매천憶梅泉〉이라는 시에서 다음과 같이 읊었다. "집을 기울여 천금의 재산으로, 고서를 진진하게 쌓아 두었지/ 송곳이 자루 채 나온 재주로, 기억과 외어 읽는 힘은 남보다 뛰어나/ 시는 청의 구계九谿 왕문청王文清보다 드날렸고, 문은 옛사람을 따를 수 있어/ 키와 비슷한 많은 그 저술들, 흔쾌히 대아大雅의 바퀴를 붙었네.(家傾千金産, 古書畜陣陳. 所以穎脫才, 記誦殊超倫. 詩能揚九谿, 文足追先民. 等身有著述, 快扶大雅輪.)"라고 써서 청의 옹정제 때 왕문청보다 뛰어난 시인이었음을 인정하였다. 그리고 세상에 훌륭한 장인이 없어 좋은 재목이 땔감이 되었다고 평가하였다.(최승효, 《문묵췌편文墨萃編(上卷)》, 120쪽.)

역시 매천의 문인 김상국金祥國은 1943년에 쓴 〈매천선생묘지명梅泉先生墓誌銘〉에서, "선생의 시는 한漢·위魏·당唐·송宋의 체에 구애되지 않고, 오직 천지일월天地日月과 성신운하星辰雲霞의 자연으로써 글 짓는 법을 삼았기 때문에 날로 새롭고 또 새로워져 한없이 기이하고 변화무쌍하니, 삼한고금三韓古今에 한 문호文戶를 창립하였다고 말할 것이다. … 전 판서 최익현이 한번 보고 그 특이한 인품과 기이한 외모에 감탄하였다.(爲詩, 不拘漢魏唐宋之體, 惟以天地日月星辰, 雲霞之文之文爲法, 故日新又新, 窮奇而盡變, 可謂三韓古今創立一門戶也. … 前判書崔益鉉一見, 歎其奇人奇表.)(최승효, 《문묵췌편文墨萃編(上卷)》, 147쪽.)"라고 기록하였다.

매천선생은 56세의 삶을 살다 돌아가셨지만, 선생이 우리에게 남긴 삶의 교훈은 무엇인가? 1864년 고종 즉위년부터 1910년 8월 22일 합방조약이 정해진 때까지 쓴 《매천야록梅泉野錄》이라는 47년간의 역사책을 개인이 써서, 일제가 1934년에 만든 《고종실록高宗實錄》과 《순종실록純宗實錄》을 보완해주는 놀라운 업적을 남기고 있다. 그리고 선생은 강위姜瑋(1820~1884), 김택영金澤榮(1850~1927)과 함께 조선 후기 3대시인의 한사람으로 선생이 쓴 시문詩文들은 해동海東에 우뚝 솟아 마음속 깊이 우리에게 심금을 울려주고 있다. 선생은 애국하는 마음이 남달라 우리나라 역사상 가장 많은 애국시愛國詩와 민속시民俗詩를 남긴 인물이었다. 주옥같은 한시漢詩

천 몇 백수를 비롯한 《매천전집梅泉全集》 5권을 남겨 조선 말기의 역사인식歷史認識을 하게 함과 동시에 감성感性을 우리에게 풍부하게 전해주고 있으며, 대한인大韓人으로서 한 점 부끄럽지 않는 삶의 표본을 제시하였다.

그 결과 선생에게는 1962년 '건국훈장 국민장'이 추서되었다. 1999년 8월에는 문화관광부가 '문화인물'로 뽑았으며, 2005년 11월에는 국가보훈처에서도 '이달의 독립운동가'로 선정하였다. 또한 1955년 이후 구례 매천사梅泉祠에 모셔져 매년 향례享禮를 올려드리고 있으며, 오늘날까지도 세인들의 추앙받고 있는 인물이 되고 있다.

4. 일러두기 : 속집의 역주 서술방식

속집에 있는 시들은 이미 번역된 《매천집》이나 《매천전집》 1권의 시들과 비교해 보면 제목만 다를 뿐, 같은 내용의 시詩들도 많이 있었다.

본고에서는 이미 《역주매천황현시집》에 번역된 시를 제외하고 가능한 새로운 시만 번역하려고 하였다.

서술방식은 기존의 《역주매천황현시집》과 같은 방법을 취했다.

① 시의 제목 다음에 한시의 종류를 써놓았다. 오언고시는 오고, 칠언절구는 칠절, 칠언율시는 칠율 등으로 시를 분류하여 놓았고,

② 한시의 종류 옆에 《매천전집》 권3에 있는 속집 원문의 페이지를 적어놓아 원문을 쉽게 찾을 수 있도록 하였다.

③ * 와 같이 표시된 부분은 원문에서 시의 제목 다음이나 끝부분에 원작자가 시의 이해를 돕기 위해 부기하여 놓은 내용이므로 이와 같이 표기하고 옮겨 번역하였다.

④ 시에 나오는 한자를 기록함에 있어 '簧 대숲황(피리), 管 붓관(대롱.

피리.), 緇 검을치(검은 비단. 검은 옷. 승복.)'처럼 한자에 담긴 여러 뜻을 괄호 안에 묶어 한자 학습에 도움이 되도록 하였다.

⑤《역주매천황현시집》에 이미 번역되어 있는 시는 제목을 적고, 번역되지 않은 부제副題만 번역하였다. 그리고 해설을 적어 추가 설명하였다.

⑥ 번역된 시 뒷부분에 간혹 해설과 감상을 곁들여놓아 한시 이해와 감상에 도움을 주고자 했다.

⑦ 책 뒤에 찾아보기를 2가지 방법으로 하였다. 인명·책명·용어로 찾아보는 방법과 시 제목으로 찾아보는 방법을 취하였다.

이 시집의 번역은 가능한 원문에 충실하여 직역하려 했으며, 한자어를 배제하고 현대국어로 옮기려고 하였다. 아울러 쉬운 한자漢字와 한자어漢字語까지 정리해 놓았기에 이미 번역된 《역주매천황현시집》과 더불어 한자와 한시漢詩 학습 및 어휘력 향상과 매천 선생의 사상 연구에 더없이 좋은 교재가 되리라 확신한다. 그리고 이 책을 구성함에 있어 동아백년옥편과 박문출판사 대한한사전이나 다음, 엠파스, 네이버 또는 야후 등에 있는 사전도 참고로 하였음을 부기한다.

역주 황매천 시집 속집

【병자고의 작시作詩 배경】 이 해는 대외적으로 강화도조약이 체결되어 일본日本 제국주의帝國主義에 문호를 개방하였다. 그 결과 일제에 치외법권과 해안측량권이 주어지는 등 불평등조약不平等條約이 체결되었다. 부산이 개항되었고, 그나마 영국산 면제품 등 일본 상인들이 가져오는 일체의 상품에 대해서 관세가 부가되지 않아 조선의 국내 산업은 전연 보호되지 않았다. 그 결과 조선의 면화 생산과 가내수공업에 치명적인 타격을 입게 되었으며, 이후로 조선 경제의 어려움은 점차 가중되어 갔다.

連旱百日, 植物盡焦, 因遣悶感物二首

연일 백일 동안 가뭄이 들어 식물들이 다 말랐다. 그로 인해 답답한 마음을 풀어 사물에 감응하여 두 수를 짓다　　　　칠절 2수 77

1수

茜本花紅旱已黃	꼭두서니[1] 붉은 꽃은 가뭄으로 누렇게 되었고
匏莖看出未看長	박 싹은 돋아 나와 아직 크게 자라지 않았네
沾塵雨足沾田少	겨우 먼지 적시는 비는 밭농사에 부족하고
時過移秧尙灌秧	모심기 지난 때라 오히려 심은 모에 물을 대네

견민遣悶 : 답답한 속을 품.　　茜 꼭두서니천(식물)

1) 꼭두서니 : 여러해살이 덩굴 풀로 여름에 노란 꽃이 피고, 어린잎은 식용하고 뿌리는 물감의 원료나 진통제로 씀.

匏 박포(바가지)   莖 줄기경   沾 젖을첨

2수 77

杏子皮皴未熟黃	살구 껍질이 주름져 익지 않은 채 누래지고
新篁又損去年長	새로 난 대나무는 작년만큼 자라나지 않았네
厓田早種愁先涸	비탈 밭의 조생종 벼 먼저 마를까 근심하여
手破乾泥揷倒秧	손으로 마른 흙을 파서 쓰러진 모를 심네

행자杏子 : 살구.   篁 대숲황(피리)   皴 주름잡힐준   조종早種 : 조생종. 올벼.
涸 마를학, 마를후   揷 꽂을삽(농기구 가래)

 감상

매천의 나이 약관 22세 때 지은 작품이다. 계속되는 가뭄으로 살구가 제대로 익지 않고 대죽순도 크지 않고 있다. 논바닥의 벼도 다 말라붙어 수심에 가득 차 있는 농촌의 현실을 표현하였다.

1876년 7월 19일 매천이 쓴 '봉주 어른께 답 올린 글 〈약사상봉장서略謝上鳳丈書〉'에 당시의 어려운 경제 현실을 토로하는 다음과 같은 내용이 있다.

"지금 농사는 비할 수 없는 흉작으로 좋은 전답, 아름다운 터전, 천리가 하나같이 붉게 타니 산림의 경륜으로써 백성을 살게 할 무슨 방법이 없겠습니까? '농사에 힘쓰는 사람은 하늘이 궁하게 하지 않는다'고 한 청나라 치수治水의 공이 있는 석범노인石帆老人의 말은 세상의 변고를 겪지 않았기 때문에 한 말입니다.

　　이제부터 황정黃精으로 죽 쑤어 먹고 기장으로 밥 지어 겨우 조석으로 때우고 물이나 마시고 책을 보면서, 귀로는 정중부의 난 때 세상이 어지러워 군중軍中에서 양식을 구하는 경계庚癸의 부르짖음을 듣지 않는다면 혹 죽음을 면할 수 있을 것이 아니겠습니까?”라 하였다.(《문묵췌편文墨萃編(上卷)》 74쪽)

田家夜話

농가의 밤 이야기

칠율 1수 78

晝暑輕薰夜暑淸	낮 더위 가벼운 훈풍이더니만 밤더위 맑아
連墻翳薄夏陰成	이어진 담장 엷게 가려 여름 그늘이 지네
桔槔徐疾菰蒲亂	물 긷는 두레박은 오르락내리락 줄1) 엉키고
木履踉蹡竹樹晴	나막신 신고 천천히 감에 대나무 깨끗하네
蚊子喙尖初釀毒	모기가 쏘아대자 처음으로 익은 술 독하고
鷄孫喉短未揚聲	닭 새끼 목 짧아 아직 목청을 높이지 못하네
兒嘻婦笑茅簷月	초가집 처마에 달떠 애들 기쁘고 부인 웃으며
相說如斯樂有生	화락함이 생겨 서로 이처럼 즐겁기만 하여라

전가田家 : 농부農夫의 집.　翳 가릴예(숨다)　桔 도라지길(두레박틀)
槔 두레박고　길고桔槔 : 돌을 매달아 그 무게로 물을 긷게 된 두레박.
菰 고미고　蒲 부들풀포
1) 고포菰蒲 : 줄 풀과 부들 풀.

목리木履 : 나막신. 跟 띨량 양장跟蹌 : 걸음걸이가 바르지 않음. 느림.
문자蚊子 : 모기. 喙 부리훼 釀 술빚을양 茅 띠모(띠로 지붕을 이은 집)

> 自三月初吉至閏五月望間, 旱氣愈熾. 米一斗受百二十
> 錢. 民情大乖, 拾橡探芋拮黃精. 播靑粱, 絡山籠原, 團
> 結成群. 偶郊行觸目悲酸, 夜坐永歎.

삼월 초하룻날부터 윤 오월 보름에 이르기까지 가문 기운이 더욱
왕성했다. 쌀 한 말에 백이십전을 받았다. 민심이 크게 흔들려 도
토리 줍고 토란을 캐며, 죽대 뿌리로 버티었다. 푸른 기장을 파종
하는 사람들이 산과 벌판에 줄이어 덮여 떼를 지었다. 우연히 교외
로 나가다가 눈에 비치는 정경이 몹시 슬퍼서[1] 밤에 앉아 길게 탄
식하였다.

칠율 1수 78

江天微白月沈輝	강 마을에 날 새지 않아 달빛 어스름한데
羃羃停雲逗不飛	구름은 자욱이 덮여 머물러 흘러가지 않네
農帖官人騎馬去	농부의 땅문서를 관인이 말 타고 가져가고
公逋野客賣牛歸	관청에 체납한 야객들은 소 팔고 돌아오네
凶年腹煖黃精餅	흉년엔 죽대 뿌리로 떡 해 먹어도 배 따뜻하고
閏夏身凉白芧衣	윤 여름에 몸 시원한 건 흰 모시옷 입음이라
盪檝摧檣何處水	노 젓고 돛대 꺾이는데 어느 곳의 물결인가
丹田屈曲呂梁磯	굴곡이 져있는 전단토[2]는 여량의 터[3]로다

초길初吉 : 음력 매달 초하룻날.　황정黃精 : 죽대 뿌리로 강장제로 쓰임.

橡 상수리나무상　芋 토란우　拮 일할길(버티다)　籠 대바구니롱(새장)

梁 대들보량(징검다리), 기장량(=粱)　청량미靑粱米 : 생동쌀. 조(=속粟)의 일종.

絡 이을락(두르다. 둘러싸다.)　酸 실산(초. 가난하다. 슬프다.)

1) 비산悲酸 : 비도산고悲悼酸苦의 준말. 아랫사람이 죽음을 당해 몹시 슬픔.

교행郊行 : 교외로 나감.　촉목觸目 : 눈에 띄다. 눈길이 닿다.

羃 연기덮일멱(밥보자기. 족도리.)　逗 머무를두(피하다)

야객野客 : 초야草野의 사람.　逋 도망갈포(포탈하다. 체납하다.)

공포公逋 : ① 장례식에서 관을 닦는 데 쓰는 삼베 헝겊. ② 사람들에게 진 빚.

포탈逋脫 : 도망하여 피함. 과세를 피하여 면함.

야객野客 : 벼슬을 하지 않고 지내는 양반 계급 사람.　凶 휴할흉　苧 모시풀저

백저白苧 : 뉘어서 빛깔이 하얗게 된 모시. 눈모시. 흰모시

盪 움직일탕(씻다)　檝 노즙, 노집　檣 돛대장

2) 단전丹田 : ① 단이 모이는 밭. 배꼽 아래. ② 전단토田丹土 : 흉년에 사람이 먹을 수 있는 하얀 흙.

굴곡屈曲 : 이리저리 꺾이고 굽음. 어떤 일의 자세한 경위. 인생의 성쇠가 번갈아 옴.　呂 음률려　磯 물가기(강가의 자갈밭. 낚시터.)

3) 여량기呂梁磯 : 강태공姜太公의 낚시터. 강태공 여상呂尙은 생업에 종사하지 않고 평생 위수渭水 강가에서 낚시질만 하였다. 배가 고프고 먹고 살기가 어려워진 부인은 견디다 못해 도망가고 말았다. 얼마 후 주周나라 문왕이 강태공을 발탁하여 사부師博로 받들었다. 왕에게 대우를 받으며 살아가고 있는데, 떠났던 부인이 태공을 다시 찾아왔다. 강태공은 부인에게 물 한 동이를 가져오라고 하였다. 그리고서 부인에게 물을 땅에 부어라 하고, 부은 물을 다시 쓸어 담으라고 하였다. 담지 못한다고 하자, 태공이 "당신과 나는 바로 그와 같다."라고 말하며 부인을 받아들이지 않았다. 태공망은 그 후 도탄에 빠진 은殷을 멸망시키고, 그 공으로 제후국 제나라의 시조가 되었던 대정치가가 되었다.

 감상

　가뭄으로 농사를 짓지 못하고, 먹고 살기 어려워진 농민들은 그나마 세금 걷는 관리들의 독촉에 견디지 못하고 있다. 결국 농사짓는데 가장 필요한 마지막 보루인 소를 팔고 돌아오고 있는 농민들의 참상을 읊었다. 맥령麥嶺이라고도 하는 춘궁기의 보릿고개를 넘기고 있는 촌민들은 초근목피로 배고픔을 달래야 했다. 부황浮黃이 들어 죽는 것보다는 소나무껍질이나 칡뿌리, 솔잎 등 무엇이든 먹어야만 했다. 굶어죽지 않기 위해 심지어 전단토田丹土나 흰 찰흙을 죽에 섞어 먹었던 것이 현실이기도 하였다.

贈相者

관상쟁이에게 줌

칠절 2수 79

1수

我推論相論非相	내가 상을 논하고 아닌 것을 논하다가
夢入蘭陵古世家	꿈속에 난릉[1]의 옛 세가에 들어가네
象外悟眞君識未	초연한 상태로 진실을 깨달음을 알지 못 한가
水中明月鏡中花	물속의 밝은 달이요 거울 속에 꽃이 있네

상자相者 : 관상쟁이. 관상가觀相家.
1) 난릉蘭陵 : 산동성 역현嶧縣의 고명古名. 난릉왕蘭陵王은 중국 북제北齊의 난릉왕 장공長恭이 주나라 군사를 금용성金墉城에서 무찌른 일을 노래한 무악舞樂. 난릉미주蘭陵美酒 : 유명한 난릉미주蘭陵美酒에 대해서 이백은 다음과 같은 〈울금

주鬱金酒〉라는 시를 썼다. "蘭陵美酒鬱金香(란릉미주울금향) 난릉의 좋은 술은 울금 향내 나고/ 玉椀盛來琥柏光(옥완성래호백광) 구슬 잔에 따르니 호박 빛이로다// 使主人能醉客(사주인능취객) 주인이 기꺼이 취하게 해 준다면/ 不如何處是他鄉(부여하처시타향) 이곳이 타향인들 무슨 상관있으랴"라고 읊었다.

세가世家 : 여러 대를 이어 가며 특권을 누리거나 세록世祿을 받는 집안.

상외象外 : 범속凡俗과 떨어진 경계境界. 평범하고 속된 것에서 초연한 상태.

2수 79

青裙黃髮皆南畝	푸른 치마 늙은이들 모두 남쪽 밭에 있는데
山下幽人獨在家	산 아래 조용히 사는 사람 혼자 집에 있네
送客不過橋店外	손님을 보내며 다리 주점 밖으로 가지 않고
江風吹在白蓮花	강가에 부는 바람만 백련 꽃으로 불어오네

황발黃髮 : 누른빛의 머리털. 70~80세의 노인.   畝 이랑묘, 이랑무
유인幽人 : 속세를 피해 조용히 사는 사람.

해설

전구轉句는 흔히 동양화의 화제畫題로 그려지고 있는, 호계삼소虎溪三笑의 고사가 생각나게 해 주는 부분이다. 중국 진晉나라 혜원법사가 여산廬山의 동림사東林寺에 은거하면서 호계虎溪를 건너지 않기로 정하였다. 하지만 도잠陶潛과 육수정陸修靜을 배웅하면서 무심코 건너버려 세 사람이 크게 웃었다는 고사이다.

감상

산마을의 부녀자 늙은이들 모두가 밭에서 일하고 있는데, 시인은 속세를 피해 산 아래 칩거하며 살고 있다. 어쩌다 찾아온 손님을 보냄에 마침 강가에서 불어오는 백련 꽃향기가 날리고 있다.

한 폭의 그림을 보는듯한 시중유화詩中有畵의 시이다.

> 日氣愈暍, 田野間雜草, 多有枯死者. 盖自純廟甲戌以後, 始有之旱. 各營列邑設祈雨祭. 掛佛像于市肆, 使衆緇之善呪者, 晝夜拜祝, 而終不雨至. 逐佛而舁還于寺, 驅其徒而出之境. 本邑亦然, 其間僧俗混淆淫雜, 殆半嚼肉, 攢墻之姦比比矣. 余聞而哂之曰, "天若有知則必旱也." 何則, 酒肉色三戒, 本西敎之初塗, 而猶鮮能之. 矧使而禱天乎. 且夫歷覽載籍, 旱則人君徹樂, 減膳, 陳寶玉, 禱于上帝, 禱于境內山川, 舞于雩, 祈于社. 字牧之禱則或於城隍, 或於龍神, 未聞稽顙拜手於夷狄之神. 將以求活我先王禮樂之民也, 縱雨有識者, 當恥而諱之. 況無必雨之理哉. 齊東之誤人多矣. 是必出於勝國之崇佛而習熟. 恬然莫之爲怪也歟. 因奮筆闢其無稽之事, 且以笑佛者之不自量云.

날씨가 더욱 더워져 들녘에 있는 논밭의 잡초가 고사하는 것이 많았다. 대개 순묘[1] 갑술년 이후부터 애당초 가뭄이 들었다. 각 관영과 여러 읍들이 기우소를 설치하고, 기우제를 지냈다. 시전에 불상을 걸어두고 중들 가운데 주문을 잘 하는 자를 시켜 주야로 절하고 빌었지만 끝내 비가 오지 않았다. 부처를 쫓아 절로 돌려보내고, 그 무리도 경계 밖으로 쫓아버렸다. 본 읍에서도 그러하였다. 그 사이에 승려와 속인들이 함께 뒤엉켜 음잡하여 태반이 고기를 먹고, 낱낱이 담장을 뚫는 간음을 하였다.

내가 소문을 듣고 이것을 비웃으며 말하기를, "하늘이 만약에 이 일을 안다면 반드시 가뭄 들게 할 것이다."라고 하였다. 왜냐하면 술과 고기와 색의 삼계는 본래 천주교가 처음에 더럽힌 것인데, 오히려 그렇게 할 수 있는 사람이 드물다. 하물며 그들에게 하늘에 기도하게 할 수 있겠는가? 또한 두루 여러 서책을 보니 가뭄이 들면 임금이 음악을 거두고, 반찬을 줄이며, 보옥을 늘어놓고 상제님께 기도하고, 경내의 산천에 빌고, 기우제를 지내며 춤추고, 토지신에게 기원하는 것이다. 고을 원님이 백성을 사랑으로 다스리며[2] 기도를 한 즉 혹은 성황에게 하기도 하고 혹은 용신에게도 한다. 오랑캐에게 머리를 조아리고 몸 굽혀 읍하고 절했다는 소리를 아직 듣지 못했다.

우리를 살리는 선왕의 법을 구하는 것이 예악의 백성이다. 비가 오더라도 유식자는 마땅히 부끄럽게 생각해 이를 꺼려야 한다. 하물며 반드시 비가 오리라는 이치도 없다. 제나라 동쪽에는 잘못된 사람들이 많았다.[3] 이것은 필시 전대의 고려왕조에서 불교를 숭상하는 풍습이 젖어 나온 것이다. 염연하여 괴상하게 여기지 않는다. 그로 인해 붓을 휘둘러 터무니없는 일을 물리치고, 또 불자들의 스스로 헤아리지 못하는 것을 비웃는 바이다.　　칠절 10수 79

1수 80

水陸喧呼白日遲	수륙굿[4]하며 떠들어도 대낮은 더디 가고
佛家今亦沒慈悲	불가에서는 지금까지도 자비가 없네
始知六責商郊雨	비로소 육책[5]을 알고 성 밖의 비 헤아리며

明在彌陀未入時 아미타불 밝게 있어도 때가 들어오지 않네

暍 더위먹을갈 전야田野 : 논밭과 들.
1) 순묘純廟 : 조선시대 순조 종묘. 이런 용어의 사용은 예를 들어 순조 임금 때의 할아버지 제사를 지낸다고 한다면, '몇 대조 할아버지는 순묘 갑술년에 (영의정) 벼슬을 하셨으며'라고 제문을 쓰고 읽으면서 그 할아버지가 언제 (영의정) 벼슬을 했는지를 밝히게 된다. 위의 시 제목에 나오는 '순묘 갑술년'은 1814년이다. 1811년 홍경래의 난 이후 안동김씨의 세도정치로 나라가 어지러운데다 가뭄이 계속되어 기우제를 지내왔다는 내용이다.
시사市肆 : 시전市廛. 緇 검을치(검은 비단. 검은 옷. 승복.)
승속僧俗 : 승려僧侶와 속인俗人.
혼효混淆 : 혼란. 淫 음란할음 舁 마주들여, 마주들거 嚼 씹을작 攢 모일찬
비비比比 : 이것저것이 다. 낱낱이. 흔히
墻 담장(경계) 서교西敎 : 예수교.
塗 칠할도(더럽히다. 진흙.) 초도初塗 : 회반죽.
鮮 고울선(선명하다. 드물다. 생선.) 靭 하물며신, 잇몸신
역람歷覽 : 여러 곳을 다니며 두루 봄. 재적載籍 : 서책書册. 서적.
인군人君 : 임금. 보옥寶玉 : 몸치장 할 때 쓰는, 분량이 썩 적은 귀중한 광물.
雩 기우제우 무우舞雩 : 기우제祈雨祭.
社 모일사(단체), 제사지낼사(땅귀신. 토지신.) 禱 빌도
2) 자목字牧 : 고을 원이 백성을 사랑으로 다스림.
성황城隍 : ① 지방관으로 공덕功德이 있어 지방 사람들의 제사祭祀를 받는 신.
② 성과 물이 없는 해자. 稽 상고할계(헤아리다) 顙 이마상(=액額)
계상稽顙 : 이마가 땅에 닿도록 굽혀 절함.(=계수稽首. 계상재배稽顙再拜.)
배수拜手 : 손을 들어 맞잡고 절함.
3) 제동야인齊東野人 : '중국 제齊나라 사람들은 어리석어 믿을 것이 못 된다'는 뜻으로, 의義를 분별하지 못하는 시골 사람.
승극勝國 : 바로 전대의 왕조王祖. 습숙習熟 : 배워 익혀서 숙달함.
恬 편안할념(고요하다) 염연恬然 : 마음이 이해에 좌우됨이 없이 안정함.

莫 없을막(말다. ~하지 말라.), 저물모 야여也歟 : 그러한가.

무계無稽 : 무거無據. 터무니없음. 황당무계荒唐無稽 : 말이나 행동이 터무니없고 근거가 없음. 闢 열벽(피하다)

4) 수륙재水陸齋 : 불교에서 떠도는 귀신들과 아귀餓鬼에게 공양하는 재. 수륙굿. 훤호喧呼 : 떠들며 부름.

5) 육책六責 : 군왕의 속죄. 육사자책六事自責. 은殷 탕왕이 큰 가뭄이 들자 상림桑林에서 하늘에 고하고 참회하였음. 곧 '政事의 不實. 民의 失職. 宮室의 廣大. 女嬌의 橫行. 刑罰의 加重. 直諫의 不納.'을 말함. "왕실이 근검절약하지 못했던가, 백성의 생업이 안정되었던가, 궁실이 엄숙하지 못하여 문란치 않았던가, 왕의 주위에 여청女請은 없었던가, 부당한 참수나 진정이 잦지 않았던가, 뇌물정사를 펴지 않았던가" 등의 내용이다. 郊 성밖교(국경. 끝.)

감상

수륙재 하며 가뭄으로 애타게 비를 기다리고 있다. 군왕의 속죄도 있지만 아직 비가 오지 않고 있다. 불교식 기우제를 비판하고 있는 시이다.

2수 80

江風起急蕩緇帷	강바람이 급히 일어나 검은 장막 혼탕하고
鈴鐸鏘鏘響六時	방울소리 맑게 여섯시를 울리네
寄謝多心賢太守	다정한 맘으로 현명한 태수님께 사례 드리니
何如處禱仲尼祠	공부자[1]의 사당에 기도함이 어떠한가

帷 장막유(휘장) 鏘 울리는소리장(높다) 鈴 방울령 鐸 방울탁

장장鏘鏘 : 쇠나 돌 따위의 울리는 소리가 맑음.

다심多心 : 너무 걱정을 함. 하여何如 : 어떠함.

1) 중니仲尼 : 공자孔子의 자字.

3수 82

貝葉蘭臺白馬馳	다라수잎[1]이 백마 달리는 곳 난대[2]에 있고
東京氣數此中衰	동경[3]의 기운이 자주 이 가운데 쇠하여 지네
聖人始至天何旱	성인이 비로소 왔는데 하늘은 어찌 가문가
正是窮推楚獄時	마침 추궁하여 한랑이 옥사[4]를 해결할 때로다

1) 패엽貝葉 : 패다라엽貝多羅葉. 옛 인도에서 불교 경전을 쓰는 데 사용하던 다라수多羅樹 잎. 패서貝書.
2) 난대蘭臺 : ① 춘추시대 초왕의 궁궐 이름. ② 한漢 왕실의 문고. 곧 문장을 관장하는 곳. ③ 후한 반고班固의 이름. 난대영사蘭臺令史에 있었기 때문임. ④ 어사대의 이칭.
3) 동경東京 : 경주慶州의 옛 이름. 후한後漢의 도읍지 낙양洛陽. 일본 수도인 도쿄.   궁추窮推 : 추궁推窮. 끝까지 캐어 따짐.
4) 초옥楚獄 : 후한後漢 명제明帝 때 초왕楚王 영英이 역적으로 몰려 일어난 옥사. 수시어사守侍御史 한랑寒朗이 초옥楚獄을 다스렸음. 이때 억울한 연루자가 수천 명에 이르렀지만 감히 아무도 말하지 못하였는데, 한랑이 명제의 진노를 무릅쓰고 상주하여 천여 명이 풀려났음.

4수 81

笑了雲山老法師	우습도다, 백운산의 늙은 법사가
空將枯舌誦阿彌	공연히 마른 혀로 아미타불을 암송하네
當年未禦焚身厄	당시에 몸 불사르는 액운을 막지 못하고
何有吾民暍死危	어찌 우리 백성이 더위로 죽을 위기에 있느뇨

禦 막을어   분신焚身 : 몸을 불사르는 것.   갈사暍死 : 더위 먹어 죽음.

5수 81

一盞明燈五采旗　밝은 등불 아래 오색 깃발[1] 날리는데
袈裟不動坐如尸　가사가 움직이지 않아 앉아 있는 시체와 같네
老龍無事珠宮裏　늙은 용은 일도 없이 진주궁 속에 있고
曉出蜿蜒海月移　새벽에 꿈틀꿈틀 나가고 바다 달 옮겨가네

盞 잔잔(술잔), 등잔잔
1) 오채五彩 : 흑黑·백白·청靑·황黃·홍紅의 다섯 가지 색채.
尸 주검시, 시동시(제사 때 신을 대신하는 아이)　蜿 꿈틀거릴원
蜒 꾸불꾸불할연　원연蜿蜒 : 용 또는 뱀 등이 꿈틀거리며 나아감. 길게 뻗쳐 있음.
해월海月 : 바다 위에 뜬 달. 해파리.

6수 81

不信禪門誦普慈　선문에서 보자보살 암송함을 믿지 않고
徒憑愚俗惠無知　한갓 어리석은 풍속 빙자해 은혜 알지 못하네
牛羊得意休屠日　소나 양은 도살하지 않는 날 좋아하여
草沒前江路黑歸　앞강에 풀 없고 길 어두워져 돌아오네

선문禪門 : 선종禪宗의 문파. 불문佛門.
보자보살普慈菩薩 : 상비보살常悲菩薩. 33관음 가운에 하나임.
愚 어리석을우, 나우(자기의 겸칭)　屠 죽일도

7수 81

金剛努目有何思	금강역사 눈 부릅뜨고 무엇을 생각하는가
丈六居然六面皮	장육존상 거연하게[1] 육면피가 있네
天外空傳銅柱海	하늘 밖에 부질없이 동주[2]의 전설 전하는데
芒芒黃日繞須彌	망망한 저녁 햇살 수미산을 둘렀도다

노목努目 : 성을 내어 눈을 부라림.

1) 거연居然 : 슬그머니. 쉽사리. 평안하고 조용한 상태. 뚜렷이 나타나는 모양.

면피面皮 : 낯가죽.

2) 동주銅柱 : 구리로 만든 기둥. 한 무제가 신명전을 짓고 그 위에 이슬을 받는 승로반을 설치했는데, 신선이 두 손을 펴고 승로반과 옥으로 만든 잔을 들고 있는 모양이었다. 무제는 이곳에서 받은 이슬에 옥가루를 섞어 먹고 신선이 되기를 꿈꾸었다고 함. 《신이기》에 따르면 곤륜산에 구리 기둥이 있는데, 그 둘레가 삼천리나 되고 하늘에 닿을 정도로 높았다. 芒 까끄라기망(어둡다.)

망망芒芒 : 지치고 싫증남. 정신이 어리둥절함. 넓고 멈. 繞 두를요(얽히다)

8수 82

城南城北敎坊兒	성곽의 남북에 있는 교방[1]의 아이들이
淺笑輕嚬百態奇	살짝 웃다 가볍게 찡그려 온 자태 기이하네
粉窟夜拖和尙夢	기방에서 밤에 스님의 꿈을 꾸니
知應勝似萬金施	마땅히 만금의 보시보다 나음을 알겠도다

1) 교방敎坊 : 조선시대 장악원掌樂院의 좌방左坊과 우방右坊. 좌방은 아악雅樂을, 우방은 속악俗樂을 맡았음. 고려의 기생妓生 학교.

경빈輕嚬 : 잔웃음. 가벼운 찡그림.　粉 가루분(색칠. 분을 바르다.)

窟 굴굴(움집. 토굴.)　굴법당窟法堂 : 굴속에 지은 법당.

拖 끌타(끌다. 버려두다. 풀어놓다.)　화상和尙 : 수행을 많이 한 중. 중의 높임말.

9수 82

唵嚂眞言絶妙辭　옴마니 염불소리 절묘한 이야기이고

自言不許世人知　스스로 말하며 세인의 앎을 허락 치 않네

祭天安用蠻夷語　하늘에 제사하며 어찌 오랑캐 말 쓰리오

我有一篇雲漢詩　나에게 한편의 은하수 읊은 시 있도다

唵 머금을암(움켜먹다. 주문呪文할 때 쓰는 발어사.)　嚂 입에넣을람

진언眞言 : 염불소리.　세인世人 : 세상사람.　운한雲漢 : 은하銀河.

10수 82

山澤風雷至象垂　산택손[1] 풍뢰익[2]이 상[3]에 드리워 있어

先天神物有蓍龜　몸에 지니고 있는 신물이 시귀[4]에 있네

朝朝但見西雲密　아침마다 서쪽 구름이 조밀한 것을 보고

無已吾將問伏羲　어쩔 수 없이 나는 복희씨[5]에게 묻네

산택山澤 : 산천. 산림천택山林川澤.

1) 산택손山澤損 : 주역 64괘卦의 하나임.　雷 우레뢰(천둥. 북치다.)

2) 풍뢰익風雷益 : 주역 64괘卦의 하나임.

象 코끼리상(점괘상. 조짐. 일월성신.)

3) 상수象數 : 《주역周易》의 괘卦에 나타난 형상과 변화를 말함.

선천先天 : 몸에 지니고 있음.   신물神物 : 영묘한 물건.

4) 시귀蓍龜 : 점치는 데 쓰이는 톱 풀과 거북. 전하여 점占.

5) 복희伏羲 : 중국 고대의 전설상의 제왕帝王으로 3황 5제 중 중국 최고의 제왕. 《역경》〈계사전〉에 복희가 팔괘八卦를 처음 만들고, 그물을 발명하여 어획·수렵의 방법을 가르쳤다고 한다. 몸은 뱀과 같고 머리는 사람의 머리를 하고 있어서 해·달과 같은 큰 성덕을 베풀었다하여 대호大昊(끝없이 넓고 큰 하늘과 같음), 또는 대공大空이라고도 한다.

田家散詠

농가에서 한가롭게 읊다

칠절 4수 82

1수

負鑱剗靑草	보습 짊어지고 푸른 풀을 깎으며
理我田間道	내 밭으로 가는 샛길을 다스리네
桑陰有笑聲	뽕나무 그늘에서 웃음소리 나는데
看屋兩女老	집을 보니 두 늙은 노파가 있네

전가田家 : 농가農家. 농부 집.   鑱 보습쇠참(가래 : 토구土具)

剗 깍을잔   간도間道 : 샛길.

2수

童童原上樹	아이들마다 나무에 오르는 걸 보아
不長今春雨	금년의 봄비는 오래가지 않겠구나
去年水禾根	지난해는 벼 뿌리 물속에 있었는데
强撒靑粱黍	억지로 푸른 기장을 뿌려보노라

撒 뿌릴살 粱 기장량(좋은 곡식)

3수 83

蒲席曬長牟	왕골자리 쬐어 말리는데 소 길게 울고
去呼兒童見	가서 아이들을 불러 보네
柴門掩半歟	사립문은 반쯤 기울어져 닫혀 있고
對臥黃耳犬	누워서 대하다보니 황이[1] 개가 있도다

蒲 부들포(왕골) 曬 쬘쇄 牟 소우는소리모 歟 아의(감탄사. 기울다.)
黃 누를황(어린아이) 이견耳見 : 마음으로 보지 못하고 귀로 보는 것.
1) 황이黃耳 : ① 명견名犬의 이름. 서진西晉때 육기陸機의 애견愛犬 이름. 육기
가 고향을 떠나 낙양에서 벼슬살이를 하고 있있는데, 하루는 고향 소식이 궁금하
여 개의 목에 편지를 매어주고 다녀오라고 시켰다. 답장을 목에 걸고 돌아왔는데,
그 거리가 2,400여 리였다고 한다. ② 명마名馬의 이름. 위魏나라 때 선비鮮卑가
천리마를 바쳤는데, 백색에 두 귀가 황색이었으므로 황이黃耳라 하였다.

4수 83

旱使稻葉黃	가뭄으로 벼 잎사귀 누렇게 되더니
雨使稻花白	비로 인해 벼꽃이 하얗게 되었네
雨旱皆何如	비가 가물면 다 이와 같이 되는가
飛蝗又千百	날아가는 황충이가 또 천백이 되네

蝗 누리황(황충)　旱 가물한(뭍. 육지.)

種麥歌

보리 심는 노래　　　　　　　　　　　　오고 1수 83

種麥勿種麥	보리 심되 종자보리는 심지 마오
今冬食已乏	금년 겨울에 식량이 벌써 부족하다네
不如種蕪菁	차라리 무청을 심는 것만 같지 못해
氷散卽咬葉	얼음이 녹으면 곧바로 이파리나 씹는다네
明年二三月	명년 이삼월 달에 가서
僵尸如橫堵	빳빳한 시체는 비낀 담장과 같으리라
誰人炊麥飯	누가 불을 때서 보리밥을 하고
寒食上先墓	한식날 조상 묘에 제사 올리겠는가
我聞東城倉	내가 소문으로 듣건대 동쪽 성곽 창고에

縱橫萬斛積　　　만곡이 종횡으로 쌓여있어도
白日鐵門潒　　　대낮에 철문으로 흘러 다녀
群鼠爲國賊　　　쥐 떼들이 국가의 도적된다는데
那轉太守心　　　어떻게 태수의 마음을 바꿀 것인가
離眸照窮廬　　　늘어진 눈동자들 오두막에서 빛나는데
不許甁粟賑　　　한 병 곡식의 진휼도 허락하지 않네
發令豺虎如　　　발령을 시호와 같이 하여
刻日董官租　　　날짜를 정하여 감독관[1]이 세금부과하고
衆皀爛相望　　　여러 하인들 마음아파 서로 보고
旋風入山村　　　회오리바람처럼 산촌으로 들어가니
明炬下復上　　　밝은 횃불 위 아래로 있네
村人朝不炊　　　촌사람들 아침밥도 짓지 못하고
緣崖拾橡栗　　　벼랑에 인연하여 산밤나무 열매 줍다가
日落各扶將　　　해 떨어지자 각기 부측하여 돌아오니
柴門響蟋蟀　　　사립문에 귀뚜라미 울고 있네
願言謝官人　　　원컨대 나으리들
暫我性命許　　　잠시 나의 목숨[2]을 살려주시오
明年麥必豊　　　내년에는 보리농사 반드시 풍년들 건데
割我種麥去　　　나의 종자보리를 빼앗아 갑니까?
古人重麥政　　　옛사람이 보리 정책을 중시 한 것은
本爲貧者惜　　　본래 가난한 사람을 위해 아끼라고 한 것인데

觀今富人宜種麥   지금 보면 부자들은 마땅히 보리 심지만

貧者何由能種麥   빈자들은 어떻게 보리를 심을 수 있을 것인가

菁 우거질청(순무) 咬 물교(깨물다) 驀 말탈맥(뛰어넘다)
종횡縱橫 : 거침이 없음. 가로와 세로. 만곡萬斛 : 아주 많은 분량.
㴑 흐를돌(=流) 眸 눈동자모(자세히 보다.) 瓶 병병(단지. 시루.)
각일刻日 : 날짜를 정함. 董 동독할동, 감독할동(간직하다)
𥹉 고소할흡(穀之馨香. 낟알) 皂 하인조, 마구간(=皁의 속자)
爛 문들어질란(너무 익다)
1) 감동관監董官 : 궁궐을 짓는 등 국가의 공사를 감독하기 위하여 임시로 임명하
던 벼슬. 爛 빛날란(문드러지다. 헐다.)
선풍旋風 : 회오리바람. 세상을 흔드는 사건. 炬 홰거(사르다)
洛 물이름락(서울이름. 잇닿다.) 橡 상수리나무상 연율橡栗 : 산밤나무 열매.
2) 성명性命 : 사람의 천성天性과 천명天命. 목숨이나 생명.

 **해설**

　이 시는 매천의 대표적인 사회 비판시이다. 1876년 이 해는 '한해旱害와
상해霜害가 심하여 벼 한 말 값이 백전百錢으로 뛰어 올라 굶어죽는 시신이
넘쳐나고, 마을이 처참하여 백성들은 진휼을 기대했으나 진휼의 소식은 없
었다.'라고 《매천야록》은 기록하고 있다. 오두막에서 굶어 죽어가는 빈민
들의 모습은 참혹하다. 종자마저 세금으로 걷어가는 관리들에게 아무것도
기대할 수 없었고, 오로지 산밤나무 열매나 주워 먹고 살아가는 촌민들의
비참한 현실을 그렸다.

　위당 정인보가 일찍이 '매천시는 한려恨厲함에서 뛰어났다'라고 말했듯
이, 매천시의 특징은 맹렬하고 격렬함이 그 특징으로 되어 있다. 시의 내
용과 표현에서 굴하지 않는 지절정신志節精神과 비판정신批判精神에서 느껴
지는 미감이다.

有人過面, 相訪自謂舊知. 且有若能詩, 然及成視之, 未
免坐談之譏, 聊爲一噱

얼굴 한번 스쳐지나갔던 어떤 사람이 서로 찾아보며 스스로 말하기
를 구면이라 하였다. 또 시에 능한 것 같았으나, 그러나 그를 익히
잘 보면 앉아 담소하고 기롱하는데 벗어나지 못하였다. 애오라지
한번 껄껄 웃었다   칠율 1수 84

今來相見話前今　　지금 와서 서로 보고 예전과 지금을 말하며
一束松枝夜火深　　한 다발 솔가지를 밤에 태워 불꽃이 성하네
旱後山多禾黍雨　　가뭄 든 후 산촌 벼기장 밭에 비 흠뻑 내리고
海邊村有竹洞陰　　해변 어촌 죽동 마을이 어두워져 있네
經綸被壞豊年玉　　계획한 포부 무너져 풍년이 옥 됨을 알며
文字元疎擲地金　　문자가 원래 소원해져 금같은 땅을 버리네
病起偏驚秋節至　　병이 생겨 한편으로 놀랍더니 가을이 오고
漫漫風露野螿吟　　지리하게 이슬바람에 들녘의 쓰르라미 우네

면상面相 : 얼굴 생김새. 관상　구지舊知 : 안면이 있는 사람. 구상식舊相識.
譏 비웃을기(나무랄기)　미면未免 : 아직 면하지 못함.　噱 껄껄웃을갹(입벌리다)
야화野火 : 밤에 태우는 불.　경륜經綸 : 일을 조직하고 계획하는 것. 포부.
擲 던질척　漫 질펀할만(흩어지다)　만만漫漫 : 멀고도 지리함.
풍로風露 : 바람과 이슬. 바람에 빛나는 이슬.　螿 쓰르라마장

獨夜

외로운 밤

칠율 1수 84

明河如練曉增波	은하수 총총 마전하듯 새벽 물결 더해지고
屋角山衝北斗斜	집 모퉁이 산 솟아있고 북두성은 기울었네
三生世劫蟬聲遠	삼생의 세겁을 선탈한 매미소리 아득하고
一夜秋懷雁夢多	하룻밤 가을 회포로 기러기의 꿈 많아라
滄江暮雨靑菰葉	창강1)이 비속에 저물고 부추 잎 푸르며
大野天風白稻花	큰 들녘에 하늘 바람 불어 흰 벼꽃 피어있네
儒者躬耕知本色	유생이 몸소 농사짓는 것이 근본임을 알고
詩成聊復製農歌	시 완성하고 즐기며 다시 농부가를 짓노라

練 익힐련(경험하다) 衝 찌를충(맞부딪치다) 삼생三生 : 과거, 현재, 미래의 세
상. 전생과 현생과 후생의 총칭. 刼 겁탈할겁(구속하다)
1) 창강滄江 : 검푸른 강. 매천의 지우 김택영의 호.
菰 향초고(부추) 聊 귀울료(즐기다)

七夕詞

칠석사

3수 84

1수

愁雲輕抹半天開	수심 찬 구름 살짝 걷혀 반쯤 하늘 열리고

一葉桐凉細雨來　오동잎 하나 쓸쓸한데 보슬비 오네
却憶河邊洗車地　도리어 수레 씻는 곳 물가가 생각이 나
今宵淚得幾行回　오늘밤에도 몇 줄기 눈물을 흘릴 것인가

수운愁雲 : 수심이 가득 찬 기색. 슬픔을 느끼게 하는 구름.
抹 바를말(칠하다. 지우다.)

2수 85

人天宰物本無心　인간계와 천계의 사물을 주관해 본마음이 없고
忍使生離兩恨深　참으며 생이별 해 견우직녀의 한이 깊어지네
年年不許頻相見　해마다 서로 자주 봄을 허락하지 않았으니
似勵人間衽席淫　인간에게 힘써 침실을 음란하게 하는 것 같네

인천人天 : 사람과 하늘. 인간계와 천계.
宰 재상재(우두머리. 주관하다.)　勵 힘쓸려(권하다)
衽 옷깃임(여미다. 옷섶=袵과 동자.)　임석衽席 : 요. 자리. 침실.

3수 85

冉冉牛車鵲背忙　소달구지 나아가니 까치는 달아나기 바쁘고
若爲籌得曉更長　만약 좋은 괘를 뽑는다면 새벽이 길어지리라
當時愽望乘槎日　그 당시 신선이 되어 옥황상제 뵈오면
何不申情理玉皇　상제님이 이 정리를 어찌 풀어주지 않으리

冉 : 나아갈염(부드럽다)   염염冉冉 : 나아감. 연약함.   우차牛車 : 소달구지.
籌 투호살주(세다. 헤아리다.)   약위若爲 : 여하如何. 어찌. 어떻게.
慱 근심할단(둥글다)   槎 떼사, 나무벨차   옥황玉皇 : 도가에서 '하느님'을 말함.

寄沈君允瑞 四絕

심군 윤서에게 보냄   칠절 4수 85

▌*沈君玉果澤村人也. 與余有夙契於三溪講舍, 時俱習功令, 作
程試之文. 其後契濶經歲, 因有信處請私藁數編. 余之棄此者
已久, 遂走筆書此以贈.

심군은 옥과 택촌 사람이다. 나와 더불어 삼계강사[1]에서 일찍이 관계
를 맺고, 그 때 공령문[2]을 함께 배우고 익히며, 정시[3]의 문장을 작성하
였다. 그 후 관계가 멀어지고 세월이 지났는데, 편지하는 곳이 있어 사
사로이 청하여 수 편을 엮었다. 내가 이 사람을 멀리한 지 오래되어 드
디어 글을 빨리 써서 보냈다.

1) 공령功令 : 과거문科擧文.
夙 일찍숙, 삼갈숙   契 맺을계
2) 삼계강사三溪講舍 : 삼계강사계안三溪講舍契案은 전북유형문화재 제160호.
삼계강사三溪講舍는 전북 임실군 오수면 둔덕리 584번지에 있었으며, 효령대군의
증손인 춘성정春城正 이담손을 중심으로 1618년 광해군 때 강사를 창립하여 7개
부락의 인근 학도들을 교육하는 서재로 운영되었다. 삼계강사에 보관되어 있는
135개 서책과 95장의 고문서는 조선시대 향촌사회의 모습과 함께 혼례, 상례, 관
례들을 알 수 있는 귀중한 자료임.

3) 정시程試 : 과거 시험의 일종. 濶 트일활(성기다. 멀다. 闊의 속자)
信 믿을신(편지) 熏 마를고(위로하다) 주필走筆 : 글이나 글씨를 흘려 빨리 씀.

1수 86

日薄雲彤釀雪天	희미한 햇빛 붉은 구름 속 설천에 술이 있고
寒山低入草堂前	겨울 산 나직하게 초당 앞으로 들어가네
秋來只管滄溟事	올 가을 내내 바다 일들을 관리하였더니
鷗夢鴻程共黯然	갈매기의 꿈 기러기 길만 눈에 암암하옵네

일박日薄 : 햇빛이 엷은 황색이 됨. 햇빛이 없어질 무렵.
설천雪天 : 눈 내리는 날. 눈 내리는 하늘. 彤 붉을동 管 피리관 溟 어두울명
程 길이단위정(법도) 黯 어두울암(슬프다) 암연黯然 : 슬프고 침울함.

2수 86

荊門霜重五更初	사립문에 서리 짙게 오더니 오경이 막 되어
續續將燈舊燼除	계속하여 전에 탄 등잔불의 심지만 자르네
獨見吳洲千里月	홀로 오주[1]의 천리에 뻗친 달을 보니
故人此夜讀何書	옛사람은 이런 밤에 무슨 책을 읽었는가

燼 탄나머지신
1) 오주吳洲 : 이백李白의 시 〈송장사인지강동送張舍人之江東〉에 나오는 오 땅으
로 해설 참조.

해설

오경五更이면 시간상으로 새벽 3시부터 5시까지를 말한다. 서리가 짙게 내리는 늦가을 밤에 새벽까지 책을 보고 있는 매천이다. 등잔불의 탄 심지를 없애며 밝은 달밤의 오주를 생각하고 있다.

전구轉句의 '독견오주천리월獨見吳洲千里月'은 매천이 이백李白의 '강동으로 가는 장사인을 전송하며'라는 〈송장사인지강동送張舍人之江東〉 시 결구結句를 용사用事한 것이다.

"張翰江東去(장한강동거) 장한이 멀리 강동으로 떠나가니/ 正値秋風時(정치추풍시) 마침 가을바람 불어올 때라네// 天淸一雁遠(천청일안원) 맑은 하늘에 외기러기 멀리 날고/ 海闊孤帆遲(해활고범지) 넓은 바다에 돛단 배 하나 천천히 가네// 白日行欲暮(백일행욕모) 밝은 해는 뉘엿뉘엿 저물려 하고/ 滄波杳難期(창파묘난기) 푸른 물결 아득히 재회는 기약 없네// 吳洲如見月(오주여견월) 오 땅의 물가에서 달을 보거든/ 千里幸相思(천리행상사) 천리 밖 이 몸을 생각해 주게나"라는 시이다.

용사用事란 용전용典이라고도 하며, 한시작법漢詩作法에서 전고典故나 사실事實을 인용하는 것을 말한다.

3수 86

雲山籬落桂花垂	백운산 울타리에 계수 꽃 드리워져 있고
事病三秋不事詩	가을 석 달 동안 병에 힘써 시 짓지 않았노라
强覓東溪精舍夢	억지로 동계 정사1)를 찾아가는 꿈꾸었고
研朱浮白幾多時	주자를 연구하고 술 마시며 많은 시간 보냈네

삼추三秋 : 가을 석 달. 세 해 가을. 삼 년 세월.　覓 찾을멱

1) 정사精舍 : 학문을 가르치는 집. 정신을 수양하는 곳. 예안禮安의 동계정사 등
이 있음.   부浮 : 술을 마시다.   기다幾多 : 꾀 많음.

 감상

　가을에 병으로 시도 쓰지 않았고, 동계정사東溪精舍를 찾아가는 꿈을 꾸
며 성리학을 연구하면서 시간을 보냈다고 하였다.

4수 86

蒼鴉飜盡野光明	늙은 까마귀 밝은 밤에 다하여 날고
門掩荒城畵角聲	닫힌 문 황폐한 성에 화각 소리 들려오네
隔岸楓林千樹外	건너편 언덕의 단풍 숲은 뭇 나무들 밖이요
連鴻橫憂暮潮生	기러기 연속 비껴날고 저녁 조수 밀려오네

蒼 푸를창(늙다)　飜 날번(엎어지다)　鴉 갈가마귀아(검은빛)
憂(=夏의 속자) 긴창알(예법. 부딪치는 소리. 두드리다.)
조수潮水 : 바다 면의 높이가 높아졌다 낮아졌다 하는 현상. 또는 그 바닷물.

> ### 有自嶺外至者一宿論詩

고개 밖에서 오는 사람 있어 하룻밤 자며 시를 논함　　칠율 1수 86

七月秋光亦已淸　칠월의 가을빛은 역시 맑기만 한데

前家柿實未全成	앞집 감나무의 감은 아직 익지 않았네
竹來山月牛羊夕	대숲에 산달이 오고 소양은 석양에 있으며
蟬帶野風禾黍晴	매미는 밤바람 속에 있고 벼기장 맑구나
江上閑農憂世事	강가의 한가한 농부는 세상사를 근심하고
嶺南行客有詩聲	영남으로 가는 나그네는 시 읊는 소리 있네
凶年不廢看書在	흉년에도 그치지 않고 책을 보고 있지만
被此愚人已半生	이렇게 어리석은 사람은 반평생을 보냈네

柿 감나무시(=시柿의 속자) 야풍野風 : 속되고 야만스러운 풍속. 야속野俗.

蟬

매미   오절 1수 87

夕陽滿前山	석양 노을이 앞산에 가득하고
又照淸溪岸	또 푸른 냇가 언덕을 비추네
急急啼復啼	다급하여 울고 또 울어대니
知應爲夜短	응당 밤이 짧음을 알겠도다

送王君素琴游昇平

왕군 소금[1]을 보내며 승평에서 놂 칠율 1수 87

强半東華夢軟塵	거의[2] 다 핀 국화는 가벼운 티끌 속의 꿈이요
重來明月馬前新	다시 밝은 달 나와 말 가는 앞길이 새로워라
可憐潘岳栽花地	가련하도다, 반악[3]이 꽃 꺾은 땅이여
枉道韓康賣藥人	한강[4]이 정도를 그르쳐 사람에게 약 팔았네
古木圍城驚歲晚	고목이 성을 에워싸고 세월이 늦어 놀랍더니
芙蓉臨水露天眞	부용꽃이 물에 접해 자연 그대로 드러나 있네
散才無用荒年穀	재인은 쓸모없어 흩어지고 곡식은 흉년인데
家在方山寂寞濱	집은 방장산 적막한 물가에 있더라

1) 강반强半 : 4분의 3. 전통 산학에서 1/2은 중반中半, 1/3은 소반少半, 1/4은 약반弱半, 그리고 2/3는 태반太半이라 하였음.

2) 소금素琴 : 왕사천王師天의 호.

軟 부드러울연(약하다)   연진軟塵 : 가벼운 티끌.

3) 반악潘岳(247~300) : 서진西晉 때의 시인으로 자는 안인安仁. 벼슬이 황문시랑까지 올랐지만 권세가 가밀의 집에 드나들며 아첨하다 주살되었다. 용모가 미남이었으므로 미남의 대명사로 쓴다. 작품에 망처亡妻를 애도한 〈도망시悼亡詩〉가 유명하며, 〈서정부西征賦〉, 〈추흥부秋興賦〉 등이 있다.

왕도枉道 : 정도正道를 그르침.

4) 한강매약韓康賣藥 : 《후한서》〈한강전漢康傳〉에 있는 고사임. 한강韓康은 후한 패릉인覇陵人으로 자는 백휴伯休. 항시 약을 명산에서 캐다가 장안에 팔았다. 30여 년 동안 두 가격으로 약을 팔지 않았다. 어떤 여자가 값을 깎아주지 않아 노

하여 말하기를, "그대는 한백휴인데, 어찌 약값이 그러한가?"라고 따졌다.

　한강이 말하기를, "나는 본래 이름을 숨기고자 했다. 이제 이 여자가 나를 다 알아버렸으므로 약을 팔아서 무엇에 쓰리오."라고 말하며 패릉산중으로 숨어버렸다.

노천露天 : 지붕 등으로 가리지 않은 한데. 바깥.　천진天眞 : 자연그대로의 참됨.
불생不生, 불멸不滅의 참된 마음.　황년荒年 : 흉년.　방산方山 : 방장산方丈山.

素琴榻同眠

소금과 자리하며 함께 잠자다

칠율 1수 87

江上人居似瀼東	강가 위쪽에 살아 이슬에 함뿍 젖은 것 같고
壯心羸疾共秋風	마음속의 큰 뜻 병 되어 가을바람과 함께 하네
靑山地淺難藏鶴	산 푸르고 땅이 낮아 학이 숨기 어렵고
南海霜遲不見鴻	남쪽바다 서리 더디어 기러기를 보지 못하겠네
綠髮少年三代話	윤기 나는 소년의 검은머리는 삼대의 이야기요
黃花晚節一樽空	황국화 늦게 피는 시절에 술 항아리는 비어 있네
凉巾敗舄增搖落	엷은 두건 헤진 신에 뜻한 일 더욱 그르쳤고
斜日逢君亂樹中	석양에 그대 만나니 나무 가운데 혼란스럽도다

강상江上 : 강가 언덕 위.　瀼 흐를낭, 이슬흠, 치르르할양
장심壯心 : 마음에 품은, 훌륭하고 큰 뜻.　羸 여윌리
녹발綠髮 : 검고 윤기 나는 아름다운 머리.　舄 신석, 까지작
요락搖落 : 흔들어 떨어뜨림. 늦가을에 나뭇잎이 떨어짐.

從氏自川寸適次將理江海之行

종형님이 마침 천촌에서 와 만나 '장리강해지행'[1]을 차운하다

칠율 1수 88

題饈未必定詩豪	떡 놓아두고 글 써 꼭 시호[2] 정하지 못하겠고
案上焦桐袖孟勞	책상에 오동나무 태워 옷소매가 처음 수고롭네
早汐射堂休小檠	이른 썰물 속 사당 앞에 작은 등불 꺼지고
朔風驚樹備重袍	삭풍이 불고 나무 놀래 거듭 도포를 준비하네
燕山棗栗謀生足	연산에 있는 대추 밤의 풍족한 생산을 꾀하고
楚客蓴鱸着意高	초객은 순채와 농어를 두고 뜻이 높아지네
此地一帆卽千里	이 땅에서 돛단배 하나로 천리 길을 가며
昂然秋色溢眉毫	가을빛이 밝게 눈썹 꼬리에 넘쳐 있더라

1) 장리강해지행將理江海之行 : 장차 강해로 가려 함에.

종씨從氏 : 사촌형. 상대편의 사촌형제.   장차將次 : 앞으로. 차차.   饈 흰떡고

2) 시호詩豪 : 매우 뛰어난 시인詩人.   案 책상안(지경. 경계.)   汐 썰물고

袍 도포포(예복으로 입던 남자의 겉옷. 두루마기.)   棗 대추조(대추나무)

연석燕石 : 북경 연산에서 나는 돌. 옥과 비슷하나 가치는 없음.

蓴 순채순   鱸 농어로   昂 밝을앙(오르다. 높다.)

 해설

경련頸聯의 '초객순로착의고楚客蓴鱸着意高'는 순갱로회蓴羹鱸膾의 고사와
관련이 있다. 순갱로회는 '순나무국과 농어회'라는 뜻으로 '고향을 그리워
하는 마음'을 비유하여 이르는 말이다.

이 고사와 관련이 있는 장한張翰은 앞서 '〈기심군윤서寄沈君允瑞〉 제2수 86' 해설에 언급되었다. 장한은 제왕齊王을 섬겼는데 벼슬은 동조연東曹掾이었다. 장한이 고영顧榮에게 말했다. "천하가 어지러워 화난이 그치지 않소. 나는 본래 산림에 있던 사람이어서 세상에서 바라는 것이 없소." 또 가을바람이 부는 것을 보고서 오중吳中의 고채菰菜, 순채蓴羹, 노어회鱸魚膾를 생각하며 말했다. "인생에서 귀한 바는 뜻에 맞는 것을 얻는 것인데, 어찌 몇 천리를 벼슬살이로 떠돌면서 명성과 작록을 구하겠는가?"라고 말하고, 마침내 벼슬을 그만두고 고향으로 돌아갔다고 한다.

매천이 대과大科에 응시하지 않고, 낙향하여 평생 구례에 칩거하며 생원 진사로 자족했던 의지가 표출되어진 시이다. 매천은 훗날 장한을 추앙하며 〈고향순로故鄕蓴鱸〉라는 칠절 1수의 시를 쓰기도 하였다. 이 시는 《역주매천황현시집》(하권) 264쪽에 번역되어 있다.

> 重陽後五六日, 河東鎭巖人成蕙永字彩五號南坡來訪. 是湖海夙聞者. 今夏遊京師, 學詩於姜秋琴文瑋, 且益習近體, 爲余說秋琴詩累百編. 因及李藕船金阮堂諸名家, 皆可喜可誦. 余聞秋琴久矣. 因經宿連酬.

중양절이 지난 후 5, 6일이 되어, 하동 진암 사람인 성혜영의 자는 채오, 호는 남파가 내방하였다. 이는 호해에서 들어본 분이었다. 금년 여름 경사로 유학하여 강추금 문위[1]로부터 시를 배웠고, 또 근체시를 더욱 익혀서 나를 위해 추금시 수 백편을 말해 주었다. 그로 인해 이우선[2], 김완당[3] 등 모든 명가에 미쳤는데 모두 즐길 만하고 암송할 만 했다. 내가 추금에 대해서 들은 지 오래였다. 그런 연유로 밤새도록 연이어 수창하였다.

칠율 4수 89

1수 89

白露爲霜晚景寬	이슬이 서리되어 저녁 풍경이 더욱 좋아
讀書聲落大江寒	책 읽는 소리 큰 강가에 차갑게 흩어지네
秋琴已老那由聽	추금선생 늙어 어떻게 좋은 말씀 듣겠는가
野菊雖殘可少看	들국화 시들었다 해도 조금은 볼 수 있네
黃葉似山天際路	단풍잎은 산같이 쌓여 하늘 끝 길에 있고
斜陽留客竹西欄	석양에 객은 죽서 난간에 머물러 있네
騷人也亦憂時事	시인도 역시 이때 왜구의 일을 근심하며
極目慘紛渺莫端	뵈는 것 마다 참혹하여 끝없이 아득 하여라

*南坡道京中音耗, 籍籍及倭擾. 有澹庵之義, 故落句用之.
　남파가 서울의 소식과 난잡한 왜구의 소요를 말해주었다. 조용한 초막
　의 뜻이 있었으므로 낙구[4]로 이를 이용하였다.

호해湖海 : 호수와 바다. 바다처럼 넓고 큰 호수. 강호(은자隱者나 시인詩人, 묵
객墨客 등이 현실을 도피하여 생활하던 시골이나 자연)
1) 추금秋琴 : 강위姜瑋(1820~1884)의 호. 고환당古懽堂 또는 자기慈屺라고도
하였다. 추사 김정희를 섬겨 그의 학문을 배웠다. 강추금의 시제자인 남파 성혜영
과 영재 이건창을 통해 매천이 알게 되었던 조선 후기 3대 시인의 한사람. 통역관
중인 출신으로 신분이 불우했다.
2) 이상적李尙迪(1804~1865) : 자는 혜길惠吉, 호는 우선藕船, 서얼출신. 조선
후기 역관으로 중국 문인과 교우를 맺고, 중국에서 《은송당집恩誦堂集》의 시문집
을 간행했다. 그밖에 저서로 《통문관지通文館志》, 《동문휘고同文彙考》가 있다.
3) 완당阮堂 : 추사 김정희의 호. 만경晚景 : 해가 질 무렵의 경치. 철 늦은 경치.
백로白露 : 흰 이슬. 24절기의 하나. 처서와 추분秋分사이에 들어감.

소인騷人 : 초楚의 굴원屈原이 지은 《이소부離騷賦》에서 유래한 말로, 시인과 문
사를 일컬음.   耗 소모할모, 동태모(동정)
음모音耗 : 음신音信. 먼 곳에서 전하는 편지. 신식信息.
적적籍籍 : 여러 사람의 입에 오르내림. 난잡함. 흩어짐.   庵 암자암(초막)
4) 낙구落句 : 귀글의 맨 마지막 귀. 10구체 향가의 경우 그 첫머리에 감탄사를 써
서 시상詩想을 고양시키면서 종결지음.

2수 89

百度流螢送苦音	한껏 쓰르라미 괴로이 읊조려 보내는데
廊房如水夢痕沈	사랑방은 물처럼 꿈의 흔적으로 잠겨 있네
城寒戍笛難成曲	찬 성곽 수자리의 피리소리 곡조 이루기 어렵고
江淨歸鴻恰見心	맑은 강에 기러기 와 내 마음을 보는 것 같네
山下孤燈樽酒盡	산 속 외로운 등불 아래 동이 술은 다 했고
月中雙杵洞門深	월궁의 쌍 절구 소리에 마을 문 깊이 있네
論詩我亦求天品	시를 논하며 나 역시 천품을 구하노니
方爨枯桐正幾尋	마른 오동나무 불 때며 좋은 기미를 찾네

백도百度 : 온갖 법률과 제도.   螢 쓰르라미장   廊 사랑채랑
爨 불땔찬(부뚜막)   찬취爨炊 : 밥을 지음.

3수 89

白竹窓虛緩點燈	흰 대 창문이 비어 있어 점등이 늦어지고
霜林噓氣夜天澄	숲 속의 서리 기운 불어오고 밤하늘 맑네

月明野色秋何逈	밝은 달 들녘의 가을빛은 어찌 멀리 있느뇨
潮滿江聲曉未增	만조 된 강물소리라서 새벽에 더 크지 않네
不可一番無晋士	제일 먼저 도연명1) 없이는 가능하지 않고
更將千首學唐僧	시 천수 가지고 다시 당의 승려를 배우네
眼前吃飯猶難事	눈앞에 밥 먹는 것도 오히려 어려운 일이라
素性漁樵病不能	본성이 어초를 좋아하는 병 능하지 못하네

噓 불허(울다. 거짓말.) 澄 맑을징
1) 진사晋士 : 진진의 도연명陶淵明을 말함. 소성素性 : 본디 타고난 성품.

4수 90

河南何處有名山	강남 어느 곳에 유명한 산이 있는가
叢桂深深夢逾顔	계수나무 숲 깊고 깊어 꿈속에 환희 밝네
遙夜江鳴紅樹裏	멀리 밤 강가 붉은 나무속으로 울려오고
高人家在白雲間	고결한 사람 집은 흰 구름 속에 있도다
陽厓種菊霜猶煖	양지 벼랑에 심은 국화 서리에 따스하고
海館休詩誓不還	해관에서 시 짓지 않으면 맹세코 돌아오지 않네
直欲凌秋尋遠約	다만 가을을 능멸코자 멀리 찾기를 약속하며
一琴一劍向秦關	거문고와 칼 하나로 진나라 관문을 향하네

休 쉴휴(그치다. 편안하다. 아름답다.) 휴시休詩 : 시를 짓지 않음.
진관秦關 : 중국 함곡관函谷關. 함곡관은 지세가 매우 험함.

夜宿泉隱寺禪堂

밤에 천은사 선당에서 자다   칠율 1수 90

松根有路入山微   솔뿌리에 길 있어 산에 들어가니 희미한 길

好看千峰各暝暉   봉마다 보기 좋아 각기 어둠 속에 빛나네

扃戶月明客何夢   닫힌 문 달빛 밝아 객은 어찌 꿈을 꾸는가

空廊風落佛無衣   빈 회랑에 쓸쓸히 바람 불어 부처님 위의[1] 없네

江湖一別秋光晚   강호에 한번 이별하니 가을빛 늦어지고

文學將成世道非   문학이 장차 이루어져 세정의 도가 아니네

欲向方壺絶處住   방호산으로 가고자 하나 사는 이 단절되고

丹砂鼎裏白雲飛   단사[2]는 솥 안에 있는데 흰 구름만 날아가네

扃 빗장경(닫다. 밝다.)   住 살주, 머무를주(그치다)   방호方壺 : 방장方丈.

1) 위의威儀 : 위엄이 있는 엄숙한 태도나 차림새.

2) 단사丹砂 : 주사朱砂. 천연 광물로 전광顚狂 경간驚癎의 진경제鎭痙劑로 쓰임.

午向三日庵

낮에 삼일암[1]으로 향하다   칠율 1수 90

人在山南日在東   사람이 산 남쪽에 있고 해는 동쪽에 있는데

下山鍾落上山風   산 아래 종소리 울려오고 산 위엔 바람이 부네

窮河月晩仙槎泛	물 다한 곳에 달 늦게 떠 신선의 배 떠있으며
照地花開佛界空	꽃 피고 땅에 비추어 부처 세계 비었도다
楓葉未黃秋在外	단풍잎은 물들지 않아 가을이 밖으로 있고
梧桐先落氣虛中	오동잎 먼저 떨어져 그 가운데 기운이 허하네
懶殘一去衡雲古	게으른 나머지 한번 가고 형산의 구름 아득한데
不見當爐淺撥紅	마땅히 향불을 보지 못해 붉은 빛이 얕아 지네

*時有嶺南居安. 其姓者住于西庵云, 而天文地理陰陽卜筮壬遁
算數之術無不該恰好. 一叩試聽而寺僧以爲日前自言省親而
去故, 句內兩及之.

이때에 영남에 거안하는 자가 있었다. 그 성씨가 서암에서 머물렀다고
하는데, 천문지리 음양 복서 임둔[2] 산수의 술법이 맞지 아니함이 없었
다. 한번 묻고 시험하며 들어보았는데 절간에 있는 스님이 일전에 스스
로 친히 살펴보고 말하며 가버렸으므로, 글 내구 양쪽으로 이에 미쳤다.

1) 삼일암三日庵 : 지리산 천은사에 딸린 삼일암을 말함.
槎 떼사(뗏목) 선사仙槎 : 신선이 탄다는 배. 衡 저울대형
爐 화로로(향로. 뙤약볕.) 淺 얕을천(엷다. 좁다.) 撥 다스릴발(없애다)
거안居安 : 편안한 곳에 살다. 흡호恰好 : 딱 맞음. 叩 두드릴고(물어보다)
2) 임둔壬遁 : 육임六壬과 둔갑遁甲. 여기에 태을太乙을 더해 삼식三式이라고 함.
음양오행의 원리로 점을 치는 방법임.

暮入華嚴寺宿寂黙堂

저물어 화엄사 적묵당에서 자다   칠율 1수 91

落日相尋松下來　　해 지자 소나무 아래로 서로 찾아 오니

千年石老寺門臺　　오래된 천년 바위 절 문 누대에 있네

飇飀萬木空山冷　　나무마다 바람소리 나는 텅 빈 산이 차갑고

斷續疎鍾古殿開　　종소리 끊겨 멀어지고 옛 전각 열려 있네

飯後已當三丈月　　식사 후라 마땅히 삼장 높이 뜬 달이요

塔高猶上一稜苔　　높은 탑1)은 오히려 이끼가 심하도다

支冠直造團蒲宿　　지관2)을 직접 만들고 둥근 부들자리에서 자며

不待風篁遇辯才　　대 숲 바람 기다리지 않고 변재3)를 만나네

飇 바람소리수　飀 바람소리류

일고삼장日高三丈 : 아침 해가 높이 떴음.

1) 고탑高塔 : 화엄사 사사삼층석탑을 말하는 듯함.

稜 업신여길릉(능가하다. 심하다.)　苔 이끼태

2) 지관支冠 : 맨 상투에 갓을 쓰는 게 아니고, 지관으로 상투를 덮고 그 위에 갓을 썼음.　蒲 부들포(창포. 냇버들. 부들자리.)

3) 변재辯才 : 말 잘하는 재주(꾼).

午向內院菴

낮에 내원암으로 향하다   칠율 1수 91

出寺秋風動	절간에서 나오는데 가을바람 일어나고
兩行靑竹林	양 길가에는 푸른 대숲을 이루었네
蒼涼日初上	푸른빛 서늘하여 해가 처음으로 뜨고
疎密樹還深	거칠고 조밀한 나무 아직도 무성하네
得句遠山色	연구를 얻음에 멀리 산색이 일고
觀經淸水音	불경을 보면서 맑은 물소리를 듣네
老僧長獨坐	늙은 스님은 오랫동안 혼자 앉아
能記夢觀音	능히 꿈속에 관음경[1]을 기억 하더라

蒼 푸를창(우거지다) 관음觀音 : 관세음보살의 준말.
1) 관음경觀音經 : 묘법연화경(법화경) 28품 중에 제25품에 '관세음보살보문품'만
을 따로 떼어서 관음경이라 함.

到庵午酬

암자에 도착하여 낮에 수창하다   칠율 1수 92

曲欄懸在度溪鍾   굽은 난간에 매어단 냇가 종소리로 때 알며

入洞尋僧入院逢	골 입구에서 스님 찾아 만나 절에 들어가네
石經裡鳴高碉水	돌에 새긴 불경[1]에서 물소리 높게 울려오고
秋花上覆老年松	가을꽃이 늙은 소나무 위로 덮여져있네
西風韻士淸凉夢	서풍에 시 읊는 선비는 청량한 꿈꾸고
千歲彌陀少壯容	천년 세월 미타불은 젊고 씩씩한 얼굴이네
野客還驚霜候早	야객은 새벽 서리 기후에 놀라 돌아오고
尖尖新鍔現前峯	뾰족 뾰족한 새로운 칼 봉우리 앞에 있네

度 법도도, 헤아릴탁 운사韻士 : 운치있는 사람.
1) 석경石經 : 유교의 경전을 돌에 새겨, 강학의 전거로 한 비碑.
야객野客 : 벼슬하지 않고 지내는 초야에 묻혀 사는 사람.
鍔 칼날악 악악鍔鍔 : 높은 모양.

夕投金井庵

저녁에 금정암에 투숙함

칠율 1수 92

秋陽一道寺門前	가을 햇빛 속 길 하나 절문 앞에 있고
潑翠蒸黃草樹天	질푸르고 샛노란 풀숲이 지천으로 갈려 있네
世外機關空色界	바깥세상 온갖 일이 모두 다 공색계인데
山中文字大同年	산중의 문자는 대동[1]의 해이더라

蟬聲引客凉生葉	매미소리가 길손 끌어 잎에 청량함 생기고
稻氣連江淡抹烟	벼 기운이 강에 이어지고 안개 걷혀 맑아지네
石磵東邊老桐上	석간수 동쪽 주변의 늙은 오동나무 위로
重來明月政高懸	거듭 밝은 달이 찾아와 높이 걸려있네

潑 뿌릴발(물이 튀기다)   翠 물총새취   蒸 찔증
황증黃蒸 : 보리와 밀이 누렇게 되는 병.   공색空色 : 맑은 하늘색.
색계色界 : 욕계欲界에서 벗어난 깨끗한 물질 세계. 여색女色의 세계.
1) 대동大同 : 천하가 번영하여 화평하게 됨. 큰 세력이 합동함. 대체로 같음.

庵欄午憩乂手

암자 난간에서 팔짱을 하고 낮에 쉬다   칠율 1수 92

山菊先霜已有花	산국화에 먼저 서리 내려 벌써 꽃 피어 있고
七星壇下數枝斜	칠성단 아래로 몇 개의 가지 기울어있네
僧參淨水觀人性	스님은 맑은 물가로 가서 인성을 보고
客借黃庭讀道家	객은 황정경1)을 빌려 도가 책을 읽네
古木噓凉堂上磬	고목나무 쓸쓸히 울고 당 위에 경쇠 있으며
細泉淘白石間沙	작은 샘은 하얀 거픔 일고 돌 틈엔 모래 있네
江光入眼歸鴻早	강 빛이 눈에 들어와 기러기 일찍 오고
一出空門世路多	한번 불가를 나가니 세상길 많기만 하여라

乂 풀벨예(다스리다. 어질다.)   정수淨水 : 깨끗한 물. 정한 물.
1) 황정경黃庭經 : 도교道敎의 경문經文 또는 경전經典.
磬 경쇠경(옥이나 돌로 만든 악기)   淘 일도(물에 흔들어 일다)
공문空門 : 불도佛道.   세로世路 : 세상을 겪어 나가는 일.

出洞

골짝을 나오며

칠율 1수 93

路出藤松萬翠西	길가로 등나무 솔 나와 서쪽으로 푸르게 있고
天王門下有淸溪	천왕문 아래로 맑은 시냇가 있도다
洞雲葉散江頭去	구름 낀 동구에 잎 새 흩어져 강나루로 떠가고
山果條繁石上低	산 과일 가지 무성하여 돌 위에 쳐져있네
荒歲郊原行逕熟	흉년 든 해 성 밖 들녘의 소로로 깊이 가보니
凉天風日爽懷題	서늘한 하늘 풍일 속에 밝게 시제가 생각나네
墻陰晒穀茅檐午	그늘진 담장 띠 집 처마에서 낮에 곡식 말리고
隱約邨鷄店後啼	은밀히 촌닭은 주점 후원에서 울고 있네

강두江頭 : 강가 나룻배 타는 곳.   逕 소로경(좁은길. 지름길.)
熟 익을숙(깊히. 곰곰이.)   晒 쬘쇄(=曬)   檐 처마첨(추녀)
은약隱約 : 말이 분명하지 않음. 작고 간략함.

川庄適當八月十五日, 夜坐望月

냇가 농막에서 마침 8월 15일을 맞이하여 밤에 앉아 달을 바라보다

칠율 1수 93

人生此夜好團圓	인생살이 이 밤에 가정이 원만해서 좋고
競賀東峯淨掃烟	다투어 동쪽 봉우리에 솟은 달 깨끗하여 좋네
萬里淸光亭午世	만 리를 비추는 밝은 빛은 정오[1]의 세계요
十分元氣太陰天	원기가 충분히 있는 태음의 하늘이로다
燭幽不待輪高後	촛불은 높이 뜬 둥근 달을 기다리지 않고
戒滿先愁影落前	계율이 꽉 차 먼저 그림자 앞에 시름겹네
下界何須空眷戀	하계에선 어찌 헛되이 간절히 그리워하나
自家盈缺度千年	스스로 집에서 차고 기울어 천년을 헤아리네

망월望月 : 달을 바라봄. 보름달.　정소淨掃 : 깨끗이 쓺.

단원團圓 : 둥근 것. 가정이 원만함. 한 가정이 화합함.

1) 정오亭午 : 정오正午. 낮 12시.

원기元氣 : 타고난 기운. 만물의 근본적인 힘. 심신의 활동력.

태음太陰 : 달을 지구의 위성衛星으로 일컫는 말

권련眷戀 : 간절하게 생각하며 그리워함.　영결盈缺 : 남고 모자람.

十七日過鶉江入昇平界, 路上作用前韻

17일 순강을 지나 승평의 경계로 들어가며, 길가에서 앞 운을 사용
하여 지음

칠율 1수 94

荒荒日出對江圓	흐릿흐릿한 해 나와 강을 대하니 둥그렇고
客子行烟不見烟	객은 안개 낀 곳을 가며 안개를 보지 못하네
遠渡流雲爭墮水	멀리 흐르는 구름 지나 다투어 물 떨어지고
高山老樹獨摩天	높은 산 늙은 나무는 홀로 하늘을 어루만지네
孤村背路楓林外	외딴 마을의 뒷길은 단풍 숲 밖으로 있고
匹馬嘶秋雁影前	필마가 가을에 울어 기러기 그림자 앞에 있네
方丈三旬詩幾就	방장산 머문 서른 날에 시의 기미 좋아지고
去時果穀已成年	갈 때에는 과일과 곡식이 벌써 익어있더라

荒 거칠황(흉년들다. 변방.) 객자客子 : 나그네.
嘶 울시(목이 쉬다) 삼순三旬 : 상순, 중순, 하순. 서른 날. 삼한三澣.

秋懷

가을을 회상함

칠율 2수 94

1수

橘軟楓酣競晩芳	귤 연하고 단풍 한창인데 꽃 늦어 다퉈 피고

大江天氣夜來霜　　큰 강에는 하늘의 기상 있어 밤 서리가 오네
忙收早穀春秋水　　바쁘게 올곡식을 걷어 맑은 물에 물방아 찧고
倦曝殘書對午陽　　게을리 남은 책을 쪼이며 낮에 햇빛을 대하네
眞境得詩摩詰畵　　참 지경에서 시 얻어 마힐[1]의 그림이요
閑中養病蓋公堂　　한가한 가운데 천석고황[2] 길러 공당을 덮네
慇懃獨向寒蟬暮　　은근히 혼자 가는데 쓰르라미 저물어 울고
一角茅簷拖影長　　띠집 처마 모퉁이로 긴 그림자 끌어당기네

酣 즐길감　軟 연할연　芳 꽃다울방
추수秋水 : 가을철 맑은 물. 번쩍이는 칼 빛. 사람의 신색이 맑고 깨끗함.
倦 게으를권(고달프다)　曝 쪼일폭
1) 마힐摩詰 : 당의 왕유王維의 자. 시인, 남종화南宗畵의 시조. 그의 그림에는 시
의詩意가 풍부하고 시 또한 화의畵意가 넘쳐 소동파蘇東坡는 '시중유화詩中有畵,
화중유시畵中有詩'라고 평하였음.　공당公堂 : 공무를 보던 곳.
2) 천석고황泉石膏肓 : 샘과 돌이 고황에 들었다는 뜻으로, 고질병痼疾病이 되다
시피 산수풍경을 좋아함.　拖 끌타(잡아당기다. 풀어놓다.)

2수 94

燈前寒菊已含芳　　등불 앞의 찬 국화는 벌써 향기를 내뿜고
河漢粼粼月照霜　　맑은 은하수 달빛은 서리를 비추이누나
海上秋風生白屋　　해상에 가을바람 불어 초라한 집에 생겨나고
嶺南天氣近重陽　　영남의 천기는 중양절이 가까워 질 때라
靑雲未見千家佛　　청운을 보지 못했어도 집집마다 부처 섬기며

白日空忙萬卷堂	대낮에 공연히 만권당[1]에서 바쁘기만하네
衆相玲瓏難把定	중생 상은 영롱하여 잡아 정하기 어렵고
商量徒費片心長	헤아리고 헛되이 써 작은 마음 자라나네

한국寒菊 : 겨울에 피는 국화. 동국冬菊.　하한河漢 : 중국의 황하. 은하계銀河
系.　粼 묽맑은린　백옥白屋 : 초라한 초가집.
1) 만권당萬卷堂 : 고려 충선왕이 원나라에 있을 때 많은 서적을 갖춰 두고 원의
여러 학자와 사귀던 곳.　영롱玲瓏 : 광채가 찬란함. 금옥金玉 울리는 소리가 맑
고 산뜻함.　도비徒費 : 헛되이 씀. 함부로 쓰기만 함.　편심片心 : 작은 마음.

重陽日次小杜齊山登高

중양일에 소두[1]의 '제산등고'를 차운함　　　칠율 1수 95

霜颷天末夢魂飛	서릿바람 부는 하늘 끝에 몽혼이 날리고
虹月滄江隱小微	무지개 달빛이 창강[2]에 어른어른 비추네
物換星移驚幾度	사물이 변하고 별 옮겨져 법도의 기미 놀랍고
登山臨水賦將歸	산에 오르고 물가에서 돌아오며 부를 짓네
冠傾澹泊寒花影	갓은 담박하게 찬 국화꽃 그림자에 기울었고
筆落蒼凉古木暉	붓끝은 처량히 고목에 걸린 햇빛에 떨어지네
不用悲秋秋更好	가을이 슬프지 않아 가을이 더욱 좋고
青青楚色上荷衣	푸르디 푸른 가을 빛[3] 은자의 옷깃에 오르네

1) 소두小杜 : 당 말기 시인 두목杜牧을 말함. 두목의 자는 목지牧之. 노두는 두보杜甫.　颷 폭풍표(회오리바람. 광풍. 飇와 같음)

몽혼夢魂 : 꿈속의 넋.

홍월虹月 : 무지개 달.　賦 구실부(조세. 부역. 시가를 짓다. 문체 이름.)

2) 창강滄江 : 검푸른 강. 창강 김택영의 호.

담박澹泊 : 마음이 깨끗함. 맛이나 빛이 산뜻함.

한화寒花 : 늦가을이나 겨울철에 피는 꽃.

창량蒼凉 : 처량하다. 황량하다.

필락筆落 : 붓을 대다. 글을 쓰다.

3) 초색楚色 : 저물어가는 동정호의 물 빛깔. 가을 빛.

荷 연하(=연蓮)　하의荷衣 : 연잎 옷. 선비의 청렴하고 소박한 옷.

 해설

　제목의 소두小杜는 당 시인 두목을 말하고, 2행의 창강滄江은 김택영을 말한다.

中陽夜

중양절 저녁에

칠율 1수 95

脫屍人間齷齪憂	인간의 탈을 벗고 좀스럽게 근심하다가
適來佳節便娛遊	마침 좋은 가절이 와 곧 즐겨 자적해지네
醉呼明月今何夕	밝은 달 환호하며 취해 지금 어떤 밤인가
詩到重陽別是秋	중양절에 시를 써 특별한 가을이로다

白玉無言天下士　　백옥1)은 천하의 선비로 말이 없는데
黃花不發嶺南州　　황국화는 영남 고을에 피지 않았더라
臨流采采茳蘺晚　　흐르는 물에 채소 씻으며 강리2) 캐느라 늦고
惟有離騷一段愁　　오직 이소3)를 생각하며 한 조각 근심 있네

屣 신사(짚신. 신을 끌다.)　娛 즐거워할오(편안하다)
齷 악착할악　악착齷齪 : 도량이 좁음. 다투는 모양.
1) 백옥白玉 : 흰 옥. 백옥봉白玉峯(1537~1582)을 말하는 듯함. 백옥봉의 본명은
광훈光勳. 자는 창경彰卿. 장흥 출신으로 진도에 유배 온 노수신에게 배워 진사시
에 합격하여 참봉에 있었다. 최경창, 이달과 함께 조선 중기 삼당시인三唐詩人으
로 유명했으며, 절구絶句에 능했다. 《옥봉집》이 있음.
采 캘채(따다)　채채采采 : 많이 캐는 모양. 여러 가지 일. 화려함.
茳 천궁모종강, 향초이름강(돗자리를 만듦)
蘺 돌피리, 천궁이리
2) 강리茳蘺(=江蘺) : 천궁의 묘苗. 강리과에 딸린 홍조류로 우무를 만들 때 우무
가사리와 섞어서 씀.
3) 이소離騷 : 굴원屈原(BC343~277?)의 《초사楚辭》에 실린 작품. 《초사》는
2,490자로 된 서사시로 굴원의 충정과 비탄, 애국과 원망, 참회와 절망을 묘사하
였다. 초楚나라 왕족 출신인 굴원은 뛰어난 재능으로 26세에 회왕懷王의 신임을
얻어 대부가 되었으나, 그의 재주를 시기하는 간신들에 의해 모함을 받고 추방당
하였다. 회왕이 진秦나라에서 죽고 태자가 경양왕이 되었지만 자란이 굴원을 다시
참소해 장사에서 절명작인 '장사를 그리며'라는 〈회사懷沙〉를 남기고, 굴원은 음
력 5월 5일 멱라수汨羅水에 빠져 죽었다.

聞雁

기러기 소리를 듣고　　　　　　　　　　　칠율 1수 95

北海年年早識秋	북해에서 해마다 일찍 가을이 옴을 알고
金風一頓盡天浮	서풍[1]이 갑자기 불어와 온 천지 부동하네
冥濛野樹蒼鴉陣	들나무에 날 어두워 까마귀 줄지어 들고
浙瀝蘆花白鷺洲	갈꽃은 산들산들 백로 물가에 헤살짓네
千里雲山胡地信	천리 길 구름 산에 북녘 땅 소식이요
五更霜月漢宮愁	오경의 서리 달에 한궁의 근심[2]만 생기네
美人不見湘江曲	미인은 상강곡[3]을 보지 못하고
獨抱瑤絃上古樓	홀로 좋은 거문고 안고 옛 다락에 오르네

1) 금풍金風 : 가을바람. 가을은 서방西方에 해당하며, 서쪽은 오행 중에 금金에 해당하여 시문에서 가을바람을 지칭할 때 씀. 浙 강이름절　瀝 거를력(밭치다) 절력浙瀝 : 비나 눈이 내리는 소리. 가을바람 부는 소리.

2) 한궁수漢宮愁 : 이태백李太白이 쓴 〈왕소군王昭君〉이라는 시에 다음과 같은 내용이 있다. "昭君拂玉鞍(소군불옥안) 소군이 옥안을 떨치고/ 上馬啼紅頰(상마제홍협) 말에 올라 붉은 뺨에 눈물지네// 今日漢宮人(금일한궁인) 오늘은 한나라 후궁의 몸이지만/ 明朝胡地妾(명조호지첩) 내일 아침은 오랑캐 땅의 첩인가" 왕소군은 본래 한나라 원제元帝의 후궁이었는데, 흉노와의 화친 정책으로 흉노의 호한야呼韓邪(BC58~BC31) 선우單于에게로 시집가게 되었다. 황량한 흉노 땅으로 끌려가는 슬픔을 노래한 시이다.

3) 상강곡湘江曲 : 악곡의 이름으로 순舜임금의 비인 아황娥皇과 여영女英의 노래. 순임금이 죽자 두 비는 상수湘水에 빠져 죽었음.

(栗)

알밤

칠율 1수 96

驪黃疑虎犬疑狼	의심컨대 누렁 말은 호랑이요 개는 이리 같고
猬栗團圓疑轉蜣	모인 밤송이 둥글어 말똥구리 구르는 것 같네
錐刺可欺呑鐵貘	송곳으로 찔러 쇠 삼킨 표범을 속일 수 있고
棘城難售觸藩羊	가시성[1]엔 울타리를 떠받는 양 팔기 어렵네
陶鎔蜈汁能銷鴆	질그릇의 지네 즙으로 짐독[2]을 녹일 수 있고
漕運狙糧不畏蝗	조운[3]에 원숭이 식량 있어 황충도 두렵지 않네
種竹十年秋有實	대나무 심은 지 십 년에 대 열매 열리고
月中山篴引鳴凰	산속에 달이 떠와 피리 불며 봉황을 부르네

狼 이리랑 猬 고슴도치위 蜣 말똥구리강

貘 짐승이름맥(북방종족) 棘 멧대추나무극(가시나무)

1) 극성棘城 : '가시 성'이란 뜻으로 험한 성. 삼국시대 만주 금주에 있던 성으로 선비족의 모용씨가 294년 북부여의 세력을 몰아내고 도읍을 정했음.

售 팔수(팔리다. 유행하다.) 藩 덮을번(지키다. 울타리.)

도용陶鎔 : 도야용주陶冶鎔鑄의 준말. 훌륭한 스승 밑에서 인격을 갈고 닦음. 수련함. 蜈 지네오 오즙蜈汁 : 한약재로 독毒을 다스리는데 쓰임.

銷 녹일소(흩어지다. 다하다.) 鴆 짐새짐(올빼미 비슷한 독조)

2) 짐독鴆毒 : 짐새의 깃을 술에 담가서 우려낸 독. 또는 그 술로 사람을 독살하는 일.

3) 조운漕運 : 배로 물건을 실어 나름. 조세를 서울 경창까지 운반하던 제도.

狙 원숭이저(교활하다) 邃 깊을수(멀다) 篴 피리적(=날라리. 적笛과 동자.)

 **해설**

봉황새는 오동나무에 둥지를 틀며 살고, 대나무 열매를 먹고 산다고 한다. 미구에 대나무 열매가 있기에 봉황을 불러 모으고 있다.

（棗）

대추

칠율 1수 96

擁腫扶踈樹半尋	옹종이 무성하여 반 길이나 심어져 있고
離披紅滴上堂陰	붉은 방울 쪼개 가르며 당의 그늘에 오르네
團團外薄烟霜色	둥글둥글하고 표면은 엷은 연기 서리색이고
小小中堅鐵石心	작고 작은 중에 견고한 철석같은 씨앗 있네
閨女弄脂菱鏡淺	규방 처녀가 모난 좁은 거울 보며 연지 바르고
村童掃火稻田深	불을 비로 쓸며 촌 애들 볏논에서 깊이 있네
山居不願封侯利	산에 살면서 제후의 이익은 원하지 않고
只愛秋光簇一林	단지 가을빛이 좋아 조릿대 숲에 사노라

棗 대추나무조　腫 부스럼종(종기)

옹종擁腫 : 나무에 옹이가 많음. 부스럼. 못생김.

菱 마름릉(모나다)　도전稻田 : 벼를 심은 논밭.

봉후封侯 : 제후를 봉하던 일, 또는 그 제후.

簇 조릿대족(떨기로 남. 화살촉.)

橘

귤

칠율 1수 97

寒枝寒葉向寒年	차디 찬 귤 가지 잎은 추운 겨울로 향하고
香滿江南萬木前	향기 가득한 강남 땅 온 나무 앞에 있도다
黃鳥春風雙斗酒	꾀꼬리가 봄바람에 우는데 두말 술이 있고
一龍秋雨四碁仙	용이 가을비에 날고 네 신선이 바둑을 두네[1]
津津百竅金莖露	풍성하게 백번 구멍으로 금경[2]에 이슬 받고
藹藹千頭玉樹烟	무성히 열매 열려 옥 나무에 안개 피어오르네
岐路枳叢驚世變	갈림길에 탱자 무성하여 세상 변화에 놀랍고
行人莫上渡淮船	행인은 물 도는 곳을 배로 건너지 말지어다

두주斗酒 : 말 술.   碁 바둑기(장기)

1) 사기선四碁仙 : 한나라 고조 때 상산商山에 숨은 네 신선이 바둑을 두었던 고사. 상산사호가 바둑 두는 그림은 널리 퍼져 있으며, 조선 성종 때 서거정徐居正도 사호위기도를 보고 아래와 같이 시를 읊었다. "於世於名已兩逃(어세어명이양도) 세상의 공명도 명예도 이미 모두 버리고/ 閑圍一局子頻敲(한위일국자빈고) 한가롭게 바둑판 둘러앉아 바둑돌만 두드리네// 此中妙手無人識(차중묘수무인식) 이 가운데 묘수를 알아줄 사람 없고/ 曾有安劉一着高(증유안유일착고) 일찍이 한 나라를 안정시킨 점은 높은 수였네"

   매천 또한 1895년에 〈사호위기도四皓圍碁圖〉(칠고 1수)라는 작품을 썼다. 《역주매천황현시집》(상권) 310~313쪽에 번역과 감상문을 기록하였음.

진진津津 : 푸지고 풍성풍성함. 깊고 흐뭇함.   竅 구멍규(통하다)

2) 금경金莖 : 감로甘露, 곧 이슬을 받기 위한 대야인 동銅으로 만든 승로반承露盤

을 바치는 구리 기둥. 한무제가 승로반에 이슬을 받아 마셨다 함.
藹 열매열릴애　애애藹藹 : 초목이 무성함. 달빛이 희미함. 평화로운 기운.
옥수玉樹 : 아름다운 나무. 사람의 몸가짐이나 뛰어난 재능.　淮 강이름회(물 돌다)

(梧桐)

오동　칠율 1수 97

仙仙不着世間情	신선들은 세상의 정에 안착하지 못하고
君子家庭有意生	군자들은 가정으로 뜻이 생겨나도다
秋色寒從石上落	가을 색이 차가워 돌 위로 떨어지고
天機高見月中淸	천기의 높은 견해 달 가운데 맑구나
文章千仞鳳凰夢	문장은 천 길이요 봉황의 꿈이 있고
風雨三更琴瑟聲	비바람 치는 삼경에 거문고 비파 소리로다
氣化陶勻何太早	나라 다스리는[1] 기운 변화 어찌 매우 빠른가
讓成松柏後凋名	양보하여 송백이 시든 후에 이름이 있네

천기天機 : 하늘의 기밀. 천부의 성질.　勻 : 적을균(흩어지다. 균형이 잡히다.)
1) 도균陶勻 : ① 나라 다스림. 어진 사람. ② 도균陶鈞 : 도陶는 질그릇 만드는
사람, 균鈞은 질그릇 만드는데 쓰는 물레. 임금이 천하를 경륜함을 비유함.
태조太早 : 썩 빠름. 매우 이르다.
후조後凋 : 뒤 늦게 시듦. 굳게 절조를 지킴.

 해설

　오언고시 1수로 된 〈오동梧桐〉이라는 시가 또 있다. 이 시는 〈매천전집〉 1권 215쪽에 있으며, 《역주매천황현시집》(중권) 340~341쪽에 번역되어 있다.

菊花

국화　　　　　　　　　　　　　　　　　　　　　　　　　칠율 1수 97

黃金零落野人門	황금색 국화 영락하여 야인의 대문에 있고
樽酒相看淡欲言	동이 술 서로 보며 담담히 말하고자 하네
喜同氣節依松徑	기후를 함께 기뻐하여 솔 길에 의지하고
爲慰芳香返蝶魂	꽃향기를 위로하여 나비들의 혼이 돌아오네
群仙會飮南陽水	신선들이 모여 남양[1] 물가에서 술 마셔
千載一開彭澤邨	천년에 한번 팽택[2] 마을이 열려 있구나
慙愧世人凡卉識	부끄럽도다, 세인들의 모든 꽃 상식이
霜枝元自出塵紛	서리 맞은 가지는 스스로 속세를 벗어났네

기절氣節 : 기개와 절개. 의기와 절조. 기후.　邨 마을촌(=촌村과 동자)

1) 남양南陽 : 제갈양諸葛亮이 남양 융중에 숨어 살면서 낮에는 밭에 나가 일을 하고 밤에 학문에 힘썼던 곳.

2) 팽택彭澤 : 진晉 도연명陶淵明은 팽택彭澤 현령을 지냈음.

참괴慙愧 : 부끄러워하며 괴로워함.　卉 풀훼(초목)

 감상

  늦가을 국화 필 때쯤 시기상으로 나비는 돌아다니지 않는다. 함연에서 '나비의 혼을 위로 한다는 것'은 국화 향기가 '돌아 가버린 나비'를 위로하며, 국화향기 맡으며 나비가 다시 날아 올 것 같은 마음으로 쓴 시다.

  팽택彭澤은 진晉의 도연명陶淵明이 이곳에서 현령을 지냈다. 쌀 다섯 말 때문에 높은 관리 독우督郵에게 허리를 굽히는 게 싫어 81일 동안 지냈던 벼슬을 버리고 고향으로 돌아왔다. 그리고 〈음주飮酒〉라는 시를 썼다. "採菊東籬下(채국동리하) 동쪽 울타리 밑에 국화를 따며/ 悠然見南山(유연견남산) 유연히 남산을 바라보네"라고 읊으면서 은일시인隱逸詩人으로 유유자적한 생활을 하였다.

  작자는 지리산의 도연명을 자칭하고 있다. 도연명이 좋아했던 국화꽃을 기르며, 그가 머물렀던 팽택에서 신선이 되어 술을 마시고 있는 내용의 시이다.

憶南坡

남파를 생각하며　　　　　　　　　　　　　　　　　칠율 1수 98

郊荒涵日浪噴沙	황폐한 성 밖에 해 지고 모래펄 파도치는데
江樹千章撼歲華	강가 천 그루 나무들 세월 속에 흔들거리네
黃葉時聞雙屐響	누런 잎 될 시기에 나막신 소리 울려오고
寒山夜入半燈花	쓸쓸한 산에 밤들자 등 불꽃이 절반 켜졌네
坡如解飮眞佳事	남파가 술 깨는 것은 진짜 좋은 일이고

韓不閑詩亦大家　한유는 막히지 않는 시인이요 대가로다

今夕獨觀天氣郎　오늘 밤 홀로 보니 하늘의 기운 씩씩하고

疎星凉月政斜斜　성긴 별 맑은 달이 뉘엿뉘엿 기울어가네

涵 젖을함(잠기다. 가라 앉다.)　撼 흔들감　세화歲華 : 세월. 광음(華는 일월의 빛). 봄 경치.　등화燈花 : 등잔불이나 촛불의 심지 끝이 타서 맺힌 불똥.
坡 고개파, 비탈파(둑. 제방.)　해음解飮 : 술을 마심　閑 막을한
사사斜斜 : 경사진 모양. 비나 눈이 오는 모양. 비스듬히 비침.

 해설

　강위의 시제자인 남파 성혜영을 생각하며 읊은 시로, 남파를 훌륭한 시인으로 추앙하였다.

　경연의 '한韓'은 미상의 인물이지만, 당송팔대가인 '한유韓愈'로 번역하였다. 한유의 자는 퇴지退之 또는 한문공韓文公으로 고문의 대가로서 변려문에 반대하였고, 자유롭고 간결한 문체의 사용을 주장했다. 그가 쓴 〈원도原道〉, 〈원성原性〉 등이 유명하다.

村居感興

촌에 살며 감흥을 적음 　　　　　　　　　　오고 5수 98

其一 1수

黃花不可玩　황국화를 가지고 놀지 못했더니

霜雪乃離離	눈서리에 가지가 늘어져 있네
鴻雁不可馴	기러기는 길들여지질 않아
冥冥在天涯	어둡고 아득한 하늘 끝에 있네
宛轉千載下	천년이나 구차하지 않아
迥與神明期	멀리 천지의 신령과 함께 기약하네
秋風不費力	가을바람에 힘써 허비하지 않고
柿栗自滿枝	감과 알밤은 저절로 가지에 꼭차있네
山居學養眞	산에 살며 양생을 배우고
寢處貴舒緩	잠잘 곳은 편안한 것을 귀히 여기네
鳴榔作一朋	빈랑나무 울리며 친구 하나 만들고
荒墟獨往返	황폐한 곳으로 홀로 갔다 돌아오네
枯葉響空洲	마른 잎 소리 빈 물가로 울려오고
四望天光晩	사방을 바라보아 하늘 빛 저물어가네
歸哉掩柴扃	돌아오도다, 사립문 닫고 빗장 걸며
廚明作黍飯	깨끗한 부엌에서 기장밥을 짓노라

馴 길들일순(순종하다)

이리離離 : (열매 등이 잘 익어) 가지가 늘어짐.

宛 굽을완(완연히. 움푹 패다.)

완전宛轉 : 순탄하고 원활함. 구차하지 않음.

신명神明 : 천지天地의 신령神靈.

榔 빈랑나무랑(참느릅나무)　왕반往返 : 갔다가 돌아옴.

其二 2수 99

北風捲地起　　북풍이 땅을 감아 말아 일어나서
折我四塘柳　　내 집 서쪽 연못가의 버들을 꺾노라
青布剪長縵　　청포 옷 명주옷으로 갈아입고
白紙塗虛牖　　흰 종이로 틈난 들창을 바르네
傍邊推亂帙　　주변 곁으로 흩어진 책을 옮기고
撥火遞翻手　　불 헤치고 번갈아 손을 뒤집네
軒墀冷不掃　　마루와 계단의 냉기 쓸어가지 못하고
晴晝走鼠婦　　개인 낮에 쥐며느리 달아나네
可笑頹波人　　우스워라, 세파에 시달리는 사람이
指我空堂守　　나더러 빈집을 지킨다고 손가락질 하네

捲 말권(감아 말다), 힘쓸권　縵 무늬없는비단만(명주)
撥 다스릴발(파내다. 헤치다.)　遞 갈릴체(서로 번갈아들다. 역참.)
墀 섬돌위뜰지　헌지軒墀 : 수레와 섬돌.　서부鼠婦 : 쥐며느리.
頹 무너질퇴(무너뜨리다. 기울다.)
퇴파頹波 : 사물을 쇠락하는 추세. 쇠퇴의 풍조.

其三 3수 99
主人非俗人　　주인은 속세의 사람이 아니라서
衡門有白石　　은자가 사는 곳엔 백석[1]이 있도다
平生不出門　　평생 문 밖으로 나가지 않고

招邀善詩客　　불러 맞이하니 객은 시를 잘하네
客乘前江潮　　나그네는 앞강의 조수를 타고
江店酒釀薄　　강가 주점에서 술 냄새를 좀 풍기네
一鞭皮黃馬　　가죽 채찍 하나로 황마를 몰고
去去之東洛　　가고 가 동쪽 서울로 가네
達曙天復明　　새벽이 와 하늘이 다시 밝아지고
問君何苦索　　물건대, 무엇하러 힘써 찾는가
赫赫梁鄧閭　　빛나고 빛나도다, 양등의 여염이여
炎炎金張宅　　덥고 덥도다, 김장의 집이여[2]
昔時萬仞山　　옛날에 만인산을
堙剗未盈尺　　깎아 막아 법도가 차지 아니 하였네
窮冬天地閉　　겨울이 다하면 하늘과 땅이 막히고
萬物自促迫　　만물이 스스로 재촉하여 닥쳐있네

1) 백석白石 : ① 흰 돌.
② 영척寧戚이가 부른 〈백석가白石歌〉와 격암유록의 〈백석가白石歌〉가 있다.
③ 영척寧戚 : 중국 춘추시대 제나라 사람으로, 소를 키우면서 쇠뿔을 두드리며
〈백석가白石歌〉를 부르니, 제나라 환공이 이를 듣고 그를 은자로 여기고 데려가서
대부로 삼았다. 백석가의 내용은 다음과 같다. "滄浪之水白石爛(창랑지수백석란)
깊고 푸른 물속의 하얀 돌은 찬란하게 빛나고/ 中有鯉魚長尺半(중유잉어장척반)
그 물 속에 한 자 반이 되는 잉어 놀고 있구나// 生不逢堯與舜禪(생불봉요여순선)
요임금이 순임금에게 행한 선양의 일을 아직 살아 보지 못했네/ 短褐單衣才至骭
(단갈단의재지한) 짧은 바지 홑적삼이 정강이도 가리지 못하는데/ 從昏飯牛至夜半
(종혼반우지야반) 저녁 무렵부터 소 먹이기 시작하여 야밤이 되었네// 長夜漫漫何

時旦(장야만만하시단) 길고 긴 밤 지나고 새벽을 맞이하는 때 언제이겠는가?"
형문衡門 : 허술한 대문. 은자가 사는 곳. 釀 취할훈   주훈酒釀 : 취기가 돎.
취하여 기분이 좋아짐.   하고何苦 : 왜 일부러. 애써서 운운할 필요는 없음.
양梁 : 전국시대 위魏의 혜왕惠王 이후 위나라 국호. 남북조시대 남조의 하나. 오
대 최초의 왕조(주전충이 당을 멸하고 세운 나라로 2대 16년 만에 후당에게 망함)
鄧 나라이름등(노나라 땅이름)
2) 김장택金張宅 : 한漢 선제宣帝 때 김일제金日磾과 장안세張安世로 권문權門
의 비유譬喩. 맹호연의 〈연영이지정宴榮二池亭〉에 "甲第金張宅(갑제김장택) 훌륭
한 저택으로 김과 장의 집과 같아/ 榮期樂自多(영기락자다) 영계기의 즐거움은 절
로 많도다//櫪嘶支遁馬(력시지둔마) 마구간에서 지둔의 말이 울고/ 池養右軍鵝
(지양우군아) 연못에선 우군이 거위를 기르네"라는 구절이 있다.
閭 이문려(이문里門 : 동네의 어귀에 세운 문) 堙 막을인(묻다)
剗 깍을잔(베다. 농기구.)   촉박促迫 : 기한이 엄격함.

其四 4수 100

古木江南邨	고목나무가 있는 강 남쪽 마을에는
門巷似朱陣	문 앞의 거리가 부잣집이 벌려있는 것 같네[1]
家家枸杞井	집집마다 우물가에 구기자나무 있고
壽考齊天神	목숨을 생각하면 천신과 함께 하네
老翁各抱孫	늙은이는 각기 손자를 안고
課字時訛眞	글자로 일과 삼으며 때로 진짜를 속이네
教汝竟何成	그대를 가르치니 마침내 어떻게 이뤘는가
交頭說申申	머리 맞대고 신신당부를 하네
恃汝千里駒	그대를 믿으며 천리 길 망아지 몰며 가고
軒軒策紅塵	수레와 수레에서 세속 일 채찍질하네

榮祿人所慕　영광스러운 복록은 사람들이 흠모하는 것

愼莫趁要津　부디 나루에서 찾아 따르지 마소

夜虫競赴火　밤에 곤충들 다투어 불빛에 달려들고

末路堪酸幸　말로엔 괴로움이 말할 수 없다네

1) 주진지호朱陣之好 : 주씨와 진씨가 한 마을을 이룬 고사에서, 양가가 대대로
혼인함.　枸 호깨나무구　교두交頭 : 가위.　신신申申 : 여러 번 다짐함.
헌헌軒軒 : 풍채가 당당하고 빼어남.　영록榮祿 : 영화스러운 복록福祿.
趁 달아날추(달려가다. 뒤쫓다.)
요진要津 : 중요한 길목이 되는 나루. 요로要路.　말로末路 : 끝장. 막바지.
신고辛苦 : 매운 것과 쓴 것. 괴롭고 고생스럽게 애를 씀.

其五 5수 100

所貴梧桐樹　귀한 것은 오동나무로다

一年高屋齊　일 년 동안 키 자라 집 높이와 같네

蒺藜生刺入　납가새1) 가시 생겨 찔러 들어오니

不用種蹊階　지름길로 가는 층계에 종자 심지 마라

所種非所貴　종자는 귀한 것이 아닌데

世塗良可悲　세상 길2)은 진실로 슬프기만 하네

狂父難爲子　광기 있는 아버지는 아들 때문에 힘들고

蕩夫難爲妻　방탕한 사나이는 처 때문에 어렵네

風雨入長夜　비바람이 긴 밤에 몰아오고

茫茫獨徘徊	망망하게 홀로 배회를 하네
處物不以類	물건 있는 곳에 부류가 없어
樂曲還成哀	악곡은 도리어 슬퍼지게 하네
蓬華且安命	쑥과 콩으로 성명을 편안히 하고
聖賢那由希	성현은 그런 이유로 바라네
虛設萬重羅	헛되이 진열하여 만 겹으로 벌려있고
鸞鶴自高飛	난새와 학이 스스로 높이 날더라

蒺 납가새질(납가새과에 딸린 한해살이 풀)　藜 명아주려
1) 질려蒺藜 : 납가새.　塗 칠할도, 길도(진흙탕)
2) 세도世塗 : 세상 길.

冬至書懷

동지에 생각을 쓰다

칠율 1수 101

看取前山記四時	앞산을 보니 사시절임을 기억하겠고
淨潆已自暮天知	맑은 물 흘러 저절로 저문 해를 알겠네
海瀜魚早回春味	깊은 바다 고기는 회춘의 별미라 좋았고
地煖梅稀帶雪枝	땅이 따스해 매화 드물게 눈가지에 있네
氣侯初成桑落酒	기후가 처음 이뤄져 상락주1)를 마시고

文章古有杜陵詩	문장은 예전처럼 두릉[2] 시에 있노라
昭蘇萬品猶來事	온갖 사물이 소생하여 환희 밝아오고
先喜書窓放日遲	먼저 서재 창가에 해 더디게 져 즐겁네

간취看取 : 보아서 내용을 알아차림. 淨 깨끗할정 濚 물돌아나갈영
瀜 물깊을융 춘미春味 : 봄의 흥취. 봄 맛.
사시四時 : 사철. 한 달의 네 때로 곧 회晦, 삭朔, 현弦, 망望. 하루의 네 때로 단旦, 주晝, 모暮, 야夜. 모천暮天 : 저물녘 하늘.
1) 상락주桑落酒 : 국화주. 중양절의 술을 상락桑落이라고 함.
2) 두릉杜陵 : 두보杜甫(712~770)의 호. 소릉少陵이라고도 하였다. 중국 성당盛唐의 시인으로 자는 자미子美. 昭 밝을소 蘇 소생할소 소소昭蘇 : 다시 살아남. 소생함. 회생回生. 회소回蘇. 춘일지지春日遲遲 : 봄날이 길어서 저무는 것이 더딤. 만품萬品 : 온갖 종류의 사물.

冬夜

겨울 밤

칠율 1수 101

霜銷月滿似春天	서리 녹은 달 밝은 밤은 봄날과도 같고
昨夜陽生又一年	어젯밤에 해가 생겨나 또 일 년이라
野火向山眞寂寞	들불이 산으로 향해 참으로 적막하고
早星沈水功留連	초저녁 별이 물에 잠겨 공적이 연속 남네
人淸座致松風石	사람이 청빈하여 자리에 송풍석[1]을 보내고

村古家藏杞菊泉	옛 촌집엔 구기자 국화 샘을 감추고 있네
眼底澄江光景好	눈 아래로 보아 강물이 맑고 풍광이 좋아
漫漫如雪又如烟	질편하여 눈 같고 또 안개 같기도 하네

銷 녹일소(사라지다. 무쇠.)   월만月滿 : 달이 가득 참.
1) 송풍석松風石 : 고송古松의 무늬가 새겨져 있는 옥석玉石.
漫 질편할만(흩어지다)

> **逢黃君學元名海模, 王素琴師天, 聯榻**

황군 학원 이름 해모와 왕소금 사천을 만나 자리에 빙 둘러 앉아

칠율 1수 101

雲山入夢歲華生	백운산으로 꿈속에 들어가 세월을 낳고
吟鶴歸鴻一種情	학 읊노라니 기러기가 와 정 하나 있네
燈下閭閻荒地小	등불 밑의 여염집 있어 거친 땅이 작고
屋頭星月遠江明	집 머리에 별과 달 있고 먼데 강은 밝도다
梅花雪盡初逢客	매화 피고 눈 녹아 처음으로 객을 만나고
紅樹人來不見城	홍수나무에 사람이 와 성곽이 보이지 않네
壽世神丹方寸重	세상 오래 사는 신단은 마음이 중하니
經綸未必讀縱橫	포부는 반드시 종횡으로 독서하지 않음이네

세화歲華 : 세월.　홍수紅樹 : 홍수과에 딸린 늘 푸른 큰 키 나무.

수세壽世 : 삶의 세계. 사람이 뿌리내리고 있는 터전 즉 삶의 현장. 이제마의
한의학 저서 《동의수세보원東醫壽世保元》이 그러한 책임.

신단神丹 : 황금을 액화한 금액과 단사를 개어서 만든 금단의 하나.

방촌方寸 : 사방 한 치의 넓이. 가슴 속.

경륜經綸 : 일을 조직하고 계획하는 것. 천하를 다스리는 것.

冬夜聞雨

겨울 밤 비 소리 들으며　　　　　　　　　　오율 1수 102

滴滴草堂黑	초당의 빗방울이 검게 되어 떨어지고
寒來夢未生	차갑게 와 꿈속에서 깨어나지 못하네
竹氷圓細點	대나무의 얼음은 둥글어 가는 방울 되고
山葉轉乾聲	산 잎 새 뒹굴어 마른나무소리 들리네
夜聽心方靜	밤에 들으니 마음이 사방으로 고요하고
人來眼忽明	사람이 와 눈이 홀연히 밝네
己知春意動	벌써 봄의 생동하는 의미를 알고서
宿麥繞江城	숙맥1)이 강 성곽을 두르고 있더라

미생未生 : 양해에 태어남. 양띠.　滴 물방울적

1) 숙맥宿麥 : 보리. 보리는 가을에 심어 겨울을 나고 다음 해에 익기 때문에 '숙
宿'자를 붙여서 씀.

至月念五, 因轉蓬得成南坡蕙永書. 兼其沿江所賦詩八九篇, 因步其韻聊見雲樹之思.

동짓달 스무닷새 날, 이리저리 돌아다니다가 성남파 혜영의 글을 얻었다. 겸하여 강가에서 8, 9편의 부시를 지었는데, 그로 인해 보운[1]하며 애오라지 벗을 사모하는 마음을 나타내었다.

칠율 1수 102

尺牘依然夢見欣	의연히 짧은 편지에 꿈이 흔쾌히 나타나고
歲寒心事不堪紛	한겨울의 심사 분분하여 감당치 못하겠네
吳中幸有相思月	오중[2]에 다행히 상사의 달빛이 있어
嶺上空飛欲贈雲	산마루 높이 남아 편지를 보내고 싶네
千里鴻來將雪健	천리 길 기러기 와 눈 속에 굳세게 있고
一年梅發被春醺	한 해의 매화 피어 봄 향기 퍼지네
煨芋煖茗山燈下	산 등불 밑에서 토란 굽고 차 싹을 데치며
此夜無眠倍憶君	이 밤에 잠도 없어 그대 생각 더욱 나네

지월至月 : 동짓달.　념念 : 생각하다. 20을 가리킴.

전봉轉蓬 : 뿌리 채 뽑히어 굴러다니는 쑥. 고향을 떠나 이리저리 떠돌아다님.

1) 보운步韻 : 타인의 시에 화답하여 매 연련에 원래의 운을 사용하는 방식.

운수지사雲樹之思 : 떨어져 있는 벗을 사모하는 마음. 운수지회雲樹之懷.

척독尺牘 : 짧은 편지.　심사心事 : 마음에 생각하는 일.

2)① 오중吳中 : 지금의 강소성 소주蘇州.

　② 오중이노회吳中魚盧膾 : 춘추시내 세나라 장한이 낙양에서 벼슬을 하고 있었는데, 어느 날 문득 고향 송강에서 먹던 농어회 맛이 생각나 벼슬을 그만 두고 고향에 돌아갔다는 고사. 앞서 나온 시 〈종씨자천촌從氏自川寸--〉 88의 해설에

설명하였음. ③ 순갱노회蓴羹鱸膾 : 중국 오중의 순채국과 송강의 농어회. 맛있는 음식을 비유함. 상사相思 : 서로 생각함. 서로 그리워함.
醺 취할훈(기분 좋다) 煨 구을외(불씨) 芋 토란우, 클후 茗 차싹명

大雪
큰 눈

칠율 2수 · 칠절 5수 103

___

1수

對雪深觀氣化殊	눈을 대하며 자세히 보니 기운의 화합이 다르고
海銀山玉摠須臾	바다 은빛과 산 옥이 다 잠깐 동안 일어나네
荒年眼富蒼生粒	흉년엔 눈빛으로 부자 되며 백성의 낟알 되고
高士身寒白屋圖	고결한 선비는 몸 가난하여 초가집을 그려보네
桃李較嫌天品薄	복사꽃과 오얏 꽃의 비교가 싫어 천품이 엷고
月星快許夜光輸	달과 별을 흔쾌히 허락하여 야광을 보내네
陶茶黨酪均非趣	차 달이는 게 진한 것이 좋은 것 아니요
爲問塵心有也無	티끌 된 마음이 의문이 되어 있고도 없더라

창생蒼生 : 국민. 백성. 세상의 모든 사람. 粒 낟알립(쌀알)
고사高士 : 고결한 선비. 뜻이 크고 세속에 물들지 아니한 사람.
輸 보낼수(깨지다. 부수다) 쾌허快許 : 시원스럽게 들어줌.
趣 달릴취 嫌 싫어할혐(의심하다) 酪 진한유즙락(쇠젖. 과즙.)

2수 103

千樹梅花曉掩扉   매화마다 꽃 피어 새벽에 사립문을 닫고
西山遊鶴待人歸   서산에서 학과 놀며 사람 오길 기다리네
雲陰野合空濛雨   음산한 구름이 들에서 합해져 가랑비 오고
海畔天低寂寞暉   바닷가 하늘이 낮아 적막 속에 빛나네
帖帖寒聲叢竹倒   찬 소리에 첩첩히 모인 대나무 부러지고
蒼蒼遠色凍鴉飛   먼 곳 아득한 빛에 언 까마귀 날아가네
漁村便作桃源路   어촌이 곧 도화원 가는 길 되었으니
何處滄江舊釣磯   창강1) 어느 곳이 고기 잡던 옛 낚시터인가

濛 가랑비올몽(흐릿하다) 帖 문서첩(시첩. 두루마리. 탁본. 명함. 주련.)
첩첩帖帖 : 침착함. 떨어지지 않음. 드리워짐. 叢 떨기총, 숲총
총죽叢竹 : 무더기로 난 대. 창창蒼蒼 : 빛이 바람. 앞길이 멀어서 아득함.
원색遠色 : 여색女色을 멀리함. 便 곧변(문득. 똥오줌.) 磯 물가기
1) 창강滄江 : 푸른 강. 매천의 지음 김택영의 호.

3수 103

薪添茶竈煖初回   나무 태워 부엌에서 차 끓여 처음 따뜻하고
簷外琅琅曙旭催   처마 밖 맑은 새소리 새벽 아침 해를 재촉하네
影息袁生高臥後   원생1)이 자취를 감춰 높이 베고 누워 잔 후에
遺圖能有幾人開   그 뜻을 남겼으니 몇 사람이나 깨우쳤을까

薪 섶신(땔나무. 잡초. 봉급.) 竈 부엌조 琅 푸른산호랑 초회初回 : 첫 번.

낭랑琅琅 : 쇠와 옥이 부딪쳐 나는 소리. 새가 지저귀는 맑은 소리.

曙 새벽서 旭 아침해욱(해 뜨다)

1) 원생袁生 : 원생강와袁生僵臥. 원안袁安은 후한 여양인으로 자는 소공. 초군태수를 지냈다. 낙양에 큰 눈이 내려서 낙양령이 순시하였는데, 모든 사람이 나와서 눈을 치우고 있었다. 그런데 원안의 문 앞에는 눈이 쌓인 채 길이 없었다. 원안이 얼어 죽었다고 생각하고 눈을 치우고 방으로 들어가 보니 원안이 자고 있었다는 고사.

4수 103

千疊松濤此夜多　　첩첩 많은 소나무 물결이 이 밤을 치고

出門凉月半山斜　　문 나서니 맑은 달이 산 중턱에 기울어 있네

天涯客去瑤絃冷　　하늘 끝으로 객이 떠나 거문고소리 끊기고

坐惜南雲桂墮花　　앉아 남쪽 구름 애처로이 계수 꽃만 떨어지네

凉 서늘할양(맑다. 涼의 속자) 瑤 아름다운옥요(북두자루)

絃 악기줄현 요현瑤絃 : 아름다운 보석 같은 현악기. 桂 계수나무계(월계수)

5수 104

一夜人間萬相空　　하룻밤 새 인간이 만상의 공이로다

空山玉邃下天風　　빈산에 옥 깊이 있어 하늘 바람 불어오네

瓊臺銀闕家庭好　　경대1)와 은 대궐이 있어 가정이 좋고

不信三神在海中　　삼신을 믿지 않아도 바다 가운데 있도다

邃　깊을수(멀다. 심오하다.)
1) 경대瓊臺 : 경궁요대瓊宮瑤臺. 옥으로 장식한 궁전과 누대樓臺. 호화로운 궁전.

6수 104

荒郊一望歲華濃	황폐한 들녘을 한번 바라보니 세월이 깊고
矗矗江南樹表峯	삐죽 삐죽 강남의 수표봉이 솟아있네
地底遺蝗深幾尺	땅 낮은 곳에 남은 황충이 몇 척 깊이 있어
明年預賀旱田農	내년 밭농사의 풍년을 미리 기약하네

세화歲華 : 세월.　촉촉矗矗 : 산봉우리가 높이 솟아 삐죽삐죽함.
한전旱田 : 밭농사.

7수 104

催梅警柳試春幢	매화 피기 재촉하고 버들 깨 봄 장막 시험하고
浙浙鳴漸下夜江	강물소리 주룩주룩 밤새도록 흐르네
千百萬般聲色相	천백만 개의 소리와 빛의 모습으로
整斜疎密到寒窓	바르고 기울고 성글고 조밀하게 한창[1]에 비치네

幢 기당(휘장)　浙 강이름절(중국 절강성의 전당강의 하류)　절절浙浙 : 나뭇잎이
바람에 나부낌.　漸 석얼음시(떠 있는 얼음. 유빙流冰.)　盤 소반반(쟁반. 대야.)
색상色相 : 색조色調. 육안으로 볼 수 있는 물질의 형상形相. 불신佛身의 모습.
1) 한창寒窓 : 차가운 창가. 자기 고향이 아닌 곳.

立春戲題, 和留衙李春坡用植

입춘에 재미삼아 시를 지었는데, 관아에 머물고 있는 이춘파 용식
시를 화운함   칠율 4수 104

1수

梅陰密密竹陰疎　　매화 그늘은 칙칙한데 대 그늘 성글고

人在孤山養鶴廬　　사람은 외로운 산 오두막에서 학 기르네

一劍破開名利域　　한 칼로 명리의 경계를 깨뜨려 버리고

千金搜得古奇書　　천금으로 옛날의 기이한 서적 찾노라

賓鴻未發春江動　　기러기는 떠나지 않고 봄 강물 살아나는데

霽雪猶明夜閣虛　　흰 눈은 개어 밝고 밤 누각 비어 있네

徑濟古從林下在　　옛 사람이 좇던 길은 수풀 속에 있어

桃符憂愛寸心餘　　도부[1]로 근심과 애정이 촌심에 넘치네

희제戲題 : 재미 삼아 시를 지음. 가벼운 생각으로 씀. 廬 농막려

미발未發 : 아직 일어나지 않음. 아직 떠나지 않음. 꽃이 아직 피지 않음.

齎 가져올재(주다. 보내다.)   徑 지름길경(빠르다)   符 부호부(증거)

1) 도부桃符 : 중국에서 설날 아침에 마귀를 쫓기 위해 문짝에 붙이던 나뭇조각.
복숭아 나무로 만들어 길상吉祥한 문자를 적음.

촌심寸心 : 작은 뜻. 자기 생각을 낮추어 이르는 말.

2수 105

少小人間萬事疎　　젊은 몇 명의 인간들이 만사를 상소함에

超然耕讀臥林廬　　초연하여 주경야독 숲 속 농막에 누웠노라
深觀富貴都何想　　깊이 보아 부귀한 사람들 다 어떤 생각인가
自謂文章不在書　　스스로 문장을 말해도 책 속에 없구나
小雨爲春荒歲去　　작은 비 내려 봄에 흉년든 해 지나가고
一星如月曉天虛　　별 하나 달과 같아 새벽하늘이 비어 있네
松風吹我東華夢　　솔바람이 나에게 불어와 국화의 꿈이요
枕角山光翠有餘　　베개에 산 빛이 비춰 비취색이 넘치네

경독耕讀 : 농사짓기와 글 읽기. 농사 지으면서 글을 읽음.
동가東家 : 머물러 있는 집의 주인. 동쪽 이웃의 집.
침각枕角 : 베개 양 끝의 가로로 세워진 부분.

3수 105

獨歎空山草木年　　홀로 빈산에서 초목의 나이를 탄식하며
先生詩到喚良緣　　선생의 시는 좋은 인연으로 벗을 부르네
耆卿謾作荷花客　　기경[1]이 부질없이 연꽃의 객이 되었고
淸獻終非鶴駕仙　　청헌[2]은 끝내 학 타는 신선이 아니었네
抹海人烟黃竹外　　사람 연기가 황죽 밖으로 바다를 덮었고
掀城鼓角白鷗前　　북 피리소리 흰 갈매기 앞에 성을 뒤흔드네
幽居不許丹靑寫　　조용히 사는 내 집에 단청일랑 허락 치 않고
雪滿吳松舊釣船　　온통 눈 오는 오송[3] 땅 옛 낚싯배에 있네

양연良緣 : 좋은 인연.

1) 기경耆卿 : 북송의 시인 유영柳永(990~1050)의 자. 본명은 유삼변柳三變. 유칠柳七이라고도 함. 만사慢詞의 창시자로, 구어를 사용하는 속요풍의 사詞를 지었다. 저서에 《악장집》이 있음. 謾 속일만(헐뜯다) 하화荷花 : 연꽃.

학가鶴駕 : 왕세자가 타던 수레. 왕세자가 대궐 밖에 나가던 일.

2) 청헌淸獻 : 송나라 사람 청헌淸獻 조변趙抃을 말하는 듯함. 조청헌은 권세를 두려워하지 않고 경우 연간에 재상 진진중陳振中 등 고위직을 탄핵한 사람으로 유명하다. 왕안석과 협력하여 신법을 추진하였다.

  송나라 신종神宗은 조변에 대해서, "촉나라로 부임할 때 거문고 하나와 학 한 마리만을 가지고 갔는데, 그의 청렴 결백한 다스림은 칭찬받을 만하다.(聞卿匹馬入蜀, 以一琴一鶴自隨, 爲政簡易, 亦稱是乎)"라고 평가를 하여 청렴 결백함을 뜻하는 '일금일학一琴一鶴'의 고사를 남기고 있음. 抹 지울말(칠하다. 바르다.)

掀 치켜들흔(번쩍들다) 흔게掀揭 : 번쩍 들어 올리거나 높이 달아맴.

3) 오송吳松(=吳淞) : 송수淞水. 태호에 흘러드는 강. 조선釣船 : 낚싯배.

4수 105

潮生潮落聽南樓	조수가 오고 가는 소리를 남루에서 들으며
樓在滄溟地盡頭	누각은 푸른 바다 땅 끝 머리에 있도다
春樹暮雲懷李白	봄 나무 저문 구름 속에 이백1)을 생각하며
玉簫明月記楊州	옥퉁소 소리 밝은 달밤에 양주2)를 기억하네
官淸可愛山心淨	관청은 맑고 산심은 깨끗하여 사랑스럽고
客久何嫌歲色流	오랜 객은 어찌 세색의 흐름을 싫어하리요
梅下荊門人不掩	매화가 형문3) 아래로 있어 문 닫지 않고
新詩相遣莫相留	새로 지은 시 서로 보내며 머물지 말지어다

1) 이백李白(701~762) : 당 시인 시선詩仙 또는 주성酒聖 이태백李太白을 말함. 호는 청련거사靑蓮居士로 어렸을 때 그의 아버지가 사마상여의 〈자허부子虛賦〉를 암송시켜 그의 작품을 사모하였다. 검술이나 신선술에 능하였던 이백은 1,000여 수의 주옥같은 시를 남겼지만, 고향을 떠나 불우한 생을 보냈다.

簫 퉁소소 옥소玉簫 : 옥퉁소. 掩 가릴엄

2) 양주楊州 : ① 경기도 양주시. ② 고려 시대의 가요. 가사는 전하지 않고 한양부에 속했던 양주 사람들이 봄철이면 곧잘 이 노래를 부르며 즐겼다고 함. ③ 중국 강소성江蘇省에 있는 도시로 최치원의 동상과 기념관이 있음.

3) 형문荊門 : ① 가시나무로 만든 문. ② 형문荊門은 형문산荊門山을 말하며 지금의 호북성 의도宜都에서 서북으로 흐르는 장강長江 남쪽에 있는 산이다. 724년 24세의 청년 이백李白은 고향을 떠나와 다음과 같은 〈도형문송별渡荊門送別〉이라는 시를 썼다. "渡遠荊門外(도원형문외) 멀리 형문산 밖을 건너며/ 來從楚國游(래종초국유) 초나라에 와서 노니네// 山隨平野盡(산수평야진) 산은 들판 따라 펼쳐지고/ 江入大荒流(강입대황류) 장강은 넓은 황야로 흘러만 가네// 月下飛天鏡(월하비천경) 달빛 아래 하늘을 나는 거울이 되고/ 雲生結海樓(운생결해루) 구름은 피어나 강가 누각에 감도네// 仍憐故鄕水(잉련고향수) 거듭 고향의 강 그리워하며/ 萬里送行舟(만리송항주) 만 리길 돌아가는 배 보내네"

除夕

섣달 그믐날 밤에

칠율 1수 · 칠절 2수 106

1수

風雪空齋冷	눈바람에 텅 빈 서재는 차가운데
多心此夜身	걱정이 많아 이 밤 몸을 뒤척이네
居然五更地	그대로 조용히 오경까지 있노라니

如許百年人	백년 된 사람을 허락하는 것 같네
對燭思爲客	등촉을 대하며 나그네 됨을 생각하고
迎春喜有親	봄을 맞아 친함이 있어 즐겁도다
泳光亦加喜	세월이 가는 것도 또한 더욱 기쁘고
梅柳轉頭新	매화 버들이 새롭게 머리에 구르네

다심多心 : 마음이 안 놓이어 걱정을 많이 함.
거연居然 : 슬그머니. 쉽사리. 泳 헤엄칠영

해설

　시인은 섣달 그믐날 밤, 잠을 이루지 못하고 뜬 눈으로 날을 새고 있다. 기억하고 싶지 않은 사건들이 있다면 빨리 잊어야 한다. 그래서 세월이 가는 것도 나쁘지 않다. 더구나 매화가 피고 버들이 피어오르는 새봄이 온다면야 그 이상 즐거운 것이 없으리라. 희망이 있다.

2수 106

滿屋山蒼日未昏	집이 온통 산 푸르르고 해 저물지 않아
天寒烏鵲集江村	찬 하늘에 까막까치 강촌에 모여있네
狂風吹我梅花去	광풍이 나에게 불어와 매화는 지고
春夢杳如春雪痕	봄꿈은 아득하여 봄눈의 흔적과 같네

3수 106

金丹那得壽斯民	금단을 어떻게 나이 먹은 백성들 얻었을까
惨澹雲烟接四隣	애처롭게 구름과 안개는 사방 이웃에 있네
認取湖中荷桂月	호수 속 연꽃 달을 몽땅 가져다가
笙簫連夕度靑春	밤마다 생황과 퉁소소리에 청춘을 보내네

사민斯民 : 이 백성. 일반 백성.　澹 담박할담(움직이다. 조용하다.)
참담惨澹 : 슬픈 모양. 비참한 모양. 얼굴에 독기가 있음.

【정축고의 작시作詩 배경】 일찍이 구례 왕석보의 문하생으로 들어가 과거 합격을 목표로 공부에 열중하였다. 매천은 정민호학精敏好學한 데다 출세에 대한 의욕으로 인고忍苦의 노력을 한 결과 광양의 황동黃童으로 널리 알려지게 되었고, 전도유망前途有望한 젊은이로 성장하고 있었다.

松風歌贈李春坡

송풍가를 써서 이춘파에게 증정함   칠고 1수 106

石林屋子山之陽	바위 숲 속에 집들이 산 양지쪽에 있고
柴扄窈窕蒼磵曲	사립문 고요한데 푸른 개울물 흐르네
中有十年讀書人	그 가운데 십 년간 독서하는 사람 있으니
顔貌淸瑩如古玉	얼굴 모습 맑고 밝아 오래된 옥과 같네
耕鑿四隣無相識	사방으로 평화롭게 지내다[1] 안면도 없이
訪我錯呼黃山谷	나를 찾아와 번다하게 황산곡[2]을 부르네
性懶不喜種園蔬	성품이 게을러 채소 심는 걸 좋아하지 않고
只種靑松三四樹	다만 푸른 소나무 서너 그루를 심었노라
拾子爇火烹新茗	이삭 줍고 불사르며 새로 돋아난 차 다리고

摘葉和水供朝暮　　잎 따고 물주며 아침저녁으로 공 들이네
忽聞一夜天風來　　홀연히 하룻밤에 천풍이 불어오는 소리 듣고
朔雲捲江玄冥怒　　북쪽 구름이 강을 말아 검은 바다 노하네
喬枝相盪復相磨　　교목 가지 서로 움직이며 다시 서로 마찰하네
主人呆看群龍鬪　　주인은 여러 용들이 다투는 걸 지켜보누나
空外騰騰鐵馬走　　공중 저 멀리 기세 등등 철마가 달리고
室中淅淅瑤絃鳴　　집안에선 쓸쓸히 아름다운 옥 줄 울리네
岳摧海飜尋何處　　산 꺾어지고 바다 뒤집혀 어느 곳에서 찾을까
隙地便懼茅棟傾　　갈라진 땅 곧 두렵고 띠집의 용마루 기우네
須臾風定曉月上　　잠간 동안 바람이 자고 새벽달이 떠올라
北斗七星簷端明　　북두칠성이 처마 끝에 밝게 비치네
世間萬吹元不同　　세간에서는 만 번 불어도 원래 같지 않다는데
達觀誰抱南華書　　남화경3)을 안고 세상 달관한 이 그 누구인가
我作一篇松風歌　　내가 한편의 송풍가4) 지어서
多事贈與東軒居　　일 많은 동헌노인께 부쳐 보내네
東軒老子眞天人　　동헌의 저 노인은 진짜 신선5)이로고
煖酒對雪寒梅疎　　술 데치고 흰 눈 대하자 한매가 성기어 있네
遠上郡壁菱花屛　　멀리 군의 진터에 오르니 마름꽃 펼쳐있고
丹靑解作流民圖　　단청이 퇴색되어 유민들의 그림이 있네
(×)得黃精飯烏草　　즉대 뿌리 얻으며 까마귀 풀을 먹고
凄烟滿地蒼旻呼　　처량한 연기 온 땅에 있어 푸른 하늘 부르네

簿牒桁楊旁午急　　장부와 문서와 형구가 어지러운데

問有山中此樂無　　묻건대 산중에 이런 약이 있느뇨, 없느뇨

扃 빗장경(출입문. 닫다.)　柴 섶시, 잡목시(거칠다)

상식相識 : 서로 안면이 있음.

1) 경전착정耕田鑿井 : 국민들이 생업을 즐겨 평화로이 지냄.

錯 어긋날착(꾸미다. 거칠어지다.)

2) 황산곡黃山谷 : 황정견黃庭堅(1045~1105)을 말함. 중국 송나라의 시인 겸 화가. 1066년 진사進士에 급제한 후 각지의 지방관을 역임하였다. 1095년 왕안석王安石의 신법新法을 비난했다는 죄목으로 검주黔州에 유배되었으며, 복직되었으나 1102년에 무고를 당하고 다시 의주宜州에 유배되어 병사하였다.

　황산곡은 소식蘇軾의 제자로 송나라를 대표하는 시인이었다. 그의 시는 학식에 의한 전고典故와, 수련을 거듭한 조사措辭를 특색으로 하며, 강서파江西派의 시조로 꼽힌다. 행초서行草書에 뛰어났으며, 채양蔡襄·소식蘇軾·미불米芾과 함께 북송北宋의 4대가四大家였다. 《예장황선생문집豫章黃先生文集》이 있음.

拾 열십, 오를섭　燕 불사를설(열)　朔 초하루삭(북녘)　삭운朔雲 : 북쪽 구름.

盪 씻을탕(움직이다. 방종하다.)　磨 갈마(찧다. 맷돌.)　呆 어리석을태

석석淅淅 : 쌀일석(씻은 쌀)　摧 꺾을최　飜 번역할번(뒤집다. 나부끼다.)

棟 마룻대동(용마루)

풍정낭식風定浪息 : 바람이 자고 물결이 잔잔해 짐. 어수선한 것이 가라앉음.

3) 남화진경南華眞經 : 중국 전국 시대 장주莊周의 저서 《장자莊子》를 높여 이르는 말.(=남화경)

4) 송풍가松風歌 : 솔바람을 노래함.　증여贈與 : 선사하여 줌. 타인에게 줌.

5) 천인天人 : 도道가 있는 사람. 재질이 뛰어난 사람.

菱 시금치릉(=稜과 같음)　능화菱花 : 마름꽃.　牒 편지첩(장부. 공문서.)

부첩簿牒 : 관청에 있는 장부와 문서.　桁 차꼬항, 도리형(석까래를 받치는 기둥과 기둥 위에 걸쳐 놓는 나무)　항양桁楊 : 죄인을 속박하는 형구.

방오旁午 : 사람이 많아 붐비고 수선스러움. 일 등이 복잡함.

 해설

끝부분 첫 자 (×)부분이 결자缺字되었다.

是月下澣南原竹谷, 宗兄琰重圭氏與沙圖吳兄翰淳士圭
甫, 自嶺外見訪

이 달 하순에 남원 죽곡에 사는 종형 염중규씨와 사도촌의 오형
한순과 선비 규보가 함께 영 밖에서 찾아오다 칠율 1수 107

春日臨江沒亦遲	봄날 강가에는 해 지는 것도 또한 더디고
春波漾綠上征衣	봄 물결 푸르게 출렁거려 나그네의 옷 적시네
今年客至花開夜	금년에 손님이 오고 꽃 피어 있는 밤인데
此地山靑雁去時	이 땅에 산 푸르러 기러기 돌아갈 때로다
千里遊觀心眼壯	천리 길 유람함에 마음속의 눈이 장하며
高人離別夢魂稀	고결한 사람과 이별함에 몽혼이 드물어지네
方生蘆筍魚香節	갈대 죽순이 생겨나고 고기 향 있는 계절에
蕩槳南湖問所思	상앗대 움직여 남쪽 호숫가에서 생각을 묻네

영외嶺外 : 영남지방을 가리킴.   澣 빨한(발 씻다)   하한下澣 : 하순下旬.
琰 옥갈염   정의征衣 : 여장女裝(남성이 여성 복장을 함). 군인의 군복軍服.
심안心眼 : 사물을 꿰뚫어 보는 힘.   몽혼夢魂 : 꿈속의 넋.
방생方生 : 모든 사물은 절대적인 시是나 절대적인 비非는 없으며, 피차의 구분이

생기는 것은 어떤 사물에 있어서 금방 방생한 극히 초기의 형태에 불과하다는 뜻.
《장자》의 〈제물론齊物論〉에서 나온 말임.
노순蘆筍 : 갈대의 땅속 어린 줄기. '위아葦芽'라 하여 먹기도 하는데, 연하고 맛
이 달다.   蕩 방탕할탕(흔들다. 움직이다.)   槳 상앗대장

梅花

매화

칠율 1수 108

雪蕊氷魂冷不禁	눈 속의 매화 꽃슬이 냉기를 견디지 못하고
百花頭上好相尋	온갖 꽃 머리 위로 서로 좋아하여 찾도다
始從臘月愛春色	애당초 음력 섣달에 춘색을 그리워하더니
却使主人生古心	도리어 주인에게 옛 마음 생각나게 하네
滿座微香書卷淨	자리 가득 은은한 향기 있어 책마다 맑고
當門一樹野村深	문 앞의 나무 한 그루 들 마을 깊이 있네
羹鹽已兆淸寒節	국과 소금 먹는 조짐 있고 겨울철이 맑아
莫歎儒巾老鄧林	유건을 등림[1]에 걸어 논 걸 한탄하지 말게나

蕊 꽃술예(꽃수염)   빙혼氷魂 : 매화.
臘 납향랍, 섣달랍   납월臘月 : 음력 섣달.
却 물리칠각(그치다)   서권書卷 : 서적.
한절寒節 : 겨울철.   鄧 나라이름등(춘추시대 노魯나라 땅)
1) 등림鄧林 : ① 회남자淮南子에 '과보기기책시위등림夸父棄其策是爲鄧林(과보가

막대를 버린 것이 등림이 되었다)'라는 말이 있다. 과보는 신수神獸로 그가 막대기
를 심은 것이 큰 수풀이 되었는데, 전설에 나오는 아름답고 무성한 수풀.
② 초나라 북쪽에 있는 숲.　兆 억조조(억의 만배. 점괘, 빌미.)

人日

정월 초이레 날에[1]

오절 1수 108

人日天氣淸　　정월 초이레 날 하늘의 기상이 맑으면
人言沴氛滅　　사람들의 말로는 요기의 조짐 없어진다 하네
不須人日晴　　모름지기 정월 초이레 날 맑지 않으니
情願穀朝吉　　진정 원하건대 곡식이 아침부터 길하기를

1) 인일人日 : 음력 정월 초이레.
沴 해칠려(요기妖氣. 악기惡氣)　　氛 기운분(조짐)　　정원情願 : 진정으로 바람.

 해설

　예전에는 인일의 기후 여하로 그 해의 길흉을 점쳤다고 한다. 맑으면 생물
들이 잘 크고, 흐리면 재앙이 온다고 했다. 매천의 '인일人日'에 대한 시로는
1901년에 쓴 〈인일차두운人日次杜韻〉과 1902년의 〈인일우열당사人日偶閱唐
史〉(칠절 1수)가 있다. 《역주매천황현시집》(하권) 37쪽에 번역되어 있다.

春雨連仍夜則爲雪, 兼瘴霾作惡

봄비가 계속 내려 그로 인해 밤에 눈이 되었다. 장기와 흙비가 겸하
여 추하게 되었다

칠율 1수 108

桃花雨細午侵樓	복사꽃 향기 보슬비 속에 낮의 누각 범하고
春氣蒸江瘴不收	봄기운 찌는 강가에 장기[1]가 오지 않네
麥雪濡根生意動	보리 뿌리 눈 속에 젖어 생동한 뜻이 일고
柳風飛絮放情浮	버들개지 바람에 날려 춘정이 방탕하네
時危未穩山中樂	시절이 위급해 편치 않아도 산중에 노래 있고
心遠無端世外愁	마음은 끝없이 멀어도 세상 밖의 근심이 있네
寒食淸明正相待	한식과 청명이 마침 서로 기다리고 있어
一帆琴鶴下汀洲	돛단배 하나에 거문고 학이 물가에 내리네

蒸 찔증(덥다)

1) 장기瘴氣 : 장기는 풍토병風土病으로 습하고 더운 땅에서 생기는 독기를 말함.
특수한 기후나 토질로 인해 발생하는 열대지방의 말라리아나 황열병 따위임.

霾 흙비올매　濡 젖을유(은혜 입다)

穩 평온할온　端 바를단

금학琴鶴 : 거문고와 학. 세속을 떠난 고아한 사람이 좋아하는 것.

정주汀洲 : 강, 내, 호수 등의 물이 얕고 흙·모래가 드러난 곳.

簡李春坡寄二月雪中梅

이춘파에게 이월의 설중매를 써서 보냄   오고 1수 109

嶺南元無雪　　영남은 원래 눈 없는 지방이고

江北只有梅　　강북에는 단지 매화만 피어 있네

有梅卽有雪　　매화 있는 곳에 눈이 있어

江南信美哉　　강남은 참으로 아름답구나

古人設如此　　옛사람이 설령 이와 같다 해도

今人謾喜栽　　지금 사람들은 부질없이 즐겨 심네

我家草堂前　　우리 집 초가 마당 앞으로

東風幾回來　　샛바람이 몇 번이나 불어 왔던가

南枝臘前落　　남쪽 가지 섣달 전에 떨어지고

將看北枝開　　장차 북쪽 가지 꽃 피어 볼 것인가

春寒尙凌兢　　봄추위 오히려 조심스레 깔보는데

坐撥芋爐灰　　앉아 토란을 화롯불에 구워먹네

上天不愛寶　　하느님은 보석을 좋아하지 않아

窮廬玉色堆　　궁벽한 오두막집엔 옥색이 쌓여있네

娉婷耀白石　　아름다운 흰 돌이 빛나고

飄飆點綠苔　　점점이 푸른 이끼 바람에 나부끼네

松筠猶未幷　　솔과 대나무 오히려 어울리지 못하니

蜂蝶那可猜　　봉접이 어찌 가히 시기하랴

世間多奇事　　세간에는 기이한 일도 많아
安得遍八垓　　어찌하여 두루 온 세상을 얻었는가
生後孤山子　　태어나서 외로운 산의 자식이 되어
空自費敲推　　공연히 스스로 수고하며 퇴고만 하네

*蓋梅本奇. 雪亦奇而雪中梅則尤奇, 其在二月則爲尤奇之. 最尤奇者故謾詠如此. 置之橫斜, 浮動之科果保. 其入品否也而貯之房, 山中一故事則亦不奇之奇也爾.

대개 매화는 본래 기이한 꽃이다. 눈 또한 기이한데 눈 속의 매화는 더욱 기이하고, 이월의 매화는 더욱 기이하다. 제일 기이하므로 부질없이 이와 같이 읊는다. 이것을 비스듬히 놓아두니 암향부동이 과연 보증이 된다. 품격에 들어가는 것이 아니지만 방에 놓아두는 것이 산중의 한 고사인 즉 역시 기이하지 않음이 기이한 것이다.

簡 대쪽간(편지)　신미信美 : 참으로 아름다움.　裁 마를재
朹 삼갈긍(굳세다)　撥 다스릴발　娉 장가들빙(예쁘다)　婷 예쁠정
빙정娉婷 : 예쁜 모양.　아름다운 모양.
飄 회오리바람표(질풍)　飇 흔들릴요
녹태綠苔 : 푸른 이끼.　筠 대나무균　幷 어우를병(어울리다. 함께하다.)
垓 땅끝해(수비. 방어.)　팔해八垓 : 온 누리. 세상.
고퇴敲推 : 퇴고推敲.
謾 속일만(헐뜯다. 느리다.)　횡사橫斜 : 가로 비낌.

霽後散吟

비 갠 후 멋대로 읊음

칠절 2수 110

1수

芳草纔生綠未成	향 풀이 겨우 나와 녹음을 이루지 못했는데
杏花全樹發淸明	살구꽃은 온 나무에 맑고 밝게 피었어라
晴陽無限墻園內	맑은 햇살 끝없이 정원 담장 안으로 비치고
小大春禽各自聲	봄날 크고 작은 새들이 각기 저절로 우네

방초芳草 : 향기롭고 꽃다운 풀.

2수 110

一灣春水注江城	한 물굽이 봄 강물이 강성에 쏟아지니
滿岸楊花濕不輕	언덕에 가득 찬 버들 꽃 가볍게 젖지 않았네
歎息幽蘭歌獨采	탐스럽다, 그윽한 난초 홀로 캐며 노래 불러
艶風流日若爲情	고운 바람 흐르는 햇살도 정다워라

灣 물굽이만(물이 육지에 굽어 들어온 곳)   采 캘채(따다)

釆 분별할변(=辨)   注 물댈주(붓다. 따르다.)

艶 고울염(탐스럽다. 선망하다.)   염풍艶風 : 염려艶麗한 시풍.

寒食兼淸明

한식 겸 청명절에

칠율 1수 110

渺渺沙明煖戲天	아득히 맑은 모래 반짝이며 하늘을 희롱하고
萬花籬落夕陽前	온갖 꽃들이 울타리 석양 앞에 피어있네
長物吾家有芳草	남는 물건으로 우리 집에 꽃다운 풀이 있고
古人此日乞新烟	옛사람은 이날에 새 불씨를 빌었네
風雨催春千里外	비바람이 봄을 독촉하여 천리 밖에 있고
淸明送客大江邊	청명절에 객을 보내며 큰 강변에 있네
如今强醉田間酒	지금 밭에서 술을 마시고 크게 취하여
許爾耕樵共一筵	그대와 경초1)를 허락하며 함께 대자리 펴네

묘묘渺渺 : 아득히 먼 모양.

烟 연기연(운무의 기운. 먼지. 담배.)

연묵烟墨 : 먹. 그을음.   연초煙草 : 담배.

장물長物 : 불필요한 물건. 남는 물건.

1) 경초耕樵 : 농사짓고 나무함.

> 寒食後隨文星小溪, 苔逕轉深, 巖花盛開. 悠然有蘇門之
> 致, 因成一絕

한식이 지난 후 문성재가 있는 작은 냇가를 따라가며 이끼 낀 길로
깊이 가다보니, 바위 꽃이 한창 성하게 피어있었다. 유유자적하며
소씨 대문에 이르러 그로 인해 일절을 이루었다   칠절 1수 111

峯回磵急路初窮	봉우리 돌아 계곡물 급한 곳에 초행 길 다하고
掬取巖花正幾叢	바위 꽃이 마침 몇 떨기 있어 움켜잡노라
只恐春光隨手盡	다만 봄빛이 이 손 따라 다해질까 두려워지고
插來還不滿頭紅	꽂고 오지 않아 머리에 붉은 꽃만 가득하네

奉 받들봉(기르다. 힘쓰다.) 유연悠然 : 유유悠悠하여 태연泰然함. 침착하고 여유
가 있음. 회봉回奉 : 이웃 나라에서 보내온 예물에 대하여 답례로 값을 치르던 일.
掬 움킬국(움켜쥐다) 수수隨手 : 손 가는 대로. 혹은 뒤쫓아, 즉시.

> 曲欄午眠

굽어진 난간에서 낮잠을 자다   칠절 2수 111

1수

遲日村禽懶不啼	지루한 날엔 마을의 새도 게을러 울지 않고
百花爲夢午痕迷	온갖 꽃 꿈 되어 대낮에 혼미한 흔적이네

何來一兩黃蝴蝶　어디에서 한 쌍의 황금색 나비가 왔느뇨
也自深深入菜畦　스스로 깊고 깊은 곳 채소밭에 들어 왔네

畦 밭두둑휴

2수 111
凶歲猶聞撥穀啼　흉년에 곡식 덜며 우는 소리 듣는 것 같고
墟烟山瘴共凄迷　언덕의 연기와 산 독기가 함께 쓸쓸히 있네
新晴藜藿勤培植　비 개어 명아주 콩잎을 부지런히 가꿔 심고
一頃村田起百畦　일경의 촌 밭은 백 개 밭두둑에서 일어나네

凶 흉할흉　撥 다스릴발(없애다)　穀 곡식곡(복록)　墟 터허(언덕)
산장山瘴 : 산의 악한 기운. 산중의 독기.
신청新晴 : 오던 비가 멎고 말끔히 갬.
여곽藜藿 : 명아주 잎과 콩잎. 변변치 못한 음식.
배식培植 : 가꾸고 심음.
頃 밭넓이단위경(요사이)
일경一頃 : 면적의 단위로 백무百畝. 일무一畝는 30평. 일결一結은 일정보一町步
로 삼천평三千坪임.

上巳

삼진날에[1] 칠율 1수 112

春風不動水盈江	봄바람이 일지 않았는데 강물은 가득 차 있고
千里多情鷰一雙	천리 길 다정하게 한 쌍의 제비 날아왔네
采蕙采蘭追故俗	혜와 난을 캐고 가려 예전의 습속을 생각하고
歌花歌柳轉新腔	꽃 버들 노래하며 새로운 가락을 전하네
飜飜弄蝶圓如轂	펄펄 나는 나비춤이 수레바퀴처럼 둥글고
晶晶流雲遠似幢	맑은 구름이 흘러 장막처럼 멀리 있네
獨有山陰遺帖在	홀로 산음에 살고 있어 시첩이 남아 있고[2]
百回披玩倚晴窓	백번 돌아 완상하며 맑은 창가에 기대 보네

1) 상사上巳 : 삼진날. 음력 3월 3일. 중삼重三. 강남에 간 제비가 돌아와 추녀 밑에 집을 짓는 때로, 이 날 호랑나비를 먼저 보면 소원이 이루어진다고 함. 蕙 혜초혜 腔 속빌강(가락강. 곡조.) 轂 바퀴통곡(수레) 번번飜飜 : 깃발 따위가 바람에 펄럭이는 꼴. 晶 맑을정(밝다) 정정晶晶 : 반짝반짝 빛나다.

2) 왕희지王羲之와 산음山陰 : 동진東晉 영화永和 9년(서기 353년), 강남에 갔던 제비가 돌아온다는 삼월 삼진날, 중국 회계군 산음(절강성浙江省 소흥紹興)에 위치한 난정蘭亭에서 회계내사會稽內史로 있던 왕희지王羲之를 비롯하여 그의 아들과 인척들 10명을 포함하여 손작孫綽·사안謝安 등 당시의 명사 42인이 그곳에 모여 계제사禊祭祀를 행한 뒤, 유상곡수연流觴曲水宴 베풀었다. 이 때 왕희지는 붓을 들어 《난정집》 서문을 썼다.

　왕희지는 행서로는 〈난정서蘭亭序〉, 초서로는 많은 편지를 써서 모은 〈십칠첩十七帖〉, 또 송宋 태종太宗이 992년에 조각한 〈순화각첩淳化閣帖〉이라는 법첩과 그 밖에 여러 첩의 필적이 있다.

六言

육언시

육절 1수 112

杏花一片二片	살구꽃이 하나 둘씩 피어 있고
楊柳長枝短枝	양류 버들은 긴 가지 작은 가지 있네
燕子不來日暮	제비는 날 저물어 오지 않더니만
汀洲烟雨獨歸	물가 섬 안개비에 혼자서 돌아오네

片 조각편(한쪽. 꽃잎.)

穀雨聞蛙

곡우[1])에 개구리 소리를 듣고

칠절 1수 112

白水陂田處處蛙	맑은 물 흐르는 비탈진 밭 곳곳에 개구리 있고
老桑陰偃過墻斜	늙은 뽕나무 응달로 쓰러져 담 넘어 비껴 있네
花醒柳懶春無暇	꽃 물리고 버들 나른하여 봄에 겨를 없더니만
已長南山穀雨茶	벌써 남산 가는 긴 길은 곡우에 차 싹이 돋았네

1) 곡우穀雨 : 청명과 입하 사이로 양력 4월 20일, 21일 경임. 봄비가 내려 곡식이
윤택해진다는 뜻. 陂 비탈피(고개) 偃 쓰러질언(드리워지다.)
醒 숙취정(술로 일어난 병. 물리다. 싫증나다.)

是月中旬凡三日大雨, 人情頓釋大慰

이달 중순에 대략 3일간 큰 비 내려, 인정이 확 풀어져 크게 위로
되었다

칠율 1수 113

纖纖終覺水鳴灘	가냘프게 마침내 여울물 울려옴을 깨닫고
草樹朦朧晝夢殘	풀 나무 몽롱하여 대낮에 남은 꿈을 꾸네
楊柳爲烟迷野望	양류에 안개 끼어 들녘을 바라봄에 흐려있고
杏花如雪怯春寒	살구꽃은 흰 눈과 같아 봄추위를 겁내도다
膏瀜土脉螺深動	기름진 땅에 물 깊고 소라 깊이 움직이며
溟翠山光鷺遠盤	산 빛이 푸르고 어두워져 해오라기 멀리 도네
入夜池塘方寸淨	밤에 지당에 들어가니 가슴속 맑아지고
一眉晴月更新看	눈썹과 같은 맑은 초승달을 다시 보노라

頓 조아릴돈(갑자기. 한꺼번에.)

섬섬纖纖 : 가냘프고 여림. 연약하고 가냘픈 모양.

灘 여울탄　膏 살찔고(기름진땅)

瀜 물깊을융　土 흙토(땅. 뿌리. 고향.)

脉 맥맥(맥박. 줄기. 혈맥.)

螺 소라라(고동)　淨 깨끗할정(맑다)

방촌方寸 : 좁은 땅. 가슴속. 마음.

> 三月中旬覲王母于川村, 因做過夏之計. 適當風恬日暄,
> 與諸益登石隅小麓暢懷

삼월 중순 천촌에서 할머님을 뵙고, 그로 인해 여름일을 계획하였
다. 바람이 적당히 불어 잠잠하고 날이 따뜻해 모두가 함께 바위
모퉁이 작은 기슭에 올라 회포를 폈다   칠율 1수 113

千樹臺凉午有風	많은 나무 서늘한 누대에 낮 바람 불어오고
少年衫袖葉叢叢	소년의 소매 적삼에 나뭇잎이 가득 차있네
遣人買酒夕陽外	사람을 보내 석양 밖에서 술을 사오고
坐石論詩春草中	바위에 앉아 봄 풀 속에서 시를 논하네
燕質終然天品駁	제비 날개 마침내 천품이 박해도
松蘰亦復世情紅	송화 가루 또다시 날려 세상의 정 붉구나
願言不負淸和節	원하여 말하건대 청화절1)을 버리지 마오
水榭山亭信息通	물가 정자와 산 정자의 소식이 통하네

왕모王母 : 할머니, 임금의 어머니. 당풍當風 : 지금 시대의 유행.

恬 편안할념(고요하다.) 풍념風恬 : 바람이 잠잠함.

暄 따뜻할훤 제익諸益 : 제우諸友. 엽총葉叢 : 잎이 한 군데 무더기로 나 있는
것. 衫 적삼삼(웃도리. 옷.) 총총叢叢 : 빽빽하게 들어서 있는 모양.

燕 잔치연, 제비연 質 바탕질, 폐백지 駁 논박할박 蘰 꽃위(꽃부리)

청화淸和 : 날씨가 맑고 화창함.

1) 청화절淸和節 : 음력 4월 1일. 4월의 이칭.

榭 정자사 신식信息 : 소식이나 편지.

登鰲山

오산[1]에 올라

칠율 1수 113

一片金山萬里情	한 조각 금으로 된 산은 만 리의 정취 있고
蒸爐如市樹如城	찌는 남기[2]는 시장과 같고 나무는 성과 같네
大江春變魚龍氣	큰 강은 봄에 어룡의 기운이 변하여 있고
古寺夜無鍾磬聲	옛 절은 밤에 종소리 경쇠 소리도 없네
始信文章通道釋	애당초 문장 진술함에 도교와 부처가 통하고
浪將心力費樵耕	부질없이 심력을 나무하고 밭 가는데 허비했네
殘僧契活居何處	늙은 스님 오래 만나지 않아 어디에 사는가
錦石斜陽色相明	비단 바위 해 기울어 색상은 밝기만 하네

1) 오산鰲山 : 구례 문척면에 있는 산으로 정상 부근에 사성암四聖庵이라는 암자
가 있음. 그 밖에 경주 남산의 금오산과 구미 금오산 등이 있다.
2) 爐 남기람(아지랑이 같은 기운)
심력心力 : 마음과 힘.
초경樵耕 : 나무하고 농사짓는 것.
계활契活 : 오래 만나지 않음.(=계활契闊)

清和節客沙圖

청화절[1]에 사도촌의 객이 되어   칠율 1수 114

山家留客詫芳陰   나그네 머무른 산집에 녹음방초 자랑하고
情恨經春更此吟   봄 지나 정과 한 다해 이렇게 다시 읊노라
一種新篁能自重   한 종류 새로 돌아난 죽순이 스스로 무겁고
百回蝴蝶竟誰尋   백번 도는 호랑나비 마침내 누구를 찾는가
明沙錦石畵圖地   밝은 모래 비단 돌에 그림 그려진 땅이고
白箱皂囊松桂林   흰 상자 검은 주머니가 솔 계수 숲에 있네
一句缺   (원문 한 구가 없어짐)
鸚嬌鷰點幾般心   앵무새소리 제비 날개 하 많이 쏠린 이 마음

1) 청화절清和節 : 음력 4월 초하루, 또는 4월의 이칭.
詫 자랑할타, 속일타(기만하다)   방음芳陰 : 녹음방초綠陰芳草.
정한情恨 : 정과 한.   화도畵圖 : 여러 종류의 그림.   箱 상자상(곳집. 곁채.)
皂 하인조(마구간. 皁의 속자)
囊 주머니낭   點 약을힐   기반幾般 : 어느 정도 종류의. 여러 번.

 해설

  사도촌沙圖村은 구례군 마산면 사도리 상사마을을 말한다. 신라 말 도선 국사가 이 마을을 지나면서 우물가에서 모래로 사성沙城을 쌓고 그림(=도圖)을 그려 풍수설을 설명했다 하여 사도沙圖라고 칭해졌다고 한다. 위의 시에서 5, 6구인 경연頸聯의 내용은 그것을 반영하고 있다.

매천 황현은 1871년 17세 때 사도촌의 해주 오씨 댁으로 장가를 간 것으로 보아 아마도 처가댁에서 읊은 시로 생각이 되어 진다. 하지만 아쉽게도 한 행이 없어진 시이다.

讀春社與鳳洲諸公, 往酌于徐市川邊

춘사[1]에 봉주선생의 제공들과 함께 읽고, 모두 시장 천변으로 가서 술 마시다

칠율 1수 114

芳年蘭蕙大年松	꽃다운 나이의 난과 혜요 늙은 솔[2] 있고
不到名山不願逢	명산에 가지 못해 만남을 원하지 않았네
春草衣冠讀世事	봄풀에 의관을 정제하고 세상사를 읽으며
澄江沙石露天容	맑은 강가 모래 돌에 하늘 모습[3]이 드러나네
被人强酒聊遠性	사람에게 억지로 술 먹여 본성이 멀어졌고
自我探花誤認農	내 스스로 꽃을 찾아 농부인 줄 오인하네
眼底川原何處盡	눈 아래 냇가 벌판 어느 곳에 다함이 있는가
纈黃西日下城墉	불그스름한 저녁 해가 서쪽 성 너머로 지네

---

1) 춘사春社 : 중춘仲春에 토신土神에게 농사의 순조로움을 비는 제사.
徐 천천히서, 모두서
2) 대년大年 : ① 나이 많이 먹음. ② 긴 시간. ③ 큰 설. 정월. ④ 영조 때의 대사성, 좌의정에 오른 조태억趙泰億의 자.

3) 천용天容 : ① 하늘 모습 ② 목 옆 움푹한 곳에 위치하며 이명耳鳴, 인후종통咽喉腫痛을 치료하는 혈.

聊 귀기울료(의지하다. 즐기다.)   오인誤認 : 잘못보거나 잘못 생각함.

纈 비단무늬힐(안화眼花. 맺다.)   안화眼花 : 눈앞에 불꽃같은 것이 어른어른하게 뵈는 눈병의 증세.   墉 담용(보루. 요새. 성城.)

秧時上茅亭四望

모심는 시기에 모정에 올라 사방을 조망함   칠절 2수 115

1수

臨水人家對設扉	물가 사람 사는 곳에 싸리문 설치해 있으며
西隣耕種較東遲	서쪽 마을 가꾼 작물이 동쪽과 비교하면 늦네
主翁見雨開詩卷	주인 노인장은 비 오는 걸 보고 시집 펴며
閑在榴花掩破籬	한가히 석류꽃 핀 곳에서 뚫린 울타리 막네

경종耕種 : 논밭을 갈아서 농작물의 씨를 뿌려 가꿈.

시권詩卷 : 여러 편의 시를 모아 편집한 책.   류화榴花 : 석류나무 꽃.

2수 115

| 根淺疎秧插處傾 | 모 뿌리 얇고 성글어 꽂은 쪽으로 기울어지고 |
| 水田如海未交靑 | 논이 바다처럼 푸르름이 섞여있지 않았도다 |

男耕婦饁全家去　　남편은 갈고 부인은 들밥 내오며 온 가족 가고
一樹桑陰午滿庭　　한그루 뽕나무 그늘져 낮에 가득 뜰에 차 있네

插 꽂을삽　饁 들밥엽(들밥을 내가다)

讀鄭基沼農家詩八首, 聊步其韻, 以叙鄕村夏思

정기소[1]의 농가시 8수를 읽고, 그 운을 따라 향촌의 여름을 생각하
며 짓다

칠절 8수 115

1수

放犢桑陰日未斜　　방면한 송아지 뽕나무 그늘에 있고 해 있는데
餉田人出水西家　　농부들 밥 먹으러 물가 서쪽 집으로 가네
總說今年秧事晩　　전체적으로 말하면 금년에 모내기가 늦고
南風開盡蜀葵花　　남풍이 다 불어오더니 접시꽃이 피어있네

1) 정기소鄭基沼 : 미상의 인물.　촉규화蜀葵花 : 접시꽃.

2수 115

此夜流雲始漏天　　이 밤 구름이 흘러 처음으로 비 많이 오고
一旬簑笠未休肩　　한 열흘 도롱이 삿갓 써 어깨가 편치 못하네

農家以雨爲完福　농가는 비로 인해 완전한 복이 되었고
去歲下田今上田　지난해 좋지 못한 밭은 지금 좋은 밭 되었네

簑 도롱이사(=蓑와 동자)　누천漏天 : 하늘이 샘. 비가 지나치게 옴.
休 쉴휴(그치다), 아름다울휴　하전下田 : 질이 좋지 못한 밭. 반대말은 상전上田.

3수 116
摘穗爲粮抱秸燒　벼이삭 따 식량 만들며 태울 볏짚 던지고
今年種麥計全饒　금년에는 보리 종자 모두 다 넉넉히 계획하네
西疇饁晩山將夕　서쪽 밭의 들밥 늦어지고 산 장차 저녁 되어
烟裏筐來隔水招　연기가 평상으로 오고 물 사이로 손짓하네

摘 딸적　穗 벼이삭수　秸 볏짚갈(짚자리갈)
疇 밭두둑주　筐 광주리광(침상. 평상.)

4수 116
移秧未畢已鉏秧　모심기가 끝나지 않았는데 벌써 김매고
臨水相誇卒歲糧　물가에서 마침내 세량미[1]를 서로 자랑하네
沈問幾時能食稻　몇 시나 됐는지 크게 물으며 쌀 일어 먹고
栗花吾屋覆簷黃　밤꽃이 내 집의 처마를 누렇게 덮었도다

鉏 호미서, 어긋날저   誇 자랑할과
1) 세량歲糧 : 새해에 선사하던 양곡.
稻 벼도(쌀 일다)   栗 밤나무률   粟 곡식속(벼. 조.)

5수 116

守門狵小吠無時	문 지키는 작은 삽살개는 때도 없이 짖어대고
蟾逐飛蠅過扊扅	두꺼비는 파리 쫓으며 문빗장을 지나가네
又有茅檐新乳鷰	또 띠집 처마의 제비는 새로 새끼 낳았고
曬毛晴日坐篁枝	털옷을 비개인 날 말리며 대 숲에 앉아있네

狵 삽살개방, 별이름탁
무시無時 : 무시로. 일정한 때가 아닌 아무 때나.   扊 빗장염   扅 빗장이
염이扊扅 : 문 닫고 가로질러 잠그는 빗장.   曬 쬘쇄(말리다)

6수 116

新麻未績舊麻稀	새 삼을 방적하지 않고 구 삼도 드문데
昨市人從郡郭歸	어제는 상인이 군 성곽으로 돌아왔네
驛送湖營軍布急	역에서 호남 영에 군포[1]를 급히 보내
村娃五月洗錦衣	촌 미인들 오월에 비단옷을 빨고 있네

績 실낳을적   시인市人 : 상인.
1) 군포軍布 : 16세 이상 60세 이하의 인정人丁에 대한 군포가 양반들은 면제되었

다. 대원군을 이를 수정하여 모든 양반에게 군포 1필씩을 부과, 징수하는 호포법
(=동포법)을 실시하였다. 娃 예쁠왜, 미인와

7수 116

指點書樓水際寒　　서루1)를 손으로 가리키며 찬 물가에 있고

簾旌不動坐如山　　주막 깃발 움직이지 않아 산처럼 앉아있네

而我勤耕終有喜　　내가 부지런히 경작해 마침내 기쁨이 있어

年豊送子學曾顏　　풍년에 자식 보내며 증자 안자2) 배우게 하네

1) 서루書樓 : 책을 넣어 두거나 서재로 쓰는 다락.

지점指點 : 손가락으로 가리켜 보임.　簾 발렴(주렴. 주막기.)

旌 기정(새털로 장식한 기. 임금이 신하에게 신임의 표시로 주던 기.)

2) 증안曾顏 : 증자曾子와 안자顏子. 증점曾點의 아들인 증자曾子(BC506~BC
436)의 이름은 증삼曾參, 자는 자여子輿라 하였다. 공자의 도道를 계승하였으며,
공자의 손자 자사子思를 거쳐 맹자孟子에게 전해졌다. 안자顏子(BC521~BC491)
역시 공자의 제자로 이름은 안회顏回, 자는 자연子淵이라 하였다. 자를 따서 안연
顏淵이라고도 부른다. 공자의 가장 촉망받는 제자였지만 공자보다 먼저 죽었다.
　제나라 정치가 안자晏子인 안영晏嬰(?~BC500) 평중平仲과는 다른 인물임.

8수 117

清溪洗耟夕陽邊　　맑은 냇가에서 석양 주변에 따비를 씻으며

社鼓村樽位後前　　제사 북을 쳐1) 마을의 술통이 앞뒤로 있네

隔岸蟬聲楊柳綠　　건너편 언덕의 매미소리 나고 양류 푸르른데

餐風嚥露自高懸　　바람 먹고 이슬 마셔2) 절로 고상한 마음이네

耟 따비슐거

1) 사고社鼓 : 민간 풍속의 하나. 사일社日은 입춘立春·입추立秋 뒤의 다섯 번째 술일戌日에 토지 신에게 제사를 지내면서 울리는 고악鼓樂.

嚥 삼킬연(마시다)　餐 밥찬(샛밥. 먹다)

2) 한무제漢武帝와 승로반承露盤 : 한무제는 향나무 대들보로 백량대柏梁臺를 건조하고 또한 구리 기둥 선인장仙人掌을 만들어서 그 위에 이슬을 받는 그릇 승로반을 설치하였다. 한무제는 승로반에 모아진 이슬에 옥석가루 뿌린 것을 옥로玉露라 하여 마셨다. 방사들이 옥로를 마시면 불로장생한다고 했기 때문이었다.

又次前韻八首

또 앞의 운1)을 차운하여 8수를 짓다

칠절 8수 117

1수

笋箨縈林柘影斜	대 죽순 얽혀있고 산뽕나무 그림자 기우는데
朽簷菌白是誰家	썩은 처마에 흰 버섯 난 집은 누구 집 이런가
休耕早築陂田路	휴경지를 일찍 쌓아올려 방죽과 밭길이 있고
及此青青荳未花	이때에 푸르고 푸른 콩 꽃은 피지 않았더라

1) 앞의 시는 정기소 농가시 8수(鄭基沼農家詩八首)를 말함.

笋 죽순순　箨 대껍질탁　縈 얽힐영(굽다)　柘 산뽕나무자

陂 방죽피, 비탈파　피전陂田 : 방죽과 밭.

2수 117

山晴野雨石榴天　　맑은 산 들 비 오는 석류꽃 핀 계절에

鋤在腰間笠在肩　　호미는 허리 언저리에 갓은 어깨에 있네

洑決溝荒村十里　　봇도랑의 보를 터놓아 황촌 십리 길 뻗쳐

經霖還見涸高田　　장마 지나 다시 보니 높은 밭 말라있네

決 결단할결(흐르게 하다. 터지다.)　보결洑決 : 보를 열다.
溝 봇도랑구(해자)　황촌荒村 : 황폐하고 쓸쓸한 마을.

 해설

석류꽃 피는 계절은 음력 5월이다. 갓 벗겨진 선비가 호미로 잡초를 뽑고 있다. 장마가 지나 높은 밭은 말라 벌써부터 작물이 타 죽을까 걱정이다.

3수 117

經年松炬代薪燒　　한해 보내며 관솔불로 나무를 대신 태우고

飯熟人眠夜寂寥　　밥 익었는데 사람들은 잠 자 밤이 적료해지네

郡吏新謄勸農帖　　군 관리는 새로 베껴 권농할 첩을 만들고

月中被酒到門招　　달밤에 술 취해 불러 대문에 이르렀네

경년經年 : 해를 보냄. 해가 지나감.　송거松炬 : 관솔불.　薪 땔나무신(잡초. 풀.)
적료寂寥 : 텅 비어 고요함. 말 수레 등을 타다.　謄 베낄등　帖 문서첩(시첩. 두루
마리.)　체지帖紙 : 관아에서 노비를 고용할 때 쓰던 사령장. 첩지. 돈을 받은 표.
곧 영수증.　피주被酒 : 술을 많이 마심. 크게 취함.(피被는 가可의 뜻임)

4수 118

男從北里訪餘秧	남편은 북쪽 마을로 가 남은 모를 찾아 심고
婦典新絲去換糧	부인은 새로 짠 실 잡혀 양식 바꾸러 가네
壞籬側畔萵花老	울타리 옆 두둑 무너진 곳에 상추꽃 시들어
一兩時來蝶粉黃	한두 마리 노랑나비 흰나비[1] 이따금씩 날아오네

典 법전전(경전經典, 저당 잡히다.)
1) 분황접분黃蝶 : 흰나비와 노랑나비.
접분蝶粉 : ① 나비의 인분. ② 접분봉황蝶粉蜂黃 : 나비 날개의 흰 가루와 벌의
누른 빛. 처녀의 정조.   萵 상추와

5수 118

耘歸臥歇麥炊時	김매고 와 누워 쉬니 보리 밥 짓는 때라
背着烟簑枕扊扅	등에는 도롱이 멘 채 문빗장을 베고 있네
夢裏聽田西磵水	꿈속에 밭 서쪽의 계곡 물소리 들으며
濛濛烟雨在鶯枝	안개 비 자욱한 가지에 꾀꼬리가 있도다

耘 김맬운 歇 쉴헐(휴식하다. 그치다.)
몽몽濛濛 : 먼지·비·안개·연기 따위가 자욱함.   염이扊扅 : 잠그는 빗장.

6수 118

柿子靑靑杏子稀	감은 푸르고 푸른데 살구는 드물게 붙어 있고
空樑燕語待人歸	빈 들보의 제비 조잘대며 주인 오길 기다리네
主翁偶去橋南醉	주옹[1]은 우연히 가다 다리 남쪽에서 취했고
犢背黃昏雨滿衣	송아지 등 타고 오며 해질녘 비에 온통 젖었네

1) 주옹主翁 : ① 주인옹主人翁. 정기소인 듯함. ② 조선 단종 때 생육신의 한 사람 조여趙旅(1420~1489)의 자. 호는 어계은자漁溪隱者. 세조가 왕위를 찬탈하자 벼슬을 버리고 함안 백이산白夷山에서 독서와 낚시로 여생을 보냈음.

7수 118

鳥兒風緊曉來寒	새들은 바람이 세차 새벽에 차갑게 오고
早斫靑薪屋後山	일찌감치 집 뒷산에서 땔 생나무를 쪼개네
深樹蟬聲晴日射	우거진 수목의 매미소리에 갠 날 활을 쏘고
明霞一道細薰顔	외길로 밝은 놀 있어 얼굴이 조금 훈훈하네

풍긴風緊 : 바람이 급함. 청신靑薪 : 아직 마르지 않은 생나무 땔감.
심수深樹 : 깊숙이 우거져 있는 수목.

8수 118

| 水舍凉生夕氣邊 | 물가 집 서늘하여 석양의 기운이 생겨나고 |
| 婦嘻兒笑月明前 | 부인과 아이들 웃으며 밝은 달 앞에 있네 |

蠅定蚊收淸夜靜	파리 잡고 모기 사라져 맑은 밤 고요하고
柳墻新竹露垂懸	담장의 버들과 죽순이 이슬 맞아 늘어져 있네

嘻 웃을희(자득하다)　蠅 파리승　墻 담장(=牆)

반딧불

칠율 1수 119

草一變時含火螢	초목이 변하는 때라 반딧불이 빛을 머금고
螢如隨變更何形	반딧불이 만일 변한다면 다시 어떤 형태일까
風波畏道全腔赤	모진 풍파 험한 길에 온 창자 붉어지고
烟雨荒林別眼靑	안개비 거친 숲에 갑자기 눈이 반가워라
亂葉垂垂籠暗渚	어지러운 나뭇잎 늘어져 물가를 감싸 어둡고
疎簷拂拂墮虛庭	성긴 처마에 솔솔 스쳐 빈 정원에 떨어지네
幻花世界元無定	환상의 꽃 세계는 원래 정한 것이 없는데
千手金光弄莫停	금광불 앞에 천수경[1] 소리 그치지 않더라

隨 따를수　풍파風波 : 세찬 바람과 험한 물결. 파란波瀾.
외도畏道 : 겁나는 길. 험한 길.　腔 빈속강, 곡조강(가락)
垂 드리울수(베풀다)　籠 대바구니롱(새장)　拂 떨불(추켜올리다)
1) 천수경千手經 : 경문經文의 하나로 천수관음의 유래, 발원, 공덕 등을 설명함.

長霖賦吳體

긴 장마에 오체[1]를 따라 읊다

칠율 1수 119

南風捲茅斜復斜	남풍이 띠집을 감아말아 비껴가는 소리나고
轇轕萬竹鳴人家	대숲소리 수레소리처럼 인가에 울리네
山明雨際礙黃日	산 밝고 비온 끝에 붉은 햇살을 가로막고
籬臥水邊生碧花	울타리에 누웠으니 물가에 푸른 꽃 생겨나네
枯麥和秧壟畝錯	마른 보리는 모와 함께 언덕이랑에 섞여있고
晴鸛入雲川原多	갠 날 구름속의 황새 냇물에 줄줄이 내리네
社餘辦得一樽白	제사 끝에 애써 한 동이 맑은 술을 얻어
今夕與君聊復歌	오늘 밤 그대와 함께 다시 노래를 부르리라

장림長霖 : 오래 계속되는 장마. 軆 몸체(=체體의 속자)

1) 오체吳體 : 시체詩體의 하나. 즉 오중吳中의 시체를 말함. 오체투.

轇 시끄러울교(수레소리. 달리다.) 轕 수레소리갈(=轎)

礙 거리낄애(막다. 그치다.) 壟 언덕롱

錯 어긋날착, 둘조 鸛 황새관

社 토지의 신사, 단체사, 사일사(사일社日 : 입춘이나 입추 후 5번째 무일戊日.)

入泉隱寺

천은사에 들어감   칠절 1수 119

鍾落雲間日向西   종소리 구름 속에 있으며 해는 서산을 향하고
杖頭憂憂怪禽啼   지팡이 부딪치는 소리에 괴이한 새 우지짖네
靑山五月行人少   푸른 산 오월에 길가는 행인은 적은데
鹿解深林寺路迷   사슴은 깊은 숲에 흩어지고 절 길은 희미하네

알알憂憂 : 사물이 어긋나지 않는 모양. 물건이 서로 부딪치는 소리.
심림深林 : 나무가 우거진 깊은 숲.

宿修道庵

수도암에서 숙박하며   칠절 1수 120

孤花如客霧如塵   외로운 꽃은 나그네와 같고 안개 티끌 같으며
佛宇蒼凉曉日新   불당은 창량하여 날마다 새벽이 새로워라
兩岸蟬聲千樹外   양 언덕의 매미소리 온 나무 밖으로 퍼지고
依俙如見羽衣人   어슴푸레 도인 옷 입은 사람을 보는 것 같네

불우佛宇 : 불당佛堂. 부처를 모신 대청.

依 의지할의(따르다)　佛 희미할희　의희依佛 : 어렴풋이.
우의羽衣 : 새 깃으로 만든 선녀仙女나 도사道士가 입는 옷. 날개옷

滯雨菴中

비속에서 암자에 머물면서　　　　　　　　　　　칠절 5수 120

1수

山北山南淡霧天	산 북쪽과 남쪽으로 안개가 하늘에 엷고
梵王樓閣入茫然	범왕 누각으로 아무 생각 없이 들어서네
只見欄鍾身潑水	다만 난간의 범종을 보고 몸에 물 뿌리며
沈沈聲落寺門前	절간 문 앞으로 종소리 흩어져 잠겨 있네

망연茫然 : 아득함. 아무 생각 없이 멍함.　淡 묽을담
欄 난간란　潑 물뿌릴발(사납다)　沈 가라앉을침, 성심

2수 120

塵肚承將上界風	속진으로 가득 찬 배 천상의 바람을 타고서
天花零落寶壇空	하늘 꽃 영락하여 보배로운 제단이 비어 있네
老僧預運經秋計	노승은 시운을 예상하여 가을일 계획하고
過磵耕田白雨中	계곡의 경작하는 밭 지나감에 소낙비 내리네

肚 배두(위) 將 장차장(어찌) 천화天花 : 눈.
磵 산골물간(=간澗), 계곡간 경전耕田 : 논밭을 갊. 또는 그 밭.
백우白雨 : 소나기. 흑풍백우黑風白雨 : 흑풍이 부는 가운데 쏟아지는 소낙비.

3수 120

佛頭山濕翠重重　　　불두산은 축축하여 겹겹이 비취색이고
古寺僧稀客打鍾　　　옛 절엔 스님이 적어 객이 종을 치네
雲際晴陽無定處　　　구름 사이로 맑은 햇살 정해진 곳이 없고
鳴蟬不在寺前峯　　　매미소리 울리지만 절 앞 봉우리에 없네

중중重重 : 겹겹으로 되어 있음. 稀 드물희(성기다. 희소하다.)

4수 121

芭蕉葉大蔽軒窓　　　큰 파초 잎이 처마와 창가로 덮여 있고
窓下梧桐樹一雙　　　창 아래로 오동나무 한 쌍이 서 있네
又有池塘三尺水　　　또 지당에는 석자 되는 물길이 있어
白蓮明月似溢江　　　백련이 밝은 달 강가에 용솟음치는 것 같네

溢 용솟음할분(물소리. 소나기.)

5수 121

瓦角琅琅竟日垂	기와집 모퉁이 맑은 새소리에 해 기울어가고
山家食宿易違時	산속 집에서 먹고 잠자 쉽게 때를 넘기네
深霞路暗樵歸晚	질은 노을 어둔 길에 나무꾼이 느지막 오고
童子出門看不知	동자가 대문을 나와도 보는 곳을 알지 못하네

낭랑琅琅 : 새가 지저귀는 맑은 소리. 쇠와 옥이 부딪쳐 나는 소리.

川庄觀漲

냇가 별장에서 물 불어남을 보고   칠율 2수 121

1수

分明昨日碧潺湲	분명히 어제는 푸르고 맑은 물 흘렀는데
河出空山曉雨前	빈 산 물가로 오니 새벽 비가 앞을 가리네
兩岸遙聞黃犢應	양 언덕 누렁송아지 응답하는 소리 멀리 들려
此時不見白鷗眠	이때는 흰 갈매기 잠자는 걸 볼 수 없네
懷襄上古民何在	회왕 양왕의 상고시대 백성은 어디에 있는가
潮汐空山理自然	조석과 텅 빈산은 자연의 이치로다
忽有晴陽斜照好	홀연히 맑은 햇살 일어나 해질녘이 아름답고
照魚人在木綿田	물고기 비추더니 사람들은 목화밭에 있네

潺 물흐를잔(맑다)　湲 물흐를원, 흐를완
잔원潺湲 : 조용하고 잔잔함.　犢 송아지독　襄 도울양(오르다)
조석潮汐 : 달과 해의 인력에 의해 바다 면이 이동하고, 얕은 해저海底와 마찰을
일으키는 현상.　공산空山 : 사람이 살지 않은 산중.
사조斜照 : 사양斜陽. 해질녘. 측일仄日. 쇠퇴하여 가는 일.

2수 121

雨驪霆奔合眼忙	소낙비가 오고 번개 쳐 두 눈이 바쁘고
魚龍窟宅野茫茫	어룡은 동굴로 가고 들판은 망망하네
村沈頓失前山路	깊은 촌 앞산 가는 길이 갑자기 유실됐고
木礙橫成舊石梁	나무가 막아 옛 돌다리는 멋대로 되었네
紅稏稏靡驚土脉	붉은 벼는 쓰러져 흙이 줄기져 놀랍고
白茅堂靜上金光	하얀 초가집은 고요히 금빛 속에 있네
輕舟倍有觀濤思	빠른 배로 더욱 달려 물결 보고 생각하니
家在江南近水鄉	집이 강가 남쪽 물 마을 근처에 있더라

驟 달릴취　霆 천둥소리정　어룡魚龍 : 물고기와 용. 물속동물.
망망茫茫 : 넓고 멀어 아득한 모양. 어둡고 아득함.
頓 조아릴돈(넘어지다. 무너지다. 갑자기.)　礙 꺼리낄애(막다)
파아稏稏 : 벼의 한 가지. 벼가 흔들림.　脉 맥박맥, 줄기맥(수로) 서로볼맥(=脈
과 동자.)　모당茅堂 : 모옥茅屋. 초가집. 띠 풀로 엮은 집.
濤 큰물결도　경주輕舟 : 가볍고 빠른 배.

宿華嚴上房

화엄사 상방[1]에서 자며   칠율 1수 122

芙蕖微白栗林青	하얀 연꽃이 조금 피어 있고 밤나무 숲 푸른데
雲外疎鍾出上庭	구름 밖으로 종소리 멀어져 뜰에 나가 보네
避暑人來相拜佛	피서하는 사람들 와서 서로 부처님께 예불하고
守菴僧老不看經	암자를 지키는 스님은 늙어 불경을 보지 않네
斜陽遠在鳴鳩樹	비낀 해 멀리 있고 비둘기 나무에서 울어대고
古殿凉生宿鷺汀	옛 전각은 맑고 해오리는 물가에서 잠자네
此地十年顔髮大	이 땅에 십 년 살면서 얼굴에 난 수염이 길 뿐
玲瓏松水更須聽	옥 울리는 소나무 물소리를 다시 잠시 듣노라

1) 상방上房 : 사찰의 서기書記. 芙 연꽃부 蕖 연꽃거(토란)
鳩 비둘기구(모이다) 殿 큰집전 玲 옥소리령 瓏 옥소리롱

艾川小酌, 題與酒保少娘

애천에서 술을 조금 마셨는데, 술 심부름꾼 소랑에게 써주다

고시 1수 122

樹裏淸溪鳴白石	숲 속의 맑은 냇물 소리 흰 바위에 울리고

信堪愛擧足濯淸	진실로 행동거지 사랑하며 맑은 물에 발 씻네
溪石上三隅對山	냇가 바위 세 개가 짝지어 산을 대하며 있고
客具鷄黍又是樽	객이 닭 잡고 기장밥 지으며 술동이 준비했네
如海落日滿前山	바다에 떨어지는 해처럼 앞산에 가득하고
玉人空相待	아름다운 사람은 부질없이 서로 기다리도다
白苧衫袖蛾眉粉黛	흰 모시 소매 적삼입고 고운 눈썹 화장 하네
君不見	그대는 보지 못 했는가
洛陽城東桃花發	낙양성 동쪽에 도화 꽃이 만발해 있고
三月晦日春光改	삼월 그믐날에 봄빛이 고쳐짐을

艾 쑥애, 다스릴예
소작小酌 : 간단하게 차린 술잔치. 소연小宴. 술을 조금 마심.
주보酒保 : 술집의 심부름꾼.
제사題詞 : 책의 앞머리에 그 책에 관계되는 글이나 시를 적어 놓는 글.
隅 모퉁이우(벼랑. 절개.)
계서鷄黍 : 닭 잡아 닭 국물을 만들고, 기장밥을 지어 대접함. 사람을 대접함.
옥인玉人 : 마음이 아름다운 사람. 옥으로 새겨 만든 인형.
백저白苧 : 뉘어서 빛깔이 하얗게 된 모시. 흰모시.   黛 눈썹먹대(검푸르다)
분대粉黛 : 분을 바른 얼굴과 그린 눈썹. 화장한 미인.

讀聶夷中田家詩偶感目擊, 因廣而成之

섭이중[1]의 전가시[2]를 우연히 목격하여 읽고 감동하였다. 그로 인해
널리 이 시를 완성하였다   칠고 1수 123

門前野路草沒脚	문 앞 들 길의 풀숲에 다리 빠지고
青柿未熟猶自落	푸른 감은 익지 않았는데 저절로 떨어지네
老翁拾柿喫稚孫	늙은이는 감 줍고 어린 손자 먹으며
更訪麥酒田頭酌	다시 보리술 찾아 밭 입구에서 술잔 기울이네
半醉逢人說復歎	반쯤 취해 사람 만나 다시 탄식하는 말 하고
古來誰道田家樂	예로부터 누가 전가의 노래를 말 했던가
去年無雨未食稻	지난해 비 없어 쌀 일어 먹지 못하더니
今年雨多麥生角	금년에는 비 많아 보리 싹[3]이 돋아나네
石場打來烟竈乾	채석장에서 돌 깨뜨려 부엌에는 연기 없고
今年麥食尚云艱	금년에 보리밥 먹으며 오히려 간난을 말하네
又是郡吏如風霆	또 군의 관리들이 바람과 천둥소리 같아
詰朝貢麥輸於官	다음날 아침에 공납할 보리를 관청에 나르네
饁粮未給矧濫科	들밥 내갈 양곡 모자라는데 하물며 세금 넘치고
爭起持帖倩人看	장부 가지고 다퉈 일어나 머슴처럼 다루네
日東去年啓兵端	왜놈들이 지난해 전쟁의 실마리 열더니만
十艘輕輕向秦關	경쾌한 배 열 척이 진나라 관문으로 향했네
長安萬戶烟塵咽	서울의 모든 백성들 티끌 연기 속에 울부짖고

漢水花落漕船絶	한강에 꽃잎 지듯 조운선이 끊어졌네
六軍按釰紛唾掌	군인들은 칼날 살피며 손바닥에 침 뱉는데
百僚秉管都結舌	백관들은 붓 잡고 모두 혀를 다물고
坐令堂堂禮義邦	앉아서 당당하게 예의의 나라라며 호령하고
互市修盟遂相結	교역은 맹약을 고쳐 마침내 체결했네
戶部鹽糧十萬石	호부에서는 소금과 양식이 십만 석이 있고
瓊林布綿三萬疋	아름다운 숲엔 포면이 삼만 필이 있었네
本出休民至傾國	본래 백성을 편안히 하여 경국4)에 이르렀고
邱山舊積眼前竭	언덕과 산에 쌓인 재물이 눈앞에서 없어졌네
人謀難防天降灾	사람의 꾀는 하늘이 내린 재앙을 막기 어렵고
秋風滿地生蒿菜	가을바람이 온 땅에 불어 쑥대만이 생겼네
禁旅操腹隊隊臥	친위병5)은 배 움켜쥐고 무리지어 누웠는데
落日相將上堠臺	떨어지는 해 서로 잡으며 봉화대에 오르네
嗚呼此境那忍言	오호라, 이런 지경을 어떻게 참으며 말하리
古語相傳渴望梅	옛말을 서로 전하며 매화 피기를 갈망하네
聞道沿邊麥正熟	강 언저리엔 보리가 마침 익었다고 들었으니
有舟汝運馬汝駄	배 있는 사람 운반하고 말 있는 사람 실어가네
大意如此莫更詢	대의가 이와 같아 다시 묻지 말지어다
聽罷座有垂淚人	다 듣고 나서 좌중에 눈물 흘리는 사람 있네
嗚呼國計誰能周	오호라, 나라의 대계를 누가 널리 할 것인가
嗚呼國恥誰能伸	오호라, 국가의 치욕을 누가 갚을 것인가

我有一臂羊角弧　　나는 한쪽 팔과 양각[6]으로 만든 활 가지고
當時惜不赴銅津　　그때 동작나루에 달려가지 못한 걸 애석해하네
主辱臣死一未辦　　임금님 욕되고 신하 죽어도 한번 힘쓰지 않아
此輩好在糜酒餕　　이 무리들은 쌀 죽 술 마시는 것만 좋아하네
使此螻蟻南畝民　　땅강아지 개미[7]가 남쪽 농민들 부리며
號令纔違抵重案　　호령을 어기면 범죄의 조서에 저촉이 되네
里丁忽駈群犢去　　마을의 장정들 홀연히 송아지 떼 몰고 가고
夕陽放轡村溪亂　　석양에 고삐 풀어놓아 마을의 냇물이 흐리네
竹鞭猛如鐵捶拷　　대 채찍으로 쇠와 같이 사납게 종아리를 치니
喘急不嚙溪邊草　　급하게 헐떡거리며 냇가의 풀을 뜯지 않네
寄語農人勿力農　　농부에게 말하노니 농사에 힘쓰지 말라
力農終見令人老　　농사에 힘씀은 마침내 사람들을 늙게 하리라
莫如游食作末業　　놀면서 상업하며 밥 먹음만 같지 못하고
白馬日馳西京道　　백마는 날마다 평양 가는 길로 달려가네
西京兒女紅玉顔　　평양의 아녀자들은 옥 같은 홍안이고
待客春壚捲簾早　　손님 기다리는 봄 주막에 주렴을 일찍 올리네
古來物理多此類　　예로부터 물리에는 이런 종류가 많아
養蠶人非綺羅子　　양잠하는 사람들은 비단옷[8] 입은 자식 아니네
白雲入夢桂花發　　백운산으로 꿈속에 들어가니 계수 꽃 피어 있고
何人讀書空山裏　　어떤 사람이 빈산에서 독서하는가

▌* 去年春, 倭人忽渝盟, 以數隻輕快船, 載粮糗弓砲, 泊于沁都等地, 有威喝之辭. 朝廷以廟勝爲上策, 不交一鏃, 屈從其請. 內府錢穀蕩殘, 秋又重之以歉旱, 上供征稅, 十亡七八. 今年六月, 自政府送錢于各營衙門, 使之貿麥漕于京江. 令出旋止, 然民間訛言扇動久而未定. 故論撰所見如右. 可謂犯濫觴之戒, 而蓁不恤緯, 政謂如是云.

지난해 봄에 왜인들이 홀연히 맹약을 어기고, 수척의 날쌘 배에 군량과 무기를 싣고 강화도[9] 등지에 정박하고 큰 소리로 협박하였다. 조정에서는 묘승[10]으로 하는 것을 상책으로 여기고, 화살 하나 교환하지 않고서 그들의 요청에 굴종하였다. 대궐 안에 있는 돈과 곡식이 탕진되자, 가을에 또 흉년과 가뭄으로 대궐의 필요한 경비[11]와 조세를 강제로 징수하고 이를 가중하니 10에 7, 8명이 도망하였다.

금년 유월에 정부가 각 영과 관청에 돈을 보내 보리를 사서 경강으로 실어 오도록 했다. 이런 영은 나왔다가 취소되었는데, 그러나 민간에 잘못 전파되고 선동된 지 오래되어 진정되지 않았다. 그런고로 논찬하는 소견이 위와 같았다. 남상[12]의 경계를 범했다고 할 수 있으니 자신의 일을 잊고 나라를 걱정하는 마음[13]으로 정히 이와 같이 말한 것이다.

1) 섭이중聶夷中(837~884) : 만당晚唐의 시인. 매우 빈곤한 생활을 하였으며, 훗날 지방 현위 등 하급관료 생활을 하면서 농민의 어려움과 고난을 동정하는 시를 썼다.

2) 섭이중의 <상전가傷田家> : 가난과 고통을 겪는 농민들을 구제할 밝은 정치가 실현되기를 희망한 시로, 그 내용은 다음과 같다. "二月賣新絲(이월매신사) 이월에는 새로 나올 비단을 팔고/ 五月糶新穀(오월조신곡) 오월에는 새 곡식 담보로 양식을 빌리네// 醫得眼前瘡(의득안전창) 의술로 눈앞의 종기 고친다고 하지만/ 剜却心頭肉(완각심두육) 그것은 도리어 심장을 도려내는 일이라네// 我願君王心

(아원군왕심) 내가 진정으로 임금님께 바라는 것은/ 化作光明燭(화작광명촉) 밝게
빛나는 촛불 되어 주시옵기를// 不照綺羅筵(부조기라연) 비단 잔치자리 비추이지
마시고/ 偏照逃亡屋(편조도망옥) 흩어지는 백성들의 집 두루 비춰주소서"
汲 물길을급   脚 다리각(밟다)   喫 마실끽(당하다. 받다.)
전가田家 : 농부의 집.   생각生角 : 어려서 잘라낸 사슴 뿔. 삶지 않은 짐승의 뿔.
3) 곡두생각穀頭生角 : 가을장마로 이삭에 싹이 돋아남.
맥식麥食 : 보리밥. 보리밥을 먹음.   霆 둥소리정(번개. 떨다.)
풍정風霆 : 바람소리와 천둥소리.   힐조詰朝 : 다음날 아침.   饁 들밥엽
粮 양식량(먹이)   矧 하물며신(=황차況且), 이촉신(치근齒根)   濫 넘칠람(탐하다)
倩 예쁠천(사위. 빌다. 청하다.)   천인倩人 : 사람을 고용함. 고요인. 머슴.
병단兵端 : 전쟁을 하게 된 실마리.   경경輕輕 : 아주 경솔함.
咽 목구멍인(삼키다)   艘 배소(배의 총칭)   漕 배저을조(배로 실어 나르다)
조선漕船 : 화물을 싣고 다니는 배. 운송선. 배로 운반함.
육군六軍 : 주周나라 때 군대의 편제로, 천자가 통솔한 여섯 개의 군軍.
唾 침타(침뱉다)   백료百僚 : 백관百官.   管 붓관(대롱. 피리.)
당당堂堂 : 위엄 있고 떳떳한 모양. 당당히.   호시互市 : 외국과의 물물 교역.
휴민休民 : 백성을 편안하게 함.
4) 경국傾國 : 나라를 기울어지게 함. 나라를 위태롭게 함. 경국지색傾國之色.
인모人謀 : 사람의 꾀.   竭 다할갈(물이 마르다)   灾 재앙재(=災와 동자)
5) 금려禁旅 : 금군禁軍. 금위禁衛. 임금을 호위·경비하던 친위병.
隊 무리대, 떨어질추   堠 돈대후(봉화대)   상전相傳 : 대대로 전함.
갈망渴望 : 간절히 바람.   문도聞道 : 도를 들음. 깨달음.   연변沿邊 : 큰길가나
강가 따라 있는 지방.   駄 실을태, 짐타   詢 물을순(상의하다)
6) 양각羊角 : 양의 뿔. 회오리바람. 대추나무.   弧 활호(활모양의 기구)
석부득惜不得 : 부득不得은 '방도가 없음'의 뜻이므로, '아까워해도 할 수 없음'
辱 욕될욕(수치)   螻 땅강아지루   蟻 개미의
7) 루의螻蟻 : 땅강아지와 개미로, 탐관오리 밑에서 세금을 걷는 하급관리.
중안重案 : 높은 자리. 중대한 범죄 사실을 기록한 조서調書. 중대 사건이나 사안.

轡 고삐재갈비 箠 종아리칠추 拷 칠고 嚙 물설

말업末業 : 사농공상(士農工商)가운데 맨 끝의 상업. 객춘客春 : 지난 봄.

壚 흙토로(기름진 흙), 주막로(화로. 술집. 목로.) 捲 말권(걷다. 감아말다.)

8) 기라綺羅 : 곱고 아름다운 비단. 비단옷. 綺 비단기(광택)

糶 쌀팔조 剜 깎을완 卻 물리칠각, 도리어각

渝 달라질투(풀어지다) 투맹渝盟 : 맹세한 언약을 저버림.

糗 볶은쌀구(미숫가루) 粮 양식량(먹이. 급여. 구실.) 沁 스며들심(더듬어 찾다)

9) 심도沁都 : 강화도의 옛 이름.《심도기행沁都紀行》은 강화도에 살던 진사 고재형高在亨(1846~1916)이 1906년에 강화 200여 마을을 주제로 칠언절구 256수를 짓고, 마을의 유래와 인물, 생활상 등을 산문으로 기록한 기행 시문집임.

위갈威喝 : 큰 소리로 위협함.

10) 묘승廟勝 : 직접 전투를 하지 않고 조정에서 세운 계략만으로 승리하는 일.

내부內府 : 대궐의 안. 歉 흉년들겸

11) 상공上供 : 조선시대 대궐에서 필요한 경비. 정세征稅 : 조세를 강제로 징수함. 泊 배댈박 鏃 살촉족(날카롭다) 蕩 쓸어버릴탕(씻다)

잔추殘秋 : 얼마 남지 않은 가을. 供 이바지할공, 바칠공(모시다. 올리다)

亡 망할망(죽다), 달아날망 漕 배로실어나를조 와언訛言 : 잘 못 전파된 말. 와설訛設. 가위可謂 : 한마디의 말로 이르자면. 참으로.

12) 남상濫觴 : 사물의 시초. 일의 근원. 술잔에 넘칠 정도의 작은 물.

13) 리불휼위嫠不恤緯 :《춘추좌씨전》에 나온 말로, '과부는 베틀의 씨줄을 걱정하지 않음'의 뜻. 베틀에서 길쌈하는 과부는 씨줄이 모자라는 것을 걱정해야 함에도 불구하고 천자의 나라인 주나라가 망하지나 않을까를 걱정한다는 뜻으로 '자신의 일을 잊고 나라를 걱정하는 마음.'을 말함.

嫠 과부리 緯 씨위(가로. 좌우. 피륙의 짜인 실.)

夏夜露坐

여름밤에 한데에 앉아서　　　　　　　　　　　칠율 1수 125

比舍燃松夜欲無	이웃집에서 솔가지 태워 밤이 없고자 하고
年鷄喉早唱晨孤	씨암탉은 일찍 목청 높여 새벽에 외롭게 우네
燒驅蚊隊尖於戟	모기떼들 태워 몰아내니 창보다도 날카롭고
露結蛛絲小亦珠	이슬이 거미줄에 맺혀 작은 진주처럼 있네
置我古文營擬作	나의 고문서를 놓고 헤아려 짓고 만들며
約明山寺待相呼	밝은 산사에서 기약하고 서로 부르며 기다리네
夷然獨訪淸宵趣	동요되지 않고 홀로 맑은 밤 정취 찾으니
琴在藜床酒在壺	거문고는 명아주 평상에 있고 술병이 있네

노좌露坐 : 한데에 앉음.　燃 사를연(타다)　연계年鷄 : 씨암탉.

喉 목구멍후　擬 헤아릴의(비교하다)

이연夷然 : 조금도 동요됨이 없음.

청소淸宵 : 맑게 갠 밤. 청야淸夜.　藜 나라이름려(흉노의 북쪽에 있던 나라)

여상藜床 : 명아주로 만든 평상.

여곽藜藿 : 명아주 잎과 콩잎. 변변치 못한 음식.

代家君, 哭黃龍坡潤觀氏

아버님을 대신[1]하여 황용파 윤관씨를 곡함   오율 4수 125

1수

叔度賢而夭	아저씨가 현명하게 했지만 요절하였고
涪翁老更謫	부옹[2]은 늙어서 다시 귀양을 갔네
雲山有逸民	구름 산에 파묻혀 지내는 사람이 있어
全福度今昔	모든 복이 예나 지금이나 법도가 되었네
子孫讀詩書	자손들은 시경과 서경을 읽으며
閭里謝金帛	마을 사람들은 금백으로 사례를 하네
萬事餘痛哭	모든 일이 통곡하는 것만이 남아 있고
我亦鬚眉白	나 역시 수염과 눈썹이 세어 있더라

1) 가군家君 : 남에 대해 자기 아버지를 이르는 말.(돌아간 뒤에는 선친先親 또는 선인先人이라 함.) 또는 남에 대하여 자기 남편을 이르는 말.   涪 물거품부
2) 부옹涪翁 : 북송의 문학가이자 시인이며 서예가 황정견黃庭堅의 호. 자는 노직魯直. 호는 산곡도인山谷道人.   일민逸民 : 민간에 파묻혀 지내는 사람.

2수 126

早歲業明經	나이 어릴 때는 명경과[1]에 힘썼고
晩節病功詩	만년 시절에는 시의 공적을 걱정 하였네
無窮男子事	무궁한 것은 남자들의 일이라

白髮渠先知　　백발이 옴을 어찌 먼저 알았는가
而我托末契　　그리하여 나는 마지막 약속 부탁하며
盃榼相追隨　　술동이와 잔을 서로 따르며 쫓았지
寂寞黃公壚　　황공[2]의 화로는 적막하기만 한데
斜陽獨過時　　해질녘에 홀로 지나갈 시간이네

1) 명경과明經科 : 조선 시대 정기 과거시험인 식년式年 문과 초시에서 사경四經을 중심으로 시험을 보이던 시험.　만절晩節 : 늙은 시절. 늦은 계절.
渠 어찌거, 개천거, 클거　托 맡길탁(의지하다)
契 맺을계(정리. 서약.)　榼 통합(술통. 칼집.)
추수追隨 : 추축追逐. 쫓아버림. 각축. 벗 사이에 왕래하여 사귐.
2) 황공黃公 : 꾀꼬리과에 딸린 여름새. 여기서는 황용파를 말함.
壚 흙토로(화로. 주막.)

3수 126
顏卜修文職　　안연과 복상[1]이는 문관 직을 익혔고
包寇浮羅王　　도적 떼를 용납하니 부라[2]왕일세
幽明不二途　　내세와 현세가 두 길이 아니고
德門卽天堂　　덕이 있는 문에 나아가니 곧 천당이네
世人資冥福　　세상 사람들이 명복을 빌어
願言登仙鄕　　원컨대 신선의 고을로 오르리라
孰與陽界上　　누구와 더불어 인간 세상에 사는가
生生耀榮光　　생생하게 영광이 빛나도다

1) 안복顏卜 : 안연과 복상.

문직文職 : 관직의 벼슬. 卽 곧즉(이제, 만약. 나아가다.)

2) 부라浮羅 : 제주도의 이칭. 탐라耽羅, 섭라涉羅, 부라浮羅라 했으며, 한라산을
부라산浮羅山, 영주산瀛州山, 두무악頭無岳이라 하였음.

유명幽明 : 어둠과 밝음. 내세와 현세. 저승과 이승.

양계陽界 : 인간 세상. 육지의 세계.

4수 126

俗士眼光小	세속의 선비들은 보는 눈이 작아
齊殤思未達	다 일찍 죽는다는 걸 생각 치 못하네
人生一周甲	사람이 태어나 한 주기 회갑을 맞아
事業亦云訖	사업을 또한 마친다고 말하더라
萬古名隨傳	만고에 이름을 좇아 전하니
誰題夢升碣	그 누가 묘비명에 이름 오르랴
生生影不滅	생생한 그림자 없어지지 아니하고
前江有明月	앞강에는 밝은 달만 떠있구나

殤 일찍죽을상 升 나아갈승(되. 태평하다.) 승괘升卦 : 육십사괘의 하나. 땅 가
운데에 나무가 남을 상징함. 訖 이를흘, 마칠글

▌ *痛哭痛哭. 予與公姓同而年差不同. 南寓同縣同遊, 且二十年
  今已矣, 更何道也. 公平生喜飮酒, 好論詩至老. 戰場屋爲有
  司, 所抑儕流, 所同慨然者是已. 然善多者必食之于後今其子.
  若孫皆端秀如明珠, 俊爽如峙鵠, 升庠入垣. 特指顧間事, 使公

無知也, 固不足悲, 有知也亦奚以悲爲.

통곡하고 통곡하도다. 나는 공과 더불어 성씨가 같으나 나이 차이가 달랐다. 같은 현 남쪽에 살면서 함께 놀기도 했는데, 이제 또 이십 년이 되어 다시 무엇을 말하리오. 공은 평생 음주를 즐겼으며, 늙도록 시 논하기를 좋아하였다. 전쟁터의 집은 유사[1]가 되어서 같은 무리들을 물리치고 함께 슬퍼하는 것이 이와 같았다. 그러나 선행을 많이 한 자는 반드시 금후로 그 아들에게 음식을 먹인다. 만약 자손 모두가 빛이 나는 진주처럼 진실로 빼어나고, 높은 산의 고니처럼 인품이 뛰어나게 되면 성균관에 입학[2]하여 그 울안에 들어간다. 특히 그간의 일을 돌아보고 가리키며, 공으로 하여금 알지 못하게 하니, 진실로 족히 슬프지 않다면 안다고 해도 또한 어찌 슬프다고 하리오.

1) 유사有司 : 어떤 단체의 사무를 맡아보는 직무.
抑 누를억, 문득억　僑 무리제(함께)　제류僑流 : 동배同輩. 나이나 신분이 서로 같거나 비슷한 사람.　端 실마리단(시초. 끝.), 바를단　준상俊爽 : 재주와 슬기가 뛰어나고 명석함. 인품이 높음.　丞 정승승, 나아갈증(받들다. 돕다.)
2) 승상升庠 : 생원시, 진사시에 합격하여 성균관에 입학함.

宿環洞, 時將南游

장차 남쪽으로 유람하려함에 환동에서 자다　　　　칠율 1수 127

天削五峯靑入江　하늘이 오봉을 깎아 푸름이 강으로 들어가고
江干白鳥飛來雙　강가의 백조가 쌍 지어 날아오도다

衝泥鮒擲轉禾隴	진창에서 붕어를 던져 논두렁에 구르고
載草犢跛傾石矼	풀 실은 송아지 절뚝이며 가 돌다리 기우네
客至雨中杖屨健	객은 우중에 튼튼한 지팡이 신 신고 오고
村居樹裏民人厖	시골 숲 속에서 백성들이 옹기종기 살아가네
市南女伴舊相識	시 남쪽 여자 친구들은 서로 아는 사이이고
落日洗觴當碧窓	지는 해 술잔을 씻으며 푸른 창문을 대하네

鮒 붕어부 跛 절름발이파, 비스듬히설피 矼 징검다리강, 굳을강
屨 신구(신을 신다. 자주. 여러 번.) 장구杖屨 : 지팡이와 짚신. 웃어른의 소지
품. 사람이 머무른 자취. 촌거村居 : 시골 마을에서 삶.
厖 투터울방(크다. 섞이다.) 민인民人 : 백성. 여반女伴 : 여자 친구.
구상식舊相識 : 오래전부터 잘 아는 사이.

岳陽

악양에서

칠절 1수 127

汀洲高下彩禽呼	물가 여울은 높고 낮아 고운 새 부르고
刺眼明沙襯綠蕪	눈부신 밝은 모래 초록빛 가깝게 우거졌네
秋水不流船自去	가을 물 흘러가지 않아도 배는 스스로 가고
山光已落洞庭湖	산 풍광이 벌써 동정호에 떨어지누나

襯 속옷친(가까이하다. 베풀다.)

 **해설**

시성 두보杜甫는 중국 악양루에 올라 동정호를 바라보며 57세의 만년에 이르러 다음과 같은 〈등악양루登岳陽樓〉라는 시를 남겼다.

"昔聞洞庭水(석문동정수) 전에 동정호를 말로만 듣다가/ 今上岳陽樓(금상악양루) 오늘에야 악양루를 오르네// 吳楚東南坼(오초동남탁) 오 초가 동남으로 갈려 있고/ 乾坤日夜孚(건곤일야부) 하늘과 땅이 밤낮으로 동정호에 떠 있네// 親朋無一字(친붕무일자) 친한 벗은 소식 한 자 없고/ 老病有孤舟(노병유고주) 늙고 병든 몸은 외로운 배에 있네// 戎馬關山北(융마관산북) 관산 북쪽에는 전쟁이 계속되고 있어// 憑軒涕泗流(빙헌체사류) 난간에 기대어 하염없이 눈물만 흘리네"라는 시다.

매천이 쓴 위의 시 제목에 나오는 악양은 경남 하동군 악양면岳陽面을 말한다. 악양의 평사리는 박경리의 대하소설 《토지》의 무대로 유명한 곳이기도 하다. 위의 시는 매천이 섬진강가 악양을 지나가면서 쓴 시로, 강가의 가을 풍광을 중국 악양의 동정호로 비유하여 묘사한 서경시이다.

錦山菩提庵

금산 보리암에서   칠율 1수 128

漫漫溟月上欄平	멀리 떠있는 어두운 달은 난간과 나란히 있고
坐數靈壇唳鶴聲	몇 개 신령스런 제단에 앉으니 학 소리 나네
星絡不從天上動	별 둘러싸여 좇지 않아도 천상에서 움직이며
日輪瑞在水中生	둥근 해 상서롭게 물 가운데서 떠오르네

鴻濛一塊浮坤標	흙덩이 하나 홍몽[1]하여 땅으로 떠가고
螺殼千年聚海精	천년 소라껍질에 바닷가의 정령이 모여 있네
好事前人湮沒恨	좋은 일 한 앞선 사람들 한스럽게 흔적 없고
蒼苔難保石間名	창태로 인해 돌에 새긴 이름 보전키 어려워라

보리菩提 : 불타佛陀 정각正覺의 지혜智慧 깨달음.

漫 질펀할만(흩어지다.)　만만漫漫 : 멀고 지리함.　欄 난간란(울. 간막이.)

喨 울려　絡 이을락(둘러싸다. 얽다.)　濛 가랑비올몽(흐릿하다)

1) 홍몽鴻濛 : 하늘과 땅이 나눠지기 이전의 상태. 천지자연의 원기元氣.

塊 덩어리괴　일괴一塊 : 한 덩어리. 한 뭉치.

부표浮漂 : 물 위에 띄워 어떤 표적으로 삼는 물건. 항로 표지의 하나.

螺 소라라(다슬기)　湮 잠길인　인몰湮沒 : 인멸湮滅. 자취가 없어짐.

난보難保 : 보존하기 어려움.

🦋 해설

　금산보리암錦山菩提庵은 경남 남해 금산 정상 부근에 있는 절이다. 금산의 높이는 681미터의 산으로, 절에서 바라보아 남해 상주 바닷가의 경치가 수려하다.

　작자는 이 보리암에서 하룻밤을 지새우고 있다. 마침 달이 뜬 밤에 별들에게 둘러싸여 암자의 제단에 앉아 학 소리를 듣고 있다. 어느새 밤이 지나 떠오르는 바닷가의 상서로운 아침 해를 바라보고 있다. 영겁永劫의 세계에서 보면 인간의 목숨도 공명도 수유須臾던가? 은군자隱君子의 마음을 읊었다.

固城牛山村

고성 우산촌에서   칠율 1수 128

荒蕪漠漠薺花踈	쓸쓸한 황무지에 냉이 꽃이 거칠게 피어 있고
垂露玲瓏日出初	영롱히 듣는 이슬에 해가 처음으로 솟아 오네
地煖已濃霜樹果	대지는 따뜻하나 서리가 과실수에 무성히 있고
秋深恰大稻田魚	가을이 깊어 논에 있는 고기도 커진 것 같네
琴樽四海諸公在	온 세상 거문고 술동이가 제공들에게 있고
耕鑿千村邃古如	마을마다 경작하고 우물 파 옛적과도 같네
生平壯觀應爲分	평생 볼만한 광경이라 응당 분별해 하고
歸驗山窓談命書	시험 삼아 산창으로 돌아오며 점복을 이야기하네

막막漠漠 : 소리가 들릴 듯 말 듯 멂. 고요하고 쓸쓸함.

수로垂露 : 떨어지는 이슬.   도전稻田 : 벼를 심은 논밭. 볏논.

제공諸公 : 여러분.   경착耕鑿 : 밭 갈고 우물을 팜.   邃 깊을수(멀다)

수고邃古 : 멀고먼 옛적. 아득한 옛날.   명서命書 : 점복占卜 등에 관한 서적.

 해설

　이 시에서 나오는 지명 고성은 강원도 고성군이 아니고, 경남 고성이다. 고성읍 우산리를 여행하면서 읊은 시이다.

昌原道中
창원 가는 길에

칠율 1수 128

微陽曬笠露華乾	조금 있는 해에 삿갓 쬐어 이슬방울 마르고
紅葉程途杖屨安	단풍 든 길가에 지팡이 신 신고 편안히 가네
雲物相關爲夢易	구름과 사물이 상관하여 쉽게 꿈 되었고
湖山光勝着詩難	호산의 빛나는 승경으로 시 어려움 봉착하네
閑官牧馬郵村古	한가한 관리는 낡은 역참에서 말 기르고
行客貫魚江市寒	객은 강 시장에서 쓸쓸히 물고기 꿰어가네[1]
只願黃花開小緩	단지 원하는 것은 황국화 다소 늦게 피어
情儂歸對故園看	정든 내 집으로 돌아가 고향 동산을 보고 싶네

노화露華 : 이슬의 반짝임. 꽃에 맺힌 이슬방울.

曬 쬘쇄(말리다)　屨 신구

장구杖屨 : 지팡이와 신. 머무른 자취.

한관閑官 : 한가한 벼슬.

행객行客 : 여행하거나 떠도는 사람. 나그네.

1) 관어貫魚 : 물고기를 꿰어 놓은 것. 과메기. 질서 있게 잘 다스리는 것.

儂 나농　고원故園 : 전에 살던 곳. 고향.

龍華寺

용화사[1]에서　　　　　　　　　　　　　　　　칠율 1수 129

任載靑龍竹華舟	마음대로 청룡을 대나무 꽃배에 싣고서
天風吹到海山頭	하늘 바람이 불어와 바다 산머리에 있네
太平已久僧軍老	태평시대 이미 오래되어 승병은 늙었고
遙夜無邊雁影流	긴 밤 국경 없이 기러기 그림자 흐르네
重關鼓角寒潮晚	이중 관문에서 고각 불어 찬 조수가 늦고
幽逕松蘿古洞秋	송라[2]있는 깊은 길 옛 골에 가을빛 있네
(××)纔收鄕國夢	(두자 결자) 겨우 고향 나라의 꿈 그치니
一眉新月在鍾樓	새로 뜬 한 조각 눈썹달이 종루에 있도다

1) 용화사龍華寺 : 조선 영조 때 창건된 경남 통영시 미륵도에 있는 절인 듯함.
천풍天風 : 하늘 높이 부는 바람.　요야遙夜 : 긴 밤.
逕 소로경(지름길)　蘿 미나리라
2) 송라松蘿 : 소나무겨우살이. 여승이 쓰는 모자.(소나무겨우살이로 만듦)

金海城西許氏庄

김해 성 서쪽 허씨의 별장에서　　　　　　　　칠율 1수 129

白道無塵抱郭回	티끌 없는 깨끗한 길 성곽을 돌아 안고

深深紅樹洞門開	붉은 나무 깊고 깊어 고을 문 열려 있네
圖書古壁殘燈在	옛 성벽 도서실에 쇠잔한 등불이 있고
星月寒城畫角來	쓸쓸한 성곽에 별 달이 떠 화각[1] 불며 오네
石獸陵荒亡國地	석수와 왕릉이 황폐해진 망국의 땅이라
菊花霜重望鄕臺	국화 된서리 맞아 피어 망향대에 오르네
主人自有詩千首	주인은 스스로 지은 시 천수가 있으니
遇却痴儂莫謾催	어리석은 나를 만나 공연히 재촉하지 마오

백도白道 : 깨끗한 길. 달이 천구상에 그리는 궤도.

도서圖書 : 글씨 그림 책 등을 일컫는 말. 서지書誌.

1) 화각畫角 : 쇠뿔로 만든 관악기. 목기 세공품을 곱게 하는 꾸밈새.

倭館

왜관[1]에서　　　　　　　　　　　　　칠절 1수 130

蠻歌如鬪拜如眼	오랑캐 노래 떠들썩해 참배하여 보는 것 같고
露坐氍毹共拍肩	이슬 속 담요에 앉아 함께 어깨를 치네
近遠秋波開疊鏡	원근의 가을 물결 속에 접어진 거울 열어보고
帆風吹着火輪船	돛단배 바람이 화륜선에 불어오고 있네

1) **왜관倭館** : 경북 낙동강 수로水路의 종점으로 경부선의 중요한 역. 조선 시대에
왜인倭人들이 머물면서 외교적인 업무나 무역을 행하던 관사.
閧 싸울홍(떠들다)   氉 담요구   毹 담요유   拍 칠박(박자. 어루만지다.)

東萊鄭墓

동래 정씨 묘에서
칠절 1수 130

石麒麟臥向陽原	돌 기린이 양지 동산을 향해 누워 있고
滿地蒼苔長戶墳	창태 가득한 땅 입구에 긴 무덤이 있네
一部山經君讀否	한 부의 풍수 책을 그대는 읽었는가
淵沈元是牧堂孫	깊은 연못은 원래 당손[1]을 기름이었네

1) **당손堂孫** : 8촌 이내의 항렬이 되는 친척 중 손자 항렬이 되는 사람.

 해설

  부산의 동래를 여행하면서 쓴 시이다. 동래정묘東萊鄭墓는 안일호장安逸
戶長을 지낸 동래정씨 2세조 정문도鄭文道의 묘를 말한다. 동래에서 가까운
양정동 화지산華池山 기슭에 있다. 이 호장공의 묘가 예로부터 명당자리로,
예천군 지보면 익장 마을에 있는 정사鄭賜(1400~1453 : 예문관 직제학과 진주
목사 등을 지냄)의 묘와 더불어 양대 정묘鄭墓로 알려지고 있다. 동래정씨는
조선시대 정승 17명을 배출한 명문가였다.

金海鷰子樓

김해 연자루에서   칠절 1수 130

客子登樓鷰去初	객이 누각에 오르자 제비 처음 날아가고
金陵佳麗古濠徐	금릉 땅 화려하여 옛 해자 조용히 있네
可憐節度風流地	애석타, 절도사의 풍류의 경지여
又見江南薛校書	또다시 강남 땅에서 설교서[1]를 보았네

객자客子 : 나그네.   濠 호주호(나라이름. 해자.)

금릉金陵 : 지금의 남경南京. 오吳, 송宋, 양梁 등의 수도.

절도節度 : 정도에 알맞게 하는 규칙적인 한도. 중용.

풍류風流 : 풍치風致 있고 멋지게 노는 일. 화조풍월花鳥風月.

교서校書 : 책의 바르고 틀림을 검열함.

1) 설교서薛校書 : 당나라 시인 이백李白과 친분이 있었던 인물.

해설

김해지방을 여행하면서 532년 신라 법흥왕 때 망해버린 금관가야에 대하여 흥망의 유수함을 회상하였다.

특히 미구에서 나오는 설교서는 청련거사靑蓮居士 이백과 친분이 있었던 인물이었다. 이백은 당 현종으로부터 대우를 받기도 했지만, 정치 행로가 순탄하지 않았다. 관리들에게 참언까지 받자 744년 장안을 떠나기로 마음먹고, 〈증설교서贈薛校書〉라는 시를 썼다. "我有吳越曲(아유오월곡) 나에게 오월의 노래가 있지만/ 無人知此音(무인지차음) 알아주는 사람 없었네// 姑蘇成蔓草(고소성만초) 고소대에는 덩굴 풀이 가득하고/ 麋鹿空悲吟(미녹공비음) 사슴은 공연히 슬피 울고 있네" 이렇게 시작되고 있는 시이다.

召村驛金弁書塾二首

소촌역[1]의 김변 서당에서 두 수를 읊음   칠율 2수 131

1수

百本黃花數畝庭	백 줄기 황국화가 몇 이랑 뜰에 피어 있고
閑村簾幕掩秋聲	한가한 촌 주렴 친 장막으로 가을 소리 덮네
殘螢入戶霜華薄	쇠잔한 반딧불이 집으로 와 서리꽃이 엷고
寒葉鳴山雨點輕	찬 잎이 산에 울리고 빗방울이 가볍게 튀네
夢裏徊徨方丈月	꿈속에서 방황타 보니 방장산에 달 떠 있고
燈前迢遞晉陵城	등불 앞에 교대로 진나라 능과 성이 있도다
天涯佳節重陽近	하늘가의 좋은 시절 중양절이 가까워지고
渴肺吟魂總未平	심혼에 읊조리는 시[2] 모두 평온치 못하네

1) 소촌역召村驛 : 진주시 문산읍 소촌리에 있었던 역驛.

弁 고깔변(빠르다. 서두르다. 두려워하다.) 畝 이랑무 簾 발렴(주렴)

우점雨點 : 빗방울 자국. 迢 멀초(아득하다. 높다.)

遞 갈마들체(번갈아. 교대로.) 초체迢遞 : 먼 모양. 높은 모양.

渴 목마를갈(갈증) 肺 허파폐

2) 갈폐渴肺 : ① 소갈증消渴症(=당뇨병). ② '문원갈폐文園渴肺'는 문원文園의 소
갈증消渴症을 말한다. 전한前漢의 문인 사마상여司馬相如(BC179~BC117)가 쓴
〈자허부子虛賦〉는 한무제漢武帝의 상찬을 받았다. 곤궁했던 사마상여는 부호였던
탁왕손卓王孫의 딸 문군과 결혼하여 경제적으로 어려움이 없었으나 일찍부터 소갈
증消渴症을 앓아, 만년에는 무릉茂陵에 칩거하였다.

2수 131

日晶雲淡遠人愁	해 빛나고 구름 맑아[1] 사람들의 수심 멀고
木落江南萬里洲	나무는 강남 만 리 물가로 떨어지네
宗慤有心初破浪	종각[2]은 마음 있어 처음으로 파도를 부수고[3]
仲宣爲賦獨登樓	왕중선[4]이 부 지으며 홀로 누대에 오르네
樽前短髮寒花晚	술동이 앞 짧은 머리에 국화꽃[5] 늦어지고
驛外行衣古樹秋	역참 밖 나그네의 옷자락엔 가을 잎이 지네
此地那堪成此別	이 땅에 이렇게 이별함을 어찌 견디는가
琴書滾滾盡名流	우렁찬 거문고 글 읽는 소리 모두 명인들이네

1) 운담雲淡 : 구름이 개임. 북송의 유학자 정명도程明道의 〈춘일우성春日偶成〉의 칠언절구에 나온다. "雲淡風輕近午天(운담풍경근오천) 구름 개이고 맑은 바람 부는 한낮에/ 訪花隨柳過前川(방화수류과전천) 꽃 찾아 버들 따라 앞 개울가 지나가네// 傍人不識余心樂(방인불식여심락) 옆 사람은 나의 즐거운 맘 알지 못하고/ 將謂偸閑學少年(장위투한학소년) 한가함을 탐내는 소년처럼 논다고 말하네"

'꽃 찾고 버들 따라 간다'는 뜻의 수원성에 있는 '방화수류정訪花隨柳亭'의 정자도 이 시에서 유래되었다.

행의行衣 : 유생儒生의 웃옷. 소매가 넓은 두루마기에 검은 천으로 가장자리를 꾸몄음.

2) 종각宗慤 : 남조南朝 송宋 남양인南陽人. 자는 원간元幹. 문제文帝 때 진무장군振武將軍이 되었음. 浪 물결랑(파도. 물결이 일다.)

3) 장풍파랑長風破浪 : 종각宗慤은 어렸을 때 그의 숙부가 포부를 묻자 "저는 긴 바람을 타고, 만 리 파도를 넘고자 합니다(아원승장풍, 파만리랑我願乘長風, 破萬里浪)"라고 대답했다. 《남사南史(卷37)》〈종각宗慤〉전에 니오는 고사로, 《역주매천황현시집》(중권) 472쪽에 정리되어 있음.

4) 왕중선仲宣 : 왕찬王粲(177~217)의 자. 산동 추현 사람이었다. 어려서부터 재

주가 뛰어나 이름을 날렸는데, 동탁의 난 이후에 유표劉表에 의탁하였다가 조조의
휘하에 들어가 시중을 역임하였다. 그의 시와 부는 비통하고 처량한 분위기로 전
란의 참혹상을 잘 반영하여 건양 칠자 가운데 작품성이 가장 뛰어나며, 〈등루부登
樓賦〉가 유명하다.

5) 한화寒花 : 늦가을이나 겨울철에 피는 꽃. 나뭇가지에 쌓인 눈.

금서琴書 : 거문고를 타며 책을 읽음. 거문고와 책.

滾 흐를곤(샘솟다. 물이 끓다.)   곤곤滾滾 : 물이 성하게 흐름. 구름이 여기저기
옮겨감.   명류名流 : 이름난 사람들의 무리.

矗石樓

촉석루[1]에서 　　　　　　　　　　　　　　　　　　　　칠율 1수 131

三百年來月影流	삼백년 이래로 달그림자 흘러가고
依依蘭社見中洲	의의한 난사[2]에서 진주 남강 섬에 보이네
南征壯士無墳墓	남쪽을 정벌한 장사들은 무덤이 없고
古意行人上水樓	옛 뜻대로 행인은 수루에 오르네
釰氣橫空星斗錯	칼 기운이 허공에 비껴 있고 북두성 어긋나
角聲連夜海山愁	나팔소리 밤에 이어져 바다 산 근심하네
秋光萬里增惆悵	가을빛 만 리에 더욱 섭섭하고 슬프며
厭逐烟霜賦遠遊	안개서리 쫓음이 싫어 멀리 노닐며 읊네

1) 촉석루矗石樓 : 진주성에 있으며, 진주목사 김시민金時敏이 1592년 10월에 왜

란 3대첩의 하나인 진주대첩을 하였으며, 1593년 6월 2차 진주성 혈전에서는 김
천일, 최경회, 황진 등이 전사하였다.

의의依依 : 나뭇가지가 하늘거림(부드럽고 약함). 헤어지기 섭섭함(아쉬워함. 사
모함.) 어렴풋함.

2) 난사蘭社 : 난사계蘭社契.

남정南征 : 무력으로 남쪽 지방을 내리 침.

각성角聲 : 각적(角笛 : 군에서 쓰던 나팔) 부는 소리. 오성의 하나.

怊 슬플초　厭 싫어할염(조용하다)

義巖祠

의암사[1]에서

칠절 1수 132

蒼苔老石暗傷神	창태 낀 옛 바위에서 남몰래 마음 슬퍼지고
潔我椒筐哭水濱	나는 평상에서 정결히 하고 물가에서 곡하네
借問龍蛇遺錄裏	왜란[2]에 대해 물노니 남겨진 기록 속에는
幾多髥戟負心人	용사들 많아 사람들에게 자랑스런 마음이로다

1) 의암사義巖祠 : 1593년 6월 제2차 진주성싸움에서 승리한 왜적들은 촉석루에
서 전승 축하연祝賀宴을 하게 되었다. 이때 기생을 가장한 논개論介(?~1593)는
왜장 게야무라 로쿠스케(毛谷村六助)를 의암義巖에서 껴안고 함께 남강에 빠져죽
었다. 이것을 기리기 위해 영조 때 의암부근에 의기사義妓祠를 세웠다. 또한 장수
사람들은 장수읍 두산리에 의암사義巖祠라는 논개의 사당과 논개의 수명비竪名碑
를 세웠다.

　　현재 주논개의 고향인 주촌에는 논개의 생가가 복원되어 있으며, 함양군 서상면 방지리에 있는 논개 묘도 사적지로 정화되었음.

祠 사당사(제사지내다)　상신傷神 : 정신을 상함.

암상신暗傷神 : 남몰래 마음이 슬퍼짐.　椒 산초나무초(향기)　筐 광주리광(평상)

초광椒筐 : 산초나무 평상(네모진 평상)　차문借問 : 남에 대해 물음. 가설로 물음.

2) 용사龍蛇 : ① 용과 뱀. ② 비범한 사람이나 현인. ③ 임진왜란이 일어난 용龍의 해인 임진년壬辰年(1592년)과 뱀蛇의 해인 이듬해 계사년癸巳年(1593년)을 뜻하는 말에서, '왜란'을 의미하기도 함.

　　《용사일기龍蛇日記》는 왜란 당시 경북 성주 출신인 암곡巖谷 도세순都世純(1574~1653)이 왜란 당시의 피난 생활을 기록한 일기임.

극염戟髥 : 창끝 수염. 용사勇士의 상징함.

기다幾多 : 밝혀 말하기는 어려워도 꽤 많음.

부심負心 : 스스로 자랑스러워하는 마음.

彰烈祠

창렬사[1]　　　　　　　　　　　　　　　　　　　　　오율 1수 132

萬世在前後	오랜 세대에 걸쳐 앞과 뒤가 있었으니
人觀竹帛名	사람들은 역사책에서 그 이름을 보았네
干戈分八表	방패와 창이 팔방 구석에 갈라져 있고
風雨會群英	비바람 속에 많은 영웅들이 모여 있네
古木睢陽廟	고목나무에는 수양[2]의 묘가 있고
寒江尹鐸城	쓸쓸한 강가엔 윤탁[3]이 지켰던 성 있네

浩歌天地老　　큰 소리로 부르는 노래 천지에 약해지고
霜夜劍光橫　　서리 내린 밤에 검광이 비껴 있도다

1) 창열사彰烈祠 : 1593년 6월 제2차 진주성 싸움에서 전사한 분들을 모신 사당. 진주시 남성동에 있으며, 1607년 선조 때 사액되었다. 대원군 때 서원 철폐령으로 김시민(1554~1592)의 충민사가 없어지자 창열사에 모셨다. 창의사 김천일(1537~1593), 충청병사 황진(1542~1606), 경상우병사 최경회(1532~1593) 등 39분을 모시고 있다.　죽백竹帛 : 서적書籍 특히, 역사를 기록한 책. 종이가 발명되기 전에 대쪽이나 헝겊에 글을 써서 기록한 데서 생긴 말. 죽소竹素.
팔표八表 : 팔방八方의 구석. 땅의 끝.　睢 물이름수, 부릅떠볼휴
2) 수양睢陽 : 중국 하남성 상구시商丘市에 있는 지명. 당 현종玄宗 때 안록산安祿山의 난이 일어났는데, 장순張巡과 태수太守 허원許遠이 여기에서 적장賊遠 윤자기尹子寄를 막았으나, 성이 함락되어 잡혀 죽었음.
3) 윤탁尹鐸(1554~1593) : 자는 성원聲遠, 호는 구산龜山. 합천 출신으로 1585년 무과에 급제하였다. 1592년 임진왜란 때 향리에서 박사겸朴思謙 등과 함께 의병을 모집하였으며, 의병장 곽재우郭再祐, 김면金沔을 도와 분전하였다. 왜적이 진주를 공격할 때 김시민金時敏과 함께 적을 물리쳤으며, 1593년 제2차 진주혈전에 참가하여 전사하였다.　호가浩歌 : 큰 소리로 노래를 부름. 또는 그 노래.

花開曉發

화개[1]에서 새벽에 출발하다　　　　　　　칠율 1수 132

曉江祇有雲　　새벽 강이 마침 구름 속에 있고
帖帖墮還生　　첩첩이 환생[2] 속으로 떨어지네

流流霜露結　흐르고 흘러 서리 이슬이 맺히고
樹葉寒未晴　나뭇잎 차가운데 비 그치지 않네
山回村不見　산으로 옴에 마을은 보이지 않고
時聞鷄一鳴　때맞추어 닭소리 한번 들려오네
秋風共作客　가을바람이 불어 함께 나그네 되고
鄕近更關情　고향이 가까워져 더욱 그리운 정

1) 화개花開 : 경남 하동의 옛 지명. 1914년에 하동군 화개면이 됨.
祗 공경할지(마침)　祗 토지신기　祗 속적삼저
2) 환생還生 : 죽은 사람이 다시 태어남. 열반계로부터 부활함.
帖 표제첩(주련. 편지. 명함.)　첩첩帖帖 : 침착함. 떨어지지 않음. 드리워짐.
관정關情 : 고향의 정. 정을 쏟음.

還過漢水川

다시 한수 천변을 지나가며　　　　　　　　　　　칠율 1수 133

觀盡靑山海上歸　청산을 다 구경하고 해상으로 돌아오며
一擔蕉悴減腰圍　한 보따리 초췌하게 허리에 두른 전대 가볍네
沙暄臥犢噃毛嚼　모래바탕 따뜻해 송아지 누워 털 물며 삼키고
林颯驚虫勤股飛　숲 바람소리에 놀란 벌레 발 빠르게 날아가네
珍重朋交聯袒帳　귀중한 친구를 사귀며 항상 옷깃 맞대고

蒼茫家室搗寒衣　창망히 집사람이 겨울옷 다듬이질 해 주었네
騰騰往事江流地　지난 일이 등등하여 강물 흘러가는 곳에
法眼天花曠暮暉　하늘 꽃 법안[1]되어 저녁 빛에 밝게 비치네

擔 멜담(짐. 화물.)　蕉 파초초, 생마초(生麻)　초췌蕉悴 : 마르고 파리한 모양.
또는 그 사람.　暄 온난할훤　嚥 삼킬연(마시다)　齧 물설(물어뜯다)
股 넓적다리고(정강이)　颯 바람소리삽
진중珍重 : 아주 소중히 여김. 진귀하고 중함.　袒 웃통벗을탄(옷이 해어지다)
帳 장막장(휘. 장부.)　搗 찧을도(두드리다. 다듬이질하다.)
창망蒼茫 : 넓고 멀어서 푸르고 아득한 모양.　가실家室 : 한 집안 사람. 아내.
한의寒衣 : 겨울 옷.　등등騰騰 : 기세가 무서울 만큼 높음.
1) 법안法眼 : 오안의 하나. 모든 법을 분명하게 관찰하는 눈.
오안五眼 : 부처의 도를 이루는 다섯 가지의 눈. 곧 육안肉眼, 천안天眼, 혜안慧
眼, 법안法眼, 불안佛眼을 말함.　천화天花 : 눈.　曠 빛광(밝다. 넓다.)　暉 빛휘

訪柳雙峯濟陽未遇, 留題齋壁

쌍봉 유제양[1]을 방문했으나 만나지 못하고, 집에 제벽시[2]를 남기다

오율 1수 133

我愛雙峰子　나는 본래 쌍봉을 사랑하는 사람으로
琴書足一生　거문고와 서책이 일생 동안 풍족하더라
故人恨遲暮　옛사람은 날 저물어 한이 생기고

行路喜新晴	길을 감에 새로 비 개어 즐거워라
欄檻遠江入	난간에서 강 입구가 멀기만 한데
門庭紅樹鳴	문 앞 정원의 붉은 나무에서 새 우네
黃花滿樽酒	황국화 피어 있고 동이 술 가득 있어
獨自感秋情	혼자 스스로 가을 정서에 감동하네

1) 제벽시題壁詩 : 벽에 붙어 있는 시. 석벽에 대해 읊음.

2) 유제양柳濟陽(1846~1922) : 자는 낙중洛中, 아호는 난사蘭樹, 호는 쌍봉雙峯 또는 이산二山, 안선재岸船齋. 구례 운조루의 주인공으로 황매천이나 왕소천 등과 평생 시우詩友 관계를 맺었다. 《역주매천황현시집》(중권) 427~428쪽에 정리되어 있음. 霍 소낙비확 신청新晴 : 오랫동안 오던 비가 새로 갬.

檻 우리함   난함欄檻 : 난간欄干.   홍수紅樹 : 홍수과에 딸린 늘 푸른 큰키나무.

 해설

이 시는 쌍봉雙峰 유제양에게 쓴 제벽시이다. 그러므로 기구의 '확霍'자는 '쌍雙'자로 해야 할 것이다.

> ## 昇平逢朴斯文

승평에서 박사문을 만남

칠절 1수 133

多謝仙衣趁葉來	신선 옷 입고 찾아오는 그대 감사하옵네
君平簾淨對君開	군평1)의 조촐한 발이 그대 대하며 열려 있도다

城南十月霜華重　성 남쪽으로 시월의 국화꽃이 짙게 열려 있도다
細爇沈香煖小盃　세세히 불살라 깊은 향기에 작은 잔 따뜻하네

사문斯文 : 유교의 도의나 문화. 유학자.

趁 좇을진(앞으로 따라붙다)

1) 군평君平 : 엄준嚴遵(BC73~AD17)의 자. 도가道家에 관심이 깊었고, 《도덕지귀道德指歸》라는 책을 남겼으며, 자연사상에서 시작하여 무위無爲 정치를 주장하였다. 《명심보감明心寶鑑》〈언어편言語篇〉에 "군평왈君平日 구설자口舌者는 화환지문禍患之門이요, 멸신지부야滅身之斧也니라(군평이 말하였다. 입과 혀는 재앙과 근심의 문이요, 몸을 망치는 도끼이다.)"라는 내용이 있다.

상화霜華 : 꽃같이 고운 서릿발. 흰머리와 흰 수염.　爇 불사를설

代人輓裵老人

다른 사람을 대신하여 배노인 만사를 쓰다　　　오절 2수 134

1수

七十乘化去　칠 십 나이에 신선 되어 날아갔도다
公歿我何悲　공이 죽어 내 이를 어떻게 슬퍼하리오
最是西河慟　이것이 제일로 서하의 통곡함[1] 이런가
同時淚靈輀　눈물이 영전과 상여에 동시에 떨어지네

우화등선羽化登仙 : 사람이 날개 돋아 하늘로 올라가 신선이 됨.

1) 서하지통西河之痛 : 부모가 자식을 잃은 슬픔. 자하는 공자보다 44세 아래였고, 서하에 살면서 제자 교육에 힘썼다. 특히 자하는 말년에 아들을 잃고 지나치게 애통한 나머지 눈이 멀어 장님이 되었다고 함. 輀 상여차이(영구차)

2수 134

而我繫通家	나와는 세교 있는 집안으로 얽혀 있고
仰慰無窮恨	받들어 위로하니 무궁한 한이 되네
竹林有賢咸	대나무 숲 속에 현자가 다 모여 있고
門楣當北阮	문지방에 마땅히 북완1)이 있도다

통가通家 : 선조先朝 때부터 사귀어 오는 집. 세교世交가 있는 집. 인척.
1) 북완北阮 : 진晉의 완함阮咸과 완적阮籍이 도로 남쪽에 거주하여 남완南阮이라 했으며, 그 나머지 완씨는 북쪽에 거주하여 북완北阮이라 하였다. 북완은 부유했고, 남완은 빈한하였음.(《진서완함전晉書阮咸傳》)

哭龍城李上舍涑宇丈

용성의 이진사 속우를 곡함   칠율 1수 · 오율 1수 134

1수

| 一拜仙顏遽四年 | 신선의 얼굴 한번 뵌 지 사 년이나 거경1)했고 |
| 中間魚雁兩茫然 | 중간에 놀라 어안이 벙벙 두 번 망연하였네 |

幾時依賴高山仰　언제쯤 의뢰해 높은 산을 우러러 뵐까
此夜凄傷落月懸　이 밤 애처롭고 슬퍼 걸쳐있는 달 떨어지네
古宅文虹應不滅　고택의 무지갯빛 문장은 없어지지 않았는데
浮生春夢政堪憐　부질없는 인생은 봄 꿈같아[2] 정말 가여워라
燈前萬斛西州淚　등불 앞에 서주의 눈물을 만 섬이나 흘렸고
獨閉紫門瘴海邊　홀로 해변에 풍토병이 일어나 붉은 문 닫았네

遽 급히거, 두려워할거
1) 거경遽經 : 허무하게 빨리 지남.
어안魚雁 : 놀랍거나 기막힌 일을 당하여 어리둥절함.
망연茫然 : 아득함. 아무 생각 없이 멍함.　기시幾時 : 언제. 다소의 시간.
2) 부생춘몽浮生春夢 : 뜬 인생이 꿈과 같음.(=부생약몽浮生若夢)
斛 휘곡(열 말의 분량)　만곡萬斛 : 아주 많은 분량.
瘴 장기장(장기瘴氣. 풍토병. 장독瘴毒.)

2수 134

億昔東溪上　옛날을 기억하건대 동쪽 냇가 위에서
深樽對眼青　큰 술동이 놓고 반가운 눈[1]으로 대했지
魁梧淮海氣　우람하기로는 회해[2]의 기상이 있었고
寂寞子雲經　적막하긴 양자운의 태현경[3]이었네
地美種眞玉　땅이 기름져 진짜 옥을 심었고
天荒隕德星　하늘 열려 덕성스런 별이 떨어졌도다

精靈浚千載　신령스런 기운이 천년 깊이 있으며

江漢注冷冷　한강은 차갑고 차갑게 흘러만 가네

1) 청안靑眼 : 반가운 눈.

魁 괴수괴(으뜸), 북두칠성괴　梧 오동나무오(책상. 거문고.)　괴오魁梧 : 체구가
큰 모양. 건장함. 오梧는 대大의 뜻.(=괴위魁偉)　淮 강이름회(물돌아 흐르다)

2) 회해淮海 : 회수淮水와 황해黃海.

3) 태현경太玄經 : 한漢나라 양웅揚雄이 지은 또 하나의 주역서. 주역周易에 비겨
우주만물의 근원을 논하였음.

천황天荒 : 천지가 미개할 때의 혼돈한 모양. 동떨어지게 먼 땅.

隕 떨어질운(무너지다. 잃다.)　정령精靈 : 죽은 사람의 영혼. 신령스런 기운.

浚 깊을준(준설하다. 약탈하다.)　注 부을주(흐르다. 비가 내리다.)

奉餞順天倅褧齋, 閣下徐令公正淳還洛

**순천의 원님 경재를 받들어 전별하고, 각하 영공 서정순[1]이 서울로
돌아감**　　　　　　　　　　　　칠율 5수 · 오율 5수 · 칠절 5수 134

倅 버금쉬, 아들쉬, 원쉬(고을의 장관)　餞 보낼전(전별하다)

褧 홑옷경(=경絅의 동자), 잡아당길경　齋 재계할재(공경하다. 엄숙하다.)

1) 서정순徐正淳(1835~1908) : 자는 원중元仲, 시호는 효문孝文. 1871년 문과에
급제한 후 동부승지를 거쳐 1876년 순천부사가 되었다. 1889년 도승지로 방곡령
사건을 처리하였으며, 성균관 대사성 등을 역임하였다. 1898년 만민공동회에 참석
하여 헌의6조에 서명하였으며, 대한국제9조를 제정하였고, 1906년 중추원 의장이
되었다.

1878년 8월에 수해가 나서 대흉년이 들자 공곡公穀 돈 6,103냥을 풀고 진휼하여 선정을 베풀었다. 순천 사람들이 1879년 '부사서후정순府使徐候正淳 청덕휼민영세불망비淸德恤民永世不忘碑'를 세워 전해오고 있다.

각하閣下 : 고급 관료에 대한 경칭.   영공令公 : 남편. 늙은 남자. 정3품에서 종2품의 벼슬아치.(=영감令監)   洛 물이름락(서울이름. =낙양洛陽.)

▌ *幷引

합하여 끌어 모음.

▌**上之十三年丙子湖南饑. 剌史以昇州居, 沿海殊甚. 聞于朝請
    得剛明. 廉惠者以洰之僉曰 '學士徐公某其人'. 公以親老辭不
    獲命.

    遂以秋八月趲程赴任, 旣至首捐廩食之十九. 設糜藥, 以濟流
    丐. 全活百萬計. 次之廷者舊訪痼瘼, 因釐濫稅, 汰冗軍與學
    校. 凡係利民, 無細不擧訟簡而刑弛吏讋而民諧越明年政成.
    州人曰侯之來有靡鹽, 不遑之歎而今已活. 我將棄我去矣.

    秩未滿, 果還都. 盖其大人承宣令公以來, 歲春王之月行再委
    禮于倉洞里第也. 玹以文字薄技, 暫叩及門之刊得觀, 公始終
    盛德, 其不違君命禮也, 視民如子仁也. 政成而歸養孝也. 迺答
    啓乘之期, 敢爾贈言之義, 綴歌詩十五篇頌而饑之使不知者.
    觀之或歸於過諛慮傷. 公之正直, 然皆實事然耳, 惟文微, 不足
    以奉揚也. 詩旣成又有所慨然者窃嘗見.

    近世貴公巨卿當其(×)靑紫策駟. 盖軒昂自得則便以爲世無
    人焉. 間有山林讀經之士, 衰冠博帶, 造門請益, 則必唾視頤
    指, 以儓輿畜之. 其卑淺者又不幸而不免於奔走承受, 則引之
    爲笑具, 狎客, 而粗有丈夫之志氣者入林, 猶恐不深, 然則彼所

謂世無人焉者宴此之由也.

玹於曩者欲望大君子聲光, 袖薫稿往謁公以禮接之曲賜奬喩, 且使之讀書益勸曰 "毋使睢陽孫生寂寂笑人" 玹歸而私語曰 "余徒儒衣耳, 猶如此, 况士乎哉." 宰相不下士久矣, 今日何處得來. 公之善蹟, 有不可勝言而此又不可不言者. 故漫及之以諗于衆.

임금 13년(1876년) 병자년에 호남 지방에 기근이 들었다. 자사가 승주에 기거하며, 연해에서 유별나게 심하게 하여 조정에 아뢰어 강명해 주기를 요청하였다. 청렴하고 은혜를 입은 자가 찾아와 모두 말하기를 "학사 서공이 바로 그 사람이다."라고 하였다. 공은 늙은 어버이를 섬긴다는 이유로 사양했으나, 허락하지 않았다.

드디어 가을 8월에 길을 재촉해 부임하였다. 이미 그곳에 이르러 먼저 봉록을 덜고 구호미를 보태니 이를 먹는 자가 10에 9할이었다. 죽과 약을 갖추어 놓고 유랑하는 걸인들을 구제하여 전부 살릴 온갖 계획을 세웠다. 그 다음으로 노인들을 끌어들이고 고질병 환자를 찾았다. 이어서 과징 세금을 감하고, 군대와 학교에서 쓸데없는 인원을 가려 없앴다. 무릇 백성의 이익과 연계하여 조그마한 일은 거론하지 않고 송사는 간략하게 하였다. 형벌이 풀어져 관리가 두려워했으나 백성이 화해하여 다음 해를 지나 정치가 이루어졌다. 고을 사람들이 말하기를, "사또가 옴에 소금이 없어도 다급하게 여기지 않는 탄성이 있었다. 이제 활기를 찾았으니 내가 장차 나를 버리고 갈 수 있도다."라고 하였다.

임기가 다 차지 않았는데, 과연 서울로 돌아갔다. 대개 그 대인이 영공을 승지로 삼은 이래로 그해 음력 정월에 가서 창동리 집에서 다시 근례[1]를 올렸다. 내가 문자로 보잘 것 없는 재주로 잠시 묻고 문에 이르러 간행한 것을 볼 수 있었다. 공은 시종 덕이 풍성하여 임금의 명령과 예의에 어긋나지 않았으며, 백성을 살피기를 아들과 같이 사랑하였

다. 정치가 이루어지고 그리고 돌아와 효로 봉양하였다. 이에 시기를
타 답하고 여쭈며, 감히 공에게 말씀을 드리는 뜻으로 시가 15편을 지
어 칭송하고 전별함에 알지 못하게 하였다. 이것을 보면 혹 허물과 아
첨 속에서 돌아갈까 염려되었다.

공은 정직하였다. 그러나 모든 것은 사실일 뿐, 오직 문장이 미약하여
받들고 밝히는 데는 부족하였다. 시가 이미 완성되었으며, 또 감개하는
바가 있어 조심스럽게 일찍이 보았다.

근세에 귀공 거경한 자들이 마땅히 청자색 옷을 입고 사두마차를 타
고 다녔다. 대개 의기양양하고 자득하여 곧 세상에 사람이 없는 것처럼
하였다. 이따금 산림에서 독경하는 선비가 관을 쓰고 넓은 띠를 두르고
문에 나가 거듭 보기를 청한 즉 반드시 침이나 뱉으며, 눈으로 흘기고,
턱으로 가리켜 하인이 수레를 모는 가축처럼 부린다. 비천한 사람이 또
불행해지고, 바쁘게 명령을 받들어 어긋나지 않게 한즉 물러나 웃음거
리가 되고 손님을 업신여긴다. 그리하여 대략 장부의 뜻과 기백이 있는
자가 삼림에 들어가면 오히려 깊어지지 않을까 두려워진다. 그렇게 하
여 저들은 이른바 세상에 사람이 없다고 하니 진실로 이러한 이유이다.

내가 접때에 대군자의 소리와 빛을 바라는 마음으로 소매에 거친 원
고를 넣고 가서 공을 알현하였는데, 예로서 정중히 맞이해 주고 권면하
여 깨우쳐주었다. 또 독서를 더욱 권장하며 말하기를 "수양[2]에서 손생
으로 하여금 적적하게 하여 다른 사람들을 비웃지 말도록 하라."라고
하였다.

내가 돌아와서 사사로이 말하기를, "내가 다만 유자의 옷을 입었을 뿐
인데, 오히려 이와 같이 했으니 하물며 선비에 있어서랴."라 하였다. 재
상이 선비를 낮추지 않은 지가 오래되었으니 오늘은 어데서 오겠는가.
공의 선적은 말로 다할 수 없었고, 이것을 또한 말하지 않을 수 없었다.
그런고로 거리낌 없이 군중에 알려서 여기에 미치게 하는 것이다.

수심殊甚 : 유별나게 심함.   강명剛明 : 강직하고 두뇌가 명석함.

廉 청렴할렴   涖 다다를리(보다).   僉 다첨, 여러첨

기인其人 : 고려 초에 서울의 각사各司에 뽑혀 와서 볼모로 있던 향리의 자제.

사불획명辭不獲命 : 사퇴하였으나 허락을 받지 못함.

趲 놀라흩어질찬   捐 버릴연(주다. 기부.)   廩 곳집름(구호미)   糜 죽미

丐 빌개(비럭질. 걸인.)   丏 가릴면(토담)   耆 늙을기

기구耆舊 : 매우 늙은 사람. 나이 많은 친구.

痼 고질고   瘝 병들막   釐 다스릴리(과부)   濫 넘칠람, 훔칠람

汰 사치할태(흐리다. 지나다.)   冗 쓸떼없을용(남아돌다. 용宂과 동자.)

태용汰冗 : 쓸데없는 인원을 도태함.   정성政成 : 정치가 제대로 이루어짐.

慴 두려워할섭   遑 허둥거릴황   諧 화해할해

승선承宣 : 고려 때 왕명을 전하던 정3품의 벼슬. 조선시대 승정원承政院으로 되었다가 고종 때 1894년 승선원承宣院으로 고침.

卒 합환주잔근(혼인하다. 순종하다)

1) 근례卺禮 : 혼인의 한 예식.   박기薄技 : 보잘것없는 재능.

迺 이에내(=내乃. 너. 곧. 비로소.)   綴 꿰맬철(글짓다)

餞 전별할전   窃 훔칠절

窈 그윽할요(심원하다)   軒 추녀헌(가옥. 수레.)

헌앙軒昂 : 의기양양함. 높이 오름. 기세가 왕성함.   奬 권면할 장

裒 모을부, 줄부(덜다)   唾 침뱉을타   이지頤指 : 턱으로 가리켜 시킴. 사람을 자유로이 부림.   傔 하인대(집사)   승수承受 : 명령을 받들어 이음. 계승함.

狎 익숙할압(친압하다)   압객狎客 : 주인과 스스럼없이 가깝게 지내는 손님. 주인과 터놓고 지내는 사람. 오입장이.   예접禮接 : 예로서 정중히 맞음.

奬 권면할장(표창하다)   喩 깨우칠유(고하다)

2) 수양睢陽 : 장순張巡이 안록산의 난 때 여기에서 잡혀 굽히지 않고 죽었음.

적적寂寂 : 외롭고 쓸쓸함.   睢 부릅떠볼후(헐뜯다)   諶 간할심(숨다)

1수 137

江關歲暮賦歸來	강가 관문에서 세밑에 시 읊으며 돌아오고
回鳧南雲儘快哉	남쪽 구름타고 조정으로 와[1] 모두 기뻐하네
枳棘元非鸞鳳地	탱자가시는 원래 난봉의 땅이 아니요
梗枏端合廟廊才	가시나무 녹나무 사당 채 재목으로 합당하네
寒城曙色三山月	차가운 성곽의 새벽빛 삼산의 달이 떠 있고
長路春風五嶺梅	먼 길 봄바람에 오령의 매화가 피어있네
門下書生曾子固	문하의 서생들은 증자[2]의 완고함이 있고
醒心蕚畔記文回	꽃밭에서 깨우친 맘으로 회문시[3]를 지었네

鳧 신석, 클석, 까치작(=鵲)

1) 회석回鳧 : 수령직을 마치고 조정에 돌아옴. 후한 때 섭현葉縣의 수령이었던 왕교王喬가 물오리 두 마리를 타고서 서울에 올라오곤 하였는데, 이를 잡아서 살펴보니 상서성의 나막신 한 짝 일석一鳧이 있었다는 고사에서 생김.

지극枳棘 : 탱자나무와 가시나무.(둘 다 악목惡木으로 방해물의 뜻.)

梗 대개경(근심. 가시나무. 막음.)　枏 녹나무남(굴거리나무)

廟 사당묘　廊 복도랑　曙 새벽서(밝다)

2) 증자曾子 : 증삼曾參을 높여 이르는 말.

固 굳을고(완고하다. 우기다. 진실로.)

蕚 꽃받침악　畔 밭두둑반(땅의 가장자리. 경계.)

3) 회문시回文詩 : 한시의 별체로, 바로 읽거나 거꾸로 읽거나 뜻이 통하고 평측과 운이 맞는 형식의 한시를 말함. 고려시대 회문시가 유행하였으며, 특히 이규보가 많은 회문시를 지었음.

2수 137

官道連江樹影圍　　관청 길 강가로 이어져 나무 그림자 둘러 있고
仲冬風日轉凄微　　한겨울 바람과 햇빛 속에 써늘함이 좀 감도네
年荒每徹閭閻小　　흉년들어 매번 순라군이 여염집에 적어지고
雪暗山城鼓角稀　　눈 속에 산성이 어둑해져 고각소리 드물어지네
尙志鼓衙嫌束帶　　오히려 아문의 북에 뜻을 두고 속대함이 싫어
叙倫萊室樂班衣　　거친 방에서 인륜을 펴고 때때옷[1] 입어 즐겁네
輿情如水重臨地　　사회 여론은 물과 같아 거듭 그 땅에 임하고
竚見天書趁鳳飛　　우두커니 천서[2]를 보며 날아가는 봉황을 좇네

풍일風日 : 바람과 볕. 풍양風陽.　凄 쓸쓸할처(써늘하다)
여염閭閻 : 백성의 살림집이 모여 있는 곳.　徹 돌요(순찰하다. 순라군.)
고각鼓角 : 군중軍中에서 쓰던 북과 나팔.　속대束帶 : 관冠을 쓰고 띠를 맴.
叙 베풀서(쓰다. 짓다.)　萊 명아주래, 묵정밭래
1) 반의班衣 : 여러 빛깔의 옷감을 모아 만든 어린아이의 때때옷.
여정興情 : 사회 일반의 여론興論.　임지臨地 : 그곳에 임함.
2) 천서天書 : 하늘의 계시를 적은 책.　竚 우두커니저(=佇)

3수 138

地煖江南雪易晴　　대지는 강남이 따스하여 눈발이 쉽게 개이고
臘梅花淺照旗旌　　설달의 매화 조금 피어 펄렁이는 깃발 비추네
成都一鶴琴來重　　성도[1]의 외로운 학이 거문고를 거듭 가져오고
葉縣雙鳧鳥去輕　　엽현[2]에 한 쌍의 오리와 까치가 경쾌히 가네

松桂齋空愁夜冷	송계재가 텅 비어 밤에 쓸쓸히 수심 일어나고
蒲廬堦靜喜春萌	부들 집 섬돌이 고요하고 봄 싹이 돋아 즐겁네
婦孺莫勞追馬問	부인 어린애가 애쓰지 않도록 말 달려 물으니
歲東歸答倚閭情	새해 편지의 답장은 의려3)지정의 마음이로다

1) 성도成都 : 중국 사천성의 성도省都이며, 촉한蜀漢의 도읍. 유비劉備의 황성皇城, 제갈공명諸葛孔明의 유허지 외 만리교萬里橋·금관성錦官城 등이 있음.

2) 엽현葉縣 : 후한 광무제 유수劉秀가 군대를 일으켜, 이듬해 하남성 엽현(=곤양昆陽)에서 왕망의 군대를 크게 무찔렀다.

공재空齋 : 공관空館. 권당捲堂. 조선시대 성균관의 유생들이 시위하느라 일제히 관을 물러나던 일.   포로蒲廬 : 나나니벌

蒲 부들포(창포. 냇버들.)   堦 섬돌계   청정淸靜 : 조출하고 고요함.

3)① 의려倚閭 : 어머니가 동구 밖까지 나가서 자녀가 돌아오기를 기다림.

  ② 의려지정倚閭之情 : 자녀가 오기를 기다리는 어머니의 마음.(=의려지망倚閭之望. 의려이망倚閭而望. 의문이망倚門而望.)

4수 138

漢陽城闕夢中高	한양성 궁궐은 꿈속에 높기만 한데
紫籍群仙喚舊曹	붉은 책 속의 신선들은 옛 친구를 부르네
內閣校書宣玉醞	내각의 교서1)는 옥을 빚어 밝혔고
西垣草制運珠毫	서원에서 초 잡은 글 주옥같은 글씨 휘날렸네
天恩可想鷄香賜	임금님 은혜는 계설향2)의 약제 하사 생각하며
郡續遙聞鳳詔褒	군에서 연속 멀리서 조서의 포상을 들었네

二水三山明月好　　두 강물 세 개의 산이 달 밝아 좋으니
誰人從此續詩豪　　누가 이런 것을 좇아 시인을 계속하겠는가

曹 무리조(마을. 짝.)　宣 베풀선(밝히다), 조칙선(임금의 조서)　醞 술빚을온
1) 교서校書 : 책의 바르고 틀림을 검열함.
2) 계향鷄香 : 계설향鷄舌香. 한의학에서 정향나무 꽃봉오리를 말린 것으로 치통에 쓰임. 잎에 물면 꽃향기가 풍겨 입 냄새가 없어짐. 한漢나라 시중侍中 응소應邵가 늙어서 입에서 냄새가 났는데 임금이 계설향을 주면서 입 안에 물고 있도록 하였다는 고사가 있음.
봉조鳳詔 : 조서詔書.　삼산三山 : 세 개의 산. 삼신산三神山.
褒 기릴포, 칭찬할부　시호詩豪 : 매우 뛰어난 시인詩人.

5수 138
令公孝慶史堪傳　　영공은 효에 상 내리고 사적 뛰어나 전하며
金紫萱堂拜醮筵　　금자 옷 입은 훤당1)께 술잔 권하며 절 올리네
家室西京耆老繪　　평양에 가실이 있고 노인들은 그림 그리며
休祥南極壽星躔　　남극의 아름다운 징조는 수성2)의 자취로다
當門銀器分兒貴　　문 지키며 은그릇을 귀한 아이에게 나눠주고
落地金魚認母賢　　땅에 떨어진 금고기를 현명한 어머님이 아네
仰事孰無榮養意　　일 받들어 누가 어버이 모시는 뜻이 없겠는가
晴窓重對蓼莪篇　　맑은 창 거듭 대하며 시경 요아편3)을 읽네

萱 원추리훤(망우초)　금자金紫 : 금인金印과 자수紫綬. 고관高官의 의장儀章으

로 전하여 품계가 높은 벼슬을 말함.

1) 훤당萱堂: 남의 어머니에 대한 경칭.　醮 제사지낼초(술권하다)
筵 대자리연(연회)　가실家室: 가족. 아내.　기로耆老: 60세 이상의 노인.
휴상休祥: 아름다운 징조. 길상吉祥.

2) 수성壽星: 남극성南極星. 음력 팔월의 다른 이름.
금어金魚: 불가의 팔길상 중 하나로 물고기. 재산이 넉넉함.
락지落地: 땅에 떨어지다. 태어나다. 착륙하다　躔 궤도전(해, 달, 별 등이 운행
하는 길. 돌다. 자취.)　영양榮養: 어버이를 영화롭게 모심.　蓼 여뀌료　莪 쑥아

3) 《시경詩經》<소아小雅>: 요아편蓼莪篇에 부모님의 은혜와 사랑을 다룬 대목
이다. 영조가 왕세손 시절의 정조에게 읽지 말도록 했던 부분이기도 하다.
"父兮生我(부혜생아) 아버님 날 낳으시고/ 母兮鞠我(모혜국아) 어머님 날 기르셨
으니// 拊我畜我(부아축아) 쓰다듬어 길러주시고/ 長我育我(장아육아) 키우고 가
르쳐 주셨네//顧我復我(고아복아) 거듭거듭 살펴주시고/ 出入腹我(출아복아) 나가
고 들며 안아 주셨네// 欲報之德(욕보지덕) 이 은혜 갚고자 하나/ 昊天罔極(호천
망극) 하늘은 끝이 없네"

6수 138

下車秋未熟	수레에서 내려 보니 곡식이 익지 않아
翻手病還蘇	손바닥 뒤집어 병이 다시 소생하였네
日永西湖宴	해가 길어지자 서쪽 호수에서 잔치하고
天高鄭俠圖	하늘 같이 드높은 정협의 유민도[1]였네
靑山安拮採	청산에서 편안한 맘으로 캐고 일하며
白屋爛歌呼	초라한 초가집이 헐려도 노래 불렀네
共祝千家佛	함께 축하하며 모든 집마다 예불을 올려
香燈夾夜衢	향기 나는 등불로 밤거리가 좁았도다

鄭 나라이름정(겹치다)

1) 정협도鄭俠圖 : 송나라 왕안석王安石의 신법新法이 실시되었을 때 이야기이다. 지방관으로 부임했던 정협이 백성들의 고달픈 참상을 보고, 유민들의 떠도는 모습을 그림으로 그려 신종神宗 임금께 바쳤다. 그 그림을 본 신종이 뉘우치고 청묘법靑苗法을 폐지하였으며, 이 그림을 세상에서는 유민도流民圖라고 했다.《宋史 卷三百二十一》

　　다산 정약용도 경기도 암행어사로 나갔다. '교지를 받들고 지방을 순찰하던 중 적성의 시골집에서 짓다'라는 〈봉지렴찰도적성촌사작奉旨廉察到積城村舍作〉 시의 마지막 구절에서, "遠摹鄭俠流民圖(원모정협류민도) 멀리 정협의 유민도를 본받아/ 聊寫新詩歸紫闥(료사신시귀자달) 새로 시 한 편 지어 임금께 바쳐볼까"라는 시를 쓰기도 했다.

拮 일할길(핍박하다)　採 캘채

백옥白屋 : 흰 띠로 지붕을 이은 집(=모옥茅屋). 천한사람.

爛 문드러질란　夾 낄협(가깝다)

7수 139

千里氷程遠	천리에 뻗쳐있는 빙판 길이 멀고
登輈戒臘寒	끌채에 오르니 섣달 추위를 경계하네
北風吹漢水	북쪽 바람이 한강물에 불어오고
黃葉下桼關	누런 단풍잎이 진관에 쏟아지네
報國惟勤職	국은에 보답하며 오직 직무에 부지런하고
高人不戀官	고상한 사람은 관직에 연연하지 않네
琴樽滿洌社	거문고와 술동이 토지신 앞에 넘치고
歸共白鷗閑	함께 돌아오니 흰 갈매기도 한가하네

輈 끌채주(작은 수레의 짐 싣는 곳) 祡 제사이름권
洌 맑을렬(차다) 社 토지신사(제사지내다. 단체.)

8수 139

遐陬文學少	먼 추땅[1]에 글 배우는 사람은 적지만
方層淬磨期	바야흐로 한층 수양에 연마할 때라
花爛河陽閣	꽃은 하양의 누각에 찬란히 피어 있고
燈靑趙德帷	등불은 푸르네 조덕[2]의 휘장에 밝네
閑疇耕亦讓	한가한 밭을 경작하는 것도 사양하고
曲宴妓能詩	곡연[3]에는 기생도 능히 시를 읊네
官渡春波煖	관가는 물 건너 있고 봄 물결 따뜻한데
菁莪綠滿池	부추 꽃 쑥이 초록빛 연못가에 가득하네

陬 구석추(정월. 땅이름.)
1) 추읍鄒邑 : 공자孔子의 고향. 공자는 노魯나라 창평향昌平鄕 추읍鄒邑(산동성
곡부)에서 BC551년에 출생하였음.
淬 담금질할쉬(물들다. 범하다.) 趙 나라조, 뛰어넘을조(찌르다. 흔들다.)
2) 조덕趙德 : 미상의 인물. 帷 휘장유
3) 곡연曲宴 : 궁중에서 베푸는 작은 연회.
菁 부추꽃정(무우. 우거지다.) 莪 쑥아 청아菁莪 : 인재를 교육함.

9수 139

| 十分佳麗地 | 충분히 아름답고 고운 땅이요 |
| 風物古昇州 | 풍물은 예대로의 승주로다 |

春草芝峯院	봄 풀 속에 지봉[1]의 집이 있고
秋江鷰子樓	가을 강가에 연자루[2] 있네
香花連夾苞	향 꽃은 좁은 길에 연이어 피어 있고
筎鼓泛中洲	갈대피리와 북소리 물 가운데 떠있네
八馬碑如昨	팔마비석[3]은 예전처럼 있고
斜陽遠客愁	석양에 멀리 가는 객이 근심스럽네

십분十分 : 충분히. 부족함 없이.

1) 지봉芝峯 : 이수광李睟光(1563~1628)의 호. 1616년 순천부사가 되었음. 저서에 1618년 순천부 사찬私撰 읍지《승평지昇平誌》를 편찬하였으며, 백과사전《지봉유설芝峯類說》이 있음.

2) 연자루燕子樓 : 백거이白居易는 〈연자루시서燕子樓詩序〉에서 그 일화를 소개하고 〈연자루〉 3수를 짓기도 했다. 앞서 소개한 경남 김해에 있던 연자루도 있지만, 여기서는 순천에 있는 연자루를 말한다. 筎 호드기가(갈대피리), 비녀가

3) 팔마비八馬碑 : 전남 유형문화재 제76호로 순천시順天市 영동에 있음. 이 팔마비에 대해서 다음과 같은 아름다운 이야기가 전해오고 있다.

  승평부에서는 체직되어가는 부사에게 일곱 필의 말을 주는 것이 오랜 풍습이었다. 고려 충렬왕 3년 1277년에 승평부사 최석崔碩이 비서랑秘書郎이 되어 개성으로 전근을 가게 되었다. 부사는 7필의 말에다 짐을 싣고 떠나갔다. 도중에 암말이 망아지 한 마리를 낳기도 하였다. 그런데 최석이 개성으로 돌아간 뒤 새끼말까지 합하여 8필의 말을 모두 승평으로 돌려보냈다. 승평서 잉태한 말이니 돌려보낸다는 편지도 있었다.

  그 후 승평 사람들은 최석을 청백리로 칭송하고 이를 기념하기 위해 충렬왕 34년(1308년)에 팔마비를 세웠으며, 공민왕과 광해군 때 보수하여 전해오고 있다. 《대동운부군옥》에 최석은 생존연대 미상의 인물로 되어 있다.

10수 139

多慚彫篆技	전자의 조각 기술은 부끄러움이 많고
趁走近清光	쫓아 달려가니 맑은 빛이 가깝네
北海盈樽酒	북해에는 술동이에 술 가득 차 있고
南豊一辦香	남쪽이 풍년들어 한번 향기에 힘쓰네
詞源談玉屑	근원을 노래하고 옥가루 얘기하며
宦夢覓蕉隍	벼슬할 꿈꾸고 해자의 파초를 찾네
獨歎梅花樹	홀로 매화나무를 탄식하며
春殘嶺外鄉	가는 봄은 영 밖의 고향에 있네

慚 부끄러울참(=慙)　篆 전자전　彫 새길조　宦 벼슬환(宦의 속자)
趁 주창할추, 달릴추(=趨의 속자)　隍 해자황　잔춘殘春 : 얼마 남지 않은 봄.

11수 139

二年東閣貯清氷	이 년 동안 동쪽 누각에 맑은 얼음 쌓여 있고
閑似眞仙靜似僧	한가함은 진짜 신선 같고 청정함은 스님 같네
手裏義文千載易	손안에 희문[1] 있어 천년 동안 쉽게 읽혔으니
滿窓雪月點青燈	눈에 비친 달빛 가득한 창에 청등이 켜졌도다

1) 희문義文 : 왕희지王羲之(307~365)의 문장. 왕희지의 자는 일소逸少. 우군장
군右軍將軍 벼슬을 하였으므로 세상 사람들이 왕우군이라 불렀다. 산동성 낭야琅
琊 사람으로 동진東晉 건국에 공이 컸던 왕도王導의 조카이고, 왕광王曠의 아들이

었다. 서성書聖으로 추앙받고 있으며, 일곱 번째 아들 왕헌지王獻之와 함께 '이왕二王' 또는 '희헌羲獻'이라 불린다.

　그는 내사 재직 중이던 353년 영화永和 9년 늦봄에, 회계의 난정蘭亭에서 있었던 유상곡수流觴曲水의 연회에 참석하였다. 그때 모인 41명의 명사들의 시를 모아 만든 책머리에 스스로 서문 〈난정서蘭亭序〉를 썼다.

　일찍이 속세를 피하려는 뜻을 품고 있었는데, 왕술王述이 중앙에서 순찰을 오자 그 밑에 있는 것을 부끄럽게 여겨 355년에 벼슬을 그만두었다.

點 점점(얼룩. 점찍다. 물방울. 불붙이다.)

설월雪月 : 눈과 달. 눈 위에 내리 비취는 달빛.

12수 140

干旄獵獵北風寒	깃대 장식한 방패잡고 사냥하니 북풍이 차갑고
宿麥川原野燒殘	숙맥[1]이 냇가 벌판에 있어 들녘을 불사르네
願採靑靑烏昧草	원컨대 푸르고 푸른 오매초[2]를 채취하고
一莖歸進九重看	한 줄기 가지고와 구중궁궐 임금님께 진상하네

旄 깃대장식모(늙은이)

1) 숙맥宿麥 : 까끄라기가 있는 보리.　청청靑靑 : 싱싱하게 푸름.

2) 오매초烏昧草 : 야연맥野燕麥의 별칭으로 들 보리의 일종. 흉년에 채취해 이재민들이 먹었음.

일경구수一莖九穗 : 한 줄기에 아홉 개의 이삭이 나는 상서로운 조짐.

13수 140

| 柏府淸霜夜氣噓 | 사헌부[1] 깨끗하고 엄하여 밤기운 을어대고 |
| 天寒秋鶚下彤除 | 찬 가을 하늘에 물수리 울고 동제에 내리네 |

希文政被陳州召　희문2)의 정치는 진주의 부름에 힘입었고
誰草當年勸諫書　누가 당년을 초 잡아 간하는 글 권하겠는가

1) 백부柏府 : 사헌부. 오대烏臺.
噓 불허(울다)　鶚 물수리악(매 비슷한 새)　彤 붉을동　除 섬돌제(길. 도로.)
2) 희문希文 : 송나라 범중엄范仲淹(989~1052)의 자. 시호 문정文正. 인종仁宗
때 참정지사參政知事가 되어 내정개혁 10개조 〈답수조조진십사答手詔條陳十事〉
를 상소하였으나 반대파의 방해를 받았다. 〈악양루기岳陽樓記〉가 있으며, 저서에
《범문정공집范文正公集》이 있다.　문정文政 : 문치정치. 문교에 관한 행정.

14수 140
寂寂江村犬夜眠　적적한 강촌이라 개도 잠든 밤이고
行旌乘月渡前川　다니는 달빛 타고 앞 냇가를 건너가네
臨岐更有傷廉慮　갈림길에 다시 청렴한 덕 손상시킬까 여겨
不選山陰父老錢　산음고을 부로의 전별금을 걷지 않았네

廉 검소할염(청렴하다)　산음山陰 : 산그늘. 산의 북쪽.
부노父老 : 한 동네에서 중심이 되는 노인. 연로자.

15수 140
名利機關沒箇眞　명리 찾는 기관들은 개개의 진짜를 숨기고
東華門外漲紅塵　동화문1) 밖으로 세속 티끌이 넘쳐나네

耕牧琴書好經濟　경작 목축 거문고 책은 경제를 좋아하여
世間惟有入林人　세간에서 오직 사람이 산림에 들어가네

1) 동화문東華門 : 청나라 수도 북경 자금성의 동쪽 문.

値朴海客季南見訪

박해객 계남을 만나 방문을 받다　　　　　　칠율 1수 140

遠客入門梅發初　멀리있는 객이 문에 들어오니 매화 처음 피고
天寒釀雪夜增虛　찬 하늘 눈 섞이어 밤이 더욱 공허하여라
空山歲暎多閑夢　텅 빈 산에 해 저물어 한가한 꿈이 많고
幽屋江明畜古書　고요한 집에 강가 밝아 고서만 쌓여있네
四海弟兄燈下會　사해 동포 형제가 등불 아래 모여 있고
十年顏髮酒中踈　십 년의 얼굴과 머리털이 술 속에 듬성하네
請君記取團圓地　청컨대 그대는 단란했던 곳을 기억해 주게나
月放東林一尺餘　달이 동림1) 숲에 떠 오른 지 한자쯤 되네

暎 어둘막　단원團圓 : 결말이나 끝. 둥근 것. 가정이 원만함.

1) 동림東林 : 동쪽 숲. 명明나라 붕당의 하나.

除夜

제야

燈下年年一度期　등불 아래 해마다 한 번씩 법도를 정하니
今宵風雪亦何時　오늘 밤도 풍설이 불어 어느 때 이런가
壺中凍漏催更箭　투호 속 겨울 시간에 다시 화살을 재촉하고
架上春衣續舊緣　시렁 위 봄옷은 예전의 옷 장식 이어지네
宛轉容顏開鏡驗　얼굴 모습 변하여 거울 열어보고 시험하며
分明氣候聽鷄知　기후가 분명하여 닭 울음소리 듣고 알겠도다
浮生底用添新業　부질없는 인생살이 새 사업을 더 하는데
剛怕溪東長柳枝　냇가 동쪽 긴 버들가지가 더욱 두려워지네

일도一度 : 한동안. 법도를 정함. 하나의 법도.
壺 병호(단지), 투호(投壺)호
완전宛轉 : 변화하는 일. 풀어져 흩어짐. 눈썹이 아름다움. 천천히 춤을 춤.
緣 가선연(가장자리. 꾸미다.), 연줄연(말미암다)
底 밑저, 어찌저　剛 군셀강

仲秋村居卽事

중추절에 촌에 살며 즉경을 읊다   칠율 5수 141

───

1수

待到花辰緝硼橋　　꽃이 필 때를 기다리며 골짝의 다리 잡고

祗緣賒月醉江霄　　다만 화사한 달빛 따라 강 하늘에 취하네

愁來眹睫稀霍展　　시름 속에 속눈썹을 펼 사이가 드물고

詩就髭髯快一搖　　시 한 수에 흔쾌히 한번 수염을 쓰다듬네

草煖薰人催午夢　　풀 따뜻하고 훈훈한 사람 낮 꿈을 재촉하고

山晴入繪惜春樵　　산 맑아 그림 속에서 봄 초동이 가여워라

風流可愛門前柳　　풍류가 사랑스럽고 문 앞에 버드나무 있어

時有流鶯解寂廖　　때로 앵무새 날아가 적료함에서 벗어나네

辰 다섯째지지진(별이름)　화진花辰 : 3월의 이칭異稱.

緝 모을집　賒 외상거래할사, 멀사(아득하다)

霄 하늘소, 진눈깨비소　眹 눈꼽치　霍 소낙비확

睫 속눈썹첩(깜짝이다)　髭 윗수염자(코밑수염)　髯 구렛나루염

薰 향풀훈(향기)　오몽午夢 : 낮잠 자며 꾸는 꿈.

2수 142

春水方生天欲凌　봄물이 막 생겨나와 하늘을 능멸코자 하고
釀花風惡海氛蒸　꽃 시샘하는 사나운 바람에 바다 기운이 찌네
破閑村塾書終幅　심심풀이로 서당에서 끝내 서폭을 만들고
作力山田飯過升　힘써 산밭을 개간해 밥 먹을 때 지났도다
桃杏惱人千樹雪　복사꽃 살구꽃 사람을 괴롭혀 나무마다 희고
琴碁佐我一條氷　거문고 바둑이 나를 도와 일조빙[1] 속에 있네
烟蕪滿地樽心足　안개 낀 거친 땅에서 술 생각이 간절하여
莫遣筇鞵月色乘　대지팡이 신을 보내지 마오, 달빛 오른다네

釀 술빚을양　氛 기운분(재앙)　서폭書幅 : 붓글씨의 족자. 글씨를 써서 꾸민 조각.　파한破閑 : 심심풀이　惱 괴로워할뇌
1) 일조빙一條氷 : 한 줄기 얼음. 곧 한림翰林 직책에 있으면서 문한文翰의 관직을 겸하는 일. 송宋의 진팽년陳彭年이 한림으로 있으면서 다른 문한의 직을 겸하니, 당시 사람들이 그의 직함을 '일조빙'이라 했다는 고사에서 나옴.
연무烟蕪 : 안개 낀 황무지.　筇 대지팡이공　鞵 신혜(=鞋 가죽신. 짚신.)

3수 142

桑柘陰廻院落深　뽕나무 그늘 돌아 정원은 깊이 떨어져 있고
麥苗田合逕斜侵　보리밭 싹이 합해져 소로에 기울어 침범하네
政當把酒淸明節　정치가 합당하여 청명절에 술잔을 잡고
猶有揷花童子心　오히려 어린애의 마음으로 꽃을 꽂아 보네

野日暄暄牛出曝　들녘의 햇살이 따뜻해 소가 나가 볕 쬐고
春風恰恰鳥來吟　봄바람이 불고 때마침 새들이 와 조잘거리네
悠悠關徼連芳草　유유히 방초는 먼 향관에 이어졌는데
起試行衣思不禁　시험삼아 유자 옷[1] 입어도 마음은 꺼리지 않네

柘　산뽕나무자
원락院落 : 울안에 본채와 떨어져 있는 정원이나 부속 건물. 굉장히 큰 집.
逕 좁은길경　揷 꽂을삽　暄 따뜻할훤　曝 쬘폭　恰 마치흡(꼭. 새우는 소리)
흡흡恰恰 : 새의 울음소리. 화합함. 때마침.　悠 멀유(걱정하다)
유유悠悠 : 걱정함. 멀리 있음.　關 빗장관(닫다. 기관.)
徼 구할요(순찰하다)　관요關徼 : 국경에 있는 관문.
1) 행의行衣 : 유자儒者의 웃옷. 두루마기.

4수 142

春來春去賣人深　봄이 왔다 봄이 가도 파는 사람은 없고
詩未加工病見侵　시 가공치 못해 고음 병이 범하는 걸 보네
數盡蜨過還不記　자주 나비가 다 지나가도 기억하지 못하고
待看花發更關心　꽃 피기를 기다리며 다시 관심을 갖네
迂踈世罵龍門策　세상을 욕하며 입신출세를 멀리하였고
磊落家藏梁父唫　뇌락하여 집에 박혀 양보음[1]을 읊노라
墜雨崩風一百五　비바람에 떨어지고 무너짐이 일백 오번
四隣烟火阿誰禁　사방 이웃이 불 타 누가 아첨을 금하는가

迂 멀우   우소迂疎 : 쓸모가 없음. 세정에 어두움.   罵 욕할매
策 채찍책(계책)   唫 입다물금(말더듬다), 읊을음(=吟)
磊 돌무더기뢰   뇌락磊落 : 돌무더기가 내린다는 뜻으로, 뜻이 크고 활달함.
1) 양보음梁父唫 : 제갈량諸葛亮(181~234)의 시. 양보梁父는 산동성山東省 태산泰山 옆에 있는 작은 산. 제나라 안영晏嬰은 '공은 많으나 그 공을 믿고 방자한 세 명의 장수, 공손접公孫接, 전개강田開疆, 고야자古冶子를 꾀를 내어 두 개의 복숭아를 주며 공로가 많은 사람이 먼저 먹도록 하여 서로 다투게 함으로써 세 사람 모두 죽게 하였다'는 고사를 이용하여 쓴 시이다. 시의 뒷부분은 다음과 같다. "一朝中陰謨(일조중음모) 하루아침에 음모에 떨어져/ 二桃殺三士(이도살삼사) 복숭아 두 개로 세 명의 장수가 죽음을 당했네// 誰能爲此者(수능위차자) 누가 능히 이사람을 죽일 수 있었던가/ 相國齊晏子(상국제안자) 제나라의 상국 안자였다네"

해설

기구의 내용은 좋은 시가 되지 않아 애가 타고 있는 고음병苦吟病을 말하고 있다. 시성詩聖 두보杜甫(712~770)는 시를 씀에 있어 '어불경인사불휴語不驚人死不休'의 의지로 퇴고를 하였다. 쓴 시가 사람을 놀래게 하지 않는다면 죽어도 쉬지 않겠다는 심정이었다.

한유韓愈와 퇴고推敲의 고사로 유명한 가도賈島(779~843) 또한 "獨行潭低影(독행담저영) 홀로 걸어가는 연못 아래 그림자/ 數息樹邊身(삭식수변신) 자주 쉬어가는 나무 가의 몸"이란 구절을 3년의 고음苦吟 끝에 얻었다는 일화를 남기고 있는데, 매천 또한 〈신묘춘압강도중辛卯春鴨江道中――〉이란 시에서 '微有天風驢更快(미유천풍려갱쾌) 바람이 조금 불자 나귀는 더욱 경쾌히 가고'라는 구절을 우연히 얻은 후 1년 만에 이 시를 완성하였다. 그만큼 매천 또한 고음병이 있었다. 이 시는《역주매천황현시집》(상권) 229~231쪽에 번역되어 있다.

5수 143

春事如山信手書	봄 일이 산처럼 있어도 책이 손에 익숙하고
玉梅樹下道人居	옥 같은 매화나무 아래로 도인들이 사네
庭空啄啄葱頭雀	빈 정원에서 탁탁 파밭에서 참새가 쪼고
池煖翻翻柳葉魚	따뜻한 연못가 펄럭펄럭 버들잎에 물고기 노네
寒食四隣花發盡	한식날 사방 이웃에 꽃은 다 피었는데
蒼苔一徑客來踈	창태 한줄기 끼어 찾아오는 객도 드물구나
年年自識田家候	해년마다 농가의 기후 스스로 인식하고
又趁鶯啼理舊鋤	또 꾀꼬리 울어 좇아 낡은 호미 다스리네

신수信手 : 손의 움직임이 능숙함.
啄 쪼을탁, 부리주   탁탁啄啄 : 부리로 쪼는 것.
葱 파총(백합과의 여러해살이 채소), 부들총, 푸를창(=蔥)
趁 좇을진(따라붙다. 나아가지 못하다.)
창태蒼苔 : 푸릇푸릇한 이끼.   번번翻翻 : 깃발 따위가 바람에 펄럭임.

小雨連夜

조금씩 오는 비가 밤에 계속 되다　　　　　　　　　오절 1수 143

一夜花多少	하룻밤에 꽃이 얼마나 피었느뇨
春霏只是烟	조용히 오는 봄비 다만 안개 되었네

古城楊柳外	옛 성의 버드나무는 밖으로 있고
官道白沙前	관청 가는 길은 백사장 앞에 있네
野酒會無席	밤에 모여 먹는 술은 자리가 없고
湖田農有船	호숫가 밭의 농장에는 배가 있네
百回山鳥語	백 번 돌아봐도 산새만 지저귀더니
聽罷自悠然	듣기를 다하자 스스로 한가해지네

소우小雨 : 조금 내리는 비. 霏 눈펄펄내릴비(조용히 오는 비. 연기가 오르는 모
양. 안개.) 관도官道 : 국가의 관리 하에 있는 도로.

雜詠

잡영   15수 143

1수

春風無力散無涯	봄바람이 무기력하게 끝없이 흩어지고
烟柳悠揚萬萬絲	안개 낀 버들 아득히 수많은 실되어 날리네
一頓白茅堂上夢	한번 흰 띠 집에 머물면서 당상을 꿈꾸고
直湏山雨到來時	곧바로 회산에 비가 올 시기이로다

무애無涯 : 넓고 멀어서 끝이 없음. 揚 날릴양(오르다. 칭찬하다.)

만만萬萬 : 헤아릴 수 없이 많음.　당상堂上 : 대청 위. 문관은 3품 통정대부 이 상, 무관은 절충장군 이상의 계제階梯.　湏 흐물흐물할회(물이름)

 해설

《역주매천황현시집》(중권) 283쪽에 매천이 쓴 '영詠'에 대해서 정리하였 다. 매천이 쓴 '영'에는 고체시의 범주에 있는 장단구나 장편시, 악부체 시 가의 속성 그대로 지니고 있는 '영'이 있고, 근체시로서의 '영'이 있기도 하 다. 위의 시 〈잡영雜詠〉은 15수로 되어 있으며, 철저한 칠언절구의 근체시 로 되어 있다.

2수 143

籫角琅琅午未收　처마 모서리의 풍경소리 한 낮에 낭랑하고
桃花忽見水東頭　복사꽃을 홀연히 물가 동쪽 입구에서 보네
定知芳草無人管　방초를 관리하는 사람이 없음을 알고
江上靑靑也解愁　강 위의 푸르고 푸르름도 근심을 풀어주네

琅 옥이름랑　낭랑琅琅 : 쇠와 옥이 부딪쳐 나는 소리. 새가 지저귀는 맑은 소리. 收 거둘수(등용하다. 쉬다. 잡다.)　방초芳草 : 향기롭고 꽃다운 풀.

3수 144

風流舊事未忘情　옛 일 풍류에는 정 잊지 못하고
自汲春溪釀酒成　스스로 봄 냇가에서 물 길어 술 빚네
可是杜鵑花不發　두견화는 피지 않았지만

分明明日卽淸明　　분명 내일이 곧 청명절이로다

두견화杜鵑花 : 진달래꽃.

4수 144

雜菜芽抽細草茸　　잡나물 싹이 돋아나와 작은 풀이 무성하고
小晴阡陌土膏濃　　조금 개인 밭두렁 길 토양은 매우 기름지네
吾家黃犢春差健　　우리 집 누렁송아지 봄에 지나치게 튼튼해
自信耕山不敗農　　스스로 믿는 건 산 경작 실패하지 않음이지

5수 144

慣送春歸已卄春　　습관처럼 봄이 돌아가 벌써 이십 청춘
鶯隣鷰社總煩頻　　이웃 꾀꼬리 모인 제비 모두가 빈번하네
白雲館裏花千樹　　흰 구름 속 객사에는 나무마다 꽃 피었고
遮莫江湖現在身　　강호에 현재의 이 몸을 방해하지 마소

卄 스물입

6수 144

屐高泥滑碉磽荒　　나막신 높아 흙 미끄럽고 냇가 골짝 거친데
嬾犬嘷引上土墻　　게으른 개는 으르렁거리며 토담 위에 오르네

去與園丁種園菜　일꾼과 함께 가니 여러 종류의 채소 있고
又令芟竹結籬方　또 대나무 베어 사방으로 울타리를 만드네

屐 나막신극　磵 산골물간(산골짜기)　磎 시내계(산골물)
嬾 게으를란(귀찮다. =게으를라懶)　嘑 짖을호　芟 벨삼(제거하다)　籬 울타리리

7수 144
江城昨野響春雷　어제 강 성곽의 들녘에 봄 우레 울려오고
春雨一來寒食來　봄비가 한번 내리더니 한식이 오네
笑問君家花幾本　웃으며 묻네, 그대 집에 몇 본 꽃 피었는지
農家只有杏花開　우리 집에는 살구꽃이 피어있을 뿐이네

8수 145
一倍今春酒政寬　금년 봄은 배나 술 마시는 일이 관대로워
江村耕牧也輪安　강촌에서는 농사와 목축도 편안하다네
前身上巳山陰客　전생의 몸은 삼짇날 산음의 객이 되어
自起哈蘭又珮蘭　스스로 일어나 난 읊고 또 난초향을 찼지

주정酒政 : 술을 마시는 일. 또는 그런 절차. 술 단속.
哈 입다물금　珮 찰패(지니다)

9수 145

庭院深深樹影籠　정원은 깊고 깊숙이 나무 그늘로 둘러 있고
游絲橫綴晚簾風　아지랑이 좌우로 비껴 주렴에 늦으막 바람부네
怪來蝴蝶欺花甚　괴이하게도 호접이 꽃을 심히 기만하고
自去團飛芳草中　스스로 모여 날아가서 방초 가운데 있네

團 모을단, 둥글단

10수 145

帶雨耕歸過磵田　비 맞으며 농사짓고 오며 산골 밭 지나가고
看書聊復枕書眠　책을 보고 애오라지 다시 책 베고 잠자네
樽前自笑饒淸福　술동이 앞에서 스스로 웃으니 청복이 넘치고
無恙看花二十年　근심 없이 꽃 본지 이십 년이 되었도다

대우帶雨 : 비 맞다. 비에 젖다.　청복淸福 : 좋은 복.　恙 근심양(걱정하다)

11수 145

古木春禽相對喧　고목나무에 봄철 새들이 시끄럽게 상대하고
輕雲低度郭南村　빠른 구름 낮게 지나가며 성곽 남촌에 있네
淋淋一刻催花雨　한 시각이나 비 뿌려 꽃비[1]를 최촉하더니
已見前山白馬奔　이미 앞산에 백마가 달려가는 걸 보더라

輕 빠를경(가볍다) 度 법도도, 지날도, 헤어릴탁 淋 방울떨어질림(물 뿌리다)
임림淋淋 : 비가 옴. 물이 뚝뚝 떨어짐.
1) 화우花雨 : 비가 오듯이 흩어져 날리는 꽃잎.

12수 145

墻下一聲黃犢鳴　담장 아래로 황송아지 우는 소리 들려오고

雨中人出課人耕　우중에 사람들 나와 밭 갈며 일하고 있네

立看水活泥㴠處　서서 물가 생활 보노라니 진흙탕 깊은 곳에

縮縮蝸牛戴殼行　오그라든 달팽이가 껍데기를 이고 가네

㴠 물깊고넓은모양융　縮 줄일축　와우蝸牛 : 달팽이.

13수 146

舐筆三旬喜鷰回　한 달 동안 붓 빨았더니 제비 즐겁게 오고

一江春草滿亭臺　강가에 봄풀이 정자와 누대에 가득하네

田村舊俗無寒食　화전촌에는 예전의 풍속인 한식이 없어

誰遣凄風苦雨來　누가 찬바람을 보내 궂은비 내리게 하는가

舐 핥을지(빨다)　고우苦雨 : 오래 두고 내리는 궂은비.

14수 146

初日戎戎染細霞　　초하룻날 성하여 노을이 조금 물들고
晴光一道水邊家　　해맑은 빛이 외길로 물가 집에 있도다
絳桃似錦梨如雪　　진홍색 복사꽃은 비단이요 배꽃은 눈 같아
花到深春不是花　　꽃은 깊은 봄에 이르러 꽃이 아니로다

융융戎戎 : 성한 모양.　絳 진홍강

15수 146

青衫半幅白蒿肥　　푸른 적삼 반폭에 다북쑥이 넉넉하게 있고
童稚相將不出扉　　어린 애들은 서로 사립문 밖으로 가지 않네
更與鷄雛爭疾走　　다시 병아리와 함께 다투어 질주하더니
深深叫喚後園歸　　깊고 깊게 큰소리로 부르며 후원으로 오네

백호白蒿 : 산 흰쑥.　계추鷄雛 : 병아리.　叫 부르짖을규(외치다)

上巳訪海客

삼짇날1)에 해객을 방문함   칠율 1수 146

楊柳門前瘴未晴　　양류 있는 문 앞에 풍토병 있어 개운치 않고
東風相見恨心生　　봄바람 불어 서로 보아 한스런 마음 생기네

梨花欲落故人至	배꽃은 지려 하는데 옛 친구 이르르고
鷰子不來春磵鳴	제비는 오지 않고 봄 산골 물만 울려오네
聊復琴樽追古事	다시 거문고 술 단지 끼고 옛일을 생각하곤
可能嵇阮共齊名	가능하면 혜강2) 완적3)과 이름을 나란히 하네
淸明寒食年年度	청명 한식이 해 마다 지나가지만
及到年年更管情	해마다 이맘때면 다시 주관하는 정이네

1) 상사上巳 : 삼짇날. 음력 3월 3일. 〈상사上巳〉원문 124 참조.

고인故人 : 죽은 사람. 오래전부터 사귀어 온 친구.

嵇(=嵆) 산이름혜. 사람의 성혜

2) 혜강嵆康 : 중국 삼국시대 위魏나라 사람. 자는 숙야叔夜. 죽림칠현의 한사람으로 노장老莊의 학문을 즐김.

阮 악기이름원(완), 관문이름원, 성원

3) 완적阮籍(210년~263년) : 중국 삼국시대 위나라 말기 시인. 자는 사종嗣宗. 혜강과 함께 죽림 7현의 중심인물.

度 법도도(기량), 헤아릴탁(측량하다) 管 피리관(대롱. 붓대. 주관.)

雨中逢素琴

비속에서 소금1)을 만나다　　　　　　　　　　　　　　　칠율 1수 147

楊柳陰中半扇門	양류 그늘 속 반 쯤 열린 사립문에서　.
偶來逢客便多言	우연히 그대를 만나 곧 말이 많아지네

晴江欲上河豚氣	맑은 강엔 복어[2] 기운이 오르려 하고
芳草重生鷰子寸	방초에는 제비의 마음 또다시 일어나네
四海雲山閑地少	온 세상 구름 산에는 한가한 땅이 적고
一旬風雨好花存	한 열흘 비바람에도 좋은 꽃이 있구나
烟輕煖戲春無限	옅은 안개 속 놀기 따뜻해 봄은 끝없고
只恐斜陽易夕昏	다만 비낀 해 쉬이 석양 됨이 두려워라

1) 소금素琴 : 왕사천王師天(1846~1909)의 호. 왕씨삼지王氏三之 가운데 한명. 천사川社 왕석보王錫輔(1816~1868)의 차남으로 성격이 호탕하여 독서에 얽매이지 않고 유람하기를 좋아하였으며, 강위·김택영 등 명사들과 사귀었다.
扇 부채선(사립문. 문짝.) 豚 돼지돈(자기 아들의 겸칭)
2) 하돈河豚 : 참복과에 딸린 바닷물고기. 맛이 있지만 내장에 독이 있음.
방초芳草 : 향기롭고 꽃다운 풀.

過松廣嶺歎花

송광령을 넘으며 꽃을 노래함 칠절 1수 147

萬紫千紅蕩六塵	울긋불긋 온갖 꽃 피어 육진[1]이 혼탕하고
靑山滿地杜鵑春	푸른 산 가득 찬 땅에 두견이의 봄이로다
平生不斷花緣業	한평생 끊임없이 꽃과 인연이 있어서
也許人嗤誤事人	일을 그르친 사람이라 비웃는 걸 인정하노라

歎 읊을탄(노래하다. 칭찬하다.)

천자만홍千紫萬紅 : 울긋불긋한 여러 가지 빛깔. 색색의 꽃이 피어 있는 상태.

1) 육진六塵 : 심성心性을 더럽히는 육식六識의 대상계對象界. 곧 '빛, 소리, 냄새, 맛, 감촉, 법'의 여섯 가지 욕정. 이것에 더럽혀지지 않는 일을 육근 청정이라 함.　만지滿地 : 가득 찬 온 땅.　業 일업(공적)

연업緣業 : 원인이 되는 행위(=업인業因)　嗤 웃을치(냉소하가)

梨花

배꽃

칠절 1수 147

澹白輕明一簇圖	맑고 흰 조금 밝은 족자 그림 한 폭이 있어
蝶輪蜂沸政何須	나비 돌고 벌 어지럽게 나는데 정치는 어떠한가
群飛不怕全株雪	떼 지어 날리는 온 그루터기의 눈 두렵지 않아
這許癡狂世絶無	이렇게 미치광이 되어 세상에 뛰어난 것 없네

沸 끓을비, 어지럽게날배　군비群飛 : 떼 지어 낢.

踰熊嶺得五古一篇

웅령을 넘으며 오언고시 일편을 얻음

오고 1수 148

洞天如小盖	골짜기의 하늘은 작은 덮개와 같고
長谷如布帒	긴 계곡은 베로 만든 전대와 같네
谷深無啼鳥	깊은 계곡에는 새 소리도 없고
白石立誰待	흰 바위는 누구를 기다리며 서 있는가
行人畏道險	행인은 길 험한 걸 두려워하며
解帶衣千縛	허리띠 풀며 옷을 많이 감네
道傾人亦傾	길이 기울면 사람 또한 기울어지고
石梯響霍霍	돌사다리 소리가 삐걱삐걱 울려오네
巨山氣候遲	큰 산이라 시절은 늦어지고
三月春未晚	삼월의 봄은 늦지 않았도다
梨花枝三五	배꽃은 열 댓 가지 피어 있고
柳絮絲千萬	버들 솜 천만 가지는 실과 같네
崖麥亦好看	벼랑에 심은 보리 또한 보기 좋고
葉靑莖節黃	푸른 잎줄기와 마디는 누렇네
田間雜菜花	밭 사이로 잡나물 꽃이 피어 있고
小蝶相迷藏	작은 나비는 서로 미혹하며 숨네
店屋臨磵凡	접방은 대략 석간수에 접해있으며
窓牖自作籬	창문은 저절로 울타리가 되었네

房內養黃犬　　방 안에는 누런 개를 기르고

看室替小兒　　집을 보니 작은 아이 방치되어 있네

我來我飮酒　　내가 와서 내가 술을 마시며

掛錢桑樞側　　뽕나무 문지도리 옆으로 전대 걸어놓네

獨支丹藜杖　　홀로 붉은 명아주 지팡이에 지탱하며

大笑晴峯色　　비개인 산봉우리 향해 크게 웃노라

桃源隔千紀　　도원이 천년이나 떨어져 있어

此境非別壤　　이런 경지는 별천지가 아니로다

只恐後來者　　단지 뒤에 오는 자가 두려운 것은

鞱刃戒袁盎　　칼 감춘 후의 원앙[1]을 경계함이네

岱 산이름대, 전대대(가방)　縛 묶을박(동여매다)　霍 빠를곽(갑자기), 작은 산을 둘러싼 큰 산　곽곽霍霍 : 칼날이 번쩍이는 모양. 소리가 빠른 모양.

候 물을후(시중들다. 기다리다.)　유서柳絮 : 버들 솜. 버들개지. 눈雪의 형용.

莖 줄기경　경절莖節 : 줄기와 마디.　菜 나물채　替 쇠퇴할체(버리다)

鞱 감출도(칼을 넣어두는 자루)　牖 창유(바라지)　창유窓牖 : 창문.

袁 옷길원　盎 동이앙

1) 원앙袁盎과 오초칠국吳楚七國의 난 : 《사기史記》〈원앙조착열전袁盎鼂錯列傳〉에 나오는 내용이다. 원앙은 한漢의 제후국 오나라(한고조 유방의 친형의 아들 오왕 유비)의 재상으로 있었다. 그런데, 한漢 효경제孝景帝는 조착의 정책을 받아들여 제후국 오나라를 탄압한 결과 BC157년 오초칠국의 난이 일어나게 되었다.

효경제는 원앙을 불러 자문을 받아 난이 일어나도록 한 조착을 죽이고, 원앙을 파견하여 투항을 종용하였다. 제후왕들은 두태후의 둘째 아들이며 경제의 친동생 양왕梁王 유영孺嬰의 도읍지를 포위하였기에 대장군 두영과 태위 주아부를 급파하여 난을 진압하였다. 반란이 진압된 후 경제는 원앙을 초나라 재상으로 임명하였다.

　　양왕이 오초칠국의 난 진압에 공을 세웠고, 두태후의 권고도 있어 효경제는 양왕을 후계자로 삼으려고 하였는데, 원앙이 반대하였다. 관직에 물러나 있었던 원앙은 결국 양왕의 자객에게 죽임을 당하였다.

　　사마천은 원앙이 비록 호학하지는 못했으나, 견강부회를 잘하고, 본심이 인자하고 대의를 지켜 강개했다고 적고 있다. 오초吳楚에 대하여 유세한 말이 행해졌으나 뜻을 이루지 못하였다.

下嶺

고개 아래에서　　　　　　　　　　　　　　　　　　오절 1수 148

上山風裂衣	산 위에서는 바람이 옷을 찢더니만
山下塵不飛	산 아래로는 티끌하나 날리지 않네
應知天上人	응당 천상계의 사람이 내 땅강아지
笑我螻蟻微	개미 같은 처지를 비웃는 걸 좀 알겠네

천상天上 : 하늘의 위. 천상계天上界.

螻 땅강아지루(청개구리)

루의螻蟻 : '땅강아지와 개미'라는 뜻으로, 작은 힘의 비유.

首夏之初五日西征, 午發川庄過山洞

초여름 5일에 서쪽으로 가는데, 낮에 천장을 출발하여 산동을 지나
가다

칠율 1수 149

楊花撩亂栗留鳴	버들 꽃 흩날리며 밤나무에 울려 남아있고
過盡春風別有情	봄바람이 다 불어와 별리의 정이 있네
未耐游絲如夢倦	인내하지 않고 아지랑이 꿈처럼 게으른데
何來躑躅滿山明	어데서 철쭉꽃이 왔는가, 만산이 밝도다
長途鞋襪連芳草	긴 길가에 신과 버선이 있고 방초가 이어져
古驛垣墻似廢城	옛 역사의 담장은 흡사 폐성처럼 있네
潦倒出門三十里	큰 비 내려 문 나서니 삼 십리 길이요
亭亭西日嶺頭橫	솟은 산 서쪽 해가 고개 머리에 비껴 있네

수하首夏 : 초여름.   撩 다스릴료   척촉躑躅 : 철쭉나무.
鞋 신혜   襪 버선말   혜말鞋襪 : 신과 버선.
원장垣墻 : 울. 울타리.   潦 큰비료(장마. 길바닥에 괸 물. 적시다.)
정정亭亭 : 늙은 몸이 꾸정꾸정한 모양. 산이 우뚝 솟음.

入南原

남원에 들어서며

칠율 1수 149

演淥春波蓼磵東	넘실대는 봄 물결 요천 계곡물 동쪽으로
汀洲柳弱不禁風	물 마을의 어린 버들은 바람을 막지 못하네
閑官爲政名機上	한가한 관리는 명분과 기회[1]로 정사를 살피고
戰地成田綠樹中	전쟁터는 초록 나무속에서 밭이 되었네
繞路城頹龍歲刻	길 둘러싼 무너진 옛 성은 왜란[2] 때를 새겼고
衝花人惜馬蹄叢	꽃을 맞는 사람들은 갑오 말발굽을 애석해하네
男兒楪面終須展	남아가 평상에서 마침내 모름지기 뜻을 펴니
何待堂墟滴小紅	어찌 목로에서 얼굴이 좀 붉어짐[3]을 기다리리

演 멀리흐를연 淥 밭칠록(물 맑아지다.) 蓼 여뀌료(마디풀과 한해살이 풀)

한관閑官 : 한가한 벼슬. 한가한 관인. 기機 : 베틀기(기계. 재치. 기교. 권세.)

1) 명기名機 : ① 명분과 기회. ② 성능이 뛰어난 기계(사진기나 비행기 등)

頹 무너질퇴

2) 용세龍歲 : 용의 해. 여기에서는 임진년 즉 왜란을 말함.

衝 찌를충(향하다) 楪 평상접(마루. 창문.) 叢 모일총(많다. 번잡하다.)

滴 물방울적(싱싱한 모양. 적은 분량.) 墟 흙토로(화로. 주막.)

3) 소홍小紅 : 조그마한 붉은 색 과일. 상복喪服의 이름.

過萬馬關

만마관[1]을 지나가며　　　　　　　　　　　칠율 1수 149

行人欲哭路當關	행인은 곡하고 싶어도 길은 마땅히 닫혀 있고
劍束弦彎不可攀	칼 잡고 활을 메 보지만 잡을 수 없네
滿地戈矛愁亂石	온 땅에 과모가 흩어진 돌에 근심스레 있고
將軍鼓角在空山	장군은 고각을 불며 빈 산에 있네
壺中日落天嫌小	병 속으로 해 떨어져 하늘이 작을까 두렵고
木末雲飛鳥碍還	나무 끝에 구름 날고 새 돌아오기 장애 되네
千里遊裝無寸鐵	천리 길 유람하고 행장 꾸려도 작은 칼도 없어
吳儂生長太平間	큰소리치며 내가 태평시대에 나고 자랐네

1) 만마관萬馬關 : 전주에서 남원으로 가는 첫 관으로, 적이 천군만마千軍萬馬로 쳐들어온다 해도 능히 방비할 수 있다는 의미로 붙여진 이름이다.

　한편 완주군 상관면 용암면에 있었던 남관진은 고종 10년 흥선대원군의 명으로 남고산의 남고진에서 10여 리 떨어진 곳에 설치됐으며, 인근의 만마관萬馬關과 함께 전주와 호남평야의 미곡과 재산을 약탈하려는 왜구를 무찌르는데 중요한 산성을 갖춘 요새지였다.

碍 거리낄애(방해되다. 거북하다.)　　촌철寸鐵 : 작은 칼. 작은 무기.

裝 꾸밀장(행장)　吳 성씨오(나라이름), 큰소리칠화　儂 나농

오농吳儂 : 오나라 소리. 오나라 사람.

完山道中

완산 가는 길에   칠율 1수 150

南固城南曉霧消	남고산성 남쪽으로 새벽 안개 사라지고
靑山低盡馬行驕	청산 다한 곳에 말 다니는 길 교만스레 있네
千年豊沛枌楡社	천년 풍패지관[1] 있으며 느릅나무 모여 있고
萬戶餘杭楊柳橋	많은 집마다 버드나무 다리로 건너가네
但道居人爭似海	다만 주민들의 말이 왁자지껄 다투면서 말하고
却看遙野不分霄	멀리 들판 보아 하늘을 구분하지 못 하겠네
悠悠浩劫甄萱地	아득히 물 넓게 위협하니 후백제의 땅이라
雜草鳴禽自暮朝	잡초 속에 새가 울어 저절로 아침저녁이로다

枌 나무이름분(흰느릅나무)　楡 느릅나무유
社 모일사(단체), 제사지낼사(땅귀신. 토지신.)

1) 풍패지관豊沛之館 : ① 전주全州 객사客舍에 걸려 있는 현판의 글자. 풍패란 한나라 고조高祖의 고향으로 조선 왕조의 발원지인 전주를 비유한 말. 조선시대 태조 이성계의 본향이라는 의미에서 붙여진 이름으로, 글씨는 1606년에 명나라 사신으로 온 정사正使 주지번朱之蕃이 스승으로 섬기고 있었던 표옹瓢翁 송영구宋英耈(1555~1620년) 선생을 익산 왕궁까지 찾아왔다가 썼다고 함.
② 송영구宋英耈와 주지번朱之蕃 : 1593년 정철의 서장관으로 명나라에 갔던 표옹 송영구는 주지번을 만나 사제관계를 맺었다. 그 후로 주지번은 1595년 과거에 장원급제하였다. 주지번은 한림원학사翰林院學士를 지내기도 했던 인물로 조선에 왔을 때 허균과의 만남도 이루어져 허난설헌의 시가 중국에 소개되기도 하였다. 표옹은 1607년 성주목사, 1610년 경상도관찰사를 지냈다.

만호萬戶 : 썩 많은 집. 조선시대 종4품 무관 벼슬. 杭 건널항(나룻배)
浩 물호(넓다) 劫 위협할겁(어수선하다. 부지런하다.)
모조暮朝 : 아침때와 저녁때.(=조석朝夕. 조포朝哺.)

宿參禮驛

삼례역에서 자다

칠율 1수 150

川原渺無極	냇가 벌판은 아득하여 끝이 없고
遊氣積爲雲	떠도는 기운은 구름 되어 쌓여있네
沙漲碑行短	모래 벌에 짧은 비문이 넘쳐있고
松殘墓路分	소나무는 묘 가는 갈라진 길에 죽어 있네
晨灯鷄在壁	새벽 등불 아래 닭들은 울타리에 있고
烟麥難呼群	귀리가 있어 꿩들은 동료를 부르네
行邁良云苦	멀리 가는 길이 진실로 고통스럽다 해도
寒儒直幾文	가난한 유자는 곧바로 몇 문장 쓰노라

灯 열화정(=열화烈火. 등불.) 壁 벽벽(울타리) 연맥燕麥 : 귀리. 열매는 먹거나
가축의 모이로 씀. 難 우거질나, 어려울난 邁 멀리갈매

 해설

　경구의 어려울 '난難'자는 꿩 '치雉'자로 보는 것이 옳을 듯하여 '꿩'으로
번역하였다.

憩皇華亭

황화정[1]에서 쉬며   칠절 2수 150

1수

田間草際尺餘碑	밭 사이 풀 틈에 지척으로 비석들이 있고
冒雨人看立不移	비 무릅쓰고 사람들 서서 떠나지 않고 보네
歎息皇華三百載	황화정 삼백 년을 탄식하며
朝燕消息正堪悲	조연 소식에 때마침 슬픔을 감당하네[2]

1) 황화정皇華亭 : 충남 논산시 연무읍 고내리 봉곡서원 부근에 있었던 정자.
2) 조연소식朝燕消息 : 아침 제비 소식 또는 조선과 청나라 연경 소식을 말하는 듯함.

 해설

　충남 논산시 연무읍 고내리 봉곡서원 앞에 '황화정皇華亭'이라고 쓰인 비석이 있다. 황화정은 본래 이 서원에서 400미터쯤 북쪽에 있었던 정자였으나, 정자가 훼손되자 비석들만 옮겨지게 되었다.

　황화정이 있었던 지역은 예전에 전라도 익산군 황화면에 소속되었던 행정구역으로 조선시대 현감과 관찰사가 바뀔 때 배웅하고 맞이했던 장소였다고 한다. 매천 또한 한양을 오고가면서 이 황화정에 들러 쉬어가면서 몇 편의 시를 남기기도 했다.

　'황화皇華'라는 말은 '황제의 편지'라는 뜻이 담겨 있다. 1592년 임진왜란이 일어나자 명나라 신종神宗 황제는 조승훈과 이여송 등 4만 8천여 군대를 보내와 조선을 돕게 되었다. 전쟁은 조선의 승리로 끝났지만 이로 말미

암아 명나라는 멸망하게 되었다. 명나라 마지막 황제 의종毅宗 숭정제崇禎帝는 환관 위충현魏忠賢 등을 처단하고 기강의 숙정을 도모하였다. 그러나 때는 늦어 1644년 이자성李自成의 군대가 연경燕京에 입성하자 의종은 궁정 뒷산에서 자살하였고, 명은 멸망되고 말았다.

그 후로 조선에서는 신종황제를 추앙하고 제사지내기 위해 만동묘를 설치하고, 황화정의 정자도 지어지게 되었다. 전구의 '황화정 삼백년을 탄식한다'는 내용은 이런 역사를 반영한 것으로, 서양세력인 영국과 프랑스의 청나라 진출로 인한 어지러운 청나라 연경소식 등을 생각하며 쓴 시일 것이다.

2수 151

征驢留秣夕陽中	나귀 몰고 와 석양에 먹이 주며 머물러있고
亭子遺墟麥穗風	정자 있는 유허지에 보리 이삭 바람이 부네
碑下棠梨一丈樹	비석 아래 한 길 되는 산앵도 배나무 있고
依依花葉大明紅	꽃잎이 무성하게 매우 밝고 붉게 있도다

秣 꼴말(말먹이. 말을 먹이다.)
유허遺墟 : 오랜 세월에 쓸쓸하게 남아 있는 옛터.　棠 아가위당(산앵도)
依 의지할의(좇다. 전과 같다.)　의의依依 : 풀이 무성하여 싱싱하게 푸름.

夏入京師, 留注洞洪斯文基正家

여름에 서울로 가서 주동의 홍사문 기정집에서 머물며 칠율 1수 151

松林齊翠露亭身	소나무숲에서 일제히 취로정에 몸 맡기고
曝瓦輕炎已逼人	기와 쬐어 좀 더워져 벌써 사람을 핍박하네
遊子換衣驚節變	나그네 옷 갈아입으며 철 바뀌어 놀라워라
豪家占墅失山眞	세도 집 별장을 살펴보아 산의 참모습 잃었네
箱蠶蝶化三生夢	상자 속 누에가 나비되어 삼생의 꿈이 되었고
圃茜花回過境春	남새밭에 빨강 꽃 피어 봄날이 지나가네
分外淸閑郡許爾	분수 외로 청한하여 군에서 이것을 허용하여
仙舟久泊漢之濱	신선이 탄 배 오래 정박하니 한의 물가로다

逼 닥칠핍(다가오다) 유자遊子 : 나그네. 여행자. 환의換衣 : 다른 옷으로 갈아
입음. 占 점칠점(점령하다) 墅 농막서(별장) 箱 상자상(곁채)
삼생三生 : 과거, 현재, 미래의 세상. 전생前生, 현생現生, 후생後生의 총칭.
茜 꼭두서니천(빨강) 청한淸閑 : 깨끗하고 한가함.

🦋 해설

　1878년 매천의 나이 24세 때 지은 시이다. 한양의 사문 홍기정 집 별장
에 머물러 가는 봄을 아쉬워하고 초하로 접어드는 심경을 토로하였다.
　한경 주동과 관련된 매천의 시로는 이때 '한경 주동에서 임시로 거처하
며, 여름밤에 고향을 생각하며 지음'〈한경수동우사, 하야억향작漢京注洞寓
舍, 夏夜憶鄕作〉이라는 시가 있다. 이 시는《역주매천황현시집》(상권) 47~
48쪽에 번역되어 있다.

借讀蘇詩四首

소식[1] 시를 빌려 읽고 4수를 짓다   칠절 4수 151

1수

呶呶簧舌吠烏臺	꾀꼬리 생황소리 오대[2]에서 지저귀고
九死炎溟玉不摧	아홉 번 남쪽 바다에서 죽어도 옥 꺾지 못했네
我識先生譏刺意	내가 선생을 알아 허물을 책망할 뜻있어
說詩三百五篇來	시경 삼백오 편을 이야기하며 돌아오네

1) 소동파蘇東坡(1036~1101) : 중국 북송 때의 정치가·시인으로 자는 자첨子瞻, 호는 동파거사東坡居士이며, 이름은 식軾. 사천성四川省 미산眉山 사람으로 아버지 순洵, 아우 철轍과 더불어 삼소三蘇라 불린다. 동생 철轍과 함께 문과에 급제하여 과거시험을 주관했던 구양수歐陽修에게 인정을 받았다. 삼부자三父字가 모두 당송8대가였다.

　신종황제가 왕안석王安石의 '신법新法'을 추진하면서 구법당舊法黨이었던 소동파는 지방관으로 좌천되었다. 44세 때 필화사건을 일으켜 어사대御史臺에 갇히게 되었고, 마침내 호북성湖北省 황주黃州로 유배되어 그곳에서 〈적벽부赤壁賦〉를 썼다.

　50세가 되던 해 철종哲宗이 즉위하면서 구법당이 득세하여 소동파도 풀려 예부상서禮部尙書 등을 역임하였지만, 다시 신법당이 세력을 잡자 소동파는 해남도海南島로 유배되었다. 그곳에서 7년 동안 귀양살이를 하던 중, 휘종徽宗의 즉위와 함께 해배解配되어 돌아오다 사망하였다. 《동파전집東坡全集》이 있다.

2) 오대烏臺 : 오대안烏臺案은 송宋의 소식蘇軾이 어사대御史臺에 투옥 당한 일을 말함. 다음 장의 152 〈장가제소시권후長歌題蘇詩卷後〉의 5)에 추가하였음.

借 빌차, 가령차　呶 지껄일노　노노呶呶 : 구차한 말로 지껄임.

簧 혀황, 피리황　炎 불꽃염(=염焰. 덥다. 남쪽.)　溟 바다명(어둡다. 아득하다.)

譏 나무랄기(충고하다)   刺 찌를자(헐뜯다)
기자譏刺 : 허물을 비웃고 비꼼. 헐뜯음.

2수 152

三經新說壁行難	삼경 새 학설은 행하기 어려운 벽에 부딪치고
一散靑錢四海殘	한번 푸른 동전 뿌려 사해가 쇠잔해지네
如何神考商巖夢	어찌하여 신선은 상암1) 선경의 꿈을 꾸었던가
不在眉山在半山	미산2)에 있지 아니하고 반산3)에 있더라

신설新說 : 새로운 학설이나 견해. 새로 듣는 이야기.
1) 상암商巖 : 상암 선경.
2) 미산眉山 : 소식은 미산 사람이었으며, 구법당이었음.
3) 반산半山 : 왕안석王安石의 호. 신법당新法黨의 영수였음.

3수 152

遺文不見晦翁知	남겨진 문장 볼 수 없지만 주자1)는 알았고
猶贊堂堂竹石姿	오히려 당당히 밝히며 죽석의 모습을 보네
莫道秦黃浮薄輩	진시황과 황제의 경솔한 무리를 말하지 말게나
雲龍上下此同時	용 구름이 위 아래로 이렇게 동시에 있다네

유문遺文 : 죽은 사람의 생전에 지어놓은 글.
1) 회옹晦翁 : 송학宋學의 대성자인 주희朱熹의 호.

贊 도울찬(밝히다)　죽석竹石 : 돌로 만든 난간 기둥 사이를 가로 지른 돌. 남화南
畵에서 죽석을 넣은 그림.

4수 152

佛界生生證果因	불교계에서는 생생하게 인과를 증명했으니
升沈榮辱總游塵	영욕에 오르고 빠짐은 모두가 뜬 속세였네
不知五祖何冤業	오조[1]는 무슨 원업을 지었는지 알지 못하고
幻得南荒百謫人	남황으로 귀양 간 사람들 환상으로 보았던고

유진遊塵 : 떠 있는 티끌. 음탕한 음악.

1) 오조五祖 : 중국 선종禪宗의 제5조인 홍인弘忍(601~674). 선종은 달마達磨·
혜가慧可·승찬僧璨·도신道信·홍인弘忍·혜능慧能으로 이어지며, 홍인은 중국
선종의 실제적인 확립자이다. 신수神秀·혜능慧能으로 하여금 남북 각지에서 남
종선南宗禪·북종선北宗禪을 펴서 선풍禪風을 선양하였다.

원업冤業 : 과거 또는 전세前世에서 뿌린 악惡의 씨.

長歌題蘇詩卷後

소식 시의 시집 권 뒤에 붙인 장가　　　　　　　　　칠고 1수 152

我昔諦視東坡像	내가 옛날에 동파[1] 상을 살펴보았더니
至今記之毫不爽	지금 이것이 기억나 붓끝이 상쾌하지 못하네

頰傍亂鬚斜一邊	뺨 옆으로 수염이 흩날려 한쪽으로 기울어있고
雙瞳炯然秋濤朗	두 눈동자 빛나며 가을 물결이 밝도다
黃茅岡轉雪堂路	누런 띠집 언덕에 굴러 설당으로 가는 길에
彷佛若聞桃棚響	살타래 실 감는 소리 방불하네
戴笠着屐三分得	삿갓 쓰고 나막신 신으며 삼분을 얻고
夢來親見醒來想	꿈속에 친히 와서 보고 깨어 생각하네
玉堂學生神仙姿	옥당의 학생은 신선의 자태가 있고
氣橫素秋千人往	평소 가을의 기상이 비껴 천사람이 가네
筆下汪汪經國言	붓 아래로 끝없이 나라 다스리는 말 있고
兒畜賈董奴非鞅	아이들 가동2)으로 기르고 종도 한비자3) 상앙4) 으로 길렀네
結髮立朝老愈勁	머리 단장하고 조정에 서서 노익장 과시하고
大章尺牘皆忠讜	큰 문장 짧은 편지는 모두 충성스런 직언이네
滑稽釀成烏臺案	골계를 만들어 오대안5)에 투옥당하고
努力趁入姦碑黨	노력하고 좇아 간사한 무리로 들어갔네
喚取羽士作功臣	우사를 불러서 공신으로 삼으니
奎宿芒角光千丈	찬연한 문성의 별빛이 천장이나 되도다
瓊琚萬軸留世間	옥과 같은 만축의 글귀를 세상에 남겨서
讀者人人快爬癢	읽는 사람마다 가려움을 명쾌히 긁어주네
壯士籠原縛犀豹	장사는 농원 속에 코뿔소와 표범을 묶어 놓고
疾雷劈山躲罔兩	격렬한 천둥이 산 갈라 도깨비도 도망가네

又如無邊曠墟濱　또 끝없이 넓은 텅 빈 물가 언저리 같아
急風墨雨吹莽蒼　거세게 부는 흙 비바람이 들판에 몰아치네
有時兒女恩怨語　때로 아녀자들 은혜롭고 원망스런 말 있으니
變作九奏釣天廣　구주를 고쳐 만들어 조천광악을 연주하네
百態橫生不可窮　백가지 다른 모습 헤아릴 길 없고
掩卷欲哭徒悵惘　책 덮고 통곡하려니 한갓 섭고 멍해질 뿐
文人無行古有云　문인들은 행하는 것 없이 옛날을 말하고
景純依敦碓扱莽　경순6)이 도탑게 있고 방망이가 플 속에 있네
口出萬言資喪身　입이 만언으로 나와 몸 잃음에 힘입어
澤麋虎皮中安仗　늪의 큰사슴과 호피가 편안히 의지해있네
寄笑後來學蘇人　우습도다, 뒤에 와 소시를 배우는 자들이
抽肝擢腎期相倣　간과 신장을 뽑아버리고 걸모양만 본 뜨네
先生却在文字外　선생은 문득 문자 밖의 문자로 있으니
高風峻節尤加仰　높고 고상한 절조 더욱 우러러 받들도다

1) 동파東坡 : 북송의 시인 소식蘇軾의 호.
諟 살필체(조사하다)　桄 광랑나무광 광랑桄榔 : 광랑나무.
2) 가동賈董 : 가의賈誼와 동중서董仲舒. 모두 한漢나라의 문장가.
3) 한비자韓非子(?~BC233) : 전국시대 한비가 지은 책. 형벌의 이름과 방법을
논하며, 법가사상의 통치를 주장하였음.
4) 상앙商鞅(?~BC338) : 전국 시대 진나라의 재상으로 형명학刑名學을 공부하
고 진나라 효공孝公을 섬겼다. 법치주의에 입각한 부국강병책을 단행하여 진의 국
세國勢를 신장시켰으나 반감이 많은 귀족들의 참소讒訴로 결국 극형을 당했음.

讜 곧은말당(직언), 바른말당

골계滑稽 : 말이 매끄럽고 익살스러워 웃음을 자아내는 일.

5) 오대안烏臺案 : 송宋의 소식蘇軾(1036~1101), 소철蘇轍(1039~1112) 형제가 왕안석의 신법新法을 반박함으로 인하여 어사대御史臺에 투옥 당함.

오부烏府(=오대烏臺) : 어사대(법률을 맡은 관아)의 별칭. 이 관아에 백수柏樹가 무성하여 까마귀가 많이 서식하였으므로 이름.

왕안석王安石(1021~1086) : 중국 북송北宋 정치가로 자는 개보介甫, 호는 반산半山이다. 형국공荊國公이 되었기 때문에 형공荊公이라고도 불린다.

　1068년 신종神宗이 즉위 후 한림학사翰林學士에 임명되었고, 1070년 동중서문하평장사同中書門下平章事에 올랐다. 그의 신법新法은 재정 적자를 해소하고 국력을 증강시키는 것이 목적이었다. 그러나 대지주·관료·호상 등이 반대하였고, 구법당인 사마광 등의 반대로 폐지되었다. 은퇴하여 남경 종산鍾山에서 여생을 보냈다. 그의 산문은 구양수歐陽修를 스승으로 삼았으며, 당송팔대가唐宋八大家의 한 사람이었다.

간당奸黨 : 간악한 무리.　奎 별이름규　규성奎星(=규수奎宿) : 문운文運을 맡은 별.　芒 빛망, 까끄라기망.　망각芒角 : 빛의 첨단. 까끄라기.

경거瓊琚 : 아름다운 옥. 훌륭한 선물.　軸 굴대축(두루마리) 만축시서萬軸詩書.

질뢰疾雷 : 격렬한 천둥이란 뜻으로 일의 신속함을 이르는 말.　劈 쪼갤벽

罔 속일망(어둡다)　망량罔兩(=망량魍魎) : 그림자. 도깨비. 의지할 데 없는 모양.　縛 묶을박　籠 새장롱(상자)　犀 코뿔소서　豹 표범표　莽 우거질망(들경치. 풀.)　망창莽蒼 : 푸른 빛깔. 교외 들판의 경치.　徙 옮길사(귀양보내다)

6) 경순景純 : 동진東晉 곽박郭璞의 자. 시인이며 훈고학자였으며, 음양점복술을 좋아하여 《산해경山海經》에 주를 달기도 했으며, 현존 최고의 풍수지리서 《금양경錦囊經》을 지었음.

倣 본받을방　抽 뺄추　추탁抽擢 : 많은 것 중에서 뽑아 씀.

고픙高風 : 높은 곳에서 부는 바람. 뛰어난 인덕人德.

준절峻節 : 높고 고상한 절조節操.

 **해설**

위의 시는 《매천전집》 1권 34쪽에 〈제동파집題東坡集〉이라는 제목으로 나와 《역주매천황현시집》(상권) 49~51쪽에 번역되어 있다. 하지만 제목이 다르고, 시의 앞부분 9행까지와 시의 끝 행에서 세어 5행에서 8행까지 빠져있고, 또 중간에 몇 글자가 달라 전체를 다시 번역하였다. 매천의 고음과 퇴고를 알려주는 시이기도 하다. 아니면 〈제동파집題東坡集〉 내용으로 본다면 아마도 창강 김택영이 1911년 상해에서 《매천집》을 간행할 때 출판 비용과 지면을 고려하여 산삭刪削했을 것으로 생각되어지는 시이다.

> **將見姜秋琴先生瑋**

장차 추금 강위 선생을 보려함에   오율 1수 153

我不見先生	내가 추금 선생을 뵙지 못하였는데
思之如曾見	생각해보면 일찍 본 것과도 같네
預想一見後	미리 예상하여 한번 뵌 이후로
當作如何戀	마땅히 지어 사모하는 것이 어떠한가
遠客不歸去	멀리서 온 객은 돌아가지를 못하고
芳草滿庭院	꽃다운 풀이 정원에 가득하네
南山風雨夕	남산에는 저녁에 비바람이 치고
繞床千百轉	평상을 둘러 천백번이나 돌고 있네

여하如何 : 어떠한가.

金約山炳德尙書園亭

약산 김병덕[1] 상서 원정에서   칠율 3수 154

1수

一楹松翠掩輕炎	한그루 비취색 소나무 가려 가볍게 불타고
鉤引微風不下簾	갈고리 미풍 끌어 주렴을 내리지 않네
主人踏破空階靜	주인이 빈 섬돌을 밟아 깨뜨려 고요하고
白鳳仙花信手抯	흰 봉선화를 손이 가는대로 따네

---

1) 김병덕金炳德(1825~1892) : 자는 성일聖一, 호는 약산約山. 영의정 김흥근金興根의 아들로 헌종 때 정시 문과에 급제했으며, 안동 김씨의 세도에 힘입어 부제학과 예조판서를 지냈다. 1864년 고종 1년에 한성판윤을 거쳐 1867년 이후에도 세 차례나 이조 판서를 지냈다. 1884년 우의정과 다음 해에는 좌의정이 되었다. 저서에 《속간고續諫考》가 있다.

藕 연뿌리우 상서尙書 : 정2품의 6조의 판서判書를 말함.

楹 기둥영 鉤 낫구(갈고랑이) 답파踏破 : 먼 길을 끝까지 걸어 나감. 너른 지역을 종횡으로 걸어 다님. 백봉白鳳 : 털이 흰 봉황. 抯 집을념, 집을점

신수信手 : 일이 손에 익어서 놀리는 대로 됨.

2수 154

薇棚苔甃側身攀	누각의 장미와 청태 낀 벽돌 옆으로 오르니
怪石粧神小小山	괴석에 작고 작은 뫼 있어 마음을 단장하네
却怪田園貧宰相	괴이하게도 전원에 가난한 재상이 있고
能排琴鶴屋三間	능히 초옥 세간 집에서 거문고와 학을 물리치네

薇 고비미(양치류의 다년초. 백일홍. 장미.)
棚 시렁붕(사다리. 누각) 甓 벽돌벽(기와)
攀 더위잡을반(매달리다. 붙잡고 오르다.) 소소산小小山 : 작은 뫼.

3수 154

梧桐一葉已淸商	오동 잎사귀 하나 이미 맑게 헤아려
管取亭臺七月凉	관취정 누대에는 칠월의 서늘함이 있도다
太華堂前三尺水	태화당 앞에는 석자 되는 물이 있고
十年猶記藕花香	십 년 동안 오히려 연꽃 향기를 기억 하네

送崔斯文炳斗還鄕

최사문 병두가 고향에 돌아감을 환송함   오절 1수 154

江滿帆心正	강가 범선 만원이라 마음을 바르게 하고
雲暄雨意成	구름이 따뜻하여 비올 뜻을 이루었네
鎖魂橋上柳	다리 옆 수양버들에 정신이 팔려
畧約萬條情	대략 기약을 하니 만 가지 정이 있네

사문斯文 : 유학의 도의나 문화. 유학자. 暄 따뜻할훤
鎖 쇠사슬쇄(자물쇠. 잠그다.)

 해설

매천이 지은 최병두에 관한 시로는 1908년 '응령촌을 넘으며 최형중 병두를 추도함'이라는 〈과응령촌, 추만최형중병두過鷹嶺村, 追挽崔衡仲炳斗〉라는 시가 있다. 《역주매천황현시집》(하권) 380쪽에 번역되어 있다.

訪尹念菴秉綏洗馬

염암 윤병수세마[1]를 방문함

칠율 1수 155

山堂似道觀	산에 지은 집은 흡사 도관[2]과 같아
虛我蓬之心	헛되이 나는 봉래산을 보는 마음이네
書架秋花亂	책시렁 있는 곳에 가을꽃이 혼란한데
碁筵午樹陰	바둑 두는 자리엔 낮의 나무 그늘 있네
故人勤致語	옛 사람은 부지런히 송덕의 글을 쓰고
塵客定難尋	세속의 나그네는 진정 찾기 어려워라
請看江河水	청컨대 강하수[3]를 보노라니
發源良已深	발원지가 진실로 깊은 곳에 있도다

1) 세마洗馬 : 조선시대 세자世子 익위사翊衛司에 속한 정9품 벼슬.
2) 도관道觀 : 도사가 수도하는 곳. 도교사원.(북위의 구겸지가 도교를 발전시키면서 고려 예종 때 개경에 세웠다고 함.) 수음樹陰 : 나무 그늘.
3) 강하수江河水 : 강 또는 하천 물. 풍수지리 수세론의 대표적인 것.

題申香農正熙裘帶集後

신향농 정희[1]의 '구대집'의 발에 제하여   칠절 5수 155

1수

昔年身到海山樓　　지난해 몸이 해산의 누대에 이르렀고

楓荻汀洲不厭秋　　물 억새 단풍든 물가의 가을이 싫지 않네

一片香農詩板在　　한 조각 향농이 새긴 시판이 있으니

也能江漢管風流　　강한은 능히 풍류를 관리할 수 있으리

1) 신정희申正熙(1833~1895) : 자는 중원中元, 호는 향농香農. 조선대표로 1876년 강화도조약을 체결한 신헌申櫶의 아들이다. 영재 이건창을 통해서 매천이 알고 지냈던 장군이었으며, 매천보다 22세 연상이었다.

　무과에 급제하여 1877년 좌·우 포도대장을 역임하고 이듬해 어영대장이 되어 인천에 보堡를 쌓고 포대砲臺를 축조했다. 1881년 통리기무아문당상과 형조판서, 1882년 어영대장과 장어대장壯禦大將을 지냈으나 임오군란으로 파직되어 임자도荏子島에 유배되었다. 1884년 석방되어 한성부판윤漢城府判尹을 거쳐 독판내무부사로서 주둔 중인 일본군의 철병을 요구했다.　荻 물억새적(쑥. 갈잎피리.)

板 널판(널판지), 글판(문장)　시판詩板 : 시를 새긴 판.

2수 155

輕裘緩帶峴山湄　　가볍게 갖옷입고 허리띠 풀며 현산 물가에서

儒將風流百世師　　유교는 풍류를 끌어 백세의 스승이 되었네

檢來裘帶當年事　　구대집 찾아보아도 당년의 일이어서

有否人間絶妙辭　　인간에게 절묘한 문장이 있느뇨, 없느뇨

완대緩帶 : 허리띠를 느슨하게 맴. 마음을 풀고 편안히 함.
湄 물가미(더운물)

3수 155

漫漫青海洗兵還   푸른 바다 멀고 지루한데 전쟁 끝내고[2] 오며
石老燕然萬里山   오래된 바위가 연연[3]의 만리산에 있네
製得新翻楊柳曲   만들고 새로 뒤집어 양류곡[4]을 지었고
月中羌笛玉門關   달 빛 속의 강적소리 옥문관[5]에 들려오네

만만漫漫 : 멀고도 지루함.
2) 세병洗兵 : 병기를 씻어서 거둔다는 뜻으로, 전쟁을 끝냄. 세병관洗兵館은 경남
통영 문화동에 이순신의 전공을 기리기 위해 1604년 선조 37년에 세워진 건물임.
3) 연연산燕然山 : 외몽고에 있는 산으로 한漢나라 두헌竇憲이 흉노를 격파한 뒤
연연산에 올라 위덕威德을 기리는 글을 종사관 반고에게 쓰게 했음.
翻 날번, 뒤집을번
4) 양류楊柳 : 이별의 뜻. 강적의 피리와 양류곡은 이별을 상징한다. 왕지환은 〈송
별送別〉이란 작품에서 "楊柳東風樹(양류동풍수) 버들은 휘늘어져 바람에 나부끼
고/ 靑靑夾御河(청청협어하) 파릇파릇 실개천 덮었네// 近來攀折苦(근래반절고)
이즈음엔 손들어 가지도 꺾을 수 없어/ 因爲別離多(인위별리다) 그렇게 오가는 이
별도 잦았던가."라고 읊었다.
강적羌笛 : 두 구멍이 뚫린 강인의 피리.
5) 옥문관玉門關 : 변방의 요새. 돈황현 서남쪽 고대 서역의 요충지대임.

해설

옥문관玉門關은 한무제의 서역 원정 이래 만리장성의 서쪽 끝에 위치하여 양관과 함께 서역으로 통하는 중요한 관문이었다. 서역의 호탄 왕국에서 옥이 수입되어 왔던 관문이었기에 붙여진 이름이었다.

한당漢唐 때 옥문관은 원정을 위해 떠나는 장수와 병사들의 고된 원정길이 시작되는 곳이었다. 이 문을 벗어나면 이제 중국이 아닌 오랑캐 땅이 시작되기 때문이다. 왕지환王之煥의 '양주 풍경을 노래한다'는 〈양주사涼州詞〉에도 옥문관이 나오는데, 그 내용은 다음과 같다. "黃河遠上白雲間(황하원상백운간) 황하 멀리 흰 구름 사이로 오르고/ 一片孤城萬仞山(일편고성만인산) 한 조각 외로운 성이 만인산에 있네// 羌笛何須怨楊柳(강적하수원양류) 강적은 어찌 모름지기 양류를 원망하여/ 春風不度玉門關(춘풍부도옥문관) 춘풍에 옥문관을 넘지 못했던가"

4수 156

想見中紅舊將臺	하 좋은 옛 장대[1]를 그리워하다 보니
濃花軟柳逕深開	짙은 꽃 연한 버들이 지름길로 깊이 열렸네
淸池風月今誰管	맑은 연못가 풍월은 누구의 피리소리인가
應是官船長綠苔	일없는 관선[2]은 오랫동안 푸른 이끼 껴있네

상견想見 : 과거나 미래를 생각하여 봄. 사랑하여 간절히 생각함.　156
將 장차장(문득. 청컨대. 나아가다.)

1) 장대將臺 : 전쟁 시 지휘가 용이한 지점에 축조한 장수의 지휘처소. 화성장대華城將臺나 남한산성의 수어장대守禦將臺 등이 있음.
　향농 신정희는 무관으로 1878년 당시 어영대장으로 있었음.
2) 관선官船 : 관청에서 소유한 배.

5수 156

歎息西遊歲月闌	아! 서쪽으로 유람한 지 오랜 세월 되었구나
天風黃葉滿長安	하늘에 바람 불고 황엽이 장안에 가득하네
鄕情只有悲秋賦	고향의 정이 다만 가을을 슬퍼하는 글 있어
一布江南宋玉寒	한번 강남에서 송옥[1]의 쓸쓸함을 펼쳤도다

闌 막을란(늦다. 드물다.)　천풍天風 : 하늘 높이 부는 바람.

1) 송옥宋玉 : BC3세기 전국시대 초나라 회왕懷王 때 활동한 굴원屈原의 제자. 굴
원이 조국을 위해 직간하다가 양쯔강 이남으로 추방되었고, 결국 〈어부사漁父辭〉
를 쓰고 멱라수에 빠져 죽었다.

　송옥 또한 초나라 대부가 되었으나 쫓겨났다. 《초사楚辭》에 수록된 〈구변九辨〉
과 〈초혼招魂〉은 송옥의 작품으로, 특히 〈구변九辯〉에서 충성을 의심받아 쫓겨나
게 된 굴원의 심정을 슬퍼하였다. 첫 부분에서, "슬프다, 가을의 기운이여, 쓸쓸하
여라. 초목은 낙엽이 져서 쇠하였도다. 처창하여라, 먼 길을 떠나는 것처럼 산에
올라 강물에 임함이여, 돌아가는 이를 보내도다.(悲哉秋之爲氣也. 蕭瑟兮, 草木搖
落而變衰. 憭慄兮, 若在遠行登山臨水兮, 送將歸.)"라고 하였다.

九月初還鄕出城口呼

구월초 환향[1]함에 성문을 나오며 구호하다　　　　칠율 1수 156

回顧終南樹裏城	종남산 돌아다보아 숲 속에 성이 있고
風流半在綣餘情	풍류가 한창이라 견권한 정[2]이 남아있네
范韓門下投書去	법한[3] 문하에 글을 던지면서 가고

韋杜村西結社行	위씨 두씨[4]촌 서편에 결사를 맺고 행하네
千里終襦須棄置	천리 길 감에 마침내 저고리 버려두고
一囊馮鋏政愁生	주머니 칼자루에 정사가 수심만 자아내네
狂歌倦夢無聊賴	미친 노래 부르며 게으른 꿈 무료함에 힘입고
愴望東津秋水明	시름없이 동쪽나루 바라보니 가을 물 밝네

1) 환향還鄉 : 고향으로 돌아옴. 구호口呼 : 외침. 말로 부름. 綣 정다울권
2) 견권지정繾綣之情 : 마음속에 굳게 있어 잊혀지지 않은 정. 견권한 정.
3) 범한范韓 : 중국 송宋 범중엄范仲淹과 한기韓琦. 이들은 변방의 서하西夏를 막
았던 이름난 장수였음.
4) 위두韋杜 : 당나라 때 귀현貴顯했던 위씨와 두씨의 두 망족望族(명망 있는 집안).
襦 저고리유 기치棄置 : 버려 둠. 馮 없신여길빙(기대다. 뽐내다.)
鋏 집게협(가위. 칼.) 창망愴望 : 시름없이 바라봄.

水原

수원에서

칠절 1수 156

萬柳蕭蕭上下川	뭇 버들개지 소소하여 개울가 위아래로 날리고
西風零落倍凄然	서풍으로 시들어 떨어져 더욱 처연해 지네
浮生與爾同蕉萃	덧없는 인생 그대와 더불어 초췌해지고
曾是千絲萬縷烟	일찍이 피륙 짜는 수많은 올이 연기되었네

蕭 쓸쓸할소(바람 불다. 떨어지다.) 초췌蕉萃 : 파리하다. 시들다.
천사만루千絲萬縷 : 피륙을 짜는 데 드는 가는 실의 수많은 올.

素沙

소사[1]에서

칠율 1수 157

黃沙白茆無一邊	누런 모래 바탕에 백묘가 주변에 하나도 없고
千逈野豁靑蒼然	멀리 뵈는 너른 들판 푸르고 창연하도다
日暮魚鰕集小市	저문 날 물고기 새우 작은 시장에 모여있고
秋荒禾黍生廢田	황량한 가을 벼 기장은 폐전에서 생기네
崔冲碑古岸爲路	최충[2]의 비석은 그대로인데 언덕은 길 되었고
楊鎬壇低山似烟	양호[3]의 재단은 나지막하게 있고 산은 안개 같네
空使行人勞指顧	공연히 행인은 애써 돌아보고 가리키며
興乘百年堪可憐	백년을 흥겹게 오르며[4] 가련함을 감당하네

1) 소사素沙 : ① 흰 모래. ② 경기도 평택시 소사평素沙坪은 '평평하고 넓은 뜰'이어서 소사라고 하였다. 영의정 김육이 대동법을 시행한 것을 기념하기 위해 만든 '대동법 시행기념비'가 있다.
황사黃沙 : 누런 모래. 茆 순채묘, 띠모(=모茅)
逈 멀형, 빛날형 豁 골짜기활(넓다)
어하魚鰕 : 물고기와 새우. 어류. 鎬 빛날호
2) 최충崔冲(984~1068) : 고려 문종 시기의 문신. 문장과 글씨에 능하여 해동공

자라 불렸으며, 그의 문하생을 문헌공도라고 하였음.

3) **양호楊鎬** : 정유재란 당시 내원하였던 명나라 장수. 그의 무덕 武德을 기리기 위해 4차에 걸쳐 비를 건립하였으나 3기만 현존함.

4) **승흥乘興** : 흥겨운 감정을 띰. 흥이 나는 기회를 이용함. 산음승흥山陰乘興.

春夏之交吟病石峴村舍, 連次唐人五律

봄과 여름이 교차되는 시기에 석현촌사에서 병으로 신음하며, 연이
어 당인의 오율을 차운하다

오율 27수 157

1수

櫟大猶爲用	상수리나무도 크면 오히려 쓸모 있어
繁靑午蔭門	푸르름 짙어 정오의 대문이 그늘졌네
鷄雄妨菜圃	장 닭은 채마밭의 농사를 방해하고
蛙怒失田村	성난 개구리는 밭농사 마을을 망치네
古井新淘汲	옛 우물가에서 새로 물 길어 쌀 일고
團茶自曬翻	차 덩이 저절로 말라 뒤집어 지네
凝思五江上	생각이 엉기어 오강[1] 위에 있으니
幾處有名園	몇 군데나 이름난 정원이 있었던가

음병吟病 : 병으로 신음함.　櫟 상수리나무력

淘 일도(물에 흔들어 쓸 것을 가림)　曬 쬘쇄(말리다)

1) 오강五江 : 예전 서울 근처의 다섯 강가 마을. 한강, 용산, 마포, 서강, 송파를
말함.

2수 158

紅謝綠初漲　　붉은 꽃 시들자 초록 빛 처음 창성하고
滿園皆好山　　동산이 풍족하여 모두가 좋은 산이네
抱書窮海畔　　땅 끝 바닷가로 책을 안고 가니
多病暮春間　　늦은 봄 사이로 병이 많기만 하여라
霧樹鮮鶯出　　어두운 초목에 고운 앵무새 나와 울고
晴蕪冶蝶還　　마른 거친 플에서 요염한 나비 돌아오네
風光無不足　　풍광은 부족함이 없지만
隨境意相關　　장소에 따라 뜻이 서로 관여하네

冶 꾸밀야(예쁘다. 요염하다. 대장쟁이.)

3수 158

數折田灣上　　여러 번 굽어 꺾인 물굽이 발 위에
白茅三四家　　흰 띠로 이은 집이 서너 채 있네
蛙殷泥耟出　　개구리 많아 진흙탕의 보습에서 나오고
蠶老樹梯斜　　다된 누에 나무 사다리에 비껴 있네
擇日裁新竹　　날을 택해 새로 난 대나무 속아내고
嫌風護偃麻　　바람 싫어하며 쓰러진 삼대를 보호하네
山村時晚候　　산촌에서는 때로 기후가 늦어지니
次第過春花　　차례대로 봄꽃이 피고 지는 것을 보네

耟 보습사(따비로 갈다)　殷 성할은(많다)　梯 사다리제(기대다.)
偃 쓰러질언(쉬다. 편안하다. 눕다.)　차제次第 : 차례次例.

4수 158

田功兼灌決　농사에 공들이고 제방 터 물을 대며

持簿按湖陂　장부 가지고 호숫가 비탈을 살펴보네

積雨桐花發　비온 지 오래되어 오동 꽃 피어 있고

荒村杏子垂　황폐한 촌에는 살구나무 드리워 있네

人從牛背隱　사람이 소 등을 따라가며 숨어 있고

春逐鳥聲移　봄은 새소리 쫓아가며 변해가네

日至須耕播　해가 떠 와 마땅히 씨 뿌려 파종하니

無抱忌與宜　흙이 박하고 비옥함을 따지지 말게나

灌 물댈관　決 터질결　播 뿌릴파(퍼뜨리다. 베풀다.)

5수 158

小小樵行路　작고 어린 초동이 다니는 길에는

重重古姥城　겹겹으로 되어있는 고모성이 있네

晴莎迷鹿跡　비 개인 풀엔 사슴을 미혹한 흔적 있고

叢木集虫聲　키 작은 나무에 모인 벌레 소리 나네

地潔鋪衣坐　땅이 깨끗해 옷 펴고 앉았다가

身歆信杖擎　　몸 의지함은 지팡이 가지고 버티네
南風送郡角　　마파람을 고을 모퉁이로 보내고
歸及暮潮生　　돌아옴에 땅거미 져 썰물이 생기네

소소小小 : 자질구레함. 작다. 어리다.
중중重重 : 거듭거듭. 아주 충분히. 매우 많다.
姥 할미모(늙은 아내. 처.)　莎 사초사(향부자)
사초莎草 : 바닷가 모래땅에 자라는 풀. 무덤에 떼를 입히고 다듬음. 잔디.
향부자 : 밭둑이나 길가 또는 바닷가에 사는 다년생 풀.
鋪 펼포　총목叢木 : 키 작은 나무. 관목灌木.
歆 기울기(기대다. 의지하다.), 아의(감탄사)　擎 들경(받들다)　모조暮潮 : 썰물.

6수 158

高低烟樹外　　높고 낮은 안개 속 숲 밖으로
多少浦人家　　올망졸망 포구의 인가 있도다
過柳懸帆直　　버드나무 지나는 돛단배 곧게 펴있고
張籬補網斜　　울타리엔 그물 비껴 보수하고 있네
細花魚作浪　　작은 꽃 사이로 고기 물결 일으키고
凉雨鷺占沙　　찬비에 해오리는 모래톱을 지키네
顧此塵埃夢　　돌아보면 티끌 진 이 세상 꿈이러니
欲從還路賒　　돌아오는 길 멀리 쫓고자 하여라

賒 멀사(아득하다. 외상으로 살사.)

 해설

이 시는 《매천전집》 1권 36쪽에, 〈망강촌望江村〉이라는 제목으로 되어 있으며, 《역주매천황현시집》(상권) 61쪽에 번역되어 있다.

7수 158

一雨催芒種	비 한번 내리더니 망종[1]을 재촉하고
來牟漸變靑	소 우는 소리에 점점 푸름이 변해가네
佐飱燒岸笋	밥 짓기 위해 언덕의 죽순을 불사르고
和藥掇池萍	약에 쓰려 연못에서 개구리밥을 줍네
野蜨春翎散	들판의 나비는 봄 되어 깃 흩어지고
林禽霽舌醒	숲 속의 새들은 날 개자 울기만 하네
灘聲苦秋至	여울 물 소리 괴롭게도 가을이 되어
遙夜厭爲聽	아득한 밤에는 듣는 것도 싫어지더라

芒 보리까끄라기망

1) 망종芒種 : 망종芒種은 24절기의 하나로 양력 6월 6일경임. 망종이란 '벼·보리 등 수염이 있는 곡식의 씨를 뿌려야 할 시기'라는 뜻이다. '보리는 망종 전에 베라'는 속담이 있듯이, 예전의 농촌에서는 일 년 중 가장 바쁜 때였다. 망종까지는 보리를 다 베어야 논에 벼도 심을 수 있기 때문이었다.

牟 소우는소리모   飱 저녁밥손(먹다)   笋 죽순순(=筍)

掇 주울철(가리다. 선택하다.)   萍 부평초평(개구리밥)

개구리밥의 효능 : 발한·이수·해독·소종작용이 있다.

蜨 나비접(=蝶의 본자)   翎 깃령

8수 159

方寸靈臺地	좁은 마음이 영대[1]의 땅에 있고
名山五嶽園	명산에는 오악의 동산이 있네
葆眞虛白室	마음에 참 있으면 마음을 비운 텅 빈방 있고
觀妙守玄門	관묘[2]하며 현묘한 법문[3]을 지키네
大界齊毫末	큰 경계는 다 같이 붓 끝에 있고
生香動舌根	향기 생겨나 혀뿌리가 움직이네
此間有至理	이 사이에 지극한 도리가 있으니
難似與人言	어려움은 마치 남의 말과 함께 있네

방촌方寸 : 사방 한 치의 넓이. 좁은 땅. '가슴속 또는 마음'을 뜻함.

1) 영대靈臺 : 사방이 높은 것을 대臺라고 함. 영靈은 미칭. 《시경詩經》〈대아편大雅篇〉에 '영대靈臺'란 시가 있다. "經始靈臺(경시영대) 영대에서 역사를 일으키사/ 經之營之(경이경지) 땅을 재고 푯말을 세우시니// 庶民攻之(서민공지) 백성들이 발 벗고 나서/ 不日成之(불일성지) 며칠 가지 않아 이뤄졌네" 즉 주나라 문왕이 영대와 영소靈沼를 시작(=경지經之)하여 운영(=영지營之)하였는데, 백성들이 참여해 도왔다는 내용이다. '경지영지經之營之'가 줄어 '경영經營'이란 말도 생기게 되었다.

葆 풀더부룩할보 허백실虛白室 : 마음을 비운 텅 빈 방.

2) 관묘觀妙 : 노자의 《도덕경》 제1장 첫 부분에 '상무욕이관기묘常無欲以觀其妙, 상유욕이관기요常有欲以觀其徼'라는 말이 있다. '욕심이 없음으로써 도의 놀라움을 보며, 욕심으로써 그가 나타낸 결과를 본다.'라는 내용이다.

3) 현문玄門 : 현묘玄妙한 법문法門. 노자의 도덕경에 나옴.

인언人言 : 남의 말. 세상에 오가는 소문.

9수 159

榻因留客設	평상에 앉아 머무른 객 주연을 베풀고
簾爲見山間	늘어진 주렴으로 한가한 산 보이도다
古架蛛行卷	낡은 시렁에는 거미가 책으로 다니고
空庭鶴啄苔	텅 빈 정원에 있는 학은 이끼를 쪼네
草光田事急	풀빛이 변해져가 밭일이 급해지고
雨氣海聲來	비 올 듯한 기미인데 바닷소리 들려오네
處幽偏感物	어두운 곳에선 사물의 감정이 치우쳐지고
荒林倦翮回	황폐한 숲으로 게을리 새들이 돌아오네

啄 부리훼(주둥이)　啄 쫄탁, 부리탁
우기雨氣 : 비가 올 듯한 기미.　翮 깃촉핵(조류鳥類. 새의 날개죽지.)

10수 159

樵歸日云暮	나무꾼이 돌아오며 날 저문다고 하고
相待倚荊關	서로를 기다리며 형관에 기대어 있네
遠驛依江樹	멀리 역참은 강가 나무에 의지해 있고
暮烽入縣山	해질 무렵 봉화가 현산에 들어왔네
林泉無己濫	숲 속의 샘물은 자기 스스로 넘침이 없고
簑笠較多閑	도롱이 삿갓은 한가함 많아 비교가 되네
好箇騎牛子	좋은 것은 소를 타는 기우자[1]로다
農謳載醉還	농부는 노래하며 수레타고 취하여 오네

箇 낱개　호개好箇 : 뛰어난. 훌륭한. 모처럼의.

1) 기우자騎牛子 : 기우騎牛는 '소를 탐. 또는 탈것으로 이용하는 소.'라는 뜻이다. 예전에 먼 거리는 주로 말馬을 타고 다녔으나 가까운 거리나 바쁘지 않은 경우에는 소를 타고 다니기도 하였다. 소를 탈 때 안장을 얹으면 소의 등에 사람이 앉게 되지만, 안장 없이 탈 때는 소의 등줄기 엉덩이 위에 앉는 것이 가장 편안하다고 한다.

　조선시대 소요태능逍遙太能(1562~1649) 스님의 게송에 〈기우자騎牛子〉가 있다. "可笑騎牛子(가소기우자) 우습다, 소를 탄 자여/ 騎牛更覓牛(기우갱멱우) 소를 타고 다시 소를 찾네// 斫來無影樹(작래무영수) 그림자 없는 나무 베어다가/ 銷盡海中漚(소진해중구) 저 바다의 거품을 다 태워버리네"라는 시이다. 선가에서는 마음 찾는 일을 소를 찾는 일에다 비유하였다. 그래서 소를 찾는 심우도心牛圖라는 그림을 그리기도 하였다. 소를 찾아 보지만 소는 잃어버린 것이 아니라 정작 자신이 타고 있다.

11수 159

檢體從踈野	몸 단속하고 확 트인 들판으로 감에
兼旬一盥梳	한 열흘 만에 양치하며 머리 빗질 하네
壺傾官賜酒	관가에서 준 술 병을 기울여 마시고
筒插洛來書	서울에서 온 편지를 대통에 끼워 넣네
泉冽堪稱藥	찬 샘물은 약수라 칭할 만하고
蔬甘可敵魚	맛좋은 채소는 고기를 대적할만하네
地僻無朋友	후미진 땅에 살아 친구가 없다해도
靑山長滿廬	청산은 오랫동안 초가집에 가득 차 있네

겸순兼旬 : 열흘 이상 걸림.   盥 대야관(양치질하다)
檢 봉할검(단속하다.)   筒 대롱통   冽 찰렬(차가운 바람)

12수 159

海徼旱光生	바다 멀리 가문 빛이 생겨나서
彤雲帶夕明	붉은 구름이 저녁에 밝게 두르고 있네
遇農詢土性	농부를 만나 토양의 성질을 물으며
指客說山名	객을 가리키고 산 이름을 설명하네
織籜淸輸簟	대꺼 풀 짜 대자리 맑게 옮기고
添茶細聽鐺	차 맛을 더해 종고소리 작게 들려오네
但敎門上鶴	다만 문 위의 학으로 하여금
人至便欣迎	사람이 곧 흔쾌히 맞이하게 하네

徼 구할요(훔치다. 순찰하다.)   旱 가물한(뭍. 육지.)   彤 붉을동
籜 대꺼풀탁   簟 삿자리점(대자리)

13수 160

開簾試遐眺	주렴을 열고 멀리 시험 삼아 바라보니
耕種近如何	갈고 파종할 시기 가까이와 어떠한가
四月閑民少	사월 달에는 한가한 백성들이 적고
窮村古木多	궁박한 촌에는 고목나무 많도다

籤書欣課進	예언서엔 과업의 진도가 흔연하고
償酒憫期過	술값 갚으며 기약했던 과거가 가련하네
素食天饒我	소밥 먹어 하늘이 나를 풍요롭게 하고
郊居昧養禾	성 밖에 살면서 탐하여 벼를 기르네

眺 밝을조　眺 바라볼조　궁박窮迫 : 몹시 가난하여 구차함.
籤 제비첨(예언의 기록)　소식素食 : 소밥. 고기반찬이 없는 밥.
昧 새벽매, 어두울매(탐하다)

 해설

기구의 밝을 '조眺'자는 바라볼 '조眺'자로 바뀌져야 옳을 것 같다.

14수 160

靄靄東陂夕	아지랑이 동쪽 비탈로 저녁에 껴 있고
林深認路非	깊은 숲 속에서 길이 아님을 알겠노라
燈生高屋見	등불이 생겨나 높은 집에 보이더니
溪亂早星稀	냇가 흐려져 초저녁 별이 드물어지네
野氣隨村合	밤기운이 마을을 따라가며 합해지고
人烟隔樹微	인가의 연기 건너편 나무에 희미하네
信知元亮趣	믿는 것은 원량[1]의 취미를 알 뿐이고
端在荷鋤歸	근본은 연 밭을 매고 돌아옴에 있도다

靄 아지랑이애   애애靄靄 : 안개, 구름, 아지랑이 등이 많이 끼어 있음.
인연人烟 : 인가人家에서 나는 연기. 인가人家.
1) 원량元亮 : 도잠陶潛(365〜427)의 자. 또는 연명淵明. 자호는 오류선생五柳先生. 그의 증조부는 서진西晉의 명장 도간陶侃이었다. 《귀거래사歸去來辭》 등의 작품이 있다. 양梁나라 종영(鍾嶸)은 《시품詩品》에서 "은일시인隱逸詩人의 종宗"이라 평가하였다.   端 바를단(곧다. 진실.)   鋤 호미서(김매다)   荷 연꽃하

15수 160

藥欄兼竹盆	약초 밭 울타리에 대나무 화분 있고
瀟灑可與言	맑고 깨끗하여 말소리와 함께 하네
缺田桑樹下	이지러진 뽕나무 밭 아래로
疏井石榴根	우물가에 석류 뿌리 드러나 있네
適意傳書鴿	마침 뜻이 있어 비둘기에게 글 전하노니
何妨吹火猿	어찌 불 부치는 원숭이가 해로울 것인가
土人誇宿驗	토박이는 잠자며 증험함을 자랑하고
占雨望江南	비를 점치며 강가 남쪽을 바라보네

欄 난간란   약란藥欄 : 약초 밭 울타리.
瀟 물맑고깊을소   灑 뿌릴쇄(흩어지다)   소쇄瀟灑 : 맑고 깨끗함.
鴿 비둘기합   화원火猿 : 화원(火猿＝丙申)
토인土人 : 어떤 지방에 토착하여 사는 사람. 미개인. 흙으로 만든 인형.

16수 160

不待高人訪	고상한 사람의 방문을 기다리지 않고
尋常蓽戶開	항상 찾을 수 있도록 사립문 열려 있네
淨支床足石	깨끗하게 평상을 돌로 지탱하고
香搗紙紋苔	향기로운 태문지[1]를 찧노라
古磵江魚上	옛 계곡 강가에 물고기가 있고
閑田海鶴來	경작하지 않는 땅으로 해학[2]이 오네
全家管花竹	온 집안에 꽃 대나무 심어져있고
餘事畝桑栽	남은 일은 이랑에 뽕나무 심는 것이네

蓽 콩필, 가시필(식물의 가시. 사립문.)

상석床石 : 무덤 앞에 돌로 만들어 놓은 상. 搗 찧을도(다듬이질하다)

1) 태문苔紋 : 이끼 모양으로 생긴 무늬. 태문지는 서예의 작품용으로 쓰이는 종이임. 한전閑田 : 경작하지 않은 땅.

2) 해학海鶴 : 이기李沂(1848~1909)의 호. 자는 백증伯曾. 전북 만경萬頃출생으로 구례로 이사하여 살면서 매천과 깊은 관계를 맺었다. 1894년 동학농민운동 때 동학군을 이끌고 서울로 진격하려다 김개남金開男의 반대로 구례求禮로 돌아왔다. 1905년 포츠머스조약을 체결할 때 한국의 처지를 호소하려고 나인영羅寅永과 미국에 가려다 일본공사의 방해로 뜻을 이루지 못하였다.

그 후 한성사범학교에서 가르쳤고, 장지연張志淵 등과 대한자강회大韓自强會를 조직, 항일운동과 민중계몽운동을 하였다. 을사오적乙巳五賊의 암살을 계획했으나, 실패하고 체포되어 7년 형을 받고 진도珍島로 유배되었다. 석방된 후 서울로 돌아와 《호남학보湖南學報》를 발행하면서 민중계몽운동을 하였다. 저서에 《해학유서》가 있음.

17수 160

繞屋無芳樹	집을 둘러싸고 꽃 피어있는 나무 없고
閑來鳥雀稀	한가해져 참새도 드물어지네
換魚平菓與	물고기를 바꾸고 과일을 공평하게 주고
借犢載秧歸	송아지 빌려 모 싣고 돌아오네
介友求營箑	개결한 친구는 영에서 만든 부채를 구입하고
歆妻剪野衣	음식을 대접하는 아내는 거친 옷 재단하네
數聲漁笛裏	자주 어부가 부는 피리 소리 속에서
江色上庭扉	강가 빛은 뜨락의 사립문에 있더라

방수芳樹 : 꽃 피어 있는 나무.   閑 막을한(틈. 한가한 시간.)
箑 부채삽   歆 받을흠(탐내다. 음식대접하다.)

18수 161

忽見荷田田	홀연히 연꽃이 밭에 심어져 있음을 보고
今年已半年	금년도 벌써 반년이 지나 갔네
海虹穿古里	바닷가의 무지개가 옛 마을을 뚫고 가고
山鹿下晴泉	산 사슴은 맑게 개인 샘 아래에 있네
多雨榴花節	비 많고 석류꽃 피는 계절이라서
迷人草氣天	사람을 미혹하여 풀 기운이 하늘에 있네
捷身且耕釣	몸을 빠르게 하여 경작하고 낚시하니
非敢擬前賢	감히 예전의 현자를 비교함이 아니네

19수 161

五月陰晴適	오월에는 흐린 날과 갠 날이 적당하고
利苗健復靑	좋은 모종은 튼튼하고 다시 푸르도다
一方蓮葉水	한쪽으로 연 잎이 물속에 있고
三尺老松亭	세 척이나 되는 노송이 정자에 있네
石寫雲和墨	돌에다 먹 갈아 구름을 그리고
村酤菜塞甁	마을에서 채소와 병마개한 술을 사네
晝間隣舍靜	낮에는 이웃집도 고요하여
時送竹鷄聽	때로는 대밭에서 닭소리 들려오누나

음청陰晴 : 흐린 날과 갠 날.   苗 모묘(모종. 곡식.)   腹 배복(마음. 중심.)
화묵和墨 : 먹을 갈다.   酤 계명주고(단술. 술사다.)

20수 161

逼人蒼翠足	푸른 풀은 사람의 발에 차이는데
平對不低山	한평생 높은 산만 바라보니라
農少牛常健	농토가 적어 소는 항상 튼튼하고
賓多鶴未閑	손님이 많아 학은 한가하지 않네
淺灘秔稻外	얕은 여울에 메벼가 밖으로 나있고
微暑葦蘆間	약간의 더위는 갈대 사이로 있네
時有林螢燭	때로 개똥벌레가 숲 속에 있어
偏從寂寞還	치우쳐 좇으니 다시 적막해지네

遍 닥칠핍 핍인遍人 : 사람을 핍박하다. 억압하다. 閑 막을한

 해설

4행의 학鶴은 작자 자신을 이야기하고 있다.

21수 161

山雨鳴山竹	산에 오는 비는 산 대나무를 울리고
陰深自數家	응달진 깊은 곳에 절로 몇 채 집이 있도다
漲收帆掛磧	불어난 물 줄어 돛배가 여울에 걸려있고
橋斷岸崩沙	다리 끊기고 언덕에 있는 모래 무너져 있네
郊原何散漫	성 밖 들녘 어찌 어지럽게 흩어져 있는가
簑笠任橫斜	도롱이 삿갓이 옆으로 비껴 임의로 있네
忽見東籬白	홀연히 동쪽 울타리가 흰색임을 보았더니
交檐簷萄花	처마 끝에 포도 꽃이 서로 엉키어있네

檐 처마첨 簷 처마첨 萄 포도도(머루)

22수 161

懶散至如此	쓸데없이 게을러 이와 같이 이르렀고
夜眠門不關	밤에 잠자면서 문 닫지 않노라
病微還忌養	하찮은 병 있어 아직도 양생이 꺼려지고

穡少豈妨閑　　농사가 적은데 어찌 한가함을 방해하나
文字莫移手　　문자를 손으로 옮겨 쓰지 않아도
喜歡常滿顔　　기쁘고 즐거워 항상 얼굴에 가득하네
此間奇趣在　　이런 사이에 기이한 취미가 있으니
何必隱名山　　하필이면 이름난 산에 은거 하는가

穡 거둘색(곡식. 농사.)　養 기를양(먹이다. 가꾸다. 봉양하다)
양생養生 : 오래 살기 위해 몸과 마음을 편안히 함.

23수 162
迢迢境絶喧　　아득히 멀리 시끄럽지 않은 곳에
相得有禽言　　서로 새소리만 알아듣노라
暑草黃連瘴　　무더위 속에 풀은 황달병 들었는데
霖花碧上門　　장마철에 핀 꽃 푸르게 문 위로 오르네
病猶人購畵　　아픈 병 있어도 사람들은 그림을 사고
貧亦客乘軒　　가난하다해도 나그네는 수레를 타네
素昧桑麻事　　평상시 새벽엔 뽕나무 삼 일로 바쁘고
荊閨夜共論　　아내와 밤에는 함께 논의를 하네

喧 의젓할훤　暑 더울서(여름. 더운 계절.)　軒 추녀헌(집. 수레.)
昧 새벽매(동틀 무렵)　소매素昧 하다 : 견문이 좁고 사리에 어둡다.

상마桑麻 : 뽕나무와 삼. 荊 아내형(가시. 곤장.)
閨 안방규(침실. 부녀자.) 규방閨房 : 부녀자가 거처하는 방.

24수 162

垈坒蹄泠路	소 발자국 패인 길엔 물 잦아지고
翳陰桑柘邊	산뽕나무 주변엔 그늘이 가리네
病蔬山鼠掘	병든 채소를 산쥐가 파먹고
甛葉野虫穿	단 잎사귀를 들 벌레가 갉아 먹네
斷雨分江驛	비 그쳐 강가의 역마 길 나눠지고
驚潮壞浦田	조수가 빨라 포구의 밭이 무너졌네
素心非飽煖	본심은 배부르고 따뜻한 게[1] 아니지만
猶自樂豊年	오히려 스스로 풍년을 즐거워하네

垈 팬곳요 坳 우묵할요 奧 속오(아랫목. 나라안. 오奧와 동자.) 坒 백토악(석
회. 벽을 희게 칠하다.) 蹄 굽제 밝을제(올가미. 밟다.)
泠 배에 물들감, 광석이름감 翳 깃일산예(그늘. 가리다. 흐리다.)
상자桑柘 : 뽕나무와 산뽕나무. 掘 팔굴 甛 달첨(잘 자다)
소심素心 : 평소의 마음.
1) 포난飽煖 : 배불리 먹고 따뜻하게 입음. 포식난의飽食煖衣.《명심보감明心寶鑑》
에, "포난飽煖엔 사음욕思淫慾하고 기한飢寒엔 발도심發道心이라."하였다. 배부르
고 따뜻한 곳에서 호강하게 살면 음욕이 생기고, 굶주리고 추운 곳에서 고생하게
살면 도심道心이 일어난다.

25수 162

耳慣婌隅語　　귀에 오랑캐의 말[1] 익숙해지고

招呼任不嫌　　손짓하여 부르고 맡겨도 싫지 않도다

萬荷淸夏簟　　연꽃이 만발하고 여름 대자리 맑은데

雙鷰戲風簾　　한 쌍의 제비는 바람 부는 발에서 희롱하네

柬友兼齎墨　　벗에게 편지 쓸 겸 먹 가져오고

談交細付簽　　이야기하고 사귀며 작은 쪽지를 주네

勿煩京國思　　괴롭게 서울 쪽 나라를 생각하지마라

殘夢謾相添　　어렴풋이 꾸는 꿈 서로 더하여 속이네

婌 물고기추　隅 모퉁이우(구석. 절개.)

1) 추우婌隅 : 물고기의 이명異名. 서남西南 만인蠻人의 말.
　추어도婌魚圖는 고기를 그린 그림으로, 서남쪽의 만인蠻人들은 고기를 그린 그림을 추우婌隅라고 하였음.(세설신어世說新語)　簟 삿자리점(대자리. 멍석.)
簽 농첨(쪽지. 서명하다.)　柬 가릴간(분간하다. 편지.)
齎 가져올재(주다. 보내다.)　잔몽殘夢 : 어렴풋이 꾸는 꿈의 세계.

26수 162

夢晤曾難辨　　꿈속에서 깨달아 일찍 분별하기 어렵고

書來卽細看　　책이 보내와서 곧 세세히 보니라

還思惜離別　　돌아보고 생각하면 이별이 아쉬워지고

尤喜識平安　　더욱 기뻐하며 평안함을 인식하도다

風雨關河遠　　비바람 속에 관하[1])가 멀리 있고
琴樽歲月闌　　거문고 술동이가 세월을 가로막네
擬須秋露下　　모름지기 가을 이슬 아래 비교하며
努力拂塵鞍　　노력하여 세속의 말안장을 떨쳐버리네

晤 총명할오, 밝은오(깨닫다), 만날오(대면하다)
1) 관하關河 : 전쟁터의 요해처. 함곡관과 황하. 산하山河. 먼 여로旅路.
闌 가로막을란(방지하다)

27수 162
閭井黃昏道　　황혼녘에 마을의 우물길로 가니
凉蟬處處聲　　시원한 매미소리 곳곳에서 나네
雨連江樹黑　　비가 계속 와 강가 나무 거메지고
虹落野塘明　　무지개가 들 연못으로 밝게 떨어졌네
牛馬迷窮渚　　소나 말을 물가 끝으로 미혹하고
樓臺起暮城　　누대는 날 저문 성에서 일어나네
林風一何爽　　숲 속의 바람은 어찌 시원한가
不負碧山情　　푸른 산의 정을 저버리지 않음이네

早秋陪王鳳洲師覺先生，入鳳泉菴

초가을에 왕봉주 사각 선생을 모시고, 봉천암에 들어감　칠율 1수 163

眼縷如環屬霽空	고리 같은 실눈으로 맑게 갠 하늘 보니
日轉遲度亂松中	울창한 솔숲에 해 그림자 더디 옮겨 가네
一回洗硯秋花露	국화꽃 이슬에 한번 벼루를 씻고
獨坐焚香古殿風	옛 전각에 바람 불어 홀로 앉아 향 사르네
病鶴形骸元自惜	병든 학의 몸과 뼈는 원래 스스로 가엾고
寒蟬懷緒可能窮	쓰르라미 회포 품어 가능토록 다하여 우네
光陰不貸優閑地	세월은 이 좋은 한가한 곳을 더 빌려주지 않고
又向南湖聽早鴻	또 남쪽 호수로 가며 일찍 기러기 소리 듣네

陪 모실배　縷 실루(자세하다)　屬 이을촉(맡기다)　霽 비갤제

난송청설亂松晴雪 : 빽빽한 솔숲의 눈 덮인 솔.

분향焚香 : 향을 피움.

骸 뼈해(정강이 뼈. 해골.)

형해形骸 : 사람의 몸과 뼈. 어떤 형체의 흔적이나 자취.

광음光陰 : '해와 달'이라는 뜻으로, 흘러가는 시간, 세월.

貸 빌릴대(꾸다. 주다.)　한지閑地 : 조용한 곳. 한가한 지위.

鳳洲

봉주[1] 선생님   칠율 2수 163

1수

白塔穹林淨淨暉	백탑은 활꼴 같은 숲에 있어 맑고 맑게 빛나고
經行老宿戀西歸	불도를 닦는[2] 늙은 스님[3] 서방정토를 그리네
秋風靜攝維摩病	추풍에 몸과 마음 휴양하여 유마병[4]이 있고
夜雨深勘蘧瑗非	비 오는 밤 깊이 거원[5]의 잘못을 헤아리네
演漾江光生殿額	강 빛이 넘쳐흘러 전각의 현판에 생기고
蒼凉山氣入屛圍	산 기운 창량하여 병풍으로 둘러쳐 들어가네
書生不解眞如法	서생이 이해하지 못함에 진짜 법과 같아
自入靈源便息機	스스로 영원[6]에 들어가 곧 욕심을 버리네

1) 봉주鳳洲 : 왕사각王師覺(1836~1895)의 호. 자는 임지任之. 전남 구례 출신으로 왕천사王川社의 장남. 중년에 경사로 과거보러 갔다가 시국을 보고 단념하여 백운산 만수동으로 이사하고 또다시 오봉산으로 옮겨 후학을 길렀다. 매천이 어려서부터 사사師事한 사우師友였음.

穹 하늘궁(활. 막다.)   정정淨淨 : 맑고 깨끗함.

2) 경행經行 : 불도를 닦음. 경명행수經明行水 : 경학에 밝고 행실이 착함.

3) 노숙老宿 : 학식이 높고 견문이 넓은 사람. 불도에 지식이 많은 중.

정섭靜攝 : 몸과 마음을 안정하여 휴양함. 정양靜養.

4) 유마維摩 : 인도 비사리국의 장자長者. 석가의 在家 제자로 속가에서 보실행입을 닦았다. 대승불교의 경전인 유마경의 주인공이다.

蘧 패랭이꽃거(연꽃. 주막.)   瑗 구슬원(옥)

5) 거원蘧瑗: 춘추 시대 위衛나라의 명신인 거원蘧瑗은 늘 자신의 잘못을 반성하
여 50세가 되어 49년의 잘못을 알았다고 한다.   演 멀리흐를연   漾 출렁거릴양
6) 영원靈源: 불가사의한 근원. 곧, 마음.
식기息機: 기심機心(욕심)을 그치도록 함.

2수 163

讀罷丹經步曉天	단경[1] 읽기를 그치고 새벽하늘 걸노라니
淡河凉月入秋年	맑은 은하수 서늘한 달은 가을로 들어 왔네
流螢露重寒依樹	반딧불 날고 이슬 질어 찬 나무에 의지하고
風竹山空遠響泉	풍죽이 빈산에 있고 멀리 샘물소리 울려오네
半盞佛燈將盡處	반 잔 술 놓고 부처 등불 장차 다 타는 곳에
後堂人語只依然	별당의 사람 소리만 전과 다름이 없네
頭上巾簪漸無影	두건과 비녀의 그림자 점차 없어지더니
啓明星白古壇前	샛별[2]이 밝게 빛나 옛 제단 앞에 있더라

1) 단경丹經: 신선의 글.
양월凉月: 가을밤의 달.   풍죽風竹: 바람 타는 대. 풍죽.   盞 술잔잔
반잔半盞: 한 잔의 반 되는 분량.
후당後堂: 정당正堂 뒤에 있는 별당別堂.
의연依然: 전과 다름없음.
2) 계명성啓明星: 새벽별. 금성.

旬餘出山, 留別諸淨侶

한 열흘 지나 산을 나오며, 남아 있는 여러 스님들과 작별함

오고 1수 164

浮生空自苦	덧없는 인생이 헛되어 스스로 괴로워
靈寶未曾開	신령스런 마음은 일찍 열려 있지 않았도다
玩世觀碁去	세상을 구경하며 바둑 두듯 보며가고
逃名買藥廻	공명을 피하여 약 팔고[1] 돌아오네
宿心違破浪	일찍부터 품은 뜻 난관을 극복치 못하고[2]
殘藝賦臨臺	얄팍한 재주로 누대에 임하여 부를 짓네
擬學枯蟬化	배움은 매미가 허물 벗듯 되어가고
翻隨信雁來	도리어 먼 곳의 반가운 편지가 오네[3]
光陰驚倏爾	세월이 빨라 문득 놀라움 속에
邱壑歎奇哉	언덕 골짜기의 기이함을 찬탄하노라
岸仄垂紅果	경사진 언덕에 붉은 과일 드리워있고
泉寒漬綠苔	찬 샘물가엔 선명한 푸른 이끼 껴있네
蓮將晴色淨	연 잎은 오히려 맑은 색으로 깨끗하고
蕉入露華衰	파초 잎은 이슬 꽃에 쇠하여 지네
迾确筇音轉	좁은 자갈길에 대지팡이 옮기는 소리 나고
山空塔影嵬	텅 빈산의 탑 그림자 높기만 하네
摘花參佛供	꽃을 따고 불공드리는 데 참선하며[4]

乞藥與僧栽　약을 구하며 스님과 함께 나무를 심네
衲潤雲侵架　승복이 젖음은 구름이 시렁에 침투한 것이고
茶淸月入盃　차 맑아 달이 잔 속에 들어오네
晨朝追法侶　이른 아침에 불법을 배우는 동료를 좇고
抄誦倚疎才　초록한 책 암송하며 둔한 재주에 의지하네
念念長明燭　깊이 생각하며 오랫동안 밝은 촛불 속에 있고
如如自死灰　변함없이 저절로 식은 재처럼 조용하네
遺經傳白馬　경전을 남겨서 백마선사[5]에게 전하고
眞派度黃梅　진전은 황매선사[6]에게 전하였네
難得留栴像　남아있는 단향목 상을 얻는 게 어렵고
深懶散櫟材　매우 게을러 무능한 사람 되었도다[7]
禪宗儘微眇　선종은 진실로 미묘해서
秋思政徘徊　가을철에 정사를 생각하며 배회하네
自照螢收影　스스로 반딧불만한 그림자 비쳐보고
殊生鶴養胎　특이하게 생겨나 학이 새끼를 기르네
本緣留鏡月　전생의 인연으로 경월대사[8] 머물러 있고
歸夢惹鍾雷　귀향의 마음 천종의 우뢰처럼 일어나네
上界空流水　천상계에선 헛되이 흐르는 물이 있고
東華漲暮埃　동쪽에 핀 무성한 꽃 지는 먼지에 넘치네
何心戀桑榟　무슨 맘으로 고향을 그리워 하는가
此地便蓬萊　이 땅에도 곧 봉래산이 있더라

見笑椒山客　산초나무 산에 있는 객을 보고 웃으며
還爲憶郡齋　돌아와서 군재를 추억하여 보노라

유별留別 : 길 떠나는 사람이 남아 있는 사람에게 작별인사를 함.
淨 깨끗할정(맑다), 차가울청　竇 구멍두, 규문두(담이나 벽을 뚫어 만든 출입구),
움두　도명逃名 : 명예를 피함.
1) 한강매약韓康賣藥 : 한강이 약을 팔면서 가격을 달리 하지 않았다는 데서 한강
매약韓康賣藥이란 성어가 생겨남.　숙심宿心 : 일찍부터 품은 뜻.
2) 파랑破浪 : 물결을 부숨. 남북조 시대의 송나라 종각宗慤은 어려서부터 무예가
출충하였다. 어릴 때 그의 숙부가 무엇이 되고 싶은가 물었다. 종각이 대답하기를
"원승장풍願乘長風, 파만리랑破萬里浪(거센 바람을 타고 만 리의 거센 물결을 헤
쳐가고 싶습니다.)"라고 대답하였다. 종각은 훗날 지용智勇을 겸비한 장군이 되었
다. 장풍파랑長風破浪은 '원대한 목표를 향해 난관을 극복해 감'의 뜻임.
고선枯蟬 : 매미의 허물.
3) 신안信雁 : 기러기가 전해 주는 편지. 먼 곳에서 전해온 반가운 편지.《한서漢書》
〈소무전蘇武傳〉에 나오는 고사로 안서雁書, 안백雁帛, 안찰雁札과 같은 뜻임.
倏 빠를숙(갑자기)　구학邱壑 : 언덕과 골짜기. 초야.
漬 담글지(적시다), 물들일지　蕉 파초초(생마)　确 자갈땅학　筇 대이름공
嵬 높을외　적화摘花 : 꽃을 속음. 꽃따기.
4) 동참불공同參佛供 : 여러 사람이 돈을 모아 드리는 불공佛供.
衲 기울납(깁다. 승복.)　架 시렁가(횃대)　신조晨朝 : 이른 아침. 오전 6시에서
10시 사이. 불교에서 아침에 행하는 근행勤行.　법려法侶 : 불법을 배우는 동료.
여여如如 : 변함없음.　사회死灰 : 불기운이 사그라진 식은 재. 비유하여 생기가
없는 사람.　派 물갈래파　泒 옛물이름고
5) 백마白馬 : 도연선사道演禪師. 선도선사善道禪師.
6) 황매黃梅 : ① 동산법문 연 황매 오조 선사 ② 익어서 누렇게 된 매실.
栴 단향목전(향나무)

7) 저력지재樗櫟之材 : '가죽나무와 상수리나무의 재목'이라는 뜻으로, 별 쓸모가 없는 나무. 무능한 사람이나 쓸모없는 물건.

儘 다할진(멋대로 하다.)　眇 땅이름묘　귀몽歸夢 : 고향으로 돌아가는 꿈.

8) 경월대사鏡月大師 : 서암西菴의 승려. 본명 최동식崔東植. 매천은 1900년에 〈경월대사혜근〉이란 제목으로 42행의 오언고시를 썼으며, 이 시는 《역주매천황현시집》(중권) 441~444쪽에 번역되어 있다. 매천 사후死後 애사哀詞를 썼음.

蒽 이끌야(끌어당기다)　榟 가래나무재(판목. 목수.)　상재桑榟 : 고향.

椒 산초나무초(산꼭대기. 향기.)　군재郡齋 : 군수의 처소.

河東水城村訪南坡

하동 수성촌으로 남파[1]를 방문함　　　칠율 1수 165

月黯松林路向東	달빛이 어두운데 솔 숲 길 동쪽으로 있고
道人庭宇菊花風	도인은 뜰에 있으며 국화에 바람이 부네
琴樽幸聚秋山下	거문고 술동이 좋아 가을 산에 모여있고
夜笠相將夜火中	밤에 삿갓 쓰고 서로 횃불 속으로 가네
迢遞江南悲宋玉	멀리 강남으로 보내며 송옥[2]을 슬퍼하고
吀嗟海曲老梁鴻	탄식하네, 해곡에서 양홍[3]이 늙어 감을
此行不負平生志	이렇게 가면서 평생의 뜻 저버리지 않고
留證寒釭一穗紅	증거 남겨 쓸쓸한 등불에 심지가 붉도다

1) 남파南坡 : 성혜영成惠永(1844~?)의 호. 자는 채오彩悟. 강위姜瑋의 '육교시

사'에 참여했다. 매천은 남파를 통해 강위를 알게 되었다.

黯 어두울암   笠 우리립, 구리때립   야화夜火 : 밤에 태우는 불.

상장相將 : 상相은 조助, 장將은 송送의 뜻.   迢 멀초(아득하다)

遞 갈마들체(교대로 전하다. 보내다.)   穗 이삭수

2) 송옥宋玉 : 〈제신향농정희구대집후(題申香農正熙裵帶集後)〉 원문 155의 제5수에 정리하였다. BC3세기 전국시대 초나라 회왕懷王 때 활동한 굴원屈原이 조국을 위해 직간하다 양쯔강 이남으로 추방되어 멱라수에 빠져 죽었다.

　　그의 제자 송옥 또한 초나라 대부가 되었으나 쫓겨났다. 송옥은 〈초혼招魂〉이나 〈구변九辯〉에서 충성을 의심받아 쫓겨나게 된 굴원의 심정을 슬퍼하였다.

3) 양홍梁鴻(BC53년~AD18년) : 자는 자운子雲. 전한 성제成帝(재위BC32~BC7) 때 궁정문인이 되기도 하였다. 부를 잘 지어 〈감천부甘泉賦〉, 〈하동부河東賦〉 등의 작품을 썼다. 저서로《역경易經》을 모방한《태현경太玄經》과《논어論語》를 모방한《양자법언揚子法言》 등이 있다. 왕망이 정권을 찬탈한 뒤 새 정권을 찬미하였으며, 송대 성리학 이후 지조가 없는 사람으로 비난의 대상이 되었다.

　　그의 시 속에 왕실을 비방하는 내용이 발각되어 나라에서 잡으려 하자 오吳나라로 건너가 고백통皐白通이라는 명문가의 방앗간 지기가 되었다. 왕발王勃이 쓴 〈등왕각서騰王閣序〉에 다음과 같은 문구가 있다. "屈賈誼於長沙, 非無聖主(굴가의어장사, 비무성주) 가의가 장사에 좌천됨은 성스러운 임금이 없음이 아니요/ 竄梁鴻於海曲,豈乏明時(찬양홍어해곡, 기핍명시) 양홍이 해곡에 숨음이 어찌 밝은 때가 없기 때문이리오"

携南坡至陣巖

남파를 모시고 진암에 이르다   칠율 1수 165

霜華如練衆峰晴   상고대는 비단과 같은데 봉우리마다 맑고

紅葉欄干夜倍淸　　난간의 붉은 잎은 밤에 더욱 청명해지네
恐是黃花欺少壯　　두려운 건 황국화가 왕성한 기운 속이는 것
喜君靑眼長光明　　그대를 반가운 눈으로 대하며 밝은 빛 많네
幾回隔水空相望　　물 건너 몇 번의 기회 헛되이 서로 바라보고
偶趁飛鴻不計程　　우연히 기러기 날아간 거리 계산하지 못했네
我識南坡消受處　　나는 남파가 소식 받는 곳을 알고서
一樽無底寸心傾　　한 동이 술을 다 마셔 작은 뜻 기울어지네

소장少壯 : 혈기 왕성함. 젊고 씩씩함.　趁 좇을진(따라붙다)
底 바닥저(이르다. 그치다.), 어찌저

陣巖夜集

진암에서 밤에 만나다　　　　　　　칠율 4수 166

1수
腸斷秋江冷染裙　　추강에 애끊는 마음 싸늘히 옷깃에 젖는데
風高旅雁覓前群　　바람높이 여행하는 기러기 앞선 무리를 찾네
坐題紅葉携君讀　　앉아 홍엽을 시제로 삼으며 그대와 독서하니
追憶荒山隔歲分　　거친 산 추억 속에 해 바뀌어 나눠져 있네
曠野人聲生落日　　광야에 사람소리 나고 해가 떨어져

驟寒天色變彤雲   갑자기 찬 하늘색이 붉은 구름으로 변해 있네
最宜黃菊團如月   제일 마땅한 건 황국화가 달처럼 모여 있고
弄影西窓未肯曛   서쪽 창가에 희롱하는 모습 석양빛이 아니네

叵 어려울파(마침내. 자못. 매우.)

2수 166

毬劍東華事半非   동화스님 구검[1]으로 일이 절반 그릇되어
感君髭髮入秋微   그대의 머리 수염은 가을 들어 적어졌네
野空紅樹齊山老   빈 들녘에 단풍나무 산과 함께 시들었고
海煖輕霜作雨飛   따뜻한 바다 서리 조금 내려 비 되어 날리네
爲是歲寒留縞帶   옳다고 하여 찬 겨울에도 비단 허리띠 두르고
加堪人潔稱荷衣   깨끗함이 더욱 뛰어나 신선[2]이라 칭하네
浮生多別尤難別   뜬 인생 이별이 많아 더욱 헤어지기 어렵고
一望河梁白草暉   한번 바라보니 하천 다리의 백초가 빛나네

毬 공구(둥근 물체)
1) 구검毬劍 : 격구擊毬와 검법劍法.
髭 코밑수염자   자발髭髮 : 코밑수염과 머리털.
세한歲寒 : 설 전후의 추위. 한 겨울 추위. 추사 김정희의 세한도歲寒圖가 있음.
縞 명주호   호대縞帶 : 비단으로 된 허리띠.
2) 하의荷衣 : 연잎으로 만든 옷. 은자의 옷. 신선이나 도사.

하양河梁 : 하천에 놓은 작은 다리.
백초白草 : 포도과에 딸린 갈잎덩굴나무. 가회톱.

3수 166

人生可行樂　　사람이 태어나 즐겨 살아갈 만하고
萬葉已滄波　　무성한 나뭇잎은 푸른 물결 속에 있네
却此江瑤柱　　이 강가에서 아름다운 옥기둥을 물리치고
勸君金叵羅　　그대에게 금 술잔을 권하네
高秋欲何往　　높은 가을 하늘로 어찌 가고자 하는가
落日獨長歌　　지는 해에 홀로 장가를 부르노라
共說關河遠　　함께 이야기하니 변방의 산하가 멀고
繁霜近夜多　　무성한 서리가 근래 밤에 많기만 하네

행락行樂 : 잘 놀고 즐겁게 지냄.
만엽萬葉 : 잎이 무성함, 또는 그런 나무나 숲. 영원한 세상.
瑤 아름다울옥요(북두자루) 羅 벌릴라(그물질하다. 비단.)
고추高秋 : 하늘이 높고 맑게 갠 가을.
관하關河 : 관문과 황하. 변경의 산하.   번상繁霜 : 서리가 많이 내림.

4수 166

一灣沙白鑠寒蕪　　백사장 한 물굽이 쓸쓸히 거칠게 잠겼는데
樹底漁村淨欲無　　어촌 나무 밑에는 정결한 것 없고자 하네

桑下根緣應曠世	뽕나무 뿌리로 인연하여 응당 보기 드물고
橘中談笑滾成圖	귤나무에서 담소하며 생계를 도모했네
澹黃渚月何來晩	물가의 으스름한 누런 달 어찌 늦게 뜨는가
靑暗書燈不厭孤	책 읽는 푸른 등불 아래 외로움도 싫지 않네
寄夢秋濤逢遠客	꿈에 가을 물결 보내며 먼데서 온 손님 맞고
仙瞳佛手倍淸癯	신선 눈동자 부처님 손[1] 더욱 맑아 여위었네

鏁 자물쇠쇄　曠 빌광(공허하다. 넓다. 헛되이 지내다.)

광세曠世 : 세상에 보기 드묾.　滾 흐를곤(샘솟다)　澹 맑을담, 넉넉할섬

서등書燈 : 책을 읽으려고 켜 놓은 등불.　渚 물가저(모래섬)　濤 물결도(조수)

원객遠客 : 먼데서 온 손님.　瞳 눈동자동

1) 불수佛手 : 부처님 손. 불수감佛手柑.(겨울에 익으며 끝이 손처럼 갈라지고 향내가 좋음)　癯 여월구(파리하다)　청구淸癯 : 몸집이 여위어 맑고 후리후리함.

別南坡

남파와 헤어지다

칠율 1수 167

涓涓霜照日	냇물 졸졸 흐르고 서리 해 비추는데
江空舟如客	강가의 쓸쓸한 배는 나그네와 같네
葦亂沙擁沫	갈대 흩날리며 모래 거품 일어나고
往來水禽碧	푸른 물새들만 오락가락 하는구려

연연涓涓 : 시냇물 따위가 가늘게 흐름.
葦 갈대위, 거룻배위(돛이 없는 작은 배) 沫 거품말(침. 땀.)

廣川橋

광천교에서   칠고 1수 167

鳴漸漸漸洲渚合	삭삭삭 갈대 잎 갈리는 소리 물가에 우렁차고
風折霜葭滿店冷	바람 일고 갈대 서리 맞아 온 객점이 썰렁하네
土雨霏霏白遍山	흙비가 조용히 내려 두루 하얀 산이 되고
雲陰慘薄日無影	음지쪽 구름이 어둡고 엷어 해 그림자 없네
江上橫橋下橫舟	강 위에 놓인 다리 아래로 배 비껴 있고
舟戶甚窄橋身夐	배 창문 너무 작아 다리의 뼈대가 멀리 있네
三十六間危乎巇	삼십 육 간 높다랗게 아슬아슬 하고
螭蛟偃屈眞光景	교룡과 이무기 쓰러지고 굴복해 참 광경이로다
行人舍舟坦登橋	행인은 배를 버리고 평탄한 다리에 오르며
逈如優塞上竿遊	뛰어난 요새처럼 빛나고 낚시하며 유람하네
長綆衣巾亂躡魚	긴 두레박줄에 옷 두건 쓰고 번잡하게 고기 쫓아
鱗素銀海眩幻搖	은빛 어류들 환상 속에 어지럽게 움직이네
不定前撼後頓滾	정하지 않아 앞으로 흔들며 뒤로 갑자기 흐르고
轉相摩蕩杠柱軵	상이 바뀌고 문질러 없애 다리 기둥 흔드네

軋聲在虛明境欲	삐걱거리는 소리 허공에 있고 명경이 되려하며
前未前扶枯藤中	떠받치지 못한 마른 등나무 속 앞이 가렸네
流踞眄興吁永始	걸터앉아 눈흘겨보며 영시[1]를 탄식하고
信橋安安反危萬	다리의 안전을 믿어 도리어 만 번 위험하네
事類此發深省宴	이러한 사류들이 발동하여 깊이 살펴 잔치하고
安鵃毒鑑不一寄	어찌 짐새의 독을 거울삼아 한번 보내지 않는가
語世人無幸幸	세상 사람에게 말하노니 다행한 일만 있을 수 없네
車當平地每折軸	수레는 평지에서도 매번 차축이 부러질 수 있고
羊腸太行顧易騁	험한 태행산[2]에서도 돌아보면 쉽게 달린다네
蘆花如雪白鷗去	흰 눈과 같은 갈대꽃에 백구가 가고
憂患不到滄浪靜	우환이 오지 않아 푸른 물결 고요하더라

澌 성엣장시, 유빙(遊氷)시 澌 다할시(없어지다)

浙 강이름절(절강성 전당강錢塘江의 하류. 쌀을 일다.) 葭 갈대가

土 흙토(땅. 뿌리.) 壓 누를압, 싫어할염

霏 눈펄펄내릴비(조용히 오는 비), 안개비(연기) 窄 좁을착 巇 가파를희

螭 교룡이(뿔 없는 용) 綆 두레박줄경(수레. 치우치다.) 급경汲綆 : 두레박줄.

躡 밟을섭(뒤쫓다) 은해銀海 : 은빛 번득이는 바다. 도교에서 '사람의 눈'.

眩 어지러울현 撼 흔들감 滾 흐를곤(샘솟다. 물이 끓다.)

摩 문지를마 전상轉相 : 물질계物質界의 상이 바뀜.

杠 다리강(깃대) 柱 기둥주(버티다) 軋 삐걱거릴알

踞 걸터앉을거 眄 곁눈질할면 吁 탄식할우(근심하다)

1) 영시永始 : ① 한漢나라의 연호. BC16∼BC13년에 사용됨. BC16년 왕망王莽은

신도후新都侯가 되었다. 점차 실력을 키워 왕망이 전한前漢의 평제平帝를 독살하고 새 왕조 신新나라를 세웠다. 재위기간은 8년~23년이었으나, 후한 유수에게 피살되었다.

② 동진東晉 403년 12월에 환현桓玄이 안제安帝를 폐위하고 초楚나라를 세워 황제에 즉위하였다. 개원하여 영시永始라고 하였는데, 405년에 안제가 복위한 후에 연호가 폐지되었다.   鴆 짐새짐(남방 지방에 사는 독조毒鳥)   葭 갈대가

蛟 교룡교   螭 교룡리   양장羊腸 : 양의 창자. 험한 길.

2) 태행太行 : 중국 하북성河北省과 산서성山西省 경계에 있는 산, 또는 산맥.

 해설

이 시는 25행으로 되어 있으며, 그나마 뒷부분 1자가 결자缺字되었음.

同福縣

동복현1)에서

칠절 1수 168

傷心不見挾仙樓	마음이 상하여 협선루2)를 보지 않았는데
樓廢山空二百秋	누대는 빈산에 폐허된 채 이백년이 지나갔네
記得吾家遺愛在	우리 집을 기억하곤 애착이 남아있어
縣前川白落瓢洲	현 앞의 백천과 표주박 섬이 쓸쓸히 있네

* 十世祖武愍公, 莅玆縣嘗於公暇擐甲馳馬踰挾仙樓以試勇. 又峽潦猝漲, 公臨堤以觀. 有老嫗漂其屋, 遙呼曰願太守拯瓢拯瓢. 公遂往拯之, 至今傳以爲美譚. 樓廢已久, 川亦屢變失舊.

10대 할아버지 무민공[3)]이 일찍이 이때에 동복현에 왔었고, 공이 한가하여 갑옷 입고 말 달려 협선루를 넘어 용맹을 시험하였다. 또 골짜기에 큰 비가 갑자기 내려 물 불어남을 보고 공이 임시로 제방을 쌓았다. 노파가 그 집에서 떠내려가며, 멀리서 부르짖으며 말하기를, "원컨대 태수님께서는 바가지를 건져 주시오. 바가지를 건져주시오."라고 말하였다. 공이 드디어 그곳에 가서 박을 들어 올려 주어서 지금까지 전해져와 미담이 되었다. 누대는 이미 폐허된 지 오래되었고, 냇가는 또한 여러 번 변하여 옛 모습을 잃었다.

1) 동복현同福懸 : 전남 화순군 동복면을 말함.
2) 협선루挾仙樓 : 전남 화순군 동복면 독상리에 있었던 누각.
표주瓢洲 : 표주박 섬.
3) 무민공武愍公 : 황진黃進(1550~1593)의 시호. 매천의 10대 선조로, 1576년 무과에 급제했으며, 통신사 황윤길을 따라 일본에 다녀와 일본 침입을 예견하였다. 동복현감에 부임한 후 왜란이 일어나자 이현梨峴 전투에서 왜구를 격파하였다. 충청병사忠淸兵使로 승진하여 창의사 김천일과 병사 최경회와 함께 진주성 혈전에 참가하여 전사하였다. 진주 창렬사彰烈祠와 남원 민충사愍忠祠에 제향되었다. 莅 다다를리 玆 이에자(이때. 여기. 검다.)
擐 입을환(갑옷을 몸에 걸치다) 峽 골짜기협 潦 장마료(큰비)
猝 갑자기졸(빨리) 拯 건질증(구조하다) 瓢 바가지표 屢 창루

해설

협선루挾仙樓는 전남 화순군 동복면 독상리에 있었으며, 현감 김부윤金富倫이 지었다고 한다. 왜란을 맞아 진주성 혈전에서 전사한 황진黃進 장군이 이곳에서 의병을 모집하였다. 많은 시인 묵객들의 글이 있었다고 하지만, 지금은 기록으로만 남아있다.

光州北門樓

광주 북문루에서　　　　　　　　　　　　　　　칠율 1수 168

烟霜千里一毫端	안개 서리 낀 천리 길은 한 터럭 끝에 있고
天地蕭樛獨喜歡	천지가 으스스 쓸쓸함을 홀로 즐거워하노라
瑞石樹紅殘照欽	서석동의 나무 붉어 저녁노을을 탐내며
景陽蓮盡北風寒	햇빛 받은 연 잎은 모두가 북풍 속에 차갑네
繫驂秋柳閑尋酒	가을 버들에 말 매고 한가히 술 취해보며
送客平蕪更倚欄	벌판에서 객을 보내고 다시 난간에 기대어보네
鷗夢鴻程無限遠	갈매기의 꿈 기러기 길은 한없이 멀고
茫茫不計海天漫	망망한 바다 하늘에 막혀 만날 계획이 없네

일호一毫 : 몹시 가늘고 작은 털. 아주 작은 정도.

蕭 쓸쓸할소, 맑은대쑥소　樛 휠규(굽다. 묶다. 얽히다.)

잔조殘照 : 저녁놀. 저녁의 음영.　欽 바랄감(탐하다. 구걸하다.)

경양景陽 : 중국 서진시인 장협의 자. 전란을 피하여 속세를 떠나 홀로 시를 즐겼음. 장경양집이 있음.　驂 곁마참(네 필의 말이 끄는 마차에서 바깥 2마리의 말.)

蕪 거칠어질무　평무平蕪 : 잡초가 무성한 편평한 들.

망망茫茫 : 넓고 멀어 아득함. 어둡고 아득함.

해천海天 : 바다 위의 하늘. 바다와 하늘.

宿道村

도촌에서 자며 칠절 1수 169

席幣爐寒竹牖虛	예물 있는 자리에 화로 식어 대 창문이 허하고
遞呵東手檢殘書	웃으면서 집주인은 손잡고 헤진 책을 점검하네
主人好客貧無累	주인이 손님을 좋아해 가난해도 누가 없고
自斫薪歸薄暮初	스스로 땔나무 쪼개 돌아오니 땅거미 져 가네

牖 창유(바라지) 遞 섬체, 성씨체 呵 꾸짖을가(껄껄웃다.)
동가東家 : 동쪽에 있는 이웃. 머물러 있는 집의 주인.
斫 벨작 薪 땔나무신 박모薄暮 : 땅거미.

敬次蘆沙先生見贈之作三首

노사선생이 3수를 지어 주는 것을 보고 경모하여 차운함 오절 6수 169

1수

謬愛一至斯	잘못해도 사랑하여 이렇게 이르렀고
非徒咎身憂	제자가 아니라도 몸의 허물 근심하셨죠
感此無窮恩	이처럼 주신 무궁한 은혜에 감복하였고
指古證含珠	옛날을 가리키며 구슬 품어 증거했네요

斯 이사(떠나다. 떨어지다.), 천할시   謬 그르칠류(속이다. 잘못.)   誅 벨주

2수 169

窮巷負心久　　외딴 촌에서 본마음 저버린 지 오래되었고
倀倀迷所準　　갈팡질팡하여 기준한 것 혼미했지요
至人體天化　　지인[1]은 하늘을 본받아 변화한다지만
替育及蠢蝡　　교육이 쓸모없고 어리석게 되었네요

궁항窮巷 : 좁고 으슥한 뒷골목. 외딴 시골 땅.
부심負心 : 스스로 자랑스러워하는 마음.　倀 미칠창, 넘어질창(갈팡질팡하다)
迷 미혹할미(헷갈리다. 흐릿하다.), 전념할미
1) 지인至人 : 덕이 높은 사람. 진인眞人.
替 쇠퇴할체(폐하다)　蠢 굼틀거릴준(어리석다)
蝡 꿈실거릴윤, 꿈틀거릴연

3수 169

大冬雪涵山　　한 겨울 눈 속에 산이 몽땅 빠졌고
挺然松十圍　　특이하게 소나무 열 그루 둘러 있네요
下有千歲苓　　소나무 아래론 천년 된 복령[1]이 있어
采之鍊眞機　　이걸 캐고 단련함이 진짜 기교이지요

涵 젖을함(담그다. 넣다.)　정연挺然 : 여러 사람 가운데 뛰어남. 훌륭함.

茶 도꼬마리령(복령. 씀바귀.)
1) 복령茯笭 : 버섯의 일종으로 땅 속에서 소나무 따위의 뿌리에 기생하며, 한방에서 수종, 임질, 설사 등의 약재로 씀.

4수 170

至寶來無脛　지극한 보배가 행전[1]도 치지 않고 찾아오니

一驚翻一憂　한편 놀랍기도 하고 한편 걱정도 되는구나

易得或輕失　쉽게 얻은 것은 간혹 빠르게 잃기도 해

請看荷上珠　청컨대 연잎 위의 물방울 구슬 자세히 보라

1) 행전行纏 : 바짓가랑이를 좁혀 보행과 행동을 간편하게 하기 위해 정강이에 감아 무릎 아래에 매는 물건.(=행등行縢)

5수 170

一念勤栽倍　오직 일념으로 심고 북돋는 데 힘써서

放之四海準　이것을 풀어 사해의 법도로 삼아라

天機甲欲坼　천기[1]를 제일로 해 싹트게 하고자 하고

保養胞初蜒　보호하고 기르면 동포가 처음 굼틀하리라

準 법도준(평평하다.)
1) 천기天機 : 선천적으로 타고난 기시 또는 싱질. 하늘의 기밀 또는 조화의 신비. 임금의 밀지. 坼 터질탁(갈라지다. 싹트다.)　보양保養 : 몸을 보호하여 기름. 보전하여 군힘.　蜒 굼틀거릴연(벌레가 움직이는 모양)

6수 170

防身在一豫	몸을 보호함에는 한번 예방에 두어야하고
隱若大敵圍	만일 숨으면 큰 도적에게 들러싸이리라
傷虎方知虎	호랑이를 다치게 하면 호랑이가 아는 것이니
恐君嗟失機	두려운 건 기회 놓칠까 탄식하는 것이네

방신防身 : 자기 몸을 보호함.   嗟 탄식할차   실기失機 : 좋은 기회를 놓침.

▌* 蘆沙元韻

제4, 5, 6수는 노사의 원운임.

해설

순창 복흥 출신으로 장성 노령산의 하사리에 살았던 노사蘆沙 기정진奇正鎭(1798~1879)을 찾아뵙고, 매천은 80세가 넘은 노학자와 대화를 나누었다. 1879년 기묘년 매천의 나이 25세 때였다. 노사는 당시 이항로와 쌍벽을 이루었던 조선의 대표 학자였으며, 위정척사파 인물이었다. 그 때 노사는 매천을 보고 위의 〈증황현삼수贈黃玹三首〉의 제4, 5, 6수 시를 지어 주었다. 특히 제4수 기구起句에서 매천을 보고 놀라 '지보至寶(지극한 보배)'라고 칭찬해 주었다. 여기에 화답하여 매천은 제1, 2, 3수를 차운하였다.

한편 매천은 노사 기정진 선생이 타계했을 때, 1881년 〈기노사선생만奇蘆沙先生挽〉이라는 오율 1수의 시를 지어 추모하였다. 이 시는 《역주매천황현시집》(상권) 461~463쪽에 번역되어 있다.

松江亭次板上韻

송강정[1] 판상의 운을 차운함　　　　　　　　　　칠율 1수 170

蒼崖磨盡在江干	푸른 절벽의 글자는 다 닳아 강가에 있고
相國亭空野雪殘	재상 정자는 텅 비어 있고 들녘엔 잔설이 있네
故里漁樵應負約	옛 마을 고기 잡는 초동은 약속을 저버리고
百年松竹不勝寒	백 년 된 송죽은 차가움을 이기지 못하네
傷心往事餘香墨	지난 일이 마음이야 상하지만 묵향이 남아
同德諸賢記舊欄	모든 군자들 동덕[2]으로 옛 난간을 기록하네
嘆息九原難可作	구원[3]을 탄식해도 가히 일으키기 어려워
北風旅雁倍凄酸	북풍에 나는 기러기 더욱 쓸쓸하고 슬퍼라

1) 송강정松江亭 : 전남 담양군 고서면 원강리에 있는 정자로 전남기념물 제1호. 송강 정철은 이곳에서 식영정息影亭을 왕래하며 〈사미인곡〉과 〈속미인곡〉 등의 가사를 지었다. 정철 당시 정자의 원 이름은 죽록정竹綠亭이었다고 함.
마애磨崖 : 석벽에 글자나 그림을 새김.　상국相國 : 재상의 총칭.
부약負約 : 약속을 어기거나 저버림.　왕사往事 : 지나간 일. 예전 일.
2) 동덕同德 : 천도교에서 교인끼리 부르는 이름.
제현諸賢 : 점잖은 여러분. 제군자諸君子.
3) 구원九原 : 구천九天. 하늘의 가장 높은 곳. 중앙 및 사방 사우.
凄 쓸쓸할처(차갑다)　酸 실산(시다. 가난하다.)

雙峰書室信宿

쌍봉[1]서실에서 이틀을 자며　　　　　　　　　칠율 2수 170

1수

訪子雲屏裏	그대를 방문하니 구름 병풍 속에 있고
古山相向圍	옛 산은 서로를 향해 에워싸고 있네
論詩不求合	시를 논하지만 화합을 구하지 아니하고
同志竟來歸	뜻을 함께 하며 마침내 돌아오도다
殘雪峰彌屬	잔설이 남아 있는 봉우리는 더욱 맑고
寒川日逈飛	차가운 냇가에는 해 멀리 솟아 있네
千年原少別	오랜 세월동안 원래 자리를 떠남이 적어
猶患養丹稀	오히려 단사 배양이 적을까 걱정하네

1) 쌍봉雙峰 : 유제양柳濟陽(1846~1922)의 호. 유제양의 자는 낙중洛中, 호는
난사蘭榭 ·쌍봉雙峰·안선岸船·이산二山·방옹放翁. 전남 구례 운조루雲鳥樓
제5대 주인이다.　彌 미륵미, 오랠미(널리. 더욱.)
屬 갈려, 괴로울려(위태롭다. 사납다.)　丹 붉을단(신약. 단사丹砂.)

2수 171

憀慓窮山暮	쓸쓸히 가파른 겨울 산은 저물어 가는데
千松偃北風	천년 된 소나무 북풍 속에 쓰러져있네
客顚凌遠雪	나그네 머리에는 희끗희끗 눈이 서려 있고

冬煖慶殘農　겨울이 따뜻하여 빈농들은 복이 있네
待酒分螯軟　술 오기를 기다리며 연한 참게 나누고
催梅剪蠟紅　매화 피길 재촉하며 붉은 밀랍을 자르네
數家砧紙夜　두어 집에서 종이 다듬는 소리 들리는 밤
江色屬寒空　강물 빛은 차가운 하늘빛과 한 가지로다

憭 쓸쓸할료(서글프다. 힘입다.)　憓 급할표(날래다)
표한憓悍 : 급하고 사나움. 사납고 강인함.
궁산窮山 : 사방이 산으로 둘러싸인 모양.　顚 꼭대기전
주객전도主客顚倒 : 주인과 손님이 바뀜. 앞 뒤 순서가 바뀜.
凌 능가할능(업신여기다. 심하다.)
螯 차오오(대합과 비슷함), 집게발오(게의 큰 발)
軟 부드러울연　剪 자를전(가위)
蠟 밀랍초(꿀 찌꺼기를 끊여서 짜낸 기름), 밀초랍(밀로 만든 초)
屬 엮을속(무리), 이을촉(글을 짓다)

出東小門

동소문을 나오며　　　　　　　　　　　　　　　칠율 1수 171

❚ * 自此至念丹農詩. 本梅泉將東遊中, 而原集漏落者玆記之以并
　載日記耳.

이로부터 단농 시를 생각하기에 이르렀다. 본래 매천이 장차 동쪽으로
유람하는 가운데, 원집에 누락 된 것들이 있어 여기에 이것을 기록하여
일기로 합해 싣는다.

一出都門爽欲飛　　한번 도성 문을 나오니 상쾌히 날 듯 하고

天風萬里擧霞衣　　하늘 만 리 바람결에 아름다운 옷자락 날리네

休論露雨量晴事　　이슬비 옴을 논하지 않고 비 갤 일 생각하며

且賦登山臨水歸　　또 산에 올라 부 지으며 물가로 돌아오네

擔負代驢憑僕健　　나귀 대신 지고 메며 건장한 노복에 의탁하고

呻吟如鶴見人稀　　학처럼 신음하여 사람 보는 게 드물어지네

可能無負桑蓬志　　가능하면 저버리지 않고 상봉[1]에 뜻을 두니

只恐浮由少壯違　　다만 떠돈다는 이유로 젊음이 어긋나 두려워라

누락淚落 : 눈물이 떨어지다.   노우露雨 : 이슬비.

霞 놀하(아름답다. 멀다.)   담부擔負 : 등에 지고 어깨에 멤.

1) 상봉지지桑蓬之志 : 남자가 사방으로 활약하려는 큰 뜻.

부유浮由 : 소요하다.   소장少壯 : 나이가 젊고 혈기가 왕성함. 젊고 씩씩함.

▌* 十八日乙卯離南岸江沙鄭啓周在鍵氏. 小潛尹善翼相燮與俱
  傔童龍淳從焉. 午分東出惠化門, 時旋雨旋晴. 泥濘載路曛黑
  抵樓院. 是日行三十里.

18일 을묘일에 남상의 강가 모래사장에서 정계주 재건씨와 이별하였다.
소잠 윤선익과 상섭이 함께 하였으며, 시중드는 아이 용순이 따라왔다.
한 낮에 헤어져 동쪽 혜화문을 나오는데, 이때 비가 조금 오더니 날씨
가 빨리 개었다. 진흙 진창이 길에 가득하였으며, 석양 빛에 땅거미 져
누원에 이르렀다. 이 날 30리를 갔다.

潛 물속잠행잠(숨다. 가라앉다.)   傔 시중들겸   泥 진흙니   濘 진창녕

재로載路 : 재載는 만滿의 뜻으로 '길에 가득한 것'.

曛 석양빛훈   抵 막을저(거스르다)

▌* 十九日丙辰晴發樓院, 踰祝石嶺, 乃抱川地也. 宿東山里尹注
  書榮大村庄是日行五十里.

19일 병진 일에 날이 개어 누원을 출발하였다. 축석령을 지나니 곧 포
천 땅이었다. 동산리 윤주서 영대의 촌장에서 숙박하였다. 이날 50리를
갔다. 171

▌**二十日丁巳晴發東山, 午過萬石橋. 乃永平界首, 夕投藥門村
  金斯文顯文家. 是日行五十里. 抱永間山水平軟土. 宜五穀桑
  麻雅多. 捷遞文學之士間, 有退紳閑居者若藥門. 卽薑山李相

國耕釣舊基雲, 仍世守令不振. 萬石橋傍近有白鷺洲, 洲渚淸曠, 亂石晧然成堆. 人稱永平八景之一云.

20일 정사에 맑아져 동산리를 출발하여 한낮에 만석교를 통과하였다. 이에 영평 경계 지역에서 저녁에 약문촌의 유학자 김현문 집에서 투숙하였다. 이날 50리를 갔다. 포천과 영평 사이의 산수는 평야지대로 부드러운 흙이다. 마땅히 오곡과 뽕나무 삼과 메 까마귀가 많았다. 문학을 하는 선비들이 번번이 은둔하는 곳이었으며, 퇴직한 신사 한거자들이 있는 것은 약문과 같았다. 즉 강산 이상국[2]이 옛터의 구름 속에서 밭 갈고 낚시했으며, 그로 인해 세상의 수령들이 떨치지 못하였다. 만석교 부근 물가에 백로가 있는데 사주는 맑고 넓었으며, 바위들이 흰 모양으로 흩어져 쌓여 있었다. 사람들이 칭하기를 영평 팔경의 하나라 하였다.

사문斯文 : 유교의 도의나 또는 문화를 일컫는 말. 유학자.　부진不振 : 어떤 일이나 힘이 활발하게 움직여 떨치지 못함. 세력이 떨쳐 일어나지 못함.
2) 강산薑山 : 조선 말기 학자 이서구李書九(1754~1824)의 호. 근세사가近世四家의 한사람으로 순조 때의 벼슬이 우의정에 이르렀음. 문집으로 《강산집薑山集》이 있다.
주저洲渚 : 파도가 밀려 닿는 곳. 물가. 주정.
호연晧然 : 흰 모양. 명백한 모양.

▌ *二十一日戊午晴. 發藥門, 暮抵鐵原豊田村黃棘人魯秀家. 是日行四十里. 已涉關東地路漸确, 一水至四五渡峽. 江甚馱多舟行處.

21일 무오에 날이 맑았다. 약문을 출발하여 저물어 철원 풍전촌의 상중喪中에 있는 황로수 집에 당도하였다. 이날에 40리를 갔다. 이미 관동

땅을 건너니 길은 점점 자갈땅이었으며, 강 하나 협곡을 너댓번 건넜다. 강의 흐름이 빠르고 배가 많이 다니는 곳이었다.

극인棘人 : 상제喪制. 부모 또는 조부모가 세상을 떠나서 거상 중에 있는 사람. 상인喪人.　确 자갈땅학(박하다)

**二十二日己未晴. 自豊田晚發. 斜過鐵原府, 行五十里, 宿于金化縣前店. 鐵原府迆北有弓裔故都, 矗石尚存, 迆西有寶盖山洞壑. 殊絶稱金剛之亞, 而俱以路左不入焉. 金化懸東有五神山, 卽丁丑奴變柳節度琳拒戰處. 其時洪忠烈命蓍氏力盡死之, 柳公金師以返虜所蹂躪之地. 歲久無草樹曠然亦土云.

22일 기미에 맑다. 풍전에서 늦게 출발하였다. 철원부를 비껴지나 50리를 가서 금화현 앞 여관에서 잠을 잤다. 철원부는 북쪽으로 궁예의 고도와 잇닿아있고 좀먹은 바위가 있었으며, 서쪽으로 보개산 골짜기에 닿아있었다. 특이하고 절묘하여 금강에 버금간다고 칭해지고 있으며, 갖춰져 길가의 좌측으로 들어갈 수 없었다. 금화현 동쪽으로 오신산이 있는데 정축년에 노예 반란이 있었으며, 평안도 병마절도사 유림柳琳[3]이 청군淸軍을 막아 싸운 곳이었다. 그 때에 충렬 홍명구[4]씨가 힘을 다해 이들을 죽였고, 유공柳公 금사金師가 포로를 반환함으로써 유린한 지역이었다. 세월이 오래되었어도 풀과 나무가 없었으며, 널찍한 곳은 역시 흙이었다.

矗 좀두　迆 비스듬히할이(잇닿은 모양)　수절殊絶 : 남달리 뛰어나게 훌륭함.
노변奴變 : 주인으로부터 노비 문서를 탈취하여 불태운 노예의 빈란. 소작인의 반지대투쟁, 즉 항조와 연결되는 경우가 많았기 때문에 항조노변이라고 함.
琳 아름다운옥림(푸른옥)

3) 유림柳琳(1581~1643) : 1603년 무과에 급제하여 병자호란 때 평안도 병마사로 있으면서 강원도 김화에서 청군을 격퇴하였다. 인조가 남한산성에서 항복하고 화의한 후, 임경업과 함께 청나라에 갔지만 병으로 명나라와의 싸움을 피하였다. 귀국 뒤 통제사 총융사, 포도대장에 임명되었다.

거전拒戰 : 적을 막아서 싸움.   耉 늙을구(장수하다)

4) 홍명구洪命耉(1596~1637) : 자 원로元老. 호 나재懶齋, 수재睡齋. 시호 충렬忠烈. 여주驪州의 기천沂川 서원에 향사享祠되었음. 1619년 알성문과에 장원, 1635년 대사간과 부제학을 거쳐 이듬해 평안도관찰사로 나갔다. 이 해 병자호란이 일어나자 자모산성을 지키다가, 남한산성이 포위되었다는 소식을 듣고 근왕병 2천여 명을 거느리고 추격하여 남하, 김화에 이르러 적의 대병을 만났다. 적 수백 명을 살상한 끝에 전사하였으며, 적을 물리쳤다.   광연曠然 : 아득히 넓은 모양.

過鐵原

철원을 지나며

오고 1수 173

不上寶盖山	보개산에 오르지 못하였고
不入泰封都	태봉1)의 도읍지에 들어가지 못했네
泰封餘故蹟	태봉의 옛 유적지가 남아있고
寶盖亦勝區	보개 또한 승경지역 이로다
矯矯靳一顧	씩씩하게 한번 돌아보고는
長往胡爲乎	어찌하여 오래 가게 되었는가
東路直如弦	동쪽 길은 곧장 초승달과 같고
所思在蓬壺	생각하는 것은 봉래산에 있네

揮刃沒鮫淵　　칼 휘두르며 교연 물에 빠져서
惟採明月珠　　오직 밝은 명월주를 캐내네
鱗甲究何用　　인갑[2]을 어떻게 연구해 쓸 것인가
資與魚目愚　　재물은 어목[3]과 같이 어리석도다

1) 태봉泰封 : 후삼국의 왕조국가로 901년에 궁예가 송악에 도읍하여 세운 나라. 건국 당시 국호를 후고구려라 하였다가 904년에는 국호를 마진, 연호를 무태武泰라 했으며, 관제도 정비하였다. 905년에 도읍을 철원으로 옮기면서 국호를 태봉, 연호를 수덕만세水德萬歲라고 하였다. 918년에 왕건에게 망하였다.
교교矯矯 : 날래고 사나운 모양.　靳 가슴걸이근(욕보이다. 인색하다.)
호위호胡爲乎 : 어찌하여서.　弦 활시위현(초등달)　봉호蓬壺 : 봉래산.
鮫 상어교(물속에 산다는 괴상한 사람)　교인鮫人 : 인어.
2) 인갑鱗甲 : 비늘과 갑옷. 단단한 껍질. 물고기와 조개.
3) 어목魚目 : 물고기의 눈. 진주眞珠 비슷하지만 아니라는 뜻으로, 가짜가 진짜를 어지럽힘.　어목연석魚目燕石 : 물고기의 눈과 중국 연산燕山에서 나는 돌. 모두 옥玉과 비슷하여 옥으로 혼동함. 허위를 진실로, 우인愚人을 현인賢人으로 혼동하는 것을 비유함.

關東冷麪歌

관동냉면가　　　　　　　　　　　　　　　　　　　　　칠고 1수 174

關東冷麪品奇絶　　관동냉면은 기절한 맛이라고 해
服食可驗風土別　　먹어서 시험해보니 지방에 따라 다르구나

纚纚作團春繭絲　연속하여 만들어지는 봄누에 고치실에

蜿蜿拂水龍涎結　꿈틀 꿈틀 물 저으며 용연향[1]이 맺히네

軟亦不爛堅不棘　연해도 익지 않고 굳은 듯 찌르지 않아

雙箸劇開春雪白　젓가락 움직일 때 봄철의 흰 눈 피어나네

繞吻細凝花猪肪　입술에 감겨 가늘게 엉기고 돼지기름에 젖어도

刺鼻歆嚼松菌香　코 찌를 듯 씹는 맛은 솔 버섯의 향기로다

芥菜醃葅味輕酸　겨자나물 절인 김치는 시고 달며

甲乙當第醍醐湯　모두 마땅히 제일인 것은 술국이네

髹器素卓兩相宜　검붉은 그릇에 하얀 식탁이 서로 잘 어울리고

石根泉洌動天光　돌부리 샘물 차갑고 하늘빛에 번뜩이네

槐葉淘糝安足數　괴나무 잎 미숫가루 어찌 족히 세겠는가

貫穿胃腸滌塵土　위장을 뚫고 덜어 세속의 냄새를 씻노라

拉取行人不較錢　나그네를 붙잡아 돈으로 비교하지 말라

占媼霜髮貌甚古　주모의 하얀 머리 고생도 심했구나

憶昨强圍金石焦　어제 억지로 쇠와 돌 태운 것을 생각하면

磨蕎合粥供晨朝　메밀 갈아 죽을 쑤어 조석으로 올리네

豈意今日名山路　어찌하여 오늘은 명산으로 가려 하는가

又是　또한 이

瓊漿玉液仙廚饒　신선이 마시는 선약이 부엌에 풍부하도다

念彼　생각하면

刺齒粱肉歎易老　기장과 고기 씹음에 이 아파 늙음을 탄식하니

何不尋眞蓬萊島　어찌 진짜 선인의 세계를 찾지 않으랴

纚 갓끈리, 잇달리   蜿 꿈틀거릴완

1) 용연龍涎 : 용연향龍涎香. 송진 비슷한 향료.

劂 가죽다룰설   繞 두를요   醃 절인남새엄   菹 채소절임저   醍 맑은술제

醐 제호(醍醐)호   髹 옻칠할휴   冽 찰렬   糝 나물죽삼

圉 마부어(마구간. 감옥.)   焦 태울초(애타다)   蕎 메밀교

옥액玉液 : 옥에서 나는 즙으로 도가에서 선약.   瓊 옥경   漿 미음장

옥액경장玉液瓊漿 : 빛깔과 맛이 좋은 술. 신선이 마시는 음료수.

液 겨드랑이액

 해설

　냉면은 평양냉면, 함흥냉면이 유명하다. 매천이 평양이나 함흥과 가까운 북쪽 철원지방을 지나면서 점심으로 냉면을 사 먹으면서 쓴 시이다. 사실을 표현하는 대목에서, '면의 가닥이 누에 실 같고, 연해도 또한 망그러지지 않고, 굳은가 하면 찌르지 않고 봄눈 빛깔과 같다.'고 하는 대목에서 실감나게 묘사하고 있다. 먹어서 속이 시원하여 누구나 길가는 사람을 불러서 함께 먹고 싶다는 내용이다. 색채 면에 있어서도 검붉은 그릇과 하얀 식탁이 서로 어울린다며 회화적인 뉘앙스로 잘 부각하였다.(이병기, 《황매천시연구》, 전남대 박사학위 논문, 1984년, 94쪽)

金化戰場有感

금화전장의 감회　　　　　　　　　　　　　　　　　　　칠절 1수 174

勤王當日惜無聞　　근왕1) 당일에는 애석하게도 풍문이 없었고

列帥撗奔駭鹿群　　장수들 줄지어 달아나고 사슴 무리 흩어졌네

不厭將軍身不死　　장군을 싫어하지 않고 육신도 죽지 않았으니
金師尾敵亦奇勳　　금화 군사들 적 후미 쳐 기이한 공훈 이뤘네

*二十三日庚申曉發金化縣店二十里至金城界路. 連向東峯巒,
皆團尖, 可愛楓岳已可想矣. 宿于金城縣北初西村崔鴉秉喜
家. 對面有十二峯低昂媚嫵亦自名村. 是日行五十里.

23일 경신일 새벽에 금화현의 점포 20리에서 출발하여 금성의 경계 길
에 이르렀다. 연이어 동쪽으로 산봉우리가 모두 둥글고 뾰쪽하였으며,
가히 풍악이 사랑스럽다고 생각하였다. 금성현 북쪽이 시작되는 서촌
최아병 희 집에서 숙박하였다. 열두 봉우리가 대면해 있어 낮아졌다 높
아졌다 아름답게 있으니 역시 저절로 이름 있는 마을이었다. 이날 50리
를 갔다

1)① 근왕勤王 : 임금을 위하여 나라 일에 힘씀. 충성을 다함.
  ② 근왕병勤王兵 : 1592년 임진왜란이 일어난 후 신립의 패전 보고가 있자, 선
조는 의주파천을 하게 되었다. 임해군臨海君과 순화군順和軍을 각각 함경도와 강
원도로 보내 근왕병을 모집하게 하는 한편, 명나라에 구원병을 청하였다. 하지만
선조의 6번째 왕자였던 순화군은 사람을 죽이고 재물을 약탈하는 등 포악한 행동
하였다. 함경도로 온 가토 기요마사 군대는 회령에서 두 왕자를 붙잡았고, 함경도
일대를 정복했다. 왜란 중에 화의가 진행되어 붙잡혀간 두 왕자는 돌아왔다.
擴 채울광　駭 놀랄해(흩어지다)
巒 뫼만(봉우리)　媚 아첨할미(요염하다)
嫵 아리따울무(얌전하다. 아양부리다.)
저앙低昂 : 낮아졌다 높아졌다 함.

向金城

금성을 향하여   칠율 1수 175

天高日潔客神淸   하늘 높고 해 맑으며 나그네는 사념이 없어
便可騰騰萬里行   곧 기세 높여 만 리 길을 가노라
海雁紛飛緣底急   바닷가 기러기 바삐 날아 무슨 까닭으로 급한가
林虫寒瀉使人驚   숲 벌레 차갑게 쏟아지며 사람을 놀라게 하네
峯尖已有金剛氣   뾰쪽한 봉우리가 이미 금강산의 기운이라
秋遠偏多玉塞情   가을 멀리 옥문관[1]의 정이 더욱 그립네
更喜入山還不早   다시 즐겁게 산 들어감에 아직 이르지 않아
千楓恰好染霜明   단풍마다 흡사 서리 맞아 곱게 물들어 좋네

*二十四日辛酉朝大霧. 飯后發西村自金城縣歷倉都, 宿于芳浦李上庠家, 亦金城地也. 是日行三十五里. 路傍不見稻田, 惟黍梁秫蜀颲颲有響. 洞路如布帒, 人烟甚尠. 金城縣前有長林, 首尾十里, 秋景頗可愛.

24일 신유 아침에 짙게 안개가 꼈다. 식사 후 서촌에서 출발하여 금성현에서 창도를 지나 방포 이상상 집에서 숙박하였는데, 역시 금성 땅이었다. 이 날 35리를 갔다. 길가에 벼 심은 논은 보이지 않고, 오직 기장과 촉규화의 바람소리만 울리고 있었다. 마을길은 포대布帒처럼 생겼으며, 인가의 연기는 드물었다. 금성현 앞에 긴 숲이 있어 수미가 10리나 되었으며, 가을 경치가 자못 사랑스러웠다.

紛 어지러워질분   緣 가장자리연(인연)   底 밑저(어찌)   연저緣底 : 무엇 때문에.
1) 옥문관玉門關 : 고대 중국 서쪽 요지로 만리장성의 서쪽 끝. 돈황시에서 100여
키로 떨어져 있으며, 실크로드의 중요한 관문이었음.   瀉 쏟을사(물이 흐르다)
庠 학교상   상상上庠 : 태학. 성균관. 진사.   傍 곁방   黍 기장서
梁 들보량, 기장량(≒梁)   秫 차조출(찰기장. 찰수수.)   葵 촉규화촉(접시꽃)
颼 바람소리수   수수颼颼 : 바람소리. 빗소리.
도전稻田 : 벼 심은 논.   帒 산이름대(전대. 가방.)   尠 적을선

 해설

  산 속의 기후가 초가을인데도 늦가을 기분이 든다는 내용이다. 시의 각
운도 경자의 평성으로 일관하고 있어서 훨씬 상쾌하고 명랑한 운율적 효과
를 얻고 있다.

金城憶振庵

금성[1]에서 진암을 생각하며   칠절 1수 176

萬水千山寄一身	수없이 많은 산과 물에 이 한 몸 의지하고
蕭蕭衣笠雁來辰	쓸쓸히 옷 입고 삿갓 써 기러기 새벽에 오네
金城車馬成虛約	금성의 말 수레가 헛된 약속 하였고
免作穿松喝道人	소나무 숲 뚫고 소리치는 도인을 면하였네

▌ *振庵嘗有約, 若倅金城則當聯鑣入山故云.

진암이 일찍이 언약하기를, "만약 금성의 원님이 된다면 응당 잇달아 떠들썩하게 입산하리라."라고 예전에 말하였다.

1) 금성金城 : 강원도 북부에 위치한 금화군金化郡. 1962년 철원군에 흡수됨.
만수萬水 : 여러 갈래의 많은 내. 천산만수千山萬水 : 수없이 많은 산과 물. 깊은 산속. 喝 더위먹을갈(꾸짖다), 목이멜애
倅 백사람졸, 버금쉬(다음. 원님.) 鑣 무찌를오(떠들썩하다. 구리 동이.)

 해설

진암과 금강산에 함께 오지 못한 것을 애석해 하면서 쓴 시이다.

憶王鳳洲先生

왕봉주 선생을 추억하며   칠율 1수 176

曾浮南海獨相求	일찍 남해로 떠가면서 외롭게 서로를 찾았고
又向金剛不與謀	또 금강산을 감에 함께 도모하지 못하였네
紅荳花殘霜漸近	시들고 홍두화 서리 내리는 게 점점 가까워져
素絨書阻雁初流	흰 비단에 쓴 편지 기러기 첫 날개에 막혔네
癡人謾畵秋山旅	어리석은 사람은 속여 가을 산 여행도 그리고
高士應回雪夜舟	고결한 선비는 눈 오는 밤에 배 타고 돌아오네

漢上三峯西望極　한양의 삼각산에 올라 서쪽 끝을 바라보며
葉聲虫語寄閑愁　잎 새 소리 벌레소리에 한가한 수심 부치네

∗二十五日壬戌晴. 出芳浦穿山越磵. 備嘗阻險昏抵斷髮嶺下馬里村. 是日行四十五里. 亦金城地也.

25일 임술 맑다. 방포에서 나와 산을 통과하고 산골짜기를 넘어갔다. 일찍 준비했지만 길이 막히고 험난하여 저녁 무렵 단발령 아래 마리촌에 이르렀다. 이날 45리를 갔다. 역시 금성 땅이었다.

상구相求 : 서로 구함.　荳 콩두　紈 흰비단환　阻 험할조(걱정하다. 의심하다.)　謾 속일만　磵 산골물간(산골짜기. 澗과 같음.)　조험阻險 : 길이 막히고 험난함.

 해설

　서울 쪽을 바라보며 나뭇잎 소리와 벌레 울음소리에 수심을 달래보고 있다. 6행은 동진 왕희지의 아들 왕휘지王徽之(=왕자유王子猷)가 눈 오는 밤에 배를 타고 친구인 대안도戴安道(=대규戴逵)를 찾아갔다가 흥이 다하자 만나지 않고 돌아왔다는 '산음승흥山陰乘興'의 고사와 연결되는 대목이다.

途中憶寧齋學士

도중에 영재학사를 생각하며　　　　　칠율 1수 177

圓花洞天何處去　원화의 동천1)은 어느 곳으로 갔는가
澹寧居士不能從　조용히 영재 거사 생각하니 따르지 못하겠네

已經海府逢廝鱉	바다 마을 지나가며 심부름하는 자라 만나
願向壺仙乞杖龍	원컨대 호선[2]을 향하여 용 지팡이 구걸하네
玉笈金箱同啓鑰	옥 상자 금 상자를 열쇠로 함께 열어보고
空山流水與聞鍾	빈산에 흐르는 물소리 종소리를 함께 듣네
待吾吸取丹砂氣	내가 단사[3] 기운을 흠뻑 취하기를 기다려
擬叩南庄起病慵	남쪽별장 두드려 병석에서 천천히 일어나라

1) 동천洞天 : 도가道家에서 신선神仙이 사는 곳. 명산의 동부洞府 가운데 따로
천지天地가 있다고 하여 동천이라 부름.
廝 하인시, 나눌시   鱉 금계별(꿩의 일종. 자라 별鼈과 동자)
2) 호선壺仙 : 중국의 신선전神仙傳에 나오는 단지 속에 사는 신선.
笈 책상자급(짐 싣는 말. 안장.)   鑰 자물쇠약(빗장. 마음의 단속.)
흡취吸取 : 빨아들여 가짐.
3) 사砂 : 모래를 뜻하는 사沙와 같으나, 단사丹砂나 진사辰砂 따위의 약 이름.
庄 농막장   慵 게으를용

 해설

　영재 이건창과 함께 금강산에 오지 못함을 안타깝게 생각하면서 지은 시
이다. 웅장한 산의 기상 속에서 선인이 먹고 장생한다는 단사 기운을 마셔
병들어 서울에 누워 있는 영재의 병을 고쳐주고 싶다는 우정을 표현하고
있다.

憶滄江

창강을 생각하며　　　　　　　　　　　　　칠절 1수 177

輸君先入倒旛降　　그대를 먼저 들여보내 넘어진 기 내려놓으며
我亦搴飛蠟屐雙　　나 역시 한 쌍의 나막신 신고 떨쳐 일어났네
勇往名山今自許　　용감하게 명산으로 감을 지금 스스로 허락하곤
此行要不負滄江　　이런 발걸음은 창강을 버리지 않기 위함이네

＊于霖之游金剛已多年所而今春余游松岳時, 于霖贈詩曰勇往
名山者吾見黃雲卿云云.
우림의 금강산 유람은 이미 여러 해 되었던 바, 금년 봄에 내가 송악으
로 유람할 때에, 우림이 시를 주며 말하기를 '용기 내어 명산에 가는 자
내가 보니 황운경이라'라고 운운하였다.

旛 기번(천자의 거동 때 쓰던 기)　搴 빼낼건　蠟 밀랍　屐 나막신극
용왕勇往：용진勇進. 용감하게 나감.　負 질부(빚지다. 힘입다. 저버리다.)
蠟 밀랍랍(밀초)　屐 나막신극

入山村

산촌에 들어서서　　　　　　　　　　　　　칠절 1수 178

亭亭碓起虹　　우뚝 서 있는 물방아 간에서 무지개 일고

兩兩橋摛板	양량교 다리는 판자로 채워져 있네
隔水有人家	물 건너편에 인가가 있어
去遠望不遠	멀리 가면서 멀지 않는 곳 바라다보네

 **해설**

물레방아 모습, 판자로 다리 놓은 모습, 그리고 물 건너편의 인가, 산촌의 고요한 모습을 서경시로 표현하고 있다.

＊二十六日癸亥晴. 自馬里村十里踰斷髮嶺, 揷天懸懸, 羊腸百折. 至巓始見金剛諸峰, 可約畧指數, 俗傳 '登此嶺者洒'. 然有出家念故, 緇徒以斷髮名之, 嶺底爲淮陽地. 人家點點依翳薄成村. 漸看水石, 交暎溪洞澄淸, 使人忘倦. 村店盡處約五里兩行, 松栢摩天. 一條路到長安寺. 寺地少, 寬曠對案. 群峰挺出, 箇箇不相株連, 只拔地直上盖一峰一石也. 寺古衰頹, 樓閣無矚目處. 夕宿于寂黙堂. 是日行五十里.

26일 계해에 맑다. 마리촌 10리에서 단발령을 넘으니 아득히 멀리 하늘을 찌르고, 길은 구절양장으로 꼬불꼬불하였다. 산꼭대기에 이르러 비로소 금강산의 여러 봉우리들이 보였다. 대략 지수가 있듯이 민간에 전해 오기를 '이 고개를 오르는 자 시원하다'라고 하였다. 그러나 출가하는 사람들이 고향을 생각하므로 승려들이 단발하면서 이렇게 명명했으며, 영 밑을 회양[1]이라고 하였다. 인가들은 흩어져 그늘지고 척박하여 촌락을 이루었다. 갈수록 물과 돌을 보니 냇물이 밝게 비추고 고을이 맑고 깨끗했으며, 사람에게 권태로움을 잊게 하였다. 촌 점방이 끝나는 곳 약 5리 양쪽으로 송백이 하늘을 만질 만큼 높았다. 그 중 하나가 장안사 가는 길이었다. 절 땅은 좁으나 마주 대해 앉으니 넓었다. 군봉들이 우뚝 솟아있었으며, 낱낱이 서로 줄을 이어 섰지 않았지만 다만 땅을 곧장 위로 빼어 대개 봉우리 하나에 바위 하나였다. 절은 오래되어 퇴락하였으며, 누각은 주시하는 곳이 없었다. 저녁에 적묵당에서 잤다. 이 날 50리를 갔다.

亭 정자정(주막)　정정亭亭 : 늙은 몸이 꾸정꾸정함. 산이 우뚝함.

碓 방아대(디딜방아)　橫 채울광(가득하다)

揷 꽂을삽　현현懸懸 : 마음에 걸림. 아득하고 멂.

삽천揷天 : 하늘 높이 솟음.

속전俗傳 : 민간 사이에 내려옴.　洒 상쾌할쇄

緇 검은비단치(검은옷)　치도緇徒 : 승도僧徒. 중의 무리.

1) 회양准陽 : 강원도 회양군 군청소재지. 북한강 상류 좌안에 있음.

점점點點 : 여기 저기 흩어져 있음. 낱낱의 점.　翳 일산예(몸가리개)

暎 비칠영(영映의 약자)　澄 맑을징

징청澄淸 : 물 같은 것이 몹시 맑고 깨끗함.

摩 문지를마　마천摩天 : 하늘을 만질 만큼 높음.　挺 늘일연(이기다)

株 그루주(뿌리)　拔 뺄발(공략하다)　矚 볼촉　촉목矚目 : 주시함.

向長安寺

장안사[1]를 향하며　　　　　　　　　　　　칠율 1수 179

算來天上又人間　　계산해보니 하늘 위에 또 인간이 있고

手撒千金未博閑　　손으로 천금 뿌리며 근심해 한가하지 못하네

纔罷蕉隍埋鹿夢　　겨우 해자 속에 파초로 사슴 묻는 꿈[2] 깨고

因尋蓬海戴鰲山　　그로 인해 봉래바다에서 오산을 생각하며 찾네
道途悠遠何時極　　길이 아득히 멀어 어느 때 다하여 갈 것인가
霜露頻繁與子還　　서리 이슬이 무성해 그대와 함께 돌아오네
薄采永郎峯頂草　　영랑3)이 봉우리 정상의 풀을 조금 채먹으며
願將春色駐童顔　　원컨대 장차 춘색으로 동안4)에 머물러 있기를

▌*二十七日甲子留長安寺, 甚憊不登陟.
　27일 갑자에 장안사에 머물렀으나, 심히 피곤하여 오르지 못했다.

1) 장안사長安寺 : 금강산 내금강 장경봉長慶峯 아래에 있는 절로 금강산 4대 사
찰중 하나. 고구려 승려 혜량이 창건, 신라 법흥왕 때 진표眞表가 중건하였다. 주
위 경치가 빼어난 곳으로 유명하며, 6.25 때 소실되었다.
撒 뿌릴살　博 근심할단, 넓을박　纔 겨우재(비로소. 방금.)
罷 방면할파(그치다)　蕉 파초초(땔나무)
隍 해자황(성 밖을 둘러싼 못. 산골짜기.)
2) 초황록몽蕉隍鹿夢 : 인생의 득실得失이 무상하여 꿈과 같음. 정鄭 나라 사람
이 땔나무를 하다가 사슴을 잡았는데, 해자 속에 넣고 파초 잎으로 덮어 두었으나
너무 기뻐 왔다 갔다 하는 바람에 그 장소를 잊어버렸다. 결국 꿈으로 생각하고 찾
기를 단념했다는 고사에서 온 말. 초록몽焦鹿夢.
도도道途 : 길.　悠 멀유(걱정하다.)　采 풍채채(벼슬. 참나무.)
3)① 영랑永郎 : 신라 사선四仙 가운데 하나. 국선國仙. 사선四仙은 영랑永郎,
술랑術朗, 안상安祥, 남석행南石行을 일컬음.
　② 삼일포 : 강원도 고성군 금강산 부근에 있는 호수. 경치가 매우 아름다워 신
라 때 영랑永郎 등 사선이 사흘 동안 이 호수에서 놀았다한다. 사선정四仙亭, 몽
천암夢天庵 등의 고적이 있으며, 관동팔경의 하나임.　憊 고달플비　駐 머무를주
4) 동안童顔 : 어린 애의 얼굴.

 **해설**

　장안사를 가면서 영랑봉에 올라 영랑이 먹던 봉정 초를 캐 먹고 '늙지 않고 동안童顏으로 살 수 없을까'하고 기대하고 있는 시이다.

戲贈念佛長老

재미삼아 염불 장로에게 써서 증정함　　　　　칠율 1수 179

念念彌陀呼不應	아미타불 생각하며 불러도 응답하지 않고
一呼猶可奈千呼	한번 부름에 오히려 어찌 천 번을 부르리오
有人呼汝且千遍	사람이 그대를 부르고 일천 번을 불러도
汝得於人無怒無	그대는 사람에게서 화 내지 않는 무를 얻네
月滿空山深閉戶	달빛이 빈산에 가득차 있는 깊이 문 닫고서
老僧輸盡水晶珠	늙은 스님은 수정주1)를 다 바치었네

미타彌陀 : 아미타불阿彌陀佛.　　염불念佛 : 부처의 공덕을 생각하면서 부처의 이름을 외는 일. 나무아미타불을 외는 일.　　장로長老 : 나이 많고 덕이 많은 사람. 輸 보낼수(알리다. 나르다. 부수다. 깨다.)

1) 수정주水晶珠 : 염주念珠의 종류. 염주의 재료는 자개, 목암, 동銅, 수정, 진주 등이 있으며 최상품은 보리수 열매로 만든 것임. 염주는 108개가 가장 일반적인데, 108번뇌를 끊는다는 의미에서 최승주最勝珠라고 한다.

 해설

　달밤에 노승이 무료하게 앉아 염주 굴리는 소리를 인상 깊게 표현하고 있다. 시각적인 이미지에 그치지 않고 청각적인 이미지까지 교차하는 리듬을 자아내게 하고 있다. 하지만 이 시는 칠언율시 1수이지만 6행만 있어 2행이 없어진 시이다.

*二十八日乙丑. 朝後微雨旋晴. 發長安寺憩地藏庵. 經普賢白華兩庵. 白華見西山四溟眞幀. 由表訓寺至正陽寺歇惺樓因宿. 是日行十五里.

　28일 을축일 아침 이후로 가랑비가 왔는데 빨리 개었다. 장안사를 출발하여 지장암에서 쉬었다. 보현과 백화 두 암자를 경유하였다. 백화암에서 서산과 사명대사의 초상화 그림족자를 보았다. 표훈사를 경유하여 정양사 헐성루에 이르러 그로 인해 숙박하였다. 이날 15리를 갔다.

**二十九日丙寅晴. 下正陽寺由表訓十里至內圓通庵, 觀須彌塔. 復下圓通入萬瀑洞. 過八潭上普德窟下, 宿摩訶衍, 望毘盧峰. 是日周行凡五十里. 自正陽至摩訶衍直路十五里强.

　29일 병인에 화창하였다. 정양사 아래로 내려와 표훈 십리를 경유하여 내원통암에 이르러 수미탑을 보았다. 다시 원통으로 내려와 만폭동으로 들어갔다. 팔담을 지나 보덕굴에 올라 갔다가 내려와 마하연에서 숙박하며, 비로봉을 바라보았다. 이날 주행은 모두 50리였다. 정양사로부터 마하연까지 직선 길로는 15리가 짱짱하였다.

旋 돌선(도리어. 빨리.)　眞 참진(초상. 혼. 정말. 생긴 대로.)
幀 그림족자정(그림틀)
수미須彌 : 수미산. 불교의 우주관에서 세계의 중앙에 있다는 산.

萬瀑洞

만폭동[1]에서　　　　　　　　　　　　　칠율 1수 180

霍眼初醒萬瀑喧　별안간 만폭동의 시끄러움에서 막 깨어나

岩龕痴坐抱楓根　바위 감실에 멍하니 앉아 단풍뿌리 안고 있네

昭明氣發蛟潛處　밝게 기가 발동하여 교룡이 숨어사는 곳이라

砯砑山改鬼鑿痕　골짝을 갈고 산 고쳐 귀신 뚫는 흔적이네

風水成聲千古樂　물바람 소리 이루어져 천고의 음악이 있고

磵溪歸海一家言　계곡물이 바다로 간다는 일가[2]의 말씀 있네

離空離色參眞相　공과 색을 멀리하고 참된 실상에 실참[3]하여

始入金剛不二門　처음으로 금강 불이문으로 들어가도다

1) 만폭동萬瀑洞 : 금강산 내금강에 있는 명승지. 이곳에 있는 폭포들은 각기 독특한 모양과 전설들을 가지고 있다. 이 밖에 내금강에는 장안사長安寺, 명경대明鏡臺, 비로봉飛盧峯 등이 있다.
霍 소낙비확　醒 깰성　喧 떠들썩할훤(울어대다)　龕 감실감(사당안에 신주神主를 모시어 두는 장)　昭 밝을소　소명昭明 : 사물을 분간함이 밝고 똑똑함.
砯 산골짜기곡　砑 갈아(맷돌)　鑿 뚫을착, 구멍조
2) 일가一家 : ① 학문·기예 등 독자적인 경지나 체계를 이루는 상태. ② 한집안 가족.　參 석삼, 간여할참
3) 실참實參 : 실제로 참선을 해봄. 실참실수實參實修(실제 수행)
진상眞相 : 사물의 참된 내용이나 사실.

 **감상**

　　용이 숨어있는 곳에 단풍 빛깔이 빨갛게 조명되어 더욱 아름답고, 텅 빈
골짜기는 더욱 신神의 솜씨로 쪼아 놓은 것 같다. 바람소리와 물소리가 교
차되어 천고에 없는 음악을 이루고 있다. 부처의 실상實相은 빈 것을 떠나
고, 빛을 떠난 경지가 아닌가 하면서 불가佛家에서 말하는 공허空虛의 실체
를 실감나게 묘사하고 있는 시이다.

入摩訶衍

마하연[1]에 들어서며

오고 1수 180

蓬山可人處	봉래산[2]도 가히 사람 사는 곳이니
惟有摩訶衍	오직 마하연이 있더라
穩聽萬瀑流	편안하게 만폭동의 흐르는 물소리 들으며
平挹衆香面	바로 중향성[3]의 얼굴 앞에 닿았네
神房窈且朗	신방은 깊고도 또 밝게 있으며
樹樹桂影轉	나무마다 계수나무 그림자 구르네
健翠柏蔭壇	짓 푸른 잣나무 응달쪽에 제단이 있고
空華泉落筧	망상[4]이 샘물 대 홈통으로 떨어지네
飯鍾響初斷	밥 먹는 종소리 처음 울렸다가 끊어지고
餘烟浮一線	남은 연기가 한 줄로 피어오르네

老衲分客榻	늙은 스님은 손님을 위해 자리 내주고
復草高僧傳	다시 고승전의 초를 잡네
呼童拾松子	동자를 불러 솔방울을 주어
團茶催夕煎	단다5)를 가지고 재촉하여 저녁에 차 달이네
山行良可苦	산행은 진실로 고통스럽다지만
聊此慰飢倦	오로지 이렇게 굶고 피곤한 것 위로가 되네

1) 마하연摩訶衍 : 내금강에 있는 유점사楡岾寺의 말사末寺. 신라 때의 의상대사義湘大師가 지었다는 절인데, 만폭동의 가장 깊은 곳에 있음.

2) 봉래산蓬萊山 : 여름 금강산의 별칭. 《사기史記》의 봉선서封禪書에 따르면, 영주산瀛州山·방장산方丈山과 더불어 3신산으로 부르는데, 그곳에 선인仙人이 살며 불사不死의 영약靈藥이 있다고 함.

訶 꾸짖을가(책망하다) 挹 뜰읍(당기다. 장려하다.)

3) 중향성衆香城 : 금강산 내금강의 영랑봉 동남쪽을 병풍처럼 둘러싸고 있는 하얀 바위. 불교의 '중향성불토국衆香城佛土國'이라는 글에서 따온 것인데, 중향성은 금강산 철위산鐵圍山을 의미하며, 불토국佛土國은 부처님께서 교화할 대상적 국토라는 의미가 있다.

중향폭포衆香瀑布 : 금강산 구룡폭포九龍瀑布의 다른 이름. 구룡폭포는 강원도 고성군 온정리 금강산에 있는 높이 74m의 폭포이다. 십이폭포, 비봉폭포, 조양폭포와 함께 금강산 4대폭포에 해당하며, 강원도 인제에 있는 대승폭포, 개성의 박연폭포와 함께 우리나라 3대 폭포로 알려져 있다.

窈 그윽할요(심원하다) 신방神房 : 무당(제주).

4) 공화空華 : 불교에서 번뇌로 생기는 온갖 망상.

筧 대홈통견 衲 기울납(옷을 수선하다. 중의 옷. 장삼.)

노납老衲 : 늙은 중. 납의를 입은 사람. 중이 자기를 낮추어 부르는 말.

객탑客榻 : 손님을 위해 마련한 자리.

草 풀초(초 잡다. 거칠다. 엉성하다.)

송자松子 : 솔방울. 잣.

5) 단다團茶 : 떡 차. 찻잎을 시루에 쪄서 절구에 넣고 찧은 다음, 이것을 떡 모양
으로 단단하게 만들고, 불에 구워 맷돌에 갈아 물에 타 마심.

▌ *九月初一日丁卯晴. 朝起有微霜. 飯畢過萬灰庵上白雲臺. 路
險不究上還望摩訶衍. 迷道失佛地庵妙吉祥岩二勝, 遂離內山
踰雁門嶺下. 曉雲洞, 入楡岾寺, 寺高城地也. 是日行三十里,
夜雨.

9월 초하루 날 정묘에 맑았다. 아침에 일어나니 서리가 조금 있었다.
아침밥을 먹고 나서 만회암을 지나 백운대에 올랐다. 길이 험한 것을
궁구하지 않고 다시 올라 마하연을 조망하였다. 길이 혼미하여 불지암
과 묘길상 암자의 2곳의 경치를 지나쳤으며, 드디어 내산을 떠나 안문
령을 넘어 내려 왔다. 새벽에 운동에서 유점사로 들어서니 절은 고성
땅이었다. 이날 삼 십리를 갔는데, 저녁에 비가 왔다.

감상

금강산 밑에 사람이 들어가 살만한 곳은 마하연이 있을 뿐이다. 폭포소
리 듣다 보면 더욱 고개가 숙여지고, 솔방울 줍는 아이 불러 차 끓이다 보
면 산에 올랐던 고달픔과 배고픔도 잊어버리고 만다는 내용이다.

望毗盧峯

비로봉을 바라보며   칠절 1수 181

一柱千霜擎九霄　　기둥 하나 천년 풍상에 사방 하늘을 받치고
上頭紅日曉應朝　　머리 위로 붉은 해 올라 새벽 아침이 밝았네
迢迢坐送群仙去　　멀리 멀리 앉아 무리지은 신선들 보내며 가고
腸斷天風白玉篇　　애 끊는 하늘 바람에 백옥 같은 시편이 있네

*初二日戊辰晴. 離楡岾寺踰狗嶺出正溝, 宿內洞張雅錫元家.
是日行六十里.

초 2일 무진일 맑았다. 유점사를 떠나 구령을 넘으니 정구가 나타났다.
내동의 장아 석원의 집에서 숙박하였다. 이날 60리를 갔다.

**初三日己巳晴. 自內洞過高城縣, 臨海金剛俯東海. 午後復取
高城路宿沙峴村庄. 是日經行十五里, 緯行几二十里.

초 3일 기사에 맑았다. 내동에서 고성현을 지나니 해금강이 동해에 접
해 굽어 있었다. 오후에 다시 고성으로 가는 길을 택하여 사현촌장에서
숙박하였다. 이날에 종으로 15리를 걸었고, 횡으로 20리를 걸었다.

擎 들경(들어올리다)　구소九霄 : 구천九天. 사방 하늘.　迢 멀초
천풍天風 : 하늘 높이 부는 바람.　백옥白玉 : 흰 옥.　經 날경(세로. 도로.)
경행經行 : 불도佛道를 닦음. 경명행수經明行修(경서에 밝고 행실이 바름)의 준
말.　緯 씨위(가로. 줄기. 길.)

臨東海觀海金剛

동해에 이르러 해금강을 바라보다 고시 1수 182

山金剛海金剛	산 금강 해 금강
山盡卽東海	산이 다하니 곧 동해라네
東海天地之大壑	동해 천지의 큰 골짜기에
無潮無汐	조수도 없이
靑蒼萬里一曲匯廣	푸르고 푸르른 만 리 한 굽이 넓은 물에
桑千枝浮且沉	뽕나무 천 가지 떠가고 또 잠겨 있네
羲仲舊宅今安在	희중[1]의 고택이 지금은 어디에 있는가
黑雲忽紅日跳盪	검은 구름이 문득 붉어져 햇살은 도탕하고
陽侯捧上黃道內	양후[2]는 황도[3] 안으로 받들어 올려지네
老蟹瞬目虹雙起	늙은 게 깜박이는 사이에 쌍무지개 오르고
巨鯨咬牙雪紛碎	큰 고래 어금니 물어 눈발이 가루로 부서지네
浦民見慣膽力巨	포구 사람들은 익히 보아 담력이 커서
搖櫓直入相笑語	노 저어 곧장 들어가며 서로 웃으며 말하네
無風或有浪	바람이 없어도 혹 풍랑이 있을 수 있고
無浪或有風	풍랑 없어도 혹 바람이 있을 수 있네
風風浪浪苦不齊	바람 불고 풍랑이 일어 고르지 않음이 괴로워
水候變幻何時窮	수후의 변환은 언제나 그치려나
白鳥西飛	백조가 서쪽으로 날아가고

三日浦黃葉斜映　　삼일포의 황엽이 비껴 비치네

高城縣渚淸　　고성현의 물가는 맑고

沙煖三十里　　따뜻한 모래가 삼 십리라

眼花眩繢秋　　눈앞이 어질어질 현란한 가을이고

陽轉礁磧戴　　볕이 굴러 암초와 여울에 이고

泥乾回回經抽線　　마른 진흙땅 돌고 돌아 선을 뽑아 지나가고

酒旗西邊第二灣　　주막 깃발이 서쪽 해변 두 번째 물굽이에 있네

洞壑呀然指顧間　　깊은 골짝 휑하여 돌아보며 가리켜

誰敎一片石　　누가 한 조각 바위 돌로

能化恒沙佛頭　　능히 항하사[4] 되어 부처 머리를 교화 하였는가

頭比嶒崒尖　　머리는 산 높고 험한 것에 비해 뾰족하고

尖復叢密遠峯　　뾰족한 것 다시 모여 먼 봉우리 빽빽하네

圓髑髏近峯列　　둥근 해골이 가까운 봉우리에 벌려 있고

指掌小者矗矗　　손바닥을 가리켜 작은 것은 삐죽삐죽 하네

千根笋大者崚崚　　일천 죽순 뿌리가 큰 것은 높고 첩첩하고

九節杖頂欹　　구절 지팡이 손잡이 짚으며

或側帽尾颭　　어떤 것은 기울어 모자 끝에 휘날리고

或颭旗槃礴絡　　어떤 것은 기가 살랑살랑 쟁반의 명주 섞인 것 같아

枯藤窨窪竅汙池　　마른 등나무 구덩이에 있고 맑은 물 못에 통해 있네

巍乎瞻丈人　　높도다, 큰 어른을 우러러 봄이여

低似羅兒孫　　　　　아래로는 애들이 늘어서 있는 것 같도다
只是箇形色　　　　　단지 낱낱이 형형색색이 되어
林叢瑰瑋　　　　　　숲들이 모여 옥구슬 되고
而險巇岡岡　　　　　험준하고 험한 산등성이 모이고
巒巒接接而連連　　　뫼마다 엇갈리고 엇갈려 이어지고 이어져
芙蓉朶朶　　　　　　부용꽃 늘어지고 늘어져
玉秋垂太古　　　　　옥 같은 가을 태고를 늘어뜨렸도다
天長風怒濤　　　　　하늘에 길게 바람 불고 파도쳐 노하고
日夕相春接笙竽　　　저녁에 서로 절구질하며 생황과 피리를 접
　　　　　　　　　　하네
磬筦成新腔粲粲　　　경쇠 피리 새롭게 이뤄지고 가락이 산뜻하며
丹霞氣朝暮接其頂　　붉은 놀 기운이 아침저녁으로 그 정상에 이
　　　　　　　　　　어지네
湛湛之水上有楓　　　맑고 맑은 물 위에 단풍이 있고
玉女戴花臨明鏡　　　옥녀는 꽃을 이고 명경에 임하였네
金剛山休道好　　　　금강산 좋다는 것은 말로 할 수 없어
山靈早可羞死了　　　산신령도 일찍이 죽기를 부끄러워했네
石梯雲棧一萬重　　　돌다리 구름다리 일만 겹이라
登登催人雪鬢皓　　　오를수록 사람을 재촉하여 귀밑머리 희어
　　　　　　　　　　졌네
恨不能搬而運　　　　한스러운 것은 모든 오악5)의 기슭과
諸五岳之趾四瀆之濱　사독의 물가6)로 운반할 수 없는 것이네

古來達人畸士筆相續	고래로 달인과 기사는 시로 서로 계속하네
米芾先下袍笏揮	미불[7]이 먼저 핫포를 내리고 홀 휘두르며
奇章首選甲乙錄	기이한 문장은 첫 번째 갑을록에 뽑혔도다
胡爲乎	어째서
墮在嶺東鬼魅鄕	영동의 귀신과 도깨비 마을에 떨어져서
愁被漁丁鹽戶眼	어부와 소금 굽는 사람의 눈에 수심 짓게 했는가
生肉物理乘除乃如此	생육 물리의 득실이 이와 같아
與我同懷誰家子	나와 회포를 같이할 사람은 뉘 집 자식인가
瞻彼銀臺金闕	저 은대[8]와 궁궐을 보니
霓旋霞衣客	무지개 놀에 나그네 옷 물들이고
雲際相邀粲啓齒	구름가에서 서로 맞이하며 활짝 이를 드러내네
安得兩腋生淸風	어찌 두 겨드랑이에 맑은 바람이 생기는가
笑蹴滄溟一勺視	웃으며 푸른 바다의 한 잔 술을 차며 보았네
鰲骨已霜三山流	큰 거북 뼈가 서리 내리고 삼산에 흘러가는데
秦皇漢帝空相求	진시황과 한무제는 공상[9]을 구하더라

1)① 희화羲和 : 《상서尙書》〈요전堯典〉에, 희화羲和는 요堯 임금의 천문天文과 역법曆法을 담당했던 관리였음. 희중羲仲, 희숙羲叔, 화중和仲, 화숙和叔의 4명의 인물로 각각 동서남북의 사방을 분담하여 관장하고, 성상星象을 관측하여 춘하추동을 바로잡았는데, 후대에는 천문관天文官의 이름으로 사용하였음.

② 희중義仲 : 사악의 제후를 관장하던 동쪽을 다스리는 관리. 《후한서後漢書》
〈동이열전東夷列傳〉에 "昔堯命羲仲宅嵎夷, 曰暘谷, 蓋日之所出也. : 옛날 요임금
이 '희중'에게 명하여 '우이'에 집을 짓게 하였다. '양곡(희중이 거하는 관사의 이
름)'이라고 하니, 해가 뜨는 곳이다."라 하였다.

汐 조수석 匯 물합할회 跳 뛸도(달아나다) 盪 씻을탕

도탕대跳盪隊 : 기병騎兵으로만 편성된 부대.

2) 양후陽侯 : 풍파를 일으켜 배를 전복시킨다는 파도의 신神. 원래 바다에 인접
한 능양국陵陽國의 제후였는데, 죄를 짓고 강에 빠져 자살을 하였다. 죽은 뒤에
해신이 되어 황하의 수신 하백河白의 부하가 되었다. 捧 받들봉

3) 황도黃道 : 1년 동안 별자리 사이를 움직이는 태양의 겉보기 경로. 황경黃經(춘
분점으로부터 황도). 瞬 눈깜작일순 霆 소낙비확 霍 빠를곽

咬 새소리교(깨물다) 搖 흔들요 櫓 방패로(노. 배 젓는 기구.)

변환變幻 : 갑자기 나타났다 없어짐. 빠른 변화.

안화眼花 : 눈앞에 불똥 같은 것이 어른어른 보이는 병.(=공화空華)

眩 현혹할현(아찔하다) 纈 무늬있는비단힐(안화眼花)

礁 암초초 呀 입벌릴하(굴 골짜기 등이 휑하게 뚫려 있음. 감탄 의문의 어조사.)

4) 항하사恒河沙 : 항하恒河는 인도의 갠지스강을 말함. 항하사는 '갠지스강의 모
래'로 불교에서는 헤아릴 수 없는 수로 비유함.

嶀 산길고, 우뚝할추 崒 험할줄 萃 모일췌 추줄嶀崒 : 산이 높고 험한 모양.

髑 해골촉 髏 해골루 矗 우거질촉(곧다) 촉촉矗矗 : 높이 솟아 삐죽삐죽함.

崚 험준할릉 颺 날릴양 颭 물결일점 槃 쟁반반

礴 뒤섞일박(널리 덮다. 가득차다.) 絡 헌솜락(누이지 않는 삼. 명주.)

窞 작은구덩이담 窪 웅덩이와 竅 구멍규 일석日夕 : 저녁. 밤낮.

舂 방아찧을용 笙 생황생 竽 창우

筦 피리관(맡아 다스리다) 腔 속빌강(가락강) 粲 정미찬(잘 쓿은 쌀. 깨끗하다.)

찬찬粲粲 : 찬하고 산뜻함. 湛 맑을담(즐기다)

羞 부끄러울수(바치다. 음식을 올리다.) 搬 옮길반

5) 오악五岳(=오악五嶽) : ① 우리나라의 이름난 다섯 산. 곧 동의 금강산, 서의

묘향산, 남의 지리산, 북의 백두산, 중앙의 삼각산. ② 중국의 이름난 다섯 산. 동 태산泰山, 서 화산華山, 남 형산衡山, 북 항산恒山, 중 숭산嵩山을 말함.

6) 사독四瀆 : 나라에서 해마다 제사 지내던 네 방위의 강江. 동독東瀆인 낙동강, 서독西瀆인 대동강, 남독南瀆인 한강, 북독北瀆은 함경남도 용흥강을 말함. 畸 뙈기밭기(체비지. 나머지.) 기사畸士 : 사건. 안건.

7) 미불米芾(1051~1107) : 중국 북송 때의 서화가. 자는 원장元章. 호는 해악海 嶽. 글씨는 왕희지의 서풍을 이었으며, 채양·소식·황정견과 송나라 사대가四大 家의 한 사람으로 꼽힌다. 그림은 먹의 번짐과 농담만으로 그리는 미법 산수를 창 시하였다. 저서에 《화사畵史》, 《서사書史》가 있다. 염호鹽戶 : 소금을 만들던 집. 육물肉物 : 고기종류. 승제乘除 : 곱셈과 나눗셈.

운제雲際 : 높은 하늘. 높은 산. 구름 끝. 금궐金闕 : 천자의 궁궐.

8) 은대銀臺 : 조선시대 왕의 비서기관인 승정원承政院의 별칭. 齒 이치(연령. 벌리다.) 계치啓齒 : 입을 크게 열어 웃음. 勺 구기작(잔질하다. 술 같은 것을 뜰 때 쓰는 기구.) 鰲 자라오(바다거북) 霜 서리상(머리카락이 셈. 깨끗한 절개. 엄한 법. 세월.)

9) 공상空相 : 만물의 실체가 없는 모양.

▎ * 初四日庚午晴. 發沙峴至三日浦, 俯四仙亭, 憩夢泉庵, 遂向
   神溪寺宿. 是日行三十五里.

   초4일 경오에 맑았다. 사현을 출발하여 삼일포에 이르렀다. 사선정을 굽어보고, 몽천암에서 휴식을 하고, 드디어 신계사로 향하여 숙박하였 다. 이 날 35리를 갔다.

 감상

매천이 26세 때 금강산을 유람하며 동해에서 해금강을 보고 지은 시이 다. 장단구로 되어 있다.

요임금의 신하가 되어 동방을 다스렸다는 희중이의 옛집이 어디 있느냐고 하면서, 아침 해가 뜰 때의 광경을 '게가 눈을 부릅뜨는 것'으로 비유하고 있는데서 재미가 있다. 바람이 없는 듯 물결이 일고, 물결이 없는 듯 바람이 일면서 물의 변화는 무궁무진하다. 백조가 나는 삼일포가 보이고, 누런 이파리가 비껴서 비치는 고성의 산수를 묘사하고 있다. 기암절벽의 아름다운 모습 속에 맑은 가을 하늘과 선계의 붉은 햇빛이 잘 조화된 색감을 느끼게 한다. 영묘한 산의 모습에서 그냥 죽어간다 해도 후회가 없을 정도로 매료되어 있는 매천이다. 그림을 잘 그렸던 '미불'이를 생각할 만큼 형용할 수 없는 경지라는 것이다.

이처럼 전체적으로 시는 해금강의 웅장한 신비감을 그려내는데 주력하였고, 마지막으로 진시황과 한무제를 끌어와서 인간의 헛된 욕망을 경계하며 결말을 지었다.

神溪上房戲作禪語與應溟

신계사[1] 상방에서 선어와 응명과 함께 재미삼아 짓다 칠율 1수 184

1수

丈六金身非佛子	장육삼존상의 금색신은 불자가 아니고
心頭自發白毫光	마음속 한 생각이 스스로 백호 빛 발휘하네
究看智慧常圓滿	지혜를 연구하여 보면서 항상 원만히 하고
若待思量轉宦茫	만약 생각하고 헤아린다면 더욱 아득해지네
客亦知夫秋水月	나그네도 사나이임을 알고 가을 물 달빛에
吾無隱爾木犀香	나는 숨김없이 목서 향[2]을 피우리

蓬山佳處何須問　봉래산 좋은 곳에 마땅히 무엇을 물어야 하나
萬樹楓紅一夜霜　나무마다 붉은 단풍 들고 하룻밤 새 서리 오네

1) 신계사神溪寺 : 강원도 금강산 외금강外金剛에 있는 절. 유점사愉岾寺 말사末
寺. 신라 법흥왕 때 보운寶運이 창건. 28대 진덕여왕 때 김유신金庾信이 중수하였
고, 그 후 여러 차례 보수하였으나 6.25때 폐허되어 최근에 복원하였음.
사량思量 : 생각하여 헤아림.　睘 움펑눈요(멀리 바라보다)　茫 아득할망(빠르다)
2) 목서木犀 : 물푸레나무.

■ *初五日辛未晴. 入玉流洞訪九龍淵. 頫八潭瀑還宿禪房. 是日
　　往還凡五十里.

　　초5일 신미에 맑았다. 옥류동으로 들어가서 구룡연을 찾아갔다. 팔담
　　폭포를 살펴보고 다시 선방으로 돌아와 잠을 잤다. 이날에 왕복 대략
　　50리를 갔다.

■ **初六日壬申朝有雲陰. 出神溪寺至溫井店, 遇雨因宿. 是日行
　　五里.

　　초6일 임신일 아침에 음산한 구름이 있었다. 신계사를 나와 온정점에
　　이르러 비를 만났다. 그로 인해 숙박하였다. 이날에 5리를 갔다.

■ ***初七日癸酉天甚晴. 自溫井三十里訪新舊萬物草踰嶺, 宿嶺
　　下店. 是日行五十五里. 萬物洞往還凡二十里.

　　초7일 계유에 하늘이 매우 맑았다. 온정 30리에서 신구 만물상과 초
　　유령을 찾았고, 고개 아래 점포에서 숙박하였다. 이 날 50리를 갔다.
　　만물동까지 왕복은 대략 20리였다.

頫　머리숙일부(살펴보다)

追記八溏與曉雲洞二處, 見柳公億鑴名, 歎雙峰違約

팔당과 효운동 두 곳에 유억[1] 공의 이름이 이름이 새겨짐을 보고
추기하고, 쌍봉[2]과 약속이 어겨짐을 읊다　　　　오율 1수 185

愛山終遜祖	산을 사랑하며 조상에게 겸손했고
爲客最宜秋	나그네는 가을이 가장 좋은 때라네
之子不能作	그대가 가 능히 짓지 못하고
令人祗自愁	사람들은 단지 스스로를 근심하네
雁遲音信斷	기러기 늦어져 소식이 끊어지고
木落歲華流	나뭇잎은 떨어져 세월만 흘러갔네
萬里重陽酒	만 리 길 중양절에 술 마시며
無心賦遠遊	무심코 부 지으며 멀리 노니노라

1)① 유억柳億 : 구례군 토지면 오미리에 있는 운조루 3대 주인공.
　② 운조루 사람들 : 운조루를 지은 사람은 1776년 삼수부사를 지낸 1대 유이주柳
爾胄였다. 유이주의 양자로 들어간 2대 유덕호柳德浩(1757~1815)가 운조루를 맡
았는데, 유덕호는 서자뿐이었으므로 친동생 3대 유억柳億(1796~1852)이 운조루
를 맡았다.
유억은 30세 때 무과에 급제해 함경도 감영의 중군, 평안도 병마절제사 겸 토포사
등 벼슬을 했다. 그는 늙어서 집에 돌아와 그의 호를 딴 원석집圓石集을 남겼으며,
그 아들 4대 유견용柳見龍(1817~1851)이 운조루를 맡았다. 유견용은 아버지 유
억이 죽기 1년 전에 35세의 나이로 죽어 큰 행적을 남기지 못했으며, 제양과 제영
등 두 아들을 두었다.
　5대 유제양柳濟陽(1846~1922)은 여섯 살 때 아버지를 여의고 그 이듬해에 할

아버지를 여의어 어머니 슬하에서 자랐다. 숙부 택선의 보살핌을 받으며 독서에
열중해 77살에 죽기까지 1만여 편의 시를 썼다. 특히 그는 아버지가 죽던 1851년
부터 일기를 쓰기 시작해 시언是言이란 기록을 남겼다. 그는 매천 황현, 소천 왕
사찬, 해학 이기 등과 폭넓게 교류했으며, 두 부인에게서 다섯 아들을 두었다.(《금
환락지金環落地》, 향토문화진흥원, 1992년.)
2) 쌍봉雙峰 : 운조루 5대 주인공 유제양柳濟陽의 호. 이 밖에 이산二山 또는 안
선재岸船齋라 하였음.
전명鐫名 : 이름을 새기는 것. 鐫 새길전 목락木落 : 나뭇잎 떨어짐.
음신音信 : 소식. 편지.(=성식聲息. 신식信息. 음모픔耗.) 세화歲華 : 세월.

喜秋煖

가을이 따뜻함을 기뻐하며

오절 1수 186

楓林如此晚	단풍 숲이 이와 같이 늦어지고
單袷尚宜身	겹옷 한 벌이 아직 이 몸에 맞네
自詫山緣重	스스로 자랑하여 산이 더욱 푸르고
秋陽助遠人	가을볕은 먼데서 온 사람 도와주네

* 初八日甲戌晴. 回踰斷髮嶺宿新坪. 是日行六十里.

초8일 갑술일에 날이 개었다. 돌아와 단발령을 넘어 신평에서 숙박하였
다. 이날 60리를 갔다.

單 홑단(한 벌의 옷. 오직.) 袷 겹옷겹, 동구레깃겹
원인遠人 : 먼데서 온 사람. 詫 자랑할타 추양秋陽 : 가을 볕.

明日重陽

내일이 중양절   고시 1수 186

去時葉初黃	떠나갈 때는 잎사귀가 처음에 황색이었는데
來時葉盡落	올 때 이파리가 다 떨어졌네
草木無情	초목은 정이 없으니
猶乃爾浮生	오히려 이 덧없는 인생이
容易鬢華薄	쉽게 하얀 살쩍이 성글어 지네
已矣乎	틀렸도다
登山臨水念將歸	산 오르고 물 접해 장차 돌아올 걸 생각하니
不可無此悲秋	이처럼 가을이 슬프지 아니함이 없네
作茱萸林菊花酒	수유나무 숲에서 국화주를 만들며
明日九日何處酌	내일 구일은 어데서 술잔을 기울일 것인가

* 初九日乙亥晴. 發新坪過倉都宿金城景坡店. 是日行六十里.
  초9일 을해에 날이 갰다. 신평을 출발하여 창도를 거처 금성 경파의 여
  관에서 숙박했다. 이날 60리를 갔다.

** 初十日丙子晴. 過金城行五十五里宿金化縣前店.
  초열흘 병자에 맑았다. 금성을 지나 55리를 가서 금화현 앞 여관에서
  잠을 잤다.

鬢 살쩍빈(=鬢鬢의 속자) 이의호己矣乎 : 절망하는 말로 '틀렸도다'의 뜻.
茱 수유수 萸 수유유

題念庵贈卷

염암[1)]에게 책을 기증하며   칠절 1수 187

念公投紙意何深   염공이 종이를 던져주니 뜻 어찌 심오한가
供我談楓費苦吟   나의 담풍췌묵[2)] 얘기하며 괴로이 읊조리네
負了晴天三十日   맑은 하늘 짊어진 지 한 달이나 되었고
一詩不直一文金   시 하나 곧지 못하지만 문장은 금이로다

1) 염암念庵 : 미상의 인물이나 파평윤씨 남원백파 윤병수尹秉綬(1850~?)인 듯함.
  윤병수의 호는 염암念庵, 자는 경조景組. 1888년 무자별시戊子別試 병과丙科에
급제하였다. 매천은 1900년에 〈윤염암병수尹念菴秉綬〉라는 제목으로 오고 1수를
쓴 바 있다. 이 시는 《역주매천황현시집》(하권) 435쪽에 번역되어 있다.
供 말할공, 이바지할공
2)《담풍췌묵談風贅墨》: 매천은 1880년 26세 때 상경하여 영재 이건창을 만나려
하였으나 만나지 못하고, 금강산을 여행하면서 기행시집 《담풍췌묵》을 지었다.
고음苦吟 : 괴로이 시를 읊조림.

念丹農

단농[1)]을 생각하다   오율 1수 187

悄悄入相思   근심 걱정으로 서로를 생각하며
丹農久別離   단농과 이별한 지 오래 되었네

燈前生顧眄	등불 앞에서 곁눈질로 돌아다보고
秋後見鬚眉	가을이 된 후 수염과 눈썹을 보네
絶塞鴻來日	변방을 막아도 기러기 올 날 되었고
寒江葉下時	찬 강가의 나뭇잎이 떨어질 때로다
往來吟獨苦	오가면서 혼자 괴롭게 읊조리니
能不憶君詩	능히 그대 시를 기억하지 못하네

1) 단농丹農 : 이건초李建初의 호. 조선 후기 학자이며 어당晤堂 이상수李象秀 (1820~1882)의 아들. 개화파 정병하鄭秉夏의 저서로 농사법에 관한 책《농정촬요農政撮要》를 1886년에 교정·편찬하였다.
　매천은 1880년 경진년에 '청주로 돌아가는 이단농건초를 환송하며'라는 〈송이단 농건초환청주送李丹農建初還淸州〉 시를 오율 1수로 읊은 바 있다. 이 시는《역주 매천황현시집》(상권) 457쪽에 번역되어 있다.
悄 근심할초(고요하다)　초초悄悄 : 근심과 걱정으로 시름없음.
상사相思 : 서로 생각하고 그리워함.　眄 애꾸눈면(곁눈질)

▌ *十一日丁丑晴. 自金化五十里還宿豊田村庄.

　11일 정축에 맑았다. 금화 50리에서 돌아와 풍전 촌장에서 숙박하였다.

▌ **十二日戊寅晴. 自豊田至藥門宿凡四十里.

　12일 무인 맑았다. 풍전에서 약문으로 와서 숙박하였는데, 대략 40리 였다.

▌ ***十三日己卯晴. 發藥門歷抱川松隅市, 踰祝石嶺, 宿沙梁店. 是日行八十里.

　13일 기묘에 맑았다. 약문을 출발하여 포천 소나무 모퉁이에 있는 저자 를 지나 축석령을 넘어 사량의 여관에서 숙박하였다. 이날 80리를 갔다.

有所思

생각하는 것이 있음

칠율 1수 188

紛紛葉下露亭皐	노정 있는 물가에 분분히 나뭇잎 떨어지고
落日停驂我思勞	석양에 마차 세우고 나의 노고를 생각하네
藜藿滿山深豹隱	만산에 여곽[1] 있고 표범 깊이 숨어사는 곳에
蘆花拂水見鴻高	갈꽃 물 떨치고 기러기 높이 낢을 보노라
孤臣華髮催明鏡	외로운 신하는 머리 세어 명경을 재촉해 보고
壯士悲歌碎寶刀	장사는 슬픈 노래 부르며 보석 칼을 부수네
萬里嵩河似不見	만리 밖 숭산[2]과 황하가 보이지 않은 것 같아
東遊慚愧子由豪	동쪽으로의 유람이 소자유[3] 시인에게 부끄럽네

분분紛紛 : 뒤숭숭함. 흩날리는 모양이 어수선함. 皐 물가고(언덕. 부르는 소리.)
驂 곁마참(네 필의 말이 끄는 마차에서 바깥의 두 말)
1) 여곽藜藿 : 명아주 잎과 콩잎. 아주 변변치 못한 음식.
화발華髮 : 하얗게 센 머리털. 노인. 보도寶刀 : 보배로운 칼. 귀한 칼.
2) 숭산嵩山 : 중국 하남성 등봉시에 있는 숭산의 높이는 1,440미터로 중국 5대명
산 중 하나. 당나라 때 신악神嶽으로 지정되기도 했다. 남북조시대부터 종교와 문
화의 중심지로 승려와 도사의 수업도량이 되었던 소림사는 선종의 시조 달마대사
가 면벽 9년 좌선했던 곳으로 유명하다.
3) 자유子由 : 북송의 문인 소철蘇轍의 자. 호는 영빈穎濱이며, 당송 팔대가의 한
사람으로 문하시랑을 지냈음. 소식蘇軾의 아우.

村店

촌 여관에서

칠율 1수 188

靑絲帘薄菜盤香	엷은 청사 주막 기가 있고 채반에 향기나
衰柳陰邊叩小庄	시든 버들 응달가의 작은 별장을 두드리네
瀦村路險潦初落	저촌으로 가는 길 험한데 장마 막 그치고
大野秋收苗更長	너른 들판 추수 후에 싹이 다시 자라나네
山隨病葉渾鳴夜	산은 누런 잎 따라 밤에 물소리 울려오고
天佑黃花也退霜	하늘은 황국화를 도와서 서리도 물러가네
沽酒漸知京國近	술을 사며 점차 서울이 가까워짐을 알고
歸來千里最寬觴	천리 길 돌아와 제일로 큰 술잔을 드노라

청사靑絲 : 빛깔이 푸른 청실.　帘 주막기렴　叩 두드릴고　瀦 웅덩이저
潦 장마료(큰비)　병엽病葉 : 병든 잎. 여름에 붉게 또는 누렇게 물든 나뭇잎.
渾 흐릴혼(물소리)　천우天佑 : 하늘의 도움. 신명의 가호.
황화黃花 : 누런 꽃. 국화꽃. 황국黃菊.　고주沽酒 : 술을 팔거나 삼, 또는 그 술.

丁酉除夕拈昌黎集

정유년 제석에 '창려집'1)을 뽑음   칠율 1수 188

詩將今夕以除名	오늘 저녁 시제를 제석의 이름2)으로 하니
歲欲除時愁更生	한해가 지나갈 때라 수심이 더욱 생겨나네
燈盡無眠還自怪	등불 아래 잠도 없어 도리어 스스로 괴이하고
鷄聲欲聞一回驚	닭 우는소리 들려올 시간되어 한번 놀라네
把盃人世思前境	잔 잡고 인간세상에서 예전의 경지 생각하며
載筆天涯送遠行	글 지으며 하늘 끝에서3) 멀리 감을 전송하네
一樹梅花交冷煖	한 그루 매화가 냉기와 따스함 속에 있고
春風應已到江城	봄바람이 응답하여 벌써 강 성곽에 이르렀네

제석除夕 : 섣달 그믐날 밤. 음력 12월 말일.

1) 《창려집昌黎集》: 한유韓愈(768~824)의 문집. 한유는 당 문인文人으로 자는 퇴지退之, 호는 창려昌黎. 시호諡號는 문공文公이었다.

2) 제명除名 : '명부에서 이름을 뺌'의 뜻이나, 본시에서는 '제석의 이름'의 뜻으로 쓰임. 자괴自怪 : 스스로 괴이하게 여김.

재필載筆 : 붓을 가지고 감. 글을 지음. 기록함.

3) 천애天涯 : 하늘 끝. 먼 변방. 타향. 초당사걸初唐四傑의 한 사람이었던 왕발王

勃(650~676)의 '촉주로 부임해가는 두소부를 전송하며'라는 〈송두소부지임촉주
送杜少府之任蜀州〉 시에 나온다. 경연과 미연에 "海內存知己(해내존지기) 세상에
나를 알아주는 이 있다면/ 天涯若比隣(천애약비린) 하늘 끝도 이웃과 같으리// 無
爲在岐路(무위재기로) 헤어지는 이 갈림길에서/ 兒女共霑巾(아녀공점건) 아녀자처
럼 눈물로 수건 적시지 말게"라고 되어 있다.

무술고 戊戌稿(1898년, 44세)

戊戌元朝題明時曆

무술년 새해 아침에 명시력[1]에 대해 쓰다   칠율 1수 189

新蓂入手却茫然	새 태음력을 입수했어도 도리어 망연해지고
光武朝廷已二年	광무[2] 조정도 벌써 이 년째 되었구나
玉帛爭趨東帝國	옥 비단을 다투며 동쪽 일본 제국을 쫓았고
璣衡重按北辰天	북극[3]하늘 구슬을 저울질해 무겁게 눌렀네
九州鐵錯誰先鑄	구주[4]에 철 섞어 누가 먼저 주조할 것인가
一片金甌本自圓	한 조각 금 사발은 본래 저절로 둥글었네
薄海春風吹舊恨	온 나라 안에 봄바람이 불어 오랜 한 남기고
三田碑外草芊芊	삼전도비[5] 밖에는 풀이 무성할 뿐이로다

1) **명시력明時曆** : 명나라의 시력은 '대통력大統曆'을 말한다. 명나라 말기까지 사용되었으며, 우리나라에서는 고려 말에 전해져 효종 때 시헌력時憲曆을 사용할 때까지 통용되었다. 아담샬이 만든 시헌력은 관상감 제조 김육金堉의 주장으로 처음 시행되었다. 그 후 1895년 가을에 시행된 을미개혁 때 태양력이 처음 사용되었다. 蓂 명협명(상서로운 약초. 굵은 냉이. 책력풀) **명력蓂曆** : 태음력太陰曆.

2) **광무光武** : 1897년 대한제국의 연호. 그러므로 1898년은 광무 2년이 됨. 그 이

전의 연호는 건양이었음.

3) 북진北辰 : 북극성北極星.

4) 구주九州 : 나라의 영토. 통일 신라의 지방제도.   甌 단지구(사발)

박해薄海 : 온 나라 안. 바다에 닿기까지. 해내海內.

구한舊恨 : 오래전부터 품고 있는 원한.   芊 풀무성할천

5) 삼전도비三田渡碑 : 1636년 병자호란 때 승리한 청 태종이 자신의 공덕을 알리기 위해 조선에 요구하여 1639년 한강 나루터에 세웠다. 1913년 일제가 다시 세워놓은 것을 주민들이 묻어버렸지만, 1963년 홍수로 드러나자 석촌동으로 옮겼다가 다시 삼전도 어린이공원으로 옮겼다. 사적 101호이다.

> **明成皇后服除, 恭紀志感**

명성황후[1] 복제에 삼가 느낀 감정을 적음   칠율 1수 189

＊正月二十一日望哭

　정월 21일 망곡[2]하다

國恤蒼黃變禮興	국가 구휼이 매우 급한데 변한 예의 일어나고
三年稅服古無徵	삼 년 태복[3]은 옛날 예법에 증거 할 것 없었네
珠襦屢緩玄宮窆	구슬 옷을 여러 겹 느슨히 해 현궁[4]을 폄치고
玉冊初尊太廟升	옥책[5]을 처음으로 받들며 태묘[6]에 오르네
往事人間悲伏后	인간사 지나간 일이지만 복후[7]의 일이 슬퍼라
空聞天外望昭陵	헛되이 하늘 밖에서 들으며 소릉[8]을 바라보네

謬悠難定千秋筆   아득히 잘못되어 천추의 붓을 정하기 어려워
灑涕名山讀史燈   명산에서 눈물 흘리며 등불 아래 역사책을 읽네

1) **명성황후明成皇后**(1851~1895) : 1866년 16세의 나이로 고종 임금과 결혼. 흥선대원군의 통상거부정책에 반대하여 1876년 일본과 수교하였다. 1882년 임오군란이 일어났을 때 청나라의 도움을 받아 목숨을 부지하였다.

  1895년 삼국간섭 후 러시아의 힘을 빌려 일본 세력을 몰아내려하자 1895년 10월 8일 일본 공사 미우라(三浦梧樓) 등에 의해 옥호루玉壺樓 마당에서 살해되었다. 이 사건을 을미사변乙未事變이라하며, 명성황후 모의살해사건은 을미의병이 일어나는 계기가 되었다.

복상服喪 : 상중에 상복을 입음. **紀** 벼리기, 적을기 **지감志感** : 느낀 감정.

2) **망곡望哭** : 임금이나 어버이의 상사를 당했을 때, 몸소 가지 못하고 그쪽을 향하여 슬피 욺. 국상을 당하여 대궐 문 앞에서 백성들이 모여 곡을 함.

창황蒼黃 : 매우 급함. **税** 추복입을태(시일이 경과한 뒤에 입는 옷), 세금세

3) **태복税服** : 기일이 지난 뒤 입는 가늘고 성긴 베로 만든 상복.

무징無徵 : 증거가 없음. 악을 범하고도 부끄러운 마음이 없는 것.

무징불신無徵不信 : 근거가 없으면 믿지 않음.(《논어論語》〈팔일八佾〉)

주유珠襦 : 구슬을 꿰어 장식한 짧은 의복. **襦** 저고리유(속옷)

屢 여러루 **緩** 느릴완

4) **현궁玄宮** : 임금의 관을 묻는 광중壙中.

5) **옥책玉冊** : 제왕이나 후비后妃의 존호를 올릴 때 송덕문을 새긴 옥 조각을 엮어서 만든 책. **筮** 점대서

6) **태묘太廟** : 종묘宗廟.

7) **복후伏后** : 화흠華歆은 중국 삼국시대 위나라 사람으로, 조조曹操를 섬겨 군대를 이끌고 궁내로 들어가 헌제의 비인 복후伏后를 죽였다. 조조가 헌제를 죽이고 위魏를 건국한 후에는 태위太尉에 오르고 박평후博平侯에 봉해졌다.

8) **소릉昭陵** : 단종의 생모인 현덕왕후顯德王后의 능.

謬 그릇될류 **悠** 멀유 **난정難定** : 정하기 어려움. **涕** 눈물체

 해설

1895년 10월 왜인 미우라 공사 일당들이 국모國母인 명성황후를 모살謀殺하고, 그 증거를 없애기 위해 황후의 시신屍身을 숲으로 끌고 가 불태워 버렸다. 시신이 없었기에 장례식을 치르지 못하고 있다가, 2년 2개월 후에 고종황제의 명에 의해 1897년 명성황후로 추증한 후 장례식을 치르게 되었다. 장례식에 대한 준비과정이나 광경을 기록한 책이 바로 '명성황후국장도감의궤明成皇后國葬都監儀軌'인데, 그나마 이 책마저 일본이 약탈해 갔다.

명성황후 모의살해사건은 놀라운 사건이다. 비록 구례에 있었던 매천이었지만, 뒤늦게 명성황후의 장례식을 치렀다는 소식을 듣고 참담한 마음으로 이 시를 쓴 것이다.

盧戚應玄氏輓

친척 노응현씨 만사   오율 1수 · 칠절 1수 190

＊代

대신함.

1수 190

執謂如公者	누가 공과 같은 자가 있다고 말하리오
遽爲中壽人	어느새 빨리 오래 사는 노인이 되었네
義方看子姪	덕의의 교훈[1]으로 아들 조카를 보았고
陰德在鄉隣	음덕은 향리의 마을에 있네

天外鸞笙遠　하늘 밖으로 난새와 생황소리 멀고
人間馬鬣新　사람 사이에 말갈기가 새롭게 있네
通家吾亦老　집안을 통틀어 나도 역시 늙었으니
那得不沾巾　어떻게 수건을 적시지 않겠는가

遽 갑자기거(분주히. 빠르다.)
1) 의방義方 : 의를 지켜 외모를 단정히 함. 의에 적합한 일. 집안에서 덕의에 알
맞은 교훈을 하는 일. 의방지훈義方之訓.
沾 더할첨

2수 190

十年淮橘我生悲　십 년 동안 회수의 귤 되어 나의 슬픔이 생기고
宗老云亡復此時　종중 노인들은 이 때 다시 죽었다고 말 하네
獨向窮山爲位哭　홀로 궁벽한 산에서 자리하며 통곡하니
亂鴉枯樹夕陽遲　어지러운 까마귀 석양 늦게 고목나무에서 우네

해설

　기구의 귤橘에 대한 이야기로는 '회수淮水 남쪽의 귤橘을 회수 북쪽에 심
으면 탱자(=지枳)가 된다.'는 말이 있다. 토양과 기후가 맞지 않으면 제대로
자라지 않고 변질되기 때문이다.

　이 밖에 오의 육적이 여섯 살 때 원술을 찾아가 잔치에 참석하게 되었
다. '모친을 생각하여 귤 몇 개를 품었다가 하직 인사를 하고나올 때 귤이
흘러 나와 발각되었다'는 회귤고사懷橘故事가 있다.

 감상

외삼촌 노응현의 만사인 〈노척응현씨만盧戚應玄氏輓〉은 《역주매천시집》 (중권) 126쪽에 칠율 1수의 시가 번역되어 있다. 같은 제목이지만 위의 시와는 다르다. "母族惟公有往來(모족유공유왕래) 외가집 식구로는 오직 공만이 왕래가 있었고/ 屢嘆子得我家才(루탄자득아가재) 자주 네가 우리 집안의 재주꾼이라며 탄상하셨죠"라고 시작되는 시이다.

1898년의 시이기에 매천이 소과에 장원급제한 지 10년이 되었다. 그동안 부모님도 돌아가셨다. 자기를 인정해준 외삼촌의 죽음에 '착하신 분이 돌아가다니 정말 슬퍼라'라고 하면서, 작고作故하신 부모님의 기대에 부응하지 못한 채 굴이 탱자가 되어 살아가고 있는 자신의 참담한 심정을 읊었다.

> 谷城郡設旬題以課藝題凡十首. 其第一曰靑馬之禍烈於懷襄, 盖傷甲午事也. 郡士趙相元來乞代搆辭之不獲賦其第一首一篇, 以塞其請且以志. 夫草莽之隱慟云.

곡성군에서 과예[1]로 순제[2]를 마련하였는데, 시제가 무릇 10수였다. 그 첫째 시제는 '청마[3]의 재앙이 회양[4]의 재난보다 훨씬 매서웠다'는 것인데, 대개 갑오년의 사건을 슬퍼한 것이었다. 군의 선비 조상원이 와서 그 사를 엮어 놓은 것이 잘 되지 않아 대신 지어 달라고 간청하기에, 그 청을 막고 또 그 의지로 제1수 1편을 부로 지었다. 무릇 초야에 은거한 비통이었다. 칠율 1수 190

*原押靑字

원운은 '청'자로 압운하다.

木覔山摧冽水腥　　목멱산[5]은 꺾어지고 열수[6]는 비린내 나며
漢陽城郭海氛冥　　한양의 성곽과 바다의 조짐은 어둡기만 하네
蟻隄潰釀陷天勢　　개미는 제방 무너뜨리고 하늘의 기세 함몰되어
鼠社工逃殛鯀刑　　서사의 장인들 달아나고 곤[7]죽이는 형벌로 하네
禮樂沈淪何氣數　　예악은 침몰되어 어떤 기운이 자주 오는가
冠裳魚雅舊朝廷　　갓 의상은 가지런히 정돈되어[8]옛 조정에 있네
祗殘志士千秋淚　　다만 남은 지사들이 천추에 눈물 흘리며
灑得斑斑載汗靑　　눈물로 얼룩진 이 사실을 청사에 기록하네

1) 과예課藝 : 과거 공부 익히는 것을 권장함. 학문을 권장함.
2) 순제旬題 : 집에서 과시課試에 응하는 것을 순제旬題라 하고, 관청에 가서 재
예才藝를 겨루는 것을 백일장白日場이라 함.
搆 이해못할구(깨닫지 못하다. 얽어 만들다.)
3) 청마靑馬 : 갑오년을 의미함.
4) 회양懷襄 : 홍수를 말함.　　초망草莽 : 풀의 떨기. 풀 숲. 초야草野.
5) 목멱산木覔山 : 서울에 있는 남산南山의 옛 이름. 국방상 위급 사태를 알리는
봉수가 최후로 도착되는 곳이었음.　　摧 꺾을최(억누르다. 멸하다.)
6) 열수冽水 : '대동강'이라고 하지만 이견이 있음. 이 시에서는 조선을 상징하는
강임.　　氛 기운분(조짐. 재앙.)　　隄 둑제(다리제)
釀 술빚을양(만들다)　　殛 죽일극(사형에 처하다)
7) 곤鯀 : ① 중국 고대 전설에 나오는 인물. 요의 신하로 전욱의 아들이며, 하夏나
라 우禹 임금의 아버지이다. 치수사업에 종사한 지 9년이 되어도 그 보람이 나타
나지 않아 목숨을 잃었음. ② 곤어곤(상상의 물고기).
관상冠裳 : 갓과 의복, 즉 예교禮敎.　　침륜沈淪 : 깊이 잠김. 깊이 숨음. 영락함.
8) 어아魚雅 : 물고기가 헤엄칠 때 질서가 있고 기러기가 날아갈 때 일정하게 대
열을 이루는 데서 생긴 말로, '위의威儀가 갖추어지고 가지런하게 정리됨'을 뜻함.

灑 뿌릴쇄(끼얹다. 씻다. 청소하다.) 반반斑斑 : 고르지 못함. 여러 가지 빛이나 얼룩무늬가 섞여 있음. 汗 땀한(임금의 호령) 한청汗靑 : 역사책 또는 기록.

 해설

곡성군에서 시행하였던 순제에 나오는 '청마靑馬'는 갑오년甲午年을 의미한다. '갑오 동학의 재앙이 회양의 재난보다 훨씬 심하다'는 시제였다. 매천은 자신의 시문에 '귀국광인들이 춤추는 나라'라고 하면서 조정에 대해서 강한 불신을 나타내기도 하였다. 그러면서도 갑오년에 일어난 반봉건, 반외세 운동이었던 동학에 대해서만큼은 부정적인 입장을 취해 《오하기문》이라는 책을 쓰기도 하였다. 위의 시도 그런 맥락 차원에서 지어진 시였다. 위 시에서 개미는 동학을 일으킨 성난 농민들을 말하고, 서사의 장인들은 고부군수 조병갑과 같은 탐관오리를, 그리고 남은 지사는 역사적 사실을 기록하였던 매천 자신을 이야기하고 있다.

> 趙小雅性憙氏携宋上庠泰會, 將游南岳迂路枉存. 小雅
> 休官自京師南寓同福郡, 宋郡人也號念齋與余同年

조소아 성희씨가 상상[1] 송태회를 데리고 장차 남악을 돌아 유람하려함에 왕림하였다. 소아는 관직을 휴직하고 경사에서 내려와 남쪽 동복군에 살았다. 송태회는 동복군사람인데 호를 염재라고 했으며, 나와는 동년생[2]이었다   칠율 1수 191

狡獪風過雨色沈   빠른 광풍이 지나가 비올 기색으로 침침하고

簷聲斷盡響溪林   처마에 나는 소리 다 그쳐 계림에 울리네

松燈夜永眠猶覺　솔 등불 아래 밤 길어 잠자다 오히려 깨어나고
土壁寒侵臥更深　흙벽에 찬 기운 스며들어 누우니 더욱 추워라
元白隣分三逕屋　원백3)의 이웃에는 삼경4)집으로 나누어졌고
光黃地愜異人心　광황5) 땅은 비범한 사람들의 마음에 흡족하도다
定應詩社緣君重　응당 시사를 정해 그대와 거듭 인연을 맺고
會見江西盡解吟　강 서쪽에서 만나 시를 다 읊으며 풀이하네

1) 상상上庠 : 옛날의 하상下庠은 소학小學을 말하고, 상상上庠은 대학기관인 태학 또는 성균관을 뜻하였다. 성균관은 조선시대 소과(진사과와 생원과) 합격자가 입학하였다. 염재念齋 송태회(1872~1940)는 화순 동복 사람으로 1888년 무자년에 매천과 함께 소과에 급제한 동년생이었다. 효효병嘐嘐屛의 그림을 매천에게 그려주었고, 매천의 사진 찬贊도 송태회의 솜씨였다.　우로迂路 : 에돌아가는 길. 돌음길.　왕림枉臨 : 남이 자기 있는 곳으로 찾아옴을 높여서 한 말.
2) 동년同年 : 같은 해 과거에 합격한 사람. 같은 나이.
狡 교활할교　獪 교활할회(쾌)　교쾌狡獪 : 간사하고 꾀가 많음.
嚮 향할향　愜 상쾌할협(흡족하다)
3) 원백元白 : 원진과 백거이. 당 시인 원진元稹(779~831)의 자는 미지微之. 공부시랑工部侍郎 등을 역임하였으며, 백거이白居易와 함께 신악부운동新樂府運動을 주도하였다. 도덕적인 주제의 회복과 솔직한 고전문학의 양식을 제창했다.
　백거이白居易(772~846)의 자는 낙천樂天. 평이하고 유려한 시풍은 원진과 함께 원백체元白體로 유명하였다.
4) 삼경三徑 : 오솔길. 은사가 사는 곳. 도연명은 〈귀거래사歸去來辭〉에서, "三徑就荒(삼경취황) 세 갈래 작은 길에 잡초가 무성하지만/ 松菊猶存(송국유존) 소나무와 국화는 아직도 꿋꿋하네"라고 읊었다.
황지黃地 : 대지. 땅.　緣 연줄연(말미암다. 따르다.)　회견會見 : 만나 봄.
5) 광황光黃 : 사마광이나 황정견 정도로 생각됨. 이인異人 : 비범한 사람.

閏月晦日, 小川設餞春會于白雲菴洞口, 要余赴飲

윤달 그믐날 소천이 백운암 동구에서 전춘회[1]를 열었는데, 나를 요청하여 가서 술 마시다

칠율 1수 191

五峯東谷有淸流	오봉산 동쪽 계곡으로 맑은 물이 흐르고
雜樹吹香一徑幽	잡목에 향기로운 바람 불어 지름길 깊이 있네
老去偏驚春盡日	늙어가며 편벽되이 놀라는 건 봄날이 다 지남이요
吟遲獨坐水來頭	늦도록 혼자 앉아 읊조리며 물머리로 오네
林間花葉還相見	숲 사이로 꽃잎이 다시 서로 보이고
石上盃槃散未收	돌 위로 잔 빙빙 돌아 흩어져도 거두지 않네
遠憶蘭亭修禊事	멀리 난정[2]을 기억하며 계제사[3] 다스리니
後人應復感吾遊	후인들은 응당 다시 우리들의 놂을 감격하리라

餞 보낼전(전별하다. 송별연.)

1) 전춘회餞春會 : 3월의 세시 풍속으로 부녀자들은 산에 올라가 진달래꽃을 따서 찹쌀가루로 화전花煎을 구어 먹기도 하고, 진달래와 전별餞別하는 산놀이를 하거나 시객詩客들은 전춘회를 하였음.

槃 쟁반반(즐기다. 머뭇거리다. 빙빙 돌다.)

2) 난정蘭亭 : 중국 절강성浙江省 소흥현紹興炫 서남에 있는 정자. 왕희지는 《난정집서》에서 다음과 같은 서문을 썼다. "영화永和 9년 계축癸丑 늦은 봄 초에 회계산會稽山 북쪽 난정蘭亭에 모여 계제사를 지냈다. 여러 현사賢士들이 모였다. 이곳은 높은 산과 가파른 고개가 있고, 또 맑은 물과 격동치는 여울이 좌우를 비치고 있다. 물을 끌고 와 굽이치는 물에 잔을 흘러 보내게 만들어 차례대로 둘러앉으니 비록 거문고와 피리는 없지만 술 한 잔 마시고 시 한 수 읊으니, 그윽한 마음

활짝 펴기에 충분하도다. … (永和九年, 歲在癸丑, 暮春之初, 會於會稽山陰之蘭
亭, 修稧事也. 群賢畢至, 少長咸集. 此地有崇山俊嶺, 茂林修竹, 又有清流激湍,
映帶左右. 引以爲流觴曲水, 列坐其次, 雖無絲竹管弦之盛, 一觴一詠, 亦足以暢叙
幽情. …)" 稧 푸닥거리계(목욕 재계하다 =계禊)
3) 계제사稧祭祀 : 유두날 등에 액운을 떨어버리기 위하여 물가에서 지내는 제사.

> ## 歸路偕海鶴小川宿二山庄

돌아오는 길에 해학, 소천과 함께 이산의 별장에서 자다 칠율 1수 192

轉過山坡路又生	산언덕을 더 지나가니 길이 또 생겨나고
頻來村巷眼中成	자주 시골 골목길에 와 눈에 익어있도다
稚孫遠候家風古	어린 손자 멀리서와 물어 가풍은 예스럽고
至友相携禮數輕	벗이 와 서로 끌며 예의를 자주 가볍게 하네
農月溪流時易斷	농사 바쁜 달 냇물은 수시로 쉽게 끊기고
野人謌曲暮多清	야인들의 노래 곡조는 저물어 맑기만 하네
門前柳絮飛將盡	문 앞의 버들 솜이 장차 다 날아가려함에
奈此江湖老大情	어찌 강호에 이렇게 노인은 정이 많느뇨

촌항村巷 : 시골의 후미지고 으슥한 거리.
원후遠候 : 척후斥候. 적의 형편이나 지형을 정찰하고 탐색함. 척후병.
농월農月 : 농사일이 바쁜 달.

續賦聽蟬

매미소리 들으며 연속하여 부를 짓다　　　칠율 1수 192

一聲聲憂碧雲廻	한번 소리 길게 뽑으니 구름 속에 멀어지고
猶患癡聾未盡開	오히려 귀머거리[1]도 들리지 않을까 걱정되네
落照冷然催鬢髮	지는 해는 차갑게 비쳐 귀밑털을 최촉하고
恨人從此廢樓臺	이로부터 사람을 한하며 누대를 버리노라
憑虛有否長生術	공중을 날아다니는 장생술이 있느뇨, 없느뇨
鳴世多非實用才	세상 울리는 실용 있는 재주꾼은 많지 않네
萬籟寥寥成獨笑	여러 많은 소리 요요하여 홀로 웃어보며
山翁雙耳早醒來	두 귀 가진 산 늙은이 일찍 술 깨어 오네

續 이을속　憂 창알(예법. 새소리. 두드리다. 어긋나다.)

1) 치롱癡聾 : 어리석고 귀먹은 사람.

낙조落照 : 저녁에 지는 햇빛. 지는 해의 붉은 빛.　鬢 : 살쩍빈(=빈鬢의 속자)

빈발鬢髮 : 살쩍과 머리털.　장생술長生術 : 늙지 않고 오래 살기 위한 기술임.

만뢰萬籟 : 자연계에서 일어나는 여러 가지 소리. 중뢰.

廖 요료(쓸쓸하다. 텅비다.)　요료廖廖 : 쓸쓸하고 고요함. 적막 적료 공허함.

쌍이雙耳 : 그릇 양쪽에 달려 있는 손잡이. 쌍잡이.

又拈唐人五律

또 당인의 오율을 뽑음   오율 1수 193

眼前不擇地	눈앞의 좋은 땅을 택하지 않았지만
行坐盡淸陰	앉아 있다 보니 다 시원한 그늘이네
寺小松難老	절이 작아 소나무는 늙기 어렵고
僧高山轉深	도 높은 스님은 깊은 산 속으로 가네
仄溪橋影曲	곁에 있는 냇가 다리의 그림자 굽어있고
微雨磬聲沈	이슬비에 경쇠소리 가라앉아 있네
誰遣禪寮內	누가 참선하는 집안으로 내보내어
淸風動士林	맑은 바람이 사림을 움직이게 했는가

청음淸陰 : 시원한 그늘. 소나무나 대나무의 그늘. 磬 경쇠경

寮 동관료(같은 관청의 관리. 벼슬아치.), 작은집관

사림士林 : 유림儒林. 조선 중기에 사회와 정치를 주도한 세력.

 해설

  이 시의 마지막 미구 2행은 한 문장으로 연결되어 있어 시 작법상 이구법二句法으로 구성되었다.

復用泉寺韻, 示子行

다시 천은사의 운을 사용하여 아들이 감에 보여주다 칠율 1수 193

負手松根去却回	두 손을 뒷짐 지고 솔뿌리로 가다 돌아오고
風蟬不斷石門開	바람속의 매미소리 끊임없고 석문은 열려 있네
病餘著述全刪藁	병든 끝에 책 지어 초고를 완전히 산정하였고
客至登臨略設臺	나그네 높은 곳에 올라 대략 대1)를 만드네
曾歲比隣看汝幼	지난해 이웃들은 다 네가 어리다고 보았지
故人有子愧吾才	옛사람도 자식 있어 우리들의 재주 부끄럽구나
子雲擬抱玄經老	양자운의 태현경2) 품고 쇠함을 비교해 보는데
不厭諸生問字來	여러 학생들 싫어하지 않고 글자 물으러 오네

부수負手 : 두 손을 허리 뒤로 하여 뒷짐을 짐. 수수袖手 : 두 손을 소매 속에 감춤
幼 어릴유(사랑하다. 어린아이.) 藁 짚고, 초고고 등림登臨 : 높은 곳에 오름.
1) 대臺 : 누대樓臺. 돈대墩臺(평지보다 높직한 평평한 곳)
비린比隣 : 가까이에서 사는 이웃. 문자問字 : 남에게 글자를 배움.
2) 태현경太玄經 : 중국 전한 말기 사람인 양웅揚雄(BC53～AD18)이 지은 역서.
《주역》을 모방하여 우주 만물의 근원을 논하였는데, 주역의 음양이원론 대신에
삼원론으로 설명하여 여기에 역법을 가미하였음.
　양웅의 자는 자운子雲으로 청년시절에 고향의 선배 사마상여가 지은 부賦의 작
품을 통해 배운 문장력을 인정받아 성제成帝 때 궁정문인이 되었다. 왕망이 전한
을 무너뜨리고 신新(9～25)나라를 세웠을 때 대부大夫라는 직책에 취임하여 송대
宋代 이후에 절의관節義觀에서 비난을 받았다.
비린比隣 : 가까이에서 사는 이웃. 근린近隣.

出門拈唐律

문을 나서며 당율을 뽑다   칠율 1수 193

❚ * 時往安義

　이때에 안의에 가다.

江流如練上寒砧	강물이 흘러 찬 다듬잇돌에 표백한 것 같고
堤柳千絲已薄陰	둑 방의 온 실버들도 벌써 그늘이 엷어졌네
僻處但增衰病候	궁벽한 곳에선 다만 늙은 병의 징후가 늘고
秋來先動遠遊心	가을이 먼저 와 동요하여 먼데 노니는 마음이네
峰峰早日晴霞駮	봉봉마다 아침 햇살이 맑고 아름답게 있으며
岸岸豊年野路深	언덕마다 풍년 들어 들길은 무성하네
一步出門家便忘	한걸음 문을 나서며 집안 일을 곧 잊어버리고
回頭莫謾費況吟	머리 돌려 부질없이 시 읊는데 허비하지 말게

練 익힐련(단련하다. 표백하다.) 砧 다듬잇돌침 한침寒砧 : 겨울옷 다듬이질 하는
소리. 벽처僻處 : 궁벽한 곳. 쇠병衰病 : 늙고 쇠약하여 든 병.
霞 노을하, 새우하(=鰕), 멀하(=遐) 駮 얼룩말박(섞이다)
조일早日 : 일찍이. 신속하게. 謾 속일만(헐뜯다. 게으름피우다.)

代錦士地主, 謝某大臣見寄

금사지주[1]를 대신하여 모 대신에게 사례함을 보이며 부치다

칠절 2수 194

1수

回首東華謝軟紅   머리 돌려 국화꽃을 보니 연홍빛 시들었고
翩翩簑笠野人同   가볍게 사립 쓰고 시골 사람들과 함께 하네
朝廷久闢天章閣   조정의 오랜 법률은 천장각[2]에서 나오고
肯把歸田許醉翁   귀전을 즐겨하며 술 취한 늙은이[3] 허락하네

1) 금사지주錦士地主 : 금사 박항래 구례군수를 말함.

연홍軟紅 : 연한 붉은 빛. 편편翩翩 : 가볍게 나부낌. 풍채가 좋음. 건물이 웅장하고 화려함. 闢 열벽(개간하다. 개척하다. 법률.)

2) 천장각天章閣 : 고려 예종 때 친송 정책으로 송 황제가 하사한 친제의 조서와 어필을 보관하였던 곳. 조선시대 정조 임금이 만든 창덕궁 내의 규장각은 송의 용도각龍圖閣, 천장각天章閣을 모방한 것임.

3) 취옹醉翁 : 술 취한 노인. 구양수歐陽脩의 호이며, 구양수는 〈취옹정기〉의 글을 썼음. 把 잡을파(한손으로 쥐다)

귀전歸田 : 벼슬을 내놓고 고향에 돌아가 농사를 지음.

2수 194

茅簷曬背寄丹誠   띠 집 처마에서 등 쪼이며 참된 정성 보내고
夢裏疎鍾出禁城   꿈속에 종소리 멀리 궁성[1] 밖으로 나오네

聞道秋來頭盡白　도를 듣다 보니 가을이 와 흰머리 다 되었고

大臣憂國在升平　대신이 나라 걱정하는 맘은 태평성대에 있네

모첨茅簷 : 띠로 인 처마.　曬 쬘쇄(볕에 말리다)

背 등배(뒤. 등지다. 집의 북쪽. 죽다.)　단성丹誠 : 참된 정성. 뜨거운 정성.

疎 트일소(=소疎의 위자. 틀다. 나누다. 멀다.)

1) 금성禁城 : 궁성宮城. 자금성紫禁城.　추래秋來 : 가을이 옴.

추상秋霜 : 가을에 내리는 서리. 백발.　승평升平 : 나라가 태평함.

別歲 [1]

한해를 보내며

오고 1수 194

┃ * 酒食相邀呼爲別歲

밥과 술을 먹고, 서로 맞이하고 부르며 한 해를 보내다.

一年常如此　일 년이 항상 이와 같다보니

百年寧復遲　백년이 어찌 그리 더디던가

金丹未必無　금단이 반드시 없는 것은 아니지만

少壯諒難追　젊은 청춘은 참으로 추적하기 어렵네

睠彼送人者　저렇게 베풀며 사람을 보내는 자 되어 [2]

望斷返自涯　처지가 딱해 도리어 스스로 물가에 있네

人生歡樂日	인생에서 즐겁고 기쁜 날은
莫如飮酒時	술 먹을 때만 같지 못 하리라
窮村猶歲味	궁벽한 촌이지만 오히려 새해 맛은
肴核家家肥	술안주 과일이 집집마다 풍성함에 있네
薰然醉爲泥	훈연히 취하여 진흙탕이 되어
焉知流年悲	어찌 가는 세월의 슬픔을 알겠는가
霜鬢難自見	센 귀밑털 스스로 보는 것 꺼려져
盃到君莫辭	술잔이 오거든 그대는 사양치 말게나
吾曹俱已老	우리들은 모두 이미 늙어버렸고
紅顔醒便衰	홍안이 술 깸에 곧 쇠함이 있더라

1) 별세別歲 : 수세守歲. 음력 섣달 그믐날 밤에 식구가 앉아서 밤을 밝힘. 풍속에 이날 밤에 자면 눈썹이 센다고 함.

금단金丹 : 불로장생의 대표적인 비약.

睠 돌아볼권(보살피다. 베풀다. 사모하다.)

2) 송인送人 : 고려 인종때 정지상鄭知常이 대동강 변에서의 이별의 슬픔을 읊은 칠언전구의 서정시이다. "雨歇長堤草色多(우헐장제초색다) 비가 개어 긴 둑에 풀이 파릇파릇/ 送君南浦動悲歌(송군남포동비가) 남포에서 그대를 보내며 슬픈 노래 부르네// 大同江水何時盡(대동강수하시진) 대동강 물이 언제나 마를 것인가/ 別淚年年添綠波(별루년년첨록파) 해마다 이별의 눈물 더하는 것을"

망단望斷 : 바라던 일이 실패함. 처지가 딱함.

시궁時窮 : 세상이 혼란하여 도의가 쇠미함.

효핵肴核 : 효는 술안주, 핵은 과일.   훈연薰然 : 마음이 온화한 모양.

편쇠偏衰 : 음허陰虛이거나 양허陽虛로서 음양의 한 쪽이 소모된 병리 변화.

守歲

해를 지킴 오고 1수 195

---

*至除夜達朝不眠爲守歲

제야에 이르러 아침이 올 때까지 자지 않고 수세 하였다.

心勞不濟事	마음으로 노력해도 일을 구제하지 못하고
畫足終非蛇	발을 그려 넣어도 마침내 뱀이 되지 않네
歲去豈容守	한 해가 감에 어찌 해 지킴을 용납하는가
如眼以鏡遮	거울로 차단하여 눈으로 보는 것과도 같네
定知古人語	고인의 말을 정하여 알겠고
亦出無奈何	역시 나아감에 어찌할 수 없구나
漸老童稱厭	늙어갈수록 어린 애도 싫어지니
獨坐誰與譁	혼자 앉아 누구와 더불어 떠들 것인가
血衰眠易警	혈기가 쇠해져 잠자다 쉽게 놀래지고
兀若戒捶撾	우뚝이 종아리 칠 것을 경계하네
譬彼盞中燈	저 잔속의 등불에 비유하면
油減挑還斜	석유 닳아 돋은 심지 다시 기울어지네
萬事須及早	온갖 일은 모름지기 일찌감치 오고
回首便蹉跎	머리를 돌려보지만 곧 헛디뎌 넘어지네
寄謝紅塵子	홍진 세상 사람들에게 말을 부치노니
少年安可誇	소년이 어찌 자랑스럽기만 하는가

穉 어릴치(어린벼. 치稚와 동자임)   동치童穉 : 어린 아이.
譁 시끄러울화(바뀌다)   兀 우뚝할올(머리가 벗어지다. 무식하다.)
捶 종아리칠추(채찍질하다)   撾 칠과   挑 돋울도
盞 잔잔(옥으로 만든 잔. 등잔.)   譬 비유할비(설명하다. 깨우치다. 인도하다.)
斜 비낄사(기울다)   蹉 넘어질차   跎 헛디딜차

기해고 己亥稿(1899년, 45세)

순창의 신모가 그 보청[1]의 원운을 보이며 내가 대신 산정하여 주기를 간구하다

칠율 1수 195

▌＊原韻, 申判書獻求所作.

　원운은 신판서 헌구[2] 작품이었다.

城南花樹媚春天	성 남쪽의 꽃과 나무 있어 봄날이 아름답고
宗老詩成一藹然	종중 원로들의 시가 완성되어 풍성히 있네
行路易忘蘇譜作	세상 길 잊기 쉬워 좋은 족보[3]를 만들고
名門依舊范庄傳	문벌은 예전처럼 거푸집 농막에 전하네
常思唯諾重泉下	항상 응답하는 것을 저승에서 생각하며
須記團圓百世前	가정의 화합을 기록하여 백세[4] 앞에 있네
石室千年東國史	석실에는 우리나라의 천년 역사가 있어
藎臣多是我家賢	충군하는 신하 많음은 우리 집의 덕행이로다

1) 보청譜廳 : 보소譜所. 족보를 만드는 사무소.

勤 부지런할근(수고하다. 바라다.)　　斲 깎을착(베다. 새기다.)

산정刪定 : 쓸데없는 글의 자구字句를 깎고 다듬어서 정리함.

2) 신헌구申獻求(1823~?) : 자는 계문季文. 1862년 정시 병과에 합격하여 1884년 성균관 대사성大司成에 올랐다. 형조판서, 한성판윤을 거쳐 1894년 7월 예조판서가 되었고, 이어 경기관찰사가 되어 봉기한 동학농민군을 진압하였다. 그 뒤 1898년에 중추원中樞院 일등의관一等議官, 1902년에는 최익현崔益鉉 등과 함께 궁내부宮內府 특진관特進官에 임명되었다.

媚 아첨할미, 예쁠미(아양을 떨다. 아름답다.)   藹 우거질애(부지런히 일하다. 윤택하다. 온화하다.)   애연藹然 : 성한 모양. 성품이 온화함.

행로行路 : 길을 감. 세상 살아가는 길(=세로世路).

3) 소보蘇譜 : 중국 북송北宋의 문장가인 삼소三蘇(소순蘇洵, 소식蘇軾, 소철蘇轍)에 의해 편찬된 족보. 족보를 편찬하는 사람은 이를 표본으로 삼아왔음.

范 풀이름범(거푸집)   중천重泉 : 땅속 깊은 곳에서 솟는 샘. 아주 먼 곳. 저승.

단원團圓 : 둥근 것. 가정이 원만하고 화합함.

4) 유방백세流芳百世 : 향기가 백대에 걸쳐 흐름. 꽃다운 이름이 후세에 길이 전함.   藎 조개풀신(한해살이풀. 나아가다. 나머지.)

신신藎臣 : 충군 애국하는 마음이 두터운 신하.

次宋平叔太夫人六十一壽醮原韻

'송평숙[1] 태부인의 61세 수연'의 원운을 차운함   칠율 1수 196

王母麻姑未必眞   왕모[2]와 마고가 반드시 진짜가 아니었으니

圖經只是寫來新   산수를 설명한 책을 그저 새로 쓸 뿐이네

何如配月長庚曉   어찌 금성[3]은 달과 짝하여 날샐 녘에 뜨느뇨

又見交柯寶樹春   또 엇갈린 가지에서 이 봄에 손자를 보았네[4]

命試班衣供笑樂　때때옷5) 명하여 시험하고 함께 즐겁게 웃으며
自斟壽酒送鄕隣　스스로 장수하는 술6) 마시며 이웃에게 보내네
仙家縱得齊天老　선가에선 비록 하늘같은 긴 수명 얻는다 해도
有否人間福許均　인간 누구나 똑같이 복을 고루 누릴 수 있는가

1) 송평숙宋平叔 : 송태회宋泰會(1872~1942)를 말함. 화순 동복사람으로 자는 평숙. 호는 염재念齋. 1888년 16세의 나이로 진시시험에 급제했으며, 매천과는 동년생同年生으로 친밀한 관계를 유지하였음.
醮 잔치연(=연宴과 동자)　수연壽宴 : 장수함을 축하하는 잔치. 환갑還甲 잔치.
2) 왕모王母 : 편지에서 남에게 자신의 할머니를 높여 이르는 말. 임금의 어머니. 선도반山桃盤을 드리는 여기女妓. 선모仙母.
마고麻姑 : ① 중국의 옛적 선녀仙女의 이름. ② 마고할미
도경圖經 : 동국여지승람과 같이 산수山水의 지세를 그려 설명한 책.
3) 장경長庚 : 저녁에 서쪽 하늘에 보이는 샛별. 금성金星. 태백성.
교가交柯 : 서로 엇갈린 나뭇가지.
4) 보수寶樹 : ① 극락정토의 보물나무. 곧 금, 은, 유리, 산호, 마노, 파리, 거거의 나무. ② 자손.
5) 반의班衣 : 어린아이의 때때옷. 초의 노래자老萊子가 70세가 되어 부모 앞에서 어린아이처럼 춤을 추어 즐겁게 하였다는 고사에서, 부모에게 효도함.(=반의지희班衣之戲, 노래지희老萊之戲.) 이 밖에 효와 관련 있는 고사로 반포지효反哺之孝, 채의이오친綵衣以娛親, 채의지년綵衣之年 등이 있다.　斟 술따를짐(마시다)
6) 수주壽酒 : 오래 살기를 기원하고 축하하는 술.
縱 늘어질종(용서하다. 놓다. 풀다. 비록.)
천로天老 : 상고시대 황제黃帝의 신하.

 **해설**

송평숙 태부인의 61세 수연을 차운한 시이다. 4행의 보수寶樹는 '보물나무'이므로 '손자'를 의미한다. 태부인이 젊게 살아 손자를 보았다는 이야기이다. 인간의 오복五福가운데 '수壽'는 으뜸이지만, 오래 산다고 해서 누구나 똑같이 복을 누릴 수 없다고 하였다.

江華沙谷哭寧齋靈几

강화 사곡을 찾아가 영재의 영궤에서 곡하다　　196

위의 시는 《매천전집》 1권의 193쪽에 있으며, 《역주매천황현시집》(중권) 251쪽에 번역되어 있다.

隔江望幸州

강을 사이에 두고 행주산성을 바라봄　　196

위의 시는 《매천전집》 1권의 193쪽에 있으며, 《역주매천황현시집》(중권) 253쪽에 번역되어 있다.

鰲山趙氏塾次陸雲門草堂

오산의 조씨 서당에서 육유의 '운문초당'을 차운함   칠율 1수 197

迂路相尋偶似期   돌아가는 길 서로 찾아 우연히 기약한 것 같고

名家流落昔人非   이름난 집안이 유락되어 옛 사람이 아니로다

文園病久愁金橐   문원[1]의 병이 오래되어 금 전대가 근심스럽고

謫籍恩遲撫布衣   귀양의 신분에 은혜 더디어 베옷을 만지네[2]

棋驟惟聞燈下雹   자주 바둑 두며 오직 등불 밑 우박 소리 듣고

茶濃忽見案頭霏   차 맛 좋은데 홀연히 책상에서 눈 내림을 보네

枯株大有春風意   마른 나무에 크게 봄바람의 뜻이 있어나고

書屋新成士競歸   글방이 새로 만들어져 선비들이 다투어 오네

우로迂路 : 에돌아가는 길. 돌음길.   유락流落 : 타향살이.

1) 문원文園 : 문학文學에 종사하는 사람들의 사회적 분야.

橐 전대탁, 절구질하는소리탁

2) 포의布衣 : 벼슬이 없는 선비. 백의白衣. 베옷.

棋 바둑기(바둑이나 장기를 두다)   驟 달릴취(갑작스럽다. 자주.)

雹 우박박   濃 짙을농(색이 짙다. 음식이 진하고 맛이 좋다.)

안두案頭 : 책상머리.

霏 눈펄펄내릴비(연기나 안개 오르다. 조용히 오는 비.)

고주枯株 : 그루터기.   서옥書屋 : 글방.

挽全翁

전옹을 애도함 칠율 1수 197

自嗟生晚失追陪	늦게 태어나 모시지 못한 것을 자탄하노니
輿誦相傳記灌雷	여론은 서로 전하여 물 흘러가듯 기억하네
敎子有成鄕里賴	아들을 교육시켜 성공함에 향리에서 힘입고
感神無僞吉祥來	거짓 없어 신이 감응하여 좋은 징조 오더라
耄年近矣總諸福	기년[1]의 나이 가까워져 모두 다 복 되었고
弔者羨之還不哀	조문하는 자가 부러워 다시 슬퍼하지 말라
連日新阡人似蟻	연일 새 무덤에 사람들이 개미떼처럼 와서
亂松深處徑旋開	어지러운 솔 숲 깊은 곳으로 지름길이 열렸네

嗟 탄식할차　陪 모실배(더하다. 돕다.)　추배追陪 : 수행함. 배행陪行함. 추모.
輿 수레여　誦 윌송(읊다. 말하다.)　여송輿誦 : 많은 사람의 입에 오르내리는 말.
灌 물댈관(따르다)　雷 우레뢰(천둥. 북치다.)
길상吉祥 : 행복 또는 기쁨.　경사慶事가 날 조짐.　耄 늙은이모
1) 기년耆年 : 예순 살이 넘은 나이.
阡 두렁천(무덤)　旋 돌선(돌아오다. 빠르다.)

又次唐詩

또 당시를 차운함　　　　　　　　　　　　　　칠율 2수 198

1수

落景連霞絢莫分	해가 진 놀 이어지고 무늬 나눠져 없어지는데
炊烟團作一家雲	불 땐 연기 뭉쳐서 집 한 채 구름이 되었네
舟搖遠浪寒初解	배 흔들리고 멀리 파도 일어 처음 추위 풀리고
燒猛荒原勢可聞	맹렬히 타는 들판의 기세 가히 들려오도다
乳犢決馳能戱母	젖 먹던 송아지 달려 능히 어미 소 희롱하고
栖鷄爭入不須群	닭 깃들어 다투어 들어와 무리 짓지 않네
隣翁扶醉歸從市	이웃 노인 취해 부축하여 저자에서 돌아오고
鉅鮖神明證使君	어찌 투서를 신처럼 밝혀 사또[1]께 증명하는가

❚＊郡侯好作市行

　군후가 시가의 순행을 좋아하였다.

絢 무늬현(문채)　鉅 클거(존귀하다. 어찌.)　鮖 벙어리저금통항(투서함)

신명神明 : 하늘과 땅의 신령. 사람의 마음. 신처럼 밝음.

使 사신사(심부름꾼. 하여금.)

1) 사군使君 : ① 임금의 명을 받들어 여러 나라에 사절로 가는 사람. 칙사.

② 태수太守를 부군府君이라 하는데 대하여, 자사刺史 지위에 있는 사람.

354　역주 황매천 시집 속집

2수 198

山腰茅屋似臨臺　산허리 초가집은 누대에 접해 있는 것 같고
怕聽風駈萬壑來　바람이 만학으로 몰아오는 소리 듣고 두렵네
松子烟辛牛飯熟　솔가지 태워 연기가 매운데 쇠죽은 끓고
梅花雪淺鴨欄開　매화는 녹다만 눈 속의 오리 울 간에 피어있네
文淹喜用遲乾墨　글이 오래되고 게을러 마른 묵을 즐겨 쓰고
戶小宜斟一呷盃　작은 집에서 마땅히 술 따르며 한잔 술 마시네
愛看兒童無用巧　아동을 사랑스럽게 보니 기교는 쓸 때 없고
轉冰成轂費千迴　얼음 굴러 수레 만들지만 천 번 돌아 허비하네

駈 몰구(빨리 달리다. 내쫓다.)
압란鴨欄 : 오리를 키우는 울 간.
淹 담글엄(적시다. 오래되다. 머무르다.)
斟 술따를짐　呷 마실합

宿車洞

차동에서 숙박하며 칠율 1수 198

海邊無海更爲佳	해변에 바다가 없어 더욱 아름답게 되었고
洞鎖溪彎有小齋	닫힌 마을 굽은 냇가에 작은 집이 있네
亂帙芸香中古板	흐트러진 책 운향의 향초가 옛 판목에 있고
成行花木數層階	꽃 피는 나무는 행 이뤄 몇 개 계단이 있네
哺時酒煖春生臉	포시[1]에 술 따뜻하여 젊음이 뺨에 생겨나고
終夜窓明月在懷	밤새도록 창가의 밝은 달 속에 회포가 있네
聞說島村潮恰滿	섬 마을에 조수가 가득 찬 것 같다는 말 듣고
南烹風味促靑鞋	남쪽에서 풍미 삶으며 짚신을 재촉해 가네

帙 책권(차례. 책갑. 책 한 벌.) 난질亂帙 : 난잡하게 늘어놓은 책.

芸 운향운(향초의 하나로 잎을 책 속에 넣으면 좀이 먹지 않음)

운향芸香 : 궁궁이. 산형과의 여러해살이풀로, 가을에 희고 작은 꽃이 핌.

화목花木 : 꽃이 피는 나무.

1) 포시哺時 : 신시. 오후 네 시. 종야終夜 : 하룻밤 사이를 걸침. 하룻밤 사이.(=종석終夕. 종소終宵.) 풍미風味 : 음식의 고상한 맛. 사람의 됨됨이가 멋있고 아름다움. 청신靑鞋 : 짚신. 미투리.

挽安丈秉衡氏

안병형씨를 애도함   칠율 1수 199

山似丹靑客似雲　　산을 단청하는 듯 객은 운삽[1]에 있는 듯
諸孤泣血盡情文　　여러 고아들 피 토해 울어 다 진정한 글이로다
善家食報誰能羨　　적선지가에 음식으로 보답하니 누가 부러우랴
潛德生香久愈聞　　숨은 덕의 향기가 나 오랫동안 더욱 소문났네
中路棺輕疑蛻骨　　중간 길에 관 가벼워 뼈 허물 벗음을 의심했고
萬人淚熱看成墳　　만인이 뜨겁게 눈물 흘리며 봉분 만든걸 보네
莫言八十窮遐筭　　팔십 세라 셈을 다했다고 말하지 마오
不及彭鏗尙九分　　아직도 팽갱[2]의 구백 살엔 미치지 못하였네

丈 어른장(장자. 남자 노인에 대한 존칭. 남편. 장인.)

1) 운삽雲翣 : 발인할 때 영구 앞뒤에 세우고 가는 구름무늬를 그린 부채모양의
널판.

蛻 허물태(뱀 따위 허물을 벗음. 신선이 되는 일.)

筭 산가지산(수효를 세다)　遐 어찌하(멀다)

彭 성팽, 곁방　鏗 금속소리갱

2) 팽갱彭鏗 : 장수의 대명사 팽조彭祖. 이름은 갱鏗. 요임금의 신하로서 은나라
말년까지 800세를 살았다고 하는데 아내가 49명, 자식이 54명이었다고 함.

重過玉谷

다시 옥곡을 지나며　　　　　　　　　　　　　칠율 1수 199

眷懷群動感黍元	돌아봐 무리들 움직이며 기장이 근본임을 알고
一氣春深次第痕	한번 봄기운이 깊어가 차례대로 흔적 일어나네
野鳥皆能鶯燕語	들새들 다 재능이 있고 앵무새 제비 지저귀며
雜花無讓杏桃繁	잡꽃은 양보 없고 살구꽃 도화꽃은 무성하네
人牛冒雨休沙堰	사람과 소는 비 무릅쓰고 모레 언덕에서 쉬고
簑笠撈魚出水村	사립 쓰고 고기 잡으며 수촌으로 나가네
處處長亭聞偶詰	장정[1] 곳곳마다 우연히 따지는 소리 들으며
郡符連夜稅鹽盆	군 병부[2]가 밤에 계속되어 소금세를 징수하네

眷 돌아볼권　차제次第 : 차례次例.　야조野鳥 : 들에 사는 새.

撈 잡을로(잡아내다. 건져내다)

1) 장정長亭 : 먼 길 떠나는 사람을 전송하던 곳.

符 부호부(기호, 증거, 증표, 부적. 법. 규율.), 부절부(=符節 : 신표로 삼던 물건.
도장.)

2) 군부郡符 : 군수의 병부(=부새符璽). 군수.

염분鹽盆 : 염부鹽釜. 바닷물을 고아 소금을 만들 때에 쓰는 큰 가마.

夜坐

밤에 앉아서

칠율 3수 · 오율 3수 199

1수 200

西峰欻翕現長庚	서쪽 봉우리로 한꺼번에 금성[1]이 나타나고
木末群星次第生	나무 끝에 뭇별들이 차례대로 생겨나오네
靜聽能諳梅子墮	조용히 듣노라니 매실 떨어지는 소리 알고
閑愁不怕杜鵑聲	한가한 시름에 두견이 소리도 두렵지 않네
飰甘終夕還嫌飽	밥맛이 좋다보니 밤새도록 도리어 배불러 싫고
奴健明朝預課耕	건장한 노비에게 내일 아침 미리 밭갈 일 주네
更引山鐙看邸鈔	다시 산 등불 당겨 집에서 문집을 보노라니
重溟風雨幾時晴	비바람 치고 어두워져 어느 때나 갤 것인가

欻 문득훌 翕 합할흡(한꺼번에 일어나다)

흡연翕然 : 대중의 뜻이 하나로 쏠리는 정도가 대단함.

諳 욀암(암송하다. 기억하다. 깨닫다.)

1) 장경長庚 : 저녁 무렵 서쪽 하늘에 보이는 금성金星(=태백성太白星)

종석終夕 : 종야終夜. 하룻밤 사이.

鐙 등불등, 등자등(말 탈 때 디디고 올라가는 제구)

邸 집저(관저官邸. 여관. 주막.) 鈔 노략질할초, 베낄초(문집)

초鈔 : 넓고 많은 글과 뜻을 요약하여 만든 책.

2수 200

臥看溪漸漲　　누워서 냇가 물이 점차 불어나는 걸 보고
凉意滿簾生　　서늘한 뜻이 주렴에 가득 일어나도다
樹障驚蟬勢　　나무에 가려진 매미의 기세 놀랍고
泥黏墜果聲　　차진 진흙에 과일 떨어지는 소리 들리네
雨雲初已黑　　비구름은 애초부터 이미 먹구름이고
晴日遠先明　　비 그쳐 햇빛 멀리 선명하게 비치네
隔巷農謳急　　길 건너 농부들의 노래 빨라지고
炊烟泛暮城　　불 때는 연기가 저문 성곽에 피어오르네

謳 노래할구(읊조리다)　농구農謳 : 농부 노래.

3수 200

定知終日熱　　종일 덥다는 것을 진정 알고서
曦旭盪雲沙　　돋는 해에 모래펄의 구름 씻어가네
伏盡猶爲客　　모두가 고개 숙여 마치 손님 된 것 같고
詩多勝在家　　뛰어난 많은 시가 집안에 있네
晴空殘雨滴　　비 개인 하늘에 조금씩 빗방울 남아있고
野色細風斜　　들 경치는 미미한 바람이 솔솔 불어오네
力抵蚊蠅苦　　노력하여 모기 파리 막는데 힘쓰고
吾堪健者誇　　나는 건강한 자라고 자랑하며 즐기네

열일烈日 : 뜨겁게 내리쬐는 해 曦 햇빛희(일광) 야색野色 : 야경野景. 들의 경
치. 盪 씻을탕(흔들리는 모양) 伏 엎드릴복(굴복하다. 숨다. 잠복하다.)

4수 200

農旗連出颭晴空	농기가 연속 나오고 하늘 개어 살랑이는데
社鼓鼕鼕報幾通	두레 북소리 둥둥 몇 번이나 통지해 알리는가
相喚洗鋤官渡口	서로 부르며 관 나루터 입구에서 호미 씻고
更番就饁樹陰中	번갈아가며 나무 그늘로 들밥을 내 가네
乾霖又入前峰雨	하늘에 장마 또 들어 앞 봉우리 비속에 있네
薄暮全消畵閣風	땅거미지자 모두 없어져 화각에 바람 부네
見說田家占候惡	듣자하니 농가에서 길흉을 점쳐 악하다 하고
烏雲忽變暮霞紅	검은 구름 홀연히 변해 저녁노을 붉구나

颭 물결일점(살랑거리다) 鼕 북소리동 嗅 냄새맡을후 도구渡口 : 나루터.
番 차례번(갈마들다) 경번更番 : 교대로 번듦 饁 들밥엽(들밥을 내가다)
박모薄暮 : 해진 뒤 어스레한 동안. 땅거미. 황혼.
견설見說 : 듣자하니. 듣는 바에 의하면. 남의 말을 들음.
점후占候 : 구름의 모양이나 빛 따위를 보고 길흉을 점침.

5수 201

地坐縱橫席未齊	땅이 종횡으로 있어 자리가 가지런하지 않고
淸陰盡在曲欄西	맑은 그늘 모두가 굽어진 난간 서쪽에 있네
戀頭雨候疑豐歉	비 기다리는 날씨라 풍흉을 의심하고

醉後人情閱笑啼　　취한 후에 인정으로 웃고 우는 것 교감하네
菱芡舞風漁榜淺　　마름 연이 바람에 춤추고 고깃배 얕게 있으며
牛羊被野郡城低　　소나 양이 들판에 있고 군 성곽은 낮게 있네
自憐爲客翻拘檢　　스스로 객이 되어 되레 구검[1]됨을 슬퍼하노니
狂濯違心戶外溪　　날아와 집밖의 냇가에서 어긋난 마음을 씻노라

縱 늘어질종　종횡縱橫 : 가로와 세로. 자유자재로 거침이 없음.　청음淸陰 : 소
나무·대나무 등의 그늘.　歉 흉년들겸, 탐할감　菱 마름릉
芡 가시연검(못이나 늪에서 나는 연꽃의 한 가지)　榜 배방(배를 젓다. 노.), 매방
(매질하다. 방을 써 붙이다.)　淺 얇을천　拘 잡을구
1) 구검拘檢 : 가두어 경계하고 다스림.　狂 날아올공(날아서 오다)　濯 씻을탁
위심違心 : 마음에 어긋남.　호외戶外 : 집의 바깥. 집 밖.

6수 201

開戶南山正　　문 열면 바로 앞산이지만
齋居適冷暄　　재실에서 지내니 추위 더위에 적당하네
客程滄海近　　나그네 길은 푸른 바다 부근에 있고
師道少年尊　　스승의 도리를 소년이 존중하네
寤寐追前輩　　자나 깨나 선배들을 추모하며
浮沈寄此村　　영고성쇠함을 이 마을에 부치노라
兼旬試閑步　　한 열흘 시험 삼아 한가히 걸어보고
相與限柴門　　서로 더불어 사립문을 닫고 살아가네

▌*屬東淑

동숙에게 부침

남산南山 : 남쪽 산. 앞 산.

재거齋居 : 재실에서 지냄. 재계한 뒤 따로 거처하는 것. 혹은 집안에 틀어박혀 한거하는 상황.

거재居齋 : 유생儒生이 기거起居하며 공부함. 거관居館.

適 맞을적(마땅하다. 즐기다. 시집가다. 마침.)

객정客程 : 나그네 길. 여정旅程.   오매寤寐 : 자나 깨나.

침부沈浮 : 가라앉음과 뜸. 영고榮枯와 성쇠盛衰.

겸순兼旬 : 열흘 이상 걸림.

시문柴門 : 사립문. 문을 닫음. 외부와 교제를 끊음.

 해설

〈야좌夜坐〉라는 시는 《매천전집》 1권 67쪽과 89쪽에도 있다. 각각 오율 1수와 칠율 1수로 되어 있는 시로, 《역주매천황현시집》(상권) 203쪽과 293쪽에 번역되어 있다. 위의 시 〈야좌夜坐〉는 오율 3수, 칠율 3수로 되어 있으며 내용도 다르다.

次題趙氏覽輝齋

‘조씨의 남휘재’의 시를 차운함　　　　　칠율 1수 201

* 谷城鳳亭里

　곡성 봉정리.

五鳳翔雲紫翠生　　다섯 봉황새 구름에 높이 날아 자취색 생기고
一邱泉石儘天成　　언덕에 있는 돌샘이 다 자연히 이루어졌네
先人已卜菟裘美　　선인이 이미 점을 쳐 도구[1]의 아름다음이 있고
福地常臨奎璧明　　복된 땅에 항상 접해 있어 규벽[2]이 밝도다
但願讀書遺種在　　다만 책 읽는 선비로 남기를 원하였고
敢期需世以文鳴　　세상에 쓰이는 문장으로 이름나길 기약했네
笑余炳燭勞無補　　나를 비웃으며 촛불을 잡고 애써 도움 없이
聊與漁樵混姓名　　어초하는 사람들과 함께 성명을 흐리게 하네

차제次題 : 남이 지은 시의 운자題字를 따서 시를 지음.

자취紫翠 : 자줏빛과 녹색.

천성天成 : 자연히 이루어짐. 하늘이 이루어 놓은 일.

1) 도구菟裘 : 전국시대 산동성의 노魯의 지명. 은공隱公이 은거한곳. 은거하는 일.(좌전左傳)

2) 규벽奎璧 : 작은 글자로 만든 경서. 옛날 중국에서 제후諸侯가 천자天子를 만날 때 가지던 구슬.　需 구할수　수세需世 : 세상에 쓰일 수 있는 것

어초漁樵 : 물고기 잡고 땔나무를 함. 또는 그런 일을 하는 사람.

> 六月初客昇州之隱城齋, 屬苦河魚, 浹辰宛轉. 塾師許君
> 東淑强余倡酬得五七律三十首. 許家報恩亦客游經歲

유월 초에 객은 승주 은성재에 우거할 때, 애써 부탁하여 강가의
고기를 먹고, 12일간[1]이나 뒹굴었다. 숙사 허군 동숙이 억지로 나
와 시를 창수하게 하여 오율과 칠율 30수를 얻었다. 허군의 집은
보은으로 역시 객으로 노닐면서 몇 년 세월이 흘렀다 칠율 2수 202

1수 202

柳外芳洲竹外山	버들 밖으로 꽃 섬이 있고 대 밖으로 산 있어
暑天風物似鄕關	더운 날 풍물은 고향의 관문과도 같아라
麻坑遠爆晴雷勢	삼구덩이 멀리 쬐 맑은 날 천둥의 기세이고
瓜壘凉搖落照間	오이 같은 성채 시원스럽게 낙조사이로 있네
眠鷺不知何夢久	잠자는 해오리는 어찌 오랜 꿈 알지 못하는가
耕牛惟有此時閑	밭가는 소는 오직 이 시간이 한가할 뿐이로다
醉來倦踏溪亭路	취하여 게을리 냇가 정자 가는 길로 밟아오고
羞煞荷花上老顔	심히 부끄럽게 연꽃이 노인의 얼굴에 오르네

---

1) 협진浹辰 : 협浹은 일주一周, 진辰은 십이지十二支를 뜻함. 십이지가 한번 되
어 12일간을 말함.
宛 굽을완, 뒹굴완 완전宛轉 : 변하는 일. 눈썹이 아름다움. 구르는 모양. 춤추
는 모양. 경세經歲 : 몇 년의 세월이 흐름.
청뇌晴雷 : 맑은 하늘에 천둥소리. 갠 날 우레 소리. 壘 진루(성채. 보루. 쌓다.)
요락搖落 : 흔들려 떨어짐. 나뭇잎이 떨어짐. 煞 죽일살, 매우쇄(심히)

2수 202

驚雛飛熟百回尋　　제비 새끼 능숙하게 날아 백번 찾아오고
橘葉吹香半畝陰　　귤잎에 향기 불어와 반 이랑이 응달이 졌네
秧耟洗來江市盛　　모심은 보습 씻으며 와 강 시장이 풍성하고
麥耞聲盡野村深　　보리타작 소리 다 들으며 야촌은 깊어가네
眼前塞馬嗟迷向　　눈앞의 새옹지마 혼미하여 탄식하고
愁際河魚貴診心　　수심 끝에 강가의 고기 소중히 보는 마음이네
忘却炎凉無外慕　　염량[1])을 망각하여 밖으로 흠모함이 없고
披裘安得識遺金　　갖옷 입고서 어찌 남겨진 금을 알겠는가

耟 보습사(따비로 갈다. 쟁기질하다.)　 耞 도리깨가　 診 볼진　 炎 불탈염
1) 염량炎凉 : 더위와 서늘함. 선악과 시비를 분별하는 슬기. 세력의 성함과 쇠함.
披 나눌피(개척하다. 옷을 입다.)

해설

《매천전집》 1권 253쪽에 〈유월초六月初, 객승주지은성재客昇州之隱城齋, 이복질협진완전以腹疾浹辰婉轉--〉라는 칠율 4수와 오율 7수의 시가 있다. 제목에 보듯이 매천은 이때 복질腹疾(=배앓이)이 나서 12일간이나 누워 있었다고 하였다. 이 시들은 《역주매천황현시집》(중권) 470쪽에 번역되어 있다.

　그런데, 위의 시 제목에서 보듯이 매천은 허군동숙과 30수를 수창했다고 되어 있지만, 《매천전집》에 있는 시와 위의 시 칠율 2수를 모두 합해도 칠율 6수·오율 7수뿐이다. 나머지는 《매천후집》에 있다.

走筆三首以竟咸字

붓을 달려 마침내 '함'자로 삼수를 짓다   칠율 2수 202

■ *一首已載全集

1수는 이미 전집에 기재되어 있음.

해설

1수가 전집에 기재되어 있다는 말은 《매천전집》 1권 249쪽에 있는 칠율
1수의 《주필走筆》이라는 시를 말한다. 이 시는 《역주매천황현시집》(중권)
465쪽에 번역되어 있다.

1수 202

縱然家食也薙鹽	비록 집에서 나물과 소금을 먹는다 해도
一任華顚種種添	백발 머리에 한번 맡겨 종종 더해보네
幽夢穿花渾化蝶	그윽한 꿈은 꽃 속에서 혼연히 나비 되었고
雅懷如月自容蟾	고상한 맘은 달과 같아 절로 두꺼비를 닮았네
閑枰不厭棊才短	한가한 장기판에서 기재 적음을 싫어하지 않고
小品從敎筆意纖	작은 물건의 가르침 좇아 붓 뜻이 세밀해지네
客去旋愁衣袂濕	손님은 떠나고 시름은 돌아와 옷소매 축축하고
浪浪山雨午鳴簷	산비가 계속 내려 낮에도 처마에 울려오네

종연縱然 : 가령~하더라도.   薙 염교해(백합과에 딸린 여러해살이 풀)

화전華巓 : 백발의 머리. 노인(=화수華首). 꽃가지의 끝.

천화穿花 : 꽃 사이를 지나감.

아회雅懷 : 고상한 생각이나 마음.

蟾 두꺼비섬, 달섬(달빛) 袂 소매메 浪 물결랑

낭랑浪浪 : 정처 없이 방랑함. 눈물이 흐름. 비가 계속 내림. 簷 처마첨

2수 203

村釀薰然少長咸	촌에서 술 빚으며 훈연히 소장[1]이 함께하고
衰年得算混塵凡	늙어가는 나이 따져봐 티끌이 대략 혼탁해지네
漁航載月沿熊沼	고깃배는 달 싣고 가며 웅소를 따라가고
畬鍤挑春向鼓嵒	새 밭을 봄에 삽으로 돋우고 고암으로 향하네
秋熟桃源那有稅	추수가 도원에 한창인데 어찌 세금이 있는가
泉甘杞圃不論鹹	감천 있는 구기자 밭에 소금을 논하지 마오
窮居也擁書千卷	궁벽한 곳에 거주해도 천권 책 안고 있으며
補綴殘篇自作函	닳아진 책 보수하며 스스로 상자를 만드노라

薰 향풀훈(향내. 교훈. 태우다.) 훈연薰然 : 마음이 온화함. 온화하고 부드러움.

1) 소장少長 : 젊은이와 늙은이. 쇠년衰年 : 쇠약하여 가는 나이.

畬 새밭여(개간한 지 2~3년 된 밭) 鍤 가래삽(땅을 파는 데 쓰는 기구)

那 어찌나(어떻게. 어찌하랴.) 감천甘泉 : 물맛이 좋은 샘.

鹹 짤함(=함鹹의 속자) 函 상자함(편지함)

唔堂李先生輓

어당 이선생 만사　　　　　　　　　　　　　칠율 4수 203

1수

未見先生作壽詩	선생을 보지 못하고 축수시를 지었는데
庚年萬事入追思	경년의 갖가지 일들이 돌이켜 생각나네
河汾弟子橫經日	하분의 제자1)는 경서를 펴 드는 날이요
元祐朝廷側席時	원우 조정2)이 옆자리에 있을 때로다
每爲蒼生詢齒髮	매번 백성을 위해 치아와 머리카락 물으며
只憑素養祝期頤	다만 평소 양생법에 의해 백세를 빌었네
今來上黨山如古	이제 향리에 와보니 산은 옛날과 같고
責沉文成淚萬絲	문성3)을 깊이 밝히며 만 줄기 눈물 흘리네

唔 울퉁불퉁할어　경년庚年 : 천간天干이 경庚으로 된 해.

추사追思 : 추념追念. 지나간 일을 돌이켜 생각함. 죽은 사람을 생각함.

횡경橫經 : 경서를 펴서 듦.

1) 하분제자河汾弟子 : 하분河汾은 황하黃河와 분수汾水. 수나라 말기에 문중자
文中子 왕통王通이 기거한 곳.

　왕통은 수隋나라 문제文帝에게 '태평10책太平十策'을 올렸으나 채택되지 않자,
벼슬에 나갈 생각을 버렸다. 문제가 죽은 후 양제煬帝는 그에게 출사를 청했지만
응하지 않았다. 그 문하에 당 태종太宗 연간에 '정관貞觀의 치治'를 여는 데 기여
한 방현령房玄齡, 위징魏徵 등이 있었다.

2) 원우조정元祐朝廷 : 송宋 나라 철종哲宗(1086~1094)의 연호.

창생蒼生 : 국민. 백성. 세상의 모든 사람.

치발齒髮 : 이가 빠진 모양과 머리가 흰 모양.

소양素養 : 평소 닦아 놓은 학문이나 지식.   頤 턱이(봉양하다)

3) 문성文成 : ① 안향安珦의 호는 회헌晦軒, 시호諡號는 문성文成. ② 이이李珥
의 호는 율곡栗谷, 시호諡號는 문성文成.

2수 203

十年龍臥賁烟霞	십 년간 누어있는 용이 안개 노을 꾸미고
案肘痕生鬢已皤	책상을 끌어 흔적 생기며 살쩍이 세었네
久悔編詩天下聞	오랫동안 엮은 시는 천하에 소문나 후회하고
老歎齋志卷中多	늙어서 뜻이 책 속에 많았음을 탄식하네
大儒亦有名山癖	대 유학자는 역시 명산 가는 버릇이 있고
國器猶從進士科	국가의 인재는 오히려 진사과를 따르더라
三復琴翁知德語	세 번 거듭 거문고 타는 늙은이 독일 말 알고
春風吹斷大湖波	봄바람 불다가 큰 호수 파도 속에 끊기네

肘 팔꿈치주(만류하다. 끌다.)   鬢 살쩍빈(귀밑털=鬓)

皤 머리센모양파(희다)   연하煙霞 : 안개와 놀. 고요한 산수의 경치.

賁 클분, 꾸밀비

齋 재계할재(몸과 마음을 깨끗이 함. 명복을 비는 불공.), 집재, 상복자

시편詩篇 : 시를 모아 놓은 책.

국기國器 : 나라를 다스릴 만한 인재.   덕어德語 : 독일어.

3수 204

幷世違顏愧死休	세상과 어울리다 체면이 어긋나 몹시 부끄럽고
敢將歌薤擬生芻	감히 상여노래를 빌어 천민으로 사노라네
難形霽月光風象	광풍제월[1]의 형상은 그리기가 어렵고
不已龍亡虎逝憂	용 죽고 표범이 죽는 근심이 끝나지 않았네
五載聯宣徒聖眷	다섯 해 동안 연구를 펴며 성도[2]를 돌아보고
一時揮淚盡名流	일시에 눈물 뿌려 모두가 명류들이네
大招夜久迷秋夢	대초장[3]을 밤에 길게 읊어 가을 꿈이 혼미하고
楓落荊江古渡頭	단풍잎 떨어지는 형강[4]은 예전의 도두[5]로다

幷 어우를병(어울리다. 함께하다)　병세幷世 : 같은 시대.

괴사愧死 : 부끄러워서 죽음. 몹시 부끄러워함.　歊 아의(감탄사)

薤 염교해(백합과에 딸린 여러해살이 풀)　해가薤歌 : 상여 노래.

해로薤露 : 한대漢代의 만가輓歌. 해상로薤上露 : 염교에 내린 이슬. 인생의 허무함.　擬 헤아릴의, 비길의, 본뜰의　芻 꼴추(말린 풀)　생추生芻 : 싱싱한 꼴.

1) 제월霽月 : ① 비 갠 뒤의 맑게 부는 바람과 밝은 달(=광제光霽). ② 광풍제월光風霽月 : 마음이 넓고 쾌활하여 거리낌이 없는 인품. 황정견이 주돈이의 인품을 평한 데서 유래함.(=제월광풍)

2) 성도聖徒 : 기독교 신자.　眷 돌아볼권　명류名流 : 이름난 사람들.

3) 대초大招 : 《초사楚辭》의 대초장大招章.

4) 형강荊江 : 중국 양자강揚子江 지류의 강. 물길이 구불구불하여 구절양장九折羊腸이란 칭호가 있음. 강 북쪽은 운몽택雲夢澤에 해당하며, 남쪽은 동정호洞庭湖이다.

5) 도두渡頭 : 나루, 강가 등에 배가 건너다니는 곳.

4수 204

絳帳凄凉曉月斜	진홍색 장막에 새벽달이 기울어 처량하고
賢人氣數歎龍蛇	현인들의 운수는 용사[1]의 난을 탄식하였네
靈光倒地非私慟	영광 땅 넘어져도 사사로이 통곡치 않고
滄海橫流可奈何	푸른 바다 좌우로 흘러감을 어떻게 할것인가
周禮傳家趍鄭衆	주례가 가문에 전해져 정현[2]을 따르고
太玄行世哭侯芭	태현경[3]이 세상에 행해져 후파[4]를 곡하도다
滿園草沒經臺老	온 정원은 풀 속에 묻혔고 경대[5]도 쇠해져
前輩刑儀日漸賒	선배들의 법과 예의가 날로 점점 멀어져 갔네

絳 진홍강 기수氣數 : 길흉화복의 운수.

1) 용사龍蛇 : ① 용과 뱀. ② 1592년 임진왜란이 일어난 용龍의 해인 임진년壬辰年과 이듬해 1593년 뱀(=사蛇)의 해인 계사년癸巳年을 뜻하는 말에서 사용된 명칭. ③ 용사일기龍蛇日記 : 조선중기 경북 성주 출신인 암곡巖 도세순都世純(1574~1653)이 임진왜란 당시의 피난 생활을 기록한 일기임.

나하奈何 : 어떻게 할까. 趍 느릴추(달리다. =추趨의 속자.)

2) 정현鄭玄(127~200) : 자는 강성康成. 일찍이 태학太學에 들어가 금문今文을 공부했으며, 장공조張恭祖나 마융馬融으로부터 고문古文을 배웠다. 당고黨錮의 화를 당하면서 저술에 전념했다. 여러 경서에 주석을 달아 한대 경학을 집대성했으며, 정학鄭學으로 불렸다.

3) 태현경太玄經 : 한漢 나라 양웅이 《주역周易》의 체제를 모방하여 《태현경》을 짓고, 《논어》를 모방하여 《법언》을 지었다. 侯 과녁후(제후) 芭 파초파

4) 후파侯芭 : 한나라 거록 사람으로 양웅의 제자. 양웅에게 태현太玄과 법언法言을 수학하였음.

5) 경대經臺 : ① 문왕文王의 대臺. ② 고종 때 대제학·이조판서 등을 역임한 김상현金尙鉉(1811~1890)의 호. 문집에 《경대집》이 있음.

賒 외상으로살사(멀다. 아득하다.)

임인고 壬寅稿(1902년, 48세)

正朝次放翁乙丑元日

설날에 방옹 육유의 '을축원일'을 차운하다   오율 1수 204

頭白童心在	흰 머리는 어린 아이 마음과 같은데
屠蘇羨首危	불안한 머리는 도소술[1] 마셔 부러워라
豊占探策早	풍년을 점치며 이른 아침에 계책 찾고
貧禮饗神遲	빈한한 예의에 신의 향연 더디도다
習靜辭人拜	습정[2]은 사람들의 인사도 사양하고
廷祥效頌詩	조정의 상서로운 일에 축송시를 바치네
春來方有事	봄이 와 사방으로 일이 있고
畔鑿報明時	물가를 뚫고 가며 밝은 세상을 알리네

정조正朝 : 정월 초하루. 설날.   원일元日 : 설날. 음력 1월 1일.

1) 도소屠蘇 : 산초, 백출, 육계피 따위를 섞어서 술에 넣어 연초에 마시는 약. 이것을 마시면 한해의 나쁜 기운을 없애며 오래 살 수 있다고 함.

2) 습정習靜 : ① 조용히 익힘. ② 조선 선조 때의 학자 민순閔純(1519~1591)의 호. 인순왕후의 상을 당하였을 때 오모흑대烏帽黑帶의 상복에 반대하고, 송나라 효종의 백모삼년白帽三年의 제도를 선조에게 건의하였다. 이것이 물의를 빚어 그해 6월 사직하고 고향으로 돌아갔다. 문집으로 《행촌집》이 있음.

명시明時 : 평화로운 세상.

挽鄭東善

정동선 만사　　　　　　　　　　　　　　　칠율 1수 205

藥椀當前不覺驚	약사발이 앞에 있어도 놀라 깨지 못하였고
十年床第雪千莖	십 년 병상자리[1]에서 천 줄기 흰머리 되었어라
疲癃入骨還祈死	노인병이 뼈에 스며들어 도리어 죽음을 빌었고
門戶關心更戀生	문벌에 관심 있어 다시 연연함이 생겼도다
萬里長風浮世影	만 리 길 긴 바람에 세상의 그림자 뜨고
空梁落月故人情	빈 대들보에 지는 달은 옛사람의 정이었네
連村無一窮親戚	이어진 촌락 하나 없이 가난한 친척들 있어
處處春田帶犢畊	곳곳마다 봄밭에서 송아지 밭 갈고 있네

椀 주발완(밥그릇. 바리.)

1) 상제지사床第之私 : 《시경》〈국풍〉 양공 27년 가을, 정백이 조맹을 위하여 수롱에서 베푼 향연에서 기인한다. 제第는 대자리를 뜻하여, 규방 안이나 부부간의 사생활과 같은 사사로운 것을 말함.

莖 줄기경(기둥. 근본. 버팀목. 칼자루.)

피륭疲癃 : 기운이 약하어 생긴 노인의 병

문호門戶 : 집으로 드나드는 문. 문벌門閥.

무이無一 : 하나도 없음.

出島路中代說謫居近況, 寄慰養泉, 又托轉寄葵園

섬을 나오는 도중에 귀양살이의 근황을 대신 설명하며 양천을 위로하여 보내고, 또 부탁하여 규원에게 전송하다　　칠절 1수 205

古鎭荒凉不可尋	옛날의 진터는 황량하여 가히 찾을 수 없고
樹間漏屋晝陰森	나무 사이로 누옥은 낮에 숲 응달에 있네
無船無卒端宜廢	함선도 군졸도 없어 단연코 마땅히 폐했고
要識前人撤土心	전 사람이 토심을 거두어 알고자 원하는가

▌ *時謫智島

이때 지도에서 귀양살이 하고 있었다.

▌** 島設萬戶今廢

섬에 만호[1]가 설치되었으나 지금은 폐했음.

적거謫居 : 귀양살이를 하고 있음.

전기轉寄 : 전달함.　전송轉送 : 간접으로 남의 손을 거쳐서 물건을 보냄.

누옥漏屋 : 비가 새는 집.　음삼陰森 숲 속의 어둑한 곳.　요식要識 : '알려고 하는가'　토심土心 : 대자연이 태어난 생명의 근원인 토土 자리와 하나가 되는 것.

1) 만호萬戶 : 조선 시대 각 도의 여러 진鎭에 배치한 종4품의 무관 벼슬.

 해설

　《매천전집》 1권 263쪽에 위 시와 같은 제목으로 칠절 5수의 시가 있다. 1902년에 써진 이 시들은《역주매천황현시집》(하권) 58쪽～61쪽까지 번역

되어 있다. 결국 이 시는 칠절 1수가 추가되어 칠절 6수로 된 시이다.

1895년 팔월역변八月逆變과 시월무옥十月誣獄과 관련되어 1896년 4월에 무정茂亭 정만조鄭萬朝(1858~1936)는 서주보徐周輔 등과 함께 구금되었다. 정만조는 고종의 특명으로 우낙선과 함께 15년 유배流配에 처해져 진도에 유배되었다.

1901년 제주도에서 천주교도 이재수의 난이 일어나고, 민중이 제주성濟州城을 공격하는 단계에 이르자 조정에서는 6월 10일 제주 유배인의 타도 이배移配를 결정하였다. 7월 10일 서주보徐周輔는 여도呂島로, 김윤식金允植은 지도智島로 각각 옮겨가게 되었다.

이런 이유로 서양천주보徐養泉周輔는 전남 고흥군 점암면 여도에서 귀양 살이하고 있었으며, 위의 시는 이 때 매천이 서양천을 방문하고 위로하며 지은 시이다. 여도는 왜란 당시 여도진呂島鎭이 설치되었지만 폐했다고 쓰고 있다. 그리고 매천은 지도에 유배되어 있는 규원 정병조鄭丙朝에게 글을 써서 보내고 있다. 관경은 정병조의 자이며, 정만조의 친제親弟이다.

仲夏山居卽事

한 여름 산에 살며   칠절 4수 205

1수

墻隙揮鎌斫細藤	담장 사이에서 낫질하며 작은 등덩굴 베는데
花盆帶缺土沙崩	화분은 깨어지고 토사는 무너져 내렸네
桐孫大有天然力	오동나무 새끼들[1] 번창해 자연의 힘이 있고
扶起西階砌石層	서쪽 계단 돌층계에서 부축하여 일어났네

隙 틈극(구멍. 결점.)　斫 벨작　揮 휘두를휘(뿌리다)　鎌 낫겸
천연天然 : 사람의 힘을 가하지 않은 상태.
1) 동손桐孫 : 새로 나온 오동나무 가지.
부기扶起 : 부축하여 일으킴.　砌 섬돌체(돌층계)

2수 206

曖曖茅簷欲暮天	띠 집 처마가 어두워져 하늘은 저물어가고
匏花微白逈依然	박꽃이 하얗게 조금 피어나 의연히 빛나네
溯風却怪蚊聲退	바람 거슬러 불어 괴이하게 모기소리 물러가고
一道東鄰爇草烟	동쪽 이웃으로 가는 길에 풀 태워 연기 나네

曖 희미할애　애매曖昧 : 희미하여 분명하지 않음.　匏 박포(바가지)
逈 멀형(빛나다)　溯 거슬러올라갈소　却 물리칠각　爇 불사를열

3수 206

松肪明滅土爐邊	송진 불이 흙 화로 주변에서 깜박거리고
任汝蓑丁早就眠	그대 농부에게 맡기고 일찌감치 잠자네
已辦移秧無早晚	모내기에 빠르거나 늦음이 없음을 판단하여
不須爭灌磵東田	동쪽 계곡 밭에서 물 대며 다투지 말게나

송방松肪 : 송진.　명멸明滅 : 불이 켜졌다 꺼졌다 함. 깜박거림.
麓 산기슭록, 산감록(산을 감독함)　爭 다툴쟁　灌 물댈관

4수 206

野草動風鳴暝橫	들풀이 바람에 움직이며 어둠 속에 비껴 울고
山人出戶耳先傾	산사람이 집 나섬에 귀가 먼저 기울어지네
呼童點檢西鄰犢	아이 불러 서쪽 이웃의 송아지를 살펴보고
籬外知應鹿鬪聲	울타리 밖에서 사슴 다투는 소리 응당 알도다

祥兒課日製五律戲和其作

상아[1]와 날마다 오율을 지으며 놀이하고, 그 작품에 화운하다

오율 3수 206

1수

紫薇花發始	붉은 장미꽃이 처음 피기 시작하고
烏柿子垂邊	까마귀는 감나무 늘어진 주변에 있네
獨立成陰裏	홀로 그늘 진 곳에 서서
追思種樹年	나무 심은 해를 돌이켜 회상해 보네
蟬涼驚換節	매미는 서늘하여 환절기에 놀라고
蝗熾悔勤田	황충이 성해 애써 농사 진 걸 후회하네
時往門前塾	때로 이따금씩 글 방 문 앞으로 가서
群兒匝作筵	무리 지은 아이들 빙 둘러 대자리 펴네

1) 상아祥兒 : 상서로운 아이. 매천의 아들일 수도 있고 글방의 학생일 수도 있음.
과일課日 : 날마다.   製 지을제(옷·글·약을 짓다)
추사追思 : 추념追念. 지난 일을 돌이켜 생각함. 죽은 사람을 생각함.
蝗 누리황, 황충황(황충晃蟲 : 풀무치)   熾 성할치
薇 고비미   匝 돌잡(둘레. 두루.)   筵 대자리연(주연. 술자리.)

2수

偶乞西鄰酒	우연히 서쪽 마을에서 술 얻어먹고
頹然得暫豪	취하여 쓰러질 듯 잠시 호걸이 되었네
夢因忘世澹	꿈꾸며 그로 인해 세속을 잊어 담박해지고
詩自食貧高	시는 저절로 끼니 가난하여 고상해지네
蕉快常疑雨	시원스런 파초는 항상 비 올 것을 헤아리고
松凉逈欲濤	소나무는 서늘하여 멀리 파도치려하네
白頭猶飽煖	흰머리는 오히려 배부르고 따뜻하여1)
鉏耨敢言勞	호미로 김매며 감히 힘써서 말을 하네

퇴연頹然 : 기력이 없어 느른함, 취하여 쓰러질 듯함.
澹 맑을담(싱겁다. 담박하다. 조용하다.), 넉넉할섬
식빈食貧 : 끼니를 잇기 어려울 정도의 가난.   蕉 파초초   耨 김맬누
1) 포난飽煖 : 배부르고 따뜻함. 《명심보감明心寶鑑》〈성심편省心篇〉에 "포난飽煖
에 사음욕思淫慾이요, 기한飢寒에 발도심發道心이라."하였다. 배부르고 따뜻하면
음욕을 생각하게 되고, 굶주리고 추우면 도심이 일어난다는 뜻이다.

3수 207

捕蝗人力盡	황충이 잡으려고 사람들은 힘을 다하고
旬日野無歌	열흘 동안 들녘에 노래가 없었노라
旱歲農功亟	가뭄 든 해는 농민들의 공력이 가엾고
熙朝士論多	잘 통치된 시대[1]는 선비들의 공론이 많네
計迂尋硯墨	잠시 계산하여 벼루와 먹을 살펴보니
頭白畏風波	흰머리는 세상의 풍파가 두려워지네
貧稼灾應萃	농사가 빈한한데 재앙이 모여 내리니
君無問我禾	그대는 나의 벼농사에 대해 묻지 마오

순일旬日 : 음력 초열흘. 열흘 동안.　亟 빠를극(절박하다.)
1) 희조熙朝 : 잘 다스려진 시대.
迂 에돌우(멀리 피하여 돌다. 굽다.)
풍파風波 : 세찬 바람과 험한 물결. 심한 분쟁. 세상살이의 어려움.
稼 심을가(곡식. 농사.)　灾 재앙재(화재)　萃 모을췌(모이다. 야위다.)

 해설

　매천시 가운데 상아에 대한 시로는 1904년 갑진고로 〈명상아과일호운命祥兒課日呼韻〉의 칠율 3수가 있고, 1906년 52세 때 지은 〈차상아하과운次祥兒夏課韻〉의 오율 3수가 있다. 《역주매천황현시집》(하권) 159쪽과 296쪽에 각각 번역되어 있다.

坪湖邀仲元夜話, 次杜九日藍田

평호에서 칠월 보름[1]을 맞아 밤에 이야기하며, 두보의 '구일람전'을
차운하다

칠율 1수 207

樽前一笑老懷寬　슐동이 앞에서 웃으며 노인 생각이 너그러워

取次溪燈續舊歡　냇가에 등불 차례로 모여 옛 환락 이어가네

擧世儒風紛降帳　온 세상 유교 풍으로 어지럽게 장막을 흔들고

十年野趣獨黃冠　십 년 소박한 취미생활에 홀로 평민 관 쓰네[2]

耳根夜入虫聲苦　귓가엔 저녁 되어 고달픈 벌레소리 들려오고

肚裏秋生果性寒　뱃속에는 가을철 찬 과일의 습성이 생겨났네

詩到白頭多恕我　시상이 백두에 떠올라 나를 용서함이 많고

公心要與故人看　공평한 마음이 필요하여 옛 사람과 함께 보네

---

1) 중원中元 : 음력 7월 15일로 백중百中·백종일百種日·망혼일亡魂日이라고 한
다. 백중날에는 남녀가 모여 음식을 장만해 놓고 노래하고 춤추며 즐겁게 놀았다.
장치기(=수전手傳)나 씨름대회 등의 놀이도 했으며, 승려들은 이날 각 사찰에서
재齋를 올렸다. 또한 머슴들은 하루 일하지 않고 쉬었던 큰 명절이었다.
취차取次 : 차례로. 순서대로. 경솔하게.　구환舊歡 : 예전의 환락.
거세擧世 : 온 세상. 모든 사람.
야취野趣 : 전야의 아름다움에서 맛보는 흥취. 소박한 취미.
2) 황관黃冠 : 풀로 만든 평민의 관. 벼슬 못한 사람. 도사의 관, 또는 도사.
秋 가을추(때. 시기. 세월. 1년. 근심하다.)

芚谷九日陪雲養尙書, 又拈杜 '藍田崔氏庄'

둔곡에서 아흐렛날 김운양 상서를 모시고, 두시 '남전최씨장'을 뽑아
운함

207

　이 시는 《매천전집》 1권 274쪽에는 〈智島芚谷九日陪雲養尙書, 拈杜詩
'藍田崔氏庄' 韻〉이라는 제목으로 되어 있으며, 《역주매천황현시집》(하권)
96쪽에 번역되어 있다.

次金氏丙舍原韻

김씨의 묘막[1]의 원운을 차운하다　　　　　칠율 1수 208

▌＊在寶城郡
　　보성군에 있다.

春風一上試周瞻	춘풍에 한번 시험 삼아 두루 올라 굽어보니
族葬靑山故里兼	친족의 장례는 청산속의 옛 마을과 겸했어라
名德細尋松下碣	명성과 덕망은 솔 밑의 비갈에서 자세히 찾고
炊舂平對雨中簾	불 때고 찧는 일을 평소 비오는 발속에서 하네
讀書有種秋燈炯	독서에도 종류가 있어 가을 등불이 밝고
留客無塵海月纖	머문 객은 티끌 없이 바닷가의 초승달을 보네
堂構如金心曳折	당구[2]는 금과 같은데 늙은이의 마음 짓늘려
百年花石逐年添	백년 된 꽃과 바위가 해마다 새로움을 더하네

丙 남녘병(셋째)　병과丙科 : 과거시험 성적의 제3급.

1) 병사丙舍 : 무덤의 남쪽 가까이에 임시로 지은 작은 상엿집. 묘막墓幕.

섭월纖月 : 초승달.　構 집지을구(꾸미다. 글쓰다.)

2)① 당구堂構 : 부조父祖의 업을 계승하는 일.

　② 당구지락堂構之樂 : 아들이 아버지의 업을 계승하는 즐거움.

 해설

　이 시는 1911년 창강이 상해에서 발행한 《매천집》 306쪽에 있는 보유시補遺詩로 〈석계재운石溪齋韻〉이라는 제목으로 되어 있다. 1884년 갑신년의 작품이다.

　미구의 '당구여금심수절堂構如金心叟折'은 상해본 《매천집》에는 '당구여금심경절堂構如今心更折'로 되어 있다. 이 시는 《역주매천황현시집》(상권) 471쪽에 번역되어 있다.

訪二山

이산을 방문하다

칠율 1수 208

命駕翩然一水間	물을 사이에 두고 번연히 가마를 준비시켰고[1]
平生愛爾戶庭寬	평생 집과 뜰이 넓어 그대를 좋아했네
循環歲計花成譜	수입 지출 총계하여 화보[2]를 이루었고
磊落秋光果滿盤	가을 빛 뇌락[3]하여 과일이 쟁반에 가득하네
宦拙已嫌時輩熱	졸렬한 벼슬살이 싫어 시정배들 열광하고

詩高終犯古人寒　　시는 고상하지만 결국 고인의 자구를 범하였네
五峯西壁翻江月　　오봉산 서벽에 비친 강가 달빛 번뜩이는데
獨自和衣倚曉欄　　혼자서 옷 걸치고 새벽 난간에 기대어 보네

1) 명가命駕 : 길 떠나려고 하인에게 탈것을 준비시킴.
천리명가千里命駕 : 먼 곳에 있는 친구를 위해서 아랫사람에게 수레 준비를 시킴.
翩 나부낄편(오락가락하다. 훌쩍날다.)
세계歲計 : 한 회계 연도 내의 세입과 세출의 총계. 1년 동안의 수입과 지출의 총계.
2) 화보花譜 : 꽃의 이름, 특성, 피는 때 등을 적은 책.　磊 돌무더기뢰
3) 뇌락磊落 : 마음이 활달하여 도량이 넓다. 공명정대하다. 외모가 준수하다.
강월江月 : 강물에 비친 달그림자.　拙 옹졸할졸(서툴다)　嫌 싫어할혐
시배時輩 : 당시 사람들. 당시의 현자. 명리名利만 좇는 사람.

月谷新寓

월곡에 새로 깃들어 살며   209

---

*是歲至月二十九日, 自萬壽洞, 北寓頭流下大野中村名月谷.
不可無一詩志之. 而般運勞碌, 又來見者多疲於酬唔加. 以歲
暮俗累堆積殆無暇乎. 此也久之, 操紙筆得一句, 輒書僅得成
篇. 如償宿債, 那能有雋語.

이 해 11월 29일 만수동에서 북쪽으로 두류산 아래 큰 평야가 있는 월
곡이라는 마을로 이사하였다. 시 한 수로 뜻을 펴지 않을 수 없었다. 그
리고 이사함에 쉬지 않고 힘을 다하였다. 또 와서 보는 자가 많아 사람

들을 만나고 수작함에 피로가 더해졌다. 세모에 풍속이 쌓여 거의 한가할 겨를이 없었다. 이러다가 오랫동안 지필묵을 잡고 한 구를 얻었으며, 문득 글을 써 겨우 한편을 완성하였다. 오랫동안 묵을 빚을 보상하는 것과 같아 이렇게 좋은 문구가 있게 된 것이다.

지월至月 : 동짓달.   搬 옮길반(이사 가다)
磽 푸른돌록(돌이 많은 모양), 자갈땅락
노록勞碌 : 쉬지 않고 꾸준히 힘을 다함.
酬 갚을수(잔을 돌리다)   晤 총명할오(밝다. 만나다.)
면오面晤 : 면담面談.   숙채宿債 : 오래 묵은 빚.
儁 영특할준, 살찐고기전

해설

위의 시 〈월곡신우月谷新寓〉는 《매천전집》 1권 271쪽에 〈십일월이십구일자만수동이거월곡十一月二十九日自萬壽洞移居月谷〉라는 제목으로 되어 있으며, 《역주매천황현시집》(하권) 109~110쪽에 번역되어 있다. 본고에서는 《매천전집》 1권에 없는 부제만 번역하였다.

讀柳下集, 連次五律, 得三十二首寄季方

유하집을 읽고 오율을 연속하여 차운하여 32수를 얻어 계방에게 보
내다

오율 26수 210

---

*三十二首中六首已載於全集詩四卷, '次柳下韻寄季方' 之題
下, 故今此姑闕之云.

　32수 중 6수는 이미 전집시 4권 〈차류하운기계방次柳下韻寄季方〉에
게재하였다. 그러므로 지금 여기에 잠시 빠진 이유이다.

해설

　계묘년은 1903년이다. 이 시의 여섯 수는 《매천전집》 1권 277쪽에는
〈차유하운기계방次柳下韻寄季方〉이라는 제목으로 되어 있으며, 《역주매천
황현시집》(하권) 135~144쪽에 번역되어 있다.

1수

我懷眞磈磊　　생각해 보면 진짜 마음속에 불평이 있어

誰與寫成圖　　누구와 더불어 그림을 그려 완성할 것인가

世險窮人悅　　세상이 험하면 궁벽한 사람들은 즐겁고

天遙直士孤　　하늘은 아득하면 강직한 선비는 외롭네

病臨晴雪爽	병석에 있노라니 내린 눈 개어 상쾌하고
寒入曉燈紆	차가움이 스며와 새벽 등불 심지가 굽었네
似熟西鄰酒	서쪽 이웃의 술이 익은 것 같아
欣然不待呼	흔연히 부르는 걸 기다리지 않노라

姑 시어미고(고모. 잠시.) 闕 대궐궐(조정. 흠. 이지러지다.)
궐자闕字 : 문장 중의 탈자. 경의를 표하는 뜻으로 이름을 한두 자 비워 놓음.
磈 돌외(험하다) 磊 돌무더기뢰, 뜻이클뢰 외뢰磈磊 : 평평하지 않음. 울퉁불퉁
함. 불평이 많음. 궁인窮人 : 곤궁한 사람. 遙 멀요(거닐다. 소요하다.)
紆 굽을우 흔연欣然 : 기쁘거나 반가워 기분이 좋음.

2수 210

戶戶迎暄早	집집마다 일찍부터 따뜻하게 맞이해 주고
村居地占偏	촌민들 사는 땅에 점술이 치우쳐 있네
溪乾冰盡壨	마른 냇가에 얼음은 다 녹아 깨지고
風猛土爲烟	맹렬한 바람이 불고 땅은 안개가 끼었네
久冷頻看曆	오랫동안 쌀쌀하여 자주 책력을 보고
姑安且感天	시어머니를 편안케 해 또 하늘이 감동하네
滾湯生妙聽	탕 속의 물 끓어 묘한 소리 들으며
嗒坐茗爐邊	우두커니 앉아 화롯가에서 차를 다리네

暄 온난할훤 湯 끓일탕(온천, 목욕간), 물세차게흐를상
嗒 우두먼할탑 탑연嗒然 : 우두커니 서 있는 모양. 茗 차싹명(차나무)

3수 210

人疑寒後縮	사람들은 오싹한 후에 움츠려진다는데
天更夜來嚴	날씨는 다시 밤이 되어 혹독해지네
快月窓爲鏡	상쾌한 달빛에 창문은 거울이 되고
衝飈壁似簾	광풍이 몰아쳐 벽은 흡사 주렴과 같네
客稀僧共宿	손님이 드물어 스님과 함께 자고
酒廢飯仍添	술 끊어 밥은 그로 인해 더 먹히네
雅具誠難足	우아함 갖춰도 진실로 풍족하기 어렵고
梅存鶴未兼	매화가 있어도 학과 함께 하지 않도다

飈 미친바람표(=광풍狂風)　溱 많을진(퍼지다. 성하다.)
아결雅潔 : 아담하고 깨끗함.

4수 211

在家頗寓興	집에 있다가 자못 감흥이 일어나더니
追悔少年時	지나간 소년 시절이 뉘우쳐 지네
犢母頻令飽	어미 소는 곧잘 송아지를 배부르게 하고
鷄群自算知	닭들은 무리지어 스스로 셈하여 아네
天寒魚有價	날씨가 추워져 물고기 값이 있는데
路近客無期	길가 근처라서 손님은 기약이 없네
老境堪咀嚼	늙어가는 형편을 견디며 음식 씹고
詩成不患遲	시 완성이 더딘 것을 걱정하지 않노라

寓 부칠우(맡기다. 붙어살다. 숙소. 머무르다.)
우흥寓興 : 시에서 영감이나 감흥.　추회追悔 : 지난 일을 뉘우침
독모犢母 : 어미 소.　노경老境 : 늙어 버린 판.　저작咀嚼 : 음식물을 씹음.

5수 211

疑有羊求訪	혹 양공이 찾아왔나 싶었는데
風敲竹下扉	바람이 대숲 아래 사립문을 두드리네
凍雲頑不散	얼어붙은 구름이 사납게 흩어지지 않고
凄日薄猶輝	쌀쌀한 날씨라서 오히려 빛이 적구나
松冷宜梅倂	솔 차가워 의당 매화는 다투어 필 때라
鴻低似鶴非	기러기는 낮게 날아도 학과 같지 않네
我詩多抉摘	나의 시는 정미한 뜻 찾는 게 많아서
還恐犯天機	도리어 천기를 범할까 두려워지네

羊 양양, 상서로울양(=상祥), 배회할양(=양佯)　敲 두드릴고(교, 학)
頑 완고할완(탐하다. 둔하다.)　처일凄日 : 싸늘한 날. 가을날.
倂 아우를병(합하다. 나란히 하다.)　결적抉摘 : 숨겨진 것을 찾아냄.
천기天機 : 하늘의 기밀機密. 천부의 성질 또는 기지機知.

6수 211

滾到知非歲	흘러온 세월이 그릇되었음을 알고서
懷哉驗昨今	생각이 나도다, 어제 오늘의 증험이

士寒生古色	선비는 가난하여 예스런 풍치 생겼고
天黯入窮陰	하늘은 어두워 막바지 섣달로 들어섰네
梅謝丹靑累	매화는 단청의 번거로움을 사양하고
松含絲竹音	소나무는 관현악의 음률을 머금었네
脩然庭戶內	억매이지 않고 뜨락의 문 안에서
相對滌塵襟	마주 대하며 속된 마음 씻어내노라

滾 흐를곤(샘솟다. 물이 끓다.) 고색古色 : 낡은 색. 예스러운 풍치風致.
궁음窮陰 : 궁동窮冬. 12월. 궁핍한 겨울철. 累 묶을루, 벌거벗을라
사죽絲竹 : 관현管絃. 관악기管樂器와 현악기絃樂器.
脩 날개찢어질소, 빠른모양유 유연脩然 : 사물에 억매이지 않음.
滌 씻을척 진금塵襟 : 속된 마음이나 평범한 생각.

7수 211

江冰望不極	얼어붙은 강을 바라보니 끝이 없고
連日待兒歸	연일 돌아올 아이를 기다리고 있네
身老人情慣	몸은 늙어서 인정이 몸에 배었고
家貧歲計非	집이 가난해 한해의 계획이 어긋났네
野田千派燒	들밭은 천 갈래로 불타고 있고
溪屋一竿暉	냇가 집에 낚싯대 하나 빛나고 있네
獨立柴門側	홀로 사립문 옆으로 서서
愁看凍雀飛	근심스럽게 언 참새 날아가는 걸 보네

세계歲計 : 1년 동안의 수입과 지출의 총계.　일간一竿 : 하나의 낚싯대.
沠 옛물이름고　派 물갈래파(나누다.)

8수 211

日日北風急	날마다 북풍이 급하게 불어대더니만
應寒此歲前	응당 추워져 이 해도 눈앞에 있네
雁遒輕犯雪	기러기 닥쳐오고 눈발이 가볍게 날리니
鳶竦不知天	솔개 솟구쳐도 하늘을 알지 못하겠네
鼎潔麋山藥	솥을 깨끗이 씻어 산 약으로 죽 끓이고
泉香洗水仙	향기 나는 샘에서 수선화를 씻노라
神淸方食淡	정신이 맑아져 바야흐로 음식이 담박하고
永可廢葷羶	영영 맵고 비린내 나는 맛을 없애네

竦 공경할송(두려워하다. 놀라다.)
遒 닥칠주(다하다)　麋 죽미(싸라기. 문드러지다.)
수선水仙 : 물속에 산다는 신선. 수선화水仙花.　영폐永廢 : 영영 없애 버림.
葷 매운채소훈(생강, 파, 후추, 마늘 따위), 비린내훈
羶 비린내전　훈전葷羶 : 훈채와 누린 고기.

9수 212

稍覺溫書久	책을 오랫동안 익혀 조금 깨달으니
東楹月已臨	동쪽 기둥으로 달이 벌써 다달았도다

護髥安被外	수염을 감싸며 이불 밖으로 편히 하고
羞目就燈陰	부끄럽게 눈이 곧장 등불 밑으로 가네
弱弟憂吾疾	병약한 아우가 나의 병을 근심함은
孩孫笑底心	어린애들이 속마음으로 웃는 것이네
凍籬狵不吠	울타리 얼어붙고 삽살개도 짖지 않아
一倍夜村深	한번 배가되어 촌은 야심한 밤이로다

稍 점점초(적다), 구실소   底 밑저(속. 바닥. 구석), 어찌저
심저心底 : 마음 깊은 속.

해설

이 시는 《매천전집》 1권 282쪽에 〈차유하운기계방次柳下韻寄季方〉의 제
목으로 되어 있으며, 오율 7수 가운데 제7수로 되어 있다. 시의 뒷부분 16
자가 없어져 《역주매천황현시집》(하권) 142쪽에서 탈자 된 채 번역했으나,
《매천속집》에 완성된 시문으로 되어 있어 이를 다시 번역하였음.

10수 212

月墮渾如海	달이 떨어져 혼융하기가 바다와 같고
鷄鳴始有村	닭이 울어 비로소 촌마을이 있네
覺童書授課	아이가 깨우치도록 책에 과제를 주고
呼婢汲開門	여종 불러 물 긷고 문 열라 하네
杵咽砧將息	절구소리 목 메이고 다듬이소리 그치려는데

檠移燭更繁	등잔대 옮기니 촛불이 더욱 밝아지네
又聞棲鳥動	또 듣건대 깃들인 새 파닥거리더니
風竹亂西園	풍죽이 서쪽 정원에서 어지럽게 날리네

咽 목구멍인, 목멜열, 삼킬연   砧 다듬잇돌침

 해설

이 시는 《매천전집》 284쪽에 〈조기차유하운朝起次柳下韻〉이라는 제목으로 되어 있으며, 《역주매천황현시집》(하권) 144쪽에 번역되어 있다.

11수 212

臥雪梅爲伴	눈 속에 누워 살아가니 매화와 짝이 되었고
吾淸詎讓蟬	나의 청빈함을 어찌 매미에게 양보하랴
殘陽斜渡水	기울어진 해는 비껴 물 건너편에 있고
獨樹遠黏天	홀로 있는 나무 하늘에 닿아 멀리 있네
茶苦量分半	씁쓰름한 차의 양이 반이나 남아있고
裘穿緝起邊	갖옷이 구멍 나 기운 곳 주변이 부풀었네
呵寒冰作轂	입김 불며 찬 얼음으로 바퀴통을 만들며
嬉戲憶童年	즐겁게 놀았던 어린 시절이 생각이 나네

詎 어찌거(=기旣), 적어도거(=구苟 진실로)   蟬 매미선(날선), 겁낼선

선관蟬冠 : 매미의 날개로 꾸민 관. 옛날 귀인이 쓰던 관.
잔양殘陽 : 기울어져 가는 햇볕.　黏 차질점(붙다)　緝 모을집, 이을즙
呵 꾸짖을가(껄껄웃다. 숨을 내쉬다.)　轂 바퀴곡(수레, 차량)
희희嬉戲 : 즐거이 희롱하며 놂.

12수 212

이 시는 《매천전집》 1권 285쪽에 〈모귀暮歸〉라는 제목으로 되어 있으
며, 《역주매천황현시집》(하권) 146쪽에 번역되어 있다.

13수 212

畏寒不能去	추위를 두려워하여 능히 가지 못하고
思至且徘徊	생각이 나 다시 배회하는 마음이어라
滴滴冰灘咽	물방울이 떨어져 얼음으로 여울져 막히고
遲遲夜火來	지지부지하게 밤에 태우는 불이 있네
人方爲酒困	사람들은 보통 술 때문에 피곤해지고[1]
梅已被春猜	매화 피어 벌써 봄이 시기할 때로다
試問詩成未	시험 삼아 물어봐도 시 완성치 못하고
釭傾炷半灰	등불 기울어 심지의 반이 재가 되었네

＊宿枳亭塾

　지정의 글방에서 자다.

외한畏寒 : 추위를 두려워함. 滴 물방울적
灘 여울탄 咽 목구멍인(삼키다), 목멜열
1) 주곤酒困 : 술을 마셔서 마음이 산란해짐. 《논어論語》〈자한제구子罕第九〉에
나옴. "출즉사공경出則事公卿하고 입즉사부형入則事父兄하며 상사喪事를 불감불
면不敢不勉하며 불위주곤不爲酒困이 하유어아재何有於我哉오"(공자께서 말씀하시
기를, "밖에 나가서는 공경을 섬기고, 집에 들어와서는 부형을 섬기며, 초상의 예
를 부지런히 하며, 술에 취해 곤란을 겪지 않는 것, 이것들 가운데 어떤 것이 나에
게 있겠는가") 釭 등잔강, 살촉공, 바퀴통쇠(수레 굴대의 끝 바퀴통에 씌우는 두
겁쇠) 枳 탱자지 塾 글방숙(행랑방. 대문 옆방.)

14수 213

破曉村跫起	새벽이 되어 마을에 발자국 소리 나고
靑狵出磵橋	푸른 삽살개가 산골 다리로 나오네
稀星纔避日	별이 희미해지면서 겨우 해를 피하고
驚霰不終朝	싸락눈 와 놀라 아침이 다하지 않았네
報遠求參伍	통지가 늦어져 이것저것 비교해 보고
吟遲爲寂寥	천천히 읊으니 적막하고 쓸쓸해지네
梅花開未盡	매화 아직 다 피지 않았는데
歲色更迢迢	한 해의 형상이 다시 아득히 멀어지네

파효破曉 : 새벽. 날샐녘. 파묘破卯. 狵 삽살개방 跫 발자국소리공 霰 싸라기
눈산 종조終朝 : 아침이 마칠 동안. 참오參伍 : 이것저것 늘어놓음. 참고하고
비교함. 3과 5. 寥 쓸쓸할료(휑하다. 텅 비다.) 적료寂廖 : 적요寂寥. 적적하고
쓸쓸함. 迢 멀초(높다) 초초迢迢 : 아득히 먼 모양. 높은 모양.

15수 213

床頭酒云盡	슬상 머리에 슬 다 비었다고 하니
興至撫空杯	주흥이 오지만 빈 잔만 어루만지네
潔白磁茶椀	맑은 마음으로 사기잔의 차를 마시고
輕便木燭臺	가뿐한 맘으로 나무 촛대 등을 밝히네
年終村倍鬧	세밑이 되어 마을은 배나 시끄러운데
寒甚客旋回	추위 심해 나그네는 빙빙 돌뿐이네
忽見庭柯動	홀연히 정원 가지 움직인 걸 보노라니
籬東早月來	동쪽 울타리에 달이 일찍 올라 왔네

경편輕便 : 가볍고 간단하여 사용하기에 편함. 가뿐함.　촉대燭臺 : 촛대.
鬧 시끄러울뇨(지껄이다. 흐트러지다.)
선회旋回 : 둘레를 빙빙 돌아감. 항공기가 길을 바꿈.

16수 213

侵晨理行李	새벽이 와 여행용 짐을 꾸리고
蜷踢出門遲	몸 구부려 천천히 대문을 나서네
歲暮宜遄返	세모엔 마땅히 빨리 돌아와야 하기에
天寒故緩期	날 추워 일부러 기한을 늦추었네
遠薪呼僕下	먼 곳 땔나무를 노복 불러 내려놓고
細債報兒知	적은 빚은 아이에게 갚도록 알렸네
瑣瑣蛛蠶累	자질구레한 거미 누에 실 쌓였는데
如何鬢不絲	어찌하여 귀밑털은 길지 않는가

*往順天

순천에 가다.

薪 섶신(땔나무. 잡초. 봉급.) 행이行李 : 여행용의 짐 또는 그 상자. 관청의 사
자使者. 빈객을 맡아보던 벼슬.(李는 理와 통하며 吏를 이른다.)
蜷 구부릴권(굼틀굼틀 가다) 踘 구부릴국 遄 빠를천(자주)
완기緩期 : 기약한 날짜가 늦어짐. 기약한 날짜를 늦춤.
債 빚채(빌리다) 瑣 자질구레할쇄
쇄쇄瑣瑣 : 잘고 곰상스러움. 지치고 쇠약함. 생각이 좁고 얕음.
累 묶을루(묶다. 폐 끼치다.), 벌거벗을라 여하如何 : 어떻게 하는가. 어떠한가.

17수 213

曲折城陰路	구불구불한 성곽으로 가는 응달 길에
日高猶有霜	해 높이 떠있는데 아직도 서리가 있네
郡殘溝水潔	고을이 쇠잔하여 해자의 물 깨끗하고
民肅榜聲長	백성이 조용하여 방 소리[1] 길게 나네
巨室天階遠	문벌 집안은 하늘로 오르는 계단이 멀고
名山稅務妨	명산에서는 세금 내는 일도 싫어지네
殘碑古良吏	이지러진 비석은 옛날의 선정비요
零落道塗傍	영락하여 도로가 곁에 더럽혀 있도다

*過郡

군을 지나가다.

折 꺾을절, 천천히할제 溝 도랑구, 해자구(성 밖을 둘러싼 못)
1) 방성榜聲 : 방군榜軍이 방을 전하기 위하여 보고하는 소리.
거실巨室 : 거가대족巨家大族. 대대로 문벌이 있는 집안.
세무稅務 : 세금의 부과와 징수에 관한 행정 사무.
양리良吏 : 백성을 잘 다스리는 벼슬아치.

18수

이 시는 《매천전집》 1권 285쪽에 〈잔수진潺水津〉이라는 제목으로 되어
있으며, 《역주매천황현시집》(하권) 147~148쪽에 번역되어 있다.

19수 214

送人溪市口	냇가 저자 입구에서 사람을 보냄에
分路野村前	들녘의 촌 앞길이 나누어져 있네
莽蒼隨殘日	초목이 질푸르고 우거져 해가 기울고
依俙記往年	어렴풋 따라감에 옛날이 기억나네
短橋漸漸漸	짧은 다리에 바람이 다하여 불어오고
數屋水涓涓	몇 채 집에 실개천이 흐르고 있네
尙有歌相應	오히려 서로 호응하여 노래 부르며
昏樵下嶺巓	황혼녘에 초동이 산 고개 아래로 오네

❚ * 過槐市

괴시를 지나며.

莽 풀망(초목이 우거지다. 거칠다.) 창망蒼莽 : 푸른 하늘. 초목이 짙푸르고
우거짐. 잔일殘日 : 기울어져 가는 햇볕. 잔양殘陽. 남은 생애.
俙 비슷할희(희미하다) 澌 다할시(목 쉰 소리), 물잦을사 시시澌澌 : 눈비 오는
소리. 바람 부는 소리. 淅 쌀일석(씻은 쌀), 비바람소리석(쓸쓸하다)
석석淅淅 : 비 오는 소리. 바람 부는 모양. 涓 시내연(작은 흐름. 실개천.)
연연涓涓 : 시냇물 따위의 흐름이 가늚. 巓 산꼭대기전, 떨어질전

20수 214

力倦不勝杖	힘이 빠져 지팡이를 이기지 못하니
路傍多見憐	길가에는 가련한 사람들도 많구나
樹休當隱几	나무 좋아 편안히 안석 놓음이 마땅하고
冰涉憶登船	빙판 건너 배에 올라탄 기억이 나네
落日依槐市	지는 해가 괴시에 의지하여 있고
靑山滿竹川	푸른 산 개울가에 대나무 가득 차 있네
何來雲表雁	언제 구름 밖의 기러기가 와서
頃刻過吾前	잠깐 동안 내 앞을 지나갈 것인가

▌ * 入黔口
   검구에 들어가며.

休 쉴휴(휴가. 편안하다. 좋다. 기뻐하다.)
几 안석案席궤(몸을 기대는 방석. 세항에 쓰이는 기구. 책상.)
경각頃刻 : 잠시. 눈 깜박할 동안. 짧은 시간.

21수 214

이 시는 《매천전집》 1권 285쪽에 〈숙협촌宿陜村〉이라는 제목으로 되어 있으며, 《역주매천황현시집》(하권) 149쪽에 번역되어 있다.

22수 214

이 시는 《매천전집》 1권 286쪽에 〈효행曉行〉이라는 제목으로 되어 있으며, 《역주매천황현시집》(하권) 150∼151쪽에 번역되어 있다.

23수 214

程里知猶問	마을 길 알면서도 오히려 물어보며 가고
閑談憩店時	한가히 말하다보니 주점이 쉴 때로다
村鷄號古木	촌닭들은 고목나무에서 울어대고
野火爇枯池	들녘의 타는 불꽃은 마른 연못을 불사르네
此路多來往	이 길을 여러 번 왕래했지만
今行感古玆	이번 여행은 옛날과 지금을 감동케 하네
莫辭風雪苦	바람과 눈의 고달픔을 말하지 마오
行役雅宜詩	여행이 힘들어도 시는 의당 아결해지네

▌＊入棠川

당천에 들어가다.

이정里程 : 일정한 곳에 이르는 거리.   爇 불사를설, 사를열 熱의 와자譌字임.

譌 거짓말와   玆 이자(여기, 이때, 지금), 검을자
행역行役 : 여행의 괴로움.   아시雅詩 :《시경》에 아시 105수가 있음.

24수 215

歲暮亦何事	한 해가 저물었는데 또 어찌 된 일인가
頻穿虎豹鄰	호랑이 표범이 마을을 자주 통과해 오네
忍寒投廢店	추위 참으며 주점이 문 닫을 때 이르러
爇火聚行人	불사르며 행인들을 끌어 모으네
天色頗慳雪	하늘빛은 자못 내리는 눈을 인색하게 하고
民聲豫患春	백성의 여론은 미리 춘궁기를 걱정하네
悠悠行路處	아득히 멀리 세상 살아가는 길에서
堠影愧儒巾	이정표 모습 보아 유건[1]이 부끄러워라

▌ *過黃田峽中

　황전협중을 지나며.

暮 어둘막   하사何事 : 무슨 일. 어떠한 일.(주로 의문문에 쓰임)
爇 불사를설(열), 熱의 위자   慳 아낄간, 망설일간   민성民聲 : 백성들의 여론.
扱 거둘급, 거두어가질흡, 꽂을삽   천색天色 : 하늘의 빛깔.
유유悠悠 : 아득하게 멈. 침착하고 여유 있음. 많은 모양.
행로行路 : 길을 감. 많이 다니는 큰 길. 살아 나아가는 길   堠 봉화대후(이정표)
1) 유건儒巾 : 유생儒生의 예관禮冠. 민자건民字巾.

25수 215

倦步平沙杳	게을리 걸어감에 모래펄은 아득하고
歸心落日多	고향으로 가고픈 마음 지는 해에 많아라
寒江僧獨渡	찬 강가를 스님이 외로이 건너가고
殘雪馬初過	잔설 있는 곳을 말 타고 처음 지나가네
行卷銷寒帖	행권[1]은 쓸쓸히 시첩으로 없어지고
浮生對酒歌	뜬구름 인생살이 술을 노래하며 대하네
不妨觀者怪	보는 자가 괴이함을 꺼리지 않아
一任醉冠莪	한 번 술이 취하게 되면 쑥관이 된다네

▌＊還渡潺湖

　　다시 잔호를 건너며.

倦 게으를권, 질력날권(고달프다)　평사平沙 : 모래펄.

귀심歸心 : 고향으로 돌아가고 싶은 마음. 사모하여 마음이 이끌림. 귀사歸思.

1) 행권行卷 : 과거 시험을 보려는 문사가 유력자에게 평을 받기 위해 평소의 작품을 엮은 문집. 고려 시대 과거 응시자가 자신의 성명과 나이 및 사조四祖의 성명과 관직 등을 기록하여 제출하던 서류의 하나.

銷 녹일소(무쇠. 사라지다.)

일임一任 : 다 맡김.　冠 갓관(갓을 쓰다. 으뜸.), 닭의 볏관

莪 쑥아, 지칭개아(국화과의 두해살이 풀)

26수 215

多慙無事食	부끄러움 많게도 일도 없이 밥을 먹는데
朝夕易爲回	아침과 저녁이 쉽게도 돌아오네
客濶逢妻詰	객은 생활이 넓어져 처의 힐난을 예측하고
書詳訝弟來	편지가 상세한데 의아하여 아우가 오고
妄稀詩作集	망령되이 드물게도 시를 지어 모으고
狂罵酒論盃	광기를 꾸짖으며 술잔을 논하네
草莽憂方切	세상일 어두워 근심이 바야흐로 끊기는데
崩心又國哀	마음이 무너지는 건 또다시 국상[1]이라네

▌*還家數日奉明憲太后諱成報
  집으로 돌아온 지 수일 만에 명헌태후 휘 성보를 받들며.

濶 넓을활(트이다. 멀다.)   逢 만날봉   詰 물을힐(꾸짖다)   詳 자세할상, 거짓양
訝 의심할아(의아하다)   妄 망령될망(허망하다. 거짓.)   罵 꾸짖을매
莽 우거질망(거칠다. 넓다.)   초망草莽 : 풀숲.   초야草野. 세상일에 어두움.
1) 국애國哀 : 백성 전체가 복을 입던 왕실王室의 초상初喪. 곧, 태상왕, 태상왕
비, 상왕, 상왕비, 임금, 왕후, 왕세자, 왕세자 빈嬪, 왕세손, 왕세손 빈嬪 등이 죽
었을 때를 말함.

해설

  시의 마지막 부분에서 왕실의 초상은 1904년의 명헌태후明憲太后의 상喪
을 말한다. 명헌태후 홍씨洪氏(1831~1904)는 헌종의 계비로서 효정왕후를
말함.

村居暮春

촌에 살며 늦봄에 읊음

칠절 2수 215

1수

苔磯石露禿楊根	이끼 낀 물가[1] 돌 이슬에 버들잎이 지는데
晴晝溪村浣杵喧	개인 낮 냇가에서 방망이로 시끄럽게 빨래하네
何處秧田齊放水	어느 곳 못자리에 일제히 물을 대는가
驚蛇橫泛浪頭渾	놀란 뱀 옆으로 떠가며 물결일어 흐리고 가네

磯 물가기, 낚시터기, 서덜기(냇가나 강가 따위의 돌이 많은 곳)

1) 태기苔磯 : 이끼 낀 자갈. 이끼 낀 낚시터.

禿 대머리독, 잎떨어질독   浣 빨완(씻다)   杵 공이저(절구. 다듬잇방망이.)

喧 지껄일훤   앙전秧田 : 못자리.

방수放水 : 물길을 터서 보내는 물. 물을 내보냄.

2수 216

自我歸山歲亦多	내 스스로 산에서 돌아오니 나이도 많아졌고
凌雲奇氣已消磨	구름을 능가하는 기이한 기운도 벌써 쇠해졌네

分甘藜藿終無怨　변변치 못한 음식 즐겁게 나누어 원성이 없고
只愧馮驩傳舍歌　다만 부끄럽게 풍환[1]이 여관에서 노래 부르네

소마消磨 : 닳아서 없어짐. 또는 닳아서 없어지게 함.

분감分甘 : 단맛을 나눔. 널리 사랑을 베풀거나 즐거움을 함께 함.

여곽藜藿 : 명아주 잎과 콩잎이라는 뜻으로, 변변치 못한 음식.

馮 성풍, 업신여길빙, 기댈빙　驩 기뻐할환(기쁨=歡)

1) 풍환馮驩 : 《사기史記》〈맹상군열전孟嘗君列傳〉에 다음과 같은 이야기가 전한다. "전국시대 제齊나라 맹상군孟嘗君의 식객 풍환馮驩이란 자가 있었다. 맹상군은 그를 전사傳舍라는 3등 숙소에 10일 동안 방치해 두었다. 풍환은 맹상군이 자신을 알아주지 않자, 장검을 손으로 튕기면서 '長鋏歸來乎(장협귀래호) 장검아, 돌아갈거나'라고 부르면서 밥을 먹으려 해도 생선이 없다고 한탄하였다. 이 말을 들은 맹상군이 그의 요구를 들어주고 크게 기용하였다."

이후 풍환은 정성을 다하여 맹상군을 보좌하였는데, 특히 맹상군에게 빚을 진 백성들의 채무증서를 불태워 민심을 얻게 하였다. 풍환의 고사는 '자신의 재능을 알아주지 않는 주군이나 상관에게 자신을 알아 달라'는 비유로 사용되고 있다.

전사傳舍 : 여관旅館.

해설

갑진년은 1904년이다. 매천은 이 해 50세 지천명知天命의 나이에 이르러 〈촌거모춘村居暮春〉 칠절 6수를 읊었다. 이 시는 《매천전집》 1권 286쪽에 있으며, 《역주매천황현시집》(하권) 152~156쪽에 번역되어 있다. 결국 위의 시 2수까지 합한다면 같은 제목으로 칠절 8수를 읊은 것이다.

次季方咏洋燧

계방[1]의 '영양수'[2]를 차운함   칠율 1수 216

燧匣當前且厭看	눈앞의 부싯돌 상자를 또한 물리도록 보았고
中華陽德日摧殘	중화의 덕행은 날로 꺾이어 쇠잔해지네
殺機愈發天應憫	살기가 더욱 일어나 하늘이 응당 가련하고
巧思層生鬼也難	공교하게 생각하니 층이 생겨 귀신도 어렵네
雹勢崩騰鳴鐵瓮	우박 떨어지는 형세로 떠들 썩 철독 울리고
電光的皪掣金槃	전깃불 밝게 빛나 금 쟁반을 당기네
寰瀛乖氣鍾尤物	천하 바다의 기운이 어그러져 모아진 물건들
遇着煤油滾作團	그을린 기름 우연히 붙어 끓어 덩어리 되네

1) 계방季方 : 매천의 아우 황원黃瑗(1870~1944)의 호. 《역주매천황현시집》(하
권) 143쪽에 자세하게 기록하였음. 咏 읊을영(시가를 짓다) 燧 부싯돌수
2) 양수洋燧 : 성냥. 匣 갑갑(작은 상자. 우리.) 수갑燧匣 : 성냥 갑.
당전當前 : 당면當面. 목전目前. 厭 싫어할염, 빠질암
양덕陽德 : 만물을 자라게 하는 해의 덕. 사람에게 베푸는 덕행德行.
雹 우박박 붕등崩騰 : 떠들썩하다. 전광電光 : 번개. 번갯불.
적력的皪 : 희고 선명하다. 구슬이 밝게 빛나다. 槃 쟁반반, 즐기다(=般)
掣 당길철, 끌체 寰 경기고을환(천자가 직할하던 영지. 대궐 담. 천하.)
瀛 바다영(신선이 사는 섬) 乖 어그러질괴 煤 그을음매 滾 흐를곤

 **해설**

매천의 계제 황원이 쓴 '영양수'는 부싯돌상자, 다시 말해 언제든지 불을 지필 수 있는 '성냥'에 대해 읊은 것이다. 아우가 쓴 시를 다시 형님이 차운한 것이다.

1876년 조일수호조규(=강화도조약)가 체결된 이후로, 일인日人 상인들이 영국산 면제품과 성냥 등 서양 제품을 조선에 가지고 와서 팔았다. 점차 서양 각국의 문물이 들어와 전등불도 켜지게 되었다. 따지고 보면 이 시를 지었던 1904년 당시에 매천은 놀랍게도 급변하는 세계에 살고 있었던 것이다. 하지만 정부의 개화정책은 실속기가 없었다. 문물수입으로 인한 비용이 증가되었고, 일제에 배상금을 지불 등 잘못된 개화정치로 민중들의 삶은 어렵기만 하였다. 무엇보다 대한제국은 주권이 침탈되어 아라사와 일제日帝의 각축장이 되었고, 급기야는 러일전쟁으로 발전되었다.

매천은 《매천야록》이라는 당대의 역사를 쓰고 있었기에 역사학자답게 역사의식을 반영한 시이다.

次趙大山秉錫壽宴韻

조대산 병석의 '수연'[1]을 차운함　　　　　　칠율 1수 216

高軒暫住雁來時	높은 집에 잠시 살다보니 기러기 올 때 되었고
幷世多慚始見知	세상과 함께하며 부끄럽게도 처음 보고 알았네
白首幾經開口笑	흰머리는 몇 해 지내며 입 열어 웃어보고
靑燈爲賦介眉詩	푸른 등불에서 부 쓰며 개미시[2]를 읊어보네

養生有道資相近	양생함에 법도가 있고 서로 가까이서 도우며
優老承恩本不期	노인은 우대받고 은혜 받아 본래 기약이 없네
迎送宜伸兄事禮	송구영신함에 의당 형님께 인사의 예의 펴고
其如病鶴翅全垂	그러나 병든 학처럼 날개를 전부 늘어뜨리네

1) 수연壽宴 : 장수함을 축하하는 잔치. 회갑잔치.
개구開口 : 입을 벌림. 입을 열어 말을 함.
2) 개미介眉 : 《시경詩經》〈빈풍豳風〉에, "六月食鬱及薁(유월식울급욱) 유월에 아가위와 머루를 먹으며/ 七月亨葵及菽(칠월팽규급숙) 칠월에 아욱과 콩잎을 삶으며/ 八月剝棗(팔월박조) 팔월에 대추를 떨며/ 十月穫稻(시월확도) 시월에 벼를 거두어/ 爲此春酒(위차춘주) 이렇게 봄 술을 만들어/ 以介眉壽(이개미수) 노인의 장수를 비네"라고 되어 있다. 개介는 조助, 미眉는 수壽와 통하는 글자로 장수長壽에 도움이 된다는 뜻이다. 미수眉壽 : 오래 살면 눈썹이 길어지므로 나이가 많은 사람을 가리켜 '미수'라 함. 남에게 축수할 때 쓰임.
양생養生 : 몸과 마음을 편안히 하고 병에 걸리지 않게 노력함. 콘크리트를 굳게 함. 영송迎送 : 맞음과 보냄. 승은承恩 : 신하가 임금에게 특별한 은혜를 받음. 여자가 임금에게 사랑을 받아 밤에 모심. 翅 날개시

秋晚二首

늦가을에 두 수를 읊음

칠절 2수 217

1수

秋光深淺葉辭枝	가을빛이 매우 약해 나뭇잎은 가지를 떠나고
濃柿高懸鵲遠知	익은 감 높이 달려 멀리 있는 까치가 아네

正欲披衣觀稼去　옷을 막 걸쳐 입고 심은 곡식 보러 가고자하며
恰逢生客款門時　흡사 나그네가 살길 생겨 문 두드릴 때로다

심천深淺 : 깊음과 얕음.　稼 심을가(농사. 곡식.)　절처봉생絶處逢生 : 극도로
궁박한 끝에 살길이 생김.　款 항목관(정성. 사랑하다. 두드리다.)
관문款門 : 문을 두드림. 남의 집을 방문함. 귀순하여 복종함.

2수 217

鵂鶹啼罷野風昏　부엉이 올빼미 다 울자 황혼녘에 들바람 불고
雲月交輝細有痕　달 구름이 서로 비쳐 세세한 흔적 있도다
入夜人聲忙備雨　밤 되어 사람소리 나고 비 올 준비로 바쁘더니
頭頭炬出水西村　사람마다 횃불 들고 물가 서쪽 마을로 나오네

鵂 수리부엉이휴　鶹 올빼미류

次止素亭原韻

지소정의 원운을 차운함　　　　　　　　　칠율 1수 217

臨溪尋丈石成臺　한 길 되는 시냇가에 접하여 석대를 이루었고
臺上亭新眼更開　누대는 새 정자가 위에 있고 눈 다시 트이네

栗里村深栽柳遍	율리촌 깊은 곳에 두루 버드나무 심어있고
桃源路熟逐花來	도원으로 가는 길 익숙하여 꽃이 쫓아오네
嬌鶯啼起游山屐	교태한 꾀꼬리 울며 날아 산에 유람하며
雛鳳翔傳侑客杯	봉추가 빙빙 돌아 손님에게 술잔을 권하네
滿地江湖雙鬢晚	온 누리 강호에 두 귀밑털이 늦다지만
每逢佳處愧詩才	매번 좋은 곳 만날 때마다 시재가 부끄러워라

* 主人有左對右弄之樂故頸聯及之

주인이 좌우로 대하며 농담하는 즐거움이 있는 고로 경연이 이에 미쳤다.

矯 바로잡을교(굳세다. 억제하다.)

봉추鳳雛 : 봉황 새끼. 지략이 뛰어난 젊은이.　侑 권할유

만지강호滿地江湖 : 온 누리에 가득한 강과 호수. 땅에 가득한 대자연의 흥취.

해설

　지소止素는 정서鄭曙라는 사람의 호이다. 주인 정지소가 지소정에서 손님을 대접하면서 술잔을 권하고 있는 장면을 그렸다. 1904년의 작품이다. 주인을 봉추로 비유하고 있는 점이 흥미롭기도 하거니와 좋은 분위기속에서 작자는 시재詩才의 부족함을 탓하고 있다.

　이밖에 지소정의 원운을 이용하여 쓴 매천의 시가 있다. 1907년 작품의 〈만정지소서화용지소정원운挽鄭止素曙和用止素亭原韻〉이라는 시이다. 이 조만시는 어느새 타계해버린 지소의 죽음을 애도하여 읊은 것이다. 이 시는 《매천전집》 1권 337쪽에 있으며, 《역주매천황현시집》(하권) 372쪽에 번역되어 있다.

을사고 乙巳稿(1905년, 51세)

시월 초 전주의 정학산 인기와 함께 관아의 자사[1])에서 사귀었다. 비
바람이 쓸쓸하고 차가운데, 잠자고 돌아오며 헤어지다 칠율 1수 218

扁舟不畏峽江寒	조각배는 차가운 좁은 강물 두려워하지 않고
吾郡名山客盡看	내 고장 명산을 나그네가 다하여 보네
弊里蓬蒿曾命駕	황폐한 마을은 쑥 덮여 곧 가마를 명하고
落英風雨共憑欄	비바람에 꽃 떨어져 함께 난간에 의지하네
秋光怡與諸公老	가을빛은 마치 여러분과 함께 쇠해져가고
文事依如昔日安	글 짓는 일은 여전히 예전처럼 즐겁도다
采石白羊三百里	채석[2])에서 백양까지 삼 백리 거리를
相携直欲戒征鞍	서로 부여잡고 말 타고 가는 길 조심코자 함이네

* 時郡守金侯元錫全州人也. 設白日場, 邀鶴山主考, 淳昌楊耆
士周泳亦至.

이때의 군수는 김후 원식인데, 전주 사람이있다. 백일장을 개최함에 학
산을 초청하여 시험을 주관하도록 했으며, 순창의 기사(耆士)[3]) 양주영
이도 왔다.

訂 바로잡을정(정하다. 맺다. 견주다. 본받다.) 정교訂交 : 사귀기로 함.

군아郡衙 : 고을의 원이 사무를 보던 관아官衙.

1) 자사子舍 : 아드님. 각 읍에 원의 아들이 거처하던 곳.

凜 찰름(두려워하다. 꿋꿋하고 의젓하다.) 편주扁舟 : 조각배. 봉호蓬蒿 : 쑥.

명가命駕 : 길을 떠나려고 하인에게 탈 것을 준비시킴. 명거命車.

제공諸公 : 여러분. 열위列位. 중위衆位. 첨원僉員. 첨위僉位. 첨존僉尊.

문사文事 : 학문, 예술 등에 관한 일.

2) 채석采石과 백양白羊 : 지명으로 보이나 어느 곳인지 알 수 없음.

　채석采石과 관련하여 취선옹醉仙翁 이백李白이 이곳에서 달을 잡으려다 빠져 죽었다는 전설이 있다. '채석기采石磯'는 안휘성安徽省 양자강에 있는 협곡으로, '채석산의 달을 노래하여 곽공보에게 드린다'는 매요신梅堯臣의 〈채석월증곽공보采石月贈郭功甫〉라는 시 첫 부분에 다음과 같은 내용이 있다. "采石月下訪謫仙 (채석월하방적선) 채석산 달빛 아래로 적선 이백을 찾아 갔더니/ 夜披錦袍坐釣船 (야피금포좌조선) 달밤에 비단 도포 입고 고깃배에 앉아 있었네// 醉中愛月江底懸 (취중애월강저현) 술 취해 강물 속에 비친 달 사랑하여/ 以手弄月身翻然(이수롱월 신번연) 손으로 달을 따려다 물속에 빠졌다네" 鞍 안장안, 말안

3) 기사耆士 : 60세 넘은 선비.

和寄始有室七絕

'시유실 칠절'을 화운하여 보냄

칠절 1수 218

▌*江華李畊齋建昇字保卿, 寧齋仲弟也. 文藝風流無愧季方. 寧齋喪後數年始營異宮之計. 新搆小茅茨, 顔之以 '始有室', 貽書, 索和.

　강화 이경재 건승의 자는 보경이요, 영재 이건창의 중제이다. 문예 풍

류가 계방에게 부끄러움이 없다. 영재가 타계한 후 수년에 처음으로 다른 집을 지을 계획을 했다. 새로 작은 초가집에 지붕을 이어, 당호의 편액을 '시유실始有室'이라 써서 주고 찾아 화운하다

 **해설**

이 시는 《매천전집》 1권 297쪽에 〈기제이경재시유당寄題李耕齋始有堂〉 (칠절 4수)라는 제목으로 되어 있으며, 《역주매천황현시집》(하권) 189~192쪽에 번역되어 있다. 본고에서는 《매천전집》 1권 297쪽에 없는 긴 부제副題만 번역하였음.

聞變

문변   오고 1수 219

十月卄一日	시월 이십일일
倉皇夜之半	어찌할 겨를 없는 급한 밤중에
虎猖狐作倀	호랑이 으르렁거리고 여우 갈팡질팡하여
王室坐蒙難	왕실은 앉은 채로 어둡고 어렵게 되었네
古來亡國多	예로부터 나라 망하는 게 많았다지만
和戎竟無算	오랑캐와 화친은 마침내 승산이 없었네
一償吳老公	한번 오 노공이 넘어졌고
再蹶桑維翰	다시 상유한[1]이 넘어졌네

絶慘靑城禍　심히 청성의 화[2]가 참담하였고

擧族北渡瀚　온 겨레 북으로 큰 사막을 건너게 되었네

是猶逢狡虜　이것이 오히려 교활한 오랑캐를 만났고

毆以兵威悍　군대의 위세로 사납게 몰아쳤네

力屈乃輿啣　힘 다해 곧 수레는 재갈을 물고

千載尙扼腕　천년 뒤라도 오히려 분격할 노릇이네

哀此樽桑下　이와 같이 뽕나무 상여 아래에서 슬프고

金甌如月滿　금 사발에 가득 찬 달빛과 같도다

巧與蛟鰐鄰　교활하게 교룡과 악어가 함께 이웃하고

縱橫一葦亂　종횡으로 거룻배 한 척이 어지럽게 있네

姦朋載盟墨　간사한 친구가 맹약을 어둡게 하였고

搖尾作儐贊　꼬리치고 인도하며 도와 만들었네

港闢緘縢缺　개항하여 결점을 끈으로 묶어버리고

輦往金繒粲　수레에 황금 비단을 싣고 쌀 찧어가더라

拱手競唯諾　두 손을 잡고[3] 오직 겨루며 승낙하니

礦山及河岸　광산이 강 언덕으로 미치네

森森武庫仗　무기고의 병장기가 빽빽하게 있지만

一刃誰曾按　칼 한 자루 누가 일찍이 잡은 적 있었던가

萬年磐泰業　만년이나 되는 반석 같은 큰 과업 있고

萎瘁空花散　쇠미하고 병들어 허공 속의 꽃[4]이 흩어지네

草野無限淚　궁벽한 땅에서 한없이 눈물 흘리노니

地薄卽可鑽　　땅이 척박하면 곧 뚫어야하리
嘬血寫此詩　　피를 뿜으면서 이 시를 쓰며
留與志士歎　　절의 있는 선비와 함께 머물러 탄식하노라

卄 스물입　창황倉皇 : 어찌할 겨를이 없이 썩 급함. 창황蒼黃.

猖 으르렁거릴은　倀 갈팡질팡할창, 창귀창　蒙 어두울몽

僨 넘어질분(실패하다)　蹶 넘어질궐, 일어설궐.　翰 편지한(붓. 글.), 줄기간

노공老公 : 늙은이. 나이가 지긋한 귀인貴人. 거세去勢한 남자, 곧 환관.

維 벼리유(뼈대가 되는 줄거리), 오직유, 생각할유

1) 상유한桑維翰 : 중국 오대五代 진晉나라 사람으로 자는 국교國僑. 과거에 여러 번 낙방하여 사람들이 다른 일을 하도록 권하니, 쇠 벼루를 내보이며 '이 벼루가 뚫어져야 직업을 바꾸겠다.'고 하였다. 끝내 진사에 급제하여 벼슬이 중서령中書令 겸 추밀사樞密使에 이르렀다. 임금이 광대에게 상을 주는 것이 절도가 없다고 간언했으나 받아들여지지 않았다. 뒤에 경연광景延廣이 맹약에 실패하여 거란이 진晉을 쳤는데, 이때 죽었다.

2) 청성화靑城禍 : 송나라 휘종徽宗과 흠종欽宗 두 황제가 금나라에 포로로 잡혀간 것을 말함. 청성靑城은 송나라 재궁齋宮의 이름으로, 이곳에서 두 황제가 금에 항복하였음.

瀚 넓고큰모양한　狡 교활할교　虜 사로잡을로　毆 때릴구

悍 사나울한　輿 수레여(가마. 마주 들다.)　啣 재갈머금을함　扼 잡을액

腕 팔뚝완　액완扼腕 : 분격하여 팔짓을 함. 성나고 분하여 주먹을 쥠.

槫 둥글단(상여. 영구차.)　甌 사발구　鰐 악어악(=악鱷과 동자임)

儐 인도할빈　贊 도울찬(밝히다)　闢 열벽　緘 봉할함　縢 봉할등

輦 손수레련(끌다)　繒 비단증(주살. =증繪과 같은 의미.)　粲 정미찬(밥)

3) 공수拱手 : 왼손을 오른손 위에 놓고 두 손을 마주 잡아, 공경의 뜻을 나타내는 예.

유락唯諾 : 응답, 응대하는 일.　礦 쇳돌광, 유황황

森 나무빽빽할삼(수풀) 按 누를안
磐 너럭바위반 萎 시들위(앓다) 둥굴레위 瘁 병들췌
4) 공화空花 : 허공 속의 꽃. 무명無明. 공화空花. 각자覺者. 허공虛空.
鑽 뚫을찬 噀 물뿜을손

 해설

1905년 10월 21일 을사륵약이 체결되었다. 대한제국의 외교권을 일제가
빼앗아 간 것이다. 이토 히로부미(伊藤博文)는 주한 일본 공사와 함께 일본
군을 거느리고 궁궐에 들어가 고종 황제와 대신들을 위협하며 조약 체결을
강요하였다. 황제는 끝까지 인준認准하지 않았지만, 8명의 대신 가운데 이
완용李完用 등 오적신이 서명하여 조약이 성립된 것으로 발표하였다. 오늘
날 국제법상으로 보면 고종황제가 인준하지 않아 조약이 성립되지 않았던
것이다.

1906년 외교 사무를 관장하기 위해 히로부미가 초대 통감으로 부임하였
고, 대한제국의 외교권을 장악하였다. 헤이그 특사 사건을 빌미로 히로부
미는 1907년 7월 20일 고종황제를 강제 퇴위시켰으며, 1907년 7월 24일에
는 한일신협약을 체결하여 차관정치次官政治를 강요하였다. 그리고 1907년
8월 1일에는 주권국가의 최고 권력기관인 한국군군대를 해산시켰다. 1909
년 9월 7일에는 간도협약을 청과 체결하여 간도 땅을 청에 팔아먹은 장본
인이었다. 조선침략의 원흉인 히로부미는 그 결과 1909년 10월 26일 안중
근安重根에 의해 하얼삔에서 사살되었다.

이 을사조약으로 나라가 망했음을 감지한 시인은 놀라 〈문변聞變〉이라
는 제목으로 장편 오언고시 1수를 써서 괴로운 심기를 드러내었다. 또 시
인은 같은 제목으로 칠절 3수의 시를 더 써 매국노賣國奴를 단죄하고 어이
가 없어 울음도 나오지 않는다고 하였다. 이 시는 《매천전집》 1권 297쪽
에 있으며, 《역주매천황현시집》(하권) 193쪽~195쪽에 번역되어 있다.

八哀

여덟 번의 슬픔　　　　　　　　　　　　　오고 2수 220

* 全集卷四, 五哀題下已載. 閔泳煥洪萬植趙秉世崔益鉉李建
昌故今此姑闕之

전집 4권에 오애시라는 제목 밑에 이미 기재되었다. 민영환, 홍만식,
조병세, 최익현, 이건창 등으로 이에 여기에 고궐姑闕인 연유이다.

** 十月二十一日庚申, 和人犯闕劫盟五條約, 因以勒成. 雖廟貌
如故而其去屋社卽間耳. 北望長號悲憤, 欲無訛旣而稍稍聞,
閔尙書以下六七公次第伏節, 磊磊軒天地庶幾哉. 上可以慰祖
宗在天之靈下, 可以扶植人紀, 盖五百年培養之澤終可以有得
(四字未詳).

西堂弟連夜轉輾, 遂形諸咏歌. 擬之古人所命八哀者工拙, 奚
較哉. 聊以寓草野畢命, 願忠之志云. 其錄勉菴者望之也, 錄寧
齋者思之也, 人物眇少盖傷之也.

10월 21일 경신일에 사람들과 함께 궁궐을 침범하여 5조약을 억지로 맹
세케 하여 그로 인해 강제로 체결하게 되었다. 비록 종묘의 모습이 예
전과 같더라도 나라가 망하는 것은 순간일 뿐이다. 북쪽으로 바라보아
길게 소리치고 비분하여 그릇됨이 없고자 하였으며, 이윽고 점점 소문
이 나서 민상서 이하 6, 7명의 공이 차례로 삼복더위 시절에 뜻을 크게
하여 천지에 높이 올랐으니 다행이었다. 임금이 하늘의 신령아래 있어
조종을 위로하고, 사람이 지켜야할 도리를 부식시킬 수 있었으니, 대개
오백 년 배양의 은혜를 마침내 얻을 수 있었다.(4자 미상)

유당 아우님과 여러 날 밤을 전전하여 드디어 모든 시가를 형상화하였
다. 옛사람의 소명과 비교해보면 팔애사八哀士의 공졸함이 어찌 비교

가 되겠는가. 오로지 초야에 깃들어서 목숨을 다하여 충성의 뜻을 원함
이었다. 면암을 기록한 것은 면암을 우러러 본 것이요, 영재를 기록한
것은 이를 생각한 것이니, 인물들이 보잘것없어 대개 이것을 근심한 것
이다.

劫 겁탈할겁(으르다) 겁맹劫盟 : 위협하여 억지로 맹세하게 함.
옥사屋社 : 나라가 망했다는 뜻. 망국亡國. 訛 그릇될와(속이다. 거짓. 잘못)
기이旣而~ : 이윽고 ~하다. 초초稍稍 : 점점漸漸.
차제次第 : 차례次例. 복절伏節 : 삼복三伏이 든 철.
서기庶幾 : 바람, 바라건대, 거의 서기재庶幾哉 : 다행이다.
조종祖宗 : 군주君主의 조상. 군주의 시조와 중흥의 조祖.
부식扶植 : 도와서 서게 함. 사상이나 세력 따위를 뿌리박게 함.
인기人紀 : 사람이 지켜야 할 도리. 연야連夜 : 여러 날 밤을 계속함. 연소連宵.
필명畢命 : 생명이 끝남, 또는 생명이 있는 한. 필생畢生.
공졸工拙 : 기교의 능함과 서투름. 교졸巧拙.

해설

이 오애시五哀詩는 《매천전집》 1권 297쪽에 있으며, 《역주매천황현시집》
(하권) 196~211쪽에 〈평양대병김봉학자재사〉를 포함하여 6수가 번역되어
있다. 이 시의 서문에 있는 것처럼 〈이첨사상설李詹事相卨〉과 〈조부장동윤趙
副將東潤〉의 2수가 추가하여 모두 팔애시八哀詩가 되었다.

부제의 마지막 내용에서 옛사람은 두보杜甫를 말하고 있으며, 두보의 팔
애시와 비교해보면 공졸하다고 표현하면서 시인의 겸손한 마음을 드러내
었다. 두보는 왕사례王思禮, 이광필李光弼, 엄무嚴武, 이진李璡, 이옹李邕, 소
원명蘇源明, 정건鄭虔, 장구령張九齡 등 8인을 애도한 시를 썼다.

제1수 李詹事相卨 : 첨사 이상설[1] 221

▌＊誤聞盖李相哲之傳訛也, 并下篇(趙副將)當删.

대개 이상철[2]이라고 와전된 것은 잘못 들은 것이다. 하편(조부장)을 합
하여 마땅히 산정한다.

1) 이상설李相卨(1870~1917) : 이상설은 한말을 전후한 시기의 우리 역사에서
중요한 업적을 남겼다. 충북 진천 출생으로 1894년 식년문과式年文科에 급제하였
다. 1904년 보안회保安會 후신인 대한협동회大韓協同會 회장이 되었고, 1905년
법부협판法部協辦·의정부참찬參贊을 지냈다. 1905년 11월 을사조약이 체결되자
조병세趙秉世 등과 조약의 무효를 상소하고 자결을 기도했으나 실패하였다. 그 후
간도 용정촌에 서전서숙瑞甸書塾을 설립하였다.

1907년 고종의 특명을 받고, 이준李儁·이위종李瑋鍾과 함께 네덜란드 헤이그
에서 열리는 제2차 만국평화회의에 갔으나 일본과 영국대표의 방해로 회의장에 독
립국가의 외교관으로 참석하지 못하였다. 이 때 이준은 외교권이 없어 나라가 망
했음을 알고 화병으로 순국하였다.

대한제국에서는 일본의 압력으로 궐석재판闕席裁判이 진행되어 이상설에게는 사
형이, 이준과 이위종에게는 종신형이 선고되었다. 이상설은 귀국을 단념하고 블라
디보스톡에서 유인석柳麟錫 등과 성명회聲鳴會를 조직했으며, 1914년 대한광복군
정부의 정통령이 되었다. 그 후 일본의 요청을 받은 러시아 관헌에게 붙잡혀 투옥되
었다. 이듬해 석방되어 이동녕 등과 권업회勸業會를 조직하였으며, 권업보勸業報,
해조신문海潮新聞 등을 발행하였다. 1962년 건국훈장 대통령장이 추서되었다.

2) 이상철李相哲(1876~1905.12) : 한말의 항일우국지사. 대한제국 학부주사로
을사조약 체결을 반대했다. 민영환과 조병세 등이 을사조약의 부당성을 주장하면
서 자결하자, 이상철도 30세의 나이로 음독 자결했다. 이 사실은 대한매일신보에
보도되었으며, 국민들에게 일제에 대한 경각심을 불러일으켰다. 고종은 학부협판
學部協辦의 관직을 추증하였다.

오문誤聞 : 그릇 들음. 잘못 들음.   이와전와以訛傳訛 : 헛소문이 번져 감.

雛鳳一羽毛　　뛰어난 자제 한 개의 깃털로

爛爛皆文章　　빛나고 빛나도다, 모두의 문장이여

引吭出九苞　　목을 끌며 봉황의 아홉 색깔 나오고

嘖嘖鳴朝陽　　넓고 밝아 천하가 태평할 조짐이네[3]

舜文旣云邈　　순임금의 문장이 이미 아득해져

令我心悲傷　　내 마음을 슬프고 쓰리게 하였네

倏已飛千仞　　갑자기 천 길로 날아가고

肯與凡鳥翔　　평범한 새와 함께[4] 날아갔네

少年推短李　　소년이 키 작은 이가를 추천했고

才鋒磨銛鋩　　재주의 예봉은 도끼 같아 칼 만들었네

三釜俛及時　　세 발 솥[5]도 이때를 당하여 힘썼으니

闇然觀國光　　암연히 나라의 영광을 보았네[6]

卷懷諒云難　　재능을 숨기고 어려움을 살펴 말했고

亦嘗趨玉堂　　또한 일찍이 옥당으로 갔었네

無人解我憂　　사람이 없더니만 나의 근심 풀렸고

滾到卿宰行　　흘러 박혀 재상으로 나아갔도다

萬事有大謬　　만사가 크게 오류가 있었지만

河決川無梁　　강물이 터지고 냇가엔 다리가 없었네

國削伊誰耻　　나라가 위태로운데 누가 부끄러울 것인가

主辱詎可忘　　임금님 욕되게 한 것을 어찌 잊으리오

絶塵驛騮蹄　　월다의 준마는 발굽 먼지로 끊어졌고

失馭中道僵　　마부를 잃어버리고 중도에 넘어졌네

九街盡辟易　　큰 길 거리 모두 다 놀라 피하며

一劍飛秋霜　　한 칼날에 가을의 찬 서리[7] 날리네

南漢鄭大夫　　남한[8]의 정 대부가 있고

千秋鬱相望　　오랜 세월 답답하게 서로를 바라보노라

何代無君臣　　어느 시대인들 임금과 신하가 없을 것인가

何國無興亡　　어느 나라인들 흥망이 없을 것인가

難令讀史人　　어렵게 역사가로 하여금 읽게 하고

擊節牙頰香　　손뼉 치며 치아와 뺨이 향기로워지네

추봉雛鳳 : 봉의 새끼. 뛰어난 자제.　　우모羽毛 : 깃털.　吭 목항　苞 쌀포

구포九苞 : 봉황 깃털의 아홉 색깔.　噦 새소리홰(말방울소리. 밝은 모양.)

홰홰噦噦 : 수레가 감에 따라 말방울이 흔들리는 소리. 넓고 밝음.

3)① 조양朝陽 : 아침 해. 새벽에 동하는 남자의 성적인 양기陽氣. 중국 요령성에 위치한 도시. ② 봉명조양鳳鳴朝陽 : '봉황이 산 동쪽에서 운다'는 뜻으로, 천하가 태평할 조짐.　비상悲傷 : 마음이 슬프고 쓰라림.　倏 갑자기숙

几 무릇범(대강. 범상하다. 범凡의 속자.)

4) 범조凡鳥 : 평범한 새. 못난 사람.　단추短推 : 짧은 생각.

5) 삼부지양三釜之養 : 적은 봉급으로 몇 번이고 되풀이해서 경의를 표함.

俛 힘쓸면(구부리다. 머리 숙이다.)

6) 국광國光 : 나라의 영광. 정치나 풍속 따위의 상태. 사과의 한 가지.

권회卷懷 : 말아서 품에 넣음. 숨기고 드러내지 아니함.　경재卿宰 : 재상宰相.

恥 부끄러울치　驊 준마화　騮 월다말류

7) 추상秋霜 : 가을에 내리는 찬 서리. 당당한 위엄이나 엄한 형벌, 굳은 절개, 또

는 백발白髮을 비유함.

8) 남한南漢 : 오대五代 십국十國의 하나. 국호는 월越越 후에 남한南漢. 905~971
년까지 존속 鋒 칼날봉 銛 가래섬(농구의 하나로 쟁기), 도끼첨 鋩 칼끝망
趨 달아날추, 재촉할촉 謬 그르칠류 馭 말부릴어 僵 넘어질강
鬱 답답할울 격절擊節 : 박자를 맞춤. 頰 뺨협

제2수 趙副將東潤 : 조부장 동윤[1] 222

▌＊誤聞當刪

　잘못 들음을 마땅히 산정한다.

近世戚里禍	근세에 임금님 내외척의 화가 있었으니
肇自金朴盛	애당초 김씨와 박씨로부터 성행 하였네
百年迭興仆	백 년 동안 번갈아 흥했다가 넘어졌고
危哉斷邦命	위급하도다, 나라 명령이 깎여졌음이
及此喪亂日	이렇게 초상이 나고 소란스런 날에
驚聞疾風勁	거세게 부는 바람의 힘을 듣고 놀라웠네
驥倒又麟蹶	천리마 넘어지고 기린이 넘어졌어도
磊落閔趙並	민영환 조병세는 거리낌이 없었네[2]
趙公有父子	조공은 부자지간에 있었으니
趾美尤可敬	법도[3]가 훌륭하여 더욱 공경함이 있었네
蒼黃甲申冬	창황히 갑신년[4] 겨울에

厥考死梟獍	그 아비 조영하는 효경이처럼 죽었네[5]
寧知未二紀	어찌하여 이기 동안 알지 못했는가
堂構互輝映	아들이 이어받아 서로 비추어 빛나도다
憶昔崇禎末	옛날 명나라 숭정[6] 말기를 기억하노니
麗落君死正	깨끗한 그대의 죽음 올바랐네
一氣動天地	한 번의 기운이 천지를 움직였고
臣鄰取義競	신하는 가련하게도 의 다투어 취하였네
凜凜張慶臻	늠름하도다, 장경진이여
烈烈劉文炳	열렬하도다, 유문병[7]이여
王化溢椒房	임금의 덕화가 왕비 방에 충일하였고
至今驗家政	지금은 가정과 정부가 시험을 하네
百世風泉思	백세 동안 호란 후의 풍천[8]을 생각하면
東人尙咽哽	동인은 오히려 목이 메이네
媠節巧合符	절개가 아름다워 교묘히 부절을 합하고
未覺相距覓	깨닫지 못하고 서로 떨어져서 찾네
所以君子國	군자의 나라에서는
周禮炯獨秉	주례[9]가 홀로 잡고 빛나는 까닭이다
宗祧不寂寞	종묘의 복은 적막하지 않았으니
稽首謝列聖	머리 숙여 열성조에게 사례하네

1) 조동윤趙東潤(1871~1923) : 세도가 풍양조씨豊壤趙氏로 판서 조영하趙寧夏 (1845~1884)의 아들이다. 조동윤이 열네 살 때 1884년 갑신정변이 일어나 친청 사대당 조영하趙寧夏는 급진개화파들에게 살해되었다. 하지만 정변은 실패하여 김 옥균 등은 일본으로 망명하였고, 왕비계통의 온건개화파가 다시 집권하였다. 그 결과 조동윤은 1889년 문과에 급제할 수 있었으며, 1897년 육군참장이 되어 육군 법원장, 육군무관학교 교장, 시종무관장 등을 지냈다.

척리戚里 : 임금의 내척과 외척.   肇 비롯할조(시초, 기원)

仆 엎드릴부(넘어지다)   斲 깎을착

난일亂日 : 소란스러운 날.   질풍疾風 : 몹시 거세게 부는 바람. 흔들바람.

驥 천리마기(=준마駿馬)   蹶 넘어질궐, 일어설궐

2)① 뇌락磊落 : 돌무더기가 무너져 버린 것처럼 툭 터짐. 마음이 활달하여 작은 일에 거리낌이 없음. ② 광명뇌락光明磊落 : 마음이 빛나게 밝으며 툭 터짐.

趾 발지(터)

3) 지지趾 : 예의禮儀, 법도法度.

4) 갑신정변甲申政變 : 1884년 10월 17일, 홍영식이 총판으로 있는 우정국 낙성 식 축하 연을 이용하여 한의사 유홍기의 지도아래 독립당이며 급진개화파인 김옥 균 등이 일으킨 사건. 이들은 창덕궁으로 달려가 고종에게 사대당과 청국군이 변 을 일으켰다고 거짓 보고하고, 고종과 왕비를 수비하기가 수월한 경운궁으로 옮겼 다. 일본군대를 빌려 궁을 호위케 한 다음, 민영목·민태호·조영하 등 친청 사대 당 일파를 죽였다.

  이들 급진개화파들은 사민평등·참찬회의의 입헌군주제 등을 주장한 정강 14조 를 발표했지만 3일 천하로 끝나고 김옥균, 박영효, 서재필 등은 일본으로 망명하 였다.   梟 올빼미효(사납고 날래다), 목매어달효

獍 맹수이름경(범을 닮았으며, 아비를 잡아먹는다고 함)

5) 효경梟獍 : 효梟는 올빼미, 경獍은 호랑이 같은 짐승으로 제 아비를 잡아먹는 금수禽獸.   이기二紀 : 24년. 일기一紀는 12년.

당구堂構 : 아버지가 하던 사업을 아들이 이어받음. 궁전의 꾸밈새.

6) 승정崇禎 : 명나라의 마지막 황제 제17대 의종毅宗의 연호(1628~1644). 의종 은 간신 위충현魏忠賢 등을 죽이고, 동림계東林系의 정의파 관료를 석방시켰으며,

농정에 정통한 서광계徐光啓를 등용하여 재건을 꾀했다. 그러나 안으로 관료들 간
에 대립이 있었고, 군사력도 약화되어 있었다. 여진족에 대비한 군비 팽창과 가
뭄·수해 등이 잇따라 일어났다. 특히 이자성李自成의 농민군이 베이징을 공략했
다. 숭정제는 황자皇子를 멀리 피신시키고 황녀를 죽인 뒤, 1644년 3월 18일 매산
煤山(=만세산萬歲山)에서 목매달아 죽었다.
명이 망한 뒤에 조선의 송시열, 송준길, 이완, 임경업 등은 어영청을 중심으로 북
벌을 추진하였으나 뜻을 이루지 못했다.
君 임금군(부모, 남편, 아내, 군자君子, 그대.)
늠름凜凜 : 의젓하고 당당함.　臻 이를진(모이다)
열렬烈烈 : 세력이 강함. 높고 큼. 성대함. 바람이 셈. 불길이 맹렬함. 용감함.
劉 죽일류(도끼. 베풀다.)
7) 유문병劉文炳 : 명明 완평인宛平人. 자는 기균淇筠. 이자성李自成이 경사京師
를 함락할 때 자살하였음.　왕화王化 : 임금의 덕화德化.
초방椒房 : 왕비·왕후 등이 거처하는 합. 후비后妃의 방.
8) 풍천風泉 : 조선 중기의 의사義士인 차예량車禮亮(?~?)의 호. 이밖에 풍천風
泉·풍천자風泉子. 시호는 충장忠莊. 평북 선천 출생으로 병자호란이 끝난 후,
1637년 형 충량忠亮과 함께 청 태종을 죽이기로 계획했으나 사전에 누설되었다.
밀의에 가담했던 명나라의 장수 관귀管貴와 함께 처형당했다. 숙종 때 호조참의에
추증 되었다가 후에 병조참판으로 가증 되었다.
咽 목구멍인, 목멜열　哽 목멜경(막히다)　距 상거할거(떨어지다)
9) 《주례周禮》 : 중국의 경서經書. 《의례》, 《예기》와 함께 삼례三禮라 하며, 십
삼경의 하나이다. 천지춘하추동天地春夏秋冬을 본떠서 6관六官의 관제를 만들고,
천명天命의 구현자인 왕의 국가 통일에 의한 이상 국가 행정 조직의 세목 규정을
상세히 설명하였다.
계수稽首 : 계상 稽顙. 이마가 땅에 닿도록 몸을 굽혀 절함. 계상재배稽顙再拜.
祚 복조, 자리조　종조宗祧 : 종묘宗廟. 국가.

 해설

420쪽에서 4번째 줄 여락麗落은 쇄락灑落의 잘못인 듯 하다.

이 시는 갑신정변 때 죽은 조영하의 아들 조동윤을 추앙하고 있는 시이다. 특히 1636년 병자호란 당시에는 붕당에서 동인보다는 서인이 집권한 시기였다. 서인들은 인조 임금을 도와 성리학의 화이사상華夷思想에 입각하여 친명배금정책을 쓰다가 청태종의 침입을 받았다. 인조는 남한산성에서 대항했지만, 결국 주화파 최명길의 주장으로 삼전도에서 굴욕을 당하였다. '동인이 목 메인다'는 이야기는 조선인의 삼전도 굴욕에 대한 차예량의 보복이 이루어지지 못했다는 아쉬움을 표현한 것이다.

조동윤은 매천 황현에 의해 팔애시의 한 주인공으로 추켜세워졌지만, 훗날 친일 단체 일진회에 가입하는 등 친일파로 활동했다. 1910년 한일합병조약 체결 후에 일제로부터 남작의 작위를 받았으며, 최종 계급은 일본군 중장에 있었다. 영친왕의 강제 결혼을 윤덕영과 함께 추진하는 등 친일 행위를 했던 인물이 되었다.

제3수 金奉鶴平壤隊兵 : 김봉학 평양대 병사 223

*此詩本爲八哀之一而原集改題平壤隊兵金奉鶴自裁事, 故備錄之

이 시는 본래 팔애시 가운데 하나였다. 원집에는 '평양대병김봉학자재사'로 제목이 바뀌어져 있으므로 이것을 갖추어 기록한다.

해설

이 시는 《매천전집》 1권 302쪽에 있으며, 《역주매천황현시집》(하권) 212쪽에 번역이 되어 있어 원문에 없는 부제만 번역하였음.

동함체에서 시사의 여러 벗들의 시를 차운함   칠율 3수 223

1수

郡北青山此最佳	고을 북쪽 청산에 제일 좋은 가경이 있고
吾廬又在澗之涯	나의 초가집은 또한 산골 물가에 있네
及時下稻無煩雨	때맞추어 벼농사 지음에 번거로운 비 없고
因地區花不設階	지역의 꽃들로 인해 섬돌을 만들지 않았네
落日每彈憂國淚	석양에 매일 우국의 눈물을 뿌리고
暮年尤起送春懷	늘그막에 봄을 보내며 회포 더욱 일어나네
望中西崦茶堪摘	서쪽으로 지는 해 바라보며 찻잎을 따고
笑向園丁乞草鞋	웃으면서 정원사에게 짚신을 달라 하네

體 몸체(사지. 바탕. 모양. 體의 속자.)   社 모일사(단체), 제사지낼사(땅귀신. 토지신.)   사중社中 : 사社의 안. 사내社內.
지구地區 : 일정하게 구획한 하나의 범위. 특정한 지역.
시하時下 : 이때. 요즈음.   崦 해지는산이름엄   엄산崦山 : 산이름.
초혜草鞋 : 짚신.   원정園丁 : 정원사. 밭을 만드는 사람.

2수 224

梅瘴初收遠峽開　매화 병이 처음 그쳐 멀리 골짜기 열리고
晴天演漾午江來　맑은 하늘 출렁거리며 한낮의 강물 다가오네
蒼茫裨海歎醯甕　창망한 바다 성에서 견문이 좁음을 한탄하고[1]
歷落名山對酒盃　명산을 쓸쓸히 지나가며 술잔을 대하노라
杜宇聲稀春事盡　소쩍새 울음소리 드물어 봄 일 다 했고
蕪菁花白野農催　무청의 흰 꽃이 들농사를 최촉하고 있네
自憐病骨瘦於鶴　스스로 가련한 건 병골이라 학보다 파리하고
終日巡階不損苔　종일 섬돌을 다녀도 이끼를 없애지 못하네

瘴 장기장(축축하고 더운 땅에서 생기는 독한 기운. 풍토병.)
창망蒼茫 : 넓고 멀어서 푸르고 아득한 모양.　演 펼연(멀리 흐르다)　漾 출렁거
릴양　裨 도울비(보좌하다), 성가퀴비(성 위에 낮게 쌓은 담)
醯 식초혜, 위태로울혜　甕 독옹　혜계醯雞 : 초파리.
1) 혜계옹리천醯雞甕裏天 : '초파리가 술독 안을 하늘로 여김'의 뜻으로, '견문이
좁음'을 비유함.　두우杜宇 : (두우는 촉觸나라 망제望帝의 이름) 소쩍새. 두견이.
병골病骨 : 허약한 몸. 허약한 사람.　瘦 여윌구　損 덜손　巡 돌순(순행하다)
苔 이끼태, 설태태(＝설태舌苔 : 혓바닥에 생기는 물질.)

3수 224

園蜂重鬧菜花新　채소 꽃 새로 피어 동산의 벌 더욱 시끄럽고
春水決決響四鄰　봄물 콸콸 흐르는 소리 사방으로 울려오네
良友入門旋失病　좋은 벗이 찾아와 돌이켜보면 병 없어지고

嬌孫在膝恰忘貧	예쁜 손녀 무릎에 앉혀 빈한함을 잊는 것 같네
竟踈五畝窮畊事	마침내 오무[1]의 가난한 밭가는 일을 소홀했고
尙駁千秋論定人	아직도 천추의 논하여 정하는 사람을 공박했네
柳絮紛飛莫相惱	버들개지 분분히 날림에 서로 번뇌하지 마라
山翁己自雪盈巾	산옹은 저절로 백설이 두건에 가득 하다네

鬧 시끄러울료   채화菜花 : 채소 꽃.

嬌 아리따울교(계집애)   旋 조금선(돌리다. 빠르다.)   畝 이랑무, 이랑묘

1) 오무五畝 : 《맹자孟子》〈진심상상盡心章句上〉에, "오무지댁五畝之宅에 수장하이상수장하以桑牆下以桑하여 필부잠지匹婦蠶之면 즉로자족이의백의則老者足以衣帛矣며, 오모계五母鷄와 이모체二母彘를 무실기시無失其時면 노자족이무실육의老者足以無失肉矣며, 백무지전百畝之田을 필부경지匹夫耕之면 팔구지가가이무기의八口之家可以無飢矣리라."라는 내용이 있다.

 '오무의 땅 담 밑에 뽕나무를 심고, 필부가 누에를 치면 노인은 넉넉히 비단 옷을 입을 것이다. 다섯 마리의 암탉과 두 마리의 암퇘지를 제때에 기른다면 노인은 고기 먹지 못하는 일이 없게 될 것이다. 백무의 전지를 필부가 경작하면 여덟 식구의 집안이 넉넉히 굶주리지 않고 살게 된다.'는 내용이다.

駁 얼룩말박(섞이다. 어긋나다. 논박하다.)   논정論定 : 논의하여 결정함.

殺義兵

의병을 죽임   칠절 3수 224

〈살의병殺義兵〉은 《매천전집》 1권 319쪽에 〈애무장의사정시해哀茂長義士

鄭時海〉(1906년, 칠절 4수)라는 제목으로 되어 있다. 이 시는 《역주매천황현시집》(하권) 287~291쪽에 번역되어 있다. 하지만 위 시 〈살의병〉은 칠절 3수로 되어 있으며, 〈애무장의사정시해〉의 칠절 4수 가운데 제1수가 빠져 있다.

七月初張君乃範自龍城還示以吟社十律, 强索和章. 旣別數日走筆追謝

칠월 초에 장내범 군이 용성에서 와 음사에서 십율을 보이므로, 애써 찾아 장구에 화운하였다. 이미 헤어진 지 수일이었으므로 빨리 써서 추기하여 사례하였다

칠율 7수 225

1수

驥櫪騰騰不可期	천리마 구유 기세 높아 가히 기약할 수 없고
更從樵牧結新知	다시 나무하고 짐승 치며 새 벗을 사귀노라
志奢已失藏修晚	뜻이 오만하면 공부할 노력을 잃어버리고[1]
理熟何妨著述遲	이치에 원숙하면 어찌 저술 늦는다 방해되리오
落落空齋香一瓣	뜻이 커 재물 버리니 꽃잎의 향기[2]가 있고
蕭蕭惟有鬢千絲	바람이 쓸쓸하여 오직 천 갈래 살쩍이 있네
江湖作夜飛鴻起	강 호수 밤이 되어 기러기 날아오르고
又是秋風欲動時	또 다시 가을바람이 불어 움직일 때로다

음사吟社 : 시가 짓는 이들의 조직.   索 찾을색, 쓸쓸할삭

장구章句 : 글의 장과 구. 문장의 단락. 장을 나누고 구를 자르는 일.

주필走筆 : 글이나 글씨를 흘려서 매우 빨리 씀.

驥 천리마기   櫪 말구유력   騰 오를등(성하게 일어나는 모양)

樵 나무할초   牧 칠목(기르다. 목장)

초목樵牧 : 땔나무를 하고 짐승을 치는 일.   藏 감출장(곳집)

1) 장수유식藏修遊息 : 학문을 전심으로 닦음. 공부할 때나 쉴 때에도 학문에 마음을 둠.   하방何妨 : 무엇을 꺼리겠는가. 무방하다 또는 괜찮다는 뜻이며, 권유하는 의미도 지님.   낙락落落 : 쓸쓸한 모양. 뜻이 커서 세속과 맞지 않음.

齎 가져올재, 탄식할자(재물자)   瓣 꽃잎판(외씨)

2) 판향瓣香 : 꽃잎 비슷한 향. 스님이 남을 축복할 때 쓰던 것으로 '사람을 흠앙欽仰함'의 뜻.

辮 땋을변   蕭 쓸쓸할소   소소蕭蕭 : 바람이나 빗소리 따위가 쓸쓸함.

鬢 살쩍빈(귀 앞에 난 머리털)

강호江湖 : 강과 호수. 자연自然, 넓은 세상. 은자가 숨어사는 곳.

2수 225

匏花垂地葦簾低	박꽃이 땅에 드리워져 갈대 주렴 낮아지고
陣陣蚊烟夜戶迷	한바탕 모기 연기 피워 밤에 집이 흐릿하네
林月照懸空際嘻	숲 속의 달이 비춰 공중에 환하게 걸쳐 있고
竹風吹動露棲鷄	대 바람이 불어 한데에 있는 닭이 놀라네
納凉床薄衣還摺	서늘한 평상에서 얇은 옷 다시 접어 걸고
檢字燈忙手自携	색인 하느라 손에 책 들고 등불 아래 바쁘네
一例流光驚老眼	한 예로 흐르는 세월에 노안으로 놀랍더니
銀河已揷郡城西	은하수가 벌써 군 성곽 서쪽에 꽂혀있더라

嘻 화락할희(웃다. 자득하다.)   죽풍竹風 : 대나무 숲을 스치는 바람.

취동吹動 : 바람이 불어 움직임.   납량納凉 : 여름에 더위를 피하여 서늘함을 맛봄.

죽풍竹風 : 대나무 숲을 스치는 바람.   박의薄衣 : 얇은 옷.

摺 접을접(접다, 부러뜨리다.)   愶 두려워할습

검자檢字 : 한문 자전字典의 색인의 한 가지. 글자를 찾아낼 수 있도록 배치한 색인.

유광流光 : 흐르는 세월. 물결에 비치는 달빛.   揷 꽂을삽, 가래삽

3수 226

雨中裙屐集村醪	비속에 치마와 나막신이 주막집에 모여 있고
平野如槃草閣高	평야는 쟁반과 같고 초가로 된 누각은 높네
一削菰青誇竹葉	푸른 산수국[1] 쇠해지고 대 잎은 뽐내는데
半煎茶急聽松濤	반쯤 다린 차 재촉하며 솔 물결소리 듣노라
逢秋嘴老蚊生角	가을 맞아 늙은 모기의 입부리가 따가우며
弄水螯肥蟹有毛	물 농락하는 가재 살찌고 게는 털이 나있네
休說元龍樓百尺	백 척 누대에서 원래 용 이야기를 그만두고
眉稜剗盡舊麤豪	눈썹 끝을 다 깎으니 추한 얼굴이 화사하네

裙 치마군, 속옷군   屐 나막신극   醪 막걸리료   槃 쟁반반   削 깎을삭

1) 菰 : 산수국고(산골짜기나 자갈밭에서 자라며, 꽃은 여름에 흰색과 하늘색으로 핌.) 줄고(=진고眞菰 다 자란 줄기는 돗자리를 만드는 데 쓰임),

濤 물결도(물결이 일다. 조수.)

송도松濤 : 소나무가 바람결에 흔들려 물결 소리 같이 나는 소리.

嘴 부리취(주둥이)   螯 가재오   휴설休說 : 말하기를 그만둠.

稜 모릉   剗 깎을잔, 벨전   麤 거칠추(매조미쌀. 현미.)

4수 226

南苽葉密覆篁扉	호박 잎사귀 조밀하여 대 사립문을 덮었고
面面風籬卦澣衣	바람 부는 울타리 면면마다 빨래 걸려있네
似月沈山殘暑在	깊은 산의 달과 같이 잔 더위 남아 있고
如河赴海霽雲歸	은하수가 바다 향한 것처럼 말간 구름이 가네
游蛛乍靜端思攫	떠도는 거미 조용하다 결국 움킬 생각하고
戰蟻方酣忽解圍	개미는 한창 싸우다 홀연히 포위망을 풀었네
零雨空階來客斷	빈 섬돌에 비 떨어져 오는 손님이 그치고
盆蕉相對綠依依	파초 분재를 상대하여 푸르름이 의의하도다

남고南苽 : 호박. 면면面面 : 각 방면. 여러 면. 여러 사람들의 얼굴 하나하나.
攫 움킬확(붙잡다) 酣 즐길감(술취하다. 한창.) 零 조용히오는비령(떨어지다)
영우零雨 : 가랑비. 보슬비(=세우細雨)
盆 동이분(질그릇의 하나) 焦 그을릴초(애태우다)
의의依依 : 나뭇가지가 휘 늘어짐. 헤어지기 섭섭함. 마음이 조마조마함. 희미함.

5수 226

門前恰是小汀洲	대문 앞은 흡사 작은 물가와도 같고
暑月常思入水遊	유월[1]이라 항상 물속에 들어가 놀 생각을 하네
煉藥僧遲雲際寺	스님은 구름 속 절간에서 천천히 약을 다리고
鳴棋人續竹間樓	장기꾼들 소리 대밭 누각에서 계속 울려나네
衝霄氣結詩爲檄	하늘 찌르는 기운이 막혀 시는 격문이 되었고

浮海心馳屋作舟　　바다에 떠가는 마음 달려 집은 배가 되었네
別有西風揮淚處　　이별함에 서풍이 불어 눈물 뿌리는 곳 되었고
釜塵鏡雪總閑愁　　더러움과 깨끗함 모두가 다 시름이 일어나네

1) 서월暑月 : 더운 달. 음력 6월.
煉 달굴련, 이기다(=鍊)　遲 더딜지(굼뜨다. 기다리다.)　霄 하늘소, 진눈깨비소
衝 찌를충　기결氣結 : 목구멍이 답답한 병.　檄 격문격(편지)

6수 227

一樹桑陰一逕蓬　　한그루 뽕나무 응달에 있고 소로엔 쑥 있으며
午眠全受北窓風　　북창의 바람을 온전히 받으며 낮잠을 자네
紅蜻蜓出秋光早　　고추잠자리 절지동물 나오고 가을빛이 빠른데
白鷺鷖飛野望空　　백로와 해오리 나는 들녘 하늘을 바라보노라
江客盛傳魚種暍　　강가 객점은 각종 물고기로 빛나 풍성하고
田功先賀柿園豊　　감 동산 풍년이라 밭가는 공을 먼저 치하하네
天翁憎我閑無事　　조물주가 나를 미워해 일도 없어 한가하지만
鼈瘧朝朝患小同　　학질 있어 아침마다 함께 조금 근심하도다

逕 소로경(좁은길. 지름길. 곧.)　蜻 잠자리청(귀뚜라미)
蜓 구불구불할연　暍 더위먹을갈, 빛날갈
천옹天翁 : 조물주.　鼈 자라별　瘧 학질학(말라리아)

7수 227

簟席茅簷野趣長	초가집 처마 대자리에 소박한 정취 일어나고
凉天援筆賦秋陽	맑은 하늘에 붓 잡고 추양부[1]를 쓰노라
原思性命貧非病	원래 천명을 생각하면 가난함이 병이 아니요
杜甫鬢眉老更狂	두보의 수염과 눈썹이 늙어 더욱 미치광이네
眼界巧當江折處	보는 눈은 공교롭게 강가 꺾어지는 곳에 있고
躬畊幸在雨多鄕	몸소 밭가는 곳은 다행히 비 많은 고향이로다
午來飮課饒風味	낮에 과제 후 나오는 음식은 풍요로운 맛있고
煮熟甘瓠復一觴	삶아 익히고 표주박의 술 달아 한잔을 더하네

簟 대껍질탁   야취野趣 : 전야의 아름다움에서 맛보는 흥취. 소박한 취미.

援 도울원(당기다. 매달리다.)   추양秋陽 : 가을 볕.

1) 추양부秋陽賦 : 북송 시인 소동파蘇東坡의 글. 《동파전집東坡全集》 권33 〈추양부秋陽賦〉에 "吾心皎然如秋陽之明(오심교연여추양지명) 내 마음 밝음이 가을빛의 밝음과 같고/ 吾氣肅然如秋陽之淸(오기숙연여추양지청) 내 마음의 엄숙함이 가을빛의 깨끗함과 같네."라는 내용으로 시작됨.

성명性命 : 사람의 천성天性과 천명天命.

안계眼界 : 눈으로 바라볼 수 있는 범위.

빈미鬢眉 : 살쩍과 눈썹.   瓠 박호, 병호(항아리)

일상일영一觴一詠 : 한 잔 술을 마시고는 한 수의 시를 읊음.

寄咸陽河司馬夏寒亭

함양 하사마 하한정에 차운하여 보냄   227

이 시는 《매천전집》 1권 323쪽에 〈차운기함양하사마次韻寄咸陽河司馬〉의
제목으로 되어 있으며, 《역주매천황현시집》(하권) 302쪽에 번역되어 있다.

哭勉菴先生

면암선생을 곡하며   칠율 2수 228

1수

糠粃紛紛白簡風	거친 식사로 어수선해 내용 없는 편지 띄우고
千尋鵰鶚屬寒空	독수리 물수리 높이 날아 겨울 하늘이 매섭네
聖人難屈皐陶法	성인은 고요[1]의 법에 굽히기 어렵고
歷世當思伍員忠	지난 세월 오원[2]의 충성을 마땅히 생각하네
北極朝廷持斧後	북쪽 조정을 생각하며 도끼 가지고 간 후에[3]
東岡歲月卦冠中	동강의 세월이 갓 가운데 걸려 있더라
宣公奏議梁溪集	육지의 선공주의[4]와 이강의 양계집이 있으니[5]
豈爲人稱翰墨工	어찌 사람됨이 문필이 공교하다 칭하랴

강비糠粃 : 겨와 쭉정이라는 뜻으로, 거친 식사를 말함. 분분紛紛 : 떠들썩하고
뒤숭숭함. 어수선함. 백간白簡 : 아무 내용도 적지 않고 흰 종이만 넣은 편지.

천심千尋 : 매우 높거나 깊음의 형용.   鵰 수리조(독수리)

鶚 물수리악(맹금류로 주로 물고기를 잡아먹고 삶)   한공寒空 : 겨울 하늘.

1) 고요皐陶 : 중국 고대의 전설상의 인물. 순舜임금의 신하로, 구관九官의 한 사람. 법을 세우고 형벌을 제정하였으며, 옥獄을 만들었다고 함.

역세歷世 : 지낸 세대.

2) 오원伍員 : 오자서伍子胥(?~BC484)를 말함. 춘추 초나라 사람으로 아버지와 형이 초 평왕平王에게 피살되자 오나라를 도와 초나라를 쳐서 원수를 갚았다. 인중자승천人衆者勝天 또는 인정승천人定勝天이나 일모도원日暮塗遠의 고사와 관계있는 내용이다.(《사기史記》〈오자서열전伍子胥列傳〉)

3) 면암 최익현은 1876년 병자년 1월 22일 〈지부복궐척화의소持斧伏闕斥和議疏〉를 올렸다. 일본이 통상조약을 요구하였을 때 신헌과 윤자승이 강화에서 회견하고 수호조규를 작성하자 이것을 배척한 것이다. 그 결과 면암은 흑산도로 유배되었으며, 이어 조일수호조규(강화도 조약)가 체결되었다.

4) 주의奏議 : 중국에서 신하가 임금에게 올리는 글. 한漢에서는 은혜에 감사하는 것을 장章, 죄를 지적하는 것을 주奏, 소원을 말하는 것을 표表, 다른 의견을 주장하는 것을 의議 등이 있었다. 위魏·진晉 이하에서는 계啓, 당唐에서는 표表·장狀, 송宋에서는 차箚·장狀·서書·표表 등이 쓰였다.

   문장을 장중하게 하기 위해 대구가 많은 사육문四六文을 썼고, 역대 명신의 글을 모범으로 삼았는데, 당나라 육지陸贄의 《육선공주의陸宣公奏議》가 유명하다.

5) 《양계집梁溪集》 : 북송 말기의 정치가 이강李鋼(1083~1140)의 저서. 이강은 휘종徽宗 때 어사御史 등의 관직을 지내며, 수차례 조정의 실정을 비판하였다. 휘종이 금金의 침략을 피해 남쪽으로 천도하려 하자 반대하며 항전을 주장했다. 결과 1127년 4월 금金나라는 송나라 휘종宋徽宗, 흠종欽宗 두 황제를 잡아 감으로서 북송은 멸망되고 말았다. '정강의 변'이라는 사건이었다. 그 해 5월, 흠종欽宗의 동생 조구趙構가 남경에서 '고종高宗'으로 즉위하여 '남송南宋'이라 칭하였다. 이강은 남송에서 재상이 되어 금에 항전하였으나, 투항파들에게 결국 관직을 박탈당했다.   한묵翰墨 : 문한文翰과 필묵筆墨이라는 뜻으로, 문필을 말함.

2수 228

七義閣前江水淸	칠의각 앞의 섭진 강물은 맑기만 한데
中途要謁愧非情	중도에 배알코자 했으나 부끄럽게 정 아니었네
詩充生祭人應徹	생제문[1]에 시 채워 사람들은 응당 사무치고
檄列陰誅賊未驚	격문 뿌리며 몰래 죽여도 적은 놀라지 않았네
空齋杖釰從軍志	헛되이 장검을 지녔지만 군대의 의지에 따랐고
又員携琴訪獄行	또 관원은 거문고 가지고 감옥으로 찾아갔네
獨向窮山題楚些	홀로 궁산[2]을 향해가며 이소경에 글 쓰노니[3]
寒燈忽熖淚河傾	찬 등불 다 타도록 눈물이 강물을 이루었네

▌＊先生之南游也余謁于七義閣. 余有八哀詩怪先生之不死, 趙泳
善在園中誦之. 先生笑曰黃某愛我義旗. 初先生遣門人, 徵余
檄以文奧不用.

선생이 남쪽으로 유람함에 나는 칠의각에서 알현하였다. 나에게 팔애시
가 있어 선생이 죽지 않음을 괴이하게 여겼는데, 조영선이 뜰에 있으면
서 이것을 낭송하였다. 선생이 웃으면서 말하기를 "황모가 나의 의로운
깃발을 좋아하였다."라고 말씀하셨다. 처음에 선생이 문하생을 보내어
나를 불러 심오한 글로 격문을 짓도록 하였는데 사용하지 않았다.

謁 뵐알(아뢰다. 청하다. 알리다.)

1) 생제生祭 : 산 사람의 제사를 지냄.   檄 격문격(편지)

격檄 : 한문 체제의 한 가지. 징소徵召 또는 설유說諭의 문서文書. 격문.

음주陰誅 : 몰래 죽임을 당함. 신의 벌을 받음.   齎 가져올재(지니다), 재물자

종군從軍 : 군대를 따라 싸움터로 나감.

2) 초사楚些 : 굴원의 이소경을 달리 부르는 말.

한등寒燈 : 쓸쓸한 등불. 겨울밤의 등불.

궁산窮山 :《산해경山海經》에 나오는 서쪽의 산. 황제皇帝가 이 언덕에 머물며, 서릉西陵의 딸을 아내로 맞았기 때문에 '헌원軒轅의 언덕'이라 불린다. 헌원국軒轅國은 궁산窮山에 있는 장수국으로 단명하여 죽는 사람도 8백년을 살았다고 한다.

3) 막막궁산莫莫窮山 : 인적이 없어 적막하도록 깊고 높은 산.

해설

〈곡면암선생〉 시는《매천전집》 1권 326쪽에 칠율 6수가 있다. 이 시는《역주매천황현시집》(하권) 317쪽~328쪽에 번역되어 있다. 같은 제목으로 위의 2수가 더해져 결국《곡면암선생》은 칠율 8수로 되어 있는 시이다.

구례 석주관 칠의각에 온 면암을 매천이 만나 대화하고 있는 장면을 회상하였다. 시 2행에서 '부끄럽게 정이 아니었다(괴비정愧非情)'의 이야기는 면암이 매천에게 호남창의문을 쓰도록 했으면서 사용하지 않았다는 이야기일 것이다. 그리고 5행에서 '군대의 의지에 따랐다(종군지從軍志)'는 말은 면암이 이끄는 의병과 의병을 진압하러 온 관군이 순창에서 싸웠을 때, 면암은 "차마 어찌 동족끼리 싸울 수 있겠는가?"라고 말하며 항전을 중단하고 스스로 체포되었음을 뜻하고 있다.

乳山村庄赴塾友招飮

유산촌 별장에서 글방 친구들의 초청 술좌석에 달려감 칠율 1수 229

一席芳陰屋後山　　방초 우거진 그늘 한자리가 집 뒷산에 있고

麥風乍暖竹風寒　　보리 바람 잠시 따뜻하더니 대 바람이 차갑네

人來白水秧田際	사람이 맑은 물 모심은 논 사이로 오고
壺掛靑松社壇間	술병이 푸른 솔 토지신 제단 사이에 걸려있네
霽景無邊雙蝶下	끝없이 맑은 풍경속에 한 쌍의 나비 낮게 날고
春聲不盡一鶯還	봄 풍류 다하지 않았는데 꾀꼬리 한 마리 돌아오네
年年可續玆遊否	해마다 연속하여 더욱 즐기지도 못하고
極目烟塵暗海關	시력 다한 곳에 연진[1]이 일고 세관이 어둡네

赴 다다를부(알리다)　촌장村庄 : 본집 이외에 시골에 따로 장만하여 두는 집.
초음招飮 : 사람을 청해서 술을 마심.　백수白水 : 맑은 물.
壺 병호(술병. 박. 단지.)　壇 제단유(울타리)　제경霽景 : 맑게 갠 경치.
蝶 밟을접　玆 불을자(더욱)　극목極目 : 눈으로 볼 수 있는 먼데까지 봄.
1) 연진煙塵 : 연기와 먼지. 병진兵塵.
해관海關 : 개항장에 둔 세관. 1883년 항구에 설치한 관아로, 1904년 세관稅關으로 이름이 바뀌었음.

附滄江作

창강에게 지어 보냄　　　　칠절 5수 229

1수

漢京望斷百花飛	한양에서 바라던 일 실패하여 온갖 꽃 날렸고
城郭人民半是非	성곽의 인민들 옳고 그름이 반반씩이네

何日三千犀甲士　　어느 날 삼천리가 무소 갑옷 입은 병사[1]될까
吳門能唱凱歌歸　　소주 오문[2]에서 능히 개선가 부르며 돌아오라

망단望斷 : 바라던 일이 실패함. 하기 어려워 주저함.　犀 무소서(코뿔소)
서갑犀甲 : 무소의 가죽으로 만든 튼튼한 갑옷.
1) 갑사甲士 : 갑옷을 갖춘 군사. 조선 초 지방에서 서울에 올라와 숙위하던 군사.
2) 오문吳門 : 소주蘇州 오문吳門. 오吳는 중국 소주의 별칭임. 창강 김택영은 소주 상해로 1905년 망명하였음.

2수 229

太息湖南李伯曾　　호남의 백증 이기[1]가 크게 탄식하더니
蟠胸十策謾騰騰　　서린 가슴 십 책에 거만하고 기세 등등 했네
縱爲中學聞鐘客　　중학교를 만들었어도 객이 치는 종소리 듣고
可及空山喝座僧　　가급적 빈산에 앉아 큰소리치는 중 되더라

1) 이기李沂(1848~1909) : 전북 김제 만경 출생으로 호는 해학海鶴. 자는 백증伯曾. 실학實學을 연구하였다. 을사조약 체결 후 한성사범학교에서 교편을 잡는 한편, 장지연張志淵과 대한자강회大韓自强會를 조직, 항일운동과 민중계몽운동을 하였다.
  1907년 나인영 등과 자신회自新會를 조직하여 을사오적乙巳五賊 암살을 계획하였으나 실패하여 7년형을 받고 진도로 귀양 갔다. 석방된 후 서울로 돌아와 《호남학보湖南學報》를 발행, 민중계몽운동에 종사하였다. 저서에 《해학유서》가 있음.
謾 속일만(헐뜯다. 게으르다. 설만하다.)　喝 꾸짖을갈(큰소리), 목이멜애
상좌승上座僧 : 상좌에 앉는 중. 계급이 높은 중.

3수 229

白頭孤影歎身家	흰머리는 쓸쓸히 자신과 가정을 한탄하며
一日麒麟自釋迦	하루는 기린이요 스스로 석가라 하더라
笑道春風中國別	봄바람에 웃고 말하며 중국으로 헤어졌고
解吹枯樹綴新花	고목나무를 쪼개 때며 새로 핀 꽃을 엮네

고영孤影 : 외로운 그림자.   綴 엮을철(잇다. 연결하다. 짓다.)

4수 230

文章不及一囊錢	문장은 주머니 속의 돈에 미치지 못했고
況又如今世好遷	하물며 또 지금과 같이 좋은 세상 변하였네
一語卿卿須記取	임금님이 불러 결국 채용해 기록하였고
不將宗武望兒邊	종무[1] 아니라도 애들 주변을 바라다보네

변천變遷 : 변하여 바뀜.   卿 벼슬경

경경卿卿 : 처가 남편을 부르는 칭호. 진晉나라 왕안풍王安豊의 아내가 자기의 남편을 경卿이라고 부른 데서 유래함.

武 호반무(호반虎班 : 무관의 반열. 병법)

1) 종무宗武 : 송宋 안방晏防의 자. 두보杜甫의 아들.

　두보의 〈우시종무又示宗武〉라는 다음과 같은 시가 있다. "十五男兒志(십오남아지) 열다섯 살 사나이는 뜻을 가지고/ 三千弟子行(삼천제자항) 삼천 제자의 행렬에 들어가라// 曾參與游夏(증삼여유하) 증삼과 자유와 자하처럼/ 達者得升堂(달자득승당) 도달하면 승당의 경지는 얻을 수 있으리라"

5수 230

當年家國兩亡悲	당 년에 집과 나라 둘 다 잃고 슬퍼하며
幾度牛衣涕共垂	남루한 옷 입고 몇 번이나 함께 눈물 흘렸는가
商氏縱能生晚子	상씨는 비록 늦게 아들을 낳았다고 하지만
趙家其奈歎纖兒	조가는 어찌하여 작은 아이를 탄식했는가

우의牛衣 : 덕석. 남루襤褸한 의복. 기도幾度 : 몇 번.

纖 가늘섬(아끼다. 곱다. 고운 비단.)

避暑修道菴, 次常建破山寺詩, 留贈應上人訂交. 上人
方結夏于大願菴未返

수도암[1]에서 피서하며 상건의 '파산사'[2] 시를 차운하여 스님과 교
제하기로 하고 응답하여 남겨두었다. 스님은 마침 대원암에서 하
안거의 결하[3]로 돌아오지 아니 하였다   오율 1수 230

往來三十載	삼십 년 동안이나 오고 가면서
頭白又東林	흰머리는 또 동림[4] 속에 있었네
凉月臨秋霽	서늘한 달은 맑은 가을 하늘에 임해 있고
靈泉響夜深	신령스런 샘물소리 깊은 밤에 울려오네
詎曾參悟境	진실로 증삼[5]이는 깨달음의 경지에 이르렀고
要暫息塵心	속세에 찌든 마음 잠시 휴식이 필요하네

地勝爲聞別　승경이 된 땅은 소문이 나 판별이 되고
冥窮蟬鳥音　어두워져 매미소리 새소리 그치네

1) 수도암修道菴 : 쌍계사雙溪寺에 딸린 암자.
2) 상건常建 : 당 현종 때 진사進士에 급제하였으나, 벼슬할 뜻이 없었다. 맹호연,
왕유와 함께 자연파 시인으로 유명함.
　그의 〈제파산사후선원題破山寺后禪院〉 시는 다음과 같다. "淸晨入古寺(청신입
고사) 맑은 새벽 옛 절을 찾아드니/ 初日照高林(초일조고림) 아침 햇살이 높은 숲
을 비치네// 曲徑通幽處(곡경통유처) 구불한 길은 깊숙한 곳으로 통하고/ 禪房花
木深(선방화목심) 선방엔 꽃과 나무들 무성하네// 山光悅鳥性(산광열조성) 산 빛
을 새는 기뻐하고/ 潭影空人心(담영공인심) 못에 비친 그림자 사람의 마음을 비우
네// 萬籟此俱寂(만뢰차구적) 삼라만상이 다 고요한 지금/ 惟餘鐘磬音(유여종경
음) 종과 경쇠소리 여운만 남아있네"
상인上人 : 지덕이 갖추어져 있는 불제자佛弟子. 승려를 높여 일컫는 말.
訂 바로잡을정(백성에게 부과하다. 맺다.)　정교訂交 : 사귀기로 함.
應 대답할응(승낙하다. 응당~하여야 한다. 아마도.)
3) 결하結夏 : 하안거의 첫날. 음력 4월 16일이나 5월 16일. 결제決濟.
4) 동림東林 : ① 동쪽 숲. ② 동림당東林黨 : 명明나라 말기에, 정계와 학계에서
활약한 당파의 하나. 신종神宗 때 고헌성顧憲成과 고번룡高樊龍 등이 강소성의 동
림서원東林書院을 중심으로 모여 정치 비판 활동을 하였는데, 조정의 관리나 환관
들도 모여 큰 정당이 되었다. 이에 반대파가 결합하여 서로 정쟁을 일삼았는데, 이
것이 결국 명나라 패망의 원인이 되었음.
霽 갤제(풀리다. 풀다.)　詎 어찌거(진실로)
5) 증삼曾參 : 중국 춘추시대 노魯나라 공자의 제자 증자曾子를 말함. 자는 자여子
輿. 효孝를 강조하여 공자의 덕행德行과 학설을 공자의 손자인 자사子思에게 전했음.
진심塵心 : 속세의 명리名利를 탐내는 마음.

僧臘入華嚴寺, 次普濟樓韻, 示內院洵上人

승랍[1]에 화엄사에 들어가다. 보제루의 운을 차운하여 내원암[2]의 순
스님께 보이다

칠율 1수 230

萬松如剪石梁東	만송 숲이 돌다리 동쪽으로 가위처럼 있고
佛日蒼凉上霽空	불일폭포 푸르고 맑게 공중에 개어 있네
數里濯纓靑礀水	몇 리마다 청간수로 갓끈을 씻으며 가고
一回晞髮曲欄風	돌아보아 굽은 난간에 바람 불어 머리 말리네
新秋芒履三人伴	첫가을에 짚신 신고 세 사람과 동반 하니
佳節桑門七月中	좋은 계절은 불교 사회[3]에서 칠월이라네
認是高僧禪定久	고승이 오랫동안 참선하여 삼매경을 인식하고
菴前路鎖蘚花紅	암자 앞길은 닫혀 있고 이끼 꽃은 붉도다

1) 승랍僧臘 : 중 된 나이. 출가 이후 햇수. 불교 교단에서는 세수世壽보다는 이
승랍을 통해 성직자의 선후 관계가 정해진다. 납臘이란 의미는 1월 1일부터 12월
31일까지를 말하는 것이 아니라, 애초 인도 불교에서는 수계受戒한 시기부터 다음
해 7월 15일까지이다.
내원內院 : 도솔천에 있다는 선법당. 미륵보살이 살면서 설법한다고 함.
2) 내원암內院庵 : 지리산 쌍계사에서 불일폭포 가는 길에 있는 절.
洵 참으로순(진실로) 상인上人 : 지덕智德이 갖춰 있는 불제자佛弟子. 승려를 높
여 부르는 말. 剪 가위전(베다) 晞 마를희(말리다. 밝다.)
신추新秋 : 새 가을. 첫 가을. 음력 7월. 망리芒履 : '짚신'을 달리 이르는 말.
3) 상문桑門 : 불문佛門. 중, 또는 그들의 사회.
선정禪定 : 참선하여 삼매경에 이르는 것. 선禪.
수선정修禪定 : 일심一心으로 법리法理를 생각하는 경지에 이름. 蘚 이끼선

 해설

　매천의 시문에는 불교에 관계되는 내용들이 많다. 이것은 종종 매천이 절을 찾아가서 독서도 하면서 고승들과 수창酬唱을 즐겨했기 때문이다. 무엇보다 매천의 학문적인 호기심이 불경에 심취했을 것으로 생각되어지며, 또한 많은 유학자들이 불교에 대해 진부하고 고루한 태도를 취했던 것에 대한 매천 시각 차이도 있었을 것이다.

次朴君文在慕松書室元韻

박군 문재의 모송서실의 원운을 차운함　　　　칠율 1수 231

中歲商量得算長	중년 나이를 헤아려보니 슬기롭게 자라났고
雲山深處起茅堂	구름 산 깊은 곳에 띠 집 초당을 세웠도다
漁焦仕業生平潔	어초를 과업으로 삼아 평생 깨끗하였고
孝友成家世德香	효우[1]가 집을 이뤄 대대로 덕과 향이 있구나
古洞桃花無魏晋	옛 마을엔 복사꽃 피었는데 위진시대 없고[2]
遺風蟋蟀有陶唐	남겨진 당풍의 실솔[3]은 제요시절[4]이어라
松門似畫芝歌迵	그림 같은 솔문에서 멀리 수목 소리 들으며
鹿背青囊下夕陽	사슴 등에 청낭[5] 짊어지고 석양 아래 있네

사업仕業 : 소행所行. 짓. 漁 고기잡을어

1) 효우孝友 : 부모에 대한 효도孝道와 형제에 대한 우애友愛. 효제孝悌.

유풍遺風 : 유속遺俗. 후세까지 남겨진 교화敎化.

2) 위진魏晉 : 도연명陶淵明은 위진시대 사람으로, 그가 쓴 〈도화원기桃花源記〉는 중국 진대晉代의 유기遊記이다. 동진東晉의 태원연간太元年間(376~396)에 무릉武陵에 사는 한 어부가 배를 타고 가다가 도화원에서 길을 잃었다는 이야기에서 시작하여 선경仙境인 이상세계를 표현하였다.

　그 후로 당나라 이백李白은 그의 〈산중문답山中問答〉에서, "桃花流水杳然去(도화류수묘연거) 복사꽃 띄워 물은 아득히 흘러가가니/ 別有天地非人間(별유천지비인간) 별천지로 인간세상이 아니네"라고 읊었다.

3) 실솔蟋蟀 : 귀뚜라미. 《시경詩經》〈당풍唐風〉의 편명篇名으로 세모歲暮의 향연饗宴에서 부르던 노래.

4) 유우도당有虞陶唐 : 《천자문》에 나오는 내용임. 유우有虞는 제순帝舜이요, 도당陶唐은 제요帝堯이다.(중국 고대 제왕帝王임.)　芝 지초지(영지. 버섯.)

지가芝歌 : 수목 사이에서 일어나는 소리.　逈 멀형(빛나다)

5) 청낭靑囊 : 청낭비결靑囊秘訣. 오행五行, 천문天文, 복서卜筮의 책. 의서醫書를 넣은 주머니.

讀國朝諸家詩, 十六首中二首

독국조제가시 16수중　　　　　　　　　　　　　　　　칠절 2수 231

1수

東人不過貌唐人	조선 사람은 당인을 모방함에 불과할 뿐
神氣俱唐見子眞	신령스런 기운은 당풍 갖춘 자진[1]이를 보네
流水桃花隨境在	복사꽃은 물에 흘러 경계에 따라 있으니
十年追悔走風塵	십 년 동안 풍진을 달린 것이 후회스럽네

－유하柳下[2]－

신기神氣 : 만물을 만들어 내는 원기元氣. 신비롭고 불가사의不可思議한 운기雲氣.

1) 자진子眞 : 청나라 초기 시인 왕사정王士禎(1634~1711)의 자. 호는 완정阮亭 또는 어양산인漁洋山人이다. 형부상서를 지낸 정치인으로 전겸익의 뒤를 이어 신운설神韻說을 제창하여 청초의 시단에 많은 영향력을 행사하였다. 그의 시는 산수 간에 들려오는 청음 같고 청신하여 담원한 특색을 지녔음.

추회追悔 : 지난 일을 뉘우침.

풍진風塵 : 바람과 티끌. 세상에 일어나는 어지러운 일.

2) 유하柳下 : 홍세태洪世泰(1653~1725)의 호. 위항문인委巷文人으로 비록 신분이 낮았으나 시에 능하여 삼연三淵 김창흡金昌翕이나 농암農巖 김창협金昌協 등과 관계를 맺으며, 중인들과 낙사洛社라는 시사詩社를 만들어 활동하였다. 8남 2녀의 자녀들이 일찍 죽어 평생 불우했지만, 잡과인 역과譯科에 합격하여 말을 사육하던 종6품의 울산감목관蔚山監牧官을 지내기도 하였다. 위항시선집 《해동유주海東遺珠》를 편찬했으며, 그의 시문집으로 《유하집柳下集》이 있다

2수 232

漢叟風流天下聞	한나라 늙은이의 풍류가 천하에 소문나고
碧蘆池舘月紛紛	객사의 연못가 푸른 갈대 속에 달이 분분하네
晋康賓客誰爲首	진강의 빈객 중에 누가 우두머리 되었는가
却愧當年李白雲	오히려 당 년에 이백의 구름 됨이 부끄러워라

-자하紫霞1)-

蘆 갈대로, 호리병박(조롱박) 晋 진나라진, 나아갈진

1) 자하紫霞 : 신위申緯(1769~1847)의 호. 경수당警脩堂이라고도 하였다. 자는 한수. 신동으로 소문이 나서 14세 때 정조正祖 임금이 불러 칭찬하였다. 1799년 문과에 급제, 도승지를 거쳐 참판에 올랐으며, 시詩·서書·화畵의 삼절三絕을 이루었다. 필법·화풍이 신경神境에 이르렀으며, 《경수당전고警脩堂全藁》, 《분여

록焚餘錄》,《신자하시집申紫霞詩集》 등이 있다.

매천의 지음知音 창강 김택영이 1905년 상해로 망명하면서 자하시를 가지고 가 《신자하시집》을 발간하였다.

 **해설**

자하 신위가 쓴 〈동인논시절구東人論詩絶句〉 35수가 있다. 신위는 논시 대상을 신라 말 최치원부터 시작하여 조선 인조 때의 김상헌에 이르기까지 동시東詩의 대표적인 시인의 작품을 대상으로 삼은데 비하여, 매천의 〈독 국조제가시〉 16수는 조선조 성종 때 김종직으로부터 조선 후기 홍세태와 신위에 이르기까지 조선조 시인의 작품을 대상으로 하고 있다. 신위의 논 시절구는 신라 시인 1명, 고려조 시인 8명이 포함되어 있지만, 매천의 논시 는 조선 중기 시인을 주로 선발하여 조선조 시사詩史를 재평가한 논시였다. 특히 조선시의 독자성을 전제로 "我是朝鮮人(아시조선인) 나는 조선사람/ 甘 作朝鮮詩(감작조선시) 나는 조선시 쓰리"라고 읊었던 실학의 집대성자 다산 정약용을 흠모하고 있으면서도 정약용에 대한 시를 논하지 않았다.

> (東平叔)

평숙에게 편지를 씀
칠절 1수 232

閑雲上樹欲無山	떠도는 구름이 나무에 걸쳐 산이 없고자 하며
詩骨姍姍響珮環	시의 골격 비방하며 환옥[1]차는 소리 울려오네
自幸從今添小友	지금부터 행복한 건 작은 벗을 더하는 것이요
白頭來洼紀群間	흰머리 오고가니 무리들 사이에 법도가 있네

한운閑雲 : 한가로이 떠도는 구름.　姍 헐뜯을산(비방하다), 비틀거릴선
선선姍姍 : 여자의 자늑자늑하게 걷는 모양.
자늑자늑 : 동작이 조용하며 가볍고 진득하게 부드럽고 가벼운 모양.
珮 찰패(노리개, =패佩와 동자)　環 고리환(환옥還玉), 돌환, 물러날환
1) 환옥還玉 : 일품一品의 벼슬아치들이 붙이던 옥관자.
添 더할첨(맛을 내다)　紀 벼리기(단서. 법.)　洊 물념칠생, 갈왕

挽鄭武獻謙和

정무헌 겸화의 만사　　　　　　　　　　　　　　　칠율 1수 232

我見君歸話病情	그대가 돌아가며 병 이야기하는 뜻 보았더니
傷哉阿媳淚頻傾	마음이 상하네, 착한 며느리 눈물 자주 흘려
路梗自淹兒去問	길 막히면 스스로 머물며 애들에게 가서 묻고
夢凶方驗訃來驚	흉몽이 사방으로 시험하다 부고 옴에 놀랐네
人琴何處招王令	거문고는 어데 두고 임금님 명령에 응했던가
昏家餘年失向平	어두운 집에서 여생을 살며 화평을 잃었도다
枯蘆瑟颯寒潮上	마른 갈대에 소슬 바람 불어 찬 물결이 일고
彷彿漁竿立月明	낚싯대를 방불케 하듯이 밝은 달 속에 서있네

▌*君有仲兄又有穉兒女

　　군은 둘째형이 있었으며, 또 어린 딸이 있었다.

阿 언덕아(물가. 대답하는 소리.)   媳 며느리식
정초庭招 : 학덕이 높은 선비를 유림의 천거로 벼슬에 부름.
梗 줄기경, 막힐경(굳세다.)   淹 담글엄(머무르다)
여년餘年 : 앞으로 남은 인생.   蘆 갈대로
瑟 큰거문고슬   潮 밀물조(조수. 젖다.)
방불彷彿 : 비슷함. 어렴풋함. 같다고 느낌. 마치~인 듯하다.

> 暮春上旬過南原, 爲張二坡鏞一所邀, 信宿錦里齋

3월 상순에 남원을 지나가다, 장이파 용일의 청요하는 바 되어, 금
리재에서 이틀을 자다

칠율 2수 232

1수

春水蓬蓬里巷淸	봄에 내린 물 풍성하여 마을 골목이 깨끗하고
城頭華月市塵晴	성곽 위엔 꽃 달이 있어 인가의 속세는 맑아라
窮途歌哭元無定	곤궁한 통곡의 노래는 원래 정함이 없고
大郡風騷尙有聲	큰 군에서 시문 짓고 놂에 오히려 풍류가 있네
柳岸常烟占夜早	버들 언덕엔 늘 안개 끼면 초저녁에 점치고
花時頻雨測天輕	꽃필 시기에 자주 비와 하늘을 관측하기 쉽네
愁來共把新亭酒	수심이 생겨 함께 새 정자에서 술 마시니
滿眼靑山總不情	눈에 가득 찬 푸른 산은 모두가 정 아니로다

모춘暮春 : 늦봄. 음력 3월.　　邀 맞을요(구하다.)

봉요奉邀 : 존경하는 웃어른께 와 달라고 청함.

청요請邀 : 남을 청하여 맞음. 연청延請.　　蓬 쑥봉(봉래산)

봉봉蓬蓬 : 왕성한 모양. 바람이 부는 모양. 소리가 조화됨.

성두城頭 : 성상城上. 성의 위.   궁도窮途 : 곤궁하게 된 처지. 벼슬을 얻지 못함.
막다른 길.   무인궁도無人窮途 : 사람이 없는 외딴 곳
이항里巷 : 마을. 마을과 거리.   시진市塵 : 거리의 티끌과 먼지. 거리의 혼잡.
풍소風騷 : 시가詩歌, 문장을 지음. 시문詩文을 지으며 노는 풍류.
占 점령할점, 점칠점

2수 232

坐閱鸎花欲暮時　앉아서 앵두꽃을 살펴봄에 땅거미 지려 하고
他鄕風色客先知　타향의 풍색을 나그네가 먼저 아노라
騎穿野市民聲恐　야시장을 말 타고 가 시민의 원성이 두렵고
鐘廢荒城夜境遲　황폐한 성의 종소리 그쳐 야경이 더디네
讕語相尋遺種地　잘못한 말 서로 찾으며 종자 땅에 뿌리고
老懷聊覓贈行詩　늙어 회고하고 찾으며 행시1)를 증정하네
吾廬萬疊方壺勝　내 오두막집 겹겹이 둘러 방호산2) 승경이니
那得諸君一見之　제군들은 이것을 한번 보는 것이 어떠한가

앵화櫻花 : 앵두나무의 꽃. 벚꽃.   풍색風色 : 남 보기에 좋지 못한 기색.
讕 헐뜯을란(잘못 말하다. 간하다.)   유종遺種 : 남은 씨앗.
聊 애오라지료(부족하나마, 그대로)
1) 행시行詩 : 과거에 시험하던 십팔구十八句 이상으로 짓는 시의 한 체體.
만첩萬疊 : 겹겹이 둘러싸임. 천엽千葉.
2) 방호方壺 : ① 삼신산三神山의 하나로 지리산(=방장方丈). ② 발해의 동쪽에 있
는, 신선이 산다는 오산五山의 하나.
那 어찌나, 어조사내

柳子光故居

유자광[1]의 옛집   칠율 1수 233

＊在黃竹

황죽에 있다.

黃竹村嶺亂石叢	황죽촌의 꼭대기에 돌무더기 흩어져 있고
武靈遺址草烟空	무령군의 옛 자취 잡초 연기 속에 쓸쓸하네
底忙年少貪勳早	어찌 나이 어려 공훈을 탐하는 게 일렀던가
却患才多作註工	오히려 근심과 재주 많아 기록이 교묘하네
人畏殺機同李振	사람이 죽을 때 두려운 건 이진[2]과 같고
天敎結局似嚴嵩	하늘이 결국 가르친 것은 엄숭[3]과 흡사하네
一時富貴浮雲跡	한 때의 부귀는 뜬구름과 같은 흔적이고
蓼水東流恨不窮	요천수가 동으로 흘러 한이 다함이 없어라

嶺 산꼭대기전(머리. 떨어지다.)

1) 유자광柳子光(1439~1512) : 자는 우복于復. 건춘문建春門을 지키는 갑사甲士 출신이었으나, 세조 1467년 이시애李施愛의 난 때 공을 세워 병조정랑이 되었고, 온양별시문과溫陽別試文科에 장원 급제하였다.

　예종이 남이南怡를 좋아하지 않는 것을 알고 남이·강순 등을 처형하게 하였다. 그 공으로 익대공신翊戴功臣이 되었고, 무령군武靈君에 봉해졌다. 연산군 때는 1498년 무오사화를 일으켰고, 다시 중종반정中宗反正에 참여하여 정국공신靖國功臣 무령부원군에 봉해졌으나 다음 해 훈작이 취소되었고, 해평海平에 유배된 뒤 죽었다.

유지遺址 : 옛 자취가 남아 있는 자리.   底 밑저(속. 구석. 바닥.), 어찌저

註 풀주(밝히다. 기술하다.)

2) 이진李振 : 당나라 소선제昭宣帝 때, 주전충朱全忠이 전권을 휘두르게 되었을 때 당나라 황실의 충신 38명을 잡아 황하수黃河水에 던지도록 한 인물이었다.

　　주전충의 보좌관인 이진李振이 말하기를 "이놈들은 청류淸流인체하니, 마땅히 황하에 던져 영원히 탁류濁流가 되게 합시다."라고 하자, 주전충이 웃으며 허락하였다. 그 날로 38명의 고관들이 황하의 백마역白馬驛에 던져져 죽고 말았다. 2년 뒤인 907년에 당은 주전충의 손에 멸망하였다.

　　그 후 후량을 세우고 태조를 칭한 주전충은 아들에게 살해당하고, 이진 역시 비참한 최후를 맞이하였다.

3) 엄숭嚴嵩(1480~1567) : 명나라 정치가로 자는 유중惟中. 예부상서를 거쳐 수석대학사가 되었으나 뇌물을 거둬들이고, 아들의 불법행위를 방치하였다. 만년에는 임금의 신뢰를 잃어 관직이 삭탈 되었으며, 가재도 몰수되어 죽었다. 시문집에 《검산당집鈐山堂集》이 있다.

暑潦旬月杜門, 甚無憀拈眉公集, 次五絶

더운 장마철에 달포쯤 두문불출하였다. 심히 무료하여 미공집[1]에서 뽑아 오절을 차운하였다

오절 53수 234

1수 234

疎籬隱雜花	성긴 울타리에 잡꽃이 피어 숨어있고
交頭露房重	머리 맞대는 이슬 내린 집이 무거워라
癡蝶粘不飛	미치광이 나비도 끈적거려 날지 않아
詮否前身夢	아마도 내 전생의 꿈이 아닌가 하네

순월旬月 : 열흘이나 달포쯤. 열 달.

두문杜門 : 집이나 방의 문을 닫아 막음. 술가術家의 점에서 흉한 문임.

1) 미공집眉公集 : 명말 미공眉公 진계유陳繼儒(1558~1639)의 문집.

고두交頭각시 : 규중칠우쟁론기에서 '가위'를 말함. 詮 설명할전(법. 길.)

전신前身 : 세상에 나오기 전의 몸. 변하기 전의 본체本體. 바뀌기 이전의 신분.

2수 234

已無遠游興	벌써 멀리 노니는 것에 흥미가 없고
盤旋鄕里中	꾸불꾸불 고향 마을에서 빙빙 돌뿐이네
嗜好衰年別	즐기고 좋아함에 유달리 기력이 쇠해져
從人謝贈笻	따르는 사람이 지팡이 선물해 고마워라

반선盤旋 : 길, 강 등이 꾸불꾸불하게 빙빙 돎.

기호嗜好 : 어떤 사물을 즐기고 좋아함.

쇠년衰年 : 늙어서 기력이 점점 쇠하여 가는 나이. 쇠령衰齡.

종인從人 : 종자從者. 뒤에 따라다니는 사람. 笻 대이름공, 지팡이공

3수 234

醉來弄葛筆	술 취해 장난삼아 칙으로 붓 만들고
揮灑芭焦葉	파초 잎을 물에 씻어 깨끗하게 하네
稚孫拉疊收	어린 손자는 거듭 끌어 데려가고
率爾成佳帖	대략 소홀히 해도 좋은 시첩 이루네

휘쇄揮灑 : 물에 흔들어 씻어 깨끗이 함.   拉 끌랍(당기다. 잡아가다. 꺾다.)
疊 거듭첩(겹쳐지다. 연속하다. 잇닿다.)   솔이率爾 : 급작스러움. 신중하지 않고
소홀히 함.   帖 문서첩(장부. 어음. 두루마리. 시첩.)

4수 234

志懦尚可醫	의지가 약한 건 오히려 고칠 수 있지만
顔衰那由駐	얼굴이 늙어 감을 어떻게 머물게 할 것인가
徒手攬青雲	맨 손으로 높은 이상을 잡으려하니
人能我則未	남들은 가능해도 나는 하지 못하네

懦 나약할나(낮다)   醫 의원의(의술. 병을 고치다. =醫)   翳 깃일산예(그늘. 가리
다. 흐리다.)   나유那由 : 산스크리트어로 '헤아릴 수 없을 만큼 많은 수'. 나유타
那由他. 나유다那由多.   攬 가질람(잡아당기다)
청운青雲 : 푸른 빛깔의 구름. 높은 이상이나 벼슬.

5수 234

竹林溪岸側	대밭은 냇가 언덕 옆으로 있고
野店敞無門	들판의 주점은 문이 없어도 시원하네
一琖紅燒酒	한 개의 옥잔과 붉은 소주 있어
時時去買春	때때로 남녀의 정을 사러 가누나

敞 시원할창   琖 옥잔잔   홍소주紅燒酒 : 홍곡을 우리어 붉은 빛깔을 낸 소주.

買 살매(세내다)　春 봄춘(술. 남녀의 정. 정욕. 동녘.)
매춘買春 : 여자의 몸을 성性 대상으로 사는 일.

6수 234

清江不可負　맑은 강을 저버릴 수 없어서

漫興作漁父　흥이 나 어보가를 짓노라

百金買小舟　많은 돈으로 작은 배를 사서

垂綸聽柔櫓　고기 낚으며 노 젓는 소리 듣네

負 질부(업다. 패하다. 빚지다. 저버리다.)　만흥漫興 : 저절로 일어나는 흥취.
綸 낚싯줄륜　수륜垂綸 : 낚싯줄을 드리움. 고기를 낚음.　櫓 노로(방패. 망루.)

7수 234

弊居非慕古　내 집은 옛 것을 흠모하지 않았는데

偶然有松柳　우연히 소나무와 버드나무 있더라

我勝陶淵明　내가 도연명에게 앞서는 것은

貧不歎無酒　가난하고 술 없어도 탄식하지 않음이네

폐거弊居 : 폐가弊家. 자기 집.

8수 234

少霽風日涼	비가 조금 개어 바람과 햇빛이 맑고
滿庭新竹影	뜰 가득 새로 난 대죽순의 그림자 있네
無人獨相求	사람이 없어 외롭게 서로를 불러보고
自訝鬚眉冷	스스로 의아해하니 수염과 눈썹이 차갑네

齎 가져올재(보내다), 재물자　풍일風日 : 풍양風陽. 바람과 볕.
訝 의심할아(의아하다)

9수 234

東峯樹底雲	동쪽 봉우리 나무 밑에 구름이 껴있고
遙認僧廬在	멀리 스님의 초막이 있는 걸 아네
劈送芭蕉根	파초 뿌리를 쪼개어 보내며
少償春茗債	봄에 진 차 싹 빚을 조금 갚노라

劈 쪼갤벽(깨뜨리다)　少 적을소, 젊을소
償 갚을상(상환하다)　茗 차싹명(차나무)　債 빚채(빌려주다)

10수 235

墻陰午鷄鳴	담장 그늘에서 한 낮에 닭이 울어대고
秧擔自來去	모내기할 모 짊어지고 스스로 오가네

急雨白連江　갑작스런 비에 강줄기 하얗게 이어지고
人聲聚野樹　들녘의 나무에 사람들 모여 소리나네

급우急雨 : 갑작스럽게 쏟아지는 비.

11수 235

誰能窮倚伏　누가 능히 화복이 있고 없음을 궁구하리오
從古戒蟪蟬　예로부터 매미의 울음소리 경계하였도다
雨餘誇慧眼　비 온 끝에 지혜로운 눈을 과시하고
珠散半池蓮　맑간 구슬이 한창 연못가 연잎 위에 구르네

의복倚伏 : 화복禍福은 서로 인연되어 생기고 없어짐.　蟪 씽씽매미당
혜안慧眼 : 슬기로운 눈. 진리를 보는 눈.　연지蓮池 : 연꽃을 심음. 못.

12수 235

筆下多琴字　붓 밑에는 거문고 '금'자가 많다고 하지만
儂本不解琴　나는 원래 거문고를 타지 못한다네
莫言琴材好　거문고 만드는 재료가 좋다고 하지 마오
消署恃桐陰　더위 견딤에 믿는 건 오동나무 그늘뿐이라네

儂 나농(저. 당신. 너.)　소서消署 : 더위를 견디어 내게 함.
恃 믿을시(의뢰하다)

13수 235

鋪地炊烟盤　　땅에 깔린 밥 짓는 연기 서려 있고
憂雲鳴鶴上　　구름에 부딪혀 학우는 소리 울려오네
但令溪閘牢　　다만 냇가의 수문이 에워싸 있어
不畏生急浪　　사나운 파도 생겨도 두렵지 않도다

鋪 펼포(두루 미치다. 베풀다. 가게.)　盤 소반반(바탕 넓고 큰 모양. 큰 돌.)
憂 창알(새소리, 부딪치는 소리. 짚.)　알알憂憂 : 사물이 서로 어긋남. 물건이 서
로 부딪치는 소리.
명학鳴鶴 : 우는 학.　閘 수문갑(닫다)　牢 우리뢰(감옥. 에워싸다.)

14수 235

室凉簾乍動　　실내가 서늘하여 주렴을 잠깐 움직이고
雨意定何如　　비 올 뜻이 확실히 있어 어떠한가
虫亂松燈暗　　벌레소리 요란한 데 관솔불은 어둡고
姑停夜課書　　잠시 머물러 밤에 글 쓰며 공부 하네

姑 잠시고, 시어미고　하여何如 : 어떠함.

15수 235

門前一尺泥　　문 앞에 한 자의 진흙탕 길이 있고
木屐深無齒　　나막신이 깊이 빠져 굽이 묻혔네

閧然伴村童　　싸우고 떠드는 촌 애들 짝이나 되고
穿林拾杏子　　숲 속을 뚫고 가며 살구 씨를 줍네

齒 이치(어금니. 나이. 나란히 서다.)　각자무치角者無齒 : '뿔이 있는 놈은 이가
없다'는 뜻으로, 한 사람이 모든 복을 겸하지 못함.　閧 싸울홍(떠들다)
閧 골목길항　행자杏子 : 행자목杏子木. 은행나무의 목재.
拾 주울습(거두다. 모으다.), 열십(=十)

 해설

　매천 당시의 서민들은 짚신을 신고 다녔다. 하지만 비가 오면 짚신은 신
발로서 가치가 없다. 빗물이 새어 들어오기 때문이다. 그렇기 때문에 나무
로 만든 나막신의 용도는 비가 오거나 비가 오고 난 뒤의 진흙탕 길을 걷
는 데 유용했다.
　눈앞에 진흙탕길이 있고, 나막신 신고 걷다보니, 흙탕에 빠진 나막신의
높이가 다르다. 울퉁불퉁 인생살이도 이와 같다. 시인은 촌 애들의 친구나
되고 있는 적자지심赤子之心의 마음을 읊었다.

16수 235
安有文軌盛　　어찌 글의 법도가 왕성하게 있는가
年來患客多　　몇 년 사이에 걱정하는 나그네가 많네
罩燈夜半出　　등불 켜고 한밤중에 나가 고기 잡고
鞭馬雨中過　　말을 채찍질하며 빗속을 지나가노라

문궤文軌 : 글의 법도法度. 또는 글의 뜻.

연래年來 : 지나간 몇 해. 또는 여러 해 전부터.

罩 보쌈조, 보쌈탁(대나무나 가시나무로 엮어 만든 물고기를 잡는 도구)

17수 235

夕照涵淸溪	석양의 낙조가 맑은 냇가에 잠겨 있고
樹陰類巘崿	응달 쪽 나무들이 벼랑에 있네
牧童歌正酣	노래하는 목동은 마침 흥에 겨워서
不省腰笛落	허리에 찬 젓대 떨어진 줄 모르네

涵 젖을함(가라앉다. 넣다.) 巘 봉우리헌 崿 낭떨어지악

헌악巘崿 : 언덕. 벼랑. 酣 즐길감(술 취하다. 한창.)

해설

이 시는 《매천전집》 1권 343쪽에 있으며, 《역주매천황현시집》(하권) 382쪽에 번역되어 있다. 하지만 승구의 3글자가 다르기에 다시 번역하였음.

18수 235

橫江雙白鷺	물 가득한 강가에 한 쌍의 백로 있고
點點雲頭雪	점점이 구름 끝에 흰 눈이로다
晴峯正蒼然	맑게 개인 봉우리는 곧장 어두워지고
落日如初月	떨어지는 해는 초승달[1]과도 같네

攟 채울광　접점點點 : 낱낱의 점. 여기저기 점찍은 듯이 흩어져 있음.
창연蒼然 : 푸른 모양. 저녁때의 어둑어둑함. 빛깔이 바램.
1) 초월初月 : ① 초승달.　② 섬섬초월纖纖初月 : 가느다란 초승달.　③ 해초월海
初月 : 음력 섣달.

19수 235

野豁樹如眠	확 트인 들녘에 나무숲이 조는 것 같고
川屆岸欲入	냇물이 회오리쳐 언덕이 들어가고자 하네
牛羊呼不歸	소나 양은 불러도 돌아오지 않고
草美日西夕	풀이 좋아 해가 서쪽 석양에 있더라

豁 뚫린골활(트인 골짜기)　屆 칠회(때리다. 떠들썩하다.)

20수 236

迂闊憂無際	오활1)하게 근심하여 틈이 없고
時時獨攢眉	때때로 혼자서 눈썹을 찡그리네
眼前發新悟	눈앞에서 새로 깨달음이 일어나고
飛燕罜蛛絲	제비가 날아가다 거미줄에 걸리네

迂 에돌우, 굽을오
1) 오활迂闊 : 에돌아서 거리가 멈. 세상 물정을 잘 모름. 주의가 부족함.
攢 모일찬(뚫다. 토롱하다. 토롱土壟 : 장사 때까지 임시로 관을 묻음.)
罜 그물주　罣 걸괘

21수 236

起看茶鼎大　일어나 보니 차 끓이는 솥이 커

持斧劈松枝　도끼 가지고 솔가지를 자르네

自許閑無敵　스스로 넉넉하고 한가해 적이 없고

分秧正此時　마침 이때에 모 포기 나누어 심네

자허自許 : 제 힘으로 넉넉히 할 만한 일로 여김.

22수 236

이 시는 《매천전집》 1권 343쪽에 있으며, 《역주매천황현시집》(하권)
383쪽에 번역되어 있다.

23수 236

會意千載文　뜻을 알게 되어 천년 세월의 글이 있고

山木與秋水　산과 나무는 가을의 맑은 물과 함께 하네

天游一室寬　자연 그대로 자유로워 방 하나 넓고

不必暮楊許　날 저물어 양류 버들가가 필요치 않네

회의會意 : 뜻을 알아챔. 마음에 맞음.

천재千載 : 천세千歲. 천년 세월. 오랜 세월. 천추만세.

추수秋水 : 가을철의 맑은 물. 번쩍거리는 칼 빛. 사람의 신색神色 맑고 깨끗함.

천유天游 : 사물에 구애되지 아니하고 막힌 데 없이 자연 그대로 자유로운 일.

24수 236

揣時怪不中　　생각해 볼 때는 괴이함이 없어

重閱古史文　　거듭 옛 역사의 문장을 보네

世間無定局　　세상에는 정해진 판국이 없으니

笑指夏天雲　　여름날 구름 가리키며 웃어보네

揣 잴췌(측량하다), 생각할췌

세간世間 : 중생이 서로 의지하며 살아가는 세상. 불교의 세계관.

局 판국(장기 · 바둑의 판. 관청.)

25수 236

畏約邱樊居　　약속이 두려워 언덕 울타리에 의지해 살고

人來厭俗話　　사람들이 와서 하는 속된 얘기 싫증나네

千金擬買山　　천금으로 산을 사는 것과 비교해 보면

論品不論價　　품격을 논함이지 가치를 논함이 아니네

邱 언덕구(구릉. 무덤.)　樊 울타리번(새장. 우리. 변두리.)

속화俗話 : 고상하지 못한 세속의 이야기.

26수 236

井傍栗樹花　　우물가 옆에 있는 대추나무 꽃이

經霖已盡落　　장마가 지나 벌써 다 쇠락하였네

一望茅簷端　초가집 처마 끝을 한번 바라보니
白菌生朽索　흰 버섯이 썩은 새끼에 돋아나 있네

 감상

　우리나라 전통 가옥은 온돌방 구조이다. 우리 민족만이 유일하게 해왔던 구들장 형태의 방이다. 특히 초가집은 벼농사를 짓고 타작하고 남은 짚을 엮어 지붕을 덮는다. 비바람이 치면 바람을 막고 천정으로 물이 새 들어오지 않도록 하기 위함이다. 그리고 지붕 위의 용마름과 덮은 짚들이 바람에 날리지 않도록 새끼를 꼬아 당겨 지붕을 엮어 묶는다.

　우물가에 있는 대추 꽃이 시들어가고, 장마가 지나가면서 초가지붕 위의 짚이 썩어들어 가고 있다. 어느 사이 그곳에는 흰 버섯이 자라고 있다. 간결하면서도 깔끔한, 시골 정취가 물씬 풍기고 있는 시이다.

27수 236

陰陰窓轉幽　습기 차고 축축한 창가는 더욱 그윽하고
新竹出籬杪　새 죽순이 울타리 가지 끝에 나왔네
終日厭喗啾　종일 지저귀는 새 소리도 지겨워
荒村無好鳥　황폐한 마을에서는 좋은 새[1]도 없더라

음음陰陰 : 습기 차고 축축함.　전유轉幽 : 더욱 그윽함. 심유深幽.
巒 뫼만(작은 산. 산등성이.)　籬 울타리리　杪 끝초(나무 끝. 가는 가지.)
조추喗啾 : 악기 소리가 서로 섞여 들림. 새가 지저귐.
1) 호조好鳥 : 가란타.(까치와 비슷한 새)

28수 236

緇冠僅藏髻	유생이 쓰던 관으로 겨우 상투 감추고
布袍任露肘	도포 걸쳐놓고 팔꿈치를 드러내 놓네
山妻力抵貧	산에 사는 아내는 빈곤과 힘써 싸우고
釀麥燒新酒	보리술을 빚으며 새 술을 익히네

髻 상투계　緇 검은비단치(검은 옷. 승복. 승려.)
치포관緇布冠：유생이 평상시 쓰던 관.　袍 도포포, 두루마기포
肘 팔꿈치주　抵 막을저(겨루다)　釀 술빚을양　燒 사를소(익히다)

29수 236

藐兹山水鄕	아득히 흐려진 산수가 있는 고향마을이라
從古類峰泖	예로부터 호수 속 봉오리와 같네
漁樵享太平	고기 잡고 나무하는 사람들이 태평함 누렸고
却羨前輩老	오히려 선배들의 노련함이 부럽기만 하여라

藐 멀묘(어둡다. 작다.)　兹 이자(이에. 여기. 이때. 지금), 흐릴자
泖 호수이름묘(수면이 잔잔한 작은 호수)　樵 나무할초(땔나무. 불사르다.)

30수 237

| 粲粲石榴花 | 석류꽃이 환하고 산뜻하게 피어 있고 |
| 飄零已晚夏 | 나뭇잎 날리고 떨어져 벌써 늦여름이네 |

夏花尤可憐	여름 꽃이 더욱 가련하기만 하니
從無賞花者	좇는 게 없어도 꽃을 즐기는 자이로다

粲 정미찬(쌀 찧기. 밥. 밝다. 선명하다.)
찬찬粲粲 : 찬하고 산뜻함, 또는 그 모양.
표령飄零 : 나뭇잎 같은 것이 흩날려 떨어짐. 안착하지 못하고 떠돌아다님.
상화賞花 : 꽃을 즐김. 꽃을 완상함.

🐦 해설

  승구의 끝과 전구의 앞이 '하夏'자로 되어 있다. 연쇄법連鎖法으로 된 시로, 매천이 즐겨 쓰던 시작詩作 방법의 하나였다. 연쇄법은 한시나 국문시나 영문시에서도 쓰이고 있다. 구와 구 사이에 연계되거나, 앞 행과 뒤 행 사이에 연계되거나, 처음 행과 끝 행의 사이에서만 연계되는 방법이 그것이다.(이병기, 《한시연습》(보고사, 1999), 112~117쪽.)

31수 237

池塘生午香	연못가에 한낮의 향기 피어오르고
荷拂持竿手	연꽃 스쳐 가며 손에 낚싯대를 잡네
微有人聲來	어렴풋이 사람들 소리 들려오더니
眠䴏落高柳	잠자는 개구리 높은 버들에서 떨어지네

荷 멜하(부담하다. 짐. 화물. 연꽃.)　拂 떨칠불(털다. 어긋나다. 위배되다. 다다르다.)　竿 낚싯대간(장대)　䴏 개구리와(두꺼비)

32수 237

天下最閑人   천하에 제일 한가로운 사람은
惟有耕田者   생각해보면 밭가는 자 일 뿐
禾苗日以長   벼 싹이 날마다 자라나니
不知何時也   어떤 시절인지 알지 못하겠네

화묘禾苗 : 벼의 모.

33수 237

小澗源未長   작은 산골 물 발원지는 멀지 않지만
經夜漲痕落   밤새도록 물이 넘쳐흐른 흔적이네
客來馴鴨鳴   객이 오니 길들어진 오리 소리 내고
權作野人鶴   임시로 들녘 사람은 학이 되었도다

경야經夜 : 밤을 지새움. 경야竟夜.
馴 길들순(순종하다)   漲 넘칠창
痕 흔적흔(그림자. 자취. 흉터.)
야인野人 : 교양 없는 거친 사람. 벼슬을 하지 않고 지내는 시골사람. 여진족.

34수 237

溪店日將斜   냇가 주점에 해가 거의 기울어가고
捕魚貫之柳   고기 잡아 꿰어서 버들가로 가네

自怪酒性殊　　스스로 괴이한 건 술 버릇 특이하고
不嗜家中酒　　즐겨하지 않아도 집에 술이 있더라

자괴自怪：스스로 괴이하게 여김.　殊 다를수　주성酒性：주벽酒癖. 술버릇.

35수 237

出峽野江平　　협곡을 나오자 들녘의 강이 펑퍼지고
一望迷水樹　　바라보아 물과 나무 흐릿하게 있네
孤舟數往來　　외로운 배 한척이 자주 왔다 갔다 해
知是漁梁處　　고기 잡는 통발이 있는 곳 알겠도다

數 자주삭, 셈수　어량魚梁：통발이나 살을 놓아서 고기를 잡는 장치.

36수 237

山下起新村　　산 아래론 새로운 마을이 일어나고
屋上多古墓　　집 위로는 오래된 묘가 많구나
野荒連松林　　황폐한 들녘은 송림으로 이어져
遙望疑無路　　멀리 바라보아 길 없는가 의심하네

요망遙望：먼 곳을 바라봄.

37수 237

客自日邊來	나그네는 스스로 낮에 물가로 와서
吞聲不敢語	소리를 감추며 감히 말하지 않네
却羨古詩人	도리어 옛 시인들이 부러우니
王事歌雛栩	나랏일 함에 추와 허[1]를 노래하네

일변日邊 : 날로 계산하여 일정하게 무는 이자.
1) 추허雛栩 : ① 雛 산비둘기추(메추라기) ② 栩 도토리허(상수리나무)
왕사王事 : 임금을 위하여 하는 나랏일. 임금의 할 일. 敧 기울기, 어의

해설

결구는 《시경詩經》〈소아小雅〉의 편명 사모四牡에 나오는 내용이다. "翩翩者雛(편편자추) 훨훨 나는 저 비둘기/ 載飛載下(재비재하) 오르락 내리락 날며/ 集于苞栩(집우포허) 무성한 상수리나무에 모여 있네// 王事靡盬(왕사미고) 나랏일 소홀히 할 수 없어/ 不遑將父(부황장부) 아버님 봉양할 틈도 없네"라고 되어 있다.

사모四牡는 한 수레를 끄는 네 마리의 숫말을 뜻한다. '사마는 쉬지 않고 달리는 데, 가도 가도 길은 멀어라. 돌아갈 생각 왜 없으리오만, 나랏일 함부로 못해, 마음 이리 아파오도다'로 시작되는 사모四牡는 녹명鹿鳴이나 황황자화皇皇者華와 함께 임금이 군신가빈群臣嘉賓에게 잔치를 베풀고 사신使臣을 송영送迎하는데 쓰인 악가樂歌였다. 후에 잔치예식이나 향음주鄕飮酒에서 쓰였다.

38수 237

風月皆窮愁	시가는 모두 곤궁한 근심 속에 생겨나고
山川尚古色	산천은 오히려 예스러운 풍치로다
人生詎自知	인생을 어찌 스스로 알 것인가
垂老居無國	늙은 노인[1] 살아가지만 나라가 없구나

풍월風月 : ① 청풍과 명월. 아름다운 자연 ② 바람과 달에 부쳐 시가를 지음.
궁수窮愁 : 곤궁하여 생기는 근심. 詎 어찌거(적어도. 진실로.)
垂 드리울수(늘어지다. 거의.)
1) 수로垂老 : 인생사에 거의 손 놓은 연령대의 노인. 두보의 〈수로별垂老別〉이라
는 시가 있다. "四郊未寧靜(사교미녕정) 사방이 아직 안정되지 않아/ 垂老不得安
(수로부득안) 늙은이조차 편안할 수 없네// 子孫陣亡盡(자손진망진) 자손들이 모
두 전사했건만/ 焉用身獨完(언용신독완) 어찌 이 한 몸 홀로 온전하길 바라리"이
렇게 시작되는 시이다. 아들과 손자가 전쟁터에서 죽고 늙은 부부가 살아남았는
데, 그나마 늙은 할아비가 늙은 할미를 남겨두고 다시 전쟁터에 끌려가면서 서러
움을 읊은 비참한 내용의 시이다.

39수 237

雲碎如墜雪	구름 부서져 흰 눈이 내려오는 것 같고
星搖如懸溜	별이 흔들려 매달려 떨어지는 것과 같네
望天推雨徵	하늘을 바라보아 추측컨대 비 올 징조이고
農丈誇老壽	농가의 늙은이 장수했음을 자랑하네

懸 매달현 溜 방울져떨어질류(처마 물. 낙수받이. 물방울. 김 서리다.)
노수老壽 : 오래 삶.

40수 238

行年五旬餘	먹은 나이가 오십 남짓이나 되었는데
了無人數我	전혀 사람들은 나를 헤아리지 않네
日事閑更忙	하루 일이 한가롭다 다시 바빠지고
巡屋檢花果	집을 순행하며 꽃과 과일을 조사하네

행년行年 : 먹은 나이.　了 마칠료, 밝을료(이밖에 전혀. 조금도. 어조사.)
료무了無 : 조금도~함이 없다.
무료無了 : 마음에 만물이 없어 끝을 낼 마음이 없는 상태.

41수 238

處家久自驗	집에 살며 오랫동안 스스로 증험해보니
至理在謾言	지극한 도리는 속이는 말속에 있네
偶然隨地鑿	우연히 땅을 따라가며 파보았더니
松下得名泉	소나무 아래로 이름 있는 샘물 얻었네

驗 시험할험　지리至理 : 지극히 당연한 도리.
謾 속일만(헐뜯다. 업신여기다.)　鑿 뚫을착(깎다. 집요하게 파헤치다.)

42수 238

| 家在野田中 | 집이 들판의 밭 가운데 있어서 |
| 四圍無閑地 | 사방 주위에는 한가한 땅이 없구나 |

團團半畝陰 둥글고 둥근 지역이 반이랑 음지인데

誰種籬邊樹 누가 울타리 주변에 나무를 심었느뇨

한지閑地 : 조용하고 한가한 지방. 한가한 지위.

團 둥글단, 모을단(덩어리. 단체.) 단단團團 : 둥근 모양. 늘어진 모양.

畝 두둑묘, 이랑무(30평坪. 단段의 십분의 일)

43수 238

蕪菁綠抽耳 무청이 푸르게 싹이 돋아나 있고

荳葉柔粘手 콩잎은 부드럽고 끈끈하게 손에 붙네

廚晴竹芻涼 부엌이 개운하고 용수[1]가 서늘한데

山翠滴釃酒 푸른 산속에 술 거르는 방울 떨어지네

抽 뽑을추(빼다.) 耳 귀이(익다, 듣다. 곡식이 싹 나다. 뿐.)

粘 붙을점(끈끈하다) 芻 꼴추(짚. 기르다.)

1) 용수 : 싸리나 대오리로 만든 둥글고 긴 통으로, 술이나 장을 거르는 데 쓰는 기구임. 추지篘子. 滴 물방울적 釃 거를시 시주釃酒 : 술을 거름.

44수 238

夜深疑有風 밤이 깊어 바람이 부는가 싶더니만

涼樾動溪側 시원한 나무 그늘이 냇가 곁으로 움직이네

嫣然入柴門 미소 지으며 사립문에 들어오는 것은

明月非生客 밝은 달이요 낯선 손님이 아니로다

檆 나무그늘월　嫣 상긋웃을언(아리땁다)
언연嫣然 : 미소 짓는 모양.　시문柴門 : 사립문.

45수 238

環籬有木槿	울타리를 둘러싸고 목근[1]이 있는데
俗呼無窮花	세속에서는 무궁화라 부른다네
對花勤致謝	꽃을 대하며 부지런히 고맙다고 하니
春色永吾家	아름다운 봄빛이 영원히 내 집에 있네

1) 목근木槿 : 무궁화無窮花.
춘색春色 : 아름다운 봄빛.　치사致謝 : 고마움을 표시함.

46수 238

舍汝而從我	너를 버리고 나를 따르며
全部聚冠童	전부가 관동[1]의 무리로다
似聞新學校	신학교가 소문나는 것 같더니
又起梵王宮	또 범왕궁[2]을 일으켰네

舍 집사, 버릴사　聚 모일취, 무리 함께 마을
1) 관동冠童 : 관례를 한 사람과 관례를 하지 않은 사람. 어른과 아이. 《논어》〈선
진先進〉 편에, "늦은 봄에 봄옷이 이뤄지거든 관동 6, 7명으로 더불어 기수에 목
욕하고 무우에 바람 쏘이고 읊으며 돌아오리다.(莫春者 春服旣成 冠童六七人 浴乎

沂 風乎舞雩 咏而歸)"라는 내용이 있다.
사문似聞 : 아마도~라고 들은 것 같다.   梵 불경범(범어. 깨끗하다.)
2) 범왕궁梵王宮 : 범궁梵宮(범천梵天의 궁전宮殿. 절과 불당佛堂을 일컬음. 범
각梵閣.)

47수 238

淨拭靈壽杖	도광[1]의 나무 지팡이[2]를 깨끗이 씻어
携之仍出門	지팡이 가지고 곧장 대문을 나서네
緣溪去忘返	시냇가로 가서 돌아오는 것을 잊었으니
不怕林逕昏	황혼녘에 숲 속 좁은 길도 두렵지 않네

拭 닦을식
1) 도광道光 : '도道의 빛'이라는 뜻으로, '부처의 지혜'.
2) 영수靈壽 : 도광의 들에 있는 나무. 향기로운 꽃을 피우며, 줄기로 노인의 지팡
이를 만듦.   逕 좁은길경

48수 238

助徹世云遠	통하게 되면 세상이 멀어진다고 하는데
農人生事微	농부에겐 자질구레한 일들만 생기네
水田如此廣	논농사는 이와 같이 넓을진대
經夏白飯稀	여름 지나며 쌀 밥 먹는 게 드물어지네

徹 통할철(꿰뚫다. 다스리다.)   여차如此 : 이와 같음. 이렇게.

49수 238

飮酒及啖飯	술 마시고 더불어 밥 먹는데 있어서
亦難與人比	역시 어려운 것은 다른 사람과 비교함이네
鑽硏蠹簡中	학문을 연구함에는 좀먹은 책 속에 있고[1]
本分只如此	본래의 분수는 단지 이런 것과 같더라

啖 씹을담(삼키다. 싱겁다.)   及 미칠급(이르다. 더불어.)
1) 찬연鑽硏 : 연찬硏鑽(학문 따위를 연구함). 조촐하고 산뜻함. 웃는 모습이 산뜻
함.   두간蠹簡 : 좀먹은 서류나 책.

50수 239

頹然藉芳草	쓰러질 듯 방초를 깔고 누우니
寧可慕重茵	차라리 풀방석을 흠모할지어다
壺乾復沽酒	술병을 비우고 다시 술 사는 것은
論醉不論巡	취함을 논함이지 순행을 논함이 아니네

頹 무너질퇴(쓰러지다. 쇠하다. 좇다.)
퇴연頹然 : 유순柔順한 모양. 취하여 쓰러질 듯함.
籍 문서적(호적. 등록부.), 온화할자
방초芳草 : 향기롭고 꽃다운 풀.   茵 자리인(깔개. 요.)
중인重茵 : 겹으로 만든 풀방석.
巡 돌순(순행하다), 따를연

51수 239

老人困夜熟　　노인은 피곤하여 밤잠이 익숙하지만
清朝始酣眠　　청명한 아침에 비로소 달콤하게 잠드네
恐嗔茶供晚　　차 끓이는 것 늦어져 성내는 게 두려워
催吸井華泉　　독촉하여 깨끗한 우물물을 마시노라

酣 흥겨울감(술을 즐기다. 취하다.)　嗔 성낼진(기운이 성함)　다공茶供 : 차를 끓이어 권함.　吸 마실흡(빨다)　정화井華 : 깨끗한 우물물. 정화수.

52수 239

燕母眞止慈　　어미 제비는 진실로 지극한 사랑이 있는데
鷄群大鬪力　　무리지은 닭들은 힘 다해 크게 싸우고 있네
滿庭有蒼苔　　뜰 가득히 푸른 이끼가 껴있고
日日看滋息　　날마다 자라나서 번식하는 것을 보도다

지자止慈 : 지극한 사랑. 매우 인자함.(지止는 지至와 같은 뜻임)
계군鷄群 : 닭의 무리. 평범한 사람의 무리.　창태蒼苔 : 푸릇푸릇한 이끼.
滋 불을자(흐리다)　息 번식할식(쉬다)

53수 239

蕃椒楕如繭　　번초[1]는 길고 둥글어 누에 고추와 같고
茄子高成樹　　먹는 가지는 키가 크게 자라났도다

山廚風味佳　　산골 부엌의 음식 맛이 좋고

拉客今宵佳　　객을 끄는 건[2] 오늘밤이 좋기 때문이네

1) 번초蕃椒 : 고추.　楕 길고둥글타　풍미風味 : 음식의 고상한 맛. 사람의 됨됨이가 멋들어짐.　茄 연줄기가(가지)

가자茄子 : 가지. 열매는 쪄서 무쳐 먹음. 열매가 잘 맺히고 자란다 하여 다산多産을 상징함.　佳 아름다울가(좋다. 훌륭하다.)　拉 끌랍(끌고 가다. 꺾다.)

2) 납객拉客 : 손님을 끌어 모음.

又次眉公七絕. 時丁夏秋之交晚炎殊酷. 又苦瘍癤不能
出門. 排憫強占隨而錄之如償補. 然工拙不暇計云

또 미공의 칠절을 차운하였다. 여름과 가을이 교차되는 정시[1]에 늦더위가 특히 가혹하였다. 또 부스럼으로 고생하다보니 문 밖을 나오지 못하였다. 민망하게 물리치고 강제로 차지하여 따르고 이것을 기록하니 보상함이 이와 같았다. 그러나 공졸하여 한가하게 계산할 겨를이 없었다

칠절 32수 239

1수

山人藜藿一生寒　　산인은 명아주 콩잎 먹으며 일생이 가난했고

近又長齋養內丹　　근래에 또 계율을 굳게 지켜 내단[2]을 길렀네

未可遽言冲擧事　　말을 두려워하지 않고 큰 일 일으켜 부딪쳤고

暮年頗覺夢魂安　　늘그막에 자못 깨달아 꿈에 넋이 편안하도다

1) 정시丁時 : 24시의 14번째 시. 오후 12시 반부터 1시 반까지임.
排 밀칠배(물리치다. 늘어서다.)   憫 민망할민(근심하다. 고민하다.)
강점强占 : 강제로 차지함.   공졸工拙 : 기교의 능함과 서투름.
여곽藜藿 : 명아주 잎과 콩잎으로, 변변치 못한 음식.   장재長齋 : 오랜 세월을
두고 하루에 낮 한때만 먹는 등 계율을 굳게 지키는 일.   丹 붉을단, 정성스러울란
단사丹沙 : 수은으로 이루어진 황화 광물. 붉은색 안료로 약재로 씀.
2) 내단內丹 : 신선술은 호흡을 통해 내단內丹을 만드는 기공술과 약을 통해 불로
장생을 하는 외단술外丹術로 이어졌고 그것은 다시 연금술鍊金術로 이어졌음.
冲 찌를충(부딪치다)   거사擧事 : 큰일을 일으킴.   몽혼夢魂 : 꿈속의 넋.

2수

南苽也解作花開	호박[1]꽃도 벌어져 꽃이 활짝 피어 있고
時見游蜂引蝶來	때로 벌 노는 것 보이더니 나비 끌어오네
憫彼蛛絲空際網	가련한 저 거미줄이 공중으로 그물 쳐 있고
揮竿閑繞小亭臺	장대 휘두르며 한가히 작은 정자를 얽노라

1) 남고南苽 : 호박.   시견時見 : (어떤 광경을) 때때로 보게 됨.
공제선空際線 : 능선처럼 하늘과 지형이 맞닿아 이루는 선.
주사蛛絲 : 거미줄.   揮 휘두를휘(뿌리다. 흩어지다.)
竿 낚싯대간(장대. 횃대.)   繞 두를요(감기다. 얽어매다.)

3수 240

鋤荳鋤禾刻刻忙	호미로 콩 밭과 논을 김매 시시각각 바쁘고
槐陰枕臂暫乘凉	홰나무 그늘에서 팔베개하고 잠시 바람 쏘이네

田家臭味天然別   농가에서 냄새나는 것은 자연 상태와 달라
積草牛宮發異香   외양간에 쌓아둔 풀에서 야릇한 향기가 나네

승량乘凉 : 바람 쐬다.   別 다를별(나누다. 헤어지다. 분별하다. 이별.)
이향異香 : 이상야릇하게 좋은 향기.

4수 240
蘆棚一面敵驕陽   갈대 누각 한쪽으로 작렬하는 태양을 대하고
青柿齊烘也作香   일제히 푸른 감 비추어 향기를 돋우네
靜臥風窓和扇廢   조용히 바람 부는 창가에 누워 부채 버리고
有人還自訝虛堂   사람이 도리어 스스로 빈집에서 의아해하네

棚 시렁붕(선반), 누각붕(오두막집)   붕각棚閣 : 성城 위에 세운 망루.
교양驕陽 : 삼복의 여름 태양. 볕이 몹시 쪼임.   烘 불때홍(쬐다)   허당虛堂 : 빈집.

5수 240
火宅有風風不清   불난 집에 바람이 불어와 맑지 못하더니
杖藜時向水邊行   명아주 지팡이 짚고 때로 물가로 가보네
溪深經夏鯽如掌   깊은 냇가는 여름 지나 붕어가 손바닥 같고
能使老人誇眼明   능히 노인으로 하여금 밝은 눈 자랑케 하네

즉어鯽魚 : 붕어.

6수 240

吾廬門巷始生苔	내 초옥 문 앞의 골목길이 처음 청태 낀 것은
滿地干戈客不來	온 세상이 전쟁으로 객이 오지 않기 때문이네
一種猖狂兼至愼	한번 미치광이처럼 되더니 지극히 신중하고[1]
阮家靑眼也難猜	완씨 집안[2]이 반갑게 해[3] 시기하기 어려워라

문항門巷 : 문으로 들어가는 좁은 길.   간과干戈 : 창과 방패. 무기의 총칭. 전쟁.
1) 지신至愼 : 희로애락의 감정을 밖으로 드러내지 않고 신중을 기함. 《세설신어
世說新語》에 완적阮籍의 지신至愼에 대해 다음과 같은 이야기가 있다.
  "진 문왕이 칭찬하며 말했다. 완적은 실로 신중하도다. 그와 이야기를 나누다보
면 언제나 하는 말이 철학적이고 아직 남에 대한 비판을 한 번도 한 적이 없었다.(晉
文王稱 阮嗣宗至愼. 每與之言, 言皆玄遠, 未嘗臧否人物.)(《세설신어世說新語》(상
권), 명문당, 안길환역, 30쪽)"
창광猖狂 : 미친 것같이 사납게 날뜀.
2) 완가阮家 : 완함阮咸과 완적阮籍의 집안. 완함과 완적은 죽림칠현竹林七賢에
속하였다. 두 사람은 도로 남쪽에 가난하게 살았고 다른 완씨들은 도로 북쪽에 부
유하게 살았으므로, 완가남북阮家南北이라는 말이 생겼다.
3) 청안靑眼 : 남을 기쁜 마음으로 대하는 눈초리. 반대말은 백안白眼.

7수 240

忘病忘憂最半酣	병도 잊고 근심도 잊어 가장 즐거운 시간이고
一般茶藥不須含	일반 차와 약을 모름지기 함께 넣지 않네
倦來討個便宜術	게을러도 낱낱이 연구하니 편리한 방법이라
拭竹澆花付二男	부챗살 닦고 꽃에 물주며 둘째 아들에게 주네

最 가장최(모두. 모조리. 우두머리.) 半 반반(가운데. 한창. 가장.) 含 머금을함
편의便宜 : 형편이 좋음. 이용하는 데 편리하고 마땅함. 특별한 조치
拭 씻을식(닦다) 竹 대죽(죽간. 부챗살. 피리.)
澆 물댈요(경박하다. 엷다.) 이남二男 : 둘째 아들. 付 줄부(수여하다. 맡기다.)

8수 241

桐陰數畝綠翻江	오동잎 그늘 몇 이랑이 초록 강물에 펼치고
纚纚風從一口窓	바람 따라 폭포 소리 창가 입구에서 나네
猜破淸凉添熱鬧	맑고 서늘함을 헤아려 열렬히 떠들어대니
老蟬齊聚幾多雙	늙은 매미들 일제히 모여 꽤 많은 쌍 되었네

纚 머리싸개사(매다), 떨어질쇄
사사纚纚 : 밧줄 따위가 길고 매끈함. '바람이 길게 붊'이나 '폭포수'의 형용.
일구一口 : 한 사람. 한결같은 여러 사람의 말. 하나의 구멍.
猜 시기할시(두려워하다. 헤아리다.) 청량淸凉 : 맑고 서늘함. 鬧 시끄러울뇨
요열鬧熱 : 혼잡하여 시끄럽고 귀찮음. 기다幾多 : 꽤 많음.

9수 241

難得農人笑臉開	농민들은 얼굴에 웃음 띠는 게 어렵다지만
焦鷟終歲費耕栽	검게 그을려 일 년 내 경작하고 심으며 지냈네[1]
沙田正急蕪菁節	모래밭이 정작 급한 것은 무청의 계절이라
又見犁牛踏月來	또 소가 쟁기질하고 달빛 밟아 오는 걸 보았네[2]

난득難得 : 구하여 얻기 어려움. 焦 탈초(애태우다)

黧 검을려, 검을리(얼룩. 반점.)

1) 초려焦黧 : 검게 그을림.

종세終歲 : 한 해를 마침.(=종년終年. 세종歲終. 세말歲末. 세저歲底. 세만歲晩. 궁랍窮臘.) 세밀 : 한해가 끝날 무렵.

무청蕪菁 : 순무. 식욕촉진과 소화불량, 황달, 화농성 유선염을 치료하고, 이뇨 작용과 해독 작용이 있다. 소갈증을 해소하고, 매운맛은 항종양 효과가 있다.

犂 쟁기려(갈다. 얼룩소.)

2) 이우지자犂牛之子 :《논어論語》〈옹야장雍也章〉에 나오는 말로, 얼룩소의 새 끼를 말함. "공자께서 중궁에 말씀하시되 '얼룩소의 송아지 빛이 붉고 또 뿔이 바 르면 제사에 쓰지 않으려 할지라도 산천의 신이 내버려 두겠는가?'(자위중궁왈子 謂仲弓曰 '이우지자犂牛之子라도, 성차각騂且角이면, 수욕물용雖欲勿用이나, 산 천山川은 기사제其舍諸아)"라고 하였다. 중궁仲弓이 나쁜 아버지를 두었지만 똑똑 했기 때문에 공자가 소에 비유하여 '잡종의 소 새끼일지라도 색이 붉고 뿔이 곧으 면 희생으로써 하늘에 바칠 수 있다'고 한 것이다. 아버지가 나쁘다고 할지라도 '자식이 현명하면 등용됨'을 이르는 말이다. 騂은 '붉은소 성'자임.

답월踏月 : 달밤에 거닒. 또는 그런 걸음.

10수 241

粘討紅黃不見沙	끈끈하게 홍황초 다스리다 단사 보지 못하고[1]
賴人力稼僅成家	사람에게 힘입어 농사에 힘써 겨우 가정 이뤘네
匏樽共賀今年慶	술그릇 들고 함께 치하하니 금년이 경사스럽고
時雨時暘到稻花	때때로 비오고 해가 떠 벼꽃이 필 때 되었더라

粘 붙을점(끈끈하다. 차지다.)

1) 홍황초紅黃草 : 금송화, 금잔화, 만수국萬壽菊이라 하며 관상용, 한약으로 재

배함. 賴 의뢰할뢰(버티다. 억지 부리다. 책망하다.) 穡 거둘색(농사. 곡식.)
포준匏樽 : 박으로 만든 술 그릇.

11수 241

鍤末簑懸嫋嫋風   삽 끝에 도롱이 다니 살랑살랑 바람 불어오고
廣巖人宿月明中   넓은 바위 사람 사는 곳에 환한 달빛이 있네
新秋十日天應霽   첫가을 칠월 십일에 하늘이 개어 응답하고
北峽騰雲冉冉東   북쪽 협곡에 구름 올라 동쪽으로 느리게 가네

鍤 가래삽(삽. 바늘.) 簑(=蓑) 도롱이사(사의蓑衣), 잎우걸질최
요뇨嫋嫋 : 살랑살랑 바람이 부드러움. 소리가 길고 간드러짐.
신추新秋 : 첫가을. 음력 7월. 염염冉冉 : 나아가는 모양이 느림.

12수 241

小小成村竹樹間   작고 작은 촌락 이루어 숲 속에 있고
開門洗足葦花灣   문 열고 발 씻노라니 갈대꽃이 물굽이에 있네
眼中常印方壺月   눈 가운데 항상 방호산의 달을 찍으며
難道溪居不是山   냇가에 살아 산이 아니라고 말하기 어렵네

성촌成村 : 마을을 이룸. 灣 물굽이만(물이 육지에 굽어 들어온 곳)
방호方壺 : 방장方丈.

13수 242

茶白經床分外閑	차 빻는 절구와 경상[1]이 분외로 한가하고
一年强半掩衡關	일 년 동안 반은 억지로 형관을 가리네
誓從頭白不干世	맹서컨대 흰머리는 세속에 영합하지 않고
惟有眼靑長對山	오직 반가운 눈으로 오랫동안 산을 대하네

다구茶白 : 차를 빻는 절구.
1) 경상經床 : 경서經書를 얹어 두는 상. 공부하는 평상.
분외分外 : 분수에 넘침. 衡 저울대형, 가로횡 掩 가릴엄(숨기다. 비호하다. 엄
습하다.) 간세干世 : 세속世俗을 좇음. 세속에 영합함.

14수 242

處處新開角藝場	곳곳에 개간한 땅과 구석에 훈련장이 있고
千村盡撤舊書堂	마을마다 예전의 서당이 다 철거되었네
法從行久還成憶	임금님 수레[1]가 수행한 지 오래됨을 기억하고
無復公車赴漢陽	다시 공문서 처리 없이 한양에 다다르네

신개新開 : 황무지를 새로 개간함. 개간한 토지.
角 뿔각(귀퉁이. 총각.), 견줄각(비교하다)
예장藝場 : 기예 연습장. 군사 무예 훈련장. 撤 거둘철(제거하다. 철수하다.)
1) 법종法從 : 임금의 거가車駕. 법가法駕. 임금이 타던 수레.
공거公車 : 정부 공문서나 상소문을 처리하던 부서.

15수 242

白日紅方花盡開	백일홍 꽃이 바야흐로 활짝 피었는데
幾時鴻雁送秋來	언제쯤 기러기 때 가을을 보내러 오겠는가
階前瘦鶴也有品	섬돌 앞에 있는 수척한 학도 품위 있어
飢不啄虫惟啄苔	굶주려도 벌레를 먹지 않고 이끼만 쪼네

기시幾時 : 몇 때. 얼마 만에. 언제何時. 다소의 시간.

홍안鴻雁 : 큰 기러기와 작은 기러기.　啄 쫄탁, 부리주(두드리다)

16수 242

竹外蒼蒼月一鉤	대숲 밖이 멀고 아득한데 달은 갈고리 같고
新涼驟入枕溪樓	음력 칠월의 시원함이 종종 침계루[1]로 오네
咿吾羞與孤燈對	나는 외론 등불 대하고 글 읽는 것 부끄러워
人在書中已白頭	사람이 책 속에 있다가 벌써 흰머리 되었네

창창蒼蒼 : 빛이 바람. 앞길이 멀어서 아득함.

신양新凉 : 음력 7월을 말함.　驟 달릴취(자주. 종종.)

1) 침계루枕溪樓 : 전남 해남군 두륜산 대흥사大興寺(=대둔사大芚寺)에 있는 누각. '계곡을 베개로 한 누각'이라는 뜻으로, 현판은 원교 이광사의 글씨임.

咿 선웃음칠이, 글읽는소리이　이오咿吾 : 글 읽는 소리. (=이오咿唔)

羞 부끄러울수

 해설

　침계루는 전남 해남군 대흥사에 있는 누각이다. 매천은 대흥사 법당을 중수하는 모연의 〈대흥사법당중수모연소大興寺法堂重修募緣疏〉라는 글을 쓴 바 있다. 또한 1895년에는 대흥사에 있는 표충당을 참배하고 〈표충사表忠祠〉라는 시를 읊기도 했다. 표충사는 1592년 임진왜란 때 승병을 일으켜 공을 세운 서산대사와 그의 제자인 유정과 처영의 영정이 모셔진 사당이다.

17수 242

屈指今年雨似期　　금년에 손가락 꼽아보니 비를 기약한 것 같아
村農喜氣溢顔眉　　농촌의 즐거운 기운이 얼굴과 눈썹에 충일하네
何人不愛黃金槖　　어떤 사람이 황금 전대를 좋아하지 않겠는가
永作郊心一大池　　시골 민심은 영구히 경작하는 큰 못에 있더라

굴지屈指 : 손가락을 꼽아 헤아림. 여럿 중에서 몇째 감.
槖　전대탁(책·의복 등을 넣음)
郊　들교(성 밖. 근교. 시골. 야외), 교사교(郊祀 : 천지의 제사)

18수 243

穉穟香來陣陣風　　볏 잎에 끊임없이 바람이 불어와 향기 나고
隔溪牛笛夕陽中　　냇가 건너 목동의 피리소리 석양에 들려오네
縱然海宇兵戈滿　　비록 나라 안이 병장기로 가득 차 있어도
且向樽前樂歲豐　　또 풍년이 들어 즐겁게 술동이 앞으로 가네

穲 벼이름파 稏 벼이름아 파아穲稏 : 벼이름. 벼의 모양.
진진陣陣 : 단속적으로 끊이지 않음. 해우海宇 : 나라의 안.
병과兵戈 : 싸움에 쓰는 창. 무기武器 또는 전쟁을 말함. 세풍歲豐 : 풍년豐年.

19수 243

不必沙場慷慨歌	모래사장에서 강개한 노래 부를 필요 없고
婆娑一壑蔭松蘿	꺾어진 골짝 응달진 곳에 소나무 등덩굴 있네
悔心何待飛鳶墮	후회하는 맘으로 언제 솔개의 추락을 기다리나
痴絶千秋馬伏波	오랜 세월 기이한 행동[1]은 마복파[2]와 같네

慨 슬퍼할개 欹 기울기, 어의
파사婆娑 : 춤추는 소매가 가볍게 나부낌. 가냘픈 모양. 꺾임이 많은 모양.
회심悔心 : 잘못을 뉘우치는 마음.
1) 치절痴絶 : 독특한 기행奇行과 유머. 동진의 고개지顧愷之는 그림뿐만 아니라 문학과 서예에도 능하여 많은 작품을 남겼다. 사람들은 그를 삼절三絶(화절畵絶, 재절才絶, 치절痴絶)이라 하였다.
2) 마복파馬伏波(BC14~AD49) : 마원馬援. 자는 문연文淵. 전한前漢의 명문 출신으로 왕망王莽의 부름을 받고 한중랑태수漢中郎太守가 되었고, 다시 광무제光武帝의 신하로서 태중대부太中大夫가 되었다.
 감숙성甘肅省의 강羌·저氐 등의 이민족을 토벌하였으며, 41년 이후에는 복파장군伏波將軍에 임명되어 북베트남의 징칙徵側의 난을 진압했고, 북방의 흉노와 오환烏丸을 정벌하였다. 이어 남방의 무릉만武陵蠻을 치러 갔다가 병사하였다.

20수 243

已覺秋風入鬢眉	벌써 가을바람이 살쩍과 눈썹에 와 느끼며
乘閑不廢夏餘棋	한가한 틈을 타 여름 끝에 바둑을 두네
午來雨點如毬大	한 낮에 오는 빗방울 자국은 큰 공과도 같고
白鳳仙花半謝枝	흰 봉선화는 가지가 반쯤 시들어 있구나

승한乘閑 : 승극乘隙. 잠시 틈을 탐.

우점雨點 : 빗방울이 떨어지는 자국.　毬 공구(제기祭器. 과실의 껍데기.)

봉선화鳳仙花 : 봉숭아. 붉은 꽃으로는 손톱에 물을 들이며, 열매는 약재로 쓰임.

21수 243

郡邑文移雪片繁	군읍의 주고받은 공문서는 눈송이처럼 많아
狐埋狐搰不成看	여우처럼 묻고 파서 확인하면 보지 못한다네[1]
何時鴻鵠衝風起	어느 때 홍곡의 뜻[2]이 있어 난간에 바람 일까
碧海長天路徑寬	푸른 바다 먼 하늘에 지름길이 넓기만 하네

설편雪片 : 눈송이.　이첩移牒 : 받은 공문이나 통첩을 다른 부서로 보내 알림.

이문移文 : 관아 사이에 주고받던 공문서.(=공이公移. 이서移書, 회이回移.)

搰 팔골, 파낼요

1) 호매호골狐埋狐搰 : 여우는 의심이 많아서, 한 번 묻은 것을 다시 파서 확인한다고 한다. 지나치게 의심이 많으면 일을 이루지 못함을 비유함.(《국어國語》 諺曰 狐埋之而狐之搰, 是以無成功)

2) 홍곡지지鴻鵠之志 :《사기史記》〈진섭세가陳涉世家〉에 진승陳勝이 탄식하기

를, "연작안지燕雀安知 홍곡지지재鴻鵠之志哉아(제비나 참새 따위가 어찌 기러기나 고니의 큰 뜻을 알리요)"라 하였다. 소인小人은 군자나 대인大人의 큰 뜻을 헤아리지 못한다는 말임. 원대한 포부.

衡 저울대형(난간. 비녀.), 가로횡 장천長天 : 높고 멀고 넓은 하늘.

22수 243

鳩鵲紛紛郡失衙	비들기 까치가 분분히 날아 관아를 떠나고
沿江敗鼓感虫沙	강 땅의 찢어진 북소리도 미물[1]을 감동시키네
恨看豺虎徵租急	시호[2]가 급히 조세 징수함을 한스럽게 보고
早市千家去鬻麻	아침 시장으로 모든 집들이 삼 팔러가네

군아郡衙 : 고을의 원이 사무를 보던 관아. 연강沿江 : 강가를 따라서 벌여져 있는 땅. 패고敗鼓 : 못쓰게 된 북. 부서진 북.

1) 충사虫沙 : 벌레. 하찮은 미물. 주周의 목왕穆王이 남정시南征時에 삼군三軍이 다 죽어 군자君子는 원숭이 또는 학이 되고, 소인小人은 충虫 또는 사沙가 되었다는 고사.

2) 시호豺虎 : 승냥이와 호랑이. 난폭한 사람. 豺 승냥이시

징조徵租 : 조세를 징수하는 것. 鬻 팔육, 죽죽 麻 삼마삼(참깨. 조칙.)

해설

승구承句의 '충사虫沙'는 어렵게 생계를 꾸려가고 있는 민초들을 말하고, 전구轉句의 '시호豺虎'는 세금을 걷어 가는 탐관오리의 부류들을 의미하고 있다.

23수 244

老去翻驚小疾遲　　늙어감에 도리어 놀라 작은 병도 오래가고
炎蒸一榻髮生枝　　찌는 더위 책상에서 머리털이 흩어져 나눠지네
金丹換骨應如此　　금단으로 신선 되어1) 이와 같이 응답하고
一霎秋風始到時　　가을바람에 가랑비 와 비로소 때가 이르렀네

염증炎蒸 : 찌는 더위.　枝 가지지(팔다리. 흩어지다. 가지 치다.)
1) 환골換骨 : ① 도가道家에서, 인간이 속골을 선골로 바꾸어 몸에 털이 나는 일.
즉 신선神仙이 되는 일. ② 얼굴이 훨씬 아름다워져 딴 사람처럼 됨. ③ 남이 지은
글의 뜻을 본떠서 지었으나, 더욱 아름답고 새로운 글이 됨. ④ (=환골탈태換骨奪
胎. 환골우화換骨羽化.)　霎 가랑비삽(비 오다)

24수 244

屋西殘月澹孤燈　　집 서쪽에 조각달 떠 호젓한 등불이 고요하고
銀浦流雲冉冉升　　은빛 나는 포구에 구름 흘러 천천히 올라오네
絡緯在床蟬在樹　　베짱이는 평상에 있고 매미는 나무에서 우는데
秋懷一夜積如陵　　가을철 하룻밤의 여러 회포 언덕처럼 쌓이네

澹 맑을담(담박하다. 조용하다.), 넉넉할섬.
冉 늘어질염(가다)　冉冉염염 : 나아가는 모양이 느림.
絡 이을락(얽다)　낙위絡緯 : 베짱이.　일야一夜 : 하룻밤.
추회秋懷 : 가을철에 느껴 일어나는 여러 가지 생각. 추사秋思. 추정秋情.

25수 244

炎蒸最是稻粱年　　무더위가 쪄 벼 기장이 가장 잘 익는 때라
又雨三庚過後天　　삼복더위에 비 내려 후천 세계[1] 지나가네
匏花一簇桑陰下　　한 떨기 박꽃이 뽕나무 응달 아래에 있고
滾滾蚊虫與晝連　　모기 벌레 소리 넘쳐나 낮에도 이어지네

염증炎蒸 : 찌는 더위.　粱 기장양(조)　삼경三庚 : 삼복三伏.
1) 후천後天 : 천운에 뒤짐. 곧 천운이 오고 난 후에 그 일을 알게 되고 또한 그를
행하게 됨을 이름. 태어난 후에 여러 가지 경험이나 지식에 의하여 지니게 된 것.
천도교天道敎가 창건된 이후의 세상.
滾 흐를곤(샘솟다. 물이 끓다.)　곤곤滾滾 : 솟아 나오는 물이 세참.

26수 244

後輩相嗔老更頑　　후배들은 서로 기운내고 노인은 더욱 완고하게
閉門牢守一園山　　문 닫고 오로지 동산에 있는 우리를 지키네
世元無事庸人擾　　세상의 으뜸은 일없는 것인데 속인들 걱정하여
寄語諸君學我閑　　제군들에게 부탁하노니 나의 한가함을 배워라

嗔 성낼진, 기운성할전　牢 우리뢰(감옥. 굳다. 소, 양, 돼지의 세 희생. 에워싸
다.)　용인庸人 : 범용한 사람.(=범인凡人. 속인俗人.)
기어寄語 : 말을 전하여 달라고 부탁함.(=기언寄言)

27수 244

匏子懸懸欲倒墻	박이 매달려 담장이 무너질 듯 하고
柿兒簌簌墮虛牀	감 따는 아이 바삭하며 평상으로 떨어지네
檢來蔬果元閑事	채과를 조사하고 오는 건 한가한 일이지만
嬴使山人作少忙	남긴 이득이 산사람을 조금 바쁘게 하네

현현懸懸 : 마음에 걸림. 속속簌簌 : 무성하고 빽빽함. 바삭거림. 나뭇잎, 눈물
등이 떨어짐. 牀 평상상 소과蔬果 : 채소와 과일. 嬴 찰영(나타나다. 펴다.)

 해설

  매천은 고향인 광양 석현에 부모로부터 물려받은 농장이 있었다. 고향을
떠나 구례로 이사와 살고 있었기에 가을에 한번 씩 고향으로 가서 풍흉을
따지며, 채과를 조사하고 소작료를 받는 것이 일과였다. 소득이 생겨 기쁜
마음이다.

28수 245

獨抱遺經不出門	홀로 남은 경서 안고 문밖으로 가지 않으며
靑山相對欲無言	청산이나 상대하며 말이 없고자 하네
竹聲起我欣然笑	댓잎 소리에 내가 일어나 흔쾌히 웃어보고
時有淸風來滿園	때로 맑은 바람 불어와 정원에 가득차도다

29수 245

野人不必慕深藏	야인들은 깊이 감춰 반드시 흠모할 필요 없고
老死鄕閭認故常	향려[1]에서 늙어 죽어 가는 것을 당연히 아네
却笑痴憨前輩叟	도리어 선배들의 늙음을 어리석다 비웃으며
桃源處處夢漁郞	무릉도원 곳곳에 있어 어부들의 꿈을 찾노라

1)① 향려鄕閭 : 조선시대 유림儒林들이 기거하던 집으로, 돌아가신 유림을 제향祭享함.

  ② 향려유례鄕閭有禮 : 올바른 행동을 권유한 정철의 훈민가訓民歌의 내용. 마을 사람들끼리 선행을 실천하고 예의를 지키라는 내용의 향려유례鄕閭有禮를 시화한 것이다.

고상故常 : 옛날부터 지켜 오던 상법常法. 늘 있던 관습적인 일.

憨 어리석을감(우매하다)   전배前輩 : 선배先輩. 연장자年長者.

어랑漁郞 : 어부.

30수 245

溪社催耘鼓未休	계사[1]를 최촉하여 김매니 북이 쉬지 못하고
豆花零雨渚田秋	콩 꽃에 부슬비 와 물가 밭의 곡식 여물어가네
浴餘牧笛斜陽晚	목욕 끝에 목동의 피리소리 석양에 늦어지고
一夥黃牛散水頭	한 무리의 황소가 물가 언저리에 흩어지누나

1) 계사溪社 : 두레의 일종.

夥 많을과(넉넉하다. 패거리.)

 해설

기구起句는 두레를 하며 김매고 있는 장면이다. 두레는 논농사를 지으면서 마을의 성인 남자들이 협력하여 농사짓는 것을 말한다. 명칭도 다양하여 농사農社, 농계農契, 농악農樂 등으로 불렸다. 농사일을 하러 갈 때 농기를 앞세우고 장구와 꽹과리, 북을 치며 일하러 갔다.

31수 245

鸛鶴雙飛山更遙	황새와 학이 쌍 지어 날아 산이 더욱 멀고
川虹駕作一重橋	개천에 무지개 걸려있어 겹쳐 다리가 되었네
酒瓶散轉人相枕	술병이 흩어져 굴러 사람들이 서로 베개 베고
細草原頭鍤影高	애기 풀 있는 들판 언저리에 삽 그림자 높네

세초細草 : 애기 풀. 원두原頭 : 들판의 언저리. 鍤 가래삽(농구의 한 가지)

32수 245

柴門路折蘚花新	사립문 굽어진 길가에 핀 이끼 꽃이 새롭고
長日惟成獨坐人	긴긴 해에 오직 혼자 앉아있는 사람이 되었네
莫詑鈔書終一巷	글 베껴 한 시골에서 살아가는 것 자랑치 마라
蒼蠅汙盡白綸巾	쉬파리가 다 더러워 백륜건[1]을 쓴다오

자문紫門 : 자하문紫霞門의 변한 말. 蘚 이끼선 선화蘚花 : 이끼의 꽃.

장일長日 : 긴긴날. 온종일.　詫 속일타(자랑하다), 고할하
鈔 노략질할초(베끼다)　折 꺾을절(값을 깎다)
창승蒼蠅 : 쉬파리.　汙 더러울오, 구부릴우
1) 백륜건白綸巾 : 흰색의 성근 실로 짠 모자. 고관의 모자와 대비됨.

貞夫人韓氏挽

정부인 한씨의 만사   칠율 1수 246

八旬猶處未亡人	팔순 나이에 오히려 미망인으로 있으면서
書哭聲沈志竟伸	소리 없이 곡하는 글 쓰며 마침내 뜻 펴셨네
無愧丹旌題命婦	붉은 명정1)에 부끄러움 없이 명부2)라 썼고
有辭彤管配忠臣	붉은 대 붓으로 말씀 적어 충신과 짝하였네
終身閨閤長憂國	종신토록 규중에서 항상 나라를 걱정하셨고
遺誡兒孫勿厭貧	자손에게 가난을 싫어하지 말라 훈계 하셨네
依舊秋山偕隱處	가을 산은 변함없이 은거지에 함께 하며
靑靑薇蕨帶王春	푸르고 푸른 미궐산이 왕춘3)을 띠고 있네

* 勉菴先生之室

　면암선생의 아내임.

** 薇蕨山卽先生所寓之地

　미궐산은 선생이 기거했던 곳이다.

沈 성심, 가라앉을침(빠지다. 잠기다.)

곡성哭聲 : 슬피 우는 소리.   단정丹旌 : 붉은 명정銘旌.

1) 명정銘旌 : 상례에서, 천에 죽은 사람의 품계, 관직, 본관, 성씨를 쓴 기旗. 장대에 달아 상여 앞에서 들고 가서 널 위에 펴고 묻음

2) 명부命婦 : 천자天子로부터 봉호封號를 받은 부인.

彤 붉을동(붉게 칠하다)   동관彤管 : 붉은 칠한 대 붓. 흔히 여자가 씀.

配 나눌배(짝. 귀양보내다.)   규합閨閤 : 규중閨中.

아손兒孫 : 살아 있는 사람이 그 자손을 일컫는 말.

의구依舊 : 옛 모양이 변함없음.

3) 왕춘王春 : 음력 정월.

 해설

　미궐산은 충남 청양군 목면 송암리에 있는 산이다. 이곳은 면암선생이 1900년 4월에 이사와 1906년 2월 의병봉기를 위해 정읍 칠보에 있는 무성서원으로 떠날 때까지 살았던 곳이다. 선생은 이 미궐산 정상에 올라 멀리 조망하며 국가의 장래를 걱정하였을 것이다. 선생은 그 해 6월 순창에서 의병장으로 활동하다 관군에게 잡혀 왜놈들에게 대마도로 끌려가 11월에 아사순국餓死殉國하였다.

　선생의 영구靈柩는 부산으로 돌아와 논산에다 장례를 치렀고, 다시 1909년 11월에 일제에 의해 예산으로 강제 이장되었다.

　그 후 후학들이 선생이 살았던 고택 옆에 모덕사慕德祠라는 사당을 지어 면암선생과 정부인 한씨의 위패를 모셨다.

寄滄江次其來詩

창강이 보내온 시를 차운하여 창강에게 보내다

칠율 2수 246

1수

頭流積翠落層溟	두류산 푸르러 층층이 어둠 속에 있는데
萬里隨潮到我扃	만 리 길 조수 따라 내 집 대문에 이르렀네
暮境相依知幾日	늙바탕에 서로 의지하여 며칠인지 알겠고
舊交都盡似飛星	예전의 사귐을 다해 날아가는 별과 같네
空山猿鶴盟逾密	빈산에 원숭이와 학이 비밀을 더욱 맹세하고
匝域鯨鯢氣正腥	나라 둘러싸고 고래 잡아 비린내가 풍기도다
憶否孤歌招隱處	외로운 노래 초은가를 아는가, 모르는가
秋風叢桂已飄零	가을바람에 계수 잎들이 흩날려 떨어지네

적취積翠 : 중첩한 녹색. 푸른 산.   溟 바다명(어둡다)   扃 빗장경(닫다. 출입문.)
모경暮境 : 늙바탕.   상의相依 : 서로 의지함.   기일幾日 : 며칠.
匝 돌잡(두르다. 둘레.)   逾 넘을유(건너뛰다. 더욱.), 구차스러울투
域 지경역(지경地境 : 땅의 가장자리, 경계.)   鯨 고래경(고래의 수컷)
鯢 도룡농예(암코래)   腥 비릴성(더럽다. 추악하다.)
고가孤歌 : 고음孤吟. 홀로 읊음.
표령飄零 : 나무 잎이 흩날려 떨어짐. 떠돌아다님.

2수 246

歲月於君未害忙　　그대에게 세월 바쁜 것이 해롭지 않았으니
老來詩氣益蒼蒼　　늙어 감에 쓴 시의 기운 더욱 창창했네
翩仙轉世隨園客　　신선[1]이 이 세상에 태어나 원객[2]이 따르고
寂寞哀時杜草堂　　적막하고 슬플 때 두보의 초당을 찾았지
漢北春花沾有淚　　한강 북쪽에 있는 봄꽃이 눈물로 적시면서
江南烟水去無梁　　강남 땅 물안개 속을 다리 없이 가더라
遙憐卯第能知此　　아득히 토끼[3]가 제일 가련함을 이렇게 알고
風雨時時慰對床　　비바람 칠 때마다 책상 대하며 위로해주네

창창蒼蒼 : 빛이 바람. 앞길이 멀어서 아득함.

翩 나부낄편(오락가락하다. 훌쩍날다.)

1) 편선翩仙 : 날아다니는 신선.

우의편선羽衣翩仙 : 날개옷을 펄럭이며 날아다니는 신선.　轉 구를전(옮기다. 넘어지다. 나부끼다. 더욱.)　전세轉世 : 이 세상에 다시 태어남.

2) 원객園客 : 신선의 이름. 옛날 제남濟南에 원객園客이란 선인仙人이 오색의 향초香草를 심고 가꾸었는데, 어느 날 오색 나방이 날아와 앉기에 원객이 베를 깔아 주었더니 나방이 그 위에 누에를 낳았다. 그러자 한 여인이 와서 그 누에에 향초를 먹여 고치 120개를 얻었다. 크기가 항아리만 하여 고치마다 실을 뽑는 데 6~7일씩이나 걸렸으며, 일이 끝난 다음 그 여인이 원객과 함께 신선이 되었다는 고사.

梁 들보량(나무다리. 징검돌.)　袞 곤룡포곤(삼공三公. 감다.)

곤곤袞袞 : 큰물이 흐르는 모양. 잇달아 일어남.　沾 더할첨, 젖을점

遙 멀요(아득하다. 거닐다. 소요하다.)　묘卯 : 십이지十二支의 하나. 그 넷째임. 토끼를 상징함.　묘군卯君 : 토끼해에 난 사람.

3) 묘생卯生 : 토끼띠. 사람이 묘년 곧 토끼해에 태어남.

해설

1905년 중국 상해로 망명해 가버린 창강 김택영이 매천이 살고 있는 구례로 편지를 보내 주었다. 여기에 매천이 답장을 하고 있다. 창강에게 늙어감에 시의 기운이 더욱 창성해졌다고 하면서, 암담한 국가 현실에 대해 눈물이 난다는 우국憂國의 마음을 토로하고 있는 시이다.

미련尾聯에서 토끼띠는 매천 황현 자신을 말하고 있다. 매천은 1855년생으로 을묘년乙卯年에 태어난 토끼띠였다. 가련한 토끼를 위해 어려울 때마다 위로해 주고 있는 창강에게 고맙다는 인사시이다.

보유 補遺

 해설

　보유시는 편집하는 과정에서 시 제작 연대가 불확실한 시를 모아 놓은 것이다. 하지만 《매천집》에도 나와 있어 연대가 확실한 시도 있고, 시 내용상으로 보아 연대를 알 수 있는 시도 있다.

松院晨行

송원에서 새벽에 감　　　　　　　　　　　　　　　　　오고 1수 248

鷄聲雜人語	닭 우는 소리에 잡인들의 말소리 나고
黯黮催天曉	구름 끼어 어두운데 먼동이 터오네
茅店向山開	초가 주점은 산을 향해 벌려 있고
峰頂一星皎	산봉우리 정상에는 별 하나 빛나고 있네
炬散溪樹聳	횃불 흩어져 냇가의 나무는 솟아있고
風高秋路少	바람은 높이 불어 가을 길은 좁도다
路暗神內明	길이 어둡지만 정신은 안으로 맑고
摸行頗了了	행동을 본받아 자못 확실해지네

若畵入白描	만약 화가가 백묘법으로 그린다면
愈細玄更妙	더욱 자세하고 깊으며 더욱 오묘하리라
玆境慣獨譜	이런 경우에는 습관처럼 홀로 슬퍼져
我筇天涯繞	내 지팡이 하늘 끝에 얽매어 있네

잡인雜人 : 일정한 곳이나 일에 관계없는 사람.

암담黯黮 : 구름이 끼어 어두운 모양. 실망失望.　　천효天曉 : 동틀 무렵.

皎 달밝을교(희다. 깨끗하다.)　聳 솟을용, 두려워할송

내명內明 : 오명의 하나. 온갖 사물의 원리를 연구하는 학문.

摸 더듬을모(본뜨다)　玄 검을현(오묘하다. 깊다.)

요료了了 : 슬기로운 모양. 명확한 모양(=판연判然). 마침내.

黯 어두울암　黮 검을담

천애天涯 : 하늘 끝. 먼 변방. 아득히 떨어진 타향.　繞 두를요(감기다.)

聞設新聞局

신문국을 설치했다는 소식을 듣고　　　　　오고 1수 248

琴瑟貴更張	거문고 줄 팽팽히 당겨 매는 걸 귀히 여기고
未聞含絃柱	줄을 담은 기둥이란 말을 듣질 못했네
苟能具妙手	진실로 능히 묘수를 갖추고 있다면
焦桐亦可鼓	초동[1]도 또한 북을 만들 수 있네

金甌本無缺　　금 사발은 본래 흠점이 없고

少罅當徐補　　작은 틈은 의당 천천히 보충해 가야하리

如何妄男子　　남자의 망령됨은 어떠한가

血指弄斤斧　　손가락에 혈서 쓰며 도끼를 희롱함인가

黠彼邯鄲兒　　저 교활한 한단[2]의 아이들이

從傍笑學步　　곁에 따라오며 걸음마 배우는 걸 비웃네

一區榑桑下　　한 구역이 부상[3]의 아래에 있고

醇樸同三五　　순박한 벗이 삼삼오오 함께 하네

縱有鄕鄰鬪　　비록 고향 이웃이 싸운다하더라도

端委合閉戶　　조복[4]을 입은 채 모두 문을 닫아야 하네

石公千載業　　황석공[5]의 천년의 위업은

恐被蘇秦誤　　소진[6]이의 잘못을 참소 당할까 두렵도다

경장更張 : 거문고 줄을 고쳐 맴. 부패한 제도를 개혁함. 긴장하게 함.

含 머금을함(품다. 넣다.)　柱 기둥주, 기러기발주(거문고 등의 줄 밑에 괴어 줄의 소리를 고르는 데, 쓰는 부속품)

1) 초동焦桐 : 한의 채옹蔡邕이 오동나무가 아궁에서 불타는 것을 알고, 그것이 거문고 만들기에 적당하다는 것을 알고 남은 것을 꺼내어 거문고를 만들었다는 고사.　罅 틈하　黠 약을할(교활하다)

2) 한단邯鄲 : BC4세기 전국시대 조趙나라의 수도. 한단지몽邯鄲之夢의 고사故事로 유명함.　榑 부상부(뽕나무. 해돋이.)

3) 부상榑桑 : 전설상의 신목神木.

복신茯神 : 소나무의 뿌리에 생긴 복령茯苓. 한방漢方에서 이뇨제利尿劑로 씀. 신목神木. 백복신白茯神.　醇 진한술순(순수하다)　樸 순박할박

삼오三五 : 열닷새. 보름날 밤. 15세. 삼황오제.

4) 단위端委 : 조복朝服을 착용함. 조복은 조정에 나아갈 때 입는 의복임.

폐호閉戶 : 폐문閉門.

5) 석공石公 : 미상이나 중국 진秦나라 말기의 은사隱士·병법가兵法家인 황석공黃石公을 말하는 듯함. 황석공은 장량張良에게 병서를 전해준 노인으로, 장량은 이 병서를 읽고 한漢 고조高祖를 도와 천하를 평정했다고 함.

6) 소진蘇秦(?~?) : 장의張儀와 함께 귀곡자鬼谷子에게 가르침을 받았다. 연燕의 문후文侯에게 6국 합종合縱의 이익을 설득하였다. BC333년 합종에 성공하여 6국의 인장을 가졌지만, 장의 등이 헌책한 연횡책에 패했다. 그 후 연과 제나라에 출사했으나, 제나라 대부大夫의 미움을 받아 암살당했다.

해설

신문국은 박문국博文局을 말한다. 1882년 임오군란 후 제물포조약에 따라 수신사로 일본에 갔던 박영효가 신문 발행을 절감하고, 일본인 인쇄공을 데리고 왔다. 박영효의 주장으로 고종 임금은 통리기무아문 내에 박문국을 설치하여 신문을 발간하도록 했다. 이렇게 하여 1883년 9월 20일 우리나라 최초의 신문 한성순보漢城旬報 창간호가 발간되었다.

한성순보는 순 한문漢文으로 된 신문으로 열흘마다 한번 씩 발행되었다. 실무자는 김인식金寅植이었으나, 강위姜瑋·정만조鄭萬朝·오세창吳世昌 등이 기사를 모으고 편집하였다. 하지만 다음 해 갑신정변으로 인쇄물이 타버려 폐간되었다.

감상

계몽 차원에서 만들어진 신문 발행에 대해 시인 매천의 조심스런 반응이다. 조선이 개화가 늦어지긴 했지만 그럴수록 천천히 실수 없이 흠점을 보강해 가야함을 주장하고 있다. 9행의 '교활한 한단의 아이들'은 개화를 먼저 추진했던 서양이나 청이나 또는 일본을 의미할 것이다. 개화에 대해서

막 걸음마를 배우고 있는 조선을 비웃고 있다. 청나라는 이미 1862년부터
양무운동을 시작했고, 일본은 1868년에 시작된 메이지유신이 성공했다. 늦
은 만큼 조선은 너나 나나 힘을 합해 이들을 경계하며, 부국강병의 힘찬
발걸음을 내딛어 가야 한다.

讀劍南集

검남집[1]을 읽고서   오고 1수 249

我固愛宋詩	나는 진실로 송시를 좋아하는데
在宋九愛陸	송시 중에 육유[2]시를 가장 좋아했네
無物不能肖	사물에 있어서 본받지 않음이 없었고
萬語皆可讀	모든 어구마다 다 읽을 만하네
爛套毋遽嗤	난만한 상투어라 성급히 비웃지 마소
妙處正在熟	묘처는 바로 난숙한데 있다오
冗瑣雖錯出	군더더기 비록 섞어졌다 해도
雄傑更有孰	웅걸한 점은 다시 누구에게 있는가
譬彼滄海中	비유컨대 저 푸른 바다 가운데
汪濊涵百族	넓고 깊은 물 온갖 어족을 담고
光怪蛟螭騰	괴이하게 빛나 교룡이 솟아오르고
蠕屈蝦蟹伏	꿈틀거리고 움츠린 새우 게가 엎드려 있네

豈我心膽薄　　어찌 나의 심장과 쓸개를 깔보랴

一紙首屢縮　　한 장의 글에도 머리를 자주 움츠리네

俗子妄吹毛　　속인들은 망령되이 잦은 허물만 찾으며[3]

祗足誇眼肉　　다만 식견 없는 안목을 자랑하네

詩本言志已　　시는 본래 뜻을 말하는 것일 뿐

其道無繁目　　그 도에 있어서는 복잡한 조목이 없네

後來列衆軆　　나중에 여러 체제 나열하여

鞿輪競分逐　　마소의 끈과 바퀴를 다투고 나누어 쫓네

譬人能語後　　비유하면 사람이 능히 말을 한 후에

辯訥始各局　　말 잘하고 더듬는 것 비로소 구별된다네

使有生而啞　　만일 나면서부터 벙어리라면

何由辨麥菽　　무슨 연유로 보리와 콩을 구별하는가

如欲成好詩　　만약 좋은 시를 짓고자 한다면

勿憚如語錄　　어록과 같은 말도 꺼리지 마오

君看石帆老　　그대 보게나, 석범[4] 늙은이가

千載殿坡谷　　천년이나 소동파 황산곡[5] 이었음을

1) 검남집劍南集 : 남송의 애국시인 육유의 시문집. 매천은 방옹放翁 육유陸游 시를 좋아하여 많은 방옹시를 차운하였다. 특히 매천이 1885년 31세 때 작품으로 쓴 〈정연일택丁掾一宅――논시잡절이사論詩雜絕以謝〉 제8수에서, "放翁老去文心細(방옹로거문심세) 방옹은 늙어갈수록 글 솜씨가 더욱 세심해졌고/ 解脫金丹只自知(해탈금단지자지) 선인의 경지 벗어남을 이제 저절로 알겠네"(《역주매천황현시집》(상권) 135쪽.)

라고 하며 방옹을 추앙하는 시를 남겼다.

2) **육유陸游**(1125~1210) : 남송南宋 시인으로 자는 무관務觀, 호 방옹放翁. 진사시에 1등을 했으나, 진회의 방해로 합격하지 못하고 각지의 지방관이나 중앙의 역사 편집관으로 일하는 등 불우한 일생을 보냈다. 금金나라에 대해 철저한 항전주의자로 일관했던 애국시인으로, 자신의 국토 회복의 절규를 담은 비통한 심정의 우국시憂國詩를 많이 지었다. 방옹은 1만 수首에 달하는 많은 시를 남겨 중국 최다작의 시인으로 꼽힌다. 저서에 《검남시고劍南詩稿》가 있다.

固 굳을고(진실로) **肖** 닮을초, 꺼질소 **爛** 문드러질란(너무 익다. 화미華美하다.) **套** 씌울투 **遽** 급히거 **嗤** 웃을치(비웃다) **鎖** 쇠사슬쇄(수갑. 잠그다.) **汪** 넓을왕, 못왕(바다) **減** 종족이름예, 그물던지는소리활 **涵** 젖을함(담그다. 받아들이다.) **蠕** 꿈틀거릴연 **螭** 교룡리 **교리蛟螭** : 교룡(뿔 없는 용으로 상상 속의 동물) **蝦** 두꺼비하 **속자俗子** : 속인俗人.

3) **취모吹毛** : '털을 분다'는 뜻으로, 아주 쉬운 일. 남의 결점을 찾아냄.(＝취모멱자吹毛覓疵. 취모구자吹毛求疵) **鞅** 가슴걸이앙(마소의 가슴에 걸어 매는 끈)

상앙商鞅(BC~BC338) : 중국 진秦나라의 정치가. 효공孝公 밑에서 법제, 전제田制, 세제 따위를 개혁하여 진 제국 성립의 기틀을 마련하였다. 효공 22년(BC340) 상商에 봉함을 받았다.

늘변訥辯 : 더듬거리는 말씨. **하유何由** : 어떠한 연유에서. 어쩐 일로.

4) **석범石帆** : 청나라 시인 어양산인漁洋山人 왕사정王士禎(1634~1711)이 만든 석범정石帆亭을 말함. 왕사정이 육유를 사모하는 뜻에서 육유가 살았던 석범에다 정자를 짓고 이를 석범정이라 하였음. 왕사정은 당송의 시풍을 받아 신운神韻을 중시하였으며, 시문집 《정화록精華錄》, 《대경당집帶經堂集》을 남겼음.

　매천은 〈정연일택丁掾一宅――논시잡절이사論詩雜絕以謝〉 제12수에서, "模山範水境生層(모산범수경생층) 산수 본뜨기로는 경계의 층계가 생기고/ 憐汝風騷絕世能(련여풍소절세능) 신운 감돈 시가 세상에 빼어남이 귀여워라// 一部精華堪下拜(일부정화감하배) 한 권의 책 정화록은 경배 받을 만하고/ 帶經堂裏炯孤燈(대경당리형고등) 대경당집 속에서 외로운 등불 반짝이네"(《역주매천황현시집》(상권) 141쪽.)라고 하며 어양漁洋을 극구 칭찬하였다.

5) **파곡坡谷** : 소동파蘇東坡와 황산곡黃山谷을 말함. 파곡을 추앙하는 매천의 시

로는 《역주매천황현시집》(상권) 135쪽의 〈정연일택丁掾一宅――논시잡절이사論詩
雜絕以謝〉 제7수에 번역되어 있다.
① 소식蘇軾(1037~1101) : 중국 북송 시대의 시인이자 문장가, 학자, 정치가이
다. 자는 자첨子瞻, 호는 동파거사東坡居士였다. 흔히 소동파蘇東坡라고 부른다.
그의 아버지 소순蘇洵과 그 아우 소철蘇轍과 함께 삼소三蘇라 불렸는데, 모두 당
송팔대가였다. 당시 북송北宋은 왕안석 등이 주창한 신법을 둘러싸고 구법당과 대
립하였는데, 소동파는 사마광의 구법당이었다.
② 황정견黃庭堅(1045~1105) : 자는 노직魯直, 호는 산곡도인山谷道人. 소동파
蘇東坡의 제일 문하생이었으며, 강서파江西派의 원조元祖로 소동파·미불·채양
과 함께 송4대가로 불린다.

辭家將赴漢城

집을 떠나[1] 장차 한성으로 가며 오고 2수 249

1수

天只慣聞兒	어버이는 단지 아이들 얘기 익히 들으며
闇識京路漫	해질 무렵 알고 가는 한양 길이 멀기만 하네
自歎家益落	집안이 더욱 몰락하였음을 스스로 탄식하며
送兒闕輪鞍	아들을 보냄에 수레와 말안장이 이지러졌네
戒婦理行笥	아내를 타이르며 도리를 행하는 상자주고
春衣母庸單	봄옷을 어머님이 어찌 한 벌로 하리오
漢北一千里	한강 북쪽으로 가는 일천리 길에
天候常晚寒	날씨는 항상 추위가 늦게 오더라

反面勿刻期	얼굴 보는 날[2]을 기약하지 말지어다
多恐遭汝謾	그대가 게으름 피울까 두려움이 많기만 하네
不待久當返	기다리지 않아도 오래되면 응당 돌아오고
待之爲懷難	기다리면 생각하게 되어 어렵게 되리라
我時不能對	내가 시간이 되어 능히 대면하지 못하고
而但伺母顔	단지 어머님의 얼굴만 살펴보네
再拜上高堂	높은 집에 올라 두 번 절을 하고서
捧觴具膳盤	술잔과 반찬을 쟁반에 갖추어 받드네
懸知久違養	멀리서 오랫동안 봉양함이 어긋난 걸 알며
欲見加一餐	밥이나 한 번 더 지어드려 뵙고자 하네

1) 사가辭家 : 가족들과 이별함. 집을 떠남.　赴 다다를부(들어가다. 알리다.)

관문慣聞 : 귀에 익히 들음.　闇 숨을암　漫 흩어질만

만만漫漫 : 멀고도 지리함.　闕 대궐궐(이지러지다. 파다.)

筒 상자사　庸 떳떳할용(쓰다. 어찌.)

2)① 반면反面 : 어떠한 사실과 반대됨. 어디를 다녀와서 어버이를 뵘.

　② 출고반면出告反面 : 부모님께 나갈 곳을 아뢰고, 들어와서 얼굴을 보여 드

림.　각기刻期 : 기한을 작정함.　伺 엿볼사(찾다)　捧 받들봉(끌어안다)

懸 달현(매달리다. 멀다.)　현지懸知 : 미리 짐작함. 멀리서 앎.

違 어긋날위　餐 밥찬(저녁밥. 샛밥.)

 해설

　과거 합격을 목표로 천리 먼 길 한양으로 집을 떠나가면서 지은 시이다.

청운靑雲의 꿈을 안고 수레와 말안장에 짐을 실으며 부모와 처자식과 이별하고 있다.

　매천시 가운데, 〈사가辭家〉라는 시가 또 있는데, 《역주매천황현시집》(상권) 468쪽에 번역되어 있다. 갑신년 1884년에 쓴 오고 1수의 시이다. 하지만 매천은 1883년 상경上京하여 특설보거과 초시초장에 합격하였기에 이때 지어진 시로 생각되어진다.

2수 250

弱妻反剛腸	허약한 아내지만 굳은 마음 가졌고
臨別悄無語	이별할 즈음에 말없이 근심하네
壓酒供祖筵	술상이 싫어도 대자리 펴고 조상을 받들며[1]
歸期訪姑所	돌아올 약속하며 시어미 있는 곳을 찾아라
出門望西日	문 나서며 서쪽으로 지는 해 바라보고
低頭撫兒女	고개 숙이며 애들을 위로하네
豈不懷室家	어찌 가정을 생각하지 않겠는가
應恐傷羈旅	응당 나그네의 마음이 상할까 두려워지네
結髮今十年	상투 틀어 올린 지 이제 십 년이나 되었고
琴瑟徒云御	부부의 금실은 다만 맞아 들여야 한다네
搖搖四方志	안착하지 못하고 사방으로 뜻이 있으니
侍養常倚汝	시중들고 봉양함을 평상시 그대에게 맡기네
嘗聞樂羊妻	일찍이 악양의 처[2]가
斷機成內助	베틀을 끊으며 내조를 했다고 들었다네

春華容易凋　　봄에 핀 꽃은 쉽게 시들어 떨어져도

千載傳列女　　천 년이나 열녀는 전하고 있더라

강장剛腸 : 굳센 창자라는 뜻으로, 굳세고 굽히지 않는 마음.

悄 근심할초(엄하다. 고요하다.)

1) 조연祖筵 : 상례喪禮에서 발인發靷하기 전에 마지막으로 지내는 제사.

귀기歸期 : 돌아가거나 올 약속 또는 기한.　撫 어루만질무

실가室家 : 집. 주거. 가정.　羈 굴레기(잡아매다)

기려羈旅 : 객지에 머묾. 나그네.　결발結髮 : 상투를 틀거나 쪽을 찜.

御 거느릴어　搖 흔들요　요요搖搖 : 흔들리는 모양. 안착하지 못하는 모양.

2) 악양처樂羊妻 : 동한東漢 악양자樂羊子의 아내. '반도이폐半途而廢'라는 고사
와 관련하여 다음과 같은 일화가 있다.

　악양은 멀리 스승을 찾아 배우러갔는데, 1년 만에 집으로 돌아왔다. 처가 칼을
잡고 베틀로 가서 말하기를 "무릇 그대가 학문을 쌓음에 있어서 당일에 없는 바를
알아 좋은 덕행으로 나아가야 하는데, 만약 중도이귀中道而歸하면 이 직물을 자르
는 것과 무엇이 다르겠습니까?(夫子積學, 當日知其所亡, 以就懿德, 若中道而歸, 何異
斷斯織乎.)"라고 하였다. 악양자는 그 말에 감복하여 다시 가서 학업을 마쳤다. 처
가 후에 도적을 만나니 스스로 목숨을 끊어 죽었다. 태수가 예로 장사지내고 말하
기를 "정의貞義로다."라고 하였다.(《후한서後漢書》〈일백십사一百十四〉)

시양侍養 : 시중을 들며 봉양함.　용이容易 : 아주 쉬움.

凋 시들조(여위다)　조락凋落 : 잎이 시들어 떨어짐. 쇠하여 보잘 것 없음.

 해설

　옛 사람은 20세 이전까지는 머리를 땋고 다니다가 20세가 되면 상투를
틀고 갓을 쓰고 다녔다. 상투는 우리 민족만이 해왔던 특수한 두발 형태였
다. 시문에 '십 년이나 상투를 틀었다'는 말이 있어 이 시는 역시 1884년
30세 때 지어진 시일 것이다.

　　제2수 역시 한성으로 떠나가면서 아내와 자식과의 이별을 읊었다. 몰락한 집안을 생각하고, 입신양명立身揚名을 다짐하였다. 부인이 악양의 부인처럼 현모양처가 되었으면 하고 바라고 있는 시인의 마음이다. 이 때 매천의 장남 황암현은 1880생이라서 귀여운 다섯 살배기였을 것이다.

薄暮登途

땅거미지면서 장도에 오름　　　　　　　　　　　　오고 1수 250

拂水烏雲渲	물 스치듯 까마귀가 구름 속에 흐려 가고
海霖已催夏	바닷가에 장마 져 벌써 여름을 재촉하네
寧蘄衣不沾	어찌 플로 만든 옷 적시지 않으리오
深怕泥沒踝	진흙탕에 발끔치 빠져 심히 두려워지네
家人重筮吉	가인들이 거듭 점 쳐 길하다고 했고
不遣行意罷	보내지 않아도 행동과 뜻이 고달퍼지네
縱宿門前店	비록 문 앞의 전방에서 숙박한다 해도
今日勸整駕	오늘 정리하여 수레 타는 것을 권해 보네[1]
薄暮烟似潮	조금 어둑해져 연기가 조수 같으며
壟坂迷長野	비탈진 밭두둑이 긴 들녘에 혼미하네
孤犬隨我來	외로운 개 한 마리 나를 따라 오고
一程未肯舍	길 하나 기꺼이 버리지 못하네

峰回村入樹　봉우리 돌아 마을 입구에 나무가 있고
遙望牛羊下　멀리 보아 소나 양이 아래쪽에 있네
我本懷緖弱　나는 본래 생각하면 마음이 약해지고
頗爲境所惹　자못 끌어서 경계가 되었네
寄謝路傍人　고맙게도 길가는 옆 사람에게 부탁하노니
難爲遠游者　멀리 여행하는 자 되기 어렵더라

박모薄暮 : 해가 진 뒤 어스레한 동안. 땅거미.　拂 떨칠불(사악함을 털다. 닦다.)
渲 바림선(색체를 차차 엷게 하여 흐리게 하는 화법. 작은 흐름.)
霖 장마림　蘄 풀이름기, 승검초(당귀)기, 재갈기　踝 복사뼈과
筮 점서(점대 : 점을 치는 데에 쓰는 대가지)　罷 마칠파, 고달플피
駕 멍에가(타다. 거마車馬.)
1) 권가勸駕 : 거가車駕를 보내어 덕행德行 있는 사람을 수도로 불러 오는 일.
壟 밭두둑롱(언덕. 구릉.)　坂 비탈판　舍 집사(여관. 버리다.)
緖 실마리서(시초)　惹 이끌야　난위難爲 : 어렵다. 수고하다. 고생하다.

南原弔丁酉戰場

남원에서 정유전장[1]을 추모하며

오고 1수 251

古城平如掌　옛 성은 손바닥처럼 평평하게 있고
人烟漭靑草　밥 짓는 연기는 푸른 초원에 넓게 있네

哀哀萬人塚　　　슬프고 슬프도다, 만인의 무덤2)이여
茫茫戰骨犒　　　아득히 전쟁터의 유골을 위로하네
問渠何年代　　　어찌하여 어느 연대라고 물겠는가
龍蛇劫爐掃　　　용사년3)에 모두 다 불타 버렸도다
倉皇用達材　　　어찌할 겨를 없이 인재를 잘못 써서
戒算宴顚倒　　　경계하고 셈해 보니 술자리가 전도되었네
楊元本北將　　　양원4)은 본래 북쪽 명나라 장수였지만
不閑禦海盜　　　바다의 도적을 막지 못했네
挑濬功未訖　　　깊이 꾀해도 공을 다하지 못했고
殘軍當百道　　　패잔병은 당연히 백 갈래 길이 있었네
庶幾將翼奮　　　거의 장수들이 호위하고 분투했지만
焉知以首報　　　어찌하여 으뜸가는 보고로 알렸던가
伊日東征士　　　저 일본을 정벌한 병사들은
功過濫相冒　　　공로와 과오가 서로 모험하여 넘쳤더라
必欲嚴師律　　　반드시 엄한 군사의 규율이고자 했으나
遺恨逭綎鎬　　　남겨진 한은 인끈을 피하여 빛이 났도다
絶歎元統制　　　애절하게도 통제사 원균을 탄식하노니
如何棄間島　　　어찌하여 간도5)를 포기한단 말인가

1) 정유전장丁酉戰場 : 1597년 정유재란을 말하며, 이 시에는 당시 남원성전투를
말함. 烟 연기연(김. 안개. 담배. 그을음.)

인연人烟 : 밥 짓는 연기. 인가에서 피어오르는 연기.   滃 넓을망

2) 만인의총萬人義塚 : 정유재란 때 남원성을 지키다 전사한 군관민의 무덤. 1597년 조선과 명의 연합군은 전라병사 이복남李福男의 군사 1,000여 명과 명나라 부총병 양원楊元의 군사 3,000여 명이 함께 방어하고 있었다.

　8월 13일 일본의 주력 부대가 남원성을 포위 공격하여 16일에 함락되고 말았다. 양원은 50기를 이끌고 탈출했으나, 성을 방어하던 병사와 성민 6,000여 명 등 1만여 명이 전사하고 말았다.

　이 소식을 들은 명나라의 유격장遊擊將 진우충陳愚衷은 도망을 쳐 전주성은 싸움 없이 일본군에게 점령당했다. 이 남원성 전투에서 패한 후 그 해 9월에서 11월 사이 2차례 있었던 구례 석주관 칠의사를 비롯한 의병들의 싸움도 패하였다.

　재란이 끝난 뒤 시신을 합장했으며, 1612년 광해군 때 충렬사忠烈祠를 세워 8충신을 제향하였다.   망망茫茫 : 넓고 아득함. 어둡고 아득함.

犒 마를고(위로하다)   渠 개천거(도랑), 어찌거

3) 용사龍蛇 : ① 용과 뱀. 비범한 사람, 현인을 비유함. ② 1592년 임진년壬辰年과 다음 해 계사년癸巳年으로 '왜란'을 의미함.

劫(=刼) 위협할겁(부지런하다. 겁 : 가장 긴 시간.)

爐 깜부기불신(타다가 남은 것. 살아남은 백성. 유민遺民)

창황倉皇 : 창황蒼黃. 어찌할 겨를이 없이 급함.   顚 엎드러질전, 이마전

전도顚倒 : 엎어져서 넘어짐. 위와 아래를 바꾸어서 거꾸로 함.

4) 양원楊元 : 정유재란 때 남원 성을 지키던 명나라 원병 사령관.

禦 막을어(방비. 방해.)   挑 돋울도, 기릴조 濬 깊을준, 팔준

訖 이를흘, 마칠글   서기庶幾 : 바람, 바라건대, 거의

翼 날개익, 이튿날 濫 넘칠람   이일伊日 : 사건이 벌어진 당일. 그 날.

일동日東 : 해가 뜨는 동쪽 나라로 일본의 미칭.   공과功過 : 공로功勞와 과오過誤.   逭 피할환   환서逭暑 : 더위를 피함.   綎 띠술정

鎬 호경호(호경鎬京 : 서주西周 무왕武王이 처음 도읍 했던 곳), 빛날호

여하如何 : 어떻게 하는가, 또는 어떠한가.(명사의 뒤에 놓여, 일의 귀추가 앞 말이 나타내는 것을 어떻게 하느냐, 또는 앞 말이 나타내는 것이 어떠한가에 달려 있음을 나타내는 말임.)

5) 간도間島 : ① 섬 사이. ② 흔히 북간도를 말하며, 두만강과 토문강 사이에 있는 지역. 1909년 9월 간도협약으로 청나라 영토가 되었음.

 해설

원균元均(1540~1597)은 이순신이 파직 당하고 투옥되었을 때, 1597년 1월에 삼도수군통제사가 되었다. 하지만 그 해 6월 가덕도해전에서 일본 해군에게 패했으며, 7월 15일 칠천해전漆川海戰에서 일본군의 교란작전에 말려 전라우수사 이억기 등과 함께 전사하였다. 그가 죽은 뒤 백의종군하던 이순신이 다시 수군통제사에 임명되었지만, 위의 시에서 본 바와 같이 1597년 정유년 8월 16일에 남원성이 슬프게도 함락되고 말았다. 하지만 이순신은 그 해 9월 16일 명량해전에서 왜군들을 몰살시키고, 결정적으로 남해의 재해권을 다시 장악하였다.

過長興治哀朴侯憲陽

장흥을 지나며 다스렸던 원님 박헌양을 슬퍼하며　　　　252

* 甲午冬侯以府使罵賊遇害

갑오년 겨울에 원님이 부사로서 적을 꾸짖다가 해를 만남

 해설

이 시는 《매천전집》 1권 123쪽에 〈애박장흥헌양哀朴長興憲陽〉의 제목으로 되어 있다. 매천이 1896년에 쓴 시로 《역주매천황현시집》(상권) 419~420쪽에 번역되어 있다.

西堂遞任過訪, 分韻得滿字, 戲賦長歌贈之

유당이 벼슬이 바뀌어 지나가다 방문하였다. 운을 나누었는데 '만'자
를 얻어 놀면서 장가로 부를 짓고 이를 주었다　　　　오고 1수 252

01	炕冷燈如豆	차가운 등불이 시들어 콩과도 같고
	墟曠屋如傘	넓은 터 있는 집은 우산과도 같네
	狂風簸急雨	사나운 바람은 소낙비를 부르고
	穿牖如勁笴	뚫어진 들창문은 강한 화살대 같네
	此間有何樂	이런 사이에 어떤 즐거움이 있으리오
	笑語頗衎衎	웃고 말하니 자못 화락해지네
	人生嗜好殊	사람이 태어나 기호가 다르지만
	逐臭如子罕	냄새를 쫓는 것은 자한[1]과도 같네
09	往往得吾文	때때로 내 글의 뜻을 얻으며
	支尻事熏盥	꽁무니를 지탱하고 더운 대야를 씻네
	不畏崇岡險	높은 산등성이의 험한 곳에서 비단 신 신고
	綦屨視輪輨	수레바퀴의 줏대[2] 보는 걸 두려워하지 않네
	預卜命駕期	미리 점쳐가며 어가의 명령을 기약하였고
	門啓不待款	문 열고서 정성껏 대접하지 않았네
	驩然斫園蔬	즐거운 맘으로 동산의 나물을 베고
	相視酒滿椀	서로 보아 술잔에 술이 가득 차 있네
17	久久誼愈新	길고 긴 세월 동안 정이 더욱 새로워지고

濯濯練火浣	반짝반짝 빛나는 화완[3] 천을 마전하네
我性安匏繫	내 성품은 쓸데없이 편안한 것만 추구했고[4]
我材甘樗散	내 재능은 좋아도 쓸모가 없었네
鼺飮餂河渾	두더지가 음식 먹으며 혼탁한 강에서 낚고
雌伏葆窠煖	숨어 지내며 보금자리를 따뜻하게 보전했네
夙無畊耨勤	새벽도 없이 밭을 경작하며 부지런히 김매고
硯田頻苦旱	작은 밭농사[5]에 자주 가뭄으로 고생하였지
25 略有所論著	대략 논하는 바 저술이 있었으니
聊以舒憤懣	오로지 억울하고 원통한 것 펴더라
獘帚雖自珍	비록 스스로 보배라지만 헤진 빗자루였고
千金母已誕	천금은 이미 방종하여 없어졌네
孤鳴愧蔑補	외롭게 울며 부끄럽게 더럽힌 것 보수하고
蜀鷄轉鵠夘	촉 닭이 오히려 고니와 토끼가 되네
之子棠岳世	그대가 해남 현[6] 세계로 감에
華閥競左袒	화려한 문벌들이 다투어 찬성했지
33 宦籍粲冠紳	벼슬하는 장부 있고 신사의 관을 깨끗이 해
禮庭儼豆籩	예조의 뜰에서 제수품을 공손히 갖추네
自從宅湖左	스스로 좇아 집은 호남 좌도[7]에 있고
偏戶混鄙鄹	호적을 편성함에 비찬[8]을 혼돈하네
田家出玉樹	농가에서 옥 나무가 나오고
忽驚珠寶纂	홀연히 놀라 보배로운 진주를 모으네
利刀初發硎	날카로운 칼은 애당초 숫돌을 갈아 만들고

一揮犀兕斷　　한번 휘둘러 코뿔소를 결단하네

41　亦旣困畊讀　　또한 이미 곤궁하지만 밭 갈고 읽으며

腰鎌取秉秆　　허리에 찬 낫 가지고 볏짚을 잡더라

往歲歌缺盆　　지난해는 깨진 동이9)에 대해 노래했고

甘薺飴新饌　　냉이를 달게 먹고 건량으로 음식을 대접하네

年年紅粉榜　　해마다 권세가의 어린 자제 과거에 합격하지만10)

坐令人氣短　　곧 사람으로 하여금 기가 짧네

鬱鬱三十餘　　답답한 마음 삼십 여 년에

廢擧學懶瓚　　과거를 폐하고 게을리 술이나 배우네

49　朝廷會更絃　　조정에 모여 다시 악기 줄 울리고

對劑療民癉　　약 조제하며 백성들이 앓는 것을 치료하네

権利析毫細　　전매 세금으로 얻은 작은 이익도 분석하고

選武錄鐵黓　　병법을 택하여 검은 병장기를 기록하네

萬里騁冠蓋　　만 리 길에 사마를 끌고11) 달리며

汽舶過枹罕　　증기 선박이 북채와 깃발 잡고 지나가네

閉關背燕薊　　관문을 닫고 연나라 도읍 계12)를 등에 지고

折簡招夷亶　　반으로 접은 편지로 이단13)을 부르네

57　時哉大有爲　　기회였도다! 크게 하는 게 있었으니

詎止中興但　　어찌하여 중흥하다 단지 그치고 말았는가

瓜分廿三府　　오이 쪼개듯14) 이십 삼부로 토지 나누니15)

方岳異轄館　　방악16)은 수레의 비녀장17)과 다르네

藹彼劉荊州　　저 유비18)가 형주를 차지해 부지런히 일했고

一紙屈陶侃　　한 장의 종이로 도간[19])을 굴복시켰네
捧檄作强笑　　격문을 봉하면서 억지로 웃음 지으며
握籌應計僨　　산가지 잡고 일을 도모하며 호응하였네
65 迂談徵馬曹　　부지런히 이야기하며 말들을 불러 모으고
歸懷感鹿畽　　돌아와 회상하며 사슴 발자국을 감동시켰네
時局迷狐猾　　시국은 여우들의 간교함을 혼미케 하고
主帥歎牡瘖　　장수[20])는 병에 지친 군인들을 탄식하였네
飄零愈佐晋　　떠돌아다니며 더욱 진나라를 돕고
怊悵甫別琯　　근심하며 겨우 따로 옥피리를 가졌네
西山千樹花　　유당이 거처하는 산엔 온갖 꽃이 피어 있고
忙尋故途坦　　바쁘게 옛날의 평탄한 길을 찾네
73 寧適田園樂　　차라리 전원의 즐거움을 맞이하며
端居隱憂悺　　툇마루에 걸터앉아 남몰래 근심하네
窮愁不自聊　　시름을 다하지만 스스로 하지 못하고
朅來起余懶　　이에 나의 게으름을 일으켰도다
歲月曾幾何　　세월이 얼마를 더 하였던가
舊題拭漫漶　　이전의 제목이 흩어져 흐릿함을 씻네
絶峽人文聚　　험한 산골에 사람들이 모여 글을 배우고
琳琅綴成伴　　아름다운 시문[21])을 엮어 짝을 이루네
綺語吐鳳鸞　　잘 꾸민 말[22])은 봉황과 난새를 토하며
正論伏蠻蜑　　정론은 오랑캐를 굴복시키네
分曹韻鬪險　　육조의 한 관아에서 험운[23])과 싸우고

清霜森戟戳	찬 서리 삼림 속에서 창을 던지네
講藝溯風雅	예술을 강론하고 풍아[24]의 근원을 찾으며
精求鞠與梡	정성스럽게 국화와 땔나무를 구하네
我老究世務	내가 늙어서 세상일을 궁구했더니
多少得定算	다소나마 예정한대로 계산을 얻었네
89 力追郊島輩	힘써 추구하여 섬사람과 제사지내고
巧詞相排續	공교한 말로 서로 배율을 이어가네
何如討經濟	경제를 토론함은 어떠한가
跂足慕伊管	멀리 보며 이렇게 붓 잡고 흠모하네
況今萬同胞	하물며 지금 수많은 동포들이
喁喁賦蓷暵	웅얼거리고 익모초[25]를 말리며 부를 짓네
誰肯熬玉米	누가 기꺼이 옥 같은 쌀을 근심하리오
廢飯喫餳饊	밥 먹는 것 그만두고 엿과 쌀강정을 먹네
97 惟君富才力	오직 그대는 재주와 힘이 많기에
趨時莫渠緩	시대를 따르는데 걸음이 느리다 하지 말라
平生驗折肱	평생 동안 경험을 쌓아 증험함이 많아
矢口頗中竅	입을 벌리면 자못 법규 가운데 있네
方寸壽民丹	좁은 땅 가슴속에 백성의 단약을 기원하며
須趁鼎器滿	모름지기 솥을 쫓으니 그릇에 가득 하더라

체임遞任 : 벼슬을 갈아 냄. 과방過訪 : 지나는 길에 방문함.
炕 말릴항(시들다) 曠 빌광 簛 체시(대마디시) 簸 까부를파

파양簸揚 : 키질을 하여 겨을 날림.　犙 조릿대간

급우急雨 : 갑자기 쏟아지는 비.

衎 즐길간　간간衎衎 : 화락함. 강직하고 민첩함.

1)① 춘추시대 송宋나라의 현대부賢大夫로 청렴하고 결백한 이름으로 악희樂喜. 《한비자韓非子》〈유노편喩老篇〉에 "자한이 말하기를 그대는 옥으로 보배를 삼고, 나는 옥을 받지 않음으로써 보배로 삼는다.(子罕曰爾以玉爲寶, 我以不受子玉爲寶)"라 하였다.

　② 자한子罕 : 《논어論語》〈자한子罕〉. 첫머리에 나오는 자한子罕을 따서 편명篇名을 삼았음.　숭강崇岡 : 높은 산.　綦 무늬비단기

屨 신구(짚신. 가죽신.)　輪 바퀴륜(수레)

2) 줏대 : 輨은 '줏대관'자이다. 바퀴통의 바깥 끝을 덮어 싸는 휘갑쇠로, 주요한 곳을 말함.　鯢 도롱뇽예

款 항목관　관대款待 : 친절하게 대하거나 정성껏 대접함.

驩 기뻐할환　환연驩然 : 기쁘게 사귐.　斫 벨작(자르다. 찍다.)

蔬 나물소(푸성귀. 성기다.)　구구久久 : 오랫동안. 긴 세월. 구구법.

誼 정(情)의,(옳다)　練 익힐련(누인 명주. 표백하다.)

탁탁濯濯 : 윤기가 흐르는 모습. 반짝반짝.

3) 화완火浣 : 신조국新調國의 화주火州라는 곳에 화급서火及鼠라는 쥐가 있는데, 그 가죽을 모아 천을 만들면 불에 타지 않는 화완이라는 천이 되었다고 함.

4) 포계匏繫 : 열리기는 하나 먹지 못하는 박. 쓸모없는 사람. 벼슬에 묶여 있음.

樗 가죽나무저　저산樗散 : 아무짝에도 쓸모없는 것.　餂 낚을첨

자복雌伏 : 새의 암컷이 수컷에게 복종한다는 뜻. 남에게 스스로 복종함. 숨어지냄.　葆 풀더부룩할보　窠 보금자리과　耨 김맬누

夙 이를숙(빠르다)　硯 벼루연(갈다. 궁구하다.)

5)① 연전硯田 : 문인文人들이 글 쓸 때, 벼루를 농사짓는 논에 비유한 말.

　② 필경연전筆耕硯田 : '벼루를 밭으로 삼고, 붓으로 간다'는 뜻으로, 문필로 생활함.　분심憤心 : 억울하고 원통한 마음.　獘 폐단폐(해어지다)　帚 비추

誕 낳을탄(속이다. 현혹하다.)　방종放縱 : 거리낌 없이 멋대로 행동함.

蔑 업신여길멸   卯 넷째지지묘(2월. 동쪽. 목木. 토끼. 오전 5시에서 7시까지.)

6) 당악棠岳 : 전라남도 해남현을 말함. 해남군 현산면 면사무소 뒷산에 있는 거북이 모양의 동산.   袒 웃통벗을단   환적宦籍 : 내시 명부.   粲 정미찬(쌀 찧기)

儼 엄연할엄(의젓하다)   豆 콩두, 제기이름두(제수祭需. 제물祭物)

簋 반찬찬, 대제기산(굽이 높은 대로 만든 제기. 죽기竹器)

자종自從 : 스스로 복종함. 스스로 따름.

7) 호좌湖左 : 충청남도를 달리 이르던 말.

편호編戶 : 호적을 편성함. 호적에 편입함, 또는 그 사람.   鄙 더러울비

찬酇 : 나라이름찬(한漢나라에서 소하蕭何를 봉한 나라). 희고 걸죽한 술(백주白酒)

8) 비찬鄙酇 : 행정 구획의 명칭으로 주대周代의 제도에서 4리를 찬酇, 5찬酇을 비鄙라 하였음.   硎 숫돌형   犀 무소서(코뿔소)

兕 외뿔소시(무소의 암컷)   鎌 낫겸   稈 짚간

9)① 결분缺盆 : 깨진 동이. 위에 속하고 비脾에 연락되는 경맥의 혈.

  ② 도자용결분陶者用缺盆 : '도공陶工은 깨진 동이를 사용함'의 뜻으로, 자기를 위해서는 하지 못함.

薺 냉이제   餉 건량향(군량)   饒 풀보기잔치난, 음식보낼난

10) 홍분방紅粉榜 : 나이 어린 권문세가의 자제가 과거에 급제한 일을 놀림조로 이르던 말. 분홍방粉紅榜. 취라학사吹螺學士.

좌령坐令 : 앉은 채 그대로.   기단氣短 : 숨 쉬는 사이가 짧음. 기력이 적음.

울울鬱鬱 : 마음이 답답함. 나무가 매우 무성함.   瓚 옥잔찬(제기祭器. 술그릇.)

劑 약제제   癉 앓을단   榷 외나무다리각(세금. 전매하다.)

毫 터럭호(가는 털. 붓. 붓끝)   黔 검은빛간   騁 달릴빙(펴다)

11) 관개冠蓋 : 말 네 마리가 끌던 수레. 높은 벼슬아치가 해를 가리던 일산日傘.

枹 떡갈나무포(졸참나무)   포목枹木 : 떡갈나무.

罕 드물한(그물. 깃발.)   背 등배(뒤. 집의 북쪽.)   燕 제비연(잔치. 연나라.)

薊 삽주계(여러해살이풀로 어린잎 줄기는 먹으며, 뿌리는 백출이라 하여 약재로 씀) 주周나라 때의 베이징 이름은 계(薊)다

12) 연계燕薊 : 기원전 1100년경부터 기원전 222년 진秦나라에 멸망될 때까지 중

국 북부에 있었던 나라. 전국칠웅戰國七雄의 하나로 계蓟(지금의 북경)를 도읍으로 했으며, 동쪽으로는 조선朝鮮, 서쪽은 조趙, 남쪽은 제濟 등과 맞닿아 있었다. 기원전 3세기, 소왕昭王(BC311~BC279) 때 전성기였으며, 고조선은 연장 진개의 침입으로 방대한 영토를 잃기도 했다.

기원전 227년, 연燕의 태자 단丹은 형가荊軻를 자객으로 보내 진왕秦王 정政을 암살하려 했으나 실패하였다. 분노한 진왕은 왕전王翦으로 하여금 연을 공격케 하여, 기원전 226년 연의 도읍인 계성蓟城을 함락시켰다. 연왕燕王 희喜는 태자太子 단丹을 죽여 화의를 요청하며 요동으로 피신했지만, 기원전 222년 진秦의 장수인 왕분王賁에게 사로잡혀 연燕은 멸망되었다.

절간折簡 : 온장에 글을 적어 둘로 접은 쪽지나 편지. **亶** 믿음단, 오로지천(=擅)

13) **이단夷亶** : 이주夷洲와 단주亶洲. 이주는 후한後漢 때 동이東夷의 하나. 단주는 섬 이름으로 진秦의 서복徐福이 신선을 구하기 위해 가 있었던 곳.

14) **과분瓜分** : ① 오이를 나누듯 토지를 신하에게 나누어 줌.

② 제국주의 열강에 의한 중국의 영토 분할. 청일전쟁 패배 이후 중국인들은 중화의 멸망이라는 민족적 위기를 느꼈다. 오이가 쪼개지듯 중국의 영토가 열강에 의해 쪼개질지도 모른다는 위기의식을 가졌다. 중국인들의 과분 의식은 변법자강운동이나 배외운동으로 나타났다. 전자는 무술개혁, 후자는 의화단운동이었다.

廾 스물입

15) **입삼부廾三府** : 23부. 조선 태종 때 지방제도를 8道로 나눈 이후, 2차 갑오개혁甲午改革의 추진으로 1895년 5월에 23부제府制로 개편되었다. 다시 다음 해에 13도道로 개편된 후 1914년에 부제府制가 시행되었다.

16)① **방악方岳(方嶽)** : 사방의 높은 산.(동東 태산泰山, 서西 화산華山, 남南 형산衡山, 북北 항산恒山). 각도의 감사監司를 지칭함.

② **방악方岳(1199~1262)** : 남송의 시인으로 자는 거산巨山, 호는 추애秋崖. 1232년에 진사가 되고, 원주袁州의 지사知事를 역임했다. 그의 시는 농촌 풍경이나 농민의 생활을 즐겨 다루었고, 명언이나 경구를 써서 사람을 놀라게 하였다. **轄** 다스릴할, 비녀장할(수레의 굴레머리에서 내리질러 바퀴가 벗어져 나가지 않게 하는 쇠)

17) **관할舘轄** : 수레의 비녀장. 사물의 중요한 부분.

蔧 열매많이열릴애(우거지다)

18) 유비劉備(161~223) : 제갈량諸葛亮의 도움을 받아 손권과 연합하여 조조의 대군을 적벽赤壁에서 격파하고 형주를 점령하여 조조, 손권과 함께 삼국의 형세를 형성하였다. 성도成都에 도읍하여 촉한蜀漢을 세웠음.

19) 도간陶侃(257~332) : 중국 진晉나라 때의 무장. 자는 사행士行. 도연명陶淵明의 증조부로 영가永嘉의 난(307~312) 때 무창을 지켜 공을 세웠고, 명제 때 왕돈의 반란과 소준의 변을 평정하였다. 벼슬이 시중태위侍中太尉에 이르렀고, 장사군공長沙郡公에 봉해졌다.

儧 모일찬(꾸미다)   迂 멀우(억제하다)   暉 염우없을톤(행실이 바르지 못함)

20) 주수主帥 : 군대를 통솔하는 사람.

牡 수컷모(양성陽性. 남근男根)   瘹 병에지칠관

표령飄零 : 나뭇잎이 흩날려 떨어짐. 이리저리 떠돌아다님.   愈 나을유(낫다. 더하다. 즐기다. 더욱.)   佐 도울좌, 속료(속관)   초창怊悵 : 근심하는 모양. 마음에 섭섭하게 여김.   琯 옥피리관, 율관(律管 : 원통형의 대나무 관)

甫 클보(많다. 겨우. 비로소.) 채마밭포   단거端居 : 툇마루 등 집의 가장자리 가까이에 나와 앉음.   悹 근심할관   褐 갈걸, 헌걸찰흘

걸래曷來 : 이에(=율래聿來), 어찌 오지 아니하느냐? 왜 오지 아니 할까?

聿 붓율(어조사. 마침내. 드디어.)   기하幾何 : 기하학幾何學의 준말. 얼마.

구제舊題 : 이전에 쓰던 제목.   澴 분간하지못할환(흐릿하다)

절협絶峽 : 아주 깊고 험한 두메.

21) 임랑琳琅 : 아름다운 옥. 아름다운 시문.

綴 엮을철(잇다. 연결하다. 짓다. 꿰매다.)

22) 기어綺語 : 교묘하게 꾸미는 말. 잘 꾸민 말.   蜑 오랑캐이름단

23) 험운險韻 : 한시漢詩를 지을 때 어려워서 잘 쓰이지 않는 운자. 경병競病은 험운險韻을 가지고 시를 짓는 것을 말함.   분조分曹 : 육조六曹 중 어느 한 관아에서 나뉘어 설치된 관아.   戟 창극(찌르다)   攢 작은창찬, 던질창

溯 거슬러올라갈소(맞서다. 하소연하다.)   소원溯源 : 근원根源을 찾아 올라감.

24) 풍아風雅 : 시경詩經의 풍風과 아雅, 곧 시詩. 풍류風流와 문아文雅. 고상하

고 멋이 있음. 柮 도마관, 땔나무관

세무世務 : 세상을 살아가는 온갖 잡다한 일.   정산定算 : 예정한 계산.

郊 들교(근교. 성 밖. 시골.), 교사교(郊祀 : 천지의 제사)

詞 말사(글. 시문. 문체 이름.)

纘 이을찬(계승하다. 이어받다.) 모을찬(=纂과 통자通字)

하여何如 : 어떠함.   跂 육발기(발가락이 여섯 개인 사람. 발돋음.) 힘쓸지

기족跂足 : 멀리 바라보는 모양.   伊 저이   管 대롱관(피리. 붓대), 주관할관

喁 입벌름거릴옹   熬 볶을오(근심하는 소리)   蓷 익모초퇴

25) 익모초益母草 : 두해살이풀. 더위 먹은 데나 산모의 지혈, 강장제,

이뇨제로 씀.   暵 말릴한   백옥미白玉米 : 백옥 같이 흰 쌀.

錫 엿당   饊 산자산   趎 주창할추, 느릴치   渠 개천거(도랑. 어찌.)

절굉折肱 : 경험이 많다는 뜻.   窾 빌관(마르다. 움푹 들어간 곳. 법규)

방촌方寸 : 사방 한 치의 넓이. 좁은 땅이나 가슴속을 뜻함.

수민壽民 : 백성을 잘 다스려 오래 살게 함.   趁 쫓을진(따르다. 달려가다.)

해설

　매천시 가운데 제일 긴 장편시는 104행이나 되는 〈만수성절萬壽聖節--〉
이라는 시이다. 이 시는 《고시가연구古詩歌研究》 제13집(〈매천시의 배율에 대
하여〉, 한국고시가문학회, 2004년.)에 전문이 인용되어 있으며, 《역주매천황
현시집》(중권) 432~433쪽에도 번역되어 있다. 매천이 쓴 위의 시는 〈만수
성절萬壽聖節--〉 시에 버금가는 102행이나 되는 장편고시이다. 시가 길어
편의상 시 전체를 8행씩 나눠 번역하였으며, 중간마다 시의 행수를 적어
놓았다.

　매천은 만년에 유당 윤종균과 긴밀한 관계를 맺고 많은 화답시를 썼다.
찾아온 유당과 시국을 논하고 자신의 불우함을 토로하면서 유당의 능력에
대해서도 높이 평가하고 있다. 매천은 1900년 46세 때 〈윤유당종균尹酉堂
鐘均〉이라는 제목으로 유당을 생각하며 시를 쓰기도 하였다.

宿山寺排律六句

산사에서 자며   배율 6구 1수 254

谷口林花落   계곡 입구에 숲 속의 꽃 떨어지고

牀頭經韻來   침상 머리에 운치가 찾아오네

藤陰如翠靄   등나무 그늘은 비취색 연무와 같고

石路半蒼苔   돌길은 푸른 이끼가 절반이나 껴있네

虎豹藏深窟   호랑이 표범이 숨어사는 깊은 동굴에

烏鴉噪暮臺   까마귀가 날 저문 돈대에서 울고 있네

佛香雙戶掩   불당의 향기는 두 문을 감싸고

鍾韻畫樓開   쇠북소리에 화루의 문을 여네

粥帶靑松葉   죽은 푸른 소나무 잎을 띠고 있고

羹渾綠芋荄   국은 초록 빛 토란 뿌리와 섞여있네

上方情覺睡   주지 스님이 다정하게 잠을 깨고

茶鼎轉微雷   차 끓는 작은 소리 우레처럼 들리네

화루畫樓 : 채색을 한 누각.

 해설

  배율排律은 율시律詩를 확대한 것이다. 평측법과 압운법의 제한이 있으
나 한 수의 구수句數에는 제한이 없다. 10구·12구·14구·16구 등으로 하
는데, 율시를 정확하게 지어가면서 행行을 늘려간다. 염법簾法(평측, 점법,

각운)과 대우對偶 등이 정확하게 이루어져야 한다. 배율排律의 정격正格은 12구句 6연聯이 기본 시형이다. 12구는 율시 8행에서 절구絶句 4행이 더 들어간다. 1·2句를 기연起聯, 3·4구를 함연頷聯, 5·6구를 경연頸聯, 7·8구를 복연腹聯, 9·10구를 후연後聯, 11·12구를 미연尾聯이라 한다. 1·2구의 기연과 11과 12인 미연만 대우가 되지 않고 서술로 풀어야 하고 기타는 대우가 되어야 한다.

배율의 종류로는 오언배율과 칠언배율이 있는데, 매천은 배율을 즐겨 쓰지 않았으며, 아래 시 〈유거배율십구幽居排律十句〉와 더불어 2수를 썼을 뿐, 그나마 칠언배율은 쓰지 않았다.(김영붕, 《황현시연구》, 2003, 전북대 대학원 석사논문 114쪽.)

幽居排律十句

궁벽한 곳[1]에 살며　　　　　　　　　　　　배율 십구 1수 254

金塘覆古柳	금당은 고목 진 버드나무로 덮여 있고
玉澗墮紅蓮	옥 같은 산골 물[2]에 붉은 연꽃 떨어지네
花竹連比舍	꽃과 대나무가 집에 나란히 이어있고
松蘿蔽洞天	소나무 겨우살이는 신선 사는 곳[3]을 가렸네
種蔬沾細雨	여러 종의 나물들이 보슬비에 젖어 있고
人覓響飛泉	사람이 만든 대 홈통에 폭포소리 울려오네
日色舍高樹	햇빛은 높은 나무에 머금고 있으며
川華帶暖烟	꽃핀 냇가에 따뜻한 기운이 있네

靑峰窺屋後	푸른 봉우리가 집 후원을 들여다보고
好鳥集門前	좋은 새가 문 앞에 모여 있네
麋鹿林間友	고라니와 사슴이 숲 속의 친구이고
菖蒲石上仙	창포4)있는 바위에는 신선이 사네
看書夕陽外	책을 석양 밖에서 보며
收葉曉霜邊	새벽 서리 주변에 이파리가 시들었네
飮犢水草遠	송아지가 물 마셔 수초가 멀리 있고
飯魚河沼圓	물고기가 밥 먹어 물가 늪이 둥그렇네
隣鷄穿竹出	이웃 집 닭은 대숲을 뚫고 나오고
野鶴啄苔眠	들판의 학은 청태를 쪼다가 잠이 드네
坐覺桃源近	앉아서 무릉도원의 부근임을 깨달아
廖廖醉夢牽	쓸쓸히 꿈에 취해 끌려서 가더라

1) 유거幽居 : 쓸쓸하고 궁벽한 곳에서 사는 일. 궁벽한 곳에 있는 집.(=유처幽處). 매천시에는 유거라는 제목으로 쓴 여러 편의 시가 있다.
覆 다시복(도리어), 덮을부
2) 옥간玉澗(?~?) : 중국 송말 원초의 승려·화가인 약분若芬의 호. 자는 중석仲石. 작품에 〈여산도廬山圖〉, 〈소상팔경도瀟湘八景圖〉가 있다. 그는 경치 좋은 곳에 정자를 지어 산수山水나 묵죽墨竹, 묵매墨梅 등을 그렸으며 또 그림 같은 시를 남겼다.   송라松蘿 : 소나무 겨우살이.
3) 동천洞天 : 하늘에 잇닿음. 신선이 사는 곳.
筧 대홈통견   견수筧水 : 대 홈통으로 끌어오는 물.
일색日色 : 햇빛.   비천飛泉 : 폭포瀑布. 분천噴泉.   미록麋鹿 : 고라니와 사슴.
4) 창포菖蒲 : 단옷날 여자는 창포물에 머리 감고 그네를 뛰며 남자는 씨름하고 놂.

음독飮犢 : 소에게 물을 먹임.   啄 쫄탁(똑똑 두드리다)

廖 쓸쓸할료   요료廖廖 : 쓸쓸하고 고요함.

僧將, 二字未詳, 碑

승병장, 두 글자가 미상인, 비   칠고 1수 255

巨鯨橫吞渤海水	큰고래가 발해만의 물을 옆으로 삼키고
檿槍東來血千里	박달 창이 동쪽으로 와 천리 길에 피 뿌렸네
甑淵敗鼓琴臺聞	증연[1]엔 부서진 북소리가 금대에 들려오고
誰遣鸞旗懍西指	누가 천자의 깃발[2] 보내 서쪽을 가리켜 떨게 했는가
三道勤王四萬兵	삼도에는 근왕병이 사만명이나 있었고
龍仁山下風鶴驚	용인 산 아래론 바람 탄 학을 놀라게 했네
帥臣匹馬鳥獸鼠	병사와 수사[3]는 필마로 새 짐승과 쥐 되었고
錦湖南望無完城	금강에서 남쪽을 바라보아 완전한 성이 없었네
枯禪髮禿膽如斗	고선[4]하여 대머리라 담력은 북두성과 같았고
悶笑人間活髻婦	번민하는 인간을 비웃으며 염부로 생활했네
手持白棒一大呼	맨손으로 흰 막대 잡고 크게 소리치니
義聲撼山若虎吼	의로운 소리 산울림이 호랑이 포효 같았네
飮泣裹創裂袈裟	눈물을 삼키면서 가사를 찢어 자루 만들고

張拳打賊銛刀戈　　주먹 쥐어 적을 치니 창칼처럼 날카롭네

大慈大悲菩薩眼　　대자 대비하신 보살님의 안목으로

半眥不瞬盡殺倭　　눈 깜짝할 사이 없이 왜놈들을 다 죽였구나

却怪天公未悔禍　　괴이적도다, 하느님이 이 재앙에 뉘우치지 않음이

黑雲壓營旒頭墮　　먹구름이 진영을 눌러 깃대 머리에 떨어졌네

腋挾大酋死且咬　　겨드랑이에 큰 창을 끼고 죽으면서도 깨물었고

蝟箭蝗丸落肉朶　　화살과 탄환이 몸뚱이에 무더기로 떨어졌네

珍錦之間草不靑　　진산과 금산 사이에 풀은 푸르지 않았으니

毅魄駕空雄風霆　　의로운 혼 공중에 다리되어 천둥소리 웅장했네

山僧一死萬人奮　　산사의 스님 한번 죽어 만인이 떨쳐 일어났고

補天浴日如建瓴　　큰 공훈5) 있어 세력이 강한 것과 같도다

國殤不同凡僧骨　　국상6)은 같지 않지만 범상한 스님 기골 있었고

起墓龍山且棹楔　　용산에 묘 세우고 또 정문7)을 만들었네

升平百年人不知　　태평성대 백 년에 사람들이 알지 못해

碑面蒼苔字半滅　　비면에 새긴 글자 창태 껴 반이나 없어졌네

欃 살별창(혜성. 박달나무.)　　槍 창창(다다르다)　　瓴 시루증

1) 증연甑淵 : 진안 마령산馬靈山 동쪽에 깊은 연못이 있다. 큰 구멍이 위로 산꼭
대기와 통하여 사람이 돌을 굴리면 바로 연못으로 떨어진다. 물의 기운이 마치 떡
을 찔 때처럼 김이 솟아 오른다하여 증연이라 하였다.(《동국여지승람》 권39, 진안
현진安縣, 산천山川)　　패고敗鼓 : 부서지거나 못 쓰게 된 북.
2) 난기鸞旗 : 천자天子의 기旗. 난령鸞鈴으로 장식되어 있음.
懍 위태할름(삼가다. 벌벌 떨다.)　　근왕勤王 : 임금이나 왕실을 위하여 충성을 다함.

3) 수신帥臣 : 병마절도사와 수군절도사를 통틀어 이르는 말.

금호錦湖 : 금강. 곧 충남 공주.

4) 고선枯禪 : 몸이 마르도록 참선에 정진함.

독발禿髮 : 대머리. 膽 쓸개담 悶 답답할민

염부髥婦 : 수염이 더부룩한 염부髥夫(남편)와 얼굴이 시커먼 부인. 시골 사람.

백봉白棒 : 장식도 없고 칠도 하지 않은 백목白木의 막대기. 撼 흔들감

吼 울후) 槧 자루척, 쌀과(=橐) 銛 쟁기섬, 도끼첨(날카롭다)

眥 흘길자, 눈초리제 瞬 눈깜짝일순

천공天公 : 하느님. 회화悔禍 : 화를 다시 받지 않도록 뉘우침.

旄 깃대장식모(긴 털을 가진 소. 늙은이.) 墮 떨어질타, 무너뜨릴휴

咬 물교(새소리교) 蝟 고슴도치위 霆 천둥소리정(번개) 奮 떨칠분(힘쓰다)

5)① 욕일浴日 : 아침에 해가 떠서 물위를 비침. 국가에 큰 공이 있음.

   ② 보천욕일補天浴日 : 매우 큰 공적. ‘하늘을 깁고 해를 목욕 시킨다’는 뜻으로, ‘나라에 큰 공훈이 있음’을 비유하는 말. 여와가 하늘의 이지러진 부분을 보수하여 홍수를 막아 재앙을 다스렸다는 전설에서 나온 ‘보천補天’과 태양의 신 희화羲和가 아들인 해를 목욕시켰다는 전설에 나오는 ‘욕일浴日’에 대한 신화에서 유래한 성어成語.

瓴 동이령 건령建瓴 : 건령수建瓴水. 세력이 썩 강함을 비유함.

건령수建瓴水 : 병의 물이 쏟아지듯 높은 데에서 쏟아져 흐르는 물.

6) 국상國殤 : 나라를 위해 목숨을 바친 사람.

범승凡僧 : 평범한 중. 당당幢을 세우지 못하여 종사宗師가 되지 못한 중.

棹 노도 楔 문설주설(떠받치다)

7) 도설棹楔 : 홍살문은 충신, 효자, 열녀들을 표창하여 임금이 그 집이나 마을 앞, 능陵, 원園, 묘廟, 궁전宮殿, 관아官衙 등에 세우도록 한 붉은 문門. 정려旌閭, 정문旌門, 작설綽楔, 홍문紅門, 홍살문紅箭門이라고도 한다. 서원에 세워지기도 하는데, 이는 고명한 유학자의 위폐를 서원 한구석에 모셔지고 있기 때문이다. 좌우에 높은 기둥을 세우고 지붕 없이 사롱斜籠만 얹고 붉은 단청을 하는데, 신성한 곳을 나타내고, 악귀를 내쫓는 의미에서 한다. 창태蒼苔 : 푸릇푸릇한 이끼.

 해설

매천은 1878년 24살 때 여름에 상경上京하여 추금 강위를 만났다. 그리고 문과 급제자 방 붙인 것을 보고 〈간문과방방看文科放榜〉이라는 시를 썼다. "不知雁塔留名地(부지안탑류명지) 금방에 나붙은 그 이름 가운데/ 濟得蒼生有幾人(제득창생유기인) 창생을 구제할 이 몇이나 될까?"라고 써서 국가의 장래를 염려하였다. 매천의 홍익인간弘益人間의 이념과 제세이화濟世理化의 꿈을 드러낸 시라고 할 수 있다. 매천은 이때 한양을 오고 가면서 계룡산 갑사에서 영규선사비를 보고 칠절 1수의 〈영규선사비靈圭禪師碑〉를 썼을 것이다.

시의 제목이 '僧將――碑'라고 되어 있지만, 빠진 2글자는 내용으로 보아 1592년 8월 18일 임진왜란 때 금산전투에서 의병장 조헌과 함께 왜적을 물리친 '영규靈圭'가 분명하다. 시의 내용은 영규선사가 의병장으로 활동하며 왜적을 쳐 죽이는 통쾌한 장면을 묘사하고 있으며, 선사의 장렬한 죽음을 추앙하였다. 하지만 세속의 후대 사람들은 일제의 침략이 밀려오고 있어도 선사의 행적이나 비문에는 관심이 없다. 창태가 껴 비문이 반이나 없어졌다고 애석해 하고 있다.

送客歸巨濟

거제로 돌아가는 손님을 보내며

칠고 1수 256

男子桑蓬不寂寞	남자가 큰 뜻을 품어[1] 적막하지 않았고
三十辭家赴京洛	삼십 살에 집 떠나 서울에 이르렀네
五陵絲管醉春風	오릉[2]에서 거문고 피리로 봄바람에 취하고

少年毬馬金滿橐　소년이 말 타고 격구하니 금 자루 가득찼네
紅塵日飫五侯鯖　속된 세상 날마다 실컷 오후[3]의 청어를 먹고
倦向名山歌采藥　게을리 명산을 향하며 채약을 노래하네
白雲千里訪故人　흰 구름 천리 길에 옛 사람을 찾아가니
籌燈土室天爲晨　흙집에 배롱 등불을 켜 하늘은 새벽이 되네
見我無爾卽乞詩　내가 그대가 없음을 보고 시를 청하고
鄭重歸裝壽其親　정중히 치장하고 그 어버이께 축수 올리네
包裹忽忽出文去　갑자기 짐을 꾸려 싸 글 써 보내며 가고
弄影蒲帆起烟渚　돛단배 그림자를 농락하며 물안개 일어나네
靑山一髮愁濛濛　청산 속 한 가닥 머리털이 자욱하게 시름겹고
笑指滅沒雲生處　구름이 생겼다 없어지는 곳을 웃으며 가리키네
鯨齒噴雪鰕眼紅　고래 이빨이 물보라 뿜고 새우 눈 붉으며
孤島捿泊炎溟中　외론 섬 불타는 바다에 머물러 살고 있네
辭江入海便浩然　강을 버리고 바다로 가는 것이 호연지기라
今日天色宜西風　오늘의 하늘색은 의당 하늬바람에 있네
蓮花池畔漲夕暈　연꽃 핀 연못가에 저녁 달무리로 가득 차있고
李落坡外悲靑楓　오얏은 둑 밖으로 떨어지고 푸른 단풍 슬퍼라
萬斛舟平碎星斗　만곡[4]을 실은 평평한 배는 북두성을 부수고
醉舞蹴踏千蛟龍　취해 춤추며 차고 밟아 천 마리의 교룡이 있네
自言此路來往慣　스스로 이 길을 말하며 내왕함이 버릇되었고
一回一復壯心眼　한 번 반복해 마음속의 눈이 장하네

況余南游已二紀	하물며 내가 남쪽으로 유람한 지 이기[5] 되어
當時未得窮汗漫	당시에 궁하고 등한시 하여 얻지 못했네
卽欲樽前整鞋襪	술동이 앞으로 가고자 신과 버선을 정리하니
淸夢遙懸錦山月	선명한 꿈에 멀리 금산[6]의 달이 걸쳐있도다

1)① 상봉桑蓬 : 뽕나무 활과 쑥대로 만든 화살.

　② 상봉지지桑蓬之志 : 남자가 큰 뜻을 품고 웅비하여 성공하려는 뜻.

2) 오릉五陵 : 경주시 탑동에 있는 다섯 능묘. 신라의 시조 박혁거세·알영 왕비·남해왕·유리왕·파사왕의 능이라고 전하여진다. 사릉蛇陵.

사관絲管 : 거문고와 피리.　구마毬馬 : 격구擊毬할 때 타는 말. 고관이 타는 말.
橐 자루탁(전대)　饒 물릴어(주연. 잔치.)

3) 오후五侯 : ① 공公, 후侯, 백伯, 자子, 남男의 제후. ② 사람에게 있는 대장, 소장, 방광, 담膽, 신腎.　鯖 청어청(고등어)　欹 기울의(아 : 감탄사)

채약採藥 : 약재를 캐서 거둠.　篝 배롱(焙籠)구(불에 쬐어 만든 대그릇?), 모닥불

구등篝燈 : 바람을 막기 위하여 불어리를 씌운 등.

정중鄭重 : 점잖고 묵직함. 친절하고 은근함.

裝 꾸밀장(치장하다. 넣다. 옷. 의복.)　壽 목숨수(헌수하다)　包 쌀포(감싸다)

裹 자루척, 쌀과(=裹)　포과包裹 : 물건을 꾸리어 싸는 일.　홀홀忽忽 : 매우 홀함. 문득. 갑작스러움.　출문出文 : 장부에 기록된 액수에서 지급한 금액.

蒲 부들포(창포. 냇버들. 부들자리.)　일발一髮 : 한 가닥의 머리털. 극히 작음.

濛 가랑비올몽(흐릿하다)　몽몽濛濛 : 안개 연기 등이 자욱함.

멸몰滅沒 : 망하여 없어짐. 멸하여 없앰.　噴 뿜을분　분설噴雪 : 눈을 토함.

泊 머무를박, 배댈박　溟 바다명　辭 말씀사(알리다. 문체 이름.), 사양할사(양보함)　暈 무리운(어지럽다)　漲 넘칠창(가득 차다. 물이 붇다)

暈 무리운　斛 휘곡(열 말의 용량)

4) 만곡萬斛 : 아주 많은 분량.　축답蹴踏 : 발로 차고 짓밟음.

5) 이기二紀 : 24년.　한만汗漫 : 내버려두고 등한시 함.

6) 금산錦山 : 경남 남해군 상주면에 있는 높이 681미터의 산. 원효대사가 처음 이 산에 보광사를 창건하면서 보광산이라 하였다. 태조 이성계가 이 산에서 백일간 기도를 올리고 나서 조선을 개국하였으며, 그 보답으로 '산을 비단으로 덮겠다'고 하여 금산이라 부르게 되었다고 한다. 정상 부근에 보리암이라는 절이 있음.

題血竹圖

혈죽도에 대해 씀 257

매천은 1906년 52세 때 칠고 1수의 〈혈죽血竹〉(칠고 1수)이라는 시를 썼는데 같은 시이다. 민충정공 영환의 유서 〈이천만결고동포二千萬決告同胞〉에 대한 매천의 비분 감정을 이입한 것이다. 이 시는 《매천전집》 1권 320쪽에 있으며, 《역주매천황현시집》(하권) 292~294쪽에 번역되어 있다.

花下人

꽃 아래 사람들 칠고 1수 258

春風春日看花人	봄바람 부는 봄날에 꽃 보는 사람들
大詫紅顏共靑春	홍안을 크게 자랑해 모두가 청춘이로세
昨日看花花正好	어제 본 꽃 그 꽃이 참으로 좋더니만
今日花落委黃塵	오늘은 꽃 떨어져 누런 티끌만 쌓여 있네
花與人兮眞可憐	꽃과 사람이여, 진실로 가련하구나

花是三春人百年	꽃은 봄이 석 달이요 인생 백년인 것을
碧桃花落一千歲	푸른 복사꽃은 천년이나 떨어졌고
滄海頃刻蒼桑田	큰 바다는 잠시일 뿐 푸른 뽕밭 되는 것을
莫道紅顔全盛時	홍안이 전성기라 말하지 마오
世事紛忙髮如絲	세상사 어지럽기가 머리카락 꼬인 것 같네
古人今人皆如此	옛사람이나 지금 사람이 모두 이와 같아
歸來漠漠空自悲	돌아온 길 막막하여 공연히 절로 슬퍼지네

화하花下 : 꽃이 피어 있는 아래.　詫 속일타(자랑하다)　委 맡길위(쌓다)
삼춘三春 : 봄의 석 달 동안. 맹춘孟春과 중춘仲春과 계춘季春. 세 해의 봄.
경각頃刻 : 잠시, 짧은 시간.　紛 어지러울분　분망紛忙 : 바쁘다. 조급하다.

 **감상**

　꽃을 주제로 인간사의 허무함을 읊은 시이다. 화무십일홍花無十日紅이라
고 했지 않았던가. 시 작법상 같은 글자를 중첩, 반복하여 시를 쓰고 있다.

鷰子樓

연자루

칠고 1수 259

鷰子樓中鷰飛迴	연자루에 사는 제비들은 날아 돌아오고
鷰子樓下綠水開	연자루 아래로 푸른 물결 펼쳐지도다

樓下直是城門道	누각 밑은 곧장 성문으로 가는 길이고
馬人伊軋相向來	마부들은 삐걱거리며 서로 향해 오도다
昔人保險城門固	옛사람은 요새 지켜 성문은 견고한데
今人閒遊愛崔嵬	금인들은 한가히 놀며 높은 곳만 좋아하네
洲渚蒲荷遠含碧	물가에 부들 연 있고 함벽정 멀리 뵈는데
江南風景春不衰	강남 풍경을 보니 봄은 다하지 않았네
樓上孤郎何處去	누각에 오른 외로운 낭군은 어디로 갔느뇨
明月窓照兩岸苔	밝은 달 창 비추고 양 언덕엔 창태가 있네
名樓高臺皆如是	이름 있는 높은 누대는 모두 이와 같아
獨上惆悵水空回	홀로 슬퍼 오르고 물은 헛되이 돌기만 하네

軋 삐걱거릴알 최외崔嵬 : 산이 높고 험함. 크고 높음.
주저洲渚 : 파도가 밀려 닿는 곳. 물가. 주정洲汀.
蒲 부들포(창포) 荷 멜하(연꽃) 공회空回 : 헛돎.

 해설

매천은 1896년 칠언절구로 〈연자루이수燕子樓二首〉를 읊은 바 있다. 역시 순천의 연자루에 올라 칠언고시로 쓴 위의 시와는 제목이 같지만 시 내용은 다르다. 한편 매천은 〈김해연자루〉라는 시를 쓰기도 했다.

夢登天

하늘에 오르는 꿈을 꾸며

칠고 1수 259

天色淸蒼月光明	하늘 색깔은 맑고 푸르며 달빛은 밝은데
北斗斡斡轉杓聲	북두성 빙빙 돌며 북두자루에 소리 맴도네
璇風引牽夜如海	칠성별이 바람 끌어와 밤이 바다와 같고
躡騎亦龍羽翼成	계속하여 말을 타 역시 용의 날개 되었네
玉宮桂花秋不老	왕궁의 월계꽃 피어 시절이 오래되지 않았고
列官點綴佩珠星	늘어선 관청이 이어있고 주성[1]을 차고 있네
倚空下視九州人	하늘에 의지해 나라 사람들을 굽어보니[2]
人皆慌忙入浮塵	사람마다 황망히 더러운 티끌로 들어가네
跨足羲和走馬處	희화신[3]이 발 걸터앉아 말달리는 곳이 있고
回首織女交會津	직녀[4]가 머리 돌려 나루터에서 서로 만나네
仰見紫皇忽皺蹙	옥황상제[5] 우러러 보며 홀연히 눈썹 찡그리고
覺來窓白曙色新	창 밝아 옴을 깨달아 새벽빛이 새로워지네

斡 돌알(빙빙 돌다), 주장할간 杓 북두자루표 璇 옥선(아름다운 옥)

인견引牽 : 끌어당김.(＝견인牽引) 躡 밟을섭

우익羽翼 : 새의 날개. 보좌하는 일.   계화桂花 : 계수나무의 꽃.

점철點綴 : 흐트러진 여러 점이 이어짐, 또는 서로 이음. 얼룩짐.

1) 주성珠星 : 용이 와룡청수에서 물을 마시고 여의주를 얻은 형상.

2) 구주九州 : 나라의 영토. 통일 신라의 지방 제도.

계수나무 : 냇가 등의 양지바른 곳에 곧게 자라며, 암수딴그루로 꽃은 5월경에 핀
다. 가을에는 단풍이 아름답고 개화기에는 향기가 좋음.

황망慌忙 : 마음이 몹시 급하여 당황하고 허둥지둥함. 跨 넘을과, 걸터앉을고

3) 희화羲和 : 중국 신화에 나오는 인물. 해를 싣고 하늘을 달리고 마차를 부리는
남성신男性神. 또는 천제天帝 제준帝悛의 아내로, 열 개의 해를 낳고 감천甘泉에
서 목욕시키는 여성신女性神.

4) 견우직녀牽牛織女 : 은하銀河를 두고 동서로 있는 견우성과 직녀성의 두 별.

교회交會 : 서로 만남. 한 곳에 서로 모임.

5) 자황紫皇 : 옥황상제. 皺 주름추(눈썹 찌푸리다) 蹙 닥칠축, 줄어들척(찡그
리다) 각래覺來 : 깨달음. 曙 새벽서

織女怨

직녀[1]의 원망

칠고 1수 259

隴田土薄草離離	언덕 밭의 흙이 박한데 초목은 무성하고
丈夫弩力耕早時	장부가 노력하여 일찍부터 밭가는 때로다
暵光燒天土烟紫	햇볕에 말려 하늘 타고 땅은 자줏빛 연기 일며
禾稼苗損待雨遲	벼 싹은 시들어가고 비 늦어 기다려지네
南山白虎牙瓜惡	앞산의 흰 호랑이 발톱과 어금니 추하고
人皆塞口難致辭	사람들은 모두 입 막아 공치사하기 어렵네
五月六月幷稅督	오뉴월에 정전 세금 독려하니
面色焦黳黃髮髭	얼굴빛 검게 그을고 수염은 누렇게 되었네

顧說中婦機絲促	중년 부인 돌아보며 베틀의 실 짜기 독촉하고
短裙繞腰足脚疲	몽당치마 허리에 둘러 발 다리 피로하네
絡緯促織鳴牀下	베짱이는 직녀를 재촉하듯 평상아래서 울고
壁光如畵濕露垂	나성의 불빛은 그림 같아 촉촉히 이슬 맺혔네
寒機軋軋復軋軋	차가운 베틀만 삐걱삐걱 다시 삐걱삐걱하고
腸斷絲絶苦忍飢	실 끊어지면 애간장 타 배고픔도 참아내네
東家有人顏如玉	동가2)에 사람 있어 얼굴이 옥처럼 아름답고
粉粧紅頰飫瓊糜	분장한 붉은 뺨 좋은 죽을 실컷 먹네
一絲二絲故織怨	한 올 두올 명주실 짜듯 짐짓 원망을 짜고
冷淚滂滂不擧眉	찬 눈물 방방하게 흘러 눈썹을 들지 못하네
前林慈烏何苦語	숲 앞의 자애로운 까마귀 어찌 괴롭게 우는가
不得哺母夜啼悲	어미를 배부르게 하지 못해 밤새 슬피 운다네

織 짤직 怨 원망할원
1) 직녀織女: 직부織婦. 견우직녀 설화에 나오는 여 주인공. 직녀성.
이리離離: 구름 같은 것이 길게 뻗음. 초목이 무성함.
노력弩力: 노력努力의 오기. 暵 마를한(말리다. 덥다. 가물다.)
한건旱乾: 오래 비가 오지 않고 가뭄. 땅이 물기 없이 바짝 마름.
화가禾稼: 논의 벼. 조아爪牙: 손톱과 어금니. 매우 쓸모 있는 사람이나 물건.
惡 미워할오, 악할악 치사致辭: 경사가 있을 때에 임금께 올리는 송덕頌德의
글. 악공樂工이 풍류에 맞춰 올리는 찬양의 말. 치어致語.
정세井稅: 정전井田 세금. 焦 탈초(그을리다)
鸝 검을려, 검을리 이황鸝黃: 꾀꼬리의 딴 이름.
髭 코밑수염자 낙위絡緯: 베짱이. 壁 벽벽, 진터(군루軍壘. 나성羅城.)

알알軋軋 : 삐걱거리는 소리. 수레바퀴 같은 것이 삐걱대는 소리를 형용함.

장단腸斷 : 몹시 슬퍼 창자가 끊어지는 듯함.   인고忍苦 : 괴로움을 참음.

2) 동가東家 : 동쪽에 있는 이웃집. 머물러 있는 집 주인.

瓊 구슬경(붉은옥), 패옥佩玉경(허리띠에 차는 옥)

飫 물릴어(실컷 먹다) 滂 비퍼부을방(눈물이 흐르다)

 해설

　직녀織女는 베 짜는 여자로, 견우직녀의 설화에 나오는 여 주인공이다. 음력 7월 7일, 칠석七夕날과 관련되어 다음과 같은 전설이 있다. '견우와 직녀는 서로 사랑하는 사이이지만, 은하에 다리가 없기 때문에 만날 수가 없다. 그래서 해마다 칠석날이 되면 지상에 있는 까마귀와 까치가 하늘로 올라가 다리를 놓아준다. 이 다리를 오작교烏鵲橋라고 하는데, 견우와 직녀는 오작교를 건너서 1년에 한번 만나 사랑을 나누게 된다. 그러나 새벽에 닭이 울고 동쪽 하늘이 밝아오면 다시 이별을 해야 한다. 직녀는 또다시 1년간 베를 짜야하고, 견우는 밭을 갈면서 서로를 그리워하며 시간을 보내야 한다.'는 이야기이다. 위의 시 〈직녀원織女怨〉의 시작詩作의 배경이 되는 이야기이다. 시의 마지막 부분은 반포지효反哺之孝를 읊은 것이다. 혼정신성昏定晨省과 같은 효를 상징하는 의미이다.

訪友人不遇

친구를 방문하였으나 만나지 못함　　　　　　　　오절 1수 260

江城路無多　　강 성곽으로 가는 길은 많지 않고

望望日又夕　　바라보고 보는 해 또한 석양이네

從今誓名山　지금부터 명산에 맹세하건대

不訪紅塵客　속된 세상의 객을 찾지 않으리라

망망望望 : 돌아보고 돌아보는 모습. 깊이 흠모하는 모습. 첨망瞻望하는 모습.

홍진紅塵 : 속세의 티끌. 속된 세상.

春霖

봄장마

오절 1수 260

春山雨不休　봄 산에 비 그치지 않았는데

窓壁盡溪響　창가 벽에 냇물소리 다해 울리네

未必明日晴　반드시 내일이 맑다곤 할 수 없어

木末風微上　나무 끝이 미풍에 흔들거리네

霖 장마림(사흘 이상 내리는 비)

雪後山村

눈 온 후 산촌 풍경

오절 1수 261

凍雀悲喬木　얼어붙은 참새는 교목에서 슬피 울고

連鷄鬧夕陽　　닭들은 계속하여 석양에 시끄럽게 하네
山寒樵影小　　겨울 산 나무꾼의 그림자는 작은데
溪斷碓聲長　　냇물은 끊기고 방아 찧는 소리 길도다

鬧 시끄러울뇨

題中州集

중주집[1)]에 글 쓰다　　　　　　　　칠절 1수 261

中州歌曲爛新翻　　원호문[2)]의 가곡이 새로 번역되어 빛나고
夢裏衣冠朔氣不　　꿈속에 옷과 갓 있어 찬 기운 흐르지 않네
識時堪埋滅好才　　시대를 알아 좋은 재주 묻혀 없어지고
人通患是名根　　사람이 근심과 통하니 이름난 뿌리로다

1) 중주집中州集 : 원호문의 시문집.
2) 원호문元好問(1190~1257) : 금金(1115~1234)나라 시인으로 호는 유산遺山. 두보 시에 조예가 깊었으며, 때로는 두보 시를 능가하는 중후함을 보였다. 저서에는 《유산문집遺山文集》, 《중주집中州集》 등이 있다. 금나라 멸망 당시 44세로 좌우사원외랑左右司員外郎의 관직에 있었으며, 원元나라의 벼슬을 거부하고 출사하지 않았다.
爛 무르녹을란(너무 익다. 화미華美하다.)　翻 날번(나부끼다. 뒤집다. 번역하다. 도리어.)　삭기朔氣 : 한기寒氣(추우면서 열이 생김). 겨울철의 찬 기운.

堪 견딜감, 뛰어날감 堙 막을인(막히다)
인멸湮滅 : 자취가 묻혀 없어짐. 자취를 없앰. 인륜湮淪. 인몰湮沒. 인침湮沈.

 해설

　칠언절구의 시이지만 글자 하나가 결자缺字되었다.

　매천은 1878년 24세 때 《동파집》을 읽고, 〈제동파집〉이라는 시를 써서 소동파시에 관심을 가졌으며, 그 영향을 많이 받았다. 이 시 역시 원나라 원호문이 남긴 《중주집》을 읽고, 〈제중주집〉이라는 제목으로 쓴 시이다.

　매천은 1885년 정일택에게 준 〈논시잡절論詩雜絕-〉이라는 시의 제9수에서도 원호문에 대해 평가를 했다. 원호문은 금나라 시인으로 새로 들어선 원나라에 출사하지 않아 좋은 재주 묻혔다고 읊었다.

送錦士之任慈城

금사가 자성으로 부임해 감을 환송함　　　　　　칠절 2수 261

1수

往來僧舍與官閣　　절 집과 관청을 오고 가면서

十日名山落酒中　　십일 동안 명산에서 술 속에 있었네

半世曾無如此別　　반세상 일찍이 이런 이별 없었으니

二千里外又秋風　　이 천리 밖에서도 가을바람 불어오네

 해설

  이 시는 《매천전집》 1권 195쪽의 원문에 '승사僧舍를 승사僧寺, 이천리二千里를 일천리一千里'라고 되어 있다. 이 시는 《역주매천황현시집》(중권) 261~263쪽에 칠절 3수가 번역되어 있다.

2수

烏騾噴鼻浿江寒　　검은 말 코 흘리며 가고 패강은 차가운데

塞上千峯倚劍看　　변방의 천 봉우리를 보니 칼에 의지해 있네

却怪東京班定遠　　도리어 괴이하게도 동경의 반정원[1]이 되어

白頭還出玉門關　　백두에서 다시 옥문관으로 나오더라

오려마烏驢馬 : 검은 말.　　새상塞上 : 변새.

1) 반정원班定遠 : 후한의 명장 반초班超(32~102)를 말함. 《한서漢書》라는 책을 쓴 역사학자 반고班固의 동생으로, 31년간 서역에 머물면서 흉노의 지배하에 있었던 서역 국가들을 정복하여 후한의 세력권으로 넓혔으며, 그 공으로 정원후定遠侯에 봉해졌음.

 해설

  매천은 1899년에, 평안도 압록강변의 자성부사로 부임해 가는 구례군수 금사 박항래와 이별하였다. 40행이나 되는 장편 칠언고시 〈송금사명부이임자성送錦士明府移任慈城〉 1수를 읊은 것이다.(이 시는 《매천전집》 1권 194쪽에 있으며, 《역주매천황현시집》(중권) 254~257쪽에 번역되어 있다.) 그리고 또 토동에서 금사가 장차 출발한다는 이야기를 듣고 위의 시 칠절 2수(1수의 해설에서 기록했듯이 실제로는 3수임)를 지어 보낸 것이다.

渡洛東江

낙동강을 건너며
칠절 1수 262

杜鵑聲裏已殘春	두견이 울음소리에 벌써 봄은 다 지나가고
懶夢和烟趁夕津	게으른 꿈 안개 속에 저녁 나루터를 좇네
歸待行舟沙岸晚	가는 배 돌아오기를 기대하며 사구에서 늦고
落花愁殺渡江人	꽃 지고 근심스러운데 사람들은 강 건너네

잔춘殘春 : 얼마 남지 않은 봄.   행주行舟 : 떠가는 배. 항해하는 배.
사안沙岸 : 사구沙丘.(=사안砂岸)   수살愁殺 : 매우 근심스럽고 슬픔.

至三陟望鬱陵島

삼척에 이르러 울릉도를 바라보며
칠절 1수 262

* 一名于陵島于山氏國在東海中
　일명 우릉도 우산씨국은 동해 가운데 있다.

雲頭注見影沈沈	구름을 주시하여 보니 그림자 침침하게 있고
東海無涯萬里深	동해 바다 끝없이 만 리 깊은 곳에 있네
恰是水仙梳正罷	마치 물속의 신선이 되어 빗질을 다 마치고
翠鬟搭出鏡中心	비취 낭자를 하고 거울 속에 나온 것 같네

沈 성심, 잠길침(가라앉다. 빠지다.) 涯 물가애(끝. 근처.)
罷 마칠파(그만두다), 고달플피 鬟 쪽진머리환(계집종) 搭 탈탑(타다. 태우다.)

順天喚仙亭

순천 환선정에서　　　　　　　　　　　　　칠절 1수 262

畫閣東西楊柳洲　　단청한 누각이 동서로 있는 양류 물가에
紅芙蓉墮白蘋秋　　붉은 부용 꽃 떨어지고 흰 마름 꽃 시름겹네
淸霄爲鶴同仙侶　　맑은 밤 학이 되어 신선과 함께 짝이 되고
憑御天風月下遊　　하늘 높이 바람 타고 달빛 아래 노니네

화각畫閣 : 단청丹靑을 한 누각.　백빈白蘋 : 흰 마름 꽃.　　霄 하늘소(밤)
秋 : 가을추(때. 세월. 여물다.), 근심할추　憑 의지할빙(의탁하다. 증거.)
御 거느릴어(어거하다)　천풍天風 : 하늘 높이 부는 바람.

七月自華嚴寺憩白蓮齋

칠월에 화엄사에서 백련재로 와서 쉬며　　　　칠절 1수 263

禾黍如雲隴畝斜　　구름 같은 벼 기장이 언덕 이랑에 비껴 있고

鷄鳴犬吠野人家　　닭 울고 개 짖는 시골 사람들 집이 있네
大江漸近鍾聲遠　　큰 강가는 점점 가까워져 종소리 멀어지고
一笑白蓮秋有花　　백련을 보고 한번 웃으니 가을꽃 피었어라

야인野人 : 거친 사람. 벼슬을 하지 않고 지내는 사람. 시골에 사는 사람. 여진족.

幽居

궁벽한 곳에 살며

칠절 1수 263

晚來幽卜水兼山　　감춰진 점괘 늦게 나오더니 물과 겸한 산이고
雲鳥相關與共還　　구름 속의 새 상관하여 함께 같이 돌아오네
門外若無徵欠吏　　문 밖에 만약 세금 징수하는 아전이 없다면야
桃源不是好人間　　무릉도원은 바로 좋은 인간 세계가 아니겠는가

유거幽居 : 외딴 곳에 삶, 또는 그 집.
운조雲鳥 : ① 구름 속을 나는 새. ② 구름과 새. 구름과 새의 무늬가 있는 비단.
징세徵稅 : 세금을 거두어들임.

해설

위의 시는 칠절 1수로 되어 있지만 위 시와 같은 제목으로 《매천속집》
273쪽에 오율 1수의 시가 더 있다. 또 매천의 나이 24세 때 지은 《유거신

필幽居信筆》(칠절 2수)라는 시도 있다. 이 시는 《역주매천황현시집》(상권) 45~46쪽에 번역되어 있다. 모두 내용이 다르다.

遣懷

회포를 풀다   칠절 1수 263

靑溪白道水橫斜	푸른 냇가 하얀 길에 물줄기 비껴 있고
萬事紛飛似落花	만사가 분분히 날려 꽃 떨어지는 것 같네
漢武秦皇一榻外	한 무제, 진시황도 한 자리 밖으로 있어
不知身後是誰家	죽은 후에는 누구 집인지 알지 못하리

견회遣懷 : 회포를 풀다. 마음을 달래다.   횡사橫斜 : 가로 비낌.
신후身後 : 사후死後.

 **해설**

천하를 호령했던 진시황, 한무제도 죽으면 만사가 끝장이다. 세상의 관심 밖으로 멀어져 누구의 묘 자리인지 알 수조차 없게 된다. 권력과 인생의 무상함을 읊은 시이다.

한편 매천이 쓴 위의 시와 같은 제목으로 당 시인 두목杜牧이 쓴 〈견회遣懷〉라는 시도 있다. 젊은 날에 환락에 빠져 지내온 생활을 자책하면서 지은 시이다.

> 重陽明日出島, 雲養餞余至塘津. 既渡以別路, 雲初起離
> 亭葉正飛. 分韻賦五古十章擬呈

중양일 다음날 섬을 나오는데 운양이 당진에 이르러 나에게 환송식
을 베풀어주었다. 이미 다른 길로 물을 건넜고, 이별하는 정자에
구름이 처음 일고 나뭇잎이 마침 날렸다. 운을 나누어 오언고시
십장을 읊고 견주며 증정하다

오율 10수 264

■ *雲養金判書允植號

　운양은 김판서 윤식의 호이다.

별로別路 : 헤어져 떠나는 길. 딴 길.

擬 비길의(비교하다. 견주다. 헤아리다. 본뜨다. 의심하다.)

 해설

　매천은 1902년 임인년壬寅年에 '지도 둔곡에서 아흐렛날 김운양 상서를
모시고, 두시 남전최씨장을 뽑아 운함'이라는 칠율 1수의 시를 읊은 바 있
다. 《역주매천황현시집》(하권) 96쪽에 번역되어 있는 이 시를 보면, '운양
김윤식은 면천에서 6년 유배 생활을 하였고, 근래에 탐라에서 7년 유배생
활을 했으며, 또 지도로 옮겼다'라고 적고 있다. 그러므로 이 시는 지도에
서 운양과 헤어지면서 읊은 시로 보여 진다.

　운양은 연암 박지원의 손자이며 초기 개화파였던 박규수의 문인이었다.
박규수는 1876년 강화도조약 체결 당시 우의정으로 강화도조약을 체결한
장본인이었다. 운양은 1880년에 순천부사로 부임했으며, 다시 1881년에
영선사 대표로 청나라에 파견되었다. 청나라 대표 이홍장과 회담을 하였
고, 그 결과 청의 알선으로 1882년 조미수호조약 체결에 영향을 미친 온건

개화파 인물이기도 하였다.

　1907년 특사로 풀려났으며, 1910년에는 대제학으로 발탁되었고, 1910년 매천이 한양에 갔을 때 매천을 위해 융숭한 대접을 해 주기도 하였다. 하지만 한일합병조약 이후에는 일제로부터 자작子爵의 작위를 받았던 친일 인물이 되었다.

1수

樽酒餘幾何	술 단지에 술이 얼마쯤 남아있던가
昨日重陽節	어제는 구월 구일 중양절이었지
回指登高處	돌아보고 가리키며 높은 곳에 올랐고
黃花正愁絶	황국화가 막 피어 매우 시름겨웠네
十里東芚村	십리 되는 동쪽에 둔촌이 있고
草根寒蟬咽	풀뿌리의 쓰르라미 목청을 높이네
珍重尚書履	더욱 보배스러운 상서[1]의 발걸음 옮겨
自至津頭別	스스로 나루까지 와 이별을 하네

수절愁絶 : 매우 근심함.　芚 싹나올둔(나무 싹. 어리석다.)

1) 상서尚書 : 고려 6부六部의 으뜸 벼슬. 조선시대 정2품의 판서判書로, 이 시에서는 운양 김윤식을 말함. 운양은 1884년 갑신정변 후에 병조판서가 되었고, 1895년 10월 을미사변(명성왕후 모의 살해사건)이후 외무대신이었다.

자지自至 : ~부터 ~까지.　진두津頭 : 나루.

2수 264

送者倚杖立	보내는 자 지팡이에 의지해 서 있고
去者登舟顧	가는 사람 배에 타 뒤돌아보네
盈盈衣帶水	물이 찰랑 찰랑 옷차림이 물속에 있고
秋草滿南浦	가을 풀은 남포에 가득 차 있네
靑沙落早潮	푸른 모래사장에 아침 썰물 나갔는데
歷歷行人渡	역력히 사람들은 물을 건너가네
不須勞相指	애써 서로를 가리킬 필요 없으니
我自辨歸路	나는 스스로 돌아갈 길 갖추노라

의대衣帶 : 옷과 띠. 갖추어 입은 옷차림. 불수不須 : '~할 필요 없다(=불용不用)'의 뜻. 영영盈盈 : 물이 가득 차서 찰랑찰랑함. 辨 분별할변, 갖출판, 두루편

3수 264

獵獵風帆滿	깃발이 나부껴 돛단배에 바람 가득하고
落葉何繽紛	낙엽은 어찌 어지럽게 떨어지는가
遠客未授衣	멀리서 온 나그네는 옷을 주지 못하고
寒砧空自聞	쓸쓸히 다듬잇돌 소리만 허공에 들려오네
島山望漸遠	섬 산에서 점차 멀리 바라다보니
岐路不可分	갈림길은 나눠지지 않았도다
眼窮空花翳	눈 다한 곳에서 일어나는 망상이 흐려
非是海生雲	바다에 생기는 구름은 아니었더라

獵 사냥렵(찾다), 불렵　엽렵獵獵 : 바람소리. 바람에 나부끼는 소리.
繽 어지러울빈(세력이 왕성하다)　빈분繽紛 : 많고 성함. 꽃 따위가 어지럽게 떨
어짐. 바람이 많이 붊.　砧 다듬잇돌침　기로岐路 : 갈림길.
공화空花 : 번뇌에서 일어나는 여러 가지 망상. 공화空華.
翳 일산예(흐리다. 그늘. 가리다.)

4수 264

昔聞海上山	옛날에 들으니 해상에 산이 있고
窈窕多仙居	요조한 많은 신선들이 산다고 했네
麟鳳作隊遊	기린과 봉황새 무리 지어 놀고 있고
瓊樹常扶疎	옥 나뭇가지는 언제나 사방으로 뻗어있네[1]
所思若有人	생각한다는 것은 사람이 있는 것과 같아
蕙帶飄霞裾	혜초[2]로 만든 띠 옷이 노을에 나부끼네
獨抱水仙操	나 홀로 거문고 안고 수선조[3]를 타며
逝遊物之初	가서 자적하니 이것이 사물의 시초로다

요조窈窕 : 행동이 얌전하고 정숙함.　瓊 옥경, 아름다운옥선
경수瓊樹 : 옥이 열린다는 나무로, 그 꽃을 먹으면 오래 산다고 함. 옥처럼 아름
다운 나무. 인격의 고결함.
1) 부소扶疎 : 나뭇가지가 사방으로 훤칠하게 뻗음.
2) 혜대蕙帶 : 혜초(콩과의 두해살이풀)로 만든 띠.
飄 나부낄표(빠르다)　霞 노을하, 새우하(=鰕), 멀하(=遐)　裾 자락거
3) 수선조水仙操와 백아절현伯牙絶絃 : 백아伯牙와 종자기鐘子期 고사는 《열
자列子》〈탕문편湯問篇〉에 나온다. '지음知音'이나 '백아절현伯牙絶絃' 또는 '백아

파금伯牙破琴'이라는 고사와 관련이 있다. 중국 전국시대 초楚나라 태생인 유백아俞伯牙는 스승인 성연자成連子로부터 수년 동안 음악을 배웠다. 성연자는 백아를 태산으로 데리고 가 해와 달이 뜨고 지는 우주의 장관을 보여 주었다. 또 봉래의 해안으로 데리고 가서는 도도한 거센 파도와 휘몰아치는 비바람 소리를 들려주었다. 그렇게 하여 대자연이 어울려 화합하고, 조화된 자연의 음악을 터득하게 된 백아는 금곡琴曲 천풍조天風操와 수선조水仙操를 완성하였다.

백아는 천풍조天風操와 수선조水仙操를 타고 종자기는 그 거문고 소리를 잘 들었는데, 종자기가 죽고 난 후 거문고 줄을 끊어버리고 다시는 거문고를 타지 않았다고 한다. 자기의 속마음까지 알아주는 진정한 친구나 그러한 사귐의 완벽한 우정을 비유한다.

5수 265

柳州賦囚山	유종원[1]은 영주에 귀양 가 부 지었고[2]
潮州歎隴吏	한유[3]는 조주에서 농리를 한탄하였네
兩公皆人傑	두 사람이 모두 다 인걸이었으니
筆筆窮途意	필적마다 가는 길의 뜻을 다하였네
何如蘇子瞻	어찌하여 저 소자첨[4]은
嬉笑忘儋耳	즐겁게 웃으면서 담이[5]를 잊었던고
淸風九原下	맑은 바람 저승 아래에서
安得斯人起	어찌 이 사람을 일어나게 했는가

유주柳州 : 중국 광서장족廣西壯族 자치구에 있는 상공업 도시.

1) 유종원柳宗元(773~819) : 당송 팔대가의 한 사람으로 자는 자후子厚. 일찍이 유우석劉禹錫과 함께 혁신단체에 참가했으나, 실패하여 805년 영주사마永州司馬로 좌천되었다. 후에 류주자사柳州刺史를 지내 류유주柳柳州라고도 한다. 한유韓

愈와 함께 고문운동을 했으며, 그가 쓴 잡문雜文에서 심오한 철리哲理를 나타냈다. 〈영주철로보지永州鐵爐步誌〉, 〈삼계三戒〉, 〈포사자설捕蛇者說〉, 〈종수곽타전種樹郭駝傳〉 등은 구상이 참신하며 문체가 생동감 있다. 산서 하동사람으로 저서에 《유하동집柳河東集》이 있음.

2) 수산囚山 : 귀양지를 지칭함. 중국 당나라 유종원柳宗元이 지은 영주永州에 귀양살이할 때 지은 부賦의 이름에서 유래함.

3) 한유韓愈(768~824) : 당 시인 문인으로 당송팔대가의 한사람. 자 퇴지退之, 시호 한문공韓文公. 35세 때 국자감의 사문박사를 거쳐 감찰어사監察御使, 형부시랑刑部侍郎이 되었으나, 819년 헌종憲宗이 불골佛骨을 궁중으로 들이려고 하였을 때 반대하는 표表를 올려 52세 때 조주자사潮州刺史로 좌천되었다. 다음 해 헌종이 죽자 국자제주國子祭酒가 되었다.

  한유는 사륙변려문四六駢儷文에 반대하였고, 자유로운 고문古文을 유종원柳宗元과 함께 창도하였다. 《창려선생집昌黎先生集》이 있다.

隴 언덕롱(두둑. 고개이름.) 농단隴斷 : 높이 솟은 언덕. 어떤 사람이 높은 곳에 올라서 독점했다는 옛일에서 '이익을 독점함'의 뜻.

희소嬉笑 : 실없이 웃음. 또는 그런 웃음. 예쁘게 웃음.

4) 소자첨蘇子瞻 : 동파東坡 소식蘇軾(1036~1101)을 말함. 만년에 해남도海南島로 유배되어 7년 동안 원주민 여족黎族과 함께 생활하였다. 휘종徽宗의 즉위와 함께 귀양살이가 풀렸으나 돌아오던 도중 강소성江蘇省 상주常州에서 사망하였다.

擔 멜담(항아리)

5) 담이擔耳 : 중국 남쪽지방에 있었던 여덟 오랑캐의 하나. 구원九原 : 저승.

6수 265

悱惻君臣際	군신 사이에 슬퍼 말이 나오지 않았고
楚騷非怨詞	굴원의 이소경[1]은 원망스런 글 아니었네
蛾眉英相妬	고운 눈썹 뛰어나 서로 질투를 하며
恐惕黃昏期	아마도 황혼기를 속인 것 같네

貞心不可渝	곧은 마음은 변할 수 없었고
誓抱崇蘭萎	가슴에 맹서하며 시들은 난을 소중히 했네
莫作棄婦行	부녀자의 착한 행실[2]을 버리고서
中道恨睽離	중도에 서로 등지고 헤어짐을 한탄하지 말라

아미蛾眉 : 누에나방의 눈썹. 고운 눈썹. 미인美人.

英 꽃부리영(꽃잎. 꽃 장식. 싹.) 俳 표현못할비 惻 슬퍼할측

1) 초소楚騷 : 초나라 굴원이 지은 이소경. 원사怨詞 : 신라 진평왕 때에, 기녀 천관天官이 지었다고 전하는 노래. 천관원사. 悮 그릇할오(속이다)

승란崇蘭 : 총란叢蘭. 萎 시들위 기부棄婦 : 버림받은 여인. 버려진 아내.

2) 부행婦行 : 아내의 올바른 행실에 대한 가르침. 《명심보감明心寶鑑》〈부행편婦行篇〉에 사덕지예四德之譽(부덕婦德, 부용婦容, 부언婦言, 부공婦工)를 강조하고 있음. 睽 사팔눈규, 부릅뜰계 규리睽離 : 서로 등지고 헤어짐.

7수 265

儒仙在山澤	신선이 된 최치원[1]이 산림천택에 있고
浩歌凌靑冥	큰 소리로 노래 부르며 푸른 바다 능멸하네
朝採瑤草英	아침에는 아름다운 풀과 꽃을 뜯으며
夜誦黃庭經	저녁엔 도교의 경문 황정경[2]을 암송하네
智哉龍蛇蟄	지혜롭도다, 용과 뱀의 칩거함이
保此龜鶴齡	이렇게 거북과 학의 나이를 보존하네
逢君彼何人	그대를 만나니 저 분은 어떤 사람인가
封泰禪云亭	태산 운정[3]에서 봉선하였네[4]

1) **최치원崔致遠**(857~?) : 자는 고운孤雲·해운海雲.《계원필경桂苑筆耕》,《제
왕연대력帝王年代曆》의 저서가 있다. 18세에 당의 빈공과에 합격하여 〈토황소격
문〉을 지었으며, 신라로 돌아와 시랑직과 정읍 태인태수 등을 지냈다. 말년에 벼슬
을 버리고 가야산으로 은거하였으며, 신선이 되었다고 해서 유선儒仙으로 불린다.

호가浩歌 : 큰 소리로 노래를 부름. 또는 그 노래.

요초瑤草 : 아름다운 풀.

2) **황정경黃庭經** : 도교道敎의 경문經文 또는 경전經典. 위부인魏夫人이 전한 황
제내경경黃帝內景經과 왕희지가 베껴서 거위와 바꾸었다는 황제외경경黃帝外景
經, 황정둔갑연신경黃庭遁甲緣身經, 황정옥축경黃庭玉軸經 등 4가지가 있음.

彼 저피(그. 저쪽.)

3) **선주운정禪主云亭** : 운云과 정亭은 천자天子가 봉선하고 제사祭祀하는 곳으
로, 운정云亭은 태산泰山에 있음.

4) **봉선封禪** : 중국의 제왕帝王이 천지를 제사하는 의례. 최초의 시행자는 진시황
제秦始皇帝였는데, BC219년 산동성 태산泰山 산정에서 하늘에 제사지내고, 부근
의 양부梁父라는 동산에서 땅에 제사지냈다. 한무제漢武帝 때부터는 대규모의 정
치적인 제사가 되었다. 봉封이란 옥으로 만든 판에 원문願文을 적고 돌로 만든 상
자에 봉하여 천신天神에게 비는 일이었고, 선禪이란 토단土壇을 만들어 지신地神
에게 비는 일이었음.

8수 265

十二瞿塘灘	장강 삼협 협곡1)에 열두 개의 여울 있고
要津不可涉	나루가 필요하니 건너지 말라
槃水訴奇寃	물이 빙빙 돌아 갑자기 원통함을 호소하고
嶺海成小劫	영해2)에서 유배는 매우 긴 시간3)이었네
非無彌綸手	없는 것은 아니라서 두루 손을 다스리지만
多償而少捷	실패하는 것은 많고 이뤄지는 것은 적네

金張究何德	금과 장4)이 어찌 덕을 궁구하리
貂蟬誇七葉	당상관5)은 관의 일곱 잎 장식을 자랑하네

瞿 놀랄구(두려워하다)

1) **구당瞿塘** : 중국 삼협三峽의 하나로 양자강 상류에 있는 협곡임. 양쪽 절벽 사이 급류가 흐르는 곳에 관문關門을 만들었음.

塘 못당(방죽. 제방.) 槃 쟁반반, 즐길반(=般) 寃 원통할원

2) **소옹영해익탐선蘇翁嶺海益耽禪** : 소옹蘇翁은 송宋 시인 소동파蘇東坡를 말하며, 영해嶺海는 그가 유배되었던 산하山河를 뜻함.

3) **소겁小劫** : 불교에서 열 살에서 100년마다 한 살씩 늘어서 8만 살에 이르는 동안.

비유비무非有非無 : 모든 법의 실상은 있지도 없지도 아니함. 유와 무의 중도임.

미륜彌綸 : 두루 다스림. 債 넘어질분(실패하다) 捷 빠를첩(이기다)

4) **금장金張** : ① 금 입힘. ② 한漢 선제宣帝 때 김일제金日磾와 장안세張安世로 권문세가의 비유. 90쪽 〈촌거감흥 村居感興〉의 제3수 주2)에 설명하였음.

5) **초선貂蟬** : 담비 꼬리와 매미 날개. 높은 조관朝官, 또는 당상관堂上官. 동탁董卓을 죽이게 한 미인.

9수 265

培塿成泰山	언덕이 모여 태산을 이루듯이
大德由細行	큰 덕은 작은 행실로 말미암은 것이네
兢兢名教地	긍긍하여 인륜의 명분을 가르치는 곳에
踰限卽坎井	기한을 넘겨 우물을 팠도다
偉哉趙文烈	위대하도다, 금산 의병장 조문열1)이여
驛炬手自秉	역참에 불 켜며 스스로 손에 횃불을 잡았네

屈指古名臣　　손가락을 꼽는 옛날 명신들은
踵步貴居正　　한 발자국도 바르게 사는 것을 귀히 여겼네

培 북돋울배(양성하다.)　　塿 언덕루　　세행細行 : 작은 행실行實. 대수롭지 않은
예법禮法.　　긍긍兢兢 : 조마조마하여 마음을 놓지 못하는 모양.　　유한踰限 : 기한
을 넘김.　　명교名教 : 인륜의 명분名分을 가르침. 유교儒教.　　坎 구덩이감
1) 조헌趙憲(1544~1592) : 조선 선조 때 문신으로 금산 의병장이었음. 호는 중봉
重峯 또는 도원陶原. 율곡의 학덕을 배우고 기린다는 뜻으로 후율後栗이라는 자호
를 짓기도 했다. 1567년 식년문과에 병과로 급제했으며, 사헌부감찰을 지냈다.
1587년 동인 정여립鄭汝立을 논박하는 만언소萬言疏를 지었다.
　　1592년 4월 임진왜란 때 의병 1,600여 명을 모아, 8월 1일 영규靈圭의 승군僧
軍과 함께 청주성을 수복하였다. 그 후 700명의 남은 병력을 이끌고 금산에서 영
규의 승군과 함께 고바야가와(小早川隆景)의 왜군과 8월 18일 전투를 벌인 끝에
전사하였다. 1971년 금산에 칠백의총이 성역화 되었다.
굴지屈指 : 무엇을 셀 때, 손가락을 꼽음. 여럿 중에서 몇째 감.
炬 횃거(사르다)　　驛 역말역(정거장)　　蹞 발걸음규, 지침설　　규보蹞步 : 발걸음.

10수 266
公年及致事　　공의 나이에 관직을 그만둠에 미치어
我亦隣知非　　나 역시 이웃이 아님을 알았도다
南山與北山　　남산과 북산이 함께 있으니
各自歸歟歸　　각자 스스로 돌아가자, 돌아가
道家忌盛滿　　도가에선 풍성하고 넘치는 걸 금기하는데
哲人貴見幾　　철인은 일의 조짐 보는 것을 귀히 여기네
世網動相罥　　세상의 번거로운 근심이 변해 서로 꺼려져

不必慕雄飛 힘차게 날아가는 것을 흠모할 필요가 없네

致 바칠치(보내다) 치사致事 : 관료의 근무 성적 보고. 관직을 내놓고 물러남.
(=치사致仕) 성만盛滿 : 넘치도록 가득 참. 집안이 번창함. 歟 어조사여
귀견貴見 : 남의 의견을 높임. 견기見幾 : 일의 조짐을 미리 봄.
세망世網 : 물고기나 새 따위가 그물에 걸려 있음. 세상의 번거로운 근심.
웅비雄飛 : 기운차고 용기 있게 활동함.
罣 걸괘(걸리다. 연루되다. 방해되다.) 窠 구멍규

向仙嵒寺南菴

선암사 남암으로 향하며

266

이 시는 1895년 매천 41세 때 지은 오율 1수의 작품이다. 《매천전집》
108쪽에는 〈방선암사訪仙巖寺〉라는 제목으로 되어 있으며, 《역주매천황현
시집》(상권) 356~358쪽에 번역되어 있다.

華嚴寺七夕

화엄사에서 칠석날에

오율 1수 266

問否雙星渡 견우직녀가 오작교를 건넜는지

迢迢月已生 묻지 않았는데 달은 벌써 높이 나왔네

溪凉浮木末　　시냇가 서늘하여 나무 끝에 떠 있고
樓夜散人聲　　저녁 누각에서 사람소리 흩어져 나네
古寺悄難夢　　옛 절은 근심으로 꿈꾸기 어렵고
秋山逈自明　　가을 산은 멀리 스스로 밝구나
坐禁風露重　　앉아서 이슬 바람 많은 것을 견디니
河漢掛西城　　은하수가 서쪽 성곽에 걸려 있도다

쌍성雙星 : 두 개가 상대하여 보이는 별. 견우성과 직녀성 따위.
逈 멀초(높다. 아득하다.)　悄 고요할초(근심하다. 엄하다.)　禁 금할금
풍로風露 : 바람과 이슬. 바람결에 빛나는 이슬.

客室

객실에서　　　　　　　　　　　　　　　　오율 1수 266

閒居亦多事　　한가하게 산다 해도 역시 일이 많고
日瀹灌花泉　　날마다 씻으며 샘물로 꽃에 물을 주네
兒鈍量朝課　　아이가 둔해 아침 과제를 헤아려 주고
吾衰驗晝眠　　내가 쇠약해 낮잠을 시험 삼아 자보네
晴禽不離磵　　갠 날에 새들은 골짝을 떠나지 못하고
春草欲爭田　　봄풀은 돋아 다투어 밭을 맬 때로다

有客如君輩	나그네는 그대들과 함께 있으니
何曾惜酒錢	어찌하여 일찍이 술값을 아낄 것인가

객실客室 : 손님을 거처하게 하거나 응접하는 방.　瀹 데칠약(삶다. 씻다.)
쟁전爭田 : 밭을 서로 쟁탈함. 전지를 가지고 다툼.

與郡侯滯雨華寺

군후[1]와 더불어 비속에서 화엄사에 머물다　　　　오율 1수 267

今朝雨又作	오늘 아침에 비가 또 오고
歸思一何遙	돌아갈 걸 생각하면 어찌 먼 곳이리오
短僕愁江水	키 작은 노복은 강물을 걱정하고
飢驢仰遠霄	굶주린 나귀는 먼 하늘을 우러러 보네
百回池畔路	백 번 돌아가도 연못가의 길이라서
獨出寺前橋	혼자서 절 앞의 다리로 나와 보네
桑宿終難定	상숙[2]함에 끝내 정하기 어려워
重期赴郡邀	거듭 군후의 초대에 갈 것을 기약하네

1) 군후郡侯 : 고을 원님.　霄 하늘소(진눈깨비)
2) 상숙桑宿 : 어떤 것에 대해 연연해하는 마음이 있음. 수행하는 중이 뽕나무 아

래에서 쉬되 한 나무 아래에서는 세 번 이상 쉬지 않고 자리를 옮긴다고 하는데,
한곳에 오래 머무르면 집착하는 마음이 생길까 염려해서임.

赴 나아갈부(알리다. 부고.)　邀 맞을요(초대하다. 만나다. 구하다.)

石峴村信宿

석현촌에서 이틀을 자다

오율 3수 267

1수

儘覺溪庄好	냇가의 별장이 다 좋다는 걸 깨닫더니
全家漾縠紋	온 집안이 무늬 있는 물로 출렁거리네
囀深花裏鳥	꽃 속에서 새들이 왁자지껄 지저귀고
歸懶雨餘雲	비온 끝에 구름 피어 게을리 돌아오네
風咏圓新稧	풍영[1]계는 새로 계제를 접쳐보고
漁樵款舊群	어부와 나무하는 옛 친구들이 찾아오네
硯前三世友	석현에는 예전대로 삼세[2]의 벗들 있어
靑眼又看君	반가운 눈으로 또한 그대들을 보니라

漾 출렁거릴양　縠 곡식곡　縠 주름비단곡(명주. 생견.)　紋 무늬문(직물)

문곡紋縠 : 무늬가 있고, 오글오글하게 주름진 비단.　囀 지저귈전

1) 풍영風咏 : 풍風은 '바람 쐬고 납량納凉하다의 바람풍 또는 시경詩經의 정풍正
風과 변풍變風. 여러 나라의 민요, 풍악(악곡).' 등의 뜻이 있다.

　《논어》〈선진先進〉에 공자가 그 제자 자로, 염구, 공서화, 증점과의 대화에 나

온다. 공자가 "그대들은 장차 무슨 일을 하고 싶은가?"라고 묻자 거문고를 타던 증점曾點이 대답하였다. "늦은 봄에 봄옷이 다 완성되면 대여섯 명의 어른과 예닐곱 명의 아이들을 데리고 기수沂水에서 멱 감고 무우舞雩에서 바람 쐬면서, 시나 읊으며 돌아오겠습니다.(관자오육인冠者五六人 동자육칠인童子六七人으로 욕호기浴乎沂하여 풍호무우風乎舞雩하여 영이귀詠而歸호리이다.)"라 하였다.

禊 벤벼계(볏짚.), 푸닥거리계(=禳 계제를 지내다. 목욕재계하다.)

圓 둥글원(점치다. 판단하다=原.)   원몽圓夢 : 해몽解夢. 꿈을 점쳐서 길흉을 판단하는 일. 점몽占夢.   어초漁樵 : 고기 잡고 나무하는 일, 또는 그런 사람.

款 정성관, 두드릴관

2) 삼세三世 : ① 조부祖父·부父·자子. ② 불교에서 과거·현재·미래. ③ 3년. ④ 아버지의 세상(보는 바의 세상), 조부 때의 세상(들은 바의 세상), 증조·고조의 세상(전해들은 바의 세상).

2수 267

四鄰花盡發	사방 이웃 모두가 꽃 활짝 피어 있고
一雨燕初飛	한번 내린 비에 제비가 처음 날아가네
客久驚寒食	나그네 된지 오래라 한식 되어 놀라고
春深厭絮衣	봄은 무르익어 솜옷이 싫어지네
蟹稀溪笠散	게 드물어져 냇가에 삿갓이 흩어지고
蔬美市筐歸	채소 맛 좋아 광주리에 사서 돌아오네
疑有人携酒	사람이 술 가지고 오는가 싶더니만
林風動竹扉	숲 속 바람에 대 사립문이 움직이네

3수 267

愁至忘爲妙	근심이 오면 묘미를 잊어버리고
居然日一詩	머물러 살며 날마다 시 한수씩 짓네
家書寒食後	집에 부치는 편지는 한식 후의 일이요
酒病落花時	술로 병들기로는 꽃이 질 때로다
耕始牛皆快	갈기 시작하여 소는 모두 경쾌해지고
飛閒鷺太遲	한가한 해오리는 매우 천천히 날아가네
漸驚春物變	점점 봄 사물이 변하는 게 놀랍더니
科斗漲荒池	올챙이가 거친 연못가에 불어나더라

거연居然 : 머물러 있음. 온통 그대로. 편안한 모양(=안연安然). 상상외의 기쁨.
가서家書 : 집으로 부치는 편지, 또는 집에서 온 편지. 그 집에 전하는 책.
과두科斗 : 올챙이. 과두문자科斗文字의 준말.(=전서篆書 이전의 가장 오래된 글자)

 감상

　석현은 매천의 출생지이며 고향이다. 매천은 10살을 전후하여 아버지의 고향인 남원이나 구례의 왕씨 가문에 와서 공부하였기에, 명절 때나 고향에 갈 수 있었다.

　성인이 되고 이사하여 석현을 떠나왔어도, 석현촌에 대한 그리움과 향수가 있었다. 그리고 이곳에는 매천이 물려받은 농장도 있었다.

　1수에서는 오랜만에 고향에 찾아와보니 어초하는 죽마고우들이 찾아오고, 할아버지와 아버지의 친구들도 반갑게 맞이해 주고 있다.

　2수에서는 석현의 풍물을 그리며, 집 떠나온 지 오래되어 어느새 한식이 되어버린 세월의 빠름을 묘사하였다.

3수에서는 술 먹어 병이 생길 즈음에 농사 일로 점점 바빠져 가고 있는 석현촌을 묘사하였다. 봄 사물이 변해가고 있는 농촌의 생활상을 읊어 한 편의 시중유화詩中有畵를 보는듯한 시이다.

冬夜五峯書塾

겨울 밤 오봉서숙에서

오율 1수 268

肅肅聞松吹	소소한 솔바람 소리 들려오고
虛堂一倍淸	텅 빈 대청은 배나 맑아라
井濛升曉氣	우물가에 가랑비 와 새벽기운 오르고
月厲逈人情	달이 높이 떠 사람의 인정이 사무치네
猛火烹鷄候	맹렬히 타는 불은 닭 삶는 징후이고
疎篘漉酒聲	거친 용수로 술 거르는 소리 들려오네
苦吟衣不冷	힘써 읊노라니 옷이 차갑지 않아
獨自下階行	혼자 스스로 섭돌 아래로 가보네

숙숙肅肅 : 엄숙하고 고요함. 몽몽濛濛 : 안개 연기 따위가 자욱함.
厲 갈려(문지르다), 힘쓸려(괴롭다. 높다.), 문둥병라
疎 트일소(멀다. 드물다. 거칠다.) 篘 용수추(술을 뜨거나 장을 거르는 데 쓰는 기구의 한 가지), 술추 候 기후후(기다리다. 묻다. 징후.)
漉 거를록(밭다. 치다.) 녹주漉酒 : 술을 거름.

暑月久客稠谷

유월[1]에 객이 조곡[2]에 오래 머물다   오율 7수 268

1수

繞屋千章樹	집을 둘러싸고 많은 큰 나무들 있고
蟬多更厭聞	매미마다 우는 소리 다시 듣기 싫어라
飯因苬遞减	밥은 산수국으로 번갈아 줄어들고
愁與酒平分	근심은 술과 함께 똑같이 나눠지네
市近溪猶鬧	저자 부근의 냇가는 오히려 시끄럽고
村深雨亦薰	촌 깊은 곳에 오는 비도 향기롭네
何來牛背笛	어느 때나 소 등 타고 피리 불며 올까
吹破一峯雲	불고 나니 봉우리 하나에 구름 있네

1) 서월暑月 : 더운 달. 음력 유월. 久 오랠구(머무르다)
2) 조곡稠谷 : 순천시의 지명 이름. 章 글장(시문의 절), 큰재목장(큰 재목을 세
는 단위) 천장千章 : 천 그루의 나무. 많은 나무. 장章은 큰 나무를 세는 단위임.
苬 산수국고 遞 갈릴체(전하다. 역참. 번갈아.)
평분춘색平分春色 : 미인과 접촉하며 사랑을 받는 것. 鬧 시끄러울뇨(함부로)

2수 268

| 滯雨空齋晚 | 비에 갇혀 집 비우는 것[1] 늦어지니 |
| 幽懷雅自生 | 그윽한 회포 절로 아름답게 생기네 |

墨良磨不減　　좋은 먹은 잘 닳아지지 않고
茶若呷無聲　　차 마시며 훌쩍거리는 소리 없네
久客身還健　　오래된 나그네는 오히려 몸 건강하고
中年眼更明　　중년 나이에 눈은 더욱 밝아지네
未堪師汝輩　　스승은 너희들을 감당하지 못하고
虛負五言城　　헛되이 오언 시[2]를 저버리노라

체우滯雨 : 비에 막혀서 체류함.　齋 재계할재(깨끗이 하다), 집재,
1) 공재空齋 : 성균관의 유생들이 기숙사인 양재에서 나감. 공관空館이나 권당捲
堂과 유사함.　雅 메까마귀아(바르다. 고상하다.)　墨 먹묵
呷 마실합(울다)　구객久客 : 오랫동안 객지에 있는 나그네.
2) 오언성五言城 : 오언시를 말함. 당나라 시인 유장경劉長卿이 오언시를 잘하여
사람들이 '오언장성五言長城'이라 일컬었음.

3수 268

臥看溪漸漲　　누워서 냇물이 점점 불어남을 보고
凉意滿簾生　　서늘한 뜻이 주렴에 가득 생겨나네
樹障驚蟬勢　　나무 있는 두렁에 매미들의 기세 놀랍고
泥粘墜果聲　　점토 흙에 과일 떨어지는 소리나네
雨雲初已黑　　비구름은 처음부터 먹구름이고
暗日遠先明　　어두운 날은 먼 곳에서 먼저 밝아오네
隔巷農謳急　　길 건너 농부는 빠른 가락으로 노래하고
炊烟泛暮城　　밥 짓는 연기는 저문 성곽에 떠있네

簾 발렴(주렴珠簾 : 햇빛 등을 가리는 물건. 한시漢詩에서 평측平仄을 맞추는 방법.) 障 막을장(장애. 밭두둑. 보루.) 墜 떨어질추

暗 어두울암(가만히. 밤.), 외울암 謳 노래구 취연炊烟 : 밥 짓는 연기.

4수 269

城影涵平楚	성곽의 모습은 평지 숲에 잠겨 있고
蒼蒼夕望遙	아득히 저녁이 되어 멀리 바라보네
日沈全露轂	해가 지자 수레바퀴 다 드러나고
虹斷不成橋	무지개가 끊겨 다리가 되지 않았네
俗節爭殘市	속절[1]에는 쇠잔한 시장에서 다투고
村傭約早朝	촌 품팔이꾼은 이른 아침을 약속 하네
溪竿魚正食	냇가 낚싯대로 잡은 고기는 정식 되고
暝坐謝人招	저물도록 앉아 사람들 불러 사례하네

涵 젖을함 楚 초나라초, 회초리초(가시나무)

평초平楚 : 평지 같이 보이는 숲.

창창蒼蒼 : 빛이 바램. 앞길이 멀어서 아득함.

轂 바퀴통곡(수레) 露 이슬로(드러나다.)

1) 속절俗節 : 사당祠堂이나 조상 묘에 차례를 지내는 날.

傭 품팔용(품삯) 조조早朝 : 이른 아침. 조단무旦. 조천무天.

暝 저물명(잠을 자다. 밤.)

5수 269

儘有林泉勝	단지 숲 속에 넘치는 좋은 샘물이 있고
聊成靜志居	즐겨 조용히 살아가는 것에 뜻을 두네
桐陰凉過沐	오동나무 그늘 서늘하여 목욕한 것 이상이요
柿葉滑妨書	감잎은 미끄러워 글씨 쓰는 걸 방해하네
暑劇稀聞鳥	더위가 심해 새소리 간간이 들려오고
溪渾更上魚	냇물이 흐려 고기가 다시 튀어 오르네
風窓高睡晚	바람 부는 창가에서 높이 베며 늦잠 자고
浮世玩蘧廬	떠도는 세상1) 오두막집에서 희롱하며 노니네

儘 다할진(완수하다. 다만~뿐.)   聊 애오라지료(부족하나마 그대로. 힘입다.)
柿 감나무시   劇 심할극(번거롭다)

1) 황량완세黃粱玩世 : 조촐하게 먹고 사는 보람 또는 덧없는 세상.
　당나라 서울 한단에 노생盧生이라는 사람이 도사道士 여옹呂翁이 준 베개를 베
고 잠들어 꿈을 꾸었다. 꿈속에서 부귀영화를 부리다가 꿈을 깨고 보니 아직 황량
黃粱의 밥이 익지 않은 시간이었다. 황량일취몽黃粱一炊夢 또는 노생지몽盧生之
夢의 고사이다. 蘧 풀이름거(술패랭이꽃. 연꽃.)

6수

竹嶼居村口	대밭 섬이 있는 마을 어귀에 거주하여
清風時滿堂	맑은 바람이 때로 온 집안에 불어오네
野巾爭鸛白	들녘에 두건 쓴 농부는 흰 황새와 싸우고
溪笛幷牛凉	냇가의 피리소리는 쓸쓸히 소와 함께 듣노라

驟熱雲頭銳　갑자기 뜨거운 구름이 빠르게 지나가고
輕晴雨意長　잠시 하늘이 개이더니 비 올 기미 많네
久歎坊酒美　전방의 술맛이 좋아 오랫동안 찬탄해보고
因復乞鈔方　그로 인해 다시 사방으로 시초를 구하네

嶼 섬서(작은 섬)　거촌居村 : 머물러 사는 마을.　鸛 황새관　驟 달릴취(갑자기)
銳 날카로울예　坊 동네방(전방. 절.)　鈔 노략질할초(베끼다. 문집.)
초鈔 : 광범한 글과 뜻을 간추려 엮은 책.　시초詩抄 : 시를 뽑아 적는 일 또는 책.

7수
月上暑猶在　달이 무더위 속에 아직도 남아 있어
披衣出野亭　옷고름 풀며 들판의 정자로 나오네
瘴雲晴亦暗　장기[1] 있는 구름이 개이다가 어둡고
虫火夜渾靑　반딧불은 밤에 푸른빛이 흐릿하네
細響田間水　밭 사이로 물소리 가느다랗게 울려오고
低流木末星　나무 끝의 별빛은 나지막이 흐르네
眼看河漸徙　눈으로 보니 은하수는 점점 옮겨가고
羈旅幾時徑　객지의 나그네는 얼마 만에 지나는가

瘴 장기장(풍토병)
1) 장기瘴氣 : 축축하고 더운 땅에서 생기는 독한 기운.
徙 옮길사(귀양 보내다)　羈 굴레기(말고삐. 얽매이다. 나그네.)

기려羈旅 : 객지에 머물러 있는 나그네.
기시幾時 : 몇 때. 언제(=하시何時). 얼마 만에.

次祥兒夏課

상아의 여름 과제를 차운함

오율 4수 269

1수 270

曳徐筇欲曲	천천히 끄는 지팡이 소리 딸각 딸각 곡조 되고
磨久墨從傾	오랫동안 갈은 먹은 기울어 닳아있네
雇直詢從俗	일꾼에게 직접 풍속을 좇아 물어보며
郵書寄入城	우편으로 보내는 편지 성으로 가 부치네
山簷蝙蝠暗	산촌 초가 처마에 박쥐가 어둔 곳에 살고
溪路荳花明	냇가로 가는 길가 콩 꽃이 환희 피어있네
殘暑桐陰畔	잔 더위가 오동나무 그늘 가에 있어
移床臥月明	평상을 옮겨 밝은 달 아래 누워있노라

筇 대이름공, 지팡이공 雇 품살고(머슴) 詢 물을순
우서郵書 : 우편으로 보내는 편지. 蝙 박쥐편 편복蝙蝠 : 박쥐.
簷 처마첨(갓모자) 荳 콩두

2수 270

雨捲東峯出	비가 걷히니 해가 동봉으로 나오고
靑烟八九家	푸른 연기 팔구 집에서 피어오르네
樹盤渾作石	나무 밑둥이 둥글게 반석 만들고
溪蝗却無沙	냇가의 황충이는 도리어 모래펄에 없네
落日群蟬急	석양에 매미 떼들 우는소리 급하고
空江一燕斜	텅 빈 강가에 제비 한 마리 비껴 나네
賞心揩老眼	즐겁고 기쁜 마음으로 노안을 닦으니
籬落有秋花	울타리에 가을꽃이 피어 있도다

捲 말권(감아말다), 힘쓸권(분발하다. 기세.) 盤 소반반(대야. 큰 돌. 바탕.)
상심賞心 : 경치를 즐기는 마음. 즐겁고 기쁜 마음.
揩 닦을개(지우다) 이락籬落 : 울타리.

3수 270

偶乞西隣酒	우연히 서쪽 이웃 마을에서 술 얻어먹고
頹然得暫豪	취해 쓰러질 듯 해 잠시 호탕해 지네
夢因忘世澹	꿈속의 인연으로 세상을 잊어 담박해지고
詩自食貧高	시제 절로 먹는 것 빈한하여 고상해지네
蕉快常疑雨	시원스런 파초는 항상 비 올까 의심하고
松凉逈欲濤	서늘한 소나무 멀리 파도 치고자 하네
白頭猶飽煖	흰머리는 오히려 배부르고 따뜻하니[1]
畊耨敢言勞	경작하고 김매 감히 수고했다고 말하네

1) 포난飽暖 : 포식난의飽食煖衣. 먹고 입는 것이 풍족함.

 해설

　안빈락도安貧樂道의 삶을 그린 시이다. 미구의 포난飽暖은 《명심보감明心寶鑑》〈성심편省心篇〉에 있다. "포난飽煖에 사음욕思淫慾하고 기한飢寒 발도심發道心이라."하였다. 배부르고 따뜻한 곳에서 호강하게 살면 음욕이 생기고, 굶주리고 추운 곳에서 고생하고 살면 도심(道心)이 일어난다는 뜻이다. 또 《맹자孟子》〈등문공장구滕文公章句〉에는 "포식난의飽食煖衣하여 일거이무교逸居而無敎면 즉근어금수則近於禽獸니라."하였다. 배불리 먹고 따뜻하게 입고 편히 살아도 교육이 없으면 새나 짐승에 가깝다는 뜻이다.

4수 270

又聽秋聲至	또 가을바람 들려오는 소리 들으며
端居思正遙	단정히 앉아 생각하면 곧 아득해지네
光陰換蟋蟀	세월은 귀뚜라미 소리를 바꾸고
風雨戰芭蕉	비바람 속에 파초 잎 전율하고 있네
睡趁蟬柯靜	졸음 쏟아져 매미는 가지에서 조용하고
心危蠹果搖	마음 급한 쐐기는 과수에 올라가네
江雲多態度	강가 구름은 모양새가 다양하더니
纔起復還消	겨우 일어나고 또 다시 없어지더라

단거端居 : 편안하게 지내거나 한가롭게 살고 있음.　趁 쫓을진(따르다. 달려가다.)　柯 가지가(줄기)　搖 흔들요(오르다. 멀다.)　蠹 좀두(쐐기. 해치다.)

 해설

  매천은 1906년에 오율 3수의 〈차상아하과운次祥兒夏課韻〉이라는 시를 지었다. 위 시의 제목에 '상아하과祥兒夏課'가 있고, 같은 오율시라는 점에서 〈차상아하과운〉의 연작시로 보는 것이 좋을 듯하다.

走草寄弟

초서로 급히 써 아우에게 보냄 칠율 1수 270

野處賞疎豁	들녘에서 확 트인 벌판을 감상하니
天圓四望通	하늘은 둥글고 사방으로 통해있네
城寒喬木細	찬 성곽의 높이 자란 나무는 가늘고
雪盡暮江空	눈 다 녹은 저문 강 텅 비어 있네
獨見論詩別	혼자서 특별히 시 논하는 걸 보고
全家好客同	모든 집이 객과 함께 하여 좋도다
爲吾勤采藥	나를 위해 부지런히 약을 캐느라
弟在萬山中	아우는 첩첩 싸인 산중에 있구나

疎 트일소(드물다. 멀다.) 豁 뚫린골활(넓게 트인 골짜기. 통하다.)

교목喬木 : 높이 자라는 나무. 소나무 등 큰키나무.

만산중萬山中 : 첩첩이 둘러싸인 깊은 산속.

昌原馬山浦道中

창원 마산포를 가는 도중에

오율 1수 271

天寒衣斃斃　하늘에 찬바람 불어와 옷 찢어지는데
長道海波連　먼 길가에 바다의 파도 연이어 오네
亂杵秋山裏　다듬이소리 어지럽게 가을 산 속에 있고
孤帆落日邊　외로운 돛단배 해지는 바닷가에 있네
病蘇香蟹浦　병들다 소생한 꽃게가 포구에 있고
腸斷暮鴻天　애끊는[1] 날 저문 기러기 하늘에 날아가네
漠漠平郊遠　막막하고 평평한 들녘이 멀리 보이고
荒蕪含碧烟　황무지에 푸른 연기 머금고 있도다

斃 넘어질폐, 죽을폐　해파海波 : 바다의 파도.
1) 장단腸斷 : 몹시 슬퍼 창자가 끊어지는 듯함.
蘇 되살아날소　郊 성밖교(들. 근교. 시골. 야외.), 천지의 제사(郊祀)교

八月宿金剛山長安寺

팔월에 금강산 장안사에서 자며

오율 1수 271

萬二千峯色　금강산 일만 이천 봉우리의 색깔이

蒼然一望中　창연히 한번 바라보는 가운데 있네
寒鍾疎過水　찬 종소리는 물가를 지나 멀어져가고
孤鶴暮橫空　외로운 학은 저문 하늘에 비끼어 나네
落日還依壁　지는 해는 다시 벼랑에 의지해 있고
高林時動風　울창한 숲[1]이 마침 바람에 흔들거리네
秋山人獨宿　가을 산에 사람이 홀로 잠을 자니
寂寂見禪宮　적적하고 조용한 가운데 선궁을 보네

창연蒼然 : 푸른 모양. 빛깔이 바램. 저녁 무렵의 어둑어둑함.
1) 고림高林 : 선원禪院을 에워싸고 있는 숲. 승려가 모이는 장소인 총림叢林.
선궁禪宮 : 절.　적적寂寂 : 괴괴하고 조용함. 외롭고 쓸쓸함.

落葉

낙엽　　　　　　　　　　　　　　　　오율 1수 271

風力千山緊　세찬 바람이 온 산에 급하게 불어대고
肅肅驚客棲　엄숙 고요하여 거처하는 길손 놀라네
庭下多受月　뜰 아래로 달빛을 듬뿍 받으며
山間剩聽溪　산간에는 냇물소리 크게 들려오네
巷杵秋聲上　마을의 절굿공이 소리 가을 속에 있고

汀鴻夕影低	물가에 기러기 날며 석양의 그림자 낮네
吟哦憐不掃	읊조려도 가련하게 쓸어가지 않고
飛去任東西	날아서 동으로 서로 마음대로 가네

풍력風力 : 바람의 세력. 풍세風勢. 사람의 위력威力. 풍릉風稜.
緊 긴할긴(팽팽하다. 급하다.)   숙숙肅肅 : 엄숙하고 고요함.
杵 공이저(절구공이. 다듬잇방망이)   음아吟哦 : 시가詩歌를 소리 높여 읊음.

客中八月十五日

나그네의 팔월 십오일

오율 1수 272

佳辰當此夜	좋은 날 이 밤을 맞이하여
何事到江洲	무슨 일로 강가의 여울에 이르렀는가
野色家家月	들 경치 보니 집집마다 달빛 찾아오고
蟲聲箇箇秋	벌레 소리 하나하나 가을이로다
果香人薦墓	향내 나는 과일을 사람들은 묘에 올리고
鄕遠客登樓	고향이 먼 나그네는 누대에 오르네
夢與寒燈亂	꿈속에 쓸쓸히 비치는 등불 혼란스럽고
天涯獨自愁	타향에서 스스로 혼자 향수에 젖네

辰 별진, 때신, 날(하루)신 개개箇箇 : 하나하나. 낱낱. 야색野色 : 들의 경치나 정경. 蟲 벌레충 충성蟲聲 : 벌레 우는 소리. 薦 천거할천(자리. 우거지다.) 원향遠鄕 : 멀리 떨어진 고향. 한등寒燈 : 추운 밤에 비치는 등불. 쓸쓸히 비치는 등불. 천애天涯 : 하늘 끝. 아득히 떨어진 타향.

宿海上村舍

바닷가의 촌집에서 자며 오율 1수 272

漠漠沙雲暗	막막한 모래사장 구름이 어둑해지고
斜懸古道迷	해 기울어 산에 걸려 옛길은 흐릿하네
潮平龍自立	조수는 잔잔하여 용이 스스로 서있고
天盡雁猶稀	하늘엔 기러기가 모두 드물게 날아가네
山雨驚漁艇	산 비 내려 고기 잡는 배 놀라고
秋風動客衣	가을바람에 나그네의 옷 나부끼네
夜凉窓欲曙	서늘한 밤 창가는 새벽이 되고자 하며
壽宿照依依	남극성이 멀리서 희미하게 비추네

潮 밀물조(조수. 바닷물.) 어정漁艇 : 고기 잡는 배. 曙 새벽서(밝다)
宿 잘숙(묵다), 별자리수 依 의지할의(전과 같다. 좇다. 따르다.)
의의依依 : 헤어지기 섭섭함. 멀어서 희미함. 나무가 휘늘어짐.
수수壽宿 : 남극성. 수성壽星.

晩春

늦은 봄에

오율 1수 272

千山花落盡	산이란 산에 핀 꽃은 다 떨어지고
樹樹綠陰生	나무마다 녹음이 생겨 나오네
庭下靑梅墮	뜰 아래로 푸른 매실이 떨어지고
籬根暗水鳴	을 밑으로 조용히 물소리 들려오네
殘烟依碧草	남은 안개 푸른 풀밭에 의연히 있고
遲日礙孤城	긴긴 해가 외로운 성을 가리고 있네
獨坐山房靜	홀로 산방에 앉았노라니 고요하고
時聞解籜聲	마침 대꺼풀 풀리는 소리 들려오네

지일遲日 : 봄에 낮이 길어 해가 늦게 짐. 낮이 긴 봄 날.
礙 거리낄애(가로막다)　籜 대꺼풀탁　탁룡籜龍 : 죽순의 딴 이름.

春日道中

봄날에 길을 가며

오율 1수 272

獨行潗渚出	홀로 길가다 후더분하여 물가로 오니
芳草認山村	향기로운 풀 있어 산촌임을 알겠네

叢蝶鬪空上	모인 나비들 다투어 허공 위로 다니고
群禽爭樹喧	새들은 경쟁하며 나무에서 지저귀네
新天春水滿	신천지에 흐르는 봄 물이 가득 차 있고
斜日野城昏	지는 해 들녘의 성곽이 어두워지네
轉轉南洲遠	뒤척이다보니 남쪽 물가[1] 멀리 있고
不招北去魂	부르지 않아도 북쪽으로 혼이 가네

潯 비구름일엄(찌다)   방초芳草 : 향기롭고 꽃다운 풀.

叢 떨기총(모이다. 더부룩하다. 숲.)   춘수春水 : 봄철에 흐르는 물.

전전輾轉 : 누워서 이리저리 뒤척거림.

1) 남주南洲 : 수미산 중턱의 사주(동주東洲, 서주西洲, 남주南洲, 북주北洲)의 하나. 사천왕은 불교의 수호신으로, 수미산 정상에 있는 제석천의 명을 받아 사주를 다스리며 수호함.

乙酉正月寓土金里

을유년[1] 정월에 토금리에서 잠시 살며   오율 1수 273

晩家五鳳坳	날 저문 집 오봉산 우묵한 곳에
能作白雲人	능히 흰 구름이 사람을 만들었네
忽與靑年舊	홀연히 청년과는 구면이 되었고
長爲碧樹隣	자라서 푸른 나무되어 인접해 있네

584 역주 황매천 시집 속집

園深花久見	정원 깊은 곳에 꽃 피어 오래 보고
山近鳥相親	산 부근의 새 서로 입을 맞추네
興發林中去	흥이 나서 숲 속으로 가보았더니
經行復入烟	길 가다[2] 다시 안개 속에 와 있네

1) 을유년 : 1885년으로 매천의 나이 31세 되던 해임.

우거寓居 : 남의 집에 임시로 삶. 坳 팬곳요 벽수碧樹 : 푸른 나무.

2) 경행經行 : ① 경명행수經明行修. 경학經學에 밝고 행실이 착함. ② 불도佛道를 닦음.

幽居

궁벽한 곳에서 살며

오율 1수 273

肅穆松門靜	맑은 소나무 대문이 고요히 있어
吹塵獨坐牀	티끌 불고서 홀로 평상에 앉아보네
山中人事少	산중에는 사람이 해야 할 일 적고
林外鳥聲長	숲 밖으론 새소리 오래토록 나네
傍水庭篁冷	물가 옆에 있는 정원의 대숲이 차갑고
依花野屋香	꽃 무성하여 들녘의 집이 향기롭네
有時脫矰鳥	이때에 화살 맞지 않은 새가 있어
向日逈翶翔	해를 향해 멀리 빙빙 돌며 날아가네

유거幽居 : 쓸쓸하고 궁벽한 곳에서 사는 일, 또는 그런 집.
穆 화목할목(아름답다. 맑다. 공경하다.)
숙목肅穆 : 온화하고 조용함. 조심성이 많고 공손함.　矰 주살증(화살)
脫 벗을탈(소홀하다)　翶 날고(비상하다)　翔 날상(빙빙 돌아날다)

春雪

봄 눈

칠율 1수 273

得爾爲詩晝興長	그대를 만나 시 지어 낮의 흥취 오래가고
飛回暫妬落花香	날아 돌아와 잠시 질투해 낙화가 향기롭네
輕消竹裏淸猶好	가볍게 대 숲 속을 소요하니 맑고도 좋아
却入梅前冷不妨	도리어 매화 앞에서 냉기가 방해되지 않네
亂粘魚藻驚鵝散	끈끈한 고기 마름 저어 거위 놀라 흩어지고
謾着蛛絲欺蝶忙	거미줄이 붙어 나비를 기만하기에 바쁘네
餘片斜吹溪上屋	남은 조각 눈이 냇가 집에 비껴 나부끼고
回來回去總春光	오고 가고 오고 가니 모두가 봄빛이어라

消 사라질소(거닐다)　粘 붙을점(끈끈하다)
藻 마름조(한해살이의 수초. 무늬.)

石柱七義閣

석주칠의각에서 칠율 1수 274

七忠淪沒正堪哀	일곱 분 충신이 침몰해 바로 슬플 때이고
江水滔滔去不廻	강물은 도도히 흘러가 돌아오지 않도다
古磧鮮新留血在	옛 여울 맑고 새로운데 피의 흔적 남아 있고
虛空叱咤認魂來	허공에서 부처님을 질책해 혼백이 옴을 아네
烏鴉翔舞壇邊樹	까마귀는 제단 주변 나무에 춤추며 날고
狐兔跳梁隘口臺	여우 토끼는 험한 목 돈대에 날뛰고 있네
尚有孱(×)祠屋就	오히려 잔약한 자손이 있어 사당으로 가
年年香火奠深杯	해마다 향불 피우며 마음속의 잔을 올리네

淪 빠질륜(잠기다) 磧 서덜적(냇가의 돌이 많은 곳. 여울.) 咤 꾸짖을타(나무라다. 개탄하다.) 鴉 까마귀아 跳 뛸도(솟구치다) 도량跳梁 : 거리낌 없이 함부로 날뛰고 다니는 것. 애구隘口 : 험하고 좁은 목. 孱 잔약할잔(신음하다)

 해설

칠율 1수로 된 위의 시는 미련尾聯에서 한 글자가 결자缺字되었다. 석주관칠의사나 칠의각에 대해서 매천이 쓴 시로는 위의 시 외에 1895년 〈석주관조고石柱關弔古〉(칠고 1수)가 있으며, 1901년에는 위의 시와 같은 제목으로 〈석주칠의각이수石柱七義閣二首〉(칠율 2수)를 쓰기도 했다. 왜란 때 의병을 일으킨 석주관 칠의사들에 대한 추모시로 주제는 같지만 내용은 다르다. 이 시들은 《역주매천황현시집》(상권) 307쪽과 (중권) 482~483쪽에 각각 번역되어 있다.

送宗人有鎭歸楊口

먼 일가 유진이를 전송하고 양구로 돌아옴　　　　　칠율 1수 274

我昔東窮日出濱	옛날에 동쪽 끝의 해가 바다에서 뜨더니만
至今中夜眼光新	지금은 한 밤중에 눈빛이 새롭구나
君言宅近蓬萊窟	그대 말하기를 집 근처에 봉래굴 있다하고
是處山深藥草春	이곳 깊은 산엔 약초 캐는 봄이라 하네
野老已衰經世志	야로는 쇠했어도 세상의 뜻 다스리고
侯門不做覓官人	고관대작의 저택 짓지 않고 관인을 찾네
歸歟應有長房術	돌아가도다, 응당 장방술[1]이 있고
曉發丹符攝鬼神	새벽에 단부를 출발하며 귀신을 쫓았네[2]

종인宗人 : 먼 일가. 왕족王族.　　양구楊口 : 강원도 양구군에 있는 읍.

濱 물가빈(끝. 임박하다.)　　후문侯門 : 고관대작의 저택

1) 장방長房 : 후한 여남인으로 귀신을 자유롭게 편태 구사함.

符 부호부(증거. 도장.)

2) 단부丹符 : 수, 당 때의 신선 엽법선葉法善이 단부로 동해의 요괴를 물리침.

攝 다스릴섭(잡다)

次穉弟塾課

어린 동생의 글방의 과제를 차운함   칠율 1수 275

檐角瞳瞳樹影分	처마 모퉁이에 햇빛 나 나무 그림자 나눠지고
鶯聲偏好睡餘聞	꾀꼬리 소리 잠결에 아름답게 들려오네
春田漭有江河勢	봄밭이 넓게 있고 강물이 힘차게 흐르며
古石蒼於灝噩文	옛 비석은 엄숙한 문장 속에 창연히 있네
晴日正暄還易雨	개인 날 곧 따뜻해져 다시 비되기 쉽고
小山臨水忽生雲	작은 산은 물가에 닿아 홀연히 구름 생기네
花繁葉長皆詩境	꽃 번성하고 잎 무성하여 모두가 시의 경지라
初學天機獎卯君	처음으로 하늘의 기밀 배워 묘군[1]을 칭찬하네

穉 어릴치, 어린벼치(작은 벼. 만생종晩生種.) 檐 처마첨

동동瞳瞳 : 아침 해가 빛나는 모양. 수여睡餘 : 잠에서 깬 뒤.

漭 넓을망 灝 넓을호 噩 놀랄악(엄숙하다) 暄 온난할훤 獎 권면할장

천기天機 : 하늘의 기밀. 조화造化의 신비. 임금의 밀지密旨. 타고난 기지機智 또는 성질.

1) 묘군卯君 : 토끼해에 난 사람. 아우를 가리키는 뜻.

묘생卯生 : 토끼해에 태어 남, 또는 그 사람.

艮田新寓歲暮

세밑에 간전의 새집에 살며   2수 275

이 시는 《매천전집》 1권 56쪽에 〈병술납월팔일丙戌臘月八日, 이우봉성지
만수동移寓鳳城之萬壽洞--〉라는 제목으로 되어 있으며, 《역주매천황현시집》
(상권) 152~154쪽에 번역되어 있다.

客中重陽

나그네 길 중양절에   칠율 1수 276

萬木凋零霜滿時	온 나무 시들어 떨어지고 서리 가득 올 때
西風吹客上樓宜	서풍이 불어 길손은 마땅히 누각에 오르네
遠山日色城雅返	먼 산의 햇빛이 성곽으로 맑게 비춰오고
秋水天光野鶴知	가을 맑은 물 하늘빛을 들판의 학이 아네
日髮生前須盡醉	날마다 머리털은 사는 동안 술 다해 취하고
黃花開處合爲詩	황국화 피어있는 곳에 합당히 시가 되었네
行逢佳節鄕懷切	길가다 좋은 시절 만나면 고향생각 간절하고
辜負溪堂煮茗期	계당[1])에서 차 다리는 기약을 저버렸노라

추수秋水 : 가을철의 맑은 물. 번쩍이는 칼 빛. 맑고 깨끗한 사람의 얼굴빛.

생전生前 : 살아 있는 동안. 산 동안. 죽기 전.   辜 허물고

고부辜負 : 고부孤負. 기대에 어긋나는 짓을 함. 기대 따위를 저버림.

1) 계당溪堂 : 산골짜기에 면한 집.   자명煮茗 : 차를 달임.

山廬秋夜

산 오두막집에서 가을밤에

칠율 2수 276

1수

愛看暝色在人園	어둔 빛이 보기 좋아 사람들은 동산에 있고
簷負招呼夜更喧	처마에서 손짓하고 불러 밤이 더욱 시끄럽네
散炬初生家後野	흩어진 횃불이 처음 집 뒤 들녘에 생겨나고
放牛自入月中門	방목한 소 절로 달빛 속 문간으로 들어오네
稼貧已廢隨時作	심은 농사 곤궁해 그만두고 때때로 지으니
詩拙猶嚴具體論	시는 졸렬해도 엄격히 격식 갖춰 논하노라
坐忍西林山氣冷	서쪽 숲에 참고 앉아 있노라니 산기운 차갑고
澹烟如縷拖霜痕	맑은 연기 명주 같아 서리 흔적을 풀어놓네

體 몸체 簷 처마첨, 질담(짊어지다)   초생初生 : 갓 생겨남. 초승.

稼 심을가(농사. 곡식.) 澹 맑을담, 넉넉할섬 拖 끌타(잡아당기다)

2수 276

寒江送氣峽天開　　찬 강가에 기운을 보내 좁은 하늘이 열리고

萬葉流風野墅哀　　무성한 잎에 바람 불어 저녁 골짜기 슬프네

山犬忽嗘驚虎過　　산속의 개 홀연히 짖어 호랑이 지나다 놀라고

書燈正亮怕人來　　책 읽는 등불 마침 밝아 사람 오는 게 두렵네

戲呼稚子聯衾宿　　장난으로 어린 아들 불러 이불 포개어 자고

催送園丁捲碓回　　일꾼을 독촉하여 보내 방아 감을 걷어 오네

莫怪今霄偏睡困　　오늘밤 졸음이 몹시 쏟아짐을 괴이치 마소

經旬野屧破溪苔　　열흘 지나 들판 가며 냇가의 이끼를 부수리

墅 농막집려(주막. 여인숙.)　嗘 훌쩍거릴암

치자稚子 : 여남은 살 되는 아이. 치아稚兒. 어린 아들.

만엽萬葉 : 아주 멀고 오랜 세대世代. 잎이 아주 무성함. 또는 그런 나무나 숲.

천지만엽千枝萬葉 : 무성한 식물 가지 잎. 일이 여러 갈래로 나뉘어 어수선함.

류풍流風 : 유속(流俗)　서등書燈 : 글을 읽으려고 켜 놓은 등불.

宵 밤소(야간. 작다)　霄 하늘소(진눈깨비. 밤.)

금소今宵 : 금야今夜. 오늘 밤.　屧 안창섭(신발의 안 바닥에 까는 물건. 나막신.)

梧墅酒後, 贈同庚丁生

오동나무 농막에서 술 마신 후에 같은 경정생들에게 주다 칠율 1수 277

訪我南鄰酒熟初　　내 남쪽 이웃을 방문하니 술 익어 처음이고

人情易感倦游餘　　인정이 쉽게 느껴져 놀고 난 끝에 나른해지네

縣東紅樹來何處　　고을 동쪽의 붉은 나무[1]는 어디에서 왔는가

屋裏黃花想子居　　집안에 황국화 피어있어 자거[2]를 생각하네

認讀異書顏更潔　　기이한 책 읽어 얼굴이 더욱 깨끗함을 알고

聞刊俗事計全疎　　세속일 간행한단 말 듣고 모든 계획 멀어지네

漫吟不作悲秋語　　생각대로 읊어도 슬픈 가을 얘길랑 하지 말게

好是芳年爾我如　　마침 꽃다운 나이에 그대와 함께 해 좋구려

墅 농막서(별장), 들야　경년庚年 : 천간天干이 경庚으로 된 해. 경庚은 천간의 일곱째.　정일丁年 : 천간이 정丁으로 된 해. 정丁은 천간의 넷째.

천간天干 : 육십갑자의 위 단위를 이루는 요소. '갑甲, 을乙, 병丙, 정丁, 무戊, 기己, 경庚, 신辛, 임壬, 계癸'의 순서임.　권유倦游 : 관리 생활에 싫증이 남.

1) 홍수紅樹 : 홍수과의 상록 교목. 바닷가 진흙땅에서 자라며 열매는 붉게 익음.

2) 자거子居 : 맹자孟子(BC371경~BC289경)의 자. 본명은 가軻, 자는 자여子與·자거子車 또는 자거子居, 시호는 추공鄒公. 공자의 유학을 계승하여 발전시켰다. 백성에 대한 통치자의 의무를 강조하였으며, 성선설性善說을 주장하였다.

이서異書 : 보기 드문 서적. 귀한 책.　만음漫吟 : 생각나는 대로 시 따위를 지어 읊음.　속사俗事 : 번거로운 일. 속세俗世의 일.

一笠亭落成之翌, 酉堂携侄見過

일립정이 완성 된 다음날에, 유당이 조카를 데리고 지나는 길에 보러
오다

칠율 1수 277

一擔雙筇叔侄行	두개의 지팡이 짚고서 숙질이 동행해 오니
晨天衫袖露華零	새벽하늘 소매 적삼에 이슬 꽃이 떨어지네
少年不畏火雲赤	소년은 여름철 구름이 붉은 게 두렵지 않으나
自道難忘山色靑	스스로 산색의 푸름을 잊기 어렵다고 하네
稚子聞來能出拜	어린 아들은 소문을 듣고 절하러 오고
主人無語便忘形	주인은 말없이 곧 형식을 잊어버리네
灰心近日居貧巧	요즘은 가난하게 사는 마음 시커멓게 타서[1]
硯作家園笠作亭	정원 만들기를 궁구하며 삿갓 정자 지었다오

화운火雲 : 여름철의 구름.(=뇌운雷雲)

1) 회심灰心 : 꺼진 재와 같이 욕심이 없고 고요하여 외물外物에 유혹되지 않는 마
음. 극도로 실의한 마음.

근일近日 : 이즈음. 요사이.　硯 벼루연, 갈연(궁구하다. 연구하다.)

해설

미련尾聯의 삿갓 정자는 일립정一笠亭으로, 매천이 1895년에 구례 간전
면 만수동에 만든 서실 이름이다. 이밖에 일립정에 관한 시로는 《역주매천
황현시집》(상권) 314쪽과 316쪽에 2수 등이 있다.

訪石峴舊居

석현의 옛 집을 방문하고 나서   278

위의 시는 1895년 작으로 《황현전집》 1권 104쪽에 〈저석현抵石峴〉의 제
목으로 되어 있으며, 《역주매천황현시집》(상권) 339쪽에 번역되어 있다.

早秋招社友入華嚴寺

초가을에 시사의 벗[1]을 불러 화엄사에 들어가다   칠율 1수 278

飛虫高下瓦縫紛	벌레가 위아래로 날고 기와보수로 번잡한데
坐到西林半壁曛	서쪽 숲에 앉아 있노라니 산허리 어스레하네
老佛亦愁今日雨	늙은 스님은 오늘도 비 내려 걱정하고
晴鍾忽散數峯雲	맑은 종소리 홀연 몇 봉 구름 사이로 흩어지네
愽望槎遠連秋見	근심스레 멀리 뗏목 보며 가을 계속됨을 보고
庾亮樓空隔水聞	유량[2]이 빈 누대에서 물 건너편 소리를 듣네
不許來人輕作繪	오는 사람 허락 치 않고 가볍게 그림 그리니
名山鸞鶴豈凡群	명산 속에 난학[3]이 어찌 평범한 무리겠는가

1) 사우社友 : 같은 사社에 근무하는 동료.

縫 꿰맬봉 紛 어지러울분 壁 벽벽(낭 떨어지지), 진터벽(군루軍壘. 나성羅城:

성의 외곽.) 曛 어스레할훈(황혼)

노불老佛 : 노자老子와 석가釋迦. 도교와 불교. 오래 된 부처. 늙은 중.

慱 근심할단(둥글다)

2) **유량庾亮**(289~340) : 동진東晉의 정치가. 자는 원규元規. 명제明帝의 손위 처남으로, 성제成帝를 옹립하였으며, 도독都督과 자사刺史를 지냈다. 유량이 자사로 나가 우창武昌을 지키던 당시, 종종 남루南樓(=유루庾楼)에 올라가 부하들과 함께 달을 봤다고 하는 '남루풍월南樓風月'의 고사가 《세설신어世說新語》에 전해지고 있다. 槎 나무벨사, 떼사 庾 곳집유(미곡을 넣어두는 창고)

鸞 난새란, 방울란

3) **난학鸞鶴** : 중국 전설에 나오는 상상의 새인 난새와 학. 几 무릇범(=凡의 속자)

龍城贈白兼山觀察

용성에서 백겸산[1] 관찰사에게 증정함 칠율 1수 278

雨餘官閣氣冷然	비 온 끝에 관각의 기운이 차갑게 느껴지고
淘淨城根逼有川	깨끗한 성벽 아래로 냇가가 핍근 해 있네
雙燕話晴簾影畔	한 쌍 제비가 주렴 친 호반에서 맑게 조잘대고
萬蟬爭樹戟門前	뭇 매미들은 극문 앞 나무에서 다투어 우네
風恬綠藕香微入	바람은 고요하고 푸른 연 향기 살짝 스며들어
日午紅氍醉徑眠	한낮에 붉은 담요에서 취해 이내 졸고 있네
競病多君才未老	그대는 험운[2]이 많아 재주 늙지 않았는데
白頭聊復草屯田	흰머리는 애오라지 다시 둔전에 푸르도다

1) 겸산兼山 : 백락륜白樂倫의 호. 순천부사를 지냈으며, 1894년 2차 갑오개혁이
후 23부의 하나인 남원관찰사를 역임하였다.
관각官閣 : 관청의 누각.   淘 쌀일도
恬 편안할념   藕 연뿌리우
일오日午 : 한 낮. 정오.   氈 모직물구
2) 경병競病 : 험운險韻을 가지고 시를 짓는 것.
둔전屯田 : 지방 군대의 군량이나 관청 경비에 쓰도록 지급된 토지.

해설

이 시는 1896년 작품으로 《매천전집》 1권 120쪽에 있다. 〈과용성방백겸
산관찰過龍城訪白兼山觀察--〉이라는 제목으로 된 칠율 3수 가운데 제3수시
로, 《역주매천황현시집》(상권) 403쪽에 번역되어 있다.

매천은 1900년에 쓴 〈세모회인제작歲暮懷人諸作〉(오고 20수)에서, 〈백겸
산락륜〉이라는 제목으로 오고 1수의 시를 지어 백겸산을 추앙하기도 하였
다. 이처럼 매천은 시문으로 백겸산 관찰사와 사귀었고, 겸산 또한 장편
오언고체의 〈억매천億梅泉〉을 쓰기도 하였다. 이 시는 《문묵췌편》(상권)
120쪽에 있으며, 몇 구절을 소개하면 다음과 같다. “집을 기울여 천금의
재산으로 고서를 진진하게 쌓아 두었지/ 송곳이 자루 채 나온 재주로 기억
과 외어 읽는 힘이 남보다 드날렸고 문은 옛사람을 따를 수 있었다/ 키와
비슷한 많은 저술 흔쾌히 대아의 바퀴를 붙들었다 … 세상에 훌륭한 장인
없어 좋은 재목이 땔감이 되었구나 …”라고 매천을 회상하였다. 매천의 면
모를 파악할 수 있는 시이다.

携石亭至五鳳山齋

석정[1]을 모시고 오봉산재에 이르다   칠율 1수 279

江上靑山屢有期	강가의 청산에 올라 자주 기약함이 있었고
城南游子若相思	성남으로 그대 유람함에 서로 사모함이 같았네
鄕人共羨吾家客	향인들은 모두가 우리 집의 객을 부러워하고
老眼頻驚後輩詩	늙은 눈은 자주 후배들의 시에 놀랍기만 하네
烟際村舂竹深處	안개사이로 대 숲 깊은 곳에서 촌 방아를 찧고
樹陰農話日斜時	나무 그늘에서 해 기울 때 농부들 얘기 나오네
琅琅未歇簷端滴	맑은 새소리 쉬지 않고 처마 끝 낙숫물 지는데
定是今宵得月遲	마침 오늘 밤에는 달이 더디 뜨더라

1) 이정직李定稷(1841~1910) : 김제 백산면 요교리 출생으로 자는 형오馨五, 호
는 석정石亭. 실학에 조예가 깊었고, 글씨와 그림에 능했다. 1869년 28세 때 1년
동안 중국에 있으면서 의약·성력星曆·지리·묵화 등을 연구했다. 《연석산방미
정문고燕石山房未定文庫》(11책)를 남겼는데, 칸트철학을 연구하는 등 조선시대의
고전적인 학문을 근대적인 학문으로 전환하는 데 큰 역할을 했다. 구례 황현黃玹,
김제의 이기李沂와 더불어 호남삼걸이라 불렸다.

상사相思 : 서로 생각함. 서로 그리워함.

낭랑琅琅 : 쇠와 옥이 부딪쳐 나는 소리. 새가 지저귀는 맑은 소리.

歇 쉴헐 첨단簷端 : 처마 끝. 滴 물방울적. 금소今宵 : 오늘 밤.

題石亭燒餘錄

석정의 '소여록'에 대하여 읊음[1]   칠율 1수 279

客裏看書復著書   객지에서 책 보고 또다시 책을 짓더니만
暮年心力豈燒餘   늘그막에 힘 다해 어찌 남은 것을 태우는가
揀金眼透誰能似   금 눈을 뽑아 투시함에 누가 모방하리오
炳燭光專我見初   촛불 잡고 빛 전일 하여 내가 처음으로 보네
碧落千重蛛網密   푸름이 천 겹으로 떨어지고 거미 망 조밀하며
秋空一洗雁行踈   가을 하늘 한번 씻고 보니 기러기 멀리 가네
明時無用河汾策   시절이 밝아 하분[2]의 책략도 소용이 없고
歸抱遺經守獘廬   돌아와 남은 경서 안고 초가집만 지키더라

1) 《석정집石亭集》: 조선 말기의 학자 석정 이정직李定稷의 시문집으로 7권 3책. 1926년 손자 유면愈勉의 편집을 거쳐, 문인 송기면宋基勉 등이 간행하였다. 권두에 김영한·이건방李建芳·황현黃玹 등의 서문이 있으며, 권말에 최보열崔輔烈의 발문이 있다. 〈황매천서실기黃梅泉書室記〉를 남겼다. '타고 남은 기록'을 뜻하는 《소여록燒餘錄》 1책이 있음.
객리客裏 : 객지客地에 있는 동안.   모년暮年 : 늘그막.
천중千重 : 여러 겹.   일세一洗 : 일제히 씻어 냄. 한꺼번에 제거함.
2) 하분河汾 : 왕통王通(584~617)은 수나라의 사상가로 자는 중엄仲淹, 시호는 문중자文中子였다. 어려서부터 시서예역에 통달, 스스로 유자儒者임을 자부하였다. 문제文帝에게 《태평십책太平十策》을 상주하였으나 채택되지 않았고, 다음 양제煬帝가 불렀으나 응하지 않았다. 하분河汾에 집을 마련하여 강학에 힘 쏟은 결과 문하에 당나라 명신 위징魏徵과 방현령房玄齡 등을 배출하였다. 초당4걸의 한 사람인 왕발王勃은 왕통의 손자이다.

長夏山居日, 次放翁爲課

긴 여름 동안 산속에서 살며, 방옹시 차운함을 과제로 삼다

칠율 14수 280

1수

林霏徐捲日高臨	숲 속의 비 서서히 개어 해 높이 떠 있고
隔水樵蘇晚更尋	물 건너 초동과 목동은 해질 무렵 더욱 찾네
抱甕灌蔬眞老趣	옹기로 채소에 물주는 건 진짜 오랜 취미이고
窺花捕蝶尙童心	꽃 보고 나비 잡는 건 오히려 동심이로다
烟霞養性誰如我	안개 놀이 천성 기르듯 누가 나처럼 하리오
貧病爲詩直至今	가난과 병으로 시 쓰며 곧장 지금에 이르렀네
省得移家多歲月	살펴보아 집 이사한 지 여러 해 달인데
孫桐又展滿庭陰	손동1)은 또 마당 응달에 가득 차 있도다

장하長夏 : 해가 긴 여름. 음력 6월.   산거山居 : 산속에서 삶.

霏 눈펄펄내릴비(조용히 오는 비. 안개.)   捲 거둘권   격수隔水 : 물을 사이 함.
호수나 강의 건너편.   樵 나무할초   蘇 되살아날소(찾다. 풀을 베다.)

捕 잡을포(구하다. 찾다.)   양성養性 : 천성天性을 기름.

빈병貧病 : 가난과 병. 가난한 사람과 병든 사람.   위시爲詩 : 시를 지음.

1) 손동孫桐 : 오동나무는 옛말에 '봉황새는 대나무 열매를 먹고, 집은 오동나무에
만 짓는다'라고 할 만큼 귀한 나무였다. 오동나무와 참오동의 2종류가 있다. 오동
나무를 심어놓고 줄기를 잘랐을 때 잘라진 줄기를 모동母桐이라 하고, 원줄기에서
새로 돋는 줄기를 자동子桐이라 한다. 이것을 되풀이하면 손동孫桐이 나온다. 나
무의 질은 손동이 제일 좋다고 함.

2수 280

이 시는 《매천전집》1권 138쪽에 있는 〈차방옹운次放翁韻〉의 제3수와 같은 시이며, 《역주매천황현시집》(중권) 63쪽에 번역되어 있다.

3수 280

半晷郊行十里奇　　교외로 감에 햇빛 반 비춰 십리 길 기이하고
病軀偏被早薰欺　　병든 몸은 편벽되이 아침 향기에 속았네
側聽村姥繅絲響　　곁에서 촌 할미 고치실 잣는 소리를 듣고
注眼沙禽掠水時　　주시하여 모래톱의 새가 물 스칠 때를 보네
疑信姑從裁竹日　　아마도 고종 사촌이 대나무 고르는 날은
參差連揀插秧期　　엉클어진 것을 연속 가려 모 심을 시기이리
午槃賸有嘗新喜　　낮에 즐거움 남아 새로운 기쁨을 맛보며
屑得蒸麩淡作糜　　밀기울 찌고 가루 만들며 묽게 죽을 쑤네

晷 그림자구　교행郊行 : 교외로 감.　被 입을피(씌우다)　薰 향풀훈
欺 속일기　注 물댈주　姥 할미모(늙은 어머니. 시어머니. 장모. 아내.)
繅 고치켤소(고치에서 실을 뽑다)　禽 날짐승금(사로잡다)　사금沙禽 : 모래톱에
서 노는 새.　掠 노략질할략　고종姑從 : 고종 사촌.　의신疑信 : 반신반의하다.
裁 옷마를재　栽 심을재　참치參差 : 가지런하지 못함.
揀 가릴간　槃 쟁반반(머뭇거리다. 즐기다=般.)　賸 남을승　媵 남을잉
嘗 맛볼상　蒸 찔증(백성)
麩 밀기울부(밀가루를 빼고 남은 찌꺼기)

4수 281

嶺上霖雲遞淡渾	고개 위에 장마 구름이 엷게 흐려져 둘러 있고
乍晴籬落散鷄豚	잠시 맑아 울타리에 닭 돼지들이 흩어져있네
樹根魚聚江呑道	나무뿌리에 물고기 모여 있고 강은 길 삼키며
陜口牛鳴客問村	좁은 계곡 입구에 소 울고 객은 마을을 묻네
二麥俱登王澤及	보리와 밀이 함께 익어 임금님 은택이 미치고
幽花相續道心存	숨은 꽃들 서로 연속되어 도의의 마음이 있네
惠崇烟雨天池石	혜숭[1]은 안개비 있는 천지의 바위를 그렸고
點綴漁家傍岸門	여기저기 어부 집들 언덕 곁으로 문이 나있네

이락籬落 : 울타리. 이맥二麥 : 대맥大麥과 소맥小麥. 곧 보리와 밀.

왕택王澤 : 임금의 은택. 澤 못택

도심道心 : 더럽혀지지 아니한 마음. 도덕이나 불도를 행하는 마음.

1) 혜숭惠崇 : 북송北宋 초기에 소경小景 산수화를 잘 그렸던 스님. 혜숭의 그림
에 대해 송나라 소식蘇軾도 〈혜숭화춘강만경惠崇春江晚景〉이라는 다음과 같은 시
를 쓰기도 했다. "竹外桃花三兩枝(죽외도화삼량지) 대 숲 곁엔 복사꽃 두세 가지
피어 있고/ 春江水暖鴨先知(춘강수난압선지) 봄 강물 따스함을 오리가 먼저 아네/
蔞蒿滿地蘆芽短(루호만지로아단) 갈대 싹이 돋아나고 쑥 풀은 지천인데/ 正是河豚
欲上時(정시하돈욕상시) 바로 지금이 통통한 복어를 건질 때로다"

루호蔞蒿 : 쑥. 하돈河豚 : 복(복쟁이). 접철點綴 : 여기저기 흩어진 것들이 이어짐.

5수 281

一縷紅霞墮遠明	한 가닥 붉은 노을이 멀리 밝게 떨어지고
草頭零露迸微橫	이슬 맺힌 풀 속에 작은 길이 옆으로 나 있네

騰騰薄暝游蛛脚	조금 어두워지자 기세 높은 거미 부유하고
嘖嘖空林怪鳥聲	책책하며 빈숲에서 괴이쩍게 새소리 나네
水利講頻村炬亂	수리[1]를 자주 강구하여 마을 횃불 혼란하고
農人歸盡野烟平	농부들은 평평한 들 연기 속으로 다 돌아가네
儒衣卸掛殘書架	유자의 옷이 부서진 서가에 풀어져 걸려 있고
自笑躬耕枉得名	농사짓고 몸 굽혀 이름 얻는 게 우스워라

墮 떨어질타, 무너뜨릴휴 暝 눈흐릴막
유주游蛛 : 공중을 부유하는 거미. 逕 좁은길경(가깝다)
1) 수리水利 : 수상 운송의 편리. 물의 이용.
책책嘖嘖 : 시끄럽게 떠드는 모양. 새가 우는 소리.
炬 횃불거(사르다) 卸 풀사(짐을 풀다. 부리다.) 잔서殘書 : 읽다 만 책.
궁경躬耕 : 임금이 적전의 행사를 함. 스스로 농사일을 함.
枉 굽을왕, 원죄(억울한 죄)

6수 281

稻田千頃綠初寬	벼 심은 논 천 이랑 초록빛이 처음으로 넓고
往往陂頭麥尚殘	이따금 비탈진 변두리에 아직 보리 남아있네
旱野人聲忘晝熱	가문 들녘에 사람 소리 나 낮의 열기를 잊고
陰湫龍氣出風寒	음산한 용소에 용 기운으로 찬바람 일어나네
山光刺眼輕家累	산 빛이 눈 부셔 집들이 가볍게 겹쳐져 있고
世事熏心廢耳官	세상일에 마음이 어지러워 귀를 버렸노라

莫道相逢無勝具　상봉을 더할 나위 없이 좋았다고 말하지 마오
村醪如粥亦堪歡　죽과 같은 촌 막걸리도 즐겁게 감당하리라

도전稻田 : 벼를 심는 논밭.　頃 이랑경(잠깐경)　왕왕往往 : 이따금. 때때로
陂 방죽피, 비탈파(곁. 옆.)　湫 다할추(근심하다)　용추龍湫 : 용소龍沼.
자안刺眼 : 눈이 부시다. 눈이 따갑다.　熏 불길훈(연기끼다. 황혼.)
훈심熏心 : 마음이 흐리다. 마음을 어지럽게 하다.
이관耳官 : 유스타키오관.　粥 죽죽, 팔육

7수 281
禽虫百族管流年　온갖 새 벌레 마다 흐르는 세월을 주관하고
啼盡鸝黃續有蟬　꾀꼬리 울기를 다하자 매미가 계속하여 우네
待雨難於佳客至　비 기다림은 귀한 손님 오는 것보다 어렵고
愛山閒似老僧眠　산 사랑은 노승이 잠자는 것처럼 한가함에 있네
無邊螢火南風夕　반딧불은 끝없이 남풍 부는 저녁에 날고
一尺銀魚小暑天　한 자 되는 은어는 소서[1] 철에 한창이네
躬約未曾詩得力　나는 대략 일찍부터 시 짓는 능력 없어도
每逢秀句輒欣然　빼어난 시구 만날 때마다 번번이 즐거워라

管 대롱관(피리. 붓대. 주관하다.)
관류管流 : 하천 및 계곡의 물에 목재를 떠내려 보내는 운반 방법.
유년流年 : 한평생의 운수를 해마다 풀어놓은 사주.
鸝 꾀꼬리리　황리黃鸝 : 꾀꼬리.　무변無邊 : 끝닿은 데가 없음.

1) 소서小暑 : 하지夏至와 대서大暑 사이에 있는 절기로, 양력 7월 7일경임. 호박이
나 각종 채소가 나와 입맛을 돋우며, 바다에서는 은어와 민어가 한창 나오는 시기임.
서천暑天 : 더운 여름의 하늘. 더운 날씨.

8수 282

이 시는 《매천전집》 1권 142쪽에 있는 〈차방옹운次放翁韻〉의 12수와 같
은 시다. 《역주매천황현시집》(중권) 78쪽에 번역되어 있다.

9수 282

村燈漸盡絳河傾	마을 등불이 차츰 없어져 비탈진 강가 붉고
緩步中庭止復行	정원으로 가는 느린 걸음 서다 다시 가네
長夏山深蚊子少	긴 여름 동안 깊은 산에 모기가 적고
晴溪樹谽蟢絲平	갠 냇가 큰 나무에 갈거미 줄이 평평히 있네
天淸落月還生曜	맑은 하늘에 달이 지고 다시 빛 생겨나며
夜靜虛堂自有聲	적막한 밤 빈 대청에 저절로 소리가 있네
曲沼荷香吹不斷	굽어진 늪에 연 향기 끊임없이 불어오고
娟娟風露墮瓊英	아름다운 바람 서리에 매화가 떨어지더라

絳 진홍강(眞紅   완보緩步 : 느린 걸음.   谽 뚫린골짜기활   蟢 갈거미희
연연娟娟 : 연연妍妍. 빛이 산뜻하게 아름답고 고움. 아름답고 어여쁨.
瓊 구슬경(붉은옥), 패옥佩玉경   경영瓊英 : 매화꽃의 별칭.

10수 282

　이 시는 《매천전집》 1권 143쪽에 있는 〈차방옹운次放翁韻〉의 15수와 같은 시이며, 《역주매천황현시집》(중권) 81쪽에 번역되어 있다.

11수 283

六載如今不入京	지금까지 여섯 해나 서울에 가지 못하였고
盡駈家室客靑城	집사람들 다 몰고 와 청성1)에 나그네 생활
書中慧識隨年減	책 속의 지혜와 지식은 해마다 줄어가는데
洞外新聞逐日生	마을 밖의 새로운 소식은 날마다 들려오네
一派噴沙泉眼碧	한 줄기 모래밭에 샘물이 솟아나 푸르르고
八稜傷蠹果腮赬	팔릉이 좀먹어 상해도 과일의 볼이 붉구나
何時快滌人腸熱	어느 때나 사람의 뜨거운 간장 상쾌히 씻을까
有似庭焦聽雨聲	정원에서 바삭거리는 것처럼 빗소리 듣노라

여금如今 : 지금. 현재. 오늘날.　駈 몰구(내쫓다)

가실家室 : 한 집안 사람. 아내.

1)① 청성靑城 : 푸른 성. ② 청성靑城의 화禍 : 송나라 휘종徽宗 흠종欽宗이 금나라에 포로로 잡혀간 사건.　축일逐日 : 하루하루를 쫓음. 날마다.

일파一派 : 하천의 한 지류. 본디 계통에서 갈려 나온 한 분파. 목적을 같이 하는 한 동아리.　벽안碧眼 : 안구가 푸른 눈. 서양사람.

천안泉眼 : 샘구멍. 샘물이 솟는 구멍.　稜 모릉(서슬)　팔릉八稜 : 여덟모.

蠹 좀두(나무좀. 쐐기.)　腮 뺨시(아가미)　赬 붉을정　滌 씻을척

12수 283

霖餘日出眼羞明	장마 끝에 해 뜨자 눈부셔 보지 못하겠고
終是雨晴風未晴	끝내 비 그쳐도 바람은 개이지 않네
爛爛碧花籬際臥	무르녹은 푸른 꽃이 울타리 사이로 숨어있고
叢叢漂麥石間生	빽빽하여 떠내려간 보리[1] 돌 틈에 돋아있네
詩因塡課無佳句	시는 과제를 채우려다 보니 좋은 시구 없고
棋爲驅眠至數枰	바둑 두고 잠 쫓으며 자주 바둑판에 힘쓰네
頓覺漁舟秋興動	갑자기 고깃배가 가을 흥이 일어남을 알고[2]
郡南全境水爲城	군 남쪽 전 지역에 강물이 성이 되었도다

수명羞明 : 밝은 빛을 잘 보지 못하는 증세. 爛 빛날란
籬 울타리리 除 덜제(버리다. 벼슬 주다.) 총총叢叢 : 들어선 것이 빽빽한 모양.
漂 떠다닐표, 능가할표
1) 표맥漂麥 : 글을 읽는 데 몰두하여 다른 일을 모두 잊어버림. 중국 후한 때 고
봉高鳳이 마당에 말리던 보리가 폭우에 의해 떠내려가는 줄도 모르고 책을 읽었다
는 고사에서 유래함. 맥석麥石 : 보리 한 섬.
塡 메울전(박아 넣다. 채우다.) 枰 바둑판평(의자. 침상.)
2) 돈각頓覺 : 돈오頓悟. 일순간에 깨우침을 얻는 것. 불교의 참뜻을 문득 깨달음.

13수 283

背邙筠床作瓦紋	북망산 등지고 대 평상에서 기와무늬 만들고
午眠頻徙避爐熏	낮잠 자며 자주 옮겨가 화로의 연기를 피하네[1]
秋花蝶倦猶堪夢	가을꽃에 나비가 앉아 오히려 꿈꾸며 있고

曉樹蟬凉最可聞　　새벽 나무의 매미소리 제일 맑게 들려오네
濁世始看高尚志　　탁한 세상을 보기 시작함에 고상한 뜻이 있고
名家宕有怪奇文　　명문가의 탕건에는 괴기한 문장이 있도다
起予却賴諸君在　　내가 일어남에 도리어 제군들에게 힘입어
開口新詩總不群　　입 열고 새 시를 읊어도 다 같은 무리 아니네

邙 산이름망(낙양에 있는 북망산北邙山)
북망산北邙山 : 무덤이 많은 곳. 사람이 죽어서 묻히는 곳.
배망면락背邙面洛 : 북망산 등지고 낙수를 향하고 있음.
균상筠床 : 대나무로 만든 상.　　와문瓦紋 : 기와 무늬.
1) 노훈爐熏 : 화롯불을 쪼임.
倦 게으를권(질력나다. 고달프다.)　　괴기怪奇 : 괴상하고 기이함.
宕 호탕할탕(방탕하다. 탕건.)　　賴 힘입을뢰
개구開口 : 입을 엶. 말을 함.

14수 284

兼旬水怒蕩蝸廬　　한 열흘 물이 세차게 흘러 누추한 집 씻어가고
石磵魚强不受漁　　석간수의 고기 힘이 세어 잡지 못하겠네
今歲無前霖雨數　　금년에 앞을 예측할 수 없는 것은 잦은 장맛비
　　　　　　　　　　때문이고
新秋有日樹陰疎　　첫가을에 햇볕 있어 나무 그늘이 거칠어지네
自量宿疾還停藥　　오랜 병 스스로 알아 다시 약 먹는 것 그치고
恐負流年强著書　　흐르는 세월 빚지는 게 두려워 억지로 책 쓰네

耕讀元非時世異	주경야독이 근본이 아니고 세상이 달라져도
最難心力古人如	마음과 힘을 고인처럼 하는 게 제일 어렵도다

겸순兼旬 : 열흘 이상 걸림. 와려蝸廬 : 누추한 집. 자기 집. 와실蝸室. 와옥蝸屋.
蕩 방탕할탕(흔들다. 씻다.) 漁 고기잡을어(어부) 금세今歲 : 올해. 數 자주삭,
셈수 신추新秋 : 첫 가을. 음력 7월. 수음樹陰 : 나무 그늘.
숙질宿疾 : 오래 가지고 있는 병. 負 질부(업다. 저버리다. 빚지다.)
주경야독晝耕夜讀 : 낮에는 농사짓고 밤에는 공부함. 시세時世 : 그 때의 세상.

岳陽訪金宣傳寓居

악양에서 임시로 사는 김선전[1]의 집을 방문함   칠율 1수 284

靑鶴山前屋數椽	청학산 앞으로 몇 개의 서까래 집이 있고
新居花竹極淸姸	새집의 꽃과 대나무 지극히 맑고도 고와라
逢萌感慨初浮海	봉맹[2]이 감개하여 맨 처음 바다로 떠가고
子夏奇窮欲問天	자하[3]는 몹시 가난해 하늘에 묻고자 하네
柑熟魚香皆活計	귤 익고 생선 양념 있어 다 활기찬 계획이고
奴耕婢織故依然	노비가 밭 갈고 베 짜는 건 예전과 같네
煩君檢過紅塵夢	지난날 그대 번거롭게 함도 홍진의 꿈이었고
落木西風五十年	잎이 진 나무 서풍 맞아 오십 년이 되었네

1) **선전관宣傳官** : 조선 시대 병조에 소속된 선전관청에 속한 무관 벼슬. 고종 1866년에 없앴다. **우거寓居** : 임시로 객지에 삶.(=교거僑居. 교우僑寓. 교접僑接.) **신거新居** : 새집. 새로 지은 집. 새로 꾸민 집.

妍 고울연(아름답다) **萌** 움맹(싹), 백성맹

2) **봉맹蓬萌** : 벼슬을 내놓고 물러남. 《후한서後漢書》〈봉맹전蓬萌傳〉에 다음과 같은 '괘관掛冠'의 고사가 있다.

　후한시대 왕망王莽이 자기 아들 왕우王宇를 살해하였다. 이에 봉맹은 인륜의 삼강三綱의 도리가 끊어졌음을 알고서, "떠나지 않으면 화가 우리에게 미칠 것이다'라고 말하고, 즉시 관을 벗어 장안 동쪽 성문에 걸어 놓고 집으로 가, 가족을 끌고 바다로 나가 요동 땅으로 망명하였다.(不去禍將及人. 卽解冠挂東都城門, 歸將家屬浮海, 客於遼東.)"

3) **자하子夏**(BC507~BC420?) : 공자의 제자인 공문10철孔門十哲의 한 사람. 본명은 복상卜商. 위나라 문후文侯의 스승이 되었지만 아들의 죽음을 슬퍼하여 실명失明했다. 시와 예에 통달했으며, 공자의 《춘추春秋》를 전하여 《공양전公羊傳》과 《곡량전穀梁傳》의 원류를 이루었다. 예禮의 내면을 중시하는 증자曾子와는 달리 객관적 형식을 존중하였다.

柑 굴감, 재갈물릴겸 **어향魚香** : 생선요리에 쓰이는 양념. **의연依然** : 전과 다름없음. **번군煩君** : 그대를 번거롭게 하다. **낙목落木** : 잎이 진 나무.

해설

　3행에서 '봉맹逢萌'은 '봉맹蓬萌'을 말하고 있다. 《후한서》〈봉맹전〉에 나오는 봉맹처럼 악양의 김선전이 벼슬을 버리고 은사隱士로 자족自足하며 살아가고 있음을 치하하고 있는 시이다.

飛村黃氏庄

비촌에 있는 황씨의 별장에서 칠율 1수 284

硯水冷冷鎖故堂	산골 물 맑고도 차가운데 옛집은 닫혀 있고
蒼苔一徑繞欄荒	한 줄기 푸른 이끼 거친 울타리를 싸고 있네
鷄鳴深竹秋山逈	칙칙한 대숲에서 닭소리 나고 가을 산 멀며
蟬斷踈槐落日長	거친 괴나무 매미소리 그치고 지는 해 길도다
南渡衣冠成小刼	남쪽으로 의관을 정제하고 건너니 조금 겁나고
百年花石尙餘香	백 년 된 꽃과 바위가 남은 향기를 높이네
幾回繫馬門前地	몇 번이나 대문 앞 땅에 말을 매었던가
依舊惟青薜荔墻	변함없이 푸른 줄사철나무만 담장에 있네

冷 찰랭(쌀쌀하다. 맑다.)   欄 객잔리, 울타리리(=리籬와 동자)
의관衣冠 : 옷과 갓. 정장의 비유.   刼 깎을겁(위협하다)
薜 승검초벽, 줄사철나무폐(담쟁이)   폐려薜荔 : 줄사철나무. 담쟁이.

送趙小雅先生游南岳

조소아 선생이 남악으로 유람함을 환송함 칠율 1수 285

風水舂撞夜色沈	물바람 방아 찧는 소리에 야색이 잠겨 있고
空山茅屋大松林	텅 빈 산 초가집에 큰 소나무 숲 있네

浮游玩世衣裳古	떠돌면서 덧없는 세상[1] 옛 옷 입고 즐기셨고
老去論文格律深	늙어감에 문장을 논하며 격률[2]이 깊으셨네
雨後重瞻熙皥象	비 온 후 거듭 보아 밝은 모습의 형상이라
花前兼管別離心	꽃 앞에서 겸하여 이별하는 마음이네
尻輪已在方壺頂	수레 끝은 방호산 정상에 있으시고
坐見先生跨鶴吟	앉아 선생이 학 타고 시 읊으시는 것을 보네

유람遊覽 : 놀면서 봄. 돌아다니며 구경함.　야색夜色 : 밤경치.

풍수風水 : 음양오행설에 기초하여 집이나 무덤 등의 방위, 지형 등의 좋고 나쁨이 사람의 화복에 관계한다는 학설. 지관地官.

撞 칠당(찌르다)　부유浮游 : 공중이나 물 위에 떠다님. 이리저리 떠돌아다님.

1) 황량완세黃粱玩世 : 덧없는 세상. 황량일취몽黃粱一炊夢. 노생지몽盧生之夢.

2) 격률格律 : 격格은 시사詩詞의 체제이며, 율律은 그 법도로 시인은 격률을 가지고 준칙準則으로 삼음. 곧 시에서 평측平仄, 음운音韻, 자수字數, 구수句數 등의 형식을 말함.　皥 밝을호(희다), 하늘호(=昊)(속자는 皡)

겸관兼管 : 두 가지 일을 겸하여 함.(=관섭管攝. 겸장兼掌.)

尻 꽁무니고(밑바닥)　誇 자랑할과　跨 타넘을과(넘어가다. 걸터앉다.)

山村漫興

산촌에서 일어나는 흥취

칠율 5수 285

| 枳殼花邊一丈籬 | 탱자 꽃 주변에 한 장 길이의 울타리 있고 |

羸牛呼犢夕陽時	야윈 소는 송아지 부르며 석양 속에 있네
烟光正好愁將暮	안개 빛이 좋은데 근심 속에 날 저물어가고
人客方稀合改詩	사람과 객이 뜸해져 시를 합해 고쳐 보네
無數飛虫粘磵渡	무수한 날벌레가 산골 물 찍어 건너가고
何來噪鵲仰園枝	어데서 지저귀는 까치와 정원 가지에서 우느뇨
忽聞樵笛穿雲響	홀연히 나무꾼의 피리소리 구름 뚫고 들려와
拄杖柴門未遽移	사립문에서 지팡이 짚고 급히 가지 못하네

만흥漫興 : 저절로 일어나는 흥취. 枳 탱자지, 탱자나무기
기각枳殼 : 탱자를 썰어 말린 약재. 위장을 맑게 하고 대장을 순하게 함.
羸 파리할리(고달프다)   噪 떠들썩할조(지저귀다)   粘 붙을점(끈끈하다)
초적樵笛 : 나무꾼이 부는 피리. 주장拄杖 : 짚고 의지하는 지팡이.
遽 급히거(두려워하다. 역驛.)

2수 285

吟病兼旬盥櫛稀	한 열흘 병으로 신음하여 세수 빗질 드물었고
楊花如我倦爲飛	버들 솜도 나와 같아 게을리 날아가네
山禽慣趁呼鷄下	산새는 습관 되어 좇으며 닭 불러 내리고
野犢窮追秣蹇歸	들녘의 송아지 꼴 다 먹고 둔하게 돌아오네
梅溜送凉方淅淅	매화 방울져 서늘함 보내니 빗소리 나고
麥風吹煖復暉暉	보리바람 따뜻하게 불어 다시 빛 환해지네
家貧惱殺春逢閏	집이 가난한데 괴롭게도 봄 윤달을 만나고
單袷催成再度衣	홑 겹옷을 독촉해 만들며 다시 옷 마름하네

관즐盥櫛 : 세수하고 머리를 빗음.　산금山禽 : 산새.

趁 좇을진, 떠들진(=趂과 동자)　궁추窮追 : 늦추지 않고 끝까지 쫓음. 추궁.

秣 꼴말(말먹이)　蹇 절뚝발건(굼뜨다. 노둔老鈍한 말.)　溜 처마물류(물방울)

淅 쌀일석, 쓸쓸할석　석석淅淅 : 비 오는 소리. 바람 부는 모양.

暉 빛휘(=輝와 통자)　뇌쇄惱殺 : 애가 타도록 몹시 괴로워함.

袷 겹옷겁　재도再度 : 재차再次.

3수 286

手拓雲霞寄室廬	손으로 구름 안개 헤치고 갈대 집에 붙여 살며
主人朝暮一床書	주인은 아침저녁으로 책상의 책을 대하네
曼卿酒盡猶巢飮	만경[1]이 술을 다 먹고도 걸터앉아 술 마시고[2]
迂叟家貧且穴居	노인 집 가난하여 에돌며 또 혈거생활 하네
樹底孤花如畏蝶	나무 밑의 외로운 꽃은 나비를 두려워하고
潭心閒鷺不知魚	연못의 한가한 해오리는 고기를 알지 못하네
尙能對客揮毫否	아직도 손님 대하며 붓글씨를 쓰고 있는가
頭白淮南舊太虛	흰머리는 중국 회남 땅 옛 하늘가에 있네

拓 넓힐척(확장시키다), 박을탁(새기다)　寄 부칠기(의지하다. 붙여살다.)

운하雲霞 : 구름과 안개.　曼 길게끌만(멀다)

1) 만경曼卿 : 송宋나라 시인이며 서예가인 석연년石延年의 호.

2) 소음巢飮 : 새둥지 속의 새처럼 나뭇가지 위에 걸터앉아 술을 먹는 것. 석연년石延年은 혼자서 술을 마시되, 기괴한 방법을 다 써가며 독작獨酌을 하였다. 담요로 몸을 싸고 마시는 소음巢飮, 한 잔 마시고 나무 위에 올라가 있다가 내려와 마시고 다시 올라가는 학음鶴飮 등을 하였다고 함.

迂 에돌우(멀리 피하여 돌다), 굽을오   담심潭心 : 깊은 못의 중심이나 바닥.
毫 터럭호(가는 털. 붓.)   태허太虛 : 하늘. 우주의 본체.

4수 286

一笏山青水際孤	일홀산은 푸르른 데 물가는 외로워라
江天暮雨捲新圖	강 하늘 저문 비에 새 그림을 걷히었네
數花未落春猶在	몇 개 꽃이 아직 지지 않아 봄기운 남아 있고
萬筍齊抽地欲無	죽순마다 일제히 돋아 땅이 없어지려 하네
蟻徙却循階縫返	개미가 다니다 빙빙 돌아 섬돌사이로 오고
雉流能過屋頭呼	날아가는 꿩은 집 머리 지나며 짝을 부르네
鈔書喜得安床處	엮은 책으로 즐거워 책상에 편안히 있고
取次清陰半畝梧	청음의 '반무오'[1] 시를 차운하노라

笏 홀홀(조선시대 관원이 알현할 때 손에 쥔 물건)   수제水際 : 물가.
捲 말권(감아 말다. 힘쓸권.)   循 돌순(좇다)   縫 꿰맬봉
청음清陰 : 소나무나 대나무 등의 그늘. 김상헌의 호.
1) 청음반무오清陰反畝梧 : 청음의 반이랑 오동나무.
梧 벽오동나무오(거문고. 책상.)

5수 286

| 春來計活未曾閒 | 봄이 와 활기찬 계획으로 한가롭지 못하더니 |
| 日日花間與竹間 | 날마다 꽃과 대나무 사이에서 지냈노라 |

人老易生芳草恨	사람이 늙어감에 방초의 한이 쉽게 생겨나고
夜凉偏近子規山	맑은 밤에 두견이 우는 산은 편벽되이 가깝네
池萍躍雨垂綸坐	연못가 부평초에 비 튀어도 낚시하며 앉아있고
縣樹籠烟賣藥還	현청나무에 안개 자욱한데 약 팔고[1] 돌아오네
一是形勞心更逸	한번 몸이 수고롭다 마음이 다시 편안해지고
知應雙鬢不多斑	응당 양쪽 귀밑머리 반점이 많지 않음을 아네

방초芳草 : 향기롭고 꽃다운 풀.　연롱烟籠 : 안개에 싸여 있음.

躍 뛸약(뛰어 오르다), 빨리달릴적　수륜垂綸 : 낚싯줄을 늘어뜨림. 낚시질을 함.

籠 대바구니롱(새장. 싸서 넣다.)

1) 매약賣藥 : 후한 때 약을 팔며 생활하다 패릉산중으로 은둔한 '한강매약韓康賣藥'의 고사임.　형로形勞 : 몸의 수고로움.

次二山壽母詩

유이산의 수모시[1]를 차운함

칠율 1수 287

嚼盡冰霜到邵齡	굳은 절개 지키시며[2] 많은 나이 되셨고
如今綠髮儼康寧	지금도 윤기 나는 머리 근엄하고 강녕[3]하시네
長春古屋萱花煖	긴 봄날 옛 집엔 원추리 꽃 훈훈하게 피어 있고
福地青山藥草靈	복된 땅 푸른 산에 살며 약초 영초를 캐시네
俯笑斑衣同我老	아이들 색동옷[4] 재롱에 나와 같이 늙어가고

重開黑帳怳新經　거듭 검은 장부 펼치심은 놀라운 새 경제로다
耆年尙守能勞訓　예순이 넘도록 수절하며 힘써 가르치시고
日下龜床自掃庭　날마다 거북이 상 아래로 몸소 뜰 청소하시네

1) 수모시壽母詩 : 어머니의 생신 때 장수長壽를 빌며 지어 올리는 시詩.
嚼 씹을작(맛보다. 술 강권하다.)
2) 빙상冰霜 : 얼음과 서리. 절조가 견고함.
녹발綠髮 : 푸른 머리털. 검고 윤택이 있는 고운 머리.　소령邵齡 : 고령高齡.
3)① 강녕康寧 : 오복五福의 하나로 몸이 건강하여 마음이 편안함. 오복은 수壽,
부富, 강녕康寧, 유호덕攸好德, 고종명考終命의 다섯 가지를 말함.
　② 수복강녕壽福康寧 : 오래 살고 복되며 건강하고 편안함.
장춘長春 : 어느 때나 늘 봄빛임.　여금如今 : 지금. 현재.
고여금古如今 : 예나 지금이나 변함이 없음.
萱 원추리훤, 망우초(忘憂草)훤　俯 구부릴부
4) 반의班衣 : 여러 빛깔의 옷감으로 만든 어린아이의 때때옷.
怳 멍할황(황홀하다. 놀라서 바라보다.) 잠시황(=수유須臾)　耆 늙을기(어른. 즐
기다.) 이룰지　기년耆年 : 예순 살이 넘은 나이.　訓 가르칠훈(인도하다. 훈계.)

鞉篩

체1)를 엮음

칠율 1수 287

一輪萬目巧成篩　둥그런 많은 눈들이 공교히 체를 메는데
細織平張體勢宜　섬세하게 짠 직물 평평히 벌려 몸자세 마땅하네

圓內涵方求至理	둥근 안 사방으로 본떠 넣어 이치 닿음 구하고
虛中起實見成時	텅 빈 가운데 실상이 일어나 때 되었음을 보네
棋枰罥蹙全隅缺	바둑판의 줄 옴츠려져 온 귀퉁이가 이지러지고
鼓面皮鬆發響遲	북 가죽 면이 거칠어져 소리가 더디게 울리네
顧我田廬閒設想	내 오두막을 돌아보며 조용히 생각해봐도
輕紗甕牖倒應奇	비단 휘장 창을 가려 응당 더욱 좋구나

鞔 붑메울만(가죽을 켕기다), 신울만(=이각履殼 : 신 양 옆의 발등 높이로 올라온 부분.)

붑메우다 : 북, 장구 따위를 천이나 가죽을 씌워서 만들다.

篩 체사(치거나 거르거나 하는 데 쓰는 기구)

1) 체 : 가루를 곱게 치거나 액체를 거르는 데 쓰는 기구. 얇은 나무로 쳇바퀴를 만들고 말총, 헝겊, 철사 따위로 쳇불을 씌워 만듦.

일륜一輪 : 한 둘레. 한 바퀴. 한 송이의 꽃. 밝은 달.

만목萬目 : 많은 사람의 눈.　節 마디절(예절. 절개. 풍류가락.)

織 짤직(만들다. 베틀. 직물.), 기치치(휘장치)　체세體勢 : 몸을 지니는 자세.

원내圓內 : 동그라미의 안.　涵 젖을함(적시다. 담그다.)

기평棋枰 : 바둑판.　罥 줄괘(바둑판처럼 가로세로 엇걸리게 친 줄)

蹙 대지를축(가까이 대들다. 쭈그러들다.)

고면鼓面 : 장구를 쳐서 소리를 내는, 두터운 가죽 면.

鬆 더벅머리송(헝클어지다. 거칠다.)

전려田廬 : 시골집. 농막. 밭으로 에워싸여 있는 집.

牖 창유(바라지. 남쪽으로 난 창.)　紗 비단사(가벼운 견직물)

倒 넘어질도(오히려)

向溪龍山過連山郡

연산군을 지나 계룡산을 향하며   287

　이 시는 《매천전집》 1권 190쪽에 〈연산도중連山道中〉이란 제목으로 되어 있으며, 《역주매천황현시집》(중권) 240~241쪽에 번역되어 있다.

山中歲暮

산중에서 세모에   칠율 2수 288

1수

檐內區分曲曲通	처마 안쪽을 나누어서 구불구불 통해있고
牛欄割半與羊同	외양간을 반 갈라 소와 양이 함께 하네
千竿細瀑柴門外	온 나무와 작은 폭포가 사립문 밖에 있고
一盖圓松地碓東	둥근 솔 덮여있는 땅 동쪽으로 디딜방아 있네
藉老試穿細襖子	늙음을 구실로 시험 삼아 두루마기 조금 뚫고
耐貧閒補紙屏風	가난을 참으며 한가히 종이 병풍 보수하네
江城米價猶刁蹬	강 성곽의 쌀값이 오히려 흔들려 올라
不信今年百室豊	금년에는 집집마다 풍년을 믿지 않더라

檐 처마첨　區 지경구(나누다. 거처.)　구분口分 : 사람 수에 따라 나눔. 구량.

세모歲暮 : 그 해가 저무는 때. 연말年末. 세밑. 노년老年.

碓 방아대(디딜방아)　藉 깔개자(빌다. 꾸다.)　襖 웃옷오(두루마기. 겹옷.)

병풍屛風 : 무엇을 가리거나 또는 장식용으로 방 안에 치는 물건.

刁 바라조(흔들려 움직이다)　蹬 비틀거릴등(오르다)

2수 288

淸溪夜靜草堂空	맑은 냇가 고요한 밤에 초당은 비어있고
謖謖松林萬壑風	송림에 솔바람 일어 온 골짝으로 불어오네
尙志嘯歌千載上	고상한 뜻은 휘파람 불며 천년세월에 있고
科頭臥起亂書中	맨머리 누웠다 일어나 흩어진 책 속에 있네
冬暄菜莢齊舒綠	겨울이 따뜻해 채소와 쥐엄나무 다 푸르고
海遠魚腮頓減紅	바다 멀어 고기 아가미 부서져 붉음이 덜하네
道我家貧人不信	우리 집의 가난을 말해도 사람들은 믿지 않고
板門呀闔響山雄	판자문 여닫는 소리만 산에 크게 울려오네

謖 일어날속(바람이 불다)

속속謖謖 : 우뚝한 모양. 바람이 이는 모양. 송풍松風의 소리.

상지尙志 : 고상한 뜻.　소가嘯歌 : 휘파람을 붐.

천재千載 : 천 년의 세월. 천세千歲. 천사千祀. 천추만세千秋萬歲.

과두科頭 : 맨머리.　暄 따뜻할훤　菜 나물채(안주. 채마밭.)

莢 꼬투리협(쥐엄나무)　腮 뺨시(아가미)

呀 입벌릴하(감탄 의문의 어조사.)　闔 문소리할(문 여닫는 소리)

題石西老人藥欄

석서노인의 약방 난간에서 지음   189

이 시는 《매천전집》 1권 224쪽에 〈신숙석서노인약헌信宿石西老人藥軒〉의 제목으로 되어 있으며, 《역주매천황현시집》(중권) 371쪽에 번역되어 있다.

贈宋生夏燮

선비 송하섭에게 증정함   칠율 2수 289

1수

騰騰論世又論文	기세 높아 세상을 논하고 또 문장 논하며
取次村燈到夜分	'촌등도야분'1) 시에 차운하였네
每遇少年忘己老	매번 소년을 만날 때마다 늙음을 잊고
自居先輩愧無聞	스스로 선배로 살며 부끄럽게 명성이 없었네
酒闌春似沾花雨	술잔이 무르익자 봄은 꽃을 적신 비와 같고
茶熟烟成滿壁雲	차 끓이는 하얀 연기는 벽에 서린 구름이로다
莫怪右軍諸子劣	우군2)의 제자들이 열등하다고 괴이치 말라
知應余德後尊君	응당 내 덕을 알고 난 후에 그대를 따르리

騰 오를등(날다. 타다.)   등등騰騰 : 기세가 무서울 만큼 높다.
1) 촌등도야분村燈到夜分 : 촌 등불 한밤중에 이름.

야분夜分 : 밤중.　무문無聞 : 명성名聲이 없음.

闌 가로막을란(무늬)　沾 더할첨(적시다)　壁 벽벽, 진터벽(=군루軍壘)

2) 우군右軍 : ① 왕우군王右軍 : 중국 진나라 서예가 왕희지王羲之(307~365)를 말함. 자는 일소逸少. 해서행서초서의 서체書體를 완성하였음.

② 오른쪽에 있는 부대, 또는 그 군사.(=우익군右翼軍)

2수 289

不禁雙鬢日蕭蕭	두 귀밑털을 꺼리지 않아도 날마다 쓸쓸하고
滯病空齋暝復朝	공재[1]에서 체병[2]되어 어둠속에 다시 아침이네
霧樹低明籠海旭	안개 낀 나무 밑 밝아 돋는 해 바다를 덮고
井泉微上應晨潮	샘물이 조금 솟아올라 새벽의 조수가 있네
桃花結子村園靜	복사꽃이 열매 맺어 마을 동산이 고요하고
麥雨成霖客路遙	보리 비에 안개 끼어 나그네 길 아득하네
常是萍鄉饒舊識	항상 떠돌이 신세라지만 낯이 익은 구면이라
買魚買酒解相招	고기와 술 사고 서로 초대하여 인정을 펴네

齋 재계할재, 집재, 상복자

1) 공재空齋 : 공관空館 또는 권당捲堂. 성균관의 유생들이 시위하며 관을 물러나던 일.

2) 체병滯病 : 먹은 음식이 잘 삭지 아니하여 생긴 증세. 체증滯症.

暝 어둘막　籠 대바구니롱　旭 아침해욱(해 뜨다)

결자結子 : 열매 맺다.　맥우麥雨 : 보리가 익을 무렵에 오는 비.

萍 부평초평(개구리밥)　평향萍鄉 : 중국 강서성江西省 광산 도시.

구식舊識 : 오랜 전부터의 면식面識.

 해설

　송생하섭宋生夏燮의 자는 자행子行이다. 매천이 송생에 대하여 쓴 시로는
몇 수 있다. 그 가운데 〈객중심무료연화송생客中甚無聊連和宋生〉의 시가 《역
주매천황현시집》(중권) 304쪽에 번역되어 있다.

初夜

초저녁에　　　　　　　　　　　　　　　　　　　　　　　칠율 1수 290

西峰欻翕現長庚　　서쪽 봉우리에 언뜻 샛별이 나타나더니

木末群星次第生　　나무 끝에 여러 별들이 차례로 생겨 나오네

靜聽能諳梅子墮　　고요하여 매실 떨어지는 소리 들으며 알고

閒愁不怕杜鵑聲　　잡념 일어나 두견이 소리도 두렵지 않네

飯甘終夕還嫌飽　　하룻밤 새 밥맛이 좋다지만 배불러서 싫고

奴健明朝預課耕　　건장한 종에게 내일 아침 미리 밭갈 일 주네

更引山燈看邸鈔　　다시 산 등불 당겨 집에서 베낀 책 보노라니

重溟風雨幾時晴　　캄캄한 속에서 비바람이 언제 갤 것인가

欻 문득홀(움직이다)　흘흡欻翕 : 재빠른 모양.

장경長庚 : 저녁에 서쪽 하늘에 보이는 샛별.　차제次第 : 차례次例.

한수閒愁 : 한가로운 근심.　두견성杜鵑聲 : 두견이 우는 소리.

嫌 싫어할혐　정청靜聽 : 조용히 들음.　諳 알암(기억하다. 외다.)

종석終夕 : 종야終夜. 종소終宵. 하룻밤 사이.

嫌 싫어할혐(혐의하다)　飽 배부를포　溟 어두울명(바다)　중명重溟 : 바다.

> 竹淵村店

죽연촌의 주점에서　290

　이 시는 《매천전집》 1권 290쪽에 〈황전귀로잠게죽연강점黃田歸路暫憩竹淵江店〉이라는 제목으로 되어 있으며, 《역주매천황현시집》(중권) 464쪽에 번역되어 있다.

> 暑雨客稠谷兼旬

더운 날 비속에 객이 조곡에서 열흘 이상 머물다　칠율 2수 290

1수

江城畵角夜如何　강가 성곽에서 화각 부는 밤은 어떠한가

竹島峰西月未過　죽도봉 서쪽 달은 아직 뜨지 않았다네

蚊散復來風力細　흩어진 모기 다시 와도 바람의 힘은 적고

螢飛無焰露華多　반딧불 날고 불꽃이 없어도 이슬 꽃이 많네

村繁遠有懸燈舖　마을이 번성해 멀리 점포의 등불 걸려 있고

野涸時聞待雨歌　들녘이 말라 비 기다리는 노래 들려오네[1)]

忽見銀河微掛練　　홀연히 은하수가 명주처럼 조금 걸린 걸 보고
流光叵耐暗鎖磨　　흐르는 빛 참을 수 없어 몰래 쇠사슬 가네

서우暑雨 : 무더운 여름날에 내리는 비.　稠 빽빽할조(많다. 농후하다.)
겸순兼旬 : 열흘 이상 걸림.　화각畵角 : 쇠뿔을 베갯모나 참빗 따위에 오려 붙임.
관악기의 한 가지.　涸 마를후, 마를학
1) 갈민대우渴民待雨 : 가뭄 때 농민들이 비를 몹시 기다림.
鎖 쇠사슬쇄　叵 어려울파(불가하다)　파내叵耐 : 참을 수 없음.

2수 291
客久居然徑去難　　객지생활 오랫동안 편안하여 빨리 가기 어렵고
閒愁時向鏡中看　　한가한 근심이 일어날 때에 거울 속을 보노라
四鄰竹雨書堂淨　　사방으로 대나무 비가 내려 서당이 깨끗하고
一樹松風石井寒　　한 그루 솔바람 소리에 돌우물이 차갑네
蚊蚤不妨眠睡少　　모기 벼룩 방해하지 않아 잠 적게 자도 되고
麥葱元合胃腸安　　보리 파가 원래 궁합이 맞아 위장이 편안하네
溪山近海饒奇賞　　냇가 산 근해를 기이하게 완상하니 풍요롭고
更願從君借釣竿　　다시 원컨대 그대를 좇아 낚싯대를 빌리네

거연居然 : 슬그머니. 평안하고 조용한 상태. 심심하고 무료한 상태.
사린四鄰 : 사방의 이웃. 이웃하여 있는 나라들.　송풍松風 : 솔숲에 스쳐 부는
바람. 석정石井 : 돌우물.　蚊 모기문　蚤 벼룩조　수면睡眠 : 잠을 잠. 활을 쉬
는 일.　葱 파총(푸르다)　賞 상줄상(즐기다. 완상하다.)

杏亭訪石亭不遇, 宿李進士新庄

행정으로 석정을 찾아갔으나 만나지 못하고, 이진사의 새 별장에서
자다

칠율 1수 292

進士幽庄月滿扉	진사의 조용한 별장 사립문에 달빛이 가득
夜凉旅榻一燈微	맑은 밤 객이 평상에 있으려니 등불 희미하네
未聞鸛鶴鳴山谷	황새 학 산골에 울려오는 소리 듣지 못했는데
只見龍蛇繞壁衣	다만 용과 뱀을 둘러있는 벽장 옷에서 보네
萬杵迎秋佳節延	가을 맞아 집집마다 절구질로 좋은 시절 잇고
一笻垂老遠遊稀	늙어 지팡이 짚고 멀리 노니는 것 드물어라
休將霧眼窮箋註	장차 어두운 눈 쉬려함에 전주1)가 궁핍하고
學得成時世己違	배워서 때 되었지만 세상이 벌써 어긋났도다

▌*石亭方治詩經, 究毛鄭之學

  석정이 바야흐로 시경을 익혀서 모정의 학2)을 연구하였다.

시비柴扉 : 사립문.　榻 걸상탑(긴 의자)　鸛 황새관

繞 두를요(얽히다. 감기다.)　壁 벽벽, 진터벽(군루軍壘.)

벽장壁欌 : 벽을 뚫어 작은 문을 내고 그 안에 물건을 넣게 한 곳.

杵 공이저(다듬잇방망이. 방패.)　延 늘일연

1) 전주箋註 : 본문의 뜻을 설명한 주석과 주해.

2)① 모정지학毛鄭之學 : 송宋 말엽에 합각合刻한 십삼경주소十三經注疏의 주석
서注釋書의 하나. 모시정의毛詩正義.

  ② 모시毛詩 : 우리가 보통 읽고 있는 《시경》이 《모시》이다. 《한서예문지漢書

藝文志》에는 《모시毛詩》 29권과 《모시고훈전毛詩故訓傳》 30권이 수록되어 있는데, 《모시고훈전毛詩故訓傳》이 가장 오래된 시경의 판본이며 그 해설서이다. 《모시》는 모공毛公이 전한 시를 말한다. 《모시》에는 맨 앞머리에 자하子夏의 작作이라는 〈대서大序〉가 있고, 각 시의 앞머리에는 자하와 모공의 합작이라는 〈소서小序〉가 있어 시의詩意를 설명하고 있다. 동한 때 《모시》를 해설한 《전箋》을 쓴 정현鄭玄이 있었기 때문에 《모전毛傳》이 세상에 전해지게 되었다.

鳳泉菴訪酉堂

봉천암으로 유당을 찾아감　　292

이 시는 《매천전집》 1권 267쪽에 〈청화중순清和中旬, 방유당우봉천암訪酉堂于鳳泉庵--〉이라는 제목으로 되어 있으며, 《역주매천황현시집》(하권) 69쪽에 번역되어 있다.

拜安牛山墓

안우산 묘를 참배함　　292

이 시는 《매천전집》 1권 270쪽에 〈죽천배안우산묘竹川拜安牛山墓〉라는 제목으로 되어 있으며, 《역주매천황현시집》(하권) 81쪽에 번역되어 있다.

沙坪訪宋平叔

사평으로 송평숙을 찾아감   292

이 시는 《매천전집》 1권 270쪽에 〈동복사평방평숙동년同福沙坪訪平叔同
年--〉이라는 제목으로 되어 있으며, 《역주매천황현시집》(하권) 82쪽에 번
역되어 있다.

效蘇長公四時詞

'소장공[1]의 사시사'를 본뜨다   4수 294

1수 春詞 : 춘사 294

小雨冷拂杏花落	조금 내린 비에 냉기 스쳐 살구꽃 떨어지고
香風撲地捲羅幕	봄바람이 대지를 두드리며 벌린 장막 거두네
深院無人綠苔齊	후원에는 사람 없어 푸른 이끼 피어나고
竹外桃花放新蕚	대숲 밖의 도화 꽃은 새 꽃술을 터뜨리네
玉面盡是相思瘦	옥 같은 얼굴 모두 서로 생각하여 수척하고
愁欲春眉也爲誰	근심이 생겨나니 봄 눈썹은 누구를 위함인가
金刀響斷燈影動	금장도 소리 끊기고 등불 그림자 움직이며
懶將鮫綃繡春衣	게을리 교초[2]를 가지고 봄옷을 수놓네

效 본받을효(배우다. 나타내다. 드리다.)

1) 소장공蘇長公 : 동파東坡 소식蘇軾을 말함.
소우小雨 : 조금 내리는 비. 拂 떨칠불, 도울필(=弼)
행화杏花 : 살구꽃. 撲 칠박(찌르다) 박지撲地 : 줄지어 섬.
蕚 꽃받침악 상사相思 : 서로 그리워함. 남녀가 사모함.
瘦 여윌수 眉 눈썹미, 가장자리미 歛 줄감, 바랄감
斂 거둘렴 鮫 상어교 綃 생사초(삶아서 익히지 아니한 명주실)
2) 교초鮫綃 : 인어가 가졌다는 비단.
생초生綃 : 생사生絲로 얇게 짠 깁(紗)붙이.

해설

　사詞는 송대에 들어와서 다른 문학을 압도하고 중추적인 위치를 차지하였다. 사詞는 엄격히 보아 시와는 다른 장르이지만 운문의 범위에 속해 이가원은 사詞를 악부 속에 포함시키기도 하였다.(이병기, 《매천시연구》, 보고사, 1994, 300~305쪽.)

　매천이 시 제목에 '사詞'자를 넣어서 지은 시로 〈효소장공사시사效蘇長公四時詞〉의 1편 4수와 〈효난설재사시사效蘭雪齋四時詞〉의 1편 4수가 있다. 〈효소장공사시사效蘇長公四時詞〉는 소동파의 사시사를 본받아 쓴 것이고, 〈효난설재사시사效蘭雪齋四時詞〉는 난설헌의 사시사를 본받아 쓴 것이다. 그밖에 매천은 1876년 〈칠석사七夕詞〉 3수를 쓰기도 했다.

2수 夏詞 : 하사 294

槐陰薄薄柳日永	괴나무 그늘이 엷고 버드나무에 해 길어져
玉酪瓊漿金盤冷	좋은 술과 장국이 차가운 금 쟁반에 있네
盡樑高處鷰飛忙	대들보 높은 집에 제비는 바삐 날아들고
銀箏彈遍風初靜	은 풍경 소리 울리더니 바람이 처음 고요하네

香汗凝珠醉臉嚬　　향기로운 땀은 구슬 땀 되고 취한 뺨 찡그리며
點墮紅粉澁未均　　점점이 떨어진 연지분 껄끄러워 고르지 못하네
淡掃纖蛾掩紈扇　　작은 눈썹 맑게 씻고서 환선[1]으로 가리니
玉腸裂盡眼中人　　보고 싶은 사람은 다 옥 간장이 찢어지도다

酪 쇠젖락(타락. 과즙. 술. 식초.) 瓊 구슬경(붉은 옥) 奬 장려할장(칭찬하다)
樑 들보량 箏 쟁쟁(국악 현악기) 풍경風磬쟁(처마 끝에다 다는 작은 종)
臉 뺨검 嚬 찡그릴빈 홍분紅粉 : 연지와 분. 얼굴, 옷차림 따위를 잘 매만져 곱
게 꾸밈. 澁 떫을삽(껄끄럽다. 막히다. 어렵다.)
蛾 나방아, 눈썹아(미인의 눈썹), 개미의
1) 환선紈扇 : 엷은 깁으로 바른 부채. 腸 창자장(마음)
안중인眼中人 : 늘 마음속에 두고 보기를 원하는 사람. 전에 본 일이 있는 사람.

3수 秋詞 : 추사 295
新恨入秋眉黛綠　　가을로 접어들어 새로운 한 생겨 눈썹 푸르고
披裙絆綵剪石竹　　와삭거리며 비단 치마[1] 끌고 석죽[2]을 자르네
漏箭報夜響金風　　물시계는 밤을 알리고 가을바람 소리 울리며
飛霜如雪入華屋　　서리가 눈처럼 내려 번화한 집으로 들이치네
懶夢不成戶長扃　　나른한 꿈 이루지 못하고 문 오래 닫혀 있으며
碧梧悄立月在庭　　벽오동만 고요히 서 있고 달빛은 마당에 있네
理粧調琴堪下淚　　단장하고서 거문고 가락 타니 눈물 쏟아지고
況復時聞鴻雁聲　　하물며 기러기 소리만 이따금씩 반복 들려오네

黛 눈썹먹대, (산이)검푸를대   剪 가위전(베다)
누전漏箭 : 누각漏刻의 시각을 가리키는 화살.
누각漏刻 : 물시계의 한 가지. 누호漏壺속에 세운 누전漏箭에 새긴 눈.
縩 옷스치는소리최, 비단채
1) 최채縩縩 : 비단옷이 서로 스쳐 나는 소리. 비단옷이 흔들릴 때 나는 와삭거리
는 소리.
2) 석죽石竹 : 패랭이꽃. 줄기에 마디가 있고 댓잎 같은 잎이 있어 붙여진 이름이
다. 담박하고 청초한 들꽃이어서 뜻 높은 군자의 기풍을 나타낸다. 또 석石은 바위
로 늘 장수의 상징이고, 죽竹은 중국음이 축祝과 같은 발음이어서 이 둘이 만나면
축수祝壽의 의미를 띤다.
금풍金風 : 가을바람. 비상飛霜 : 내리는 서리.   화옥華屋 : 번화하게 꾸민 집.
扃 비장경(출입문)   悄 근심할초(고요하다. 엄하다.)

🦅 감상

　화려한 단어나 전고를 동원하지 않고, 다만 사실적으로 가을의 정경과
외로운 여인의 심리를 그려내고 있다. 밤에 부는 바람, 방으로 들이치는
서리, 오랫동안 잠겨있는 문, 쓸쓸히 서 있는 벽오동과 마당 가득한 달빛
등은 모두 가을의 정취이면서 동시에 여인의 외로움을 나타내주고 있다.

4수 冬詞 : 동사 295

星月迢迢動殿角	별 달이 아득히 높이 떠 전각 돌아 움직이고
輾轉深屛錦衾薄	깊은 병풍 얇은 비단 이불 속에서 뒤척이네
起護鸚鵡敎怨語	일어나 앵무새를 감싸며 원망하는 말 가르치고
窓外飄揚驚雪落	창밖으로 흩날려 떨어지는 눈발에 놀라네
夜深燒香手屢呵	밤 깊어 향 사르며 손을 거듭 호호 불어보고

牀下玉瓶傾紫霞　　침상 아래 옥 병 있어 자하 술을 기울이네[1]

斜拔金釵喚侍婢　　금비녀를 비스듬히 뽑으며 시비를 부르고

自救飛蛾撲燈花　　나방은 날아 스스로를 구하며 불꽃을 치네

迢 멀초(높다)　飄 회오리바람표　표양飄揚 : 바람에 날림.
呵 꾸짖을가　釵 비녀차　侍 모실시
1) 자하紫霞 : ① 보랏빛의 노을.　② 신선이 사는 궁전.　③ 조선 후기의 시인이며
문신인 신위申緯(1769~1847)의 호.
자구自救 : 스스로를 구함.　蛾 나방아(개미의 눈썹)
撲 칠박, 종아리채복　등화燈花 : 불심지 끝이 타서 맺힌 불꽃

감상

　긴긴 겨울밤을 홀로 지새우는 여인의 외로운 심사를 그린 시이다. 자다
말고 일어나 앵무새를 보듬고 원망하고 불평하는 말을 가르치는 여인의 행
동에서, 그녀의 깊은 외로움을 느낄 수 있다. 창 밖에 흩날리는 눈발소리를
들으며, 향을 태우고 자주 손바람을 일으키고 있다. 그리고 혼자 술을 마시
면서, 빠져나온 비녀를 핑계로 괜히 시비를 부른다. 여기서 무료의 극치를
볼 수 있다. 등불에 부딪치는 나방을 스스로 구해낸 것은 나방의 처량한 신
세가 곧 자신의 그것과 같기 때문이다.(기태환, 《황매천시연구》, 보고사, 1999,
182쪽)

效蘭雪齋四時詞

'난설재[1]의 사시사'를 본뜨다

4수 295

1수 春詞 : 춘사

春城空濛百花雨	봄 성곽에 하늘 흐리고 꽃마다 비 오는데
東風引寒響竹塢	샛바람 차갑게 떨며 둑 방의 대숲을 울리네
朱閣深深無人過	붉은 누각 깊고 깊은 곳엔 지나는 사람 없고
春香燒罷烟縷縷	봄 향기 불사르며 안개가 모락모락 올라가네
睡痕膩濃對紅粧	잠잔 흔적 반지르르 하고 붉게 단장하고서
繡裙新裁桃花香	비단치마 새로 지어 입으니 복사꽃 향기나네
彈箏驚落釵頭鳳	쟁 타는 비녀 머리에 봉황이 놀라 떨어지고
倚樓合歡簾裏鴦	누각에 기대며 주렴 속의 원앙이는 즐기네[2]
金鞭扶醉歸何處	금 채찍으로 취한 몸 붙잡고 어데로 갔나
美人多情不敢語	미인은 정 많아도 감히 말하지 못하네
癡蝶戱花庭前到	미치광이 나비는 꽃 희롱하며 뜰 앞에 이르고
乳鷰點水欄外舞	어린 제비는 물차고 난간 밖에서 춤추네
桃李明月沸絃歌	도리 핀 밝은 달빛에 거문고 노래 나는데
畵閣那邊見綺羅	단청 누각 저쪽에서 비단[3] 입은 여인을 보나
獨夜不寐蘭燈暗	외로운 밤 잠 못 들고 난 등불[4] 어두운데
懶織鮫綃恨爲多	나른히 짜는 교초[5]엔 한이 많기만 하네

1) **허난설헌許蘭雪軒**(1563~1589) : 호는 난설헌蘭雪軒이고, 별호는 경번景樊, 본명은 초희楚姬. 《홍길동전》을 지은 허균許筠의 누님으로, 강릉에서 출생하였다. 삼당시인의 한 사람이었던 이달李達에게 한시漢詩를 배웠다. 15살 때 김성립金誠立 (1562~1593) 결혼했으나 원만하지 못했으며, 딸과 아들을 모두 잃는 등 불행한 처지를 애상적인 시풍으로 표현하였다. 27세 때 요절했으며, 죽은 후 허균에 의해 시집이 중국과 일본에서 간행, 애송되었다. 유고집에 《난설헌집》이 있다.

齋 재계할재, 집재, 상복자 **공몽空濛** : 이슬비가 오거나 안개가 끼어, 뽀얗고 자욱함 **塢** 둑오(마을) **縷** 실루 **膩** 기름질니

2) **합환合歡** : 기쁨을 같이 함. 남자와 여자가 같이 자며 즐김.

도리桃李 : 복숭아와 자두, 또는 그 꽃이나 열매. 남이 천거한 좋은 인재.

沸 끓을비, 용솟음할불 **현가絃歌** : 거문고 같은 것에 맞추어 부르는 노래.

도리桃李 : 복숭아와 자두, 또는 그 꽃이나 열매. 남이 천거한 좋은 인재.

나변那邊 : 어느 근방. 어디. 어느 곳. **화각畵閣** : 채색彩色을 칠한 누각.

3) **기리綺羅** : 비단緋緞 또는 비단옷.

4) **난등蘭燈** : 난향의 심지로 만든 등잔.

5) **교초鮫綃** : 인어가 가졌다는 비단.

감상

  화사한 봄날을 화려하게 묘사하면서 고독한 여인의 한을 섬세하게 그려내고 있다. 봄비가 내리고 봄바람 부는데, 깊은 규방엔 외롭게 한 여인이 단장하고, 비단치마를 만들어 입고 쟁을 연주하고 있다. 사랑하는 낭군은 황금 채찍을 휘두르며 가 버렸다. 부끄러움 때문에 가지 말라고 말리지도 못했다. 이런 마음을 모르고 나비와 어린 제비는 봄날을 즐기고 있다. 밤이 되어 여인은 잠을 이루지 못하고 외로움을 잊기 위해 비단을 짜고 있지만, 신명이 날 리 없다. 낭군은 어디선가 꽃 피고 달 밝은 화사한 봄밤에 비단옷 입은 다른 여인을 만나고 있을 것이기 때문이다.(기태환, 《황매천시연구》, 보고사, 1999, 179쪽)

2수 夏詞 : 하사 296

鷰語向晚花陰薄　　날 저물도록 제비 지저귀는데 꽃그늘 엷고
玉簾羅幃開水閣　　옥발과 비단 휘장은 수각 쪽으로 열려 있네
風飄輕擧白苧裳　　바람은 나부껴 가볍게 흰 모시 치마 들추고
臥打流螢飛入幕　　누워 반딧불을 치니 날아 장막으로 들어가네
碧砌初開石榴花　　푸른 섬돌 가엔 석류꽃이 막 피어나고
鈆華蕩盆月影斜　　화장하는 흰 분에 달그림자 기울어지네
畫欄烟晴飛蛛子　　단청한 난간에 연무 개여 거미가 찾아오고
芳林露宿靜蜂衙　　꽃 숲엔 한뎃잠을 잔 벌들이 조용히 모여드네
錦菌睡起鳴銀鐺　　비단자리에서 은 종고소리 울려 잠을 깨니
何處吹簫引鳳凰　　어느 곳에서 퉁소 불며 봉황을 부르는가[1]
南山子規怨聲聲　　남산의 귀촉도는 원망하는 울음을 울고
美人難成枕邊夢　　미인은 베갯머리에서 꿈 이루기 어려워라
女娘乘舟蕩漾潮　　여인이 탄 배 물결이 출렁거려 움직이고
齊唱竹枝發渡頭　　일제히 죽지사[2] 부르며 나루터를 출발하네
采采荷花相思苦　　화려한 연꽃은 그리움 때문에 괴로운데
自去自來波裏鷗　　파도 속 갈매기는 스스로 오락가락 하더라

향만向晚 : 어두워질 무렵. 저물 무렵.　백저白苧 : 뉘어서 빛깔이 하얗게 된 모
시. 흰모시　유형流螢 : 날아다니는 반딧불. 개똥벌레.
幃 휘장위　砌 섬돌체　鈆 납연(백분白粉)
연화鈆華 : 얼굴을 단장하는 데 바르는 흰 가루. 화장을 한 아름다운 얼굴빛.

방림芳林 : 좋은 향기가 있는 숲.   노숙露宿 : 한뎃잠.

衙 마을아(대궐, 관청), 모일아   菌 버섯균

鐺 쇠사슬당(철쇄. 종고소리 : 종이나 북의 울리는 소리.), 솥쟁

1) 농옥취소弄玉吹簫 : 진秦 목공穆公에게 농옥弄玉이라는 딸이 있었는데, 소사
蕭史라는 젊은이에게 시집갔다. 소사는 퉁소의 달인이었다. 농옥은 남편으로부터
퉁소를 부는 법을 배워 봉鳳이 우는 소리를 불 줄 알게 되었다. 그리하여 농옥이
퉁소를 불면 그 소리를 듣고 봉이 날아오게 되었다. 어느 날 농옥은 봉을 불러서
타고, 소사는 용을 타고 하늘로 날아 올라갔다.

怨 원망할원   여랑女娘 : 젊은 여자. 색시.   탕양蕩漾 : 물결이 넘실거려 움직임.

2) 죽지竹枝 : ① 대의 가지. ② 죽지사. 악부樂府를 노래하는 가운데 여러 사람이
서로 화답할 때 지르는 소리. ③ 당나라 시인 유우석이 창시한 한시의 형식. 칠언
절구의 연작으로, 남녀의 정사情事 또는 그 지방의 경치, 풍속, 인정 따위를 읊은
것.   채채采采 : 많이 캠. 여러 가지 일. 화려함.

감상

석양에 꾀꼬리가 울고 옥렴과 비단 장막이 수각에 열려 있다. 여름 바람
이 미인의 흰 모시치마를 가볍게 날리고 있다. 그녀는 날아가는 반딧불을
누운 채로 쫓는다. 무료하기 때문이다. 조용하고 푸른 섬돌 가의 석류꽃,
분통에 비치는 달빛, 난간에 날리는 거미, 숲 속의 조용한 벌떼 등 여름밤
정경은 외로운 그녀에게 위안이 되지 못하고 있다.

9행의 "금균수기명은당錦菌睡起鳴銀鐺,   하처취소인봉황何處吹簫引鳳凰"은
이 시의 핵심이 되는 구절이다. 겨우 잠들었던 그녀는 땡그랑 울려오는 종
고소리에 잠을 깼다. 무엇 때문인가? 그녀를 배신한 낭군은 그곳에서 피리
불며 봉황을 부르고 있다. 피리로 봉황을 불러서 타고 하늘로 떠나버렸다
는 소사蕭史와 농옥弄玉의 고사가 차용되고 있다. 그녀를 배신한 낭군이 봉
황을 타고 누군가와 떠나간 걸 생각하면, 그녀는 잠을 이룰 수 없다. 접동
새의 원망하는 소리는 곧 그녀의 마음이다. 그녀는 연꽃을 따면서도 상사

相思의 고통을 느끼며 어디든지 오갈 수 있는 갈매기가 부럽기만 하다.(기태환,《황매천시연구》, 보고사, 1999, 180쪽.)

3수 秋詞 : 추사 297

玉壺漏凍刻夜長	물시계도 얼어붙은 밤이 긴 시각이라
十指纖直剪刀冷	곧고 가는 열 손가락에 잡은 가위 차갑네
砌菊霜褪因秋香	섬돌의 서리 맞은 국화 시들어 가을 향 있고
階竹風撞當窓影	층계에 대 바람 스치고 창가엔 그림자 생기네
梧葉雜雨響西風	오동잎이 비에 섞여 서풍에 울려오고
戶外切切鳴草蟲	문 밖에는 구구절절 풀벌레가 울도다
裁作衣裳金斗慰	마름하여 치마 만들어 다리미로 다려놓고
簾間獨宿夕張空	주렴 사이에서 홀로 잠자 밤이 공허해지네
抱衾忽憶塞北客	이불 안고 홀연히 변방의 님 생각하고
應知寒夢繞關壁	응당 찬 꿈이 관문의 진터에 얽힘을 알겠네
飛鴉驚鵲裂帛聲	갈 까마귀 날고 비단 찢는 소리에 까치 놀라고
曉色迷茫暗南陌	새벽빛 흐리고 아득하여 남쪽 언덕이 어둡네
刺繡慵罷步中庭	자수 놓기를 그치고 뜰 가운데로 걸어가니
銀浦雲流明滅星	은하수가 구름처럼 흐르고 샛별[1]이 없어지네
象牀呵手不成寐	상아 침상에서 손을 호호 불며 잠 못 이루고
畵燭時時動錦屛	채색한 촛불이 때로 비단 병풍에 어른거리네

옥호玉壺 : 옥으로 만든 작은 병. 옥으로 장식한 옛날 중국의 물시계. 옥루玉漏.

십지十指 : 열 손가락.　전도剪刀 : 가위.　褪 바랠퇴(옷 벗다. 물러서다.)

죽풍竹風 : 대나무 숲을 스치는 바람.

砌 섬돌체 撞 칠당(찌르다. 부딪히다. 충돌하다.)

절절切切 : 몹시 간절한 모양.　迷 미혹할미(헤매다. 흐릿하다.)

1) 명성明星 : 새벽에 동쪽 하늘에 밝게 보이는 샛별.(=금성金星. 계명성啓明星.

신성晨星. 효성曉星.)

呵 꾸짖을가(껄껄 웃다. 헐뜯다.)　화촉畵燭 : 물감을 들여 장식한 초.

4수 冬詞 : 동사 297

月明雪滴寒霄永　　명월 속에 흰눈이 방울져 쓸쓸한 밤이 길고

泉脉凍合動石冷　　샘물 줄기 얼어붙어 동석1)도 차갑네

含啼寫得一封書　　울음을 머금고 한 통의 편지를 쓰며

門外有時度雁影　　문 밖으론 때로 기러기 그림자 지나가네

高樓睡起凝新庄　　높은 누각에서 잠 깨어 의관을 단정히 하고

玻瓈盤滑珠翠香　　수정처럼 미끄러운 소반에 구슬 향기 나네

玉手剪下機中素　　고운 손은 가위로 베틀의 생초를 자르고

脂濃粉淡嫌曉霜　　연지 짙고 맑게 화장하여 새벽 서리 싫네

美人相逢當窓語　　미인끼리 서로 만나 창가에서 속삭이고

纖腰贏得柳枝瘦　　가는 허리 파리하기가 버들가지로다

月奩枕破瀉銀瓶　　경대 침대자리 박차고 향수를 쏟아 붓으며

羅裳披碧徒爲馨　　푸른 비단치마 헤치니 다만 향기롭네

琴臺迢遞眼中人　　금대에서 보고 싶은 사람이 멀리 아른거리고

雙鯉難傳靑海濱　편지2)는 푸른 바닷가로 전하기 어렵네

旌旗不翻鐵衣凍　깃발은 펄럭이지 않고 철갑 옷은 얼었는데

應念寒閨淚濕巾　쓸쓸한 규방을 생각하면 눈물이 수건 적시네

1) 동석動石 : 흔들바위. '움직이는 바위'라는 뜻의 영험한 기운을 가진 동석動石
이 월출산에 있으며, 그 기운을 받아 큰 인물이 태어난다는 전설이 있다. 구정봉
아래에 가면 동석動石 바위가 있음.
玻 유리파　瓈 유리려　파려玻瓈 : 유리. 칠보의 한 가지. 수정水晶.
2) 쌍리雙鯉 : 한 쌍의 잉어. 먼 곳에서 보내온 잉어의 뱃속에서 편지가 나왔다는
옛일에서 '편지便紙'를 말함.
奩 화장상자렴(부인들의 화장용 그릇)

해설

　허난설헌의 사시사四時詞를 본 따서 매천은 〈효난설헌사시사〉를 썼다.
이 사시사의 공통점을 보면 춘사, 하사, 추사, 동사 모두 16행으로 되어 있
다. 외형적인 자수가 7자체로 일관성 있게 되어 있으며, 매천시에 있어서
화자가 여성으로 된 시로 유일한 작품이다. 박형득朴炯得은 〈매천시문중간
발문梅泉詩文重刊跋文〉에서 매천시의 풍격風格의 특성은 청신淸新, 기오奇奧,
섬초纖峭, 표경飄勁하다고 하였다. 매천시의 특징은 고체시에서 나타나는
섬교纖巧하고 농염濃艶함을 특징으로 하고 있다.

찾아보기

(*두음법칙을 적용함)

▣ 인명, 책명, 용어

ㅇ

ㅊ

▣ 시 제목

ㄱ

간이춘파기이월설중매(簡李春坡寄二月

▌ 역자 김영붕(金榮鵬)

全北 井邑 出生, 호남고등학교 졸업
全北大學校 史學科와 同大學院 漢文教育科 卒業
全北大學校 語文教育學科 博士科程
현 전주 완산고등학교 교사

2007년 《역주매천황현시집》 상·중·하권을 공역 출판함
論文 : 〈黃玹詩 研究〉, 〈梅泉의 七言律詩에 대하여〉 외 다수
韓國古詩歌文學會員
全北史學會員
參與自治 全北市民聯隊 指導委員

역주 황매천 시집 속집

2010년 6월 10일 초판 1쇄 펴냄

역　자 김영붕
펴낸이 김흥국
펴낸곳 도서출판 보고사

책임편집 김경남
표지디자인 윤인희

등록 1990년 12월 13일 제6-0429호
주소 서울특별시 성북구 보문동7가 11번지 2층
전화 922-5120~1(편집), 922-2246(영업)
팩스 922-6990
메일 kanapub3@chol.com
http://www.bogosabooks.co.kr

ISBN 978-89-8433-820-3　93810
ⓒ 김영붕, 2010